田辺聖子文学事典

ゆめいろ万華鏡

浦西和彦
檀原みすず　編著
増田周子

和泉書院

写真提供　中央公論新社

はしがき

田辺聖子さんは、昭和三十九年に「感傷旅行《センチメンタル・ジャーニィ》」で第五十回芥川賞を受賞して以来四十余年にわたって創作活動を続け、現代日本を代表する国民的作家の一人です。田辺聖子さんの作品は多種多彩です。乃里子シリーズの『言い寄る』『私的生活』『苺をつぶしながら』の三部作をはじめ、ハイミスものといわれる『愛してよろしいですか?』『風をください』や『夢のように日は過ぎて』『愛の幻滅』、あるいは大人の性愛を描いた短編小説「雪の降るまで」などを始めとする多くの恋愛小説があります。また、『おかあさん疲れたよ』や『欲しがりません勝つまでは』で戦争を描き、『私の大阪八景』や『しんこ細工の猿や雉』などの自伝小説、優雅な一人暮らしを満喫している歌子さんを主人公とした「姥」シリーズ『姥ざかり』『姥ときめき』『姥うかれ』などもあります。そして、評伝長編小説としては、恋に生き、歌に生きた与謝野晶子を描いた『千すじの黒髪―わが愛の与謝野晶子―』、女流俳句の先駆者として活躍した悲劇の人・久女を描いた『花衣ぬぐやまつわる…わが愛の杉田久女』や独自の俳句世界を創出した小林一茶を書いた『ひねくれ一茶』、近代女流作家の吉屋信子を描いた『ゆめはるか吉屋信子―秋灯机の上の幾山河―』や、大阪にある日本最大の川柳結社「番傘」を率いた岸本水府を厖大な資料を基にして描いた『道頓堀の雨に別れて以来なり―川柳作家・岸本水府とその時代―』などがあります。また、古典の世界を舞台に、ヤマトの大王の思われびと女鳥（めどり）姫と大王の弟・隼別（はやぶさわけ）王子の恋と破局を描いた『隼別王子の叛乱』、中宮定子に仕えた清少納言の人生を豊かに描いた『むかし・あけぼの―小説枕草子―』、平安王朝を舞台に『不機嫌な恋人』や幻想的な冒険譚『王朝懶夢譚』などがあります。古典翻案小説の最高傑作『新源氏物語』は原典の香気を失わず、物語に再構成され、新しい『源氏物語』として再生されました。このように田辺聖子さんの小説世界は多岐にわたっています。

田辺聖子さんは、エッセイや評論にも優れた才能を発揮されました。上品なエロチシズムがただようユーモラスなエッセイ『女の長風呂』『イブのおくれ毛』などカモカ・シリーズは、「週刊文春」に昭和四十六年から連載が開始され、それが十七年にも及びました。古典文学の深甚で豊富な知識を基にした古典作品案内書『文車日記―私の古典散歩―』、『花はらはら人ちりちり―私の古典摘み草―』や評論集『『源氏物語』の男たち―ミスター・ゲンジの生活と意見』、『『源氏物語』男の世界』などもあります。また古典川柳や現代川柳を楽しく読み解いた『古川柳おちぼひろい』『武玉川・とくとく清水―古川柳の世界―』や『川柳でんでん太鼓』などは、田辺聖子さん独自の異才を発揮したお仕事でしょう。

田辺聖子さんの文学活動は各方面から評価され、昭和三十一年には「虹」で大阪市民文芸賞を、昭和六十二年には『花衣ぬぐやまつわる…―我が愛の杉田久女―』で第二十六回女流文学賞を、平成五年には『ひねくれ一茶』で第二十七回吉川英治文学賞を、平成六年には第四十二回菊池寛賞を受賞されました。平成七年には紫綬褒章を受章、平成十年にエイボン女性大賞、第三回井原西鶴賞特別賞、『道頓堀の雨に別れて以来なり―川柳作家・岸本水府とその時代―』で第二十六回泉鏡花文学賞を、平成十一年には第五十回読売文学賞「評伝・伝記賞」を受賞されました。平成十二年度文化功労者に選ばれ、平成十五年には『姥ざかり花の旅笠―小田宅子の「東路日記」』で第八回蓮如賞を受賞しました。そして、平成二十年には文化勲章を受章しました。

田辺聖子文学が時代を超えて多くの人々に、広く深く読み継がれていき、愛され続けることを心から願って、本事典を刊行いたします。

本事典の項目執筆者名は、

青木京子・足立直子・荒井真理亜・飯田祐子・岩田陽子・岩見幸恵・浦西和彦・大川育子・太田路枝・大塚美保・小川直美・荻原桂子・奥野久美子・金岡直子・金子幸代・菅聡子・北川扶生子・木谷真紀子・木村小夜・小松史生子・笹尾佳代・蔀際子・杉田智美・鈴木暁世・高橋博美・檀原みすず・辻本千鶴・出口馨・永井敦子・中葉芳子・永渕朋枝・中村美子・二木晴美・西川貴子・西村好子・野田直恵・畠山兆子・花﨑育代・堀まどか・増田周子・松井幸子・三品理絵・水川布美子・峯村至津子・箕野聡子・宮薗美佳・目野由希・森﨑光子・屋木瑞穂・吉川仁子・渡部麻実・渡邊ルリ

であります。

最後に、本事典の出版を快諾して下さった和泉書院・廣橋研三氏に深くお礼を申し上げます。また、編集スタッフの皆さんには大変お世話になりました。感謝いたします。

平成二十九年九月吉日

編者一同

凡例

本書は田辺聖子の多種多様な創作活動の全貌を文学事典形式で追求を試みたものである。

本書は「はしがき」「凡例」「田辺聖子文学事典」「田辺聖子年譜」で構成される。

「田辺聖子文学事典」の見出し項目、記載形式・配列については、次の如くである。

一、田辺聖子の全小説（短編小説・中編小説・長編小説・掌編小説、翻案小説・評伝小説・児童文学作品等）の作品名を見出し項目として設けた。なお、単行本収録の際に改題されたタイトルについては、改題された作品名を見出し項目として採用した。また、エッセイ・評論等については、収録された単行本名を見出し項目として設け、全著書をとりあげた。それらの項目を合わせて、現代仮名遣いによる五十音順に配列した。

一、項目の記載は、項目の読み仮名、ジャンル、〔初出〕、〔初版〕もしくは〔初収〕、〔文庫〕、〔全集〕、〔内容〕の順に記した。なお、単行本が見出しの項目については、〔目次〕を設け、原則としてその収録作品名を〔目次〕に記した。一部〔内容〕欄に作品名をあげたものもある。改題されたタイトルを見出し項目に採用したときには、その初出時の原題を〔初出〕欄に掲げた。〔初出〕は掲載雑誌・新聞名、発行年月日を記し、雑誌の場合には巻号を加えた。〔初収〕は原則として田辺聖子の著書を記載し、著書未収録の作品はアンソロジーなどを記した。〔文庫〕は最初に収録された文庫を採用し、その書名、発行年月日、出版社名を記した。〔全集〕は『田辺聖子全集』（全二十四巻・別巻一、集英社）に限定した。

一、見出し項目の作品名・単行本名のルビは、すぐ下に読み仮名があるので省略した。

一、書名は『　』で、作品名・雑誌名・新聞名は「　」で、文庫名・叢書名は〈　〉で統一した。

一、表記は原則として新漢字、現代仮名遣いとしたが、引用文の仮名遣いは原文に従った。

目次

田辺聖子文学事典

あ

【あ】

ああカモカのおっちゃん《ああかもかのおっちゃん》　エッセイ集

〔初出〕「週刊文春」昭和五十年十月九日～五十一年九月二十三日発行、第十七巻四十一号～第十八巻三十八号。〔初版〕『ああカモカのおっちゃん』昭和五十二年二月二十日発行、文藝春秋。〔文庫〕『ああカモカのおっちゃん』〈文春文庫〉昭和五十六年十月二十五日発行、文藝春秋。〔目次〕女は太もも／ムカシ人間／潮吹きマダム／一四七センチ／差別CM／主人／女のワガママ　男のワガママ／人生廻り灯籠／野暮と粋／道鏡／ジュッ！／ワイセツとは何ぞ／オトナとは何ぞ／人生の収穫／女と着物／不純のすすめ／女にとって男は必要か？／シヨウバイニン／分身(1)／分身(2)／分身(3)／ホック／男のウソ／女が密室にこもる時／男の放蕩／新鉢／文化芸者／抜けてる男／深よみ／十二月／四畳半判決について／手づかみ／お茶とお酒／セリ売り／二十一世紀ごっこ／おっちゃんの古代文明論／ぼてれんの秘密／会長ごっこ／和合／クセのもの／恋愛病患者／ハヤリスタタリ／あなたも夫を愛せます／五段返し／給食／デキの悪い息子／おばはん／男はロマンチック／通訳殺し／一次会・二次会

〔内容〕昭和四十六年十月の連載開始以来、足かけ十七年にわたって「週刊文春」に連載した「カモカのおっちゃん」が登場する「カモカ・シリーズ」全十五冊のうち、『女の長風呂』、『イブのおくれ毛』に続く第三作である。カモカという語は、「咬もうか」の意で、「カモカー」とおどす怖いオバケのこと。顔はカモカのように、こわもてで怖いが、心はやさしく、情理《わけ》知りのオトナの男という架空の人物「カモカのおっちゃん」と、「おせいさん」との掛け合い漫才（読者は結婚した亭主と著者を想定するだろうが実際はそうではない）のように中年男女が世の中のさまざまについて語り合うという設定である。連日連夜の酒席で繰り広げられる、丁々発止のやりとり、軽妙でユーモアあふれる、中にはエロチックな会話も飛び交う、アダルトエッセイに仕立て上げている。「カモカのおっちゃん」との対話は著者の創作であるが、互角の二人が、日本の中年の男と女の代表選手となって、火花を散らしているようすは面白い。『田辺聖子全集第九巻』（平成十七年二月十日発行、集英社）には、「女は太もも」「ムカシ人間」「人生廻り灯籠」「野暮と粋」「道鏡」「ホック」「深よみ」「十二月」「セリ売り」の九編が収録された。（檀原みすず）

ああカモカのおっちゃんⅡ《ああかもかのおっちゃんに》　エッセイ集

〔初出〕「週刊文春」昭和五十一年九月三十日～五十二年九月一日発行、第十八巻三十九号～第十九巻三十号。〔初版〕『ああカモカのおっちゃんⅡ』昭和五十二年十一月二十五日発行、文藝春秋。〔文庫〕『女の気まま運転　カモカ・シリーズⅡ』〈文春文庫〉昭和五十七年三月二十五日発行、文藝春秋。〔目次〕Ⅰ（非常時／児戯に類すること／トドメの言葉／愛といたわり／ピクピク／環境と人間／一夫一婦制／でけとるおしとねすべり式／女の操）／Ⅱ（中年かるた／中年ひまなし／飲む打つこする／ブカブカドンドン文学賞／日本メチャメチャ／箸休め／記念写真／すぼまる／姥桜のアガリ／五十花）／Ⅲ（一線をこえる／失神税／未亡人／……／ツチノコ酒場／おっちゃん現代文化を論ず(1)／×××もち／『キタノサン』／やりにくい女房／指一本）／Ⅳ（充足／オモチャのオモチャ／阿呆こそ

人生／恋のスピード／エラい女房／男らしさ／おっちゃんの東京見物／男カモカが何泣くものか……／変るもの　変らぬもの／オトナとコドモ）／Ｖ（梅雨ぞら文化／男の文化　女の文化／女のトイレ／腹立ちまぎれ／ナニぎらい／似合わぬご落胤／踊る阿呆／えらい奴ちゃえらい奴ちゃ）

〔内容〕『ああカモカのおっちゃん』の続編である。前作同様、「カモカのおっちゃん」と「おせいさん」との中年男女が、掛け合い漫才のようなやりとりのうちに繰り広げられる、辛辣で（実は優しい）、ユーモアあふれる、きわどい会話の数々。時局諷刺、世の風潮批判、庶民のエゴ、お上の横暴などもボロクソに裁断する。いい男友達の「キタノサン」も頻繁に登場する。また、世の男尊女卑思想や、男女差別を「おせいさん」が衝き、女性たちへの偏見まじりの総攻撃に、一人立ち向かう著者の姿が共感を呼ぶ。『田辺聖子全集第九巻』（平成十七年二月十日発行、集英社）には、「愛といたわり」「おしとねすべり式」「女の操」「中年かるた」「日本メチャメチャ」「すぼまる」「一線をこえる」「やりにくい女房」「えらい奴ちゃえらい奴ちゃ」の九編が収録された。

（檀原みすず）

ああカモカのおっちゃん─ベスト・オブ・女の長風呂Ⅲ─《ああかもかのおっちゃん─べすと・おぶ・おんなのながぶろさん─》

エッセイ集

〔初版〕『ああカモカのおっちゃん─ベスト・オブ・女の長風呂Ⅲ─』平成七年七月三十日発行、文藝春秋。〔目次〕Ⅰ　夜の母子草／アメリカのミソヒト文字／おもろーい／茫然台湾／女が叱る／ボケる／飽いていいとも／キングコング／女のシングルライフ／主婦の休暇／オトナ道／Ⅱ　どんでん／兵馬俑の男たち／とりこみ主義／長生きのヒケツ／十億の……／たもれ／「豊か」と「貧しい」／白雪姫／人材パチンコ／非常持出／Ⅲ　新・中年かるた（その一）／新・中年かるた（その二）／新・中年かるた（その三）／新・中年かるた（その四）／新・中年かるた（その五）／新・中年かるた（その六）／新・中年かるた補遺／新・中年かるた（完）／ひょっとこダダ漏り／想像力／男と女／良心は悪い／Ⅳ　主婦の五月病／運命やちまた／南の旅／人気について／宗薫サンのこと／じゃが芋サラダ／私の神サン／いやらしいマジ／てっちりオバン／オトナの桜／お引っ越し／こっそり遷都／Ｖ　わが平和賞／天神祭で夏はゆく／ご指導／滋味の旅／「じっ」と「ぎゅっ」／虫叩く／その日その日／青春の遺跡／ミジンコ日録／悪女／オジサンとオバサンの違い／四文字／夭折のいましめ／あとがき

〔内容〕「週刊文春」昭和五十七年一月七日号より昭和六十二年六月十一日号に連載された「女の口髭」「女の幕ノ内弁当」「浪花ままごと」の中から五十九編を精選して編集されたエッセイ集。その内わけは、単行本でいうと、『女の口髭』から「夜の母子草」ら六編、『女の幕ノ内弁当』から「飽いていいとも」ら十一編、『女の中年かるた』から「『豊か』と『貧しい』」ら十七編、『浪花ままごと』から「主婦の五月病」ら十二編、『女のとおせんぼ』から「わが平和賞」ら十三編である。著者は「あとがき」で「バクチの話が出まへんな、とある人に指摘されたが、私はツチノコ狩りや釣りや阿波踊りや夜這い取材にはいったが、なるほど、バクチはやってない、やっぱり世間が狭いのかなあ、しかし毎週、こういうのを一本書いて十五年、週刊誌の見ひらき二ページを張ったというのは、いや、やっぱりこれはしんどくて、菲才の私にすればまさに乾坤一擲の大博奕でありましたよ。／しかし今ではその辛さも忘れ、十五

年、清遊してたのしかった思い出ばかり、〈中年・熟年〉を代表していいたい放題いってしまった、という感じだ」と述べている。

（浦西和彦）

ああ紅の血は燃ゆる《ああくれないのちはもゆる》

短編小説

〔**初出**〕「オール読物」昭和四十七年十二月一日発行、第二十七巻十二号、原題「内夫と内妻」。〔**初収**〕『中年の眼にも涙』昭和四十九年六月一日発行、文藝春秋。〔**文庫**〕『中年の眼にも涙』〈文春文庫〉昭和五十四年八月二十五日発行、文藝春秋。

〔**内容**〕「ああ、独りはいい！」妻の留守中、ひとり家で晩酌する後藤は小まめに肴を用意しながらやもめ気分を謳歌する。しかし「全くのやもめぐらし」にあこがれはない。掃除洗濯などは済ませてあり、姿をあらわさない「幽霊妻」が憧れである。見合い結婚で「隠忍自重」を貫き、「セッカチ」で「単刀直入」な妻に合わせているので息抜きが欲しい。そのとき思わず出るのは学徒動員の歌の「ああ紅の血は燃ゆる」。「青春時代」と「食べることの記憶」が直結しているからだ。その歌を初めて聞かせた女性がいる。以前同じ部署にいた久永ミキだ。慰安旅行で親しくなり、夜の海岸で歌って聴かせた。その翌日、後藤とミキはホテルに行く。情事のあと「しっとりと尾を引く情緒」が妻と違い、「飽かず顔をながめていたくなる」のである。しかし蜜月は長く続かない。ミキは会うたびに「奥さんと別れる？」「私の前で奥さんのことい わんといて！」と泣き出したりするようになった。なだめても「内縁」「内妻」に満足しないミキが重荷になってくる。「当り前だろう。長つづきすると思う方がどうかしているのだ。二十六の若い女の子の気まぐれにつきあわされただけである。／しかし、ほんの一、二度、はじめの頃は、ほんとに楽しかったと思う。ああいう楽しさがホンモノの男と女の仲なのかもしれない」。後藤はまた独りの時間を取り戻した。台所で燗をつけてちゃぶ台に運び、鼻歌交じりに腰を下ろす。「しょせん後藤は、ひとりでいるときの鼻歌が好ましいのだ。盃に熱い酒をみたすとき、後藤はそれでも、内夫と内妻のなまぐさいよろこびをちょっと未練らしく思いやった」。初出雑誌は「エロス＆ペーソス」特集に掲載。目次に「脱女房の中年男がキャッチした浮気の信号／一人料理を作り、なつメロを聞き、一人布団を敷いて寝る。女房なんぞ我にあらんや。これ鼓腹撃壌の真骨頂」とある。単行本化に際しタイトルの変更以外にも、主人公「浅野」を「後藤」に、同僚「草鹿」を「久野」にといった名前や、子供の年齢など細かな変更はあるが、内容は初出のままである。主人公を他六作品と同じ会社の同僚とし、作品を地続きにするため行われた改変であろう。

（金岡直子）

愛してよろしいですか？《あいしてよろしいですか？》

長編小説

〔**初出**〕「週刊明星」昭和五十三年六月四日～五十四年一月二十一日発行、第二十一巻二十三号～第二十二巻四号。〔**初版**〕『愛してよろしいですか？』昭和五十四年四月二十五日発行、集英社。〔**文庫**〕『愛してよろしいですか？』〈集英社文庫〉昭和五十七年四月二十五日発行、集英社。〔**全集**〕『田辺聖子全集第十一巻』平成十七年三月十日発行、集英社。

〔**内容**〕斉坂《さいさか》すみれは、三十四歳で独身のOLである。婚期のおくれた〈ハイ・ミス〉は世間の目が気になり生きにくい。すみれはローマへ一人旅に出かけ、ツアー旅行で来た矢富ワタルという青年と知り合う。彼は東京の大学生だが大阪弁を話し、人なつっこくて小まめである。ボルゲーゼ公園で一緒にピクニックをし、帰国後にまた会う約束をした。大阪に帰ってある日、ワタルから電話があり、すみれのアパートまで押しかけて来て二人でイタリア料理を食べることになる。すみれは、ひとまわりも年下のこの青年と恋に落ちてしまった。ワタルはスウ（すみれ）を年上の女性という目ではみないし、スウもワタルと会うと自分が年上であることを意識しないでいられる。スウが一度、お金のことで説教すると、ワタルは怒って「年上づら、先輩づらをなんでするねん」と指摘する。年齢など関係なくスウを一人の女の子として見ているからである。ワタルは東京と実家のある大阪で就職活動をしている、きちんとした大学生である。すみれは、過去につき合った三人の男たちと比べながら、だんだんとワタルの良さを実感していく。ワタルからの連絡がなく、一度東京に会いに行こうとした矢先にワタルがやって来て、十万円の借金を申し込まれる。スウは、黙ってお金を貸してやるが、そのことで疑心暗鬼になる。ワタルからの連絡が途絶え大阪の実家に怒りの手紙を出すと、数日後、ワタルの兄が現金の入った封筒を持って来た。ワタルは今、山陰の民宿でアルバイトをしているという。スウは、ワタルにあいに山陰へ行き再会を果たす。スウは、ワタルが自分のおばあちゃんに、「そのうち、スウと結婚したいねん」と言ったことを聞いて、感激するが、どうしても「愛してよろしいですか?」と口に出しては言えない。

（檀原みすず）

愛の幻滅《あいのげんめつ》　長編小説

〔**初出**〕「女性自身」昭和五十二年一月一日～十一月十七日発行、第二十巻一号～四十三号。〔**初版**〕『愛の幻滅』昭和五十三年二月二十八日発行、光文社。〔**文庫**〕『愛の幻滅』〈講談社文庫〉昭和五十七年十一月十五日発行、講談社。〔**全集**〕『田辺聖子全集第十巻』平成十七年七月十日発行、集英社。

〔**内容**〕笹田眉子は二十八歳の独身OLで、東野という四十一歳の妻子ある男性と不倫の最中である。眉子が福井へ一人旅をする列車の中で東野と初めて出会い、帰りの列車でも偶然一緒になり、親しくなって行ったのである。二人は日曜日ごとに車でデートを重ね、「スペイン」と呼ぶ秘密のホテルで愛し合うのだった。「夫婦やない男女の仲ほど、面白いもんはない」と東野はいう。眉子にはわからない。夫婦になったことがありませんから、と拗ねつつも、大人の恋にはまっていく。東野は「目の前の草だけ抜いてたらええねん」というのが口ぐせで、あまり難しいことは考えない。眉子に会うのが生き甲斐だといいながら、妻や子のいる家は大事である。先行きの約束などなく、愉しい時間がもてるだけで満足なのだ。東野は、恋には怒り恋、笑い恋、泣き恋と、三通りあるという。彼の望んでいるのは勿論、笑い恋である。しかし妻子ある男性との恋でいつも笑っていられる筈がない。「笑い恋」を育てるには細心の注意がいるのだ。勤務先で同僚の松本稔から焼き鳥屋に誘われてプロポーズされるが、それが本音か冗談かわからず、眉子はあまり乗り気にはなれない。東野への愛にだんだん苦しみながらも、眉子は笑い恋に徹しようとする。そんな中、東野と長期旅行に出かけることになり眉子はときめくが、暑い敦賀の民宿、八日市、京都へと移動し、愛する男のためにいつも愉しそうにしてあげている虚しさを感じてしまう。松本稔は、眉子が煮え切らない間に同僚の川添みちると仲よくなり、子供が出来て結婚することになった。眉子は東野との関係を自問し、複雑な気持ちになる。「人間はすこしずつ、かわってゆく。愛はいつしか幻滅し、色あおざめる」のである。「笑い恋」の終わりを予感しながら、眉子は地下鉄の階段を下りていった。（檀原みすず）

愛のそば《あいのそば》　短編小説

〔初出〕「小説すばる」平成三年十一月一日発行、第五巻十一号。〔初収〕『金魚のうろこ』平成四年六月二十五日発行、集英社。〔文庫〕『金魚のうろこ』〈集英社文庫〉平成八年七月二十五日発行、集英社。

〔内容〕主人公のイラストレーター小野田こむぎ（ペンネーム丘野こむぎ）と礼二は姉弟。レイは「私」に向かっていつも「オマエ」と呼ぶ。三十六歳の「私」は東京で離婚して大阪へ戻っており、レイも三十二歳になるがマンションで独り住まいである。両親は既に亡くなり、兄や姉とは年が離れているため、二人はよく電話し合い、レイが「私」のマンションへ来て晩飯を食べることも少なくない。家にいて仕事をする「居職」の「私」だが、ある日外出すると、餡パンを老けさせたような顔をした定年前後の年の男に尾行されていることに気付く。「私」は、逆にその「餡パンマン」を尾行し、駅前のおでん屋に入った彼の隣に座って、何のためにつきまとうのかと問い詰める。その正体は、礼二と結婚したい依頼人の女性に雇われた素人探偵の伊東氏であり、依頼人は「私」を礼二の恋人だと思っていたことが発覚する。姉であることがわかって調査は打ち切りになったが、「私」は、思慮深そうなレイの目が、どうかした拍子に、一点、物狂おしい色をたたえそうになり、不安を抱いていた。レイの言葉は乱暴だが肌触りよく、指一本触らないのにレイの言葉に、いつもからだじゅうを撫でられるようないい気持ちになるのである。依頼人はそういう二人の間のふしぎなつながりを感じ取ったのかもしれないと思う。瀬戸内海の小さい島へと帰郷する伊東氏に、島に来てアトリエを建てないかと誘われた「私」は、「レイにこだわりすぎ、レイにからめとられる部分が多すぎる私の心。愛そのものではないけれど、愛のそばに、それもごくそばに、そっとやってくる心」を思い、レイと離れることを考える。しかし、結局、レイは依頼人との結婚をドタキャンし、「私」もまた伊東氏の誘いをドタキャンして、レイを自宅に迎え入れ、彼から「オマエ」と呼ばれる人生へと戻っていく。仕事とキャリアを持ち、経済的に自立した女性と弟との「ふしぎなつながり」を描き出した異色の短編。（鈴木暁世）

愛の手紙《あいのてがみ》　短編小説

〔初出〕「週刊平凡」昭和四十二年五月十八日発行、第九巻二十号。〔初収〕『愛の風見鳥』昭和五十年十一月五日発行、大和出版。

〔内容〕結婚は女の「妄想」であり、男の「空想」でしかなかったという話。恵子の家は農家だが、父の死後、兄が農業を継がなかったので、恵子は母と農業を続けていた。〈田舎〉で育った恵子は、三年前に「ひろ」い〈田舎〉を出て、〈都会〉で就職した道男と愛の手紙を交換していた。農家から縁談が来た時、母も兄も良縁だと勧めたが、恵子は、縁談を断り続けた。道男は、さびしい〈大都会〉の片隅で、恵子の愛だけを頼りに生き、早く恵子を迎えて抱きしめたいと言う。さらに、会社を代わったので、今すぐ僕の所へとんで来てほしいと訴える。二人の想いは、徐々にエスカレートし、「古いなじみ」でしかなかった道男に、恵子は心を「熱く」する。「三年間の別離」が、恵子の恋心を「かきた」て、二人の手紙は、「熱狂的なラブ・レター」になっていったのである。母を亡くした恵子は、道男のもとにゆく。ところが、道男の家は、「場末」の「裏通り」にあり、〈都会〉の「スラム街」の「間仕切」り「長屋」である。そこには「黄色いヘルメット」や「作業服」があり、「下駄」が「散乱」している。道男は「見違える」ように「やつ」れ、「突然来」たって「泊まる所もない」と「不快」そうに言う。道男が「狂喜して迎えてくれるはず」だと想像していた恵子は、「涙」が出そうになり、「幼い恋」が「うそのようだ」と思う。道男は「清掃会社」で「ビルの掃除を請負う仕事」についていたのだ。道男の「心がわり」が信じられない。〈都会〉の「せまくるしさ」を訴える恵子に、道男は「侮蔑」の感情をあらわにする。それでも、恵子は、どんなにしてでも働くわと、けなげに言う。しかし、道男は、〈都会〉は物が安くて暮らしやすく、月給が高く、子供が出来れば団地が当たるので、〈都会〉は良いところだ。俺の仕事は「ビルの窓ガラスふき」と「便所掃除」で、将来性があるやろと「毒々し」く言う。さらに、道男にとって手紙は、「空想のたのしみ」でしかないと、決定打を浴びせるのだった。恵子の妄想と、道男の空想は、完全に齟齬していたのである。

（青木京子）

愛の周り《あいのまわり》　短編小説

〔初出〕「オール読物」平成四年五月一日発行、第四十七巻五号。〔初収〕『愛のレンタル』平成五年十月一日発行、文藝春秋。
〔文庫〕『愛のレンタル』〈文春文庫〉平成八年九月十日発行、文藝春秋。
〔内容〕工藤は軽金属メーカーに勤務する二十七歳。「「なんとなく」周囲の状況に流されてしまう」自身の「優柔不断」な性格に忸怩たる思いを抱きつつ、直すことができぬままにこの年齢を迎えている。薄給ではあり、自らの容姿・学歴・性格にも自信の持てない彼は、それでもやはり「「ぼくだけの」彼女」がほしいと思い、「男の独身者がやたら多い」職場の中で焦りを覚えながら、会社の女の子から手玉に取られるようなさえない女性遍歴を重ねていた。そうした中、工藤は「三十五、六のハイ・ミス」「秋川サン」（秋川かよ子）から、入院中の父親のために婚約者のふりをしてほしいと持ちかけられる。当初彼女の容姿に何ら魅力を感じられなかった工藤だが、彼女の顔に「何ともいえぬ、ある、わるくない表情」を認めつつ、その正体を摑みきれずにいた。はじめこそ乗り気でなかったものの、彼女と共に過ごす時間に心地よさを感じることを否めなかった工藤は、提示された条件にもつられ、釈然としない思いを残しつつ持ち前の優柔不断な性格で彼女の求めに応じる。病院に父親を見舞い、その夜「秋川サン」の六甲のマンションで「たのしい充実した」一夜を過ごした工藤は、彼女と、深酒で肝臓をこわしているにも拘わらず飲酒を断たない陽気で磊落な父親、彼ら親子に好感を抱くようになる。工藤が彼女との交渉の中で「嫉妬」という感情を初めて知ったことを契機にお互いの気持ちを伝え合ったとき、「秋川サン」は「ぱっと顔を輝かせた」。それを見た工藤は、「愛――なんていっても、ぼくにはよくわかりません」「愛の周りにうろついてるぐらいのところ」と心の中で自分に言い訳しつつも、それまで彼女の顔に見出だしてきた「わるくない表情」に、初めて言葉を与えることができるようになるのだった。

（峯村至津子）

iめぇ〜る《あいめぇーる》　エッセイ集

〔初版〕『iめぇ〜る』平成十四年十月三十日発行、世界文化社。〔目次〕Ⅰ　ああせいこうせいお袋／九十年ひとむかし／男親の教えた歌／何のために生きるか――私の場合／「ヨタ」に生きる――南北《なんぼく》的極楽のすすめ／どうぞこうぞの新世紀／万夫《ばんぷ》みな可憐／さよなら、カモカのおっちゃん――喪主挨拶／私の理想の死に方／Ⅱ　女の定説／女はみんな才女である／女について（女らしい女／女の正直・不正直／女のかわいげ）／女と家庭／女の幸福　女の友情／女の残酷さと優しさ／男に甘える／オジサンとオバサンの違い／人、サムライたらんと欲《ほっ》せば／Ⅲ　結婚について／結婚とは／〝あわれ人妻〟の世界……／夫は男ではない……／合わせものは離れもの／家庭のかたち／継母《ままはは》ってなに？／別れも楽し／子供地獄／女の子の育てかたは？／あとがき〔内容〕「人は何のために生きるか？　ということを私はいつも考えている。私は人生を楽しむために生きるのだ、と思っている。そして私の場合、楽しむことは人を愛すること、人に愛されること、にほかならぬのである」「愛して、愛されて、楽しんで、そして命の終わるとき、棺の中へはいりながら、〈アア、楽しかった！〉といえるような人生を、私は送りたいと思っている」、本書は、筆者のこのような見解によって貫かれている。また、作品の底流には女性の真の自立を促す主張があるが、それは、決して堅苦しい教訓めいたものではなく、筆者独特の温かい雰囲気の中で、知らず知らずのうちに納得させられてしまう。人生の指針として何度も手に取りたくなるエッセイ集である。尚、本書は、『愛を謳う』と改題して、再編の上、文庫化されている。（足立直子）

愛を謳う《あいをうたう》　エッセイ集

〔文庫〕『愛を謳う』〈集英社文庫〉平成二十年八月二十五日発行、集英社。〔目次〕Ⅰ　何のために生きるか――私の場合／ああせいこうせいお袋／男親の教えた歌／九十年ひとむかし／私の理想の死に方／「ヨタ」に生きる――南北《なんぼく》的極楽のすすめ／どうぞこうぞの新世紀／さよなら、カモカのおっちゃん――喪主挨拶／万夫《ばんぷ》みな可憐／Ⅱ　女はみんな才女である／女の幸福　女の友情／女の残酷さと優しさ／男に甘える／女について（女らしい女／女の正直・不正直／女のかわいげ）／女と家庭／人、サムライたらんと欲《ほっ》せば／女の定説／オジサンとオバサンの違い／Ⅲ　結婚について／別れも楽し／結婚とは／家庭のかたち／〝あわれ人妻〟の世界……／夫は男ではない……／継母《ままはは》ってなに？／女の子の育てかたは？／子供地獄／合わせものは離れもの／あとがき／解説　諸田玲子〔内容〕『iめぇ〜る』を再編したエッセイ集なので、核となる主張である〈愛への讃歌〉自体は変わらないが、構成に工夫を凝らしたことによって、人が生きること、特に女性が生涯において乗り越えるべき問題を、時系列的に問いかける展開となっている。特に、「合わせものは離れもの」で作品が終わるので、初版よりも、一層、女性の生き方についてさりげなく、かつ、的確に見直しを要求している筆者の意図が垣間見える。但し、全体としては、「生きること」「愛すること」などの深刻なテーマを扱いながらも、軽妙なタッチで描かれており、楽しく親しみやすい。多くの人々の人生のバイブルとも成りうる一冊となっている。（足立直子）

赤ちゃん狼《あかちゃんおおかみ》　短編小説

〔初出〕「小説現代」昭和四十八年八月一日

発行、第十一巻八号。〔初収〕『無常ソング―小説・冠婚葬祭―』昭和四十九年十月十二日発行、講談社。〔文庫〕『無常ソング』〈講談社文庫〉昭和五十二年六月十五日発行、講談社。

〔内容〕秀明は、妹の梅子が安夫のとこ、もうガキ作りよるといってきたので、ギョッとした。五人兄妹で、秀明が三十八、梅子が三十六で、そのあと十年もたって弟の正夫ができ、つづけさまに藤子、安夫とできた。長兄の秀明と末弟の安夫とは十六歳もの幅がある。おかげで、秀明と梅子がえらい目にあった。親爺が脳溢血で倒れてからは、秀明が一家の大黒柱で、幼い弟妹を育ててきたのだ。秀明が、子供と聞くとゾッとするのは、小さな弟や妹を育ててうんざりしたからだ。梅子も弟妹の世話に追われて、働いた月給は家へ入れ、そのあげくた。弟や妹はさっさと独立して家を出て行ったま梅子がお袋の看病までして送り、そのままハイミスになった。末っ子の安夫は高校をでて、家具メーカに勤めていた。て四、五年は独身で働いて、貯金してから結婚すればいいと、秀明は思っていたが、安夫は職場のマチ子と仲良くなりすぐ結婚した。出産費用でも貯めてあるならまだしも、何もかもこっちがせんならんのである。いまの若者は、人をアテにするのを当然と思っているのだ。マチ子は自分の月経周期も日もおぼえていない他愛なさだ。内祝いも金が無くて送っていないのに、若いうちに産みあげとくと、二人目を持つという。


（浦西和彦）

あかん男《おとこ》　短編小説

〔初出〕「別冊小説現代」昭和四十三年十月発行。〔初収〕『あかん男』昭和四十六年九月十日発行、読売新聞社。〔文庫〕『あかん男』〈角川文庫〉昭和五十年十月十日発行、角川書店。

〔内容〕私は三十五歳で、甥は二十七歳である。甥が結婚することになり、その一方、私は二十回も見合いをして、まだ、結婚に至らない。見合い相手は、全て、〈帯に短しタスキに長し〉で、ことごとく失敗に終わった。親戚からも嘲弄される中、私は、ただ、奥ゆかしくて、自分を大切にしてくれる優しい女性との出会いを待つのみであった。そのようなある日、私は思い切って、職場の土田タマ子に、お茶を飲みに行くことを提案した。タマ子は、一旦は拒否するものの、私の「みんなで誘うていこか」という提案には承諾した。だが、タマ子が連れてきたのは、十四、五人もの女性で、しかも、その女性たちは、私の存在など、気にもかけず、好きな料理を食しながら、それぞれに会話を楽しんでいる。私は、現代女性のデリカシイの無さに傷つき、ひたすら、かつての「ニッポンの女」のような存在を待ち望む。家庭を持っている同僚をうらやましく思いつつも、職場の恋愛に関しては諦め始めていた頃、今度は、タマ子の方から、意味ありげな様子で、私に二人きりで会うことを求めてきた。私は、声を弾ませて了解し、淡い期待を抱きながら、待ち合わせ場所でタマ子を待つが、彼女は一向に現れる気配がない。その時、店のボーイが近づいてきて、タマ子から電話がかかってきたことを告げる。電話口で彼女が言うには、用事は金の無心だったが、もう解決したからと、待ち合わせのキャンセルだった。私は、自分自身をしみじみと「あかん男やなあ」と思うのであった。短編集の表題にもなっているように、筆者が好んで描いた所謂〈ダメ男〉の代表的な形象であるが、そういった男性を描く筆致は決して蔑むようなものでなく、ユーモア溢れる、温かみのある作品として仕上がっている。

（足立直子）

秋のわかれ《あきのわかれ》 児童文学

〔初出〕「小説女学生コース」昭和六十一年五月一日〜六十二年九月一日発行。〔初版〕『秋のわかれ』昭和五十二年十一月発行、ポプラ社。〔文庫〕『秋のわかれ』〈角川文庫〉平成二年一月二十五日発行、角川書店。

〔内容〕夏休み、大阪の街中に住む高校一年生の越谷悦子と親友の黒川信子は、岡山の田舎にある悦子の伯母の家に遊びに行き、それぞれ好きな相手ができた。信子に唆されて、悦子は片想いの相手に、ラブレターを書こうとしている。伯母の家には、同い年の毅と五年生の道子、伯父の甥の孤児、高校三年生の俊秀がいた。キャンプ場で柄の悪い大学生に絡まれ、毅が殴られて悦子は憤怒し戦う。悦子の勇気に感動した小柄で右足が不自由な高塚周一も助太刀に入り、駆けつけた俊秀に助けられる。悦子は、俊秀と親しげに話す信子にやきもちを焼くが、海水浴に出かけ俊秀の優しさを知り、ますます好きになる。画家になりたい高塚は、著名な画家にプロになる才能は無いといわれ落ち込むが、俊秀と悦子の励ましに勇気付けられる。信子は毅に、悦子は高塚に告白された。墓掃除に俊秀と出かけ、寺で雨宿りをするうち、住職と俊秀が将棋を指し始める。期待はずれの悦子は、一人で家に帰ろうとして寺の築山で迷い、遭難のヒロインを妄想して泣き、捜しにきた俊秀に抱きついて大笑いされる。俊秀は、知恵遅れの妹を引き取るために、高校を出たら九州で働くという。悦子は、しくしくする痛み、つらい、深い気持ちを抱きしめて、俊秀と握手をする。伯母からの手紙が届き、俊秀が、自分の留守中に悦子たちを帰したとひどく怒ったと書かれているのを読んで、悦子は告白する必要が無いことを知る。物語のヒロインは、妄想癖がある夢見がちな文学少女であるが、他者を思いやり現実的な判断もできる生身の少女として描かれている。主人公のいじらしい恋を、その人間的な成長とともに描いた、ユーモアあふれる青春小説である。単行本は表題作のほか「ぼくの心は風船玉」（「小説女学生コース」昭和四十二年三月一日発行）「私の姉ちゃん」（「ジュニア文芸」昭和四十二年一月十五日発行）「姉妹は他人のはじまり」（「ジュニア文芸」昭和四十二年六月一日発行）を収録している。

（畠山兆子）

朝帰り《あさがえり》 掌編小説

〔初出〕「小説新潮」昭和四十八年八月一日発行、第二十七巻八号。

〔内容〕連載小説「一期《いちご》のいろ夢」の第八話。題字とカットは灘本唯人。「朝帰り」に関する話題が、「私」「熊八中年」「与太郎青年」それぞれの視点で語られる。書き出しは、「「朝帰り天高けれどせぐくまり」という川柳がある」。「私」は、与太郎青年にこの川柳の「朝帰り」の意味を説き、次に『枕草子』の「あかつきに帰らん人は」について、熊八中年と語る。話題は次第に、家庭のある男性の不倫や、連れ込みホテル利用の一般論にかわる。「当今では、もし、その種のホテルへいくとすれば、（朝帰りではなく・目野注）おひる休みを利用するのであるらしい」など、「私」は自分の調べたところについて述べる。最後は、「「天高けれどせぐくまり」の情趣じたいも、朝帰りという語の微妙なニュアンスもなくなったいま、現代では、いちばんそのニュアンスに近い状態は、「焼け出され帰り」ではないかと、私は思う」とまとめる。田辺の作品世界には、しばしば不倫をしてホテルに泊まる男女が登場する。「一《いち》期《ご》のいろ夢」連載前年の昭和四十七年に

「サンデー毎日」に連載された「窓をあけますか?」ほか多数。この「朝帰り」も、そうした田辺の小説世界のニュアンスを漂わせる。また、彼女の小説に出てくる古典文学の登場人物たち、特に『源氏物語』をめぐるあまたのエッセイ、『源氏物語』のリライトには、この「朝帰り」の男性の姿のおかしみ、風情、可愛らしさが面目躍如である。興味深いことに、田辺にとっては、この掌編のこのテーマのみ、「一期《いちご》のいろ夢」連載の他の回と異なり、「このテーマは男女を逆にしても通じる機微なのではないか」という解釈が、連載終了後も生じていないようである。日本の女には、朝帰りの情緒が生じる可能性はないのであろうか。

（日野由希）

朝ごはんぬき?《あさごはんぬき?》　長編小説

〔初出〕「週刊小説」昭和五十一年一月二日～七月十二日発行、第五巻一号～二十六号。**〔初版〕**『朝ごはんぬき?』昭和五十一年九月三十日発行、実業之日本社。**〔文庫〕**『朝ごはんぬき?』〈新潮文庫〉昭和五十四年十二月二十五日発行、新潮社。

〔内容〕「私」は、三十一歳の明田マリ子である。女流作家・秋元えりか先生のお手伝い兼秘書兼犬の散歩係として住み込みで働いている。「私」の目に映るえりか先生宅の毎日は、騒々しい。編集者たちの戦略や懇願と渡り合い、えりか先生は傍若無人に周囲を振り回すが、それもこれも小説を書くため。徹底して戯画化された女性作家の奇矯な生態は、強烈に自己中心的である。えりか先生が放り出してしまっているのは、家庭の暮らしである。夫の土井氏や娘のさゆりちゃんは、同じ屋根の下に暮らしながらもえりか先生とは全く別の時間を生きている。食事の風景が、それを象徴的に物語る。たとえば朝ごはん。えりか先生と土井氏とさゆりちゃんは食事のメニューも時間もばらばらである。マリ子は充実した美しい朝食をとるのを信条にしていたのだが、慌ただしい生活に捲き込まれるうち「野戦料理」とでもいうべき簡素なものと化す。夕食も同様、えりか先生はごてごてと着飾ってお気に入りの美青年編集者鈴木クンと外食、土井氏は手練れの編集者ジャガ芋と家で宴会、さゆりちゃんはいつも自室でカップヌードルといった具合である。けれども食べることは、大切なのである。土井氏は外泊しがちになり、浮気かとえりか先生は激怒するが、実は美食趣味の集まりに参加していたのだった。マリ子のもとには、かつての恋人森夫が戻ってくる。森夫が忘れられなかったのは、マリ子のつくる朝食だった。ここには二つの仕事がある。獰猛に書くことに集中するえりか先生の作家という仕事と、食べることを通して穏やかな共生の場をつくるマリ子の仕事。二つの仕事は異質であり、二人の人物に振り分けて描かれている。だが、田辺聖子はこの二つの仕事を、異質なままに抱え込んでいたのではなかったか。『しんこ細工の猿や雉子』などに語られた田辺聖子自身のおずおずとした書く姿とえりか先生は一見正反対のようだが、マリ子の仕事のかけがえのなさに深い共感を示しつつ、作家に巣くった書くことへの欲望が笑いを招くほどの獰猛さを帯びていることを物語る作品である。

（飯田祐子）

あじさい娘《あじさいむすめ》　短編小説

〔初出〕「小説現代」昭和四十一年七月一日発行、第四巻七号。**〔初収〕**『もと夫婦』昭和四十六年八月十六日発行、講談社。**〔文庫〕**『もと夫婦』〈講談社文庫〉昭和五十年五月十五日発行、講談社。

〔内容〕謎の美少女に焦がれ、一瞬で失恋するまでの顚末を主人公の独白で構成した僕小説。二十三歳の植田アツシはオートバイにジャンパーで営業する金物問屋の店員。七十五歳の祖母と二人暮らしで商売には不向きのぼんくらな性格である。得意先の女店員から香水をもらった事もあるが、男前ではなく女性に関しては奥手である。職場の連中に連れて行かれた曽根崎のジャズ喫茶アゲインで美少女ネリに出会う。同僚はネリに手出しするなと釘をさす。だが思いがげず彼女から火曜日に会えないかと誘いを受ける。帰宅してもネリのことが頭から離れない。約束の日、雨が降りそうだったが祖母に咎められながらも、新品同様の先の尖った靴を履いて出かけた。退社の時、残業させられそうになるが便所に隠れ、雨に合いながらも、なんとかトレビアンという食堂でネリと落ち合って食事。その後、行きつけの一杯飲み屋で彼女の身の上話を聞き、中之島近くの彼女の友達のマンションでキスをする。その時、ネリはあじさい娘を歌う。その後もアゲインに通うが彼女は現れず、会えぬままに、彼女から五万円を無心する手紙が届く。相談した祖母には二千円と言いつつも、会いたいと懇願して彼女に一万五千円を送るが、何の連絡もなかった。漸く彼女の住処を見つけ、男と暮らす南の勘助町の煙草屋の二階を訪れた帰りに、久しぶりにアゲインに立ち寄る。そこでネリの面影を追う。田辺聖子は樟蔭女子専門学校卒業後七年ほど大阪の金物問屋大同商店に勤務しており、その時に見聞きした事件を元にしたモデル小説であろう。作者自身を想起させる女事務員がプレゼントした香水と孫を溺愛する祖母の呪いを受けた靴のお陰でアツシの恋は成就しなかった。「あじさい娘」はイベット・ジロウが昭和二十一年に発表したシャンソン。主人公のオートバイに乗る姿はジェームス・ディーンやマーロン・ブランドで、ネリがジミーというのはジェームス・スチュアート。祖母と二人暮らしというアツシの境遇は仏映画『シェルブールの雨傘』の主人公ギイに似ており、そのパロディー。また現在も曽根崎にはジャズの店が多く、本作発表前後に国際的に活躍する日本人ジャズ奏者が多く登場し、後にはフリージャズブームもあった。　（岩見幸恵）

あなた待つスヌー《あなたまつすぬー》

短編小説

〔初出〕「オール読物」昭和五十三年五月一日発行、第三十三巻五号。〔初収〕『スヌー物語―浜辺先生ぶーらぶらー』昭和五十四年七月十五日発行、文藝春秋。〔文庫〕『スヌー物語』〈文春文庫〉昭和五十七年七月二十五日、文藝春秋。

〔内容〕「オール読物」昭和五十三年五月号に掲載されたスヌー・シリーズの第三作目である。目次には「花束も届き、スヌーは人気もの。おや浜辺先生に何かおねだりしてますね」とある。縫いぐるみの犬のスヌーとオジンを家族に加えて、私（浜辺丁子＝田辺聖子）は四人家族である。スヌーは、私がその写真を東京の編集者諸氏にばらまいたおかげで、すっかり人気者になってしまった。スヌーは大威張りで、自分のことを「あなた」と呼んでくれと言うが私は取り合わない。スヌーの踊りの写真を心楽しく撮り続け、「スヌー通信」数十冊を作り上げて、出版社からはスヌーに花束が贈られてきた。年末年始にかけて、夫と三人の友人と一緒に台湾へ遊びに行き、台湾の旧友と会って旧交をあたためた。台湾の中年知識人たちはみな語学に堪能で、彼女たち（蔡さん・碧梅さん等）の日本語の美しさに耳を洗われる。清朝宮殿風の豪華なホテルに泊まったが、私はこんな立派なホテルに魅力を感じず、台湾の匂いのする市街地へ早々に繰り出した。博愛路にある服地・仕立て屋で、夫と一緒に中国服を注文した後、旧友の案内でいよいよ食堂に行く。台湾の友人は高級な料理店ばかり案内してくれるが、私たちはそれには飽き足らず、台北から新竹《シンチユウ》へ行き、活気のある屋台市場で台湾の味を堪能した。陳先生をも交えて、この「蓬莱島」のような南海の小島で楽しく過ごした旅だった。そしてスヌーの待つ日本へ帰国したのであるが、なんのアクシデントもなく、たのしい旅だったのはスヌーの神通力のおかげと思わずにはいられない。

（檀原みすず）

あひるのあんたはん《あひるのあんたはん》

短編小説

〔**初出**〕「問題小説」昭和五十年七月一日発行、第九巻八号。〔**初収**〕『お聖どん・アドベンチャー』昭和五十二年三月十日発行、徳間書店。〔**文庫**〕『お聖どん・アドベンチャー』〈集英社文庫〉昭和五十五年二月二十五日発行、集英社。

〔**内容**〕小説家が廃業させられた世界。食うに困った小松左京サン、筒井康隆サン、私、五木寛之サンの四人は「宗教法人あひる教団」を設立、私はあひる教団で「あんたはん」と語りかける教祖となる。教団は繁盛し四人は借金を返済、さらに、銀行が融資して、信者の町を作ることになる。映画館、劇場、百貨店があり、日本のよそでは許されない民放も放映される特別な美しい町「あひる市」が作られていく。ある日、小松サンと五木サンがすごい見幕で皆を車に乗せる。ほどなく、あひる市が巨大な円筒に包まれ雷のような音と共に空に消える。あひる市は政府が製造した大宇宙艇の中に作られており、二度と地球に戻ることのない探検に向かわせられたのだった。

（高橋博美）

甘い関係《あまいかんけい》

長編小説

〔**初出**〕「大阪日日新聞」昭和四十二年十月三日～四十三年二月二十九日発行。〔**初版**〕『甘い関係』昭和四十三年五月二十五日発行、三一書房。〔**文庫**〕『甘い関係』〈文春文庫〉昭和五十年九月二十五日発行、文藝春秋。

〔**内容**〕雑誌編集者の彩子は二十三歳、BG《ビジネスガール》をしつつ事業を拡げて金をためている美紀は二十九歳、歌手だが尻軽で出世欲のない町子は二十歳。三人は独身だが親元を出て大阪の野里にあるアパートの一室で「ワリカン独立」をしている。彩子には恋人の悟がいるが、美人作家兼タレントの喜志あぐりとの仲が怪しい。一方で彩子は仕事で知り合った評論家楠正明が気にかかる。美紀は会社の男たちに金を貸しており、男というものを軽蔑している。年下の北林と付き合っているが、美紀の部下トモ代が彼と結婚すると言う。町子は喫茶店などで歌っているが、妻子あるレーサー啓二と甘い関係になる。町子を売り出したい彩子は、楠に頼み作詞家の紅谷を紹介してもらうが、紅谷は啓二その人だった。町子は上京し啓二によって売れっ子となる。美紀は北林の子を流産。軽蔑していた課長の小山田に平安を見出し結婚を決意する。悟との関係を書いた文章が楠によって世に出され、彩子は新進作家として活躍しはじめる。不実な悟は見限った。ある日彩子が東京へ行き町子と会うと、啓二の心が離れたと泣いていたが、翌日は別の男と楽しそうにしている。その翌日、啓二の事故死の知らせが入る。町子は前夜出損ねた電話は啓二からに違いない、レース前の不安を伝えたかったのだろうと言う。彩子は、自分なら「こわい」と言うようなことがあるとき楠に電話するだろうかと考えた。三人をめぐる人間関係が互いに絡み合いながら展開する、著者初の新聞連載小説。初出紙の昭和四十二年十月一日に著者と画家村上豊の予告コメントがあるほか、同九月三十日には大々的な予告記事もある。その記事で著者は、現代大阪女性には「内面に秘めた無気味ともいえる生きるための〝底力〟がある」と述べている。記者に語ったという筋では彩子はひたすら名誉を欲する女で、定稿の彩子像とはやや異なる。本作は昭和五十年十月放映開始のNHK連続テレビ小説「おはようさん」としてドラマ化された。文春文庫の新装版（平成二十二年九月十日発行）解説で林真理子は「後の田辺文学の中核を成す要素がすべて入っている」作品と評する。（奥野久美子）

雨の草珊瑚《あめのくささんご》　短編小説

〔**初出**〕「小説中公」平成六年一月一日発行、第二巻一号。〔**初収**〕『週末の鬱金香《チユーリツプ》』平成六年十月七日発行、中央公論社。〔**文庫**〕『週末の鬱金香《チユーリツプ》』〈中公文庫〉平成八年十一月十八日発行、中央公論社。

〔**内容**〕私は、二、三百坪を擁する大家さんの庭の一部に建てられているアパートに住んでいる。そして、大阪のミナミのビルに「高木リリ・ハッピー占い」の部屋を持っていて、水晶球とトランプで占うが、クライアントからたちのぼるオーラみたいなかすかな匂いを嗅ぎとって、回答を示唆することもある。お隣の谷口さんは単身赴任者らしい。邪悪な臭いはしないが、人恋しいような淋しい匂いがほんのかすかにする。私は谷口さんに心惹かれていた。大西夫人の相談は主人と復縁すべきかどうかであった。五年前に、夫に若い愛人ができて、大西夫人に離婚を迫り、二人の子供も捨てて出ていったのである。夫人は、いまも激しくその女をにくみ、許さない。その気持ちが邪悪な悪臭となって部屋中に蔓延する。しかも、結婚入籍した女は一年半で夫を捨てて出ていったのだ。夫は人を介して戻りたいといってきた。夫は几帳面な人で養育費は欠かさず送ってきていた。夫と話し合ってもいいかを占ってくれという。邪悪な臭気は消え、別の弱々しいにおいが噴きあがってきた。私は「家庭は追い追いおさまる、迷えばチャンスを逸する」と占った。谷口さんとは駅前ビルのバーに飲みに行くこともある。大西夫人が再び来た。臭気の予感はなかった。その夜、谷口さんと顔を合わせると、ぼくの友人の話ですが、五年前に子供をふり捨てて家をでたが、家から戻ってこいといわれて、どの顔下げて戻れようかと迷っているようです、という。私はお帰りになるべきですわ、そういってあげなさいよ、といった。すると、あの甘美な匂いは消え、寂々とした無臭の空気が冷たく、二人のあいだにたちこめているばかりだった。谷口さんは年末にあわただしく引っ越していった。（浦西和彦）

あめりか・じゃがたら文《あめりか・じゃがたらぶみ》　短編小説

〔**初出**〕「小説現代」昭和四十三年四月一日発行、第六巻四号。〔**初収**〕『もと夫婦』昭和四十六年八月十六日発行、講談社。〔**文庫**〕『もと夫婦』〈講談社文庫〉昭和五十年五月十五日発行、講談社。

〔**内容**〕サンフランシスコ郊外で花卉栽培等に成功した伯母ハツ子が四十五年ぶりに帰国し、出迎えた一族の人々の身勝手な行動を姪のしげ子の目を通して描く。戦前に伯母は米国在住の日本人と結婚し、以来一度も帰国出来ないでいた。死去した夫からの手紙には戦後、ユタ州のトバス日系人強制収容所から出た後、夫婦で必死に働いたとあった。そして裕福な日系一世の観光団と共に四十五年ぶりに帰国。伯父や叔母、それに従姉妹たちはハツ子の息子ロバートとの結婚や米国での裕福な留学を目当てに羽田に出迎える。しげ子の両親は既に他界、二十二歳で結婚したが死別した後は、気楽に過ごし三十五歳になる。ハツ子は一族に土産を分配し、観光団の旅程を切り上げ、播州の田舎の墓参や大阪の親戚を訪問。ロバートが遅れて合流し、聞きつけた叔母達は自分の娘達を呼び出して対面させた。しげ子はその間、会社を休み伯母の案内役をまかされ、米国に送る琴を探して伯母とアパートの近所の楽器店に行く。店では息子が応対し、父親が不在だからと出直しを求められたが、再訪して琴を購入。実は息子はしげ子の勤務する毛織物会社の近くの貿易会社に勤めていた。結局ロバートは日本で花嫁を見つけられず、米国で琴の弾ける日系二世の娘と結婚した。しげ子はその後、楽器店の息子とデートを続けている。小津映画『東京物語』の原節子の役どころのような立場のしげ子は親身に伯母の世話をしたことで、労が報われ、米国での裕福な結婚生活ではないが、もう少し堅実な楽器屋の息子に巡り合うことが出来た。日系人の帰国をメインとしながらも、しげ子の話は重要なサブエピソードとして描かれている。昭和五十五年発表の山崎豊子の『二つの祖国』よりもこの種の物語としては早い。じゃがたら文は本来、江戸時代初期に、鎖国で国外追放になった人々の望郷の思いを綴ったインドネシアのジャカルタ方面からの手紙の総称で、あるいは外国の物語という意味でも用いる。本作ではしげ子の亡き母が残した、ハツ子夫婦のエアメールがこれに相当する。沖縄返還に関する日米共同声明は昭和四十二年十一月でこれも作品に関係している。江戸時代末に遭難して露国から帰国した大黒屋光太夫を描いた井上靖の『おろしや国酔夢譚』は昭和四十一年から四十三年の執筆で同年代の作品である。

（岩見幸恵）

あんたが大将―日本女性解放小史《あんたがたいしょう―にほんじょせいかいほうしょうし》

短編小説

〔**初出**〕「別冊文藝春秋」昭和六十三年七月一日・十月一日発行、第百八十四号・第百八十五号。〔**初収**〕『ブス愚痴録』平成元年四月二十日発行、文藝春秋。〔**文庫**〕『ブス愚痴録』〈文春文庫〉平成四年三月十日発行、文藝春秋。

〔**内容**〕辰野は四十三歳。道修町の製薬会社に勤める、ごく普通の庶民である。妻の栄子とは見合いで結婚した。大柄な彼女は、自分の長身を恥じるように猫背ぎみになって、辰野に隠れるように、半歩から一歩あとを歩く。オドオドとして自信がなく、何をするにも辰野の指示を仰ぐ。周囲からは、夫に心服して、つつましく、夫を立てているように見られている。辰野は家では「あんたが大将」だった。日曜の午後、二人で駅前商店街へ水屋を買いに出掛けた時、栄子は赤札のついたドレッサーを見つけ、田舎弁まるだしで買って欲しいとねだる。その時、キャリアウーマンといった感じのちょっとした美人が、あたしの物をあたしが買うのだからと、豪華なドレッサーを即決現金払いで買っていった。家に帰った後、栄子は、その女に自分のものも自分で買えないと軽蔑されたと泣いた。悔し涙の中で、自分のものは自分で買えるキャリアウーマンになる、と栄子は決心する。はじめに働いたのは、近くのパン屋の店番であった。その後、二つ三つ大阪よりの大きい駅前にあるブティックの売り子、大阪のミナミの婦人服メーカーの販売店と勤めるうちに、もともとの長身、ととのった目鼻立ちもあって、見違えるような女っぷりになった。しかも、これまでの金銭的な我慢について恨みがましく辰野に嫌味を言う。今まで遠慮して何も言えず、オドオドしていた昔の自分自身に腹を立てているのだ。昔はビールさえ口をつけなかったのに、たまの日曜の休みには、料理を作りながら缶ビールを空ける。豪快な飲みっぷりだ。辰野は、ただただ妻の変貌ぶりに気を呑まれている。ある夜、辰野が帰ると、栄子が会社をクビになったと泣いている。辰野は妻が世の中を甘く見過ぎていたと思い、派手なところで浮かれすぎたのではないか、今度はもっと地味なところで働くように妻を慰めた。次の次の夜、家に帰ると、巨大なテキが焼かれ、栄子は缶ビールを飲んでいる。聞くと、時給の良い、心斎橋の別の店に採用されたとのことだ。やっぱり、あんたが大将、というフレーズは妻に捧げたい。

（宮薗美佳）

【い】

いいたい放題《いいたいほうだい》　短編小説

〔**初出**〕「小説現代」昭和四十九年二月一日発行、第十二巻二号。〔**初収**〕『無常ソング――小説・冠婚葬祭――』昭和四十九年十月十二日発行、講談社。〔**文庫**〕『無常ソング』〈講談社文庫〉昭和五十二年六月十五日発行、講談社。

〔**内容**〕井村は礼儀知らずの若者に手をやかされることが多い。営業へいったから、特に社員教育に力をいれているのではない。井村は性格的にきっちりした方で、だらしない人間関係や礼儀知らずというのが生理的にきらいなのだ。毎日、若者達の毒気にあてられて、こっちが、どうでもいいようなことに文句をつけてるような、何かみじめな気がするのである。井村は、妻の伴子の言葉づかいにも不満を持っている。高三の正夫の所へ、毎晩のように友人が来るが、顔を合わせても挨拶もせず、礼儀も教育もさっぱりない、野蛮人の集まりのように思える。向かいの奥サンがポータブル仏壇を持ち込んできて、坊さんが来たら二つ並べてお経あげてもらってという。坊さんまでが「何し、ナマミの人間やさかい、秋の夜風は冷とうおます、ハッハッハ」と空の徳利を振って酒の催促をする。井村は、みんな、いいたい放題いいはると思ったが、もはや怒る気にもなれない。

（浦西和彦）

言い寄る《いいよる》　長編小説

〔**初出**〕「週刊大衆」昭和四十八年七月五日～十二月二十七日発行、第十六巻二十六号～五十一号。〔**初収**〕『言い寄る』昭和四十九年十一月三十日発行、文藝春秋。〔**文庫**〕『言い寄る』〈文春文庫〉昭和五十三年八月二十五日発行、文藝春秋。〔**全集**〕『田辺聖子全集第六巻』平成十六年八月十日発行、集英社。

〔**内容**〕主人公の玉木乃里子は三十一歳のハイ・ミスで、デザインやイラストの仕事のほか縫いぐるみの動物や人形なども作っている。友達の美々は生命保険会社のＯＬである。美々が恋人の甲斐孝之に逃げられ、慰謝料を請求するのに乃里子もついて行くところから始まる。孝之は、友人の中谷剛と一緒に待ち合わせの阪急ホテルのロビーに現れる。乃里子の強気な交渉の末、妊娠中絶の費用として十万円支払わせることになった。そのお金を中谷剛が預かって乃里子に渡したのをきっかけに、乃里子と剛の交際が発展していく。剛は六甲の別荘へ乃里子を連れて行き、二人は関係をもってしまう。乃里子は、幼馴染みで商社に勤めながらハワイアン・バンドのアルバイトをしている三浦五郎が好きだった。しかし五郎は乃里子の気持ちに気づかない。乃里子は五郎に恋い焦がれて、言い寄るチャンスをうかがっているのに、どうしても言い寄れないのだ。剛が乃里子以外の女とかけもちしていることがわかり、乃里子は隣の別荘の主人水野に傾いてゆく。美々は急に中絶せず子供を生みたくなり、子供の籍をつくるため偽装結婚したいと考え、それを五郎にたのんで欲しいと乃里子に言う。美々は未熟児を生むが、その子は死んでしまう。だが五郎が美々を愛していることを知らされ、乃里子は絶望する。乃里子にはついに言い寄れなかった五郎が、美々にはすぐさま言い寄っていたのだ。やっと五郎をあきらめた心の空隙に剛の愛が入ってくる。「世の中には二種類の人間がある。言い寄れる人と、言い寄れない人である」など、作中に恋愛にまつわるアフォリズムが多く散りばめられている。昭和四十年代の梅田、本町、六甲、淡路島などを舞台に、大阪弁のもつ独特なニュアンスを自由に駆使して、男女の心理が描かれている。『言い寄る』以後、『私的生活』『苺をつぶしながら』と書き継がれ、乃里子を主人公とする三部作は人気シリーズとなっている。

（檀原みすず）

言うたらなんやけど《いうたらなんやけど》 エッセイ集

〔初版〕『言うたらなんやけど』昭和四十八年十一月二十日発行、筑摩書房。〔文庫〕『言うたらなんやけど』〈角川文庫〉昭和五十五年五月十五日発行、角川書店。〔目次〕Ⅰ日々雑感（海坊主と私／母というもの／怒りとわたし／テレビと悪人／わらべうた雑記／舞台の色彩／子供と正月／縁起かつぎ／オトナの男／暑中あれこれ／行列／競馬とわたし―桜花賞をみて／ワラビとツチノコ）／Ⅱ世相あれこれ（スカタンだらけの男がなにをヌカす／親にはその責任はない／権威崇拝／まんなか人間の悲哀と任務／中絶手術／親と子／無知・無理解／マキシと伝統／賢愚の差／住居と男／サラリーマンの型／刀自《とじ》パワー／少女小説の如く／ミンクコート雑感／男の思想の流行／主婦の起爆力／テレビドラマのつまらなさ／女の投書／子供より親が大事／移転通知／モンローが中年になれば／若い人・古いもの／中年よ体をきたえておけ／一億総給食／衣食足って……／クロセイがんばれ／一事を多くすれば……／高校生の性教育／なにわ天皇制論議／再び「なにわ天皇制論議」／心臓移植／時代ドラマ／プロの家政婦／男と女と政治／一年ののち／私塾／子供をもつ趣味／ひとりの酒／カンシャク玉）／Ⅲ小説の周囲（読み手とのめぐりあい／私の小説作法／運命／大阪もの／子どもと敬語／軽佻浮薄文学／現代小説と歴史小説／浅黄裏／「世間」と「文壇」）／Ⅳわが酒・わが味（私とお酒／酒徒とのつき合い／しょげ酒のオトコはん／三十一《みそひと》文字《もじ》酒／歌い魔の酒／直言酒／色けのある酒／ジュース酒／お供酒／若者の酒困／りちぎ酒／異人種／ぬすみ酒／酒の上酒／蜜柑《みかん》の思い出／春の菓子さまざま／〝味〟はひとりのもの？）／Ⅴ旅・人・旅情（渡り鳥の唄《うた》／祖母のふるさと／旅情／山陰の旅／女シェーン／京都人／修学旅行廃止せよ／文明的／台北のトウモロコシ／フィリピン人ホセ／ヨーロッパの陰翳《いんえい》／パリの踊り子／パリの日本女／めぐりあい）／あとがきに代えて

〔内容〕独自の視点で、男女論、世代論、政治論、教育論を展開し、世相に鋭く切り込む。また、家庭生活の感想、作家仲間との交友録、酒や旅などの趣味についても綴られており、著者が「あとがきに代えて」の中で、「この本は折々の私の日記のような感じもする。また、かなり正確な私の経

歴書、年譜でもある気がする」というように、著者の生活感が溢れるエッセイ集である。

（荒井真理亜）

家つき男をくどく法《いえつきおとこをくどくほう》

短編小説

〔初出〕「小説現代」昭和五十五年九月一日発行、第十八巻九号。〔初収〕『宮本武蔵をくどく法』昭和六十年一月十四日発行、講談社。〔文庫〕『宮本武蔵をくどく法』〈講談社文庫〉昭和六十三年四月十五日発行、講談社。

〔内容〕隣家に住むヤモメ暮らしの中年男性と、その住家も気に入っている三十代独身女性が、捉まえどころのない男の関心を惹き、「コッチを向」かせる話。私は三十九歳の独身ＯＬだが、かつて目にした四十の花嫁の醜悪さに、三十代で花嫁になりたいと思っている。今まで結婚しなかったのは、ノンキすぎたのと、居心地よくなった会社を辞めるほど、気に入った男がいなかったからだ。ところで、堀田と出会ったのは駅前の歯医者である。その帰りバス停で待っていた私に、白い古ぼけた車から声を掛けてきたのが彼であった。四十九歳の彼は、落語家の桂亀蝶にそっくりで、頭が薄く丸顔でとりとめない目鼻立ちだが、口元は愛嬌がある。しかも引っ越してきて半年、毎日見おろしてうっとりと空想していた、私の好きな小ぢんまりした半製品の住家の、その主であった。五十坪ばかりの敷地に二十坪くらいの平屋。彼の妻は二年前、ここへ引っ越して間もなく、ローンを払い終わるや心労で倒れて死んだ。男の子と女の子がいるが独立している。車の中で話がとんとんと弾んで、とてもいい気分であった。ある日曜、堀田が庭の隅で野菜を植えているのが部屋から見えた。心惹かれるその家に、まあまあという男がヤモメで住んでいる。半年後には四十になる私は、何とかしなくてはと焦り行動を起こす。初めて庭に入ってよく見ると平屋建の家もいかにも住みよげで、明るそうであり、益々この家が好きになる。だが、再婚の意志を尋ねても、はぐらかすような返事ばかりで腹が立ち帰る。次の次の日曜、洗車する堀田に声をかけると早朝、市民プールへ出かけてきたのだと返事をし、再び私を縁側へ誘った。ビールを勧められ、「一人でトシとるたのしさに乾盃！」と二人はグラスを打ち合わせた。「楽しいですなあ」「こうやって誰にも束縛されず」「となりのネエちゃんと、ビールをついだり、つがれたり」と酔った堀田の口から出て来た言葉に、私も酔って「一人者はあくまでシャンと背すじをのばして、さもしい心、たよりたくなる心をおこさず」「毅然として生きるべきです。たとえ頓死しても」といって、堀田と握手して帰る。一人で気焔を上げていたところに、堀田から電話がかかる。「ようく考えてみたんやけど、アンタ、ここへ間借りしまへんか？」「一人住まいよりは二人住まいの方が、長生きするのやないかな、と……。誰にも知られず、あっけなく、はかなく、アンタに死なれると、こっちは辛うてねえ」と酔っているようであるが、シッカリした声で堀田は本心を語り、私にプロポーズしてきたのである。

（二木晴美）

いけどられて《いけどられて》

短編小説

〔初出〕「月刊カドカワ」昭和五十九年四月一日発行、第二巻四号。〔初収〕『ジョゼと虎と魚たち』昭和六十年三月二十七日発行、角川書店。〔文庫〕『ジョゼと虎と魚たち』〈角川文庫〉昭和六十二年一月十日発行、角川書店。

〔内容〕稔は梨枝より三つ年下の三十二歳

であるが、垂れ目の童顔で気はやさしい。稔の無邪気な優しさや子供っぽいエゴが梨枝は可愛かったのだが、コトが起こるとその子供っぽさは欠陥でしかない。稔が仕事の取引先の女の子とややこしくなって、子供ができたのである。相手は二十三歳、子供を産む気で、稔と結婚できなかったら死ぬと言っているという。梨枝は婦人服の製造販売会社に勤めてもう十年になる。営業に廻されてからは忙しくなったが、稔と共稼ぎの生活は充実していて楽しかった。特に問題はなかったものの、結婚して八年間、ついに子供ができないままであった。梨枝は京都まで稔の相手に会いに行った。その大原比呂子という女は梨枝に向かって「奥さんも早よできたらよろしのにね、高年出産は大変やろ思うわ。お医者さんはウチぐらいのトシが一番ええ、いわはりましてん」とあてつけでも、皮肉でもなく言えるくらい子供だった。梨枝はまともに相手をするのも阿呆らしく、稔と釣り合っているかもしれないと思った。結局、梨枝は稔と離婚した。稔が出ていく日、梨枝は稔に弁当を作る。稔がねだったのである。自分の料理に自信のある梨枝は、稔の味覚を満足させられるのは自分だけだとひそかに思っている。後ろ髪が引かれる様子の稔に対し、梨枝はすでに吹っ切れていた。梨枝は家庭から解放されたが、稔はこれから家庭というものにいけどられるのである。

（荒井真理亜）

伊勢物語《いせものがたり》

翻案小説

〔**初版**〕『竹取物語　伊勢物語』〈現代語訳日本の古典4〉昭和五十五年十一月二十八日発行、学習研究社。書き下ろし。〔**文庫**〕『竹取物語　伊勢物語』〈集英社文庫〉昭和六十二年七月二十五日発行、集英社。

〔**内容**〕平安初期に成立した『伊勢物語』は、在原業平に擬せられる「男」の元服に始まり、終焉で終わる一代記を物語の軸とし、さまざまな恋、漂泊の悲しみ、人々との交際、宮仕えなどを謳った歌と小話から構成される歌物語であり、「あとがき」（文庫版）で、『竹取物語』と並んで「日本文学の源流」であると述べている。本書は、現在残る写本の中で基本と考えられる百二十五段中の八十三段を収録し、そのうち十二段には訳注として段末に解説を付す。口語訳では、物語の中心となる歌を直訳するのではなく、改行したり言葉を補ったりして一編の詩のような文章にすることで存在感を高め、歌物語らしい特徴を醸し出している。訳注では、作品の主題として、恋、親子の情愛、友情、時代の権力者への批判、風刺、老いと死、孤独などをあげる。そして、「二条の后との恋愛事件と、伊勢の斎宮とのはかない一夜の逢瀬、この二つの事件が大きな輝きの星となっており、その周囲にそれに関連する小さな星々の章段がちりばめられて、さながら二つの天の川といった趣を呈している」と述べている。また、物語の三番目の大きなテーマとして、不遇の皇子惟喬《これたか》親王への友愛を中心とした、男の交情をあげる。現実にはかなわぬ、自由奔放な人生を生きる主人公の人間味あふれる魅力を強調し、「理想の男、というとき、私には「伊勢物語」の主人公が思い浮かぶことを告白せねばならない」（「あとがき」）と述べている。

（出口馨）

苺をつぶしながら《いちごをつぶしながら》

長編小説

〔**初出**〕「小説現代」昭和五十六年九月一日～十二月一日発行、第十九巻十号～十三号。〔**初収**〕『苺をつぶしながら〈新・私的生活〉』昭和五十七年四月二十六日発行、講談社。〔**文庫**〕『苺をつぶしながら　新・

私的生活』〈講談社文庫〉昭和六十年五月十五日発行、講談社。〔全集〕『田辺聖子全集第六巻』平成十六年八月十日発行、集英社。

〔内容〕『私的生活』の続編で、乃里子シリーズの第三部である。財閥の御曹司でひどいやきもち焼きの夫剛と別れて二年が経ち、三十五歳の玉木乃里子は、自由気ままな一人暮らしを楽しんでいる。イラストの仕事や人形作りなどで、自立して働いている。ひとり身になってから男友達もでき、昔の友情も取り戻して付き合いの幅も広がった。「あの世へいったって、こんないい目はみられそうにない」と言うのが口ぐせになっている。乃里子は一人暮らしの幸福をかみしめながら、結婚や人生についてよく考えるようになった。どしゃぶりの雨の日、偶然、剛と再会し、ちっとも変わらない呼吸のあう会話につられて昔の感覚がよみがえってくる。友人芽利と軽井沢へ避暑にでかけた時、剛はその後を追ってホテルにやって来た。少し淋しがっている様子にも見える剛に、乃里子はやや狼狽する。夜中に女友達原こずゑの交通事故の知らせを受け、剛の車で東京まで送ってもらい、身寄りが無く死んでいった友人に、乃里子は自分の最期を重ねるのである。一人暮らしの楽しさは、孤独の恐怖と、うらおもてに貼り合わされていたのだ。友人の死をきっかけに、剛とは愛情ではなく、友情をもつようになる。そして大好きなBB（べべ）ことブリジット・バルドーの言葉「ほんとうの友達を持つってむつかしいことよ」について考える。もし男と女にそれがあるとすれば、乃里子には、それはいったん別れた男と女にしかないように思えるのだ。人間は、いくつものキカイを持っていて、剛と乃里子にとっては「やさしい声を出すキカイ」は壊れても、「友情」のキカイはまだ使えるのかも知れないと思えるのだ。剛と「スパゲティ友達」になった乃里子は思うのだった。やっぱり、自分の棺は「友情のキカイ」を持っている男たちの手で担いでもらうほうがいいと。

（檀原みすず）

一葉の恋《いちようのこい》

評論・エッセイ集

〔初版〕『一葉の恋』平成十六年六月十日発行、世界文化社。〔目次〕Ⅰ　一茶とお菊の夫婦愛／一葉の恋／虚無のつぶやき……―一葉『十三夜』／与謝野晶子を想う（告白衝動／晶子と寛／二つのナゾ）／杉田久女（久女と信州／名を知る風流）／《水府泡幻》を終えて／吉屋信子さん／吉屋信子『花物語』／秋桜子に魅せられて／Ⅱ　いつも新鮮、いまも永遠―中原淳一の絵／わたしの映画スタア　田中絹代／司馬遼太郎さん（司馬さんの大阪弁／浅葱裏―ある日の司馬サン／弔辞）／司馬さんの小説宇宙／浪花庶民の文化風土／藤沢さんのこと／開高さんの「思ひ出」／浪花男ギイッチャンのこと／「あんやと」の夜―酒中日記／きりっと贅沢なドレス／おめでとう　キャリア・ウーマンのお妃さま／母ぎみは「大器の女人」／兎とおとめごころ／Ⅲ　ひやしもち／過ぎた小さなことども／みんなが愛してくれていた／薫／草紅葉の墓／その場その場の絵／人間のちから／ゴンタ／好きなもの―〈あとがき〉に代えて

〔内容〕カバーは木村荘八画「たけくらべ」絵巻、見返しは長谷川清画「雪晴の朝」一葉が住んだ下谷竜泉寺町の家付近を復元した絵、大扉は木村荘八画「たけくらべ」第七章の一場面である。「好きなもの―〈あとがき〉に代えて」で、好きなことを自由に書きつづけてきた。それらが蒐められた本書は、「私の〝好きなもの〟の集大成」だという。著者の好きな作家達や作品が描かれている。一葉の「十三夜」では、録之

助に「ぞっとするような虚無感」を読みとる。晶子の『朱葉集』『舞ごろも』などは、男女愛憎の地獄をかいまみることが出来る、中年熟年がじっくり読んで読みごたえする歌集である。晶子の中年以後は、愛の苦しみを歌う人であったことに注目する。二十なん人の大家内で一家の采配を振るった祖母を描いた「過ぎた小さなことども」に、朝の味噌汁を大阪人が食べるようになったのは戦後のことである、朝はお茶漬けときまっていた、とあるのは、昭和の食文化史の一つの証言となる資料でもあろう。（浦西和彦）

一生、女の子《いっしょう、おんなのこ》

インタビュー集

〔**初版**〕『一生、女の子』平成二十三年五月二十六日発行、講談社。〔**目次**〕プロローグ　いい匂いのする人生を／インタビュー　可愛いらしく、やわらかく／人生を語る　笑いながら、生きて／作品を語る　女主人公たちの肖像／対談　田辺聖子×笑福亭鶴瓶　男と女は、持ちつ持たれつ〔**内容**〕「可愛らしく、やわらかく」では、三十年余りの歳月を経て復刊された恋愛小説『言い寄る』『私的生活』『苺をつぶしながら』の「乃里子三部作」をもとに、恋愛や結婚生活について語る。「女の子はやっぱり『女気』、そして可愛いところがないと」ともいう。「笑いながら、生きて」では、大所帯の写真館で育った少女時代から作家生活、阪神淡路大震災の体験、おっちゃんの末期の一句など、生きてきた人生について述べる。「女主人公たちの肖像」では、田辺聖子の著書が簡潔に解題され、田辺聖子文学の案内書になっている。（浦西和彦）

いっしょにお茶を《いっしょにおちゃを》

エッセイ集

〔**初版**〕『いっしょにお茶を』昭和五十八年一月十日発行、角川書店。〔**文庫**〕『いっしょにお茶を』〈角川文庫〉昭和五十九年十月十日発行、角川書店。〔**目次**〕いっしょにお茶を（宝塚《タカラヅカ》歌劇への誘《いざな》い／書くことへの誘い／友情への誘い／ハチャメチャについて／おしゃべりの楽しみ／コレクションのたのしみ／愛想よさということ／手紙のすすめ／名を知るよろこび／ひとあじちがう人生／歴史のたのしみ／キライな人とつきあう法）／ささやかな日々の楽しみ（花をたのしむ／壜の中の四季／あじさい抄／秋・入り日・小説／更年期の酒／上方に住むということ／大阪のうどん／スヌーの電話／中年よ〝命みじかし〟ナツメロを放歌高吟スベシ／カモカ連てんまつ記）／女・男・幸福（女のイイ顔／神戸の女性たち／可愛い女からいい女へ／男の可愛げがわかりますか／夫の生き方妻の生き方／女・結婚・幸福／わが家の正月風景／ホメ合い結婚）／あとがき／初出紙誌〔**内容**〕「これは家庭、夫、子供をはなれて、一個の女性としての「あなた」あてに書いている」「「おんな」としての「あなた」に話しかけたいのである」と、「あとがき」でいう。宝塚歌劇、文章を書くこと、コレクション、おしゃべり、愛想よさ、歴史など、日常生活のなかにある女の楽しみについて語る。「女性が心から楽しんで生きていない社会は、どんなに繁栄してみえても、それはいびつで偏った社会で、土台は脆《もろ》いんだもの」（「宝塚歌劇への誘い」）という。「男の可愛げがわかりますか」では、「被害妄想のある女、悲観的な女、ヒガミ根性の女、というのは、男のかわいげに気付かないことが多い」、「私は女から被害妄想、被虐妄想をとりのぞくのが、女性解放の第一歩だと思う」という。被虐妄想、被害妄想は自己中心発想だから、自分を客観視できない。そのような人間が、どうして他者を洞察できるのか。「男のかわいげをみつけ出し、それを楽しむためには、まず女が自分自身を確立していなければいけない」と述べる。

（浦西和彦）

移転通知《いてんつうち》

短編小説

〔初出〕「オール讀物」昭和四十九年十二月一日発行、第二十九巻十二号。〔初収〕『浜辺先生町を行く』昭和五十二年四月三十日発行、文藝春秋。〔文庫〕『浜辺先生町を行く』〈文春文庫〉昭和五十六年四月二十五日発行、文藝春秋。

〔内容〕「気さくでのんびりや。明るい人柄の作者をホーフツとさせる主人公が、行く先々で知り合った好人物たちとの温かい触れ合いを、上質のユーモアで描写した《浜辺先生行状記》」（単行本『浜辺先生町を行く』の帯）と評された「浜辺先生シリーズ」の第一作目。作家の浜辺汀子（「私」）が、夫の叔母が住む奄美大島に毎朝新聞の若い文化部記者と共に取材旅行をした時の話である。文庫版「解説」で、金田元彦は「「移転通知」は、新聞記者の関口青年と、「奄美大島」を取材する話であるが、この関口青年は、「アルルの女」のあの、いちずに女性を愛して自殺してしまう田舎の青年と、よく似ている」と指摘している。また、金田は作品内の文章（「そしてその中の一つの島をさして我々は、羽をつぼめて堕ちてゆく天使のように、スーッと、地上へ舞い下りる。それは、海の向うから飛来した植物か穀物の種子が、風に吹かれてこの島へ落ち散った、という感じでもある。また、青々とした大海原の中の、ほんの一点、針で突いたような島へ、ねらいあやまたず飛行機が着陸した、という風情でもある」）を引用した上で、「一種の翻訳体に近い文体」で「女流作家の中では、ほかに、あまり類を見ないのではないだろうか」と述べている。そして「原稿用紙というキャンバスの中に、如何にも、気軽そうに（実は、緻密に計算して）言葉をクリエートしながら、風景を的確に描いている」点を評価した。なお、昭和四十一年に結婚した夫・川野純夫は「カモカ・シリーズ」の「カモカのおっちゃん」のモデルとしても有名だが、「浜辺先生シリーズ」に登場する浜辺汀子の「夫」のモデルともなっている。実際、川野純夫は、奄美大島出身であり、田辺聖子は昭和四十八年九月に奄美大島に旅行している。

（西川貴子）

田舎の薔薇《いなかのばら》

短編小説

〔初出〕「週刊小説」平成三年九月十三日発行、第二十巻十八号。〔初収〕『よかった、会えて』平成四年六月十日発行、実業之日本社。〔文庫〕『よかった、会えて』〈集英社文庫〉平成七年十月二十五日発行、集英社。〔全集〕『田辺聖子全集第五巻』平成十六年五月二十日発行、集英社。

〔内容〕五十一歳の私は、日の出台の耳医者の女センセイで通っている。小説家を目指して定職につかない、じゃがいものような顔の、三つ年上の夫のことを「夢じゃが」とひそかに呼んでいる。同居している母はミルクを飲ませると即、下から出す「ミルク飲み人形」のように、何かを考えつくとすぐ口に出してしゃべるので、お手伝いさんを雇うと、きっと町に変な噂が流れてしまうだろう。男の医者は妻を持てるからいいが、私は仕事と家事をこなし、夫のプライドを傷つけないように注意を払う。この町のもう一人の女医さんは独身で、看護婦さんとレズっぽい雰囲気にあるが、私は「夢じゃが」に付き合うしかないようだ。唯一の楽しみは庭の「メナムのあけぼの」という薔薇の蕾が開くのを待つことである。ある日、亡くなった同僚の妻から、故人が生前に書いた手紙が届いた。ひたむきで純真で、真剣なところが好きであった、という内容である。私は医者という仕事を愛していることに今更気づき、何十年ぶりかで、充足感ときめきを覚えた。しかし、手紙に嫉妬する夫、息子の非行、夫の悪口を言う母、自分勝手であつかましい患者や地域の人々との対応、私はすべてに疲れてしまい、臨時休業して旅に出た。疲れてたな……、としみじみ思う。その時、夫から「メナムのあけぼの」が咲いた、と電話があった。私はもりもりと元気が出てくるのを感じた。田辺聖子は「ひらかな文化推進」（「青春と読書」平成七年十一月一日発行、三十巻十一号）で「仕事のできる女なら状況如何によって夫を扶養することもあろう、しかしだからといって男のように威張れないのが現状での女である。『田舎の薔薇』の女医さんは、〈食わせてやって顔色をみる〉という川柳まがいの句をつくって、ホッとためいきつくのである」と述べている。（岩田陽子）

犬女房《いぬにょうぼう》　短編小説

〔**初出**〕「オール讀物」昭和五十五年九月一日発行、第三十五巻九号。〔**初収**〕『おんな商売』昭和五十六年五月二十五日発行、講談社。〔**文庫**〕『おんな商売』〈講談社文庫〉昭和五十九年十二月十五日発行、講談社。

〔**内容**〕梶本は中年になって、やたらと犬恋しくなってきた。娘たちが幼い頃は犬のことを忘れていたが、彼女らは成長して寄ってこなくなった。職場は肩を叩かれて三回変わり、そのたびに小さな会社へ移ったが、それでも人を恨んだり怒ったりしない。月々のローンと娘の教育費のため、妻もパートに出る生活を送っていたところ、近所で飼われている犬たちが彼本来の犬好きを目覚めさせた。通勤途上や日曜の散歩で、どんな犬が飼われているかを覚え、舌を鳴らして呼んでみると「あ、いつものオッチャンや！」という感じで親愛感を表しながら走り寄ってくるが、険のある表情をした飼い主に連れていかれてしまう。子供の頃、シロという名の犬を飼っていたこと、鳴き声で犬の感情を察知すると、狂喜して顔を舐めてきたことが思い出される。高一と中二になった娘は声も低く、言葉遣いも荒くなり、異常に過敏な反撥心を父親に対して顕わにしてくる。妻子から遠慮なく冷たくあしらわれても、いつも「じっとがまんの子」だった。しかし、犬だけは我慢できない。道端でゴミを漁っている犬を抱き上げて以来、犬を飼うことを妻に提案したが、一言のもとに拒絶され、娘の反撥にも遭い汚い物扱いされる。日曜に散歩に出かけ、勝手に付けた名前で近所の犬たちに呼び掛けて、喜ぶ犬の可愛さに涙が出てくる。その中に、よく吠えて人に飛びかかろうとする犬がいるので、飼い主に許可を得て散歩に連れて行った。それ以降、毎週散歩に連れていくが、半月ほど用事で抜けた間に、飼い主は引っ越しており、犬は保健所に連れて行かれたようであった。自宅に戻ると、妻子は田舎に行き不在である。娘の部屋にあった犬のヌイグルミを蒲団に入れてナイターを愉しむ梶原にとって、犬が女房みたいなものとなっているのであった。（永井敦子）

イブのおくれ毛《いぶのおくれげ》　エッセイ集

〔**初出**〕「週刊文春」昭和四十八年十月二十二日～四十九年十月十四日発行、第十五巻四十二号～第十六巻四十一号。〔**初版**〕『イ

ブのおくれ毛』昭和五十年十二月二十日発行、文藝春秋。〔文庫〕『イブのおくれ毛Ⅰ』〈文春文庫〉昭和五十三年三月二十五日発行、文藝春秋。〔目次〕Ⅰ　男の三大ショック／女の三大ショック／籍の話／嬶よママ炊け／伸縮自在／女のいいわけ／二夫二婦／ド……ドあほ／子宮作家／器量／Ⅱ　快感貯金／契約結婚／説教／淫・食・遊／ナニをナニする／緊まる／お守り／男ってバカかカシコか……／単なる浮気／男の性的能力／Ⅲ　理想の夫／嫁入道具／昔の殿様／器用、不器用／また敗けたか、八聯隊／いやらしい関係／ぶおとこ愛好／かわいい男／日本のモナ・リザ／同伴ホテルの怪／Ⅳ　ほころびたれど漏れはせず／それにつけても／カモカ源氏／フタバのマーク／タカガ主婦／強い男／スレチガイ／プレイボーイ／男のいじらしさ／政治的オーガズム／Ⅴ　花は桜木、女は間抜け／男のヒステリ／逆さ吊り／あと始末／男の恥・女の恥／スワップ／男のいい恰好／遊び人と文化人／内弟子模様／柱のキズ

〔**内容**〕『女の長風呂』に続く男女の機微を述べたエッセイ集である。カモカのおっちやんが初潮、喪失体験、出産が女の人生における三大ショックであるというのは、かくあらんと男のあたまの中で想像したものでしかない。女の三大ショックは、まず第一に、性知識を仕入れたとき、第二に結婚生活である。女は結婚生活を通じて男の正体、本質を知る。第三のショックは容色の衰えである。女のスリー・エス、シミ、シワ、シラガを見つけた時、ショックを受けずにいられようかと述べる。「夫婦のむつごとは一ばんエロチックで」「エッチの極致だ」という「いやらしい関係」など、カモカのおっちゃんを相手にお色気たっぷりのおとなの会話が展開される。「伸縮自在」「女のいいわけ」「快感貯金」「説教」「単なる浮気」「かわいい男」「タカガ主婦」「プレイボーイ」「男のいじらしさ」「男のいい恰好」「遊び人と文化人」の十一編が『田辺聖子全集第九巻』（平成十一年二月十日発行、集英社）に収録された。（浦西和彦）

イブのおくれ毛（続）《いぶのおくれげ（ぞく）》　エッセイ集

〔**初出**〕「週刊文春」昭和四十九年十月二十一日〜五十年十月二日発行、第十六巻四十二号〜第十七巻四十号。〔**初版**〕『イブのおくれ毛（続）』昭和五十一年一月二十五日発行、文藝春秋。〔**文庫**〕『イブのおくれ毛Ⅱ』〈文春文庫〉昭和五十三年五月二十五日発行、文藝春秋。〔**目次**〕Ⅰ　ワタシわるいのんちがう／花の批評家／手の長さ／子供なみ／掌中の玉／下着考現学／悪事について／愛蔵品と愛用品／こし方ゆく末／旅の不愉快／Ⅱ　女性蔑視／いやらしいCM／悪人列伝／飲む・する・吹く／中年女のくどき方／諸悪の根源／子ダネ屋／差別コトバ／非常識ごっこ／女を罵る／Ⅲ　大正ニンゲン／蛮行！／悲母観音／へんな町・神戸／空閨／スポーツ精神／好色癖轡一文字／東西文化（日本の）／東日・西日／Ⅳ　小説の題／大人物＝その一／大人物＝その二／大人物＝その三／タカガ大人物／空襲と花束／隠すところ／醜女好み／ハラに据えかね／女実業・男虚業／Ⅴ　男イチコロ女の告訴／ご落胤／貢ぐ貢がせる／男のうとましさ／テレビのタノしみ方／すれっからし／婚前交渉／一ねん三くみ／一くみと三くみ／三くみと困惑

〔**内容**〕この「（続）」編では、男女の機微をうかがったエッセイだけでなく、社会問題にも言及したエッセイが多くある。本土のマスコミは、沖縄のことにはわりに敏感であるが、その中間の奄美大島のことは取り落としがちである。奄美大島に東亜燃料が

石油精製基地をつくろうとしていることに触れた「諸悪の根源」や、このごろ差別的なコトバに大変神経質になっているため「日本語はますます複雑に煩瑣に、あいまいになってゆく」ことを指摘した「差別コトバ」などがある。「手の長さ」「悪事について」「こし方ゆく末」「女を罵る」「大人物」「醜女好み」の六編が『田辺聖子全集第九巻』（平成十一年二月十日発行、集英社）に収録された。　（浦西和彦）

イブのおくれ毛―ベスト・オブ・女の長風呂I―《いぶのおくれげ―べすと・おぶ・おんなのながぶろいち―》　エッセイ集

〔初版〕『イブのおくれ毛―ベスト・オブ・女の長風呂I―』平成七年五月三十日発行、文藝春秋。**〔目次〕**I　女のムスビ目／いらう女／男の欲望／四十八手／子供より男／セーラー服の女学生／わが愛の中学生／情を通じ……／変身／ワイセツの匂い／夜這い／混浴に於ける考察／II　男の品さだめ／ファウンデーション／夜ごとの復縁／名器・名刀／商売／生めよ殖やせよ／歌垣／むぐらの宿／ねむけといろけ／翠帳紅閨／男にもらうもの／男の想像力／III　あそこの名称／背の君／ヨバイのルール／炊きころび／マジメ人間／女のふんどし／長寿のヒケツ／公害の害／男の三大ショック／女の三大ショック／二夫二婦／快感貯金／IV　単なる浮気／器用、不器用／また負けたか、八聯隊／日本のモナ・リザ／タカガ夫婦／花の批評家／悪事について／愛蔵品と愛用品／こし方ゆく末／悪人列伝／女の罵る／V　好色癖／轡一文字／大人物＝その一／タカガ大人物／人生廻り灯籠／女にとって男は必要か？／深よみ／十二月／手づかみ／おっちゃんの古代文明論／ぼてれんの秘密

〔内容〕「週刊文春」昭和四十六年十月二十五日号より昭和五十二年九月一日号に連載された「女の長風呂」「イブのおくれ毛」「ああカモカのおっちゃん」の中から精選して編集されたエッセイ集である。　（浦西和彦）

いま何時？《いまなんじ》　短編小説

〔初出〕「週刊小説」昭和五十年十月十七日発行、第四巻四十号。**〔初収〕**『三十すぎのぼたん雪』昭和五十三年三月二十五日発行、実業之日本社。**〔文庫〕**『三十すぎのぼたん雪』〈新潮文庫〉昭和五十七年二月二十五日発行、新潮社。

〔内容〕三十歳の私は内気で、若い娘たちが女性雑誌に書いてある通りにやってしまうほど、旅先で男性に積極的にふるまうような無茶はしない。好感を持った男性に「いま何時ですか？」と尋ね、その様々な反応から後の会話の進展を勝手に空想して楽しむくらいのことである。ごく自然に快い言葉のやりとりがあれば、一人旅は何も淋しくはないのだ。鳥取から島根への旅の途上、私は、妻が旅行中のために自分も一人旅だという吉峯と出会い、彼の車に同乗して旅を楽しむことになった。陽気に喋り、自然への感動や賽の河原での悲しみを無邪気に表現する男に、私は好意を抱き始める。松江に泊まる予定だった私に、彼は一緒に三瓶に行こう、誰かと喋っていないと淋しい、と誘った。こんな時の対処は雑誌には載っていない。「いま何時ですか？」と明日も松江で同じ問いを繰り返すことになるであろう自分を想像した私は、それよりもこの男と一緒に三瓶の山々の美に感動したいと思うのだった。「an·an」（昭和四十五年三月創刊）「non-no」（昭和四十六年五月創刊）を思わせる「ランラン」「メンメ」といった雑誌が登場し、当時のアンノン族に対置される形で女主人公は描かれて

いる。

（木村小夜）

芋たこ長電話《いもたこながでんわ》　エッセイ集

〔初出〕「週刊文春」昭和五十四年九月六日～五十五年八月十四日発行、第二十一巻三十五号～第二十二巻三十三号。〔初版〕『芋たこ長電話』昭和五十五年十一月二十日発行、文藝春秋。〔文庫〕『芋たこ長電話』〈文春文庫〉昭和五十九年十月二十五日発行、文藝春秋。〔目次〕夏休みの酒／オトナとコドモ／人間ぎらい／文化居直り女／ヒマ人／死亡記事／いい顔／カモカのおっちゃんアメリカへ行く／ニューヨークのマグロ／けったいな町N Y《ニューヨーク》／雨降りしきるニューヨーク／今年の秋／たから妻／とむらい酒／庶民アンタッチャブル／内職精神／心身医学／非常時／さりげなく／皇后陛下バンザイ／活字中毒／無常／養生問答／葬式問答／再婚問答／モッチャリ／すみれと×××／カモカラダムスの大予言／出口・入口／ご講話／ニコニコ顔／説得と説教／突っぱり／説得パート・2／タスキと鉢巻／女流VS男流／かなンなあ／えらそしん／手ぬき五十／忠臣／女が入ると白ける／カモカ戒厳令／是々非々主義／バクテリア退治／神サマ問答／おすすめ博物館／ヒケメ／かしや

〔内容〕「週刊文春」に好評連載エッセイの第九冊目のエッセイ集である。女性の好きなものは昔から「芋・たこ・なんきん・芝居」と言われていたが、今では「芋・たこ・長電話」なのだという。作者がカモカのおっちゃんと高橋孟画伯らと、ニューヨークに行く話も書かれている。十月のニューヨークは乾燥がひどく、馬糞がいっぱい。エレベーターは木の簀子でゴットン、ゴットン……古めかしい禁酒法時代の建物も残存している。一方ニューヨークの三年は日本の十年という目まぐるしさもある。ニューヨークっ子は人情こまやかで、働く女性はシックな装いで、ニューヨークに驚いたことが記される。佐藤愛子が「幸福の絵」で女流文学賞を受賞したとか、吉行淳之介の「夕暮まで」や川上宗薫の「夜の残り」が面白かったなどということが記される。ジーン・セバーグの自死に、彼女の映画の場面を作者と共に懐かしく思い出す読者もいるだろう。カモカのおっちゃんが入院した時のエピソードもある。これからは心身医学が重視されるとか、長生きと健康は別物で、長生きしたことを有難いと思うだけで、うつ病にはならないとか、作者とカモカのおっちゃんとのかけあいが相変わらず面白い。『田辺聖子全集第九巻』（平成十七年二月十日発行、集英社）には、「夏休み酒」「死亡記事」「いい顔」「とむらい酒」「内職精神」「さりげなく」「養生問答」「葬式問答」「再婚問答」「ニコニコ顔」「手ぬき五十」「女が入ると白ける」「神サマ問答」の十三編が収録された。

（増田周子）

芋たこなんきん《いもたこなんきん》　長編小説

〔初版〕『芋たこなんきん上・下』平成十八年九月二十五日・十二月二十一日発行、講談社。

〔内容〕金物卸問屋に勤める花岡町子は『浪華文学学校』に通い、小さい頃からの夢―小説家になることに挑戦していた。町子は写真館の娘だったが、太平洋戦争で家は焼失、町子と同じなんばさつまが大好きだった父は、戦後すぐに病死した。母と二人で働いて町子は弟と妹を一人前にした。その頃ひょんなことから知り合った町医者、徳永健次郎とつきあいはじめた。文学学校卒業制作に専念するため、町子は仕事を辞めて創作に没頭し、篤田川賞を受賞する。町子の生活は激変し、過労で倒れそうだったが、健次郎との関係は、結婚にまで

進展した。健次郎には五人の子供の他に、舅・姑・小姑がおり、町子はいきなり主婦と作家の二足の草鞋生活となった。放浪癖のある義兄や、個性的で楽しい御近所さんとの触れ合いの中で、どんなことが起こっても、町子はエネルギッシュに、好奇心旺盛に対応していく。両親夫婦の金婚式を家族全員で祝った数日後、舅は帰らぬ人となった。姑は若い頃夫と暮らした奄美に戻って墓守をしたいと言い、義兄と帰るが、一年足らずで亡くなった。子供達も次第に大きくなり、これまでとは異なる反応や反抗をするけれど、夫（カモカのおっちゃん）と喧嘩しながら、うまく切り抜けていく。町子の弟と暮らしていた母、和代は、弟の結婚で一人暮らしを始めると言う。五人の子供達もやがて独立し、それぞれの道を歩み始めた。明日に目を向けて十三年、一人暮らしの母もやっと徳永家に引っ越しほっとする。突然、健次郎が脳梗塞で倒れ、緊急手術を受けた。回復は速かったが、右手足に麻痺が残り医師を続けられなかった。二人は旅行をしたり、「かもか連」を作って阿波踊りをして楽しんだ。元診療所の応接室には「バー・カモカ」の看板をたて、訪れる人があとをたたなかった。六年後、健次郎は口や膵臓に腫瘍ができ、余命半年から一年との宣告を受けた。へらず口を叩いていた健次郎も、闘病の辛さで体力を失くし、皆に見守られつつ逝ってしまった。愛し続けたカモカのおっちゃんとの生活の中で作家としても大きく成長した町子、沢山の思い出と共に力強く生きる町子の半生が、ほほえましく描かれている作品である。（増田周子）

芋たこなんきん―NHKドラマ・ガイド　連続テレビ小説―《いもたこなんきん―えぬえっちけいどらま・がいど　れんぞくてれびしょうせつ―》　ガイドブック

〔初版〕『芋たこなんきん』平成十八年十月三十日発行、NHK放送出版協会。〔目次〕主な登場人物関係図／対談　原案・田辺聖子　主演・藤山直美／脚本・長川千佳子　インタビュー／あらすじ／舞台地紹介　昭和初期の大阪～ヒロイン町子の少女時代～／スタッフからのメッセージ　郷愁のテーマパーク―昭和の大阪を再現したVFX技術／主題歌紹介／音楽・栗山和樹　インタビュー／制作者からのメッセージ　チーフ・プロデューサー　一井久司／演出家からのメッセージ　ディレクター　野田雄介／読者プレゼント&主な出演者ファンレター宛先

〔内容〕本書は、平成十八年十月二日～十九年三月三十一日まで、全二十六週百五十一回NHKテレビで放映された「芋たこなんきん」のガイド・ブックとして作成されたものである。登場人物を演じる役者を、一人ずつカラー版で紹介、主人公との関係なども分かりやすく説明している。原作者田辺聖子と、主演の藤山直美の対談は、大阪談義にはじまり、カモカのおっちゃんとの出会いや恋愛談義へと発展する。大阪生まれ、大阪育ちの二人の話は、ツーカーでとても面白い。主人公の生まれた昭和初期のころの大阪が再現され、路面電車が走っていたころの町並みや風景を懐かしく思い出される方も多いだろう。とにかく、テレビドラマ「芋たこなんきん」に関しては、何でも分かるように解説され、楽しんで読めるガイドブックである。（増田周子）

祝い屁《いわいべ》　短編小説

〔初出〕「小説現代」昭和五十一年十一月一日発行、第十四巻第十一号。〔初収〕『おんな商売』昭和五十六年五月二十五日発行、講談社。〔文庫〕『おんな商売』〈講談社文庫〉昭和五十九年十二月十五日発行、講談

社。

〔内容〕自宅が雨漏りして困っていると、遊びに来た和田青年が屋根瓦を見てくれ、日曜に修理してくれると言う。こちらが何も言わずとも思い通りのことをしてくれるので、私は彼を「甥」にしている。血縁関係はなく、親友より仲が良く情の濃い間柄を、私は「甥」や「姪」と呼び、そうした関係の人が沢山いる。和田君と妻のエミちゃんもその中に入っている。彼は、屁を趣味としており、エミちゃんと食事中に素晴らしい屁を放つと、彼女に猛烈に怒られ、腰を浮かせる恰好が腹立たしいと言われたそうだ。和田君の曽祖父は土佐の山奥の村の出身で、そこにはプロの屁こきが多数おり、曽祖父もプロで「屁エ銀」と呼ばれていた。プロは曲びりが出来、屁で挨拶を交わしたという。和田君は志を同じくする西條君と語り合い、先祖の文化を発掘継承することに執念を燃やし、土佐のその村への憧れを募らせている。ある日、和田君が公園を散歩中に屁を放っていると、通りすがりの紳士から「すがすがしい気品あふれる音色」と賞賛された。放屁に興味を持つ紳士が同好の士を集め、五六人のグループに成長した。その中には、曲びりの妙技の持ち主もいるという。対して和田君は、グリスビィや都おどりなどが出来ると言うので、私は和田君の屁が聞きたくなるが、彼は簡単には聞かせないと言うのである。約束の日曜、屋根に登った和田君に瓦を渡した夫は、はずみで音高く放屁。和田君は嬉しそうに「そら、祝い屁や！」と、お返しに「都おどり」のおはやしを奏でた。町内の人々は驚き、エミちゃんは怒って屋根を睨み付けている。その晩は四人で飲み、大騒ぎして過ごした。（永井敦子）

いわしのてんぷら《いわしのてんぷら》　短編小説

〔初出〕「小説現代」平成六年十一月一日発行、第三十二巻十五号。〔初収〕『薄荷草の恋』平成七年三月十七日発行、講談社。〔文庫〕『薄荷草の恋』〈講談社文庫〉平成十年四月十五日発行、講談社。

〔内容〕五十八歳のハイ・ミスの私が、いま欲しいものは何だろう、と人は思うにちがいない。私はまだ三十二、三ぐらいの気持ちでいる。信州の〈熊の脂〉というクリームをつかい、なめらかに皮膚をなめす。風呂ではぬか袋をつかう。同世代の人にくらべて若くみえるだけに、かわいそうに思えるらしい。学校時代の友人の滝田カズは宗教を信じていて、あの世へいくと、あんたが結婚できなかった苦労、子供も持てなかった辛さをご先祖さまがねぎらってくれるという。私の会社の定年は六十、会社の体質が古いから女子はいつまでたっても男性社員の補助である。私の上司たちは自分がかわるたびに私を引っこぬいて、共に連れてゆくことが多かった。もと課長のおくさんの葬儀で総務で働いていた河中さんと出会った。河中さんもおくさんを亡くしていた。定年を一度経験し、妻を亡くしたりすると、男たちは生気がぬけてゆくのに、河中さんは弾力的な雰囲気をもっている。河中さんにあの世の話をすると、あの世は無というとなンかつけ入るスキをねらっているようで、パーや、という。「また会えますね」。こんなことがいえるのも五十八になったおかげである。河中さんも、こういう、しゃべり相手が欲しかったという。私も五十八まで生きて、たいていのものはもっている。あの世でご先祖がまっててくれても嬉しくはない。それよりも欲しいのは今の話し相手だとわかった。滝田カズは、いまは「前世透視」に凝っていて、前世は貴族のお姫さまらしい。ある夜、河中サンは大阪北の小体なスタンド小料理屋に連れていってくれた。いわしの紫蘇巻きてんぷらがおいしい。息子の嫁がきて五十万貸せという。ことわると、それではもう親と思いません、と帰って行った。河中サンは、親子の縁、切れると思ったら、この嬉しさをあんたにもわけとうて、という。河中サンといて、なんでホッとするのか、本音がいえそうな仲であるからだと思う。しかし、本音をかくすのが女の本音というときもある。私は河中サンといわしの紫蘇巻きてんぷらを食べに行くのがたのしみになった。作り笑いも要らず、本音でしゃべることのできる男と、酒を飲むのは至福の境地である。（浦西和彦）

【う】

魚座少年《うおざしょうねん》　短編小説

〔初出〕「小説すばる」平成三年八月一日発行、第五巻八号。〔初収〕『金魚のうろこ』平成四年六月二十五日発行、集英社。〔文庫〕『金魚のうろこ』〈集英社文庫〉平成八年七月二十五日発行、集英社。〔全集〕『田辺聖子全集第十六巻』平成十七年十一月十日発行、集英社。

〔内容〕三十九歳独身の松本紫苑は、社員食堂の塩鮭定食が好物で、女性週刊誌の「あなたのオバン度チェック」に夢中。会社の同僚伊坂女史の厚かましさを見ながら、「三十代シングルがいちばん青春まっただなか」と思う紫苑は、オバン度とは「物理的なものより精神的なものなのだ、思いこんだら命がけ、という視野の狭さ」だと考え、三十代、四十代の独身女性を「不毛の人生」と決めつける「偏狭で不屈の信念」を持つことこそオバン度が高いと定義する。英会話教室の受講生と連れ立って梅田で映画を観た帰り、遊び足りない気がしてパチスロをした後に隣の中華料理屋に入ると、相席で座ったのはパチスロで右手にいた二十三歳の石野正夫だった。正夫が、自分の生まれた魚座は「小まめでやさしいわりに、タイミングずれること多うて、うるさいねンて」と言ったことから、紫苑は彼に「魚座」という綽名をつける。一方、紫苑の方は以前にバイクで事故にあった時に、ノストラダムスのお守りのおかげで怪我をしなかったことから、「ノストラダム子」という綽名に決まる。二人は彼女の名前と同じ名の紫苑という花を見に、バイクに二人乗りして六甲へドライブに出かけてから、「魚座」と「ノストラダム子」として交際し始めたのだが、紫苑は年齢を二十八歳とごまかしていた。常々会社の若い世代の「マヨごはん」や「マヨきつね」という食生活を言語道断と思っている紫苑だが、正夫とは食べ物の好みもタイミングも合って意気投合し、「こんなあたたかさは知らなかった」と満ち足りた思いを抱く。しかし、ある日スーパーで伊坂女史にばったり出会い、女史の息子と学校友達だった正夫は、「ノストラダム子」ではない松本紫苑の実年齢を知らされ、結婚しようと思っていたのにと失望して泣き出す。紫苑は「タイミングずれてるわ、魚座は」と耳もとで囁き、「男こそ男オバンだ」と思いながら、「魚座」と離れて雨の中を歩きだす。（鈴木暁世）

魚は水に　女は家に《うおはみずにおんなはいえに》　長編小説

〔初出〕「朝日新聞」夕刊、昭和五十三年三月十三日〜十一月十一日発行。〔初版〕『魚は水に　女は家に』昭和五十四年五月二十五日発行、新潮社。〔文庫〕『魚は水に　女は家に』〈角川文庫〉昭和五十八年六月十日発行、角川書店。

〔内容〕高瀬舟子は四十三歳の主婦である。

夫の良平は小さな機械設計会社の社長、恭子という娘が一人、三人暮らしである。かつて同居していた舅と姑は他界し自由な毎日である。とはいえ、古く広い家は遺されたガラクタや小姑たちがいまだに持ち込む不要品で埋まり、夢見る生活からは程遠いままである。裏表のない夫は愛しい存在ではあるけれど、「おっさんなんかにしゃべってもわからへん」こともいろいろとある。気の置けない主婦仲間は、宝塚だボランティアだと意気盛ん。舟子も、まだまだこれからとピンクのドレスなぞを仕立てる。そこへ、良平の妹夫婦、知子と夏雄のもめ事が持ち込まれる。夏雄が浮気をしたという。知子はもともと気が強い上に子ども第一で、夏雄の心の内を慮るなど以ての外、怒りをひたすら募らせている。間に入ることになった舟子は、浮気相手のOL琴子の実兄にあたる宇杉氏と面会することになる。ところが、宇杉氏と会ってみると、その不器用さも正直な物言いも腹の据わった人柄も好ましく、すっかり意気投合。二人は食事へ旅へと楽しい時間を過ごすようになる。夏雄と琴子も、お互いのいたわりや理解で結ばれた人間関係のようである。宇杉氏の誘いで、舟子は紀淡海峡へ釣り旅行に行く。声をかけても良平は興味なし、集まったのは夏雄と琴子それに琴子の仕事仲間である。海の幸を豪快に平らげた愉快な夜の翌日、五人で海へ出る。「陽光は海面にみなぎり、水も天も、藍色の一つの珠のようである」。夫が大切なのに変わりはない。しかし、結婚とも恋とも違う、共感と親愛の縁を得て、「かるがると心が解き放たれて」いく舟子であった。中年世代を主人公にした作品群の一つであり、恋愛に結婚に子育てという慌ただしい時間を一通り終えて、既存の枠組から自由になった男と女の関係の面白みを、柔らかく豊かに語っている。成熟した華やぎが、味わい深い。

（飯田祐子）

ウキウキした気分《うきうきしたきぶん》　箴言集

〔**初版**〕『ウキウキした気分』平成六年十二月二十五日発行、大和書房。〔**目次**〕輝くばかりの……／ベッドの上で／天国と地獄／恋の終わり／思い出のために／怒るというのは／結婚なんて／やさしい男／過ぎてゆく時／ウキウキした気分／愛するということ／あとがき／出典

〔**内容**〕田辺聖子の恋愛小説『愛の幻滅』『甘い関係』等の十二冊のなかから選び出されたアフォリズム集である。類書には、『苦味《ビター》を少々』『女のおっさん箴言集』『上機嫌な言葉366日』『人生の甘美なしたたり』『上機嫌の才能』などがある。本書には、永田萠の絵が多数収録されている。田辺聖子は「あとがき」で、「昔、私は、恋愛小説というのは必ず、箴言《アフォリズム》がなければならない、と思っていたから、そういうコトバを使うのが好きだった。なぜなら、恋はいつも何かを発見し、思いつき、会得《えとく》してゆく、未知への旅だから。……」「（いまは愛の物語にアフォリズムはべつに必要ないと思っている。ただそのときどきの、主人公たちの心理に無理がなければいい、と考えている。）／しかしこの本はそのたぐいのものと全くちがう。／私の著書のなかから、さまざまな言葉を選び、掬《すく》いあげて下さったのは若い女性編集者だが、私はその若々しいのびやかなセンスに感心してしまった」と述べている。「人間の器量は、／何も高僧の胆力やら悟りやら、／天下取りをめざす政治家のためにいう言葉ではない。／ベッドの上で相手をリードするときにも、／それだけの器量が要るのだ」、「一緒に笑うことが恋のはじまりなら、弁解《いいわけ》は恋の終りの暗示だった」など、若い人は思

いもしない言葉であろう。それなりの年輪を重ねた、まぎれもないオトナの女性のアフォリズムであろう。「だいたい、人間の気持で約束なんてこと、できない。／だから約束を破るの、裏切られただの、というほうがおかしい。／商売やビジネスはこれは別。／だから、商取引に違反したら、違約金や損害賠償をとりたてられるけど……。／結婚制度がこじれるとむつかしいのは／「人間の気持」と「ビジネス」がからみあってる制度だからな」、「人は自分が愛したもののことは忘れても、自分を愛した人のことは忘れないものである」、「〈可愛いというのはかるくみること。／かるくみるのはみくびること。／みくびるのは、愛すること〉」などの言葉が「若い女性編集者」によって選び出されている。（浦西和彦）

浮舟寺《うきふねでら》　短編小説

〔初出〕「小説新潮」昭和四十六年十月一日発行、第二十五巻十号。**〔初収〕**『浮舟寺』昭和四十六年十二月七日発行、毎日新聞社。**〔文庫〕**『浮舟寺』〈角川文庫〉昭和五十一年三月十日発行、角川書店。

〔内容〕最初の妻と死に別れた「私」は、弟の勤め先の朋輩の知人の未亡人だというマサエと見合いをした。マサエは、色白で太っていて、よく笑い、陽気でのんきな女だったので、「私」はいっぺんで気に入った。マサエも悪い縁談だと思わなかったようで、見合いの翌日に風呂敷一つでやって来て、そのまま住みついてしまった。マサエは少々ルーズでだらしないところはあったが、前妻が嫉妬深くて意地悪で、けちで偏屈だったのに懲りていた「私」には、マサエとの生活は心からくつろげるものだった。しかし、マサエは突然姿を消してしまう。確かめてみると、前妻の着物や、ダイヤの指輪、「私」の衣類、カメラがない。さらに、一番期限が近い三十万円ほどの定期預金の証書がない。銀行に問い合わせると、「奥さんが解約しに来はりました」という。「私」は弟の米三と一緒にマサエを探すことにした。そして、マサエが実家だと話していた夢野町の「浮舟寺」を訪ねる。「浮舟寺」では秘かに春画の鑑賞会が開かれていた。「浮舟寺」のお住持には妻がいて、妻が春画の鑑賞会の発案者らしい。そのお住持の女房は、やはりマサエだった。しかし、「私」がマサエを見つけて感じたのは、怒りでも嫉妬でもなく、「勝手なことをしよって」というような羨ましさだった。（荒井真理亜）

うしろめたくて《うしろめたくて》　短編小説

〔初出〕「小説新潮」平成元年十一月一日発行、第四十三巻十一号。**〔初収〕**『夢のように日は過ぎて』平成二年二月二十日発行、新潮社。**〔文庫〕**『夢のように日は過ぎて』〈新潮文庫〉平成四年十一月二十五日発行、新潮社。**〔全集〕**『田辺聖子全集第十一巻』平成十七年三月十日発行、集英社。

〔内容〕三十五歳の独身美人ニットデザイナー芦村タヨリをヒロインとする連作短編の掉尾を飾る一編。タヨリの母は、ことあるごとに「結婚せえへん人間は修養が足らん。人間がでけへん」と言う。だが結婚とは、「伝統的演技力」に依って成り立つものではなかろうか。タヨリにとっては、「世にもおそろしい」「地獄の演技力を強いられる」もの、「果てしなき家事の苦役」、人生を「ワンパターン」化し、女に「輝きを失」わせるものが、結婚である。世間では、三十五歳といえば「夢も褪せた年頃」かもしれない。しかし「ロマンチックがまだ温存」されているから「ヒトリモノは年をとらない」。十二月三十日、タヨリは正月を過ごすために、須磨に新しくできたロマンチックな高級リゾートホテルに、「いいドレス」を多数携え、フェラガモのハイヒールでチェックインした。「家族持ち」が「群れて、群の一員であることをたしかめ合う」正月は、「自活して人生を楽しんでいる人間の喜びとプライド」を持った「ハイ・ミス」にも過ごしにくい。そのとき、「時間の長さ」は、「切ない」ものとしてしか感じられない。だからこそ「ハイ・ミス」には、優雅で充実した正月を過ごす必要があるのだ。そしてそこには、「思いがけない出会い」もあるかもしれない。しかし期待に反して、三十日のホテルは「ドラキュラ城」なみに閑散としていた。従業員も、翌日からの繁忙に備え準備にかかりきりで、サービスの悪さは、ひととおりではない。ドレスに着替え最上階の食堂に赴いても、誰一人、従業員にさえ視線を送られない惨めさは、タヨリを弱気にしてしまう。それを振り払う〈演技〉をしながら、「ひとりもの《シングル》」にも演技力が必要なことを思い知らされた。地下のバーに下りたタヨリは、「埴輪みたいな顔」、つまり目は目の位置に鼻は鼻の位置にしっかりと収まった「悪くない男」を見出だす。三年前に妻を亡くした田川もまた、正月を持て余す「ヒトリモノ」だった。タヨリは、イヴ・サンローランのドレスを身にまとい、翌日もバーに行った。「むなしさのうれしさ。――芦村さんが、何か充たされない思いでいる、それでいて所帯の軛からはなれた自由さを味わっていられるの、よくわかりますよ」。そう語る田川に、タヨリは「話が何だかぴたりと重なるような気がした」。二人は元旦のドライブを約束する。明日から、二人が「知り合いになれた歴史」が始まるのだ。ラジオは時報を鳴らし、古い年は終わりを告げた。タヨリは思わず田川と腕を組む。そこに「演技」は存在しない。田辺聖子は「解説」(『田辺聖子全集第十一巻』)で、「人、中年にして人たり。中年以降の人生が楽しい」と述べているが、『夢のように日は過ぎて』の最後を飾る本編は、その言葉を証するように、明るく、そしてしっとりと閉じられる。 (渡部麻実)

うしろ指《うしろゆび》　短編小説

〔初出〕「問題小説」昭和五十年五月一日発行、第九巻六号。〔初収〕『お聖どん・アドベンチャー』昭和五十二年三月十日発行、徳間書店。〔文庫〕『お聖どん・アドベンチャー』〈集英社文庫〉昭和五十五年二月二十五日発行、集英社。

〔内容〕言論統制がなされ、未曽有の食糧危機が起こっている世界。文士では食べられなくなった筒井康隆サン、小松左京サン、私、の三人は観光宇宙船に雇ってもらう。筒井サンと私は、それぞれ操縦士とガイド嬢見習いとして、観光宇宙船に乗る。到着した月世界には天六かアベノのような大阪風の繁華街が拡がっており、二人はその光景に幻滅する。地球に戻った二人は、パチンコ式打ち上げロケットの操縦士となった小松サンに会いに行く。そこに居合わせた愛子親分と偶然同行することになり、月を一大歓楽街にしようと目論む月ウサギ組と対決する。月世界に病人や障がい者の楽園を作りたい愛子親分を、月ウサギ組の社長は鼻で笑う。あわや乱闘になろうとしたとき、黒メガネをかけた紳士―ボスが登場し、自分たちは手を引くことを告げる。愛子親分の熱心さにほだされたというのがその理由であった。 (高橋博美)

うずうず《うずうず》　短編小説

〔初出〕「オール讀物」平成四年十月一日発行、第四十七巻十一号。〔初収〕『愛のレンタル』平成五年十月一日発行、文藝春秋。

〔文庫〕『愛のレンタル』〈文春文庫〉平成八年九月十日発行、文藝春秋。

〔内容〕四十一歳の栗原と別れた井手留美（三十七歳）は、家電メーカーに勤める若い男子野村に惹かれていた。栗原の言動に「太々《ふてぶて》しい、破廉恥な、ずるっこい、えぐい」ものを認めつつつき合ってきた彼女にとって、「若い男の子は誰を見ても新鮮で、ういういし」く感じられたのである。学生時代に小説を書き、文学雑誌の新人賞に入選したという野村の経歴が、また井手の「昂奮」に拍車をかけた。しかし、家に帰って野村からもらった小説本を読もうとしても、難しい文体に馴染めず眠気に襲われる。そんな時、二カ月前に別れたはずの栗原から電話がかかってきた。かつて同僚だった栗原は、浮気がばれて妻と離婚したり、転職したり、何かと「ばたばた」している男だったが、小学生の娘の分に加えて難産で亡くなった子の分も「せっせと弁償金を送りつづけて愚痴もこぼさず、「ま、こんなトコやな」と達観している」ところが、当初井手の目には「男らしくみえた」のだった。一緒に暮らすことを言い出すこともなく外で逢う関係を、井手も最初は気に入っていたが、「いっときを共に過して、すぐ別れ別れになるというライフスタイル」にしだいに「淋し」さを感じるようになっていった。しかし、そういう思いに理解を示さず、「将来《さき》」の「展望」もないまま、「実利一点張り」で「夢もロマンもない」現実的な方向に傾いていくばかりの栗原の言動に腹立ちを抑えきれず、井手は一方的に別れを宣告したのだった。しかし、ふたりでうどんすきの鍋を囲もうと野村を家に招いていた日、栗原から電話で、癌かもしれないので病院に付き添ってほしいと言われた時、井手の中で野村の存在が一気に薄れ、栗原に意識が集中するのを如何ともしがたかった。その時の電話で栗原は初めて「一緒に住も」と提案するが、結局病気は胃潰瘍であった。栗原と一緒に暮らすという提案も流れ、野村との仲も発展することなく、井手は相変わらずの「展望も進歩もない」栗原との腐れ縁、「うずうずする」関係を続けるのだった。（峯村至津子）

うすうす知ってた《うすうすしってた》　短編小説

〔初出〕「月刊カドカワ」昭和五十八年八月一日発行、第一巻四号。〔初収〕『ジョゼと虎と魚たち』昭和六十年三月二十七日発行、角川書店。〔文庫〕『ジョゼと虎と魚たち』〈角川文庫〉昭和六十二年一月十日発行、角川書店。

〔内容〕梢は鏡を眺めては空想に耽る「夢見る夢子さん」である。万年筆の卸問屋で事務員をしている。結婚願望は強いのに、勤め先は「爺むさいトコ」で若い男性と巡り会う機会もなく、二十八歳になってしまった。ところがひと月前、妹の碧が結婚すると宣言したことで、梢は混乱する。碧は大阪のデパートで高級婦人服のデザイナーをしている。梢より二つ下だが、世故にたけていて、オトナの女を感じさせる。碧はかねてより結婚はしない、将来は自分の店を持つと公言していたので、碧の結婚で梢の受けた衝撃は大きかった。その上、妹が先に結婚するということで、周りにひやかされたり、慰められたりして、梢はますます複雑である。碧の結婚話に、半分は腹を立て、半分は心ときめいて、梢はまるで結婚するのは自分であるかのように、ふわふわと毎日を送っていた。そのうち、碧が結婚相手の青年を家に連れてきた。梢は恥ずかしくて台所へ逃げ込み、そこから居間の様子を窺い、今まで自分はああいう青年が好きで、その出現を待っていたような気がしてくる。しかし、その男は妹の相手である。もしかしたら、自分はこうやって繰り返し夢を見つつ、現実には一生男性と巡り会えないで終わるかもしれない。梢は自分がそのことを昔から「うすうす知ってた」ような気がした。

（荒井真理亜）

うたかた《うたかた》　短編小説

〔**初出**〕「小説現代」昭和三十九年六月一日発行、第二巻六号。〔**初収**〕『わが敵　MY ENEMY』昭和四十二年十月十五日発行、徳間書店。〔**文庫**〕『うたかた』〈講談社文庫〉昭和五十五年一月十五日発行、講談社。〔**全集**〕『田辺聖子全集第五巻』平成十六年五月二十日発行、集英社。

〔**内容**〕「芥川賞受賞のあと、私は当時『小説現代』編集長の三木章氏にお手紙を頂いた。ウチに書いてごらん、といわれるものだった。嬉しくて飛び上ってしまった。生れてはじめての中間小説『うたかた』をおそるおそる書いて出すと、三木氏は折返しおほめのお手紙を下さった」。（あとがき）と述べている。この小説は「ナベちゃんよ」で始まるのだが、東難波のバー「ドリアン」のバーテンが「ナントカいう小説書いて、ナントカいう賞もらいなはった」ということから「ナベちゃん」は作者田辺聖子の「タナベ」からとったと読める。その「ナベちゃん」の知り合いの「俺」が昔の女「能理子」との思い出を語る。「俺は能理子に惚れていた。いや、惚れてた、なんてそういういいかたは止そう。好きだった」という。「俺」は「能理子」との関係を、「ナベちゃん」から教わったという佐藤春夫の詩「身をうたかたと　思うとも／うたかたならじ　わが思い／げに卑しかる　われながら／うれいは清し　君ゆえに」にのせて切々と語り始める。「俺」は「たしかに町のチンピラで、うたかたみたいなものである。しかし、その詩のかんじはまだ体のなかに余韻となって、能理子のことを考えるたびに身ぶるいが出る」というのである。「俺」と「能理子」の「うたかた」のような恋の話である。

（荻原桂子）

うたかた絵双紙　古典まんだら《うたかたえぞうし　こてんまんだら》　エッセイ集

〔**初出**〕「ハイミセス」平成二年一月十八日～四年十一月十八日発行、第三十九号～第五十六号。〔**初版**〕『うたかた絵双紙　古典まんだら』平成五年一月二十四日発行、文化出版局。〔**文庫**〕『今昔まんだら』〈角川文庫〉平成九年七月二十五日発行、角川書店。〔**目次**〕王朝の不倫／獅子と母子／相撲女房／母という花／一角仙人／鳥辺野にて／かくれぐすり／小男の草子／中納言のご馳走／月の夜の出来ごと／死児に逢いに／むかしの妻／兎はことにやさしとて／忠猫ぶち公／愛の陰陽師／白菊の契り／おちぶれた姫君／美しき女盗賊／あとがき

〔**内容**〕説話文学中のエピソードを紹介する古典エッセイ。「あとがき」には、「古典は面白いお話の宝庫」であり、「人々にとって大いなる慰藉と示唆を与えられる物語が、なお数多くねむっている」、そこから「好みのままに撰り出して、一冊に編んだ」とある。第一話「王朝の不倫」は、刑部丞《ぎょうぶのじょう》が自分の妻と光寂坊《こうじゃくぼう》の不倫関係に気づき、これを巧みに処理した物語（『沙石集』）。第二話「獅子と母子」は、天竺《てんじく》（インド）のある国の姫が獅子の妻となり、生まれた男子が父獅子を殺す物語（『今昔物語』『太平記』）。第三話「相撲女房」は、武士・栗田左衛門介《くりたさえもんのすけ》の新妻のもとに死亡した先妻の幽霊が現れ、家を去るよう迫って相撲をいどむ物語（『諸国百物語』）。第四話「母という花」は、防人《さきもり》の火麻呂《ひまろ》が母殺しにおよぶ物語（『日本霊異記』）。第十

二話「むかしの妻」は、震旦《しんたん》（中国）の儒学者・高鳳が貧ゆえに妻に去られるが、出世栄達したのち、昔の妻を引き取り厚遇した物語（『今昔物語』）。以上の例のように、取り上げられた説話の舞台は奈良時代から江戸時代におよび、地理的にも日本、インド、中国にわたる。典拠は前記のもののほか、『宇治拾遺物語』『古本説話集』『古今著聞集』『お伽草子』『耳袋』などである。なお、初出、単行本、『今昔まんだら』と改題した角川文庫版のいずれも、田辺の文章と岡田嘉夫の絵を組み合わせた「絵双紙」仕立てとなっている。（大塚美保）

宇宙人のイモ《うちゅうじんのいも》　短編小説

〔**初出**〕「オール読物」昭和六十二年十二月一日発行、第四十二巻十二号。〔**初収**〕『うつつを抜かして　オトナの関係』平成元年六月三十日発行、文藝春秋。〔**文庫**〕『うつつを抜かして　オトナの関係』〈文春文庫〉平成四年六月十日発行、文藝春秋。

〔**内容**〕榎本は不倫を、垢ぬけた男のすることで、また標準語を操る人間のすることだと思い込んでいた。だから、武骨な仕事人間で、大阪弁しか使えない自分は不倫とは無縁だと思っていたのだ。だが、四十三歳で急死した取引先企業の担当者の葬式に行った帰り、榎本は参列者の一人である江藤キリ子と知り合う。焼き肉をうまそうにたいらげ、威勢のいい大阪弁をつかうキリ子は、榎本の妻とは正反対で、惹きつけられる。大阪弁では不倫はできないと言う榎本に、キリ子は「非行やったら、エエのん違《ちゃ》う?」と応え、付き合いだした。それから十カ月、キリ子との付き合いは楽しく、榎本は生気にあふれ、仕事も意欲的になった。その変化に妻が不審を抱き、キリ子の存在を知った妻はキリ子に会いに行く。二人は意外にも仲良くなり、二人で榎本を「宇宙人のイモ」に例えたのだった。榎本と会おうとしなくなったキリ子は、彼を妻と共に自宅に招き、妻に聞こえぬよう、「限《き》りがない」から「十カ月。そのくらいでええ、思てん」と、思い切りよく別れを告げる。十カ月は短かったと恨みがましく言う榎本に対して、キリ子は楽しかったから長かった、と答えた。連作「うつつを抜かして　オトナの関係」の第四作である。（森崎光子）

うつつを抜かして《うつつをぬかして》　短編小説

〔**初出**〕「オール読物」昭和六十二年六月一日発行、第四十二巻六号。〔**初収**〕『うつつを抜かして　オトナの関係』平成元年六月三十日発行、文藝春秋。〔**文庫**〕『うつつを抜かして　オトナの関係』〈文春文庫〉平成四年六月十日発行、文藝春秋。

〔**内容**〕四十三歳の会社員、江川はそれまで女と「しゃべった」ことも、しゃべって面白かった経験もない。面白かったのは、男の友人や同僚たちだけであった。女の友人はおらず、会社の若い女の子には女の子向けのしゃべり方になり、唯一しゃべる相手であるはずの妻とは会話が生まれない。その理由は、妻の話がつまらないからだ。つまらないのは、妻がアホだからだ。というわけで、女と対等な会話を楽しんだことのなかった江川が、行きつけのバーで、以前見かけたことのある中年女性と偶然カウンターで一緒になり、話しかける。女も江川を覚えており、話し出すと、面白かった。江川は初めて女との大人の会話を楽しんだ。それは、男の友達としゃべるのとはまた異なり、「女文化」という異文明の住人との会話であるがゆえに新鮮だった。女性の方も、江川とのおしゃべりを楽しいと語り、二人は明け方まで眠気も疲労も感じずにしゃべり続けた。その後、レストランに移動して食事を楽しんだが、江川はホテルへも誘わず、彼女の名前や住所も聞かず、地下鉄の降り口で別れた。充足したような、物足らぬような気持ちだった。連作「うつつを抜かして　オトナの関係」の第二作であり、表題作でもある。（森﨑光子）

姥《うば》あきれ《あきれ》　短編小説

〔**初出**〕「小説新潮」昭和五十六年四月一日発行、第三十五巻四号。〔**初収**〕『姥ざかり』昭和五十六年八月十五日発行、新潮社。〔**文庫**〕『姥ざかり』〈新潮文庫〉昭和五十九年五月二十五日発行、新潮社。〔**全集**〕『田辺聖子全集第十七巻』平成十七年九月十日発行、集英社。

〔**内容**〕珍しく風邪のためふせってしまった歌子の心に浮かぶあれこれが、息子の嫁たちとのやりとりや、昔なじみの番頭の前沢の病気、同じく船場時代の「上女中のお政どん」との交流とともに語られる。本作ではじめて、「あの世」に対する歌子の考えが示されている。病気になったことで、老人が自立して一人で暮らすためには健康が必須条件であることを、歌子はあらためて意識する。また、本作のラストでは、歌子の見た夢を通じて、「あの世」が決してこわいものではないことが語られ、穏やかにまとめられている。「読者の声」（「小説新潮」昭和五十六年五月一日発行）には「しかし、あの世も、先に行った人人が、手まねきするほどよき世らしく、ちっともこわくない。こわいもの無し、となれば、病気の方こそ。恐れをなして退散してゆく。まだまだこの世に居て、老後一人ぼっちになったらと、ぐちぐち云いの我ら女性の手本となって下さい」という投書が寄せられている。（菅聡子）

姥《うば》あらくれ《あらくれ》　短編小説

〔**初出**〕「小説新潮」平成五年一月一日発行、第四十七巻一号。〔**初収**〕『姥勝手』平成五年九月二十日発行、新潮社。〔**文庫**〕『姥勝手』〈新潮文庫〉平成八年五月一日発行、新潮社。

〔**内容**〕歌子が「アンティークアクセサリー」を愛玩している話を糸口に、船場時代の記憶、とくに戦後の混乱をどのように乗り切り店を再興させたか、という思い出が語られる。歌子は思いをめぐらすうちに、「わかった、日本の骨董屋はオール、あげて、「お爺ん」のためのものなのだっ。女が、ことにオールドレディが興をそそられるものなど、ありはしないではないかっ」と、「老女のおしゃれに関するものが日本には、一切、存在しない」ことに思い至り、いつものように、日本には高齢者女性に対する文化が欠落していることが指摘されている。書道教室のメンバー、長谷川夫人の先導で、歌子は友人たちと「カラオケボックス」に勇躍出掛ける。「オールドレディ」たちのカラオケは、川中美幸の「ふたり酒」や映画「愛染かつら」の主題歌で、公開当時、八十万枚の大ヒットとなった西条八十作詞の「旅の夜風」。みなで歌詞をしみじみと味わい、涙ぐむ。「姥ぷりぷり」で語られた「脇田ツネさん」の死をめぐって、彼女の息子の無理解に憤慨した歌子は、病床にあって看護されながらも、妻を支配しようとする夫たちに憤懣やるかたない。本作では、介護は妻の仕事であるという、家父長制度以来の女性観に基づく問題が明確にされ、「脇田ツネさん」の「男の人に定年はございますのになぜ女には定年がないのでございましょう」という「悲痛な訴えに」、歌子の「女の心やさしさを利用して、男たちはやりたい放題、わがままをしてきたのだっ」という怒りが爆発する。最後は長谷川夫人への少々過激なアドバイスとともにユーモラスにまとめられているが、しかし本作で示されている介護をめぐるジェンダーイデオロギーは、現在においても解消されておらず、高齢化社会に突入した現代日本の問題の一つである。（菅聡子）

姥嵐《うばあらし》　短編小説

〔**初出**〕「小説新潮」昭和五十五年五月一日発行、第三十四巻五号。〔**初収**〕『姥ざかり』昭和五十六年八月十五日発行、新潮社。〔**文庫**〕『姥ざかり』〈新潮文庫〉昭和五十九年五月二十五日発行、新潮社。

〔**内容**〕「ひょんなこと」からハワイ旅行に旅立った歌子の、飛行機内やハワイ到着後のホテル等での体験が語られる。「バカ爺たちの世話を焼く」ことに汲々とする「中婆」たちの姿にあきれ果てる歌子が、唯一、「茶目っけ、しゃれっけのある人」と見ていた「老紳士」も、結局は亡妻の形見の「ステッキ」に依存していることを知って、歌子は「自立姥の凛然たる気概に同調するごとく」常夏のハワイを吹きすさぶ「警鐘のごとき大嵐」を見やる。戦後日本において、観光目的の海外渡航の自由化が政府によって認められたのは昭和三十九年四月一日。その一週間後、ハワイへの初の団体観光旅行団が出発した。戦後、人々の海外への憧れを象徴してきた「憧れのハワイ航路」の実現であった。本作が発表された昭和五十五年以降、日本人観光客の数は急増した。歌子はすでに、ヨーロッパや東南アジアの旅行を体験しているが、具体的なエピソードとしてとりあげられるのが「ハワイ旅行」であるのは、昭和世代にとっての海外旅行の代名詞はやはり「ハワイ」だからであろう。（菅聡子）

姥処女《うばおとめ》　短編小説

〔**初出**〕「小説新潮」昭和五十五年十月一日発行、第三十四巻十一号。〔**初収**〕『姥ざかり』昭和五十六年八月十五日発行、新潮社。〔**文庫**〕『姥ざかり』〈新潮文庫〉昭和五十九年五月二十五日発行、新潮社。〔**全集**〕『田辺聖子全集第十七巻』平成十七年九月十日発行、集英社。

〔**内容**〕「戦後に私の店で働いてくれていた事務員」西条サナエを中心に話が展開する。話題の一つは、人をわが家に「招く」側と「招かれる」側の比較から、「「自分の領土に、客を迎える領主」の気概」がないと人を招くことはできない、という老人の「自立」をめぐって展開される歌子の考察である。もう一つは、老人たちの集まりというとすぐに「宗教団体」を連想するサナエにあきれつつ、「『敬老の日』パーティー」に集まった歌子の愉快な友人たちと、同じく招待したサナエの古色蒼然とした婦徳観念の対比である。サナエをかたわらにおくことで、自由に生きる歌子の友人たちの人生の楽しみ方が前景化されている。最後には、サナエを叱咤激励するもののどうにも張り合いのない彼女の応答に憤慨して、面白おかしく今を生きよう、という歌子の思いが示される。また本作には、「天地生成会」なる宗教団体を愉しくからかう描写が盛り込まれているが、ちょうど本作が発表される直前、昭和五十五年七月には、「イエスの方舟」事件が世間をにぎわせていた。なお、本作タイトルの読み方は、雑誌掲載時には「うばおとめ」、文庫本収録時には「うばしょじょ」とルビがふられている。単行本にはルビはない。（菅聡子）

姥勝手《うばかって》　短編小説

〔**初出**〕「小説新潮」平成五年四月一日発行、第四十七巻四号。〔**初収**〕『姥勝手』平成五年九月二十日発行、新潮社。〔文庫〕『姥勝手』〈新潮文庫〉平成八年五月一日発行、新潮社。〔全集〕『田辺聖子全集第十七巻』平成十七年九月十日発行、集英社。

〔内容〕毎晩かかってくる長男からの電話をはさみつつ、忙しくかつ楽しく過ごしている歌子の日常が披露される。とは言え、八十歳になった身、講師を務める書道教室の引退時期を考え、また味覚の衰えを感じるなど、自身の老いが語られている。本作もそうであるように、このシリーズの各話の冒頭の多くが長男・次男・三男とその嫁たちから次々とかかってくる電話で始まり、丁々発止のやりとりが展開されるという形をとっており、大体において歌子が彼らをやっつけてしまうという会話の面白さに読者は気を取られてしまうが、実際には、歌子の一人暮らしは家族たちによって見守られているのであって、その意味でも彼女の老後は幸せであると言える。本作の話題の中心は、「二、三年前に幸福な再婚をしたが、ご主人に亡くなられ」て淋しく暮らしている「飯塚夫人」からの電話で、彼女がいわゆる「レンタル家族」に申しこむ手配を手伝わされてしまうことに始まる。予約注文の代行のはずが、なぜか自分が試すことになってしまった歌子は、実際に「レンタルファミリー」としてやって来た一行と話すうち、彼ら自身も淋しい人たちであることを知り、「嗤われへんなあ」と思うようになる。けっきょく、飯塚夫人は「味をしめ」、「息子夫婦ワンセットの松コース」を借りてやみつきになっただけではなく、自分もレンタル要員として登録し、実に楽しそうである。だがそれを楽しむことができるのも、そのことを報告し合う友人あってのことだろう。シリーズ最終話の本作は、歌子たち女性同士の会話でしめくくられている。「年とったら友達が家族やわ。友情だけはレンタルでけへんもん。家庭や家族はかたちがあるからレンタルいう商売になるけど、かたちのない友情は商業化でけへん」。ボーイフレンドの滝本さんとの「デート」に「さて、何を着てゆくかな」と心弾ませる歌子の思いとともに本シリーズは閉じられる。『田辺聖子全集第十七巻』の解説で、田辺聖子は、この歌子の造型の基盤となっているのが、戦後の荒廃のなか、「わが焼け跡を見て意気消沈」「おきまりの、茫然自失」であった男たちや、「平和が戻れば学園へ通わねばならない。食べるもの、着るもの、住むところが、ただちに要る被保護者たち」である「子供たち」を抱えて、「決然と立ちあがった」「〈日本のオカーチャン〉たち」の姿、彼女たちの「底力」であったと述べている。歌子の気概は、彼女独自のものではなく、すべての「〈日本のオカーチャン〉たち」のものとして描かれているのである。

（菅聡子）

姥鴉《うばがらす》　短編小説

〔初出〕「小説新潮」昭和六十二年十一月一日発行、第四十一巻十一号。〔初収〕『姥うかれ』昭和六十二年十二月十五日発行、新潮社。〔文庫〕『姥うかれ』〈新潮文庫〉平成二年十一月二十五日発行、新潮社。

〔内容〕「長生きとは、昔馴染が次々再婚していくのを見ることだ」が、歌子の最近の省察である。周囲の「老女」たちが再婚し、新婚生活の生々しい報告をしてくるのを、苦々しく聞くことが重なった。ある日、パンジークラブ（高齢者たちの親睦団体）経由で知り合った藤井が、同行するはずだった魚釣りを突然キャンセルした。後で聞けば、五十年前に別れた女性からの、例に無い突然の呼び出しが理由であったが、その女性は現れず、心配になって歌子に様子を見てきて欲しい、というのである。案の定、女性は病を得て亡くなっていたという報告を、その娘から聞かされる。遺言は、美しい思い出をありがとうございました、というものであった。美しい恋の思い出として、歌子は「ボーイフレンド」の滝本にも伝えるが、「トシをとれば、みなこの人生の旅鴉」であり、「ロマンチックよりドライがよろし」という答えだった。それを聞き、歌子は滝本との関係もそうありたいと口にする。高齢者の恋愛や結婚、ましてやそれらを性愛を含めた話として語ることは、昭和六十年代という時期においては、きわめてタブーに近いテーマである。加えていえば、女性作家が女性の語り手を使って、多くの女性読者に提示することは、何重にもハードルの高い問題であったと思われる。ちなみに社会的話題となり、映像化もされた渡辺淳一『エ・アロール　それがどうしたの』（角川書店）は、高級高齢者施設内での老いと性愛をテーマとした小説であったが、発表は平成十五年である。（杉田智美）

姥雲隠れ《うばくもがくれ》　短編小説

〔初出〕「小説新潮」昭和五十九年二月一日発行、第三十八巻二号。〔初収〕『姥ときめき』昭和五十九年五月五日発行、新潮社。〔文庫〕『姥ときめき』〈新潮文庫〉昭和六十二年七月二十五日発行、新潮社。

〔内容〕「姥見合」で登場した高齢者同士の結婚を斡旋する組織（「比翼会」）、本作では「お茶飲み友達相談所」が話の中心にすえられ、老夫婦の老人介護のエピソードをまじえながら、「夫婦」をめぐる物語が展開される。「姥ひや酒」で登場した魚谷さんや、驚いたことには船場の店で昔事務員をしていた西条サナエも結婚を決め、ともに生き生きと幸せそうである。少々鼻白みながらひとり大晦日から元旦にかけて温泉に出掛けた歌子は、ボケた妻を介護していた「オダ」さんと偶然出会う。妻の四十九日をすませたばかりという彼と会話を重ねるうち、ボケた妻に対する彼の深い愛情を感じて、歌子は「暖かな、平安な気持ち」に満たされる。「いい男、やさしい男もいるんですねえ」「夫婦っていいものなのかもしれないわねえ」という歌子の感慨とともに本作は閉じられる。本作のタイトル「雲隠れ」は、言うまでもなく、巻名のみ伝えられ、もしも存在していたならば、光源氏の死が語られていただろうと予測される『源氏物語』「雲隠れ」に由来する。とすれば、次作との間に一年半の空白があることも鑑みて、本作にてひとまずこのシリーズに区切りをつけようとの意図がこめられていたのかもしれない。（菅聡子）

姥けなげ《うばけなげ》　短編小説

〔初出〕「小説新潮」昭和六十一年十一月一日発行、第四十巻十一号。〔初収〕『姥うかれ』昭和六十二年十二月十五日発行、新潮社。〔文庫〕『姥うかれ』〈新潮文庫〉平成二年十一月二十五日発行、新潮社。

〔内容〕敬老の日に有馬温泉に連れて行ってやる、という電話が長男から入った。予定だらけの歌子は、それを固辞したが、半ば押し切られて、予備校に通う次男の息子ノボルもつれて、温泉に行くことになる。ノボルの同行は受験ノイローゼ気味で父親にも反抗的だから、という理由である。有馬で食事中、パンジークラブ（歌子の所属する高齢者たちの親睦団体）の宇野夫人と出会い、生き別れになった孫とノボルが同じ予備校に通っていることがわかる。歌子の計らいで、宇野も祖母であることを隠して、皆で食卓を囲むこととなった。孫煩悩、孫や子中心の我を忘れた状態を「まだら呆け」のようだと批判的だった歌子も、孫との再会に愁嘆場も見せず、「けなげ」な宇野を見て、「一生は／こんなもんかと／思ひつつ／だんだんこの世が／楽しくなりぬ」という歌に思わず共感するのだった。子や孫を溺愛し、家庭の中心におくようなあり方を徹底して糾弾する歌子が、孫のノボルを旅行に同行させるという設定には、昭和五十年代半ばに社会問題になっていた家庭内暴力の問題がある（昭和五十六年度版『犯罪白書』第四編第一章参照）。神奈川県川崎市でおこった、父親を金属バットで撲殺した浪人中の息子の事件は社会を震撼させ、昭和五十九年に、懲役十三年の刑で結審されている。息子家族から見れば、歌子は庇護され、けなげで「可愛がられる老人」でなければならないが、歌子から見れば、父親に反撥する浪人生の息子を抱えた息子家族や、四十、五十代になっても自分を「オカーチャン」と呼ぶ息子たちこそ、手に負えないのだと言い、複数の視点から現代家族を描き出している。〈姥ざかり〉シリーズに登場する高齢者たちは、ほとんど少なくとも経済的には心配が無い人々である。高齢者の自立とは、単に経済的自立や身体的自立だけが問題なのではない、という主張が、当事者の高齢者によって語られている点は、興味深いといえよう。小説内では愁嘆場を見せない宇野を見て、歌子は思わず、「姥はけなげでなくては」というが、一般的な「かわいいおばあちゃん」たれ、ということとは一線を画した発想である。

（杉田智美）

姥ごよみ《うばごよみ》　短編小説

〔初出〕「小説新潮」昭和五十六年一月一日発行、第三十五巻一号。〔初収〕『姥ざかり』昭和五十六年八月十五日発行、新潮社。〔文庫〕『姥ざかり』〈新潮文庫〉昭和五十九年五月二十五日発行、新潮社。

〔内容〕お正月号にふさわしく、「黒豆」の話題から幕が上がる。大晦日とお正月の風情を全体にちりばめながら、家族が話題の中心となっている。冒頭では「三男の嫁」とのやりとりを題材に、歌子流嫁姑論が展開される。三男は歌子と嫁がもめると「私をたしなめる」が、「ま、その方が私には気楽、これがお袋側について嫁をたしなめるような息子であれば、私はゾッとするであろう。息子と嫁さえ仲よくしていてくれれば、こっちは安心して、言いたい放題いっていられるから嬉しい」。また、五十を迎えて「復古調」になった長男とのやりとりから、船場での嫁時代のことが回想されている。シリーズ全体を通して、歌子の人生のあゆみは断片的に提示されているが、本作も、歌子の過去を知るためには重要である。最後には、次男のところの孫が父親と喧嘩したといって嫁に連れられてやって来る。「不完全なオシャカ」のように感じられる孫ではあったが、最後には子供らしい屈託のなさを示し、歌子の「めまぐるしい大晦日」は無事に終わろうとしている。

（菅聡子）

姥ざかり《うばざかり》　短編小説

〔初出〕「小説新潮」昭和五十四年三月一日発行、第三十三巻三号。〔初収〕『姥ざかり』昭和五十六年八月十五日発行、新潮社。〔文庫〕『姥ざかり』〈新潮文庫〉昭和五十九年五月二十五日発行、新潮社。〔全集〕『田辺聖子全集第十七巻』平成十七年九月十日発行、集英社。

〔内容〕「私」こと山本歌子は当年とって七十六歳、東神戸の十階建てのマンションで一人住まい。グレープフルーツと紅茶にトースト、目玉焼き、という朝食を楽しむ「私」は、悠々自適の日々を楽しんでいる。

シリーズを通して「私」（山本歌子）の一人称の形式をとる。第一作目にあたる本作では、その優雅かつ自由な生活ぶりに加え、「戦災で失った昔からの服地問屋を再興し」引退した「女実業家」であること、息子が三人いること等、歌子の基本的な設定が紹介されている。歌子が小気味よい語り口で、周囲の人々の迷妄を叱りとばすのがこのシリーズの特長だが、本作でも、孫ほどの年齢の「ヒヨコおまわり」との会話を通して、老女であれば誰でも「おばあちゃん」と呼び一元化してしまうような、老人を〈個〉としてとらえようとしない社会のあり方に対する批評があらわれている。単行本『姥ざかり』「あとがき」には「「小説新潮」に「姥ざかり」を一篇、単発で発表したあと、幸いに読者の方に喜ばれたので力を得て、シリーズで書いてみた」とあるが、「読者の声」（「小説新潮」昭和五十四年四月一日発行）には「田辺聖子さんの「姥ざかり」は、流暢な大阪弁にひきこまれて、読んでゆくうちに思わず抱腹絶倒した」、「歌子さんは〝年よりらしく〟と願う家族とは反対に大変多趣味で行動的、更に自主性のある個性豊かな女性です。自分も老齢になったときには、この人の様に爽快な生き方をしたいと思う」といった読者の感想が寄せられている。また、田辺は「私の夢みる、あらまほしき老年を書いてみよう」と、このシリーズを書きはじめた理由を述べている（「夕陽、限りなく好し」『田辺聖子全集第十七巻』）。（菅聡子）

姥ざかり花の旅笠《うばざかりはなのたびがさ》—小田宅子の「東路日記」《おだいえこの「あずまにっき」》

長編小説

〈初出〉「すばる」平成十年十二月一日〜十二年十二月一日発行、第二十巻十二号〜第二十二巻十二号。〈初版〉『姥ざかり花の旅笠—小田宅子の「東路日記」』平成十三年六月十日発行、集英社。〈文庫〉『姥ざかり花の旅笠—小田宅子の「東路日記」』〈集英社文庫〉平成十六年一月二十五日発行、集英社。〈全集〉『田辺聖子全集第二十二巻』平成十七年十二月十日発行、集英社。

〈内容〉〈米伝〉の女あるじ桑原久子は、筑前の豪商〈小松屋〉の内儀小田宅子をお伊勢詣りに誘う。二人は儒学、国学者伊藤常足先生の門人であった。常足先生は、本居大平先生の弟子であり、筑前を中心に数百人の門弟を抱え、古典や歌学を説き、歌人を育成した。一門には女性も多くいた。五十三歳の宅子、五十一歳の久子に、同門の同年輩の女性二人を加え、天保十二年（一八四一）春、下男三人を供にして出立する。しっかり者で、姥ざかりどころか、現代の女性以上にエネルギッシュな女性たちである。四人は、遠賀川河口で内海航路の船に乗り、赤間から陸路や海路を使い、山陽路を大坂、奈良へと進む。東大寺の盧遮那仏、初瀬の山桜に驚嘆、吉野の桜を堪能し伊勢へという、驚くべき健脚ぶりで、待望のお伊勢詣りを終える。さらに、久子の発案で信濃路へ回り、供の男が体調を悪くし、足を痛めたりするが、妻籠、松本を経て善光寺に至る。夜念仏の一夜が明け、追分、高崎、と険しい山道を越えて日光に至る。敬虔な思いで、二荒山に詣で、いよいよ江戸に入る。そして鎌倉から藤沢、箱根、新居の関をさけ上諏訪を経て秋葉寺に着く。豊川から岡崎、近江、草津とたどり、大坂でゆっくり滞在、海路を経て五カ月の旅を終え、無事帰宅した。本作は、帰郷して十年後に小田宅子が纏めた『東路日記』、三年後に書いた桑原久子の『二荒詣日記』をもとにした旅物語である。『東路日記』、『二荒詣日記』ともに歌人が書いた日記なので、旅の先々で詠んだ歌がかなり記され、当代一流の歌人と思えるほどの学問的素養が感じられる。作者は、これらの優れた歌を用い、作者独自の想像で、筑前言葉を使った四人の会話や、彼女たちが見たもの、食べたもの、お土産品、先生への報告話などを加えて作品を構築した。作者の興味は尽きることなく、道中着、供の男の担ぐ荷など、興味ある事を詳しく調査して盛り込み、作品に深みを与えている。小田宅子は高倉健氏の五代前の先祖に当たり、若い頃から評判の美人だったそうである。作者は現存する屋敷や、そこに伝わる宅子夫妻の絵なども見ており、さすが美系の家系だと感嘆したという。第八回蓮如賞を受賞。

（増田周子）

姥スター《うばすたー》　短編小説

〔初出〕「小説新潮」昭和五十六年七月一日発行、第三十五巻七号。〔初収〕『姥ざかり』昭和五十六年八月十五日発行、新潮社。〔文庫〕『姥ざかり』〈新潮文庫〉昭和五十九年五月二十五日発行、新潮社。〔全集〕『田辺聖子全集第十七巻』平成十七年九月十日発行、集英社。

〔内容〕田辺聖子得意の宝塚歌劇が話題の中心である。九十一歳の矍鑠たる叔母を連れ、友人たちとともに歌子は宝塚歌劇の四月公演を観に出かける。叔母との会話を通じて、大正期以来の宝塚の雰囲気が語られ、戦後の「ウエストサイド物語」から近年の「ベルサイユのばら」や、スターの名前も数々あげられ、華やかな一話となっている。何より、宝塚歌劇の舞台を観る女性たちの「心はずみ」が生き生きと伝わってくる。池田理代子原作の「ベルサイユのばら」が宝塚歌劇で初演されたのは昭和四十九年で、演出は長谷川一夫だった。以後、現在にいたるまで、宝塚歌劇の代名詞ともいうべき人気演目として、多くの観客を動員してきた。なお、単行本『姥ざかり』の注記によれば、本作に出てくる宝塚公演は、植田紳爾作・演出の花組公演『宝塚春の踊り―花の子供風土記』（於宝塚大劇場・昭和五十六年三月二十六日～五月十二日）である。また、本作で「ワテら老人の希望の光」「あのおひとこそ勲章もん」「国民栄誉賞は、ああいう人にあげてほしです」と讃えられている上原謙は、昭和五十年に三十八歳年下の女性と再婚し、七十一歳の時に第一子をもうけてセンセーションをまきおこしたが、本作が発表された昭和五十六年には、高峰三枝子とともに国鉄（現・JR）の「フルムーンキャンペーン」のCMに登場し、往年の大スター二人が温泉にくつろぐシーンとともに、話題を集めていた。

（菅聡子）

姥だてら《うばだてら》　短編小説

〔初出〕「小説新潮」昭和六十一年五月一日発行、第四十巻五号。〔初収〕『姥うかれ』昭和六十二年十二月十五日発行、新潮社。〔文庫〕『姥うかれ』〈新潮文庫〉平成二年十一月二十五日発行、新潮社。

〔内容〕歌子より六歳年下の伊賀夫人は、元気で若々しく七十二歳には見えない。創業して今は会長を務める美容院の経営者である。あるきっかけで阪神タイガースファンであることが分かり意気投合、優勝決定戦をテレビ観戦し、楽しい夜を過ごした。「もう、男、要りませんな」というホンネのひとことを聞き、ますます盛り上がる。家で邪魔者扱いされて、歌子のマンションにころがりこんだ次男や、武庫川の山奥の保養所に管理人として一人で出て行った伊賀夫人の夫を見て、歌子には「本当は三界に家のないのは男ではないか」とも思われるのであった。しかし意外にも伊賀夫人は夫との別居を契機に「何もかも、つまらんようになって……」と嘆き、夫がもどってきた次男の嫁も、ハレバレとしている。歌子は、夫婦とは「何とも、ひとりものにはワケの分からぬ、とその機微が察せられぬ」自分をはずかしがるのだった。田辺の〈姥ざかりシリーズ〉に登場する歌子や歌子が好もしく感じる同世代は、みな若々しく、自分の趣味や仕事に多忙で、初出「小説新潮」目次にも、「78歳にしてもののあわれを知る歌子さん」、「女が強くなるのは本来望むところ、しかし強くなりすぎては歌子さんもビックリ」とある。小説内で強くなりすぎたとされるのは、伊賀夫人や歌子の次男の嫁であろうが、歌子のような活動的な女性たち全般を、「強くなりすぎ」たとする社会とは、女性は夫や息子に従順であるべきだという規範の逆説的表現であろう。田辺はこうした規範の一般化した社会にむけて、別居する夫婦たちを描きながら、長い間連れ添った夫婦の、幸せの選択肢を模索していたといえる。ちなみに歌子は在阪球団阪神タイガースファンとして設定され、優勝に小躍りしているが、タイガースがヤクルト・スワローズを制して優勝したのは小説発表の前年昭和六十年である。

（杉田智美）

姥《うば》探偵《たんてい》 短編小説

〔**初出**〕「小説新潮」昭和五十八年十月一日発行、第三十七巻十号。〔**初収**〕『姥ときめき』昭和五十九年五月五日発行、新潮社。〔**文庫**〕『姥ときめき』〈新潮文庫〉昭和六十二年七月二十五日発行、新潮社。

〔**内容**〕「昔、船場のウチの店の事務員だった」「六十一になる老嬢」で、「いまはお花にお茶、着物の着付教室などをして、一人の身すぎをしている」西条サナエが持ちこんだ「幽霊」話がことの発端である。サナエの知人である「清水ふみよさん」は夫に先立たれているのだが、サナエ自身がその亡夫の「幽霊」を目撃し、ふみよさんもまた亡夫に見守られているような気がするという。果てには、亡夫の「遺産」が贈られたというのだ。サナエの話にいたく好奇心をそそられた歌子は、謎の解明に乗り出す。業界に詳しい長男と、大学生の泰クンの調査により、「清水氏」の幽霊話の真相が明らかになる。「あだし野」での偶然の邂逅を結びに、歌子もサナエも「世の中って、面白いわねえ……」「わるくはございませんね、奥さま」と語り合い、「幽霊」の真相は永久にふみよさんには明かすまい、と誓うところで物語は終わる。本作は、シリーズの他の作に比べるとまとまった一つの物語をなしているが、掲載時、「総特集　テーマ別ミステリ　12の謎」の一つ「ロマンチックミステリー」として発表されたためと思われる。なお、「読者の声」には「ミステリーといえば、殺人事件がほとんどで、うんざりとなりますが、田辺聖子さんの「姥探偵」は実に面白く拝読させていただきました」（「小説新潮」昭和五十八年十一月一日発行）との感想が寄せられている。本作は「ロマンチックミステリー」の惹句にふさわしく、最後までほのぼのと心温まるエピソードとして語られている。

（菅聡子）

姥《うば》ちっち《ちっち》 短編小説

〔**初出**〕「小説新潮」平成四年九月一日発行、第四十六巻九号。〔**初収**〕『姥勝手』平成五年九月二十日発行、新潮社。〔**文庫**〕『姥勝手』〈新潮文庫〉平成八年五月一日発行、新潮社。

〔**内容**〕「八十のこの年まで風邪引きは別として、病気らしい病気はしたことがない」歌子だが、本作では腰の激痛で動けなくなってしまう。「まさか、目ざめてみれば半身不随になってるなんて、私の人生の予定表の中にはなかった」と狼狽しつつ、もう一度行きたいと思っていた海外旅行の思い出が頭をよぎる。しかし、痛みのなかでも、なぜか嫁たちからの電話にはいつものように臨戦状態で、丁々発止のやりとりのあげく相手を言い負かしてしまい、腰の痛みを告げることはできない。けっきょく、偶然電話をしてきた「戦前、船場の家で上女中をしていたおトキどん」が駆けつけてくれ、何かと世話を焼いてくれた。おトキと楽しく昔話をしているうちに、痛みもやわらいだと思いきや、今度は「船場の店で女事務員として働いてくれた西条サナエ」が久しぶりに訪れ、老婚にして初婚である結婚生活について、その人間関係の愚痴をこぼして帰って行く。本作では、腰痛のため初めて体の自由を奪われた歌子が、ボランティアの人をあてにしている自分に気づき、ショックを受けるさまが描かれている。これまでは、介護する側にはなってもされる側にはならないだろう、と考えていた元気自慢の彼女が、介護される弱者の側に身を置くことによって、初めて自らの老いを新たな視点でとらえる契機を与えられるのである。（菅聡子）

姥《うば》ときめき　短編小説

〔初出〕「小説新潮」昭和五十七年六月一日発行、第三十六巻六号。〔初収〕『姥ときめき』昭和五十九年五月五日発行、新潮社。〔文庫〕『姥ときめき』〈新潮文庫〉昭和六十二年七月二十五日発行、新潮社。〔全集〕『田辺聖子全集第十七巻』平成十七年九月十日発行、集英社。

〔内容〕七十七歳になった歌子の、喜寿パーティーを中心に、過ぎし日の歌子のほのかな恋が回想される。前作「姥スター」からほぼ一年がたっての新作であるせいか、歌子と息子夫婦たちの関係や船場時代の回想などが語られ、初めての読者にも歌子の人となりや、その人生の歩みの一端がわかるように構成されている。また、歌子のいう「神サン」であるところの「超越者か、誰か分からない大きな存在」による「当番制」の話題から、歌子の人生観が述べられている。亡夫慶太郎との縁談がまとまる前に見合いをした、遠縁の青年・浦部謙次郎への歌子の恋心が描かれており、興味深い。喜寿のパーティーをきっかけに、彼との再会を心待ちにするが、彼のいる老人ホームを訪問しはしたものの、爺さんたちの姿を遠目に見てそのまま帰ることにする。このシリーズでは女性たちの老後が元気で潑剌としたものとして描かれる反面、男性たちのそれは揶揄されがちであるが、本作では、ホームの娯楽に参加しようとしない彼らの姿を「爺さん達は泰然としている」「爺さんらは、一人で死ぬ。それが自然にかなって見よいながめでもある。これがおくゆかしい「日本の父」や」と語られていて、男性たちの老いの姿にも、理解のまなざしがそそがれている。（菅聡子）

姥《うば》とちり　短編小説

〔初出〕「小説新潮」昭和六十年九月一日発行、第三十九巻九号。〔初収〕『姥うかれ』昭和六十二年十二月十五日発行、新潮社。〔文庫〕『姥うかれ』〈新潮文庫〉平成二年十一月二十五日発行、新潮社。

〔内容〕神戸市内にある山本歌子の一人暮らしのマンションに電話が入る。フリオ・イグレシアスをBGMに、優雅な朝食の最中であった。電話は新聞記事を見た嫁からで、一人暮らしの「おトシヨリ」を食い物にした戸板商事事件報道をみて、被害を心配したものであった。トシヨリ、と連呼されることに気分を害し、サギにあった、と冗談をいったことから、次々と息子やその嫁から電話が入り、歌子は大切な一日を無駄にしたと感じる。その後も次々と布団や仏像を訪問販売にくる悪徳商法らしきセールスマンに煩わされて怒ったり、気ままに友人たちと外出を楽しんだりと、多忙な毎日を送る。「モヤモヤさん」と呼ばれる「神さん」のことや、人付き合いのあり方を通して、歌子の老境が語られていく。小説発表の年、大阪の豊田商事事件が悪徳商法として社会問題化し、同年六月には豊田商事会長がマンション前で刺殺される様子がテレビ報道されるなど、大きな社会的関心事となった。一人暮らしの高齢者を狙った在阪企業の詐欺事件が、この小説のモチーフとなっていることは疑いない。年をとれば、やみくもに同居するのが当然という子世代の人物を登場させ、危険と隣り合わせ、しかし自由を謳歌する高齢者の一人暮らしを描きながら、高齢者の「自立」とはどのようなものか、という問題を提出している。老境の自立は、田辺の〈姥ざかり〉シリーズの大きなテーマのひとつである。なお単行本『姥うかれ』は、山本歌子の一人称語り〈姥ざかり〉シリーズ、『姥ざかり』『姥ときめき』に次ぐ第三冊目にあたる。（杉田智美）

姥なぜ《うばなぜ》　短編小説

〔初出〕「小説新潮」昭和五十八年五月一日発行、第三十七巻五号。〔初収〕『姥ときめき』昭和五十九年五月五日発行、新潮社。〔文庫〕『姥ときめき』〈新潮文庫〉昭和六十二年七月二十五日発行、新潮社。〔全集〕『田辺聖子全集第十七巻』平成十七年九月十日発行、集英社。

〔内容〕「ナンデヤ?・」をキーワードに、なぜ子供は親だからと言ってえらそうな口のききかたをするのか、なぜ朝っぱらから集金に来るのか、なぜ「いたずら電話」をかけてくるのか、等々、歌子が昨今腹を立てている数々が披露される。そのなかに、船場時代の「神農祭」の夜の記憶や、長男の口から明かされる亡父・慶次郎の本音などが織り込まれている。また、女が一人で飲食店に入ることを軽蔑する長男の嫁に「ナンデヤ⁉　ナンデそう古いのや」とあきれ、「女がひとりで店へ入る、というのは、それもヒトリ立ちのあらわれである。そして、ひとりで飲みもの食べものを味わい、私は煙草は吸わないけれど、心ゆくまで休んで、ひとときを楽しむ、ぷっかりと煙草をふかし、町の外の風景に見入っている女なども、なかなかよき眺めではないか」と、今でいう〈おひとりさま〉を先取りするような考えも示されている。なお、掲載誌の目次には「なぜだッ—あの有名な科白を歌子さんも最近連発するのだ」とあり、作中でも「前の三越みたいな口吻になってしまう」と言及されているように、本作の「ナンデヤ?・」は、昭和五十七年六月以降世間を騒がしたいわゆる「三越事件」をふまえている。九月には三越百貨店の当時の社長・岡田茂が取締役会で突然解任され、その際岡田が発したとされる「なぜだ!」は流行語となった。（菅聡子）

姥寝酒《うばねざけ》　短編小説

〔初出〕「小説新潮」平成三年十一月一日発行、第四十五巻十一号。〔初収〕『姥勝手』平成五年九月二十日発行、新潮社。〔文庫〕『姥勝手』〈新潮文庫〉平成八年五月一日発行、新潮社。

〔内容〕掲載誌目次には「歌子さんの新シリーズ・スタート!」「お久しぶりです、歌子さん。えっボケ防止にはどうすりゃいいかだって⁉」とある。前作から四年ぶりのシリーズ再開で、歌子は八十歳になっている。久しぶりのシリーズ再開ということで、冒頭では、息子たちから「オカーチャン」とかかってくる電話をはさみながら、歌子の日常が紹介される。本作では、同じマンションに住む吉田夫人が救急車で運ばれる、という事件を軸に、「歩く公害」「狼婆」たる吉田夫人の暴れぶり、「死屍にむらがるハイエナのように、遺されるはずの資産目当て」にやってきた、普段はまったく没交渉の息子や娘らの傍若無人ぶりが描かれる。しかし、吉田夫人は医師が臨終を告げるやいなや、蘇生したという。「意地悪」こそが「ボケ防止」の秘訣、とかねがね思っていた歌子だが、事件の後、むしろ健康そうに見える吉田夫人を目にするにつけ、「長生きして、死を待っている身内たちの鼻を明かすという意地悪」、この「最高の意地悪」こそが「この上ないボケ防止のみち」と確信する。本作でも、最後の場面では滝本さんと歌子の愉快なやりとりが展開されており、明るい雰囲気で終わっている。（菅聡子）

姥ひや酒《うばひやざけ》 短編小説

〔初出〕「小説新潮」昭和五十八年七月一日発行、第三十七巻七号。**〔初収〕**『姥ときめき』昭和五十九年五月五日発行、新潮社。**〔文庫〕**『姥ときめき』〈新潮文庫〉昭和六十二年七月二十五日発行、新潮社。**〔全集〕**『田辺聖子全集第十七巻』平成十七年九月十日発行、集英社。

〔内容〕英語教室のサークル仲間である魚谷さんの老再婚問題を話題の大枠にしつつ、老人たちの「ポックリ寺」詣でや寝たきりになった場合の介護問題などが、歌子と三人の嫁たちとのユーモラスなやりとりを通して語られる。魚谷さんに懇願されて同行した「おころり寺」は、むしろ回春・老春の方に重点があるようで、普段は「老人の性があまりにせっかちに市民権を得ようと誇示しているさまに対し、批判的」である歌子は辟易するが、いずれも人それぞれ、と最後には気持ちよくひとり晩酌を楽しむ。本作ではユーモラスに話題にされている「おころり寺」は、しかし、七十年代のいわゆる「恍惚ショック」（樋口恵子『盛年　老いてますます……』学陽書房、平成十三年）を背景に老人たちの間でブームとなった「ポックリ寺」詣での延長上にある。その火付け役となったのは、有吉佐和子『恍惚の人』（新潮社、昭和四十七年）であった。『恍惚の人』以来、人々は老いの恐怖を実感し、寝たきりになって家族に迷惑をかけるよりは「ポックリ」死にたいという願望をより切実に抱くようになり、その反映が、「ポックリ寺」詣での流行である。本作でも、歌子と嫁たちとのトンチンカンなやりとりのなかで、「生命維持装置」をはずす、はずさないが話題になっている。高齢化社会の到来を目前に、深刻化する老後問題の一端がうかがわれる。（菅聡子）

姥日和《うばびより》 短編小説

〔初出〕「小説新潮」昭和五十五年二月一日発行、第三十四巻二号。**〔初収〕**『姥ざかり』昭和五十六年八月十五日発行、新潮社。**〔文庫〕**『姥ざかり』〈新潮文庫〉昭和五十九年五月二十五日発行、新潮社。**〔全集〕**『田辺聖子全集第十七巻』平成十七年九月十日発行、集英社。

〔内容〕亡夫・慶太郎の十七回忌の話題をきっかけに、「大阪船場の古い服地問屋」の「嫁」であった頃が回想されており、歌子の人生の歩みを垣間見させる。自立した個として生きる歌子の現在が、嫁時代の苦労、戦後の激動期を「番頭の前沢」と二人で必死で乗り切り、店を再興した過去に裏打ちされていることがわかる。だからこそ「この年になれば怖いもんなし、で、いやなことはしないのだ」。「いうなら戦友同士、いまは退役仲間」である前沢との交流の描写をはさみ、後半ではシリーズにしばしば顔を出すことになる大学生の「泰クン」登場のエピソードが展開されている。そのあらましが、掲載誌の「目次」には「花の七十六歳対うら若き盗人！肝太き歌子サンの忍法泥棒崩し」と紹介されている。

（菅聡子）

姥《うば》芙蓉《ふよう》

短編小説

〔**初出**〕「小説新潮」平成四年七月一日発行、第四十六巻七号。〔**初収**〕『姥勝手』平成五年九月二十日発行、新潮社。〔**文庫**〕『姥勝手』〈新潮文庫〉平成八年五月一日発行、新潮社。〔**全集**〕『田辺聖子全集第十七巻』平成十七年九月十日発行、集英社。

〔**内容**〕歌子は今日も、虹色のブラウスを身にまとい、「右の鬢の白髪」には「紫のヘアカラー」をふきつけてスイミングクラブに通い、相変わらず活動的かつおしゃれな日々を送っている。「順慶町のお爺ちゃん」の法事の話を糸口に、船場時代の思い出、散骨をめぐっての嫁たちとの攻防、等々の話題が展開される。そのなかで歌子の「今日びの人間、年長者だから年寄りだからと敬う風は全く地を払っており、八十だろうが九十だろうが屁とも思っておらぬ。トシだけでは人を恐れ入らせることは出来なくなった。／気魄である。／気魄で言い負かし、くやしかったら八十年生きてみい、といえばよい」との見解や、新しいフレーズ「コンマ以下は切り捨て」が披露される。当面の「コンマ以上」の楽しみとしては山永さんとの京都小旅行、それから長男が企画した天満の「天神サンのお祭の船渡御」の「お供舟」である。大阪天満宮を中心として行われる天神祭は、大阪三大夏祭りの一つで、七月二十五日の本宮には、大川（旧淀川）で船渡御が行われ、奉納花火があがる。京都小旅行では、若いカップルと知り合い、人生相談の相手になってしまう。船渡御の「お供舟」では、同行するはずだった「お政どん」の死が悼まれている。単行本『姥勝手』の「あとがき」には、「この巻の歌子さんには、以前にない味わいをもたせた。戦友ともいうべき古い友人が次々、櫛の歯をひくように亡くなってゆく。それが老いというものであろうと思う。歌子さんの気概は、それを見据えての上でのことだといいたかったのであった」とあり、本作でも親しんできた者の死が描かれている。

（菅聡子）

姥《うば》ぷりぷり《ぷりぷり》

短編小説

〔**初出**〕「小説新潮」平成四年三月一日発行、第四十六巻三号。〔**初収**〕『姥勝手』平成五年九月二十日発行、新潮社。〔**文庫**〕『姥勝手』〈新潮文庫〉平成八年五月一日発行、新潮社。

〔**内容**〕元気が売り物だった歌子も、このシリーズでは八十歳になっていることもあり、「週に二度、有料のホームヘルパーの人に来て貰」い、また「昔、船場の家の女中衆だったお政どんが掃除にきてくれ」たりして日常を過ごしていることが記される。しかし、活動家ぶりは健在で、書道教室で習字を教え、一人で小料理屋へ通ったりしている。本作では、同じマンションで起こった「四十五歳」の「キャリアウーマン」の女性と、「二十七歳」の青年との無理心中まがいの刃傷沙汰を軸に、歌子の生活と意見が語られている。最近歌子が発見した「気持のスカッとするフレーズ」は「アホは死んだらエエねん」。さらに無理心中事件を通じて、あらたに「アホの面倒みてられへん」のフレーズを思いついた。とくに、事件の取材に来た三十代の男性レポーターに比して、中年の「オバンたち」の「エネルギー」には感心し、「頼もしくもすごい」と思わされる。一方、書道教室に新しく通うようになった「脇田ツネさん」のエピソードでは、「アホの面倒みてられへん」の思いを強くする。本作で言及されている曲直瀬道三〈永正四〈一五〇七〉～文禄三〈一五九四〉〉は、戦国時代の漢方医学者で、足利将軍を診察したこともあり、日本医学中興の祖として「医聖」と称されることもある。

（菅聡子）

姥蛍《うばほたる》

短編小説

〔初出〕「小説新潮」昭和六十一年八月一日発行、第四十巻八号。〔初収〕『姥うかれ』昭和六十二年十二月十五日発行、新潮社。〔文庫〕『姥うかれ』〈新潮文庫〉平成二年十一月二十五日発行、新潮社。〔全集〕『田辺聖子全集第十七巻』平成十七年九月十日発行、集英社。

〔内容〕歌子は半年ほど前パンジークラブに入会した。老人会という名称のいやな人たちが、めいめいにおこなう講座で、生活や気持ちに余裕のある、阪神間に在住の高齢者たちの集いである。古典文学の暗唱で盛り上がった会で歌子は春川夫人と知り合うが、ほどなく訃報が届き、葬儀に参加することになる。画家の梅原龍三郎の「葬式無用、弔問供物、固辞」、「生者は死者のために煩わされるべからず」という遺言に感銘を受け、自らもそれを実行したいと話していた歌子は、春川夫人の盛大な葬儀に戸惑いを覚える。〈死にとうない……これから、やのに……〉と言い残したというが、その理由は夫の亭主関白に悩んだ末、着々と離婚準備を進めていた矢先であったことを聞く。挨拶にたった時、春川は、押し出しの強い口調ではあったが、これからの人生を妻と共に生きたいという言葉で胸を詰まらせていたことを思い、五十年連れ添った夫婦の「浮世の運命」を感じる。妻の代わりにと「源氏物語」の文学散歩の会にやって来た春川に「奥さまの分まで、元気で長生きしなさいませよ、奥さまもきっと、そう、思うてはりますわ」と伝えるのだった。田辺が〈姥ざかり〉シリーズを執筆していた一九七〇年代後半から九〇年代は、専業主婦層も多く、夫の定年退職後のライフコースを、夫と共に歩むかどうかは、彼女たちのその後の人生を大きく変えたことだろう。夫と死別した歌子を語り手として、妻に先立たれた初老男性の姿をクローズアップしながら、そこに浮き彫りにされるのは、女性の生き方であることがうかがえる。初出「小説新潮」の目次には、「夏の日、無常を思う姥ざかり歌子サン」、「息子や嫁たちは親戚の葬式で大騒ぎ……（することやないのに）」とある。

（杉田智美）

姥まくら《うばまくら》

短編小説

〔初出〕「小説新潮」昭和六十二年八月一日発行、第四十一巻八号。〔初収〕『姥うかれ』昭和六十二年十二月十五日発行、新潮社。〔文庫〕『姥うかれ』〈新潮文庫〉平成二年十一月二十五日発行、新潮社。〔全集〕『田辺聖子全集第十七巻』平成十七年九月十日発行、集英社。

〔内容〕歌子は西宮市役所主催の〈愛しのシルバーレディ〉というファッションショーに、パンジークラブの会員が手作りした散歩服で出演することになっていた。同クラブは、阪神間に住まう精神的にも金銭的にも余裕のある高齢者たちが自主的に作った集まりである。ファッションショーに向かうために車で迎えに来た楠木と、同じ会の村中と同乗するなか、互いの自慢話になる。息子に任せた医院で、自分でないとだめだという昔ながらの患者のために週二回は診療に立つという楠木の自慢は、聞いていても心地良い。一方、隠居してまで仕事に関わろうとすることに批判的な村中の自慢は、専業主婦としてつとめあげ、信州の山荘で夏を過ごし、白浜の温泉つきマンションで湯治するという生活であった。その「悠々自適」が要するにコンプレックスに裏打ちされたもののように聞こえ、歌子は思わず反撥する。その後、楠木宅に老年の強盗が入った話を聞く。強盗は泉重千代ファンで、重千代の「万事くよくよせぬがよい」と書かれたTシャツを来ていたという。歌子たちは、枕一つ抱えて、自足するをよしとしようとうなずきあうのだった。小説発表の前年二月に、世界最高齢百二十歳で泉重千代氏が他界しており、数年来元気な高齢者は一つの理想となっていた。一九八〇年代から始まったPPK運動（ピンピンコロリ運動：死ぬ直前まで元気で暮らすことを目標とした運動）の高まりを背景に、元気で長生きが最良の人生という価値観の定着してきたことも、小説の背景にうかがえる。初出「小説新潮」の目次には、「人は何を支えとして生きるか？　七十八になって私は〝真理〟を発見した……」とある。

（杉田智美）

姥見合《うばみあい》

短編小説

〔初出〕「小説新潮」昭和五十七年九月一日発行、第三十六巻九号。〔初収〕『姥ときめき』昭和五十九年五月五日発行、新潮社。〔文庫〕『姥ときめき』〈新潮文庫〉昭和六十二年七月二十五日発行、新潮社。

〔内容〕高齢者同士の集団見合が本作の話題。書道教室をひらく会場の下見に出掛けた歌子は、偶然、そこで開催されていた「比翼会」なる高齢者同士の集団見合いに参加することになってしまう。「集団見合だなんて……。いいトシして……」「このトシで男を求めています、なんて人に思われちゃ、恥の上ぬりである。そんな生ま臭いこと……」と、普段の信条に反して世間なみの感想を抱いていた歌子だが、会の盛り上がりぶりにあきれたり、愉快な気分になったり、どうも落ち着かない。「自分一人で生きろ、というのだ、毅然として！」と憤慨しつつも、「人間、いうものは、ほんとうのところ、二人寄り添わないと生きてゆけないのであろうか。一人で老春を謳歌している私は、「汁気足らん女」なのであろうか、突っぱりなのであろうか」と少々弱気になったが、「船場の家にいた女中のお政どん」からの電話に力づけられ、「そや。この友情はいいな」「これかて、夢のある人間関係やないかいな」と明るい気持ちになったところで物語は終わる。話題の中心となっている「比翼会」は、京都・大阪を中心に高齢者の結婚支援を行っている「無限の会」（和多田峯一主催）を参考にしたのではないかと思われる。本作が発表された昭和五十七年四月十五日、NHK総合で「ルポルタージュにっぽん　もう一度春がきた～老人集団見合い旅行～」が放送されており、田辺聖子の友人で、『姥ときめき』の文庫版解説を書いている作家の中山あい子がリポーターとして出演している。なお、和多田峯一には『老人は枯れない　茶のみ友達相談から』（ミネルヴァ書房、昭和五十七年九月発行）等の著書がある。

（菅聡子）

姥鍍金《うばめっき》

短編小説

〔初出〕「小説新潮」昭和六十年十二月一日発行、三十九巻十二号。〔初収〕『姥うかれ』昭和六十二年十二月十五日発行、新潮社。〔文庫〕『姥うかれ』〈新潮文庫〉平成二年十一月二十五日発行、新潮社。

〔内容〕歌子はこのごろ周囲と話をあわしにくくて困る。「ホントはそうやけど」といって尻込みし合う世の中に、（ホンマはこうや）で勝負したいと考えるようになったのだ。敬老の日に昔の手鞠歌を請われて思いだし、興がのって歌っているところに、嫁がやってきた。敬老の日の祝いだと持参した手土産の弁当を「思いの外高価《たか》かったわ！」という「スカタン嫁」ながら、ホンネをいう女と思うと扱いやすいと歌子は思う。英会話クラブの仲間、七十二歳になる富田の再婚騒動で、歌子の自宅にまで乗りこんできた女が、世間体を理由に義父の富田を「色気狂い」扱いするのに反撥を覚える。一方、友人の連れてきた若い男の子が、葬儀社のセールスマンであったことを知ると、歌子も「ホンマ」だけでなく、鍍金《めっき》でもええ、夢のあるほうがよかったかいなあ、などと考えたりもするのであった。七十二歳の義父の恋愛・結婚を「色気狂い」だという「嫁」の言葉は、当時の社会規範の代弁であろう。「高齢者は恋愛や結婚を考えるべきではない」という高齢者差別と同時に、高齢者女性の若い男性に対する恋愛感情への不快感というジェンダー・バイアスも描き出す。高齢者女性が若い男性に好感情を持つことは、歌子のようにあらゆる場面で「社会的常識」を疑う主張ができる女性によってこそ、表現できる特権であろう。文学が「高齢者男性が若い女性に対して抱く恋愛感情」を脈々と描いてきたことを思えば、田辺のこのような主張が昭和六十年に提出されたことを、再評価する必要もあろう。初出「小説新潮」の目次には、「オバン達と対決する〝姥ざかり〟歌子さん！」、「あるべき老いの姿がどういうものか――頭のカタイ若者達にいまのうち言うておく！」とある。

（杉田智美）

姥野球《うばやきゅう》

短編小説

〔**初出**〕「小説新潮」昭和五十五年八月一日発行、第三十四巻八号。〔**初収**〕『姥ざかり』昭和五十六年八月十五日発行、新潮社。〔**文庫**〕『姥ざかり』〈新潮文庫〉昭和五十九年五月二十五日発行、新潮社。〔**全集**〕『田辺聖子全集第十七巻』平成十七年九月十日発行、集英社。

〔**内容**〕「トシヨリはトシヨリらしゅう」という世の迷妄を蹴散らすところからエピソードが始まるのは、シリーズの前作通りである。加えて、「トシヨリ、老人、老婆、老醜、老残、老獪、老衰、おいぼれ、そういうコトバをやたら発することはつつしんでもらいたい」、かわりに「いまはやりの熟年というコトバ」を使われたし、と宣言している。「熟年」はすでに、昭和三十年代後半に提案され、四十年代以降もしばしば言及される語であったが、本作が書かれた昭和五十五年以降、急速に社会に広がった。以後、現在にいたるまで、「熟年離婚」等、一般語として使用され、定着している。本作のエピソードとしては、ほかに歌子が阪神ファンであること、巨人ファンの次男とのテレビ観戦のさまが愉快に語られている。この年、岡田彰布が阪神タイガースに入団したが、その起用法をめぐってブレイザー監督が辞任し、中西太に交代した。本作で歌子が観戦しているのは、中西監督就任直後の阪神・巨人戦である。ちなみに昭和五十五年の阪神タイガースの年間成績は五位であった。

（菅聡子）

姥湯ざめ《うばゆざめ》

短編小説

〔**初出**〕「小説新潮」昭和五十八年一月一日発行、第三十七巻一号。〔**初収**〕『姥ときめき』昭和五十九年五月五日発行、新潮社。〔**文庫**〕『姥ときめき』〈新潮文庫〉昭和六十二年七月二十五日発行、新潮社。

〔**内容**〕長男の娘マサコの結婚が物語の発

端。彼女の結婚相手は、歌子が嫁入りする前に住んでいた天満の化粧品問屋「たつ源」の「若旦那」の孫であることがわかる。結婚式で再会した歌子と「『たつ源』氏」は思い出話に花を咲かせる。ともに戦争体験者である二人の、「戦中派の戦友同士」ならではの会話は、本シリーズが、歌子の指南する元気潑剌たる老後の生き方を中心にしつつ、同時に、そのような老後を生きようとする背景に、彼らが等しく体験した戦争があることを垣間見せる。本シリーズの各話に少しずつ挿入される歌子の戦時体験と戦後の荒廃期をいかに必死で生き抜いたかというエピソードは、田辺聖子が戦後の庶民女性の人生にそそぎ続けたまなざしの反映である。本作にはもう一つ、高齢者女性に性の「実際的知識」を伝授する「熟年婦人講座」が話題とされているが、「『たつ源』氏」をめぐる滋味あふれるエピソードと、いささか猥雑な後者の話題を交錯させるあたり、田辺聖子の面目躍如といった気味がある。また、本作で「「ほんとにおきれいで……トモカズとモモエを見るようでございますわ、奥さま」／サナエはテーブルを片づけつついう。三浦友和さんと山口百恵さんはさぞ、こういうふうにいろいろのところで例にひかれているのであろう」と言及されている三浦友和・山口百恵の結婚は、昭和五十五年十一月十九日のことであった。

（菅聡子）

うるさがた《うるさがた》　短編小説

〔初出〕「オール読物」昭和四十五年四月一日発行、第二十五巻四号。〔初収〕『貞女の日記』昭和四十六年四月二十日発行、中央公論社。〔文庫〕『貞女の日記』〈中公文庫〉昭和四十九年八月十日発行、中央公論社。

〔内容〕神戸郊外のマンモス団地を中心に繰り広げられる人間模様を描く夢野団地シリーズの一編。夫は三十四歳、「私」は三十二歳であるが、子供がないせいか、どちらも五、六歳は若く見られる。二人は恋愛結婚で、結婚六年目でも愛は冷めず、夫婦仲は周りが羨むほどであった。以前、夫と浮気について話し合ったことがある。「私」が浮気をしたいかと尋ねると、夫はしたいと答えた。「私」も「どうぞ」と返したが、もちろんこれは冗談である。しかし、夫が同じ営業課でも卸問屋関係との付き合いが派手な係に変わって、帰宅が遅くなり、同じ団地で夫が女性と歩いていたのを見かけた人も現れて、「私」は夫の浮気を疑うようになった。団地の主婦たちに相談すると、「妻の勘」が悪い方に発揮されて、ますます不安が募る。ついに「私」は浮気を問い質し、夫と衝突してしまう。怒った夫は家を出て行き、その晩は帰ってこなかった。翌日、疑われた腹いせに夫は本当に浮気をしたことを告白した。こうして、「私」と夫は別居することになった。傷心の「私」のために、団地の主婦たちが集まって、慰労会をしてくれる。主婦たちは「うるさがた」がついているから大丈夫と請け合ってくれるが、「私」は空虚感に襲われ、さかんに飲み食いしている「うるさがた」をぼんやり見ていた。

（荒井真理亜）

【え】

ええかげんにせえ《ええかげんにせえ》　掌編小説

〔初出〕「小説新潮」昭和四十八年十月一日発行、第二十七巻十号。

〔内容〕連載小説「一期《いちご》のいろ夢」の第十話。題字とカットは灘本唯人。家庭生活の不満の、妻側からの言い分と、夫側からの言い分。これを、「私」「熊八中年」「与太郎青年」の三人が論じる。夫側からは、父

え

を疎みつつも金ばかり要求する妻子に、心中で「ええかげんにせえ!」と叫ぶ。妻からは、小姑の肩をもつ夫・子供を抱えて苦労する妻をおいて日曜に遊びに出る夫・安い給料でのやりくりをさせる夫などに憤懣やるかたなく、内心で「ええかげんにせえ!」と毒づく。では、なぜその不満を口に出さないのかと問いかける若い与太郎に、「私」は、「これだから若い人間と話しにくい。その点に於て中年女の私は中年男の熊さんに共感する。中年になると、口に出せない言葉や思いが一ぱいあふれる。口に出してしまうと最後、ということがある。ことに男と女、夫と妻の仲には、そういうものが年々堆積してゆく」とする。田辺は、本連載前年の昭和四十七年「朝日新聞」に家庭小説「すべってころんで」を、著者初めての新聞連載の仕事として発表。この「すべってころんで」で啓子・太一夫婦が経験した苦労の数々が、ちょうど本編「ええかげんにせえ」に凝縮して表現された格好になっていて、興味深い。本編の説明は、すべて「すべってころんで」にも該当する。「すべってころんで」は、作者の人間観察とユーモアが冴え、最終的に、中年男女を主人公とした楽しい家庭小説の枠に収まっている。この小説で、太一と啓子がさまざまな事態を何とか乗り切っていくのは、太一も啓子も、「ええかげんにせえ」と言いたい状況でも、中年の分別で、そこまで踏み込まずに堪えたからなのだろうか。もしそうなら、本編は「すべってころんで」解題編とでも称すべきものだろう。実際の中年の苦労は、「すべってころんで」のようなユーモアと愛情だけでは済まされず、本編のように「ええかげんにせえ」と心中で叫んで凌いでいく、というものなのかもしれない。

（目野由希）

絵草紙　源氏物語《えぞうしげんじものがたり》

エッセイ集

〔初版〕『絵草紙　源氏物語』昭和五十四年十月三十日発行、角川書店。書き下ろし。

〔文庫〕『絵草紙　源氏物語』〈角川文庫〉昭和五十九年一月十日発行、角川書店。

〔目次〕桐壺／帚木／空蟬／夕顔／若紫／末摘花／紅葉賀／花宴／葵／賢木／花散里／須磨／明石／澪標／蓬生／関屋／絵合／松風／薄雲／朝顔／乙女／玉鬘／初音／胡蝶／螢／常夏／篝火／野分／行幸／藤袴／真木柱／梅枝／藤裏葉／若菜上／若菜下／柏木／横笛／鈴虫／夕霧／御法／幻／雲隠

〔内容〕古典文学の紹介。『源氏物語』の「桐壺」から「幻」の巻まで、すなわち光源氏の誕生から、紫の上を失った源氏が出家を決意するまでを、田辺聖子の文章と岡田嘉夫の絵を組み合わせた「絵草紙」形式で綴る。田辺の文章は大長編の原作を原稿用紙百五十枚に凝縮したもの（角川文庫版カバー袖）で、多岐にわたる原作のストーリーを光源氏の動静を主軸として整理し、各巻のエッセンスともいうべき内容を現代語でわかりやすく語る。最後の「雲隠」の巻は原作では巻名のみあって本文がないが、本書では、原作の「幻」の巻の結末部分、すなわち、光源氏が紫の上から送られた手紙を焼き捨て、年の暮れを迎える場面をもって「雲隠」の内容とし、さらに出家に向かう光源氏の心境を、「この世の愛欲や煩悩から離脱し、あらたなる旅立ちへ向うのだ。（中略）真如の月をふり仰ぐ源氏の目はおだやかに澄んで光があった」と述べて巻を結ぶ。なお、角川文庫版では単行本にあった挿絵が一部省かれている。とくに最後の「御法」「幻」「雲隠」の三巻は挿絵をすべて省いている。

（大塚美保）

エレベーターの恋《えれべーたーのこい》

短編小説

〔初出〕「週刊平凡」昭和四十一年三月十日発行、第八巻十号。〔初収〕『愛の風見鳥』昭和五十年十一月五日発行、大和出版。

〔内容〕結婚相手は見かけよりも中身が大切だという話である。エレベーターは「階段を上り降りする労をはぶくために発明された科学的乗物」だと佐知子は定義付けていた。しかし、そのエレベーターは違った。飛び乗ったノアの方舟には、紺の背広に鼠と赤の縞模様のネクタイを締めた、小ざっぱりした青年が乗っていた。彼はアラン・ドロンに似たハンサムな青年で、よく気がつき、エレベーターの不思議さ、人間関係とその縁について、親しげに話しかけてくる。佐知子はその時以来、いつもその青年を思い出し、エレベーターという密室の哲学やロマンチックな想像を楽しむのである。佐知子には、二年間交際した新藤良夫がいる。しかし、彼の「現実的」な会話には、いつも興ざめである。佐知子が彼と婚約したのは、良夫を信頼し尊敬していたからだ。だが、風采のあがらない良夫を親友には紹介したくなかった。友人は皆、スマートな美青年だと想像しているからだ。良夫は、デートでもオシャレな喫茶店ではなく、うどん屋へ入る。しかも、梅田から淀屋橋まで歩き、地下鉄で難波まで出て、南海線で帰るというお決まりのコースだ。恋人同士の頃は嬉しくて、プロポーズの時も夢中でOKしたが、結婚が具体化するにつれて、味気なく、冴えない文化住宅の話も淋しかった。春めいた夜、中之島には多くのアベックが出ていて、佐知子は同僚の美枝子に会った。彼女の相手は、エレベーターの青年にそっくりだった。美枝子は佐知子の相手をいい人だと言い、佐知子まで見直したと言う。美枝子の相手は、ボーイフレンドにしかすぎず、始終気障なことばかり言う男で、面白いが、結婚は止めたと言う。良夫の「現実的」な大阪弁も、今の佐知子には「嫌」でなかった。隣の芝生は青いということである。

（青木京子）

縁の切れ目《えんのきれめ》

短編小説

〔初出〕「別冊小説現代」昭和四十五年一月一日発行、新春特別号。〔初収〕『貞女の日記』昭和四十六年四月二十日発行、中央公論社。〔文庫〕『貞女の日記』〈中公文庫〉昭和四十九年八月十日発行、中央公論社。

〔内容〕神戸郊外の夢野町で繰り広げられる人間模様が描かれる。「僕」のアパートに丸子が押しかけてきて居座り、ずるずる一緒にいて、もう一年半になる。丸子は「僕」の面倒を至れりつくせりみてくれるが、「僕」は丸子を持て余し、正直「しんどい」。第一、丸子は体が「ごつい」。横ぶとりの上に、丈も高く、いわば大女である。一方「僕」は細くて痩せている。丸子は神戸のある貿易会社のOLで、年は「僕」とあまり変わらないが、見た目はひどく年上に見える。二人で並んで歩いていると、女代議士と男秘書のようで嫌だ。丸子の気配りはうれしいが、その後に来る「こんな女って、いまどきおらへんのちゃう」という丸子の自画自賛には辟易してしまう。丸子とこのまま結婚するのも躊躇われるし、別れるのも後味が悪く、丸子から愛想を尽かしてくれないものかと思う。中学、高校を通じての友人で、夢野町駅前通りの幸栄堂の主人である肥塚に、丸子のことを相談してみる。肥塚は「僕」に丸子から無心をしてみるようアドバイスしてくれたり、縁切りのまじないを紹介してくれたりするが、うまくいかない。丸子には、実家がある岡山へ一緒に行って、両親に会ってほしいと頼まれる。丸子と結婚しよう

か、別れようか、「僕」の心は揺れている。（荒井真理亜）

円盤芸者《えんばんげいしゃ》　短編小説

〔**初出**〕「問題小説」昭和五十一年二月一日発行、第十巻二号。〔**初収**〕『お聖どん・アドベンチャー』昭和五十二年三月十日発行、徳間書店。〔**文庫**〕『お聖どん・アドベンチャー』〈集英社文庫〉昭和五十五年二月二十五日発行、集英社。

〔**内容**〕食料の世界的危機により大衆は国民番号をもらい、配給を受けていた。国民番号をもらうには、政府が認める職に就かねばならない。そこで女流作家協会は頭を絞り、勤め人に向かない作家には芸者稼業を斡旋した。芸のない私はおたやんという名前で主に下働きをする。不景気でお茶ひきも多いある夜、お化けまんじゅう型ヘリが現れる。おたやんは中から出てきた、一番の醜男に一目ぼれする。ヘリは円盤であり、男は宇宙人であることを聞かされても熱は冷めず、後日、男にせがみ駆け落ちを企てる。小松左京チャンと筒井康隆サンが力ずくで引き剝がそうとするが、おたやんも宇宙人も抵抗を示す。そこで小松チャンが節分の豆をまき、宇宙人を撃退する。筒井サンは「これがほんまの円盤退社、や」とシャレを言う横で、おたやんは呆然としていた。（高橋博美）

【お】

追いかけて《おいかけて》　短編小説

〔**初出**〕「小説現代」平成六年四月一日発行、第三十二巻四号。〔**初収**〕『薄荷草の恋』平成七年三月十七日発行、講談社。〔**文庫**〕『薄荷草の恋』〈講談社文庫〉平成十年四月十五日発行、講談社。

〔**内容**〕中村正三は妻のヤス子を蜘蛛膜下出血で一年前に亡くした。四十二というトシになる。人生の中年までかかって築き上げたものが、一挙にご破算になったが、どうやら再び人生が軌道に乗り出したところである。中村は目立つのはごめんだ、そのくせ、人生のおいしいところを満喫して世をおくりたいという不逞な考えを胸に秘めている。そういう日常に、妻の遠縁にあたる沢田みのりが赤ん坊を連れて、相談に飛び込んできた。みのりは二十一で、相手の杉江元夫は子供を産むことに反対して行方をくらましているらしい。みのりに身内的な親昵感をいだき、相手の男に腹が立ってきた。どんな形にしろ、養育費を出させねばと、元夫を追いかけるが、居どころは知れない。元夫の消息が分かるかも知れないと、みのりと赤ん坊に同行し、岡山県の親許をたずねる。元夫は親許に帰っていたが、「おれの子供ちがう」とぷいと外へ出ようとする。みのりは赤ん坊を抱いて立ちふさがり、「この子とあたしに、あやまってよっ。侮辱やわ、この子とあたしを馬鹿にするなんて許せない」と声がひびきわたる。元夫は両親や中村に二人のもめごとを聞かせたくないようで、みのりと赤ん坊をつれて外へ出て行った。中村はきっとしたみのりに打たれて、みのりを引き取り、赤ん坊を育ててみようかと思う。やっとみのりが戻ってきた。ひとあしおくれて、元夫が赤ん坊を抱いてきた。元夫は、今晩、この子をここへ泊めてもええかな、とうれしさをおさえきれないようだ。中村は静かに家を離れた。どたんばで夢がこわれ、それがいかにも中村にふさわしく、さまになっている気がした。（浦西和彦）

老いてこそ上機嫌《おいてこそじょうきげん》　エッセイ集

〔**初版**〕『老いてこそ上機嫌』平成二十二年

一月二十九日発行、海竜社。〔目次〕好奇心むらむら、楽しく老いる／老婦人は貴婦人である／自立老人のススメ／人生に甘えない／幸福を味わいつくす知恵／仕事を仕上げていく、ということ／人間関係の最高の文化／夫婦の糸をつなぐ／苦しみ、悲しみを乗り換える知恵／この道、ぬけられます／子育てに迷ったら／ひとりで生きてることを楽しむ／女はクサってはならぬ／老いに向うとき／老いてこそ上機嫌

〔内容〕〈姥ざかり〉シリーズ他、『女が愛に生きる時』『篭にりんごテーブルにお茶……』など、田辺の小説やエッセイから一フレーズを抜き出し、それぞれに簡単なタイトルを付けて、田辺流「老い」の指針や、老境にある人々への偏見や誤解を軽妙に批判する。山本歌子を語り手とする〈姥ざかり〉シリーズを長らく書き継いできた田辺の凝縮版。「老い」を単なる悲観的な人生の終わりと捉えるのではなく、また無闇な「若がえり」を目指すのでもないその姿勢が、長い作家生活の中に一貫していることがうかがえる。「たのしいホンネを語り合えるというのは人生の大きい快楽で、ただホンネをたのしくしゃべれるのは、自分の人生が充実して実力あればこそ、できるということ。」（「ホンネをしゃべれるのは実力あればこそ」『星を撒く』）など、長い年月を経て、率直さと自信とに裏付けられた小説の登場人物たちの言葉が続く。田辺の描いてきた人物の関心が、過去にではなく現在にあることを裏付ける言葉であろう。（杉田智美）

王朝懶夢譚《おうちょうらんむたん》　中編小説

〔初出〕「別冊文藝春秋」平成四年七月一日～六年七月一日発行、第二百号～第二百八号。〔初版〕『王朝懶夢譚』平成七年一月十五日発行、文藝春秋。〔文庫〕『王朝懶夢譚』〈文春文庫〉平成十年一月十日発行、文藝春秋。〔全集〕『田辺聖子全集第十六巻』平成十七年十一月十日発行、集英社。

〔内容〕京の内大臣の月冴姫は東宮に入内が決まっていた。しかし、東宮が急死され第二皇子が三歳で立太子された。そこで姫の父や兄は十年後に東宮に姫を入内させようと思った。そんな運命に姫が涙していると、天狗の外道丸が姫を背にのせ、姫が慕う仁照の下に連れて行った。牛車でお説教を聞きに行くと、女童の五衰が倒れ、吉野山の麻刈と言う医師に助けられた。都は物騒なので、外出を禁じられた姫は、外道丸と共に、前世が見えるという玉の櫛を灯にかざしては、玄宗皇帝と楊貴妃、東京開封府等の賑いなどを見て楽しんだ。ある晩、父の山水画の屏風に似た曠野を都へと進む男を見た。その男、常陸の晴季《はるとき》が気になり、外道丸と姫は、狐を月冴そっくりの紫々という女に化けさせ、晴季に近づけた。紫々に案内されて、晴季は、母のための眼薬、夜明砂を買う。道端の法師が紫々を狐の化物だと見破り、「狐でもいい」と叫ぶ晴季の前で、尨犬は狐を一撃で斃した。月冴は愛と命の使者、鮫児によって池の中をぬれずに三条の右大臣の邸にいざなわれ、帝の弟宮、弾正宮に会う。宮は五衰の倒れた日、姫に恋し素性を知って、恋文を送ったという。二人の父同志は対立関係にあり「お互い権力の持ち駒で、意志を通せば秩序が乱れる」と二人は、別れ去る。都は毎日流血騒ぎで、袴垂、調伏丸、悪来丸などの賊が出没し、勾引《かどわかし》が横行した。東国真壁からの警護の武士の中にあの晴季がいた。ある雪の夜、音もなく姫は拉致され、淘々殿という庭のある邸に運ばれた。悪来丸（実は康尊親王つまり弾正宮の弟君）、調伏丸らが誘拐したのだ。悪来丸は兄の能力、人格などを妬み、妖魔を集めて

妖しい香をさせ、姫に迫った。その時晴季が乱入し、姫を背負って逃れようとした。悪来丸は弓を放ち、外道丸とちぎり丸が弓にとびつくが、一瞬遅く晴季の脇腹をかすめた。毒で死にそうな晴季と姫を外道丸が背にのせ、吉野へ行った。麻刈の薬で助かった姫は、父の許しを得、晴季と乳母、五衰ともども東国へ旅立つ。作者は「王朝のお伽話を書きたかった」というが、妖怪に守られながら、自分の意志を貫く美しい女性に読者も共感するだろう。

（増田周子）

大阪の水《おおさかのみず》　短編小説

〔**初出**〕「婦人生活」昭和三十九年四月一日発行、第十八巻四号。〔**初収**〕『うたかた』昭和五十年十二月二十日発行、講談社。〔**文庫**〕『うたかた』〈講談社文庫〉昭和五十五年一月十五日発行、講談社。

〔**内容**〕タミ子がはじめて岡野と会ったのは、共通の知人の結婚式場で守に紹介された時だった。岡野は無遠慮な目つきだが爽やかな東京弁と若々しい身のこなしの持ち主である。タミ子は、会社の友人の朝子に同じ人を彼と教えられる。翌週、再び偶然、電車の中で再会する。岡野から会社に電話がくるようになり、食事に誘われるが、朝子に打ち明けることができない。タミ子は岡野と心斎橋を歩き道頓堀のネオンのもとで「しんきくさいと思うてはるでしょう」と言った。初めての接吻の時は涙があふれる。もうさきざきの物悲しい画が描けていると考えてしまう。岡野と二人で京都への旅行を決めた時、直前に守を呼び出してみるが、言う言葉がない。初めての宿で口数の少ないタミ子を岡野は訝しむ。「大阪の女の人はオシャベリだとばかりと思っていた」。その後、親しさが増してタミ子は岡野のアパートに行くようになるが、「はよ奥さんもらいなさい」などと言ってしまう。春のある日、岡野が白昼、タミ子の会社を訪ねてくる。オープンな場所にもっとも隠微な部分である男が現れたことにうちのめされる。岡野は東京に長い出張で行くと言う。タミ子はめまいで倒れそうになるが、それきりだった。手紙を書いても返事はない。明くる年の夏、岡野が大阪に帰って来ていることを知り、会ったが、口の重いタミ子に対して岡野は言う「手紙だとオシャベリじゃないか」。守がタミ子の通勤途中に慌ただしく来て、岡野が朝子と結婚することになっていることを告げる。怒る守に、タミ子は花のように笑う「あの人、結局、大阪の水が性に合わんのやなあ」。「失恋らしい顔しい」「大きにはばかりさん」。守との会話は漫才風だ。その後タミ子は守からの速達を受け取る。そこには、自分の境遇や心情、タミ子への求婚がしたためられていて、返事がYESなら、岡野と朝子の新婚旅行の見送りに来てくださいとあった。岡野らの出航を見送る波止場で、守はタミ子の横で五色のテープを蹴散らす「ゴミと共に去りぬ、やな」。愁嘆場になるところをすっと身をかわすタイミングが、タミ子と守は合う。大阪の水が性に合う……明るい涙がふと目にわいてくる。

（大川育子）

大阪弁おもしろ草子《おおさかべんおもしろぞうし》　エッセイ集

〔**初出**〕「本」昭和五十九年五月一日〜六十年四月一日発行、第九巻五号〜第十巻四号。原題「言葉《ことば》の天窓」。〔**初版**〕『大阪弁おもしろ草子』〈講談社現代新書〉昭和六十年九月二十日発行、講談社。〔**全集**〕『田辺聖子全集第十五巻』平成十七年五月十日発行、集英社。〔**目次**〕よういわんわ／ちちくる／そやないかいな／けったくそ悪い／はる／タンノする／明治・大正の大阪弁

〈その一〉／明治・大正の大阪弁〈その二〉／新大阪弁／いてこます／あたんする／せいてせかん／あとがき

〔内容〕著者が「あとがき」で述べる如く『大阪弁ちゃらんぽらん』のパートⅡといえる作品で、大阪弁をいくつかとりあげ、その意味を詳細に説明している。古語としての「うたて」は既に死語となっているが、「……わいな」「……ワイ」「夜さり」「去《い》ぬ」は現在も使用されており、「ずつない」は漫才や落語で口づてに話されている。「よう…せん」「よういわん」「ようせん」などは近松の大阪女のしゃべり方が基礎になっている。大阪弁には京言葉の影響を受けた「おつゆ」「お揚げ」「おなす」など優美な言葉もあるが、町人が大半を占める大阪には、芝居や色里の影響でいかがわしいような、みだらがましいような、「インケツや」「げんくそ悪い」「てかけ」「ちちくる」などの語もある。大阪弁の敬語となると、動詞に「はる」という補助動詞をつければよいが、そこは商売の街、決して粗相があってはならない。著者の書く小説は関西が舞台なので、当然大阪弁を用いるが、大阪弁で書かれた近代小説は、残念ながら殆どないという。谷崎潤一郎の『細雪』は、片仮名や平仮名を援用した大阪弁で表記すれば、口吻がより伝わっただろうと述べ、水上滝太郎の『大阪』には明らかな間違いがあるという。小説家ではないが、初代中村鴈治郎などの座付作者、食満南北の雑誌「南北」には、大阪漫才の呼吸で生き生きと大正期の生彩ある大阪弁が書かれている。薄田泣菫のコラム集『茶話』に出て来る大阪弁には詩人の感覚がにじむのんびりした味わいがあり、小出楢重の「大阪弁雑談」には〈大阪弁のせつなさ〉が書かれているという。大阪弁は平仮名文化で口語文化である。含蓄のある大阪弁を上手に使うことで人間関係もスムースになる、という大阪人の知恵も感じられ、面白く楽しく読める書である。　（増田周子）

大阪弁ちゃらんぽらん《おおさかべんちゃらんぽらん》　エッセイ集

〔初出〕「小説新潮」昭和四十九年二月一日～五十年八月一日発行、第二十八巻二号～第二十九巻八号。「文芸展望」昭和五十二年七月一日～五十三年四月一日発行、第十八号～第二十一号。〔初版〕『大阪弁ちゃらんぽらん』昭和五十三年六月二十日発行、筑摩書房。〔文庫〕『大阪弁ちゃらんぽらん』〈中公文庫〉昭和五十六年八月十日発行、中央公論社。〔全集〕『田辺聖子全集第十五巻』平成十七年五月十日発行、集英社。〔目次〕ああしんど／「あかん」と「わや」／あほとすかたん／えげつない／チョネチョネ／けったいな／こまんじゃこ／あんばい／ややこしい／しんきくさい／いちびる／ねちこい／あんだらめ／あもつき／あかめつる／ぼろくち／ウダウダ／タコツル／「サン」と「ハン」／てんか／あとがき

〔内容〕大阪弁の数々を取り上げ、その起源を探っている。大阪弁は、京の言語文化を基盤として、商業都市三百年の伝統の中から、大阪人自身が独自に作り出した言葉だという。「ああしんど」という大阪弁には、身体的疲労だけでなく、精神的に消耗するという意味もある。その言葉を使う人の年齢、性差などあらゆる階層の人を例にして説明し、あたかもドラマの一場面を切り取ったかのように情景を描く。そして、テンポよく語句のニュアンスの相違を紹介し、興味深い。例えば「えげつない」「けったいな」「ややこしい」「しんきくさい」など、人に嫌がられるようなことを言う言葉も、大阪弁の用い方は多様で、包み込む

ような温かさや、ほっとさせるような感じも出て来る。言葉は生きているのだ。「あほ」と「すかたん」、「あかん」と「わや」、「サン」と「ハン」などの違い、その他「こまんじゃこ」「いちびる」「ねちこい」「あんだらめ」「あもつき」「タコツル」などについても語られる。こういう使い方もあるのかと教えられるエッセイである。現在のような核家族でなく、曽祖母、祖母、叔父、従業員たちとの大所帯の中、大阪の地で生まれ育った著者ならではの日常語としての大阪弁の会話が、生き生きとユーモラスに活写される。大阪人が読んでも面白いが、大阪弁は分からないという全国の人たちにも、大阪弁の持つ含蓄の深さや良さが大阪文化と共に理解してもらえる書である。　（増田周子）

大阪無宿《おおさかむしゅく》　短編小説

〔**初出**〕「文学雑誌」昭和三十二年六月二十六日発行、第二十五号。〔**初収**〕『感傷《センチメンタル・》旅行《ジャーニィ》』昭和三十九年三月十日発行、文藝春秋新社。〔**文庫**〕『感傷旅行《センチメンタル・ジャーニィ》』〈角川文庫〉昭和四十七年一月三十日発行、角川書店。

〔**内容**〕滝川は足かけ三年ぶりで杉野に出会った。その時、狼狽しながらも逃げ出さなかった。杉野はけんか別れ同様に金物問屋「金藤」をとび出していた。杉野は滝川より数年の先輩で、外廻りの商いのコツを教えてくれた。滝川は三、四歳年少の杉野に劣等感をもっている。滝川は前に、争議にまきこまれて印刷会社をクビになり、伝手で「金藤」に来た。滝川は杉野をけしかけて労働組合を作らせた。従業員大会が開かれる当日、滝川は出張で逃げだし、他の男たちもみな滝川を見習って商売に出て行ったのである。杉野はおやじと気まずくなり、辞めてしまった。その後、店を持ったと滝川は聞いていた。杉野は滝川にびっくりさしたる、「今晩来い。飲もう」と誘う。杉野の店には、「金藤」をやめた阿部たよ子がいた。たよ子は昔よりはつらつとして美しく新鮮にみえる。滝川はたよ子と一時結婚してもいいつもりでいた。滝川はどこか釘の抜けたような声で、ええ店もってておめでとうと、その孤独のひびきをただよわせた。　（浦西和彦）

おかあさん疲れたよ《おかあさんつかれたよ》　長編小説

〔**初出**〕「読売新聞」平成三年三月二十一日～四年五月二十四日発行。〔**初版**〕『おかあさん疲れたよ㊤・㊦』全二巻、平成四年十二月十八日発行、講談社。〔**文庫**〕『おかあさん疲れたよ㊤・㊦』全二巻、〈講談社文庫〉平成七年六月十五日発行、講談社。〔**全集**〕『田辺聖子全集第二十一巻』平成十七年八月十日発行、集英社。

〔**内容**〕主人公の浅尾昭吾は昭和五年生まれで、妻の美未は敗戦のとき二歳だった。現在、昭吾は六十一歳、美未は四十八歳になる。高校一年の一人娘つむぎがいる。美未はラヴ・ロマンを書いていて、本も十五、六冊出している。あまり喧嘩もせず、程々の距離でうまく関係が保たれている。空襲で焼き払われてしまった大阪を見た昭吾には、その後どんなににぎにぎしく復興しても、満目荒寥とした焼け跡と二重写しにダブってみえる。あの強烈な記憶があらゆるものの基盤になって、「しょうないなあ」というのが昭吾の処世観となっている。昭吾は大阪造兵廠に学徒動員された時、空襲のなかを友人等とはぐれ、マドンナであった倉本あぐりと二人で必死に逃げまどった。そのあぐりに、昭吾は二十代半ばに再会した時、結婚を申し込んだ。だが、あぐりは家族を捨てることができないという。兄が戦死し、病気がちな父母と、入院している祖母の生活を長女のあぐりが支えているのである。昭吾が最初の妻と死別し、三十代の終わりにあぐりと再会した時にも、再び結婚を申し込んだが、あぐりは離婚した弟の子供を二人預かっていて、仕事をやめられないという。愛しあいながら二人は結ばれなかったのである。その後、昭吾は美未と結婚した。そして、三度目にあぐりと再会したのは、六十代になった平成の現在であるが、三年前に乳癌の手術をしたあぐりは、再入院し、死んでしまう。葬儀で昭吾は、喪主の甥の挨拶であぐりが最後に「おかあさん、疲れたよ」とつぶやいたことを聞き、女ひとりで戦って昭和を生きぬいたあぐりの苦悩を思うのである。空襲を知らない美未は、京都で神祇美術工芸を生業とする桐原無敵と千年のちにめぐりあった如く、古典物語の世界を逍遥するのだった。「おかあさん疲れたよ」は、「私が人生の大半を生きた〈昭和〉という時代に捧げる、鎮魂曲《レクイエム》である」と田辺聖子はいう。旧制中学校や旧制高等女学校の生徒たちが動員された大阪砲兵工廠の昭和二十年八月十四日の大空襲のすさまじさを描く。戦争は男たちを容赦なく戦場へ引きたてて、その運命を狂わせた。それは男たちだけではなかった。女も男同様に、その運命を狂わせたのである。

（浦西和彦）

オカルトぎらい《おかるとぎらい》　短編小説

〔初出〕「小説宝石」昭和六十二年一月一日発行、第二十巻一号。原題「オカルト嫌い」。〔初収〕『結婚ぎらい』平成元年九月二十日発行、光文社。〔文庫〕『結婚ぎらい』〈光文社文庫〉平成五年十月二十日発行、光文社。

〔内容〕三十一歳、独身男性である竹下は、真夜中近く、中古のマツダファミリアの2ドアを駆って、尼崎からミチルのアパートのある阿倍野へ向かっている。ミチルは、竹下が一目惚れした、彼がよく行くミナミのスナックの新入りアルバイトホステスで、彼の「名刺が光ってる」からという理由で、会いたいと電話してきたのである。経歴もない安サラリーマンの竹下は、見合いでは断られ、若い子には相手にされず、ハイミスには下に見られ、せっかくの車も戦果につながらない。竹下は少年の頃怖がりで、夜トイレに行く時も妹について来てもらったが、妹は嫌な顔もしなかった。そういう甘えさせてくれるやさしさを彼は女性に求めていた。しかし、結婚という言葉にもなびかず、「女のやさしさ」に無縁な女が世の中にはあふれている。会社の先輩沢野によると、それは、「男女同数になった」ので、男を大事にする必要がなくなり女が強くなったからだという。そんな中、やさしくかいがいしく振る舞うミチルは、竹下にとって、これまでの女性とは違う、「珍らしいすてきな女」であった。そのミチルから、今夜呼ばれたのである。閉店後に家まで送って行くことはよくあったが、まだ彼女の部屋に入ったことはない。大いに期待して行ってみると、ミチルは、「今からあなたをご浄霊させて頂きます」という。ミチルは浄霊の修行中で、竹下の名刺が青い光を発しており、それは色情霊という邪霊がついているからだという。怖がりの竹下は何か唱え出したミチルを見て怖くなり、「オカルトはきらいじゃ！　こわい」と心中で叫んでいた。こんなことなら、自分を邪険に扱う若い娘のほうがまだましと思うのであった。

（吉川仁子）

お気に入りの孤独《おきにいりのこどく》　長編小説

〔初出〕「ＬＥＥ」昭和六十三年十月一日～平成二年八月一日発行、第六巻十号～第八

巻八号。〔初収〕『お気に入りの孤独』平成三年一月二十五日発行、集英社。〔文庫〕『お気に入りの孤独』〈集英社文庫〉平成六年一月二十日発行、集英社。

〔内容〕ファッションデザイナーの風里は、東神戸の金持ちの御曹司、水野涼と結婚して三年目になる。涼は、何でも母親に相談する所謂「マザコン男」であるが、それでも風里は、涼のことが可愛く、彼を喜ばせることを楽しく感じていた。そんなある日、写真展の会場で中園新一という男性に出会い、涼とは違う魅力を持つ彼に好感を抱くようになる。その頃、涼に自分とは別に交際している女性がいるとの情報を耳にし、涼への猜疑心が、少しずつ風里の中に芽生え始める。一方、風里も、涼に秘密で中園に会うようになり、ますます彼への想いが確かなものとなっていく。ただ、風里は、涼のプレゼントの万華鏡を手にし、贅沢を味わうことの喜びも知ってしまったが故に、簡単に今の生活を手放すこともできずにいる。そのような中、風里は、これ以上、自らがシングルでないことを秘密にしておくことが苦しくなり、とうとう中園に本当のことを打ち明ける。それを聞き、ショックを受けた中園とは、以後、会えない状態になった。また、涼の相手の女性マリ子のことも次第に明らかになり、涼との関係も崩れていくこととなる。風里は、涼を喜ばせるという愛の形に疲れてもいた。真に涼からいたわられたことのない風里にとって、これ以上、涼との結婚生活を続けていくことは、もはや困難であった。風里は家を出て、離婚が成立した。彼女は、やっと「孤独」を手に入れるのである。風里は中園に電話し、自らがシングルになったことを伝える。中園の風里への想いの言葉を聴き、彼女は嬉しさで涙がにじんできた。自分より大人の人に慰撫される嬉しさ、それは「孤独」な人間だからこそ味わえる嬉しさなのであり、新しい愛の形が始まった。贅沢な暮らしよりも、自分を大切にしてもらえることの喜びを選ぶ風里の生き方は、経済的に自立した女性ならではの選択とも言え、純粋に愛の醍醐味を追求した作品と言える。（足立直子）

おくのほそ道《おくのほそみち》　紀行文

〔初版〕『おくのほそ道』〈古典の旅11〉、平成元年九月十四日発行、講談社。〔文庫〕『「おくのほそ道」を旅しよう　古典を歩く11』〈講談社文庫〉平成九年十月十五日発行、講談社。〔目次〕旅立ち／白河の関こえて／壺《つぼ》の碑《いしぶみ》／つわものどもが夢のあと／羽黒山の三日月／甲《かぶと》の下のきりぎりす／蛤《はまぐり》のふたみの別れ／「解説」櫻井武次郎「幻想旅行記」

〔内容〕田辺は、若い頃は蕪村に親しみを感じていたが、中年になって芭蕉の「さすらってやまぬ」生きかたと書簡に見る「人生や人間を深く凝視」した「やさしさ」に惹かれたと言う。旅には男性カメラマン、女性編集者、女性アシスタントの三名が同行した「二ヶ月に一度くらいの取材行」は、丸一年かけて八回に及んだ。昭和六十三年五月二日発行「日本経済新聞」掲載の「みちのくの旅」には「取材で東北旅行から帰ったばかり」とあり、松島と塩竈神社に触れている。本作品により訪問の季節がわかるものを挙げれば、秋に福島、飯坂、笠島、岩沼、室の八島、日光／二月末に深川の芭蕉庵跡（現芭蕉稲荷神社）、採荼庵跡、江東区芭蕉記念館、江東区深川江戸資料館、千住の矢立初の碑、素盞雄神社の芭蕉句碑／四月二十日から那須野、黒羽町、白河、安達原、壺の碑、塩竈、松島、須賀川、福島／六月二十八日尾花沢、翌二十九日平泉、中尊寺／七月二十五日最上川船下り、七月末に酒田／秋、小松。九月二十日山中温泉、二十一日松岡天龍寺／九月下旬出雲崎、九月二十六日放生津八幡宮、倶利伽羅峠、である。田辺は、芭蕉の「風雅を解する人々の、心からの饗応なら」喜んで受け、「その他の場合なら」価を払って旅をつづけ、「冷淡に応対」されれば引きとめられても戻らない、という姿勢に「芸術家の矜持というより前に、武家あがりという硬骨」を捉える。田辺は『文車日記』所収「野ざらしの人（松尾芭蕉）」において、曽良「随行日記」と比較し、「芭蕉の書きとどめる現実」は「詩人の感じた現実」であると既に記しており、『奥の細道』を創作であるとする姿勢は、本作でも一貫している。平泉の句「夏草や兵《つはもの》どもが夢の跡」に「芭蕉は造化の妙という美観にたたずみ、歌枕における古歌とわが詩魂のハーモニーを試みるよりも、歴史のあとにたたずむ方が昂揚をおぼえるらしい。芭蕉は人間に興味尽きない芸術家である」とする。また曽良の日記に記事のない市振の遊女を「創作であろう」とし、これで「日本海沿いの旅の単調が救われ、〈恋〉の句も生まれ」「構成上、まことに入念に、流麗に転じてゆく」と言う。田辺は歌枕と故事を踏まえつつ、情景を見た実感をもって芭蕉の表現を解釈する。多賀城跡「壺の碑」を前に、「本物のもつ存在感というか気韻のようなものに打たれ」、中山義秀「壺の碑」（岩波古典大系『芭蕉文草』月報、昭和三十四年十月）に賛同し、芭蕉の「泪も落つるばかりなり」という感動をなぞってほしいと言う。尾花沢にて、鈴木八右衛門の俳号清風は尾花沢の風かと思い当たる。最上川舟下りを体感して、芭蕉は「あつめて涼し」から「早し」としないではいられなかったと思う。そして湯殿山の「ご宝前」（御霊代《みたましろ》の巨巌）を「出羽三山の物狂おしい信仰の上にできた力瘤《こぶ》」と感じ、芭蕉の三句を「鹹味《からみ》の利いた讃歌」だという発見は「現地へ来てみなければわからない」とするのである。田辺は東北に「鬱然たるちから」「異文化の、底知れぬエネルギー」を感じ、「風雅を通じて畏敬すべき一端をかいま見た」ことに、芭蕉の感動を思うのである。

（渡邊ルリ）

小倉百人一首《おぐらひゃくにんいっしゅ》

口語訳

〔初版〕『小倉百人一首』〈21世紀に読む日本の古典10〉平成十三年四月発行、ポプラ社。書き下ろし。〔文庫〕『歌がるた小倉百人一首』〈角川文庫〉平成十六年十一月二十五日発行、角川書店。

〔内容〕鎌倉時代に成立した『小倉百人一首』を口語訳し、わかりやすく解説したもので、小学校上級から中学生を対象とする「21世紀に読む日本の古典」シリーズの一冊として書かれた。選者の藤原定家の名を借りた中学生のサダ子、小学生のイエ太の姉弟が歌の感想を述べ、その質問に答えながら、一緒に一首ずつ読み進めていく。一般向けに書かれた『田辺聖子の小倉百人一首』と内容的に重なる部分もあるが、本書は若い人が古典に親しめるよう配慮された入門書で、歌を正しく理解するための解説が中心である。口語訳では簡潔でわかりやすい表現が用いられ、歌人の生涯や人となりについての簡単な紹介と、歌の詠まれた状況や百人一首に入ったいきさつなどを解説する。その際、関連する歴史的背景や現代とは異なる古代中世人の風俗習慣、「まだ見ぬ恋」「禁じられた恋」など当時の恋愛や人生観についても触れる。また、かるた取り、坊主めくり、源平合戦といったゲームとしての「百人一首」の遊び方や、掛詞、縁語、係り結びなど読解に必要となる基本的な古典文法も説明し、『源氏物語』

や謡曲など他の古典文学にも話は及んでいる。「あとがき」で、『小倉百人一首』が民衆への古典普及に果たしてきた役割の大きさを高く評価し、若い読者にとっても、「いろいろな人の運命を知り、名所を知り、歌の心を知り、日本語のしらべの美しさを知り、歴史を知る」ことが、心を豊かにあたたかくし、自然の美しさを発見させ、人間のおもしろさに気づかせてくれるだろうと述べている。　（出口馨）

お好み焼き無情《おこのみやきむじょう》　短編小説

〔初出〕「小説現代」昭和六十一年一月一日発行、第二十四巻一号。〔初収〕『春情蛸の足』昭和六十二年七月十日発行、講談社。〔文庫〕『春情蛸の足』〈講談社文庫〉平成二年四月十五日発行、講談社。

〔内容〕吉沢はお好み焼きのファンである。だが、吉沢の家では、お好み焼きは市民権を得ていない。同居している妻の母が「一銭洋食」と呼び、「品の悪い」「子供のたべるもん」と蔑んでいたからである。そこで吉沢は、昼めしどきにはソースがいい味を出している「やよい」に行き、退けどきには昔の洋食風の醬油味の「お千代」に行く。しかし、どちらも「旨いけど、ちょっと違うように思う」吉沢は、その欠乏感をぬぐいきれない。会社の女たちの中にもお好み焼き好きはいて、吉沢を「お好み焼きレストラン・マドモアゼル」に案内してくれるのであるが、そこのお好み焼きは、ナイフとフォークで食べるジャパニーズ・ピザで、三段重ねでワインがセットでついてくるという高級品であったため、吉沢は（世の中まちごうとる！）という思いにうちひしがれてしまう。その日の帰り道、一ト駅乗り過ごして下りてしまった吉沢は、住宅街の中に小さいお好み焼き屋をみつけ、中に入ってみる。「とよ」というその店の女主人がつくるお好み焼きは、粉が出しゃばらず淡泊すぎず、「やよい」とも「お千代」とも違い、下品中の上品という吉沢好みを見事に満たしたものであった。そしてその味は、昔、入社したての吉沢が、先輩の女史に作ってもらった味に似ていた。女史は吉沢とつきあっている間にどんどん美しくなり、ある日突然結婚退社したのであるが、そんな思い出を、吉沢は女主人に話すようにさえなっていく。吉沢が「とよ」に通ううちに、女主人はますます美しくなり、お好み焼きはおいしくなって、店は繁盛を極めるが、ある晩、突然「とよ」は店の灯を消してしまう。そして次に訪れたときには、その店で、別の女がお好み焼きを焼いていた。女主人は店の常連の一人と結婚し、店を手放したのだった。お好み焼きの作り方が詳細に描かれ、レシピとしての価値もある作品である。田辺聖子は、「お好み焼き」（「毎日新聞」夕刊、平成十八年四月四日発行）で、一銭洋食や三段重ねのお好み焼きを紹介し、さらに「うちでつくるのが一番」と、「とよ」のお好み焼きの作り方とほぼおなじものを、自分の家のお好み焼きとして紹介している。　（箕野聡子）

お七夜《おしちや》　短編小説

〔初出〕「小説新潮」昭和五十一年十月一日発行、第三十巻十号。〔初収〕『おんな商売』昭和五十六年五月二十五日発行、講談社。〔文庫〕『おんな商売』〈講談社文庫〉昭和五十九年十二月十五日発行、講談社。

〔内容〕私は飲み仲間の井田ハンの故郷である兵庫県の過疎村、馬之背村をテレビの仕事で訪れた。井田ハンは、妻以外の愛人をこれまで何人も持っていたという人物で、堅苦しい田舎を敬遠していた。馬ノ背村は上馬ノ背村と下馬ノ背村に分かれており、村落の中心にある神社と寺の軋轢のために大変仲が悪い。上馬ノ背村にある馬ノ背神社と、下馬ノ背村にある光明寺は、元々一体で上馬ノ背村にあったが、明治の廃仏毀釈に遭って二分され、本尊と土地を光明寺が所有した。光明寺では、いまだに本尊を返せと言ってくる神社を批判し、上馬之背村は辺鄙で人間の住むところやないなどと、住職が盛んに悪口を言っている。私は、過疎村としての取材であれば、上馬ノ背村の方が適当だと思い、古めかしい馬之背神社に向かう。そこで、神主の娘で里の小学校の先生をしている五十歳ぐらいの表情豊かなインテリ女性、井田石子に出迎えられた。彼女は井田ハンの一族だが、愛人の話ばかりする彼を思うと堅物そうな彼女に挨拶できない。その晩、石子の末弟の清友サンが赤ちゃんを連れて帰省した。村人たちも集まり田舎の御馳走が並んだ席で、お七夜のお祝いとなった。甥を頬ずりする石子の姿に、私は今までの彼女にない情緒を感じる。村人が、赤ちゃんを神主のひ孫と言うのを不審に思いつつ神戸へ戻り井田ハンに尋ねると、石子と彼はいとこで、清友が石子の息子、赤ちゃんは石子の初孫であることを知らされる。若い頃に私生児を産んだという石子に親近感を持った私は、上馬ノ背村は井田ハンを生んだいい所だと褒める。

（永井敦子）

オシドリ《おしどり》　短編小説

〔初出〕「週刊小説」昭和四十八年三月三十日発行、第二巻十二号。〔初収〕『ほとけの心は妻ごころ』昭和四十九年十月二十五日発行、実業之日本社。〔文庫〕『ほとけの心は妻ごころ』〈角川文庫〉昭和五十五年四月三十日発行、角川書店。

〔内容〕夫の口癖は、「ああ、やめたい、あんな会社」。毎晩遅く帰って来ては、見る目のない上司や巧く立ち廻る同僚を罵り、サラリーマンのつらさを訴える。同僚の失敗を語るときには声にツヤが出てくるが、他社に引き抜かれたエリート社員の身の上に話が及ぶと、「転職もたいていなことではない」というい つもの結論に至り、ようやく帰宅時の不機嫌もうすれて風呂に入る。風呂上がりに望遠鏡で向かいの部屋をひととおり覗き、収穫がないと残念そうに床に入る。これらは夫の就眠儀式みたいなものなのだ。「きんきん声の、会社やめたがりの、シャベリンの、望遠鏡のぞきの、クシャミの大きな男」をどうしても尊敬できない私だが、隣の奥さんは私たちを「オシドリ夫婦」という。その隣家の夫は、海外駐在が長く、きれいな英語を話す垢抜けた男である。近く、一軒家を建てて引っ越すという彼をほめちぎると、夫は失意と対抗意識に引き裂かれながらも眠ってしまう。その夜、夫のうなされる声で目覚めると、「オマエの死んだ夢」を見たと、夫はわんわん泣いていた。しばらく眠れなかった私の心に、「オシドリ夫婦なのよ、おたくは」という隣家の奥さんの言葉がよみがえってきた。気の小さいサラリーマンの夫を尊敬することができず、何も期待する気になれなかった妻が、夫婦のつながりに再び気付くまでを描く。

（北川扶生子）

お好きな曲は？《おすきなきょくは？》　短編小説

〔初出〕「クロワッサン」昭和六十二年八月二十五日発行、第十一巻十六号。〔初収〕『まいにち薔薇いろ田辺聖子AtoZ』平成十八年十二月三十一日発行、『田辺聖子全集』編集室編、集英社。

〔内容〕『まいにち薔薇いろ田辺聖子A to Z』は、A（芥川賞）からZ（全集）まで、田辺文学と、手づくりを愛おしむ日々のくらしを紹介し、巻末に単行本未収録の

「女が三十五歳で」シリーズの短編六話を収録している。本作は、その第六話である。美加子はあるシティホテル一階のバーのカウンターでウィスキーの水割りを飲んでいた。ふと隣の男が「これ、おかしくないですか?」と、美加子に話しかけてきた。それは〈ホテル案内〉に書かれた料理の説明文で、漢字が一文字間違っていたのだ。それをきっかけに美加子はこの四十半ばの男と親しく話し始め、上機嫌になって楽しげに笑った。美加子の声と笑いは、まわりの男たちの関心を集めた。「神戸の女性はきれいですね。一年に三回ぐらい出張で来ますが、神戸は好きです」。「あたしは神戸を好きだといって下さる男の人が好きですわ」と、美加子が愛想よく答えると、男は有頂天になって更に話を続ける。そして、男が場所を変えて飲もうと言い出すと、美加子は「お好きな曲は?」と尋ねてほしいと言う。男が尋ねると、美加子は「蛍の光。―とても楽しかったわ、ありがとう。楽しくおしゃべりできる男のひとって好きよ」と答え、当惑している男をしり目に去っていく。ホテルの夜のバーで月一回、小粋な女を演出するのは、一人ぼっちの美加子の唯一の娯楽なのだった。

（檀原みすず）

おすすめ気晴らし《おすすめきばらし》 短編小説

〔**初出**〕「小説宝石」昭和五十八年四月一日発行、第十六巻四号。〔**初収**〕『嫌妻権』昭和六十一年九月三十日発行、光文社。〔**文庫**〕『嫌妻権』〈光文社文庫〉平成元年十一月二十日発行、光文社。

〔**内容**〕金物メーカーに勤める四十四歳の中畑は、一緒になって二十年になる妻マサ子の「ワケ知りめいたもののいい方、考え方」が近頃とみに嫌になっている。見合いでマサ子を知ったとき、仕事一筋にいきたかった中畑は、しっかりして世故たけたマサ子が頼もしく結婚する気になったのだった。親父を送り、息子を東京の私大に入れてふと気づけば、活力を失った会社で中畑は窓際族になり、社交家のマサ子は団地内で「苦労人」の評価を得、もろもろの仲裁、調停、あっせんを引き受けるワケ知り顔の世話やきになっている。その逐一をマサ子は手柄顔で「ねえ、わたし、こういうたの」と増幅して話す。人間関係にニヒルな中畑は、妻の「ワケ知りぶりっ子」の自己満足と「紙芝居的しゃべりかた」が我慢ならないが、面倒なので黙っている。家にも会社にも居たくない中畑は、うどん屋で手にした読物雑誌で、無用の差し出口が祟って殿様に処刑された江戸時代の大工の棟梁の話（西鶴の『新可笑記』による）を読み、ニヤニヤする。「この大工みたいなん、現代にもいてまっせ」と言いたくなる。中畑は朝刊のコラム「男の言い草」に妻のワケ知りの嫌味を書いて投稿、後日それは新聞に載った。今や中畑は妻が気晴らしとなった。妻のしたり顔ももう気にならない。尽きぬ素材を提供してくれる妻に、中畑は親愛感すら抱いている。中畑のあたまの中では、このごろ、いつもテーマとタイトルが乱舞している。

（蔀際子）

おせいカモカの対談集《おせいかもかのたいだんしゅう》 対談集

〔**初版**〕『おせいカモカの対談集』昭和五十六年三月二十一日発行、海竜社。〔**文庫**〕『おせいカモカの対談集』〈新潮文庫〉平成四年三月二十五日発行、新潮社。〔**目次**〕1女が愉しく生きるとき（人生の愉しみは中年からの出発〈対・佐藤愛子〉／いい女には歯ごたえがないとなれない〈対・木の実ナナ〉）／2女の自己実現（妻の自立、女の自立を阻むもの〈対・沖藤典子〉／女の成長についていけない日本の男たち〈対・会田雄次〉〉／3夫婦の味かげん〈いつもフレッシュ、籍を入れない夫婦の仲〈対・加藤登紀子〉〉／結婚生活は人生ゲーム〈対・黒岩重吾〉〉／夫婦乾杯！ 仲よく長生き〈対・末次攝子〉〉／4わが人生の原点〈神戸わが街わが青春〈対・野坂昭如〉〉／今晩なにを食うかが人生いちばんの仕事〈対・石毛直道〉〉／今もいたむ青春の後遺症〈対・高橋孟〉〉／5男ごころ・女ごころ〈男役でわかる女の気持ち男の気持ち〈対・鳳蘭・榛名由梨〉〉／女が酒とつきあうとき〈対・小山乃里子〉〉／あとがき

〔内容〕いくつかの雑誌に掲載された対談を集めたもの。「お酒が入らないとオシャベリできないタチ」であるので「この対談集はいわば酒中対談」だという。「かつ、カモカのおっちゃんが加わると、いっそう私の舌もなめらかになる気が」するともいう。対談では、男女の関係について、「いい男に仕上げるのは女の責任」と述べ、「結婚生活もひとつのゲーム」だから「楽しまなあかん」という。また「舞台でもテレビでも男の人がしてる男よか、女の人がしてる男の人の方が好き」なのは、「男のエッセンスがかえってあるような気がする」からだとも述べる。酒に関しては「お酒の場で仕事の話せんといてほしいいう気あるわ」「お酒に申し訳ないいう気になれへんのやろうか」とし、「お酒というのは楽しんで飲むとか、愉快になるとか仲良しになるために飲むべき」だとの持論を展開する。（中葉芳子）

田辺聖子の味三昧《おせいさんのあじざんまい》　エッセイ集

〔初版〕『田辺聖子の味三昧』平成二年七月十七日発行、講談社。**〔目次〕**田辺聖子さんからのメッセージ　愛・夢・想像力のお料理／第1章　食べることを通じて知る人生の機微　田辺作品に登場するおいしい味／第2章　おせいさんの味でつづる60年史　心づくしの手料理／第3章　パーティー料理と夢のティーブレイク　おせいさんのおもてなし料理／第4章　おせいさんとワーキングウーマンの料理の知恵　働く女性の賢い手抜き料理／エッセイ　食べる／さくいいん

〔内容〕本書には著者の小説に出て来る主人公たちの、その小説の中で味わう食事が美しいカラー版の写真で多数出てくる。作品中の不倫相手や同棲相手、夫婦、恋人、再会した昔の恋人などと、食べたり食べさせたりする食事、そして共にたしなむ酒と肴が、綺麗な写真と共に紹介され、思わず読者も著者の小説の世界に引きずり込まれる。「これおいしいなあ」と言って、微笑み合いながら食べる二人は、意気がぴったり合い、満ち足りて、生きること、恋することの素晴らしさに気付き始める。また小説に出て来る大阪、神戸の旨いもの、スイートの店なども紹介される。著者が娘時代からよく作ったお好み焼きや炊き込みご飯、大根や筍も余すところなく調理され、ぴったり合った器で供される。初夏になれば「お豆さん」をバラエティに富んだサラダに、残り物一掃にと、高菜チャーハン、いためうどん、雑炊などで無駄を省き楽しくおいしく料理する。結婚して家族がふえると、いろいろな鍋もの、ときには豪勢に、ときには丼もので簡単にと工夫をこらす。パーティー料理も、勝手ずしやおにぎりと煮物、ヅカ風お好み焼き、たこ焼きなど、自分もお客と共に楽しめるようにし、夢あるお菓子でティータイムをゆっくり過ごす。趣のある食器やグラス、お猪口、箸枕や箸袋など、様々な心遣いが一層食事を楽しくさせる。そんなちょっとしたコツを

著者はよく心得て、家庭でも作品の中でも生かしている。小説やエッセイなどの文章と美しいグラビア写真満載の料理とのコラボで、本を読んだり、料理を作ったり、読者も二倍楽しめる本である。（増田周子）

おせいさんの団子鼻《おせいさんのだんごばな》

エッセイ集

〔**初出**〕「朝日新聞」昭和五十七年一月三日〜十二月二十六日発行、毎週日曜日連載。〔**初版**〕『おせいさんの団子鼻』昭和五十九年二月二十八日発行、講談社。〔**文庫**〕『おせいさんの団子鼻』〈講談社文庫〉昭和六十二年五月十五日発行、講談社。〔**目次**〕わすれる／みる／うたう／なめる／たのしむ／おがむ／あげる／ヅカる／えらぶ／こだわる／ほめる／それる／老成《ひね》る／おちこむ／むくれる／生きる／気付く／やめる／よむ／泣く／ビビる／たべる／だます／いらう／いばる／おらぶ／まさかる／うろたえる／しらける／すすむ／かわいがる／なえる／もてる／おちつく／老いる／たよる／なぞらえる／あこがれる／ようやる／おもいこむ／ぐちる／酔う／どじる／わかれる／つっぱる／要る／のたうつ／小《ち》いそなる／取る／さすらう／おもいだす／死ぬ

〔**内容**〕筆者が得意とする大阪弁の魅力の紹介を、ふんだんに盛り込みながら、数多くの動詞を、痛快な具体例によって、それぞれ非常に興味深く定義づけている。「たのしむ」の項目では、「何のために生きるか」の共通点はたった一つあり、それは「たのしむため」ということだ」と断言する。これは、筆者が、様々な文章の中で、繰り返し述べている主張であるが、この発想は、あらゆる言葉の説明の中にも垣間見えるものである。また、最後の項目、「死ぬ」の中で、筆者は「地獄というのは愛し合っている人たちのことであって、その人たちの、ただいま現世の人生のことである。つまり、相手がいつ死ぬか、いつ死が二人を裂くか、そのことばかり考えつつ生きている、そのつらさ、心ぼそさ、それに裏おもてにはり合わせて、愛の幸福というものがある」と述べているが、愛に最大の価値を置く筆者の立場がよく窺える。全体的に、事の本質を洞察する鋭い分析でありながらも、一貫して、人間存在への愛しさが感じられる、筆者の温かな人柄をも彷彿とさせる見事なエッセイ集である。（足立直子）

おせいさんの落語《おせいさんのらくご》

よむ落語集

〔**初出**〕「オール読物」昭和四十六年一月一日・三月一日発行、第二十六巻一号・三号。昭和四十七年一月一日発行、第二十七巻一号。「終末から」昭和四十八年六月三十日・八月三十日・十月三十日・十二月二十日。昭和四十九年二月二十八日・四月三十日・六月三十日発行、第一号〜第七号。「別冊小説新潮」昭和四十九年一月十五日発行、第二十六巻一号。〔**初版**〕昭和四十九年十一月二十日発行、筑摩書房。〔**文庫**〕昭和五十二年十一月十日発行、角川文庫。〔**目次**〕貸ホーム屋／愛のロボット／ツチノコ女房／いまどきの年寄り／すずめ女房／草ひき／鬼神／新・モモタロー／一寸法師とお姫さま／舌切婆／ずくずく／あとがき

〔**内容**〕落語が好きな著者が、かねてから新作落語をいつか書いてみたいと願っていた夢がかなない、「終末から」編集部の慫慂を受けてものした現代版〈よむ落語〉である。著者が「あとがき」でことわるとおり、これらの作品は噺家の台本として創作されたものではなく、短編小説、あるいはショートショートといった趣の強い作品群

である。著者の言葉によれば、この作品群は「中年の悲哀」をテーマにしており、特に逃げ場のある「女の中年」とは違って、シビアな現実に対してどこにも逃げ道のない「男の中年」について、自身の周囲を参照しつつ書いたものであるという。そのためか、本書収録の作品はコミカルではあるが、決して軽佻ではない、ほろ苦い後味をのこす。庶民の感情、庶民の感性に根付いた、その意味でまさに落語的味わいをかもしだす作品群といえよう。（小松史生子）

お聖千夏の往復書簡《おせいちなつのおうふくしょかん》

書簡集

〔初出〕「話の特集」昭和五十四年一月一日発行。〔初収〕『お聖千夏の往復書簡』昭和五十五年三月十五日発行、話の特集。〔文庫〕『お聖千夏の往復書簡』〈集英社文庫〉平成元年十一月二十五日発行、集英社。

〔目次〕まえがき（田辺聖子）／お聖千夏の往復書簡／あとがき（中山千夏）

〔内容〕中山千夏との共著である。男と女、結婚について、文壇のこと、女の顔、男の性的魅力、女性差別などをめぐる様々なことを話題にした中山千夏との往復書簡集である。文庫版に付した「文庫のためのあとがき」で「若い男性の保守化は、この本を書いたころから目立ちはじめていたが、いまはいよいよ不吉な様相を帯びている。それは中高年女性の跳梁ぶりと無関係ではないだろう」という。（浦西和彦）

おせい&カモカの《おせいとかもかの》昭和哀惜《しょうわあいせき》

箴言集

〔初版〕『おせい&カモカの昭和哀惜』〈文春新書〉平成十八年十月二十日発行、文藝春秋。〔目次〕お聖さんの昭和館／痛恨にみちた教訓／地を払ったものに愛をこめて／オトコとコドモの見分け方／イイ人間、イイ人生／そんな教育、ちゃうんちゃう?／家庭の幸福に関するヒント／葬式はどんちゃん騒ぎで／カモカのおっちゃんという男／付録1　中年いろはかるた／付録2　昭和の歌は愛しく懐かしく／あとがき―人生の瞬景／出典一覧

〔内容〕田辺聖子のこれまでの多くの著書の中から、それぞれの主題のもとにアフォリズム（箴言）の形で集められたものである。アフォリズムとは、「人生についての短いいましめ、教訓を含んだ言葉」のこと。著者のあとがきによれば、アフォリズムというより〈人生の瞬景〉を軽やかに抜き取り、光彩あざやかなプリズムを作っている、と言うことになる。最初の「お聖さんの昭和館」では、著者が少女、女学生だった昭和初期のさまざまな思い出が語られる。特に開戦時の情景、戦時中、敗戦後の日本が語られ、「女の目で見た昭和史」となっていて興味深い。「そんな教育、ちゃうんちゃう?」は、現代の教育について、ちくりと一言、教育とは何かを提言する。最後の「カモカのおっちゃんという男」では、夫である「カモカのおっちゃん」と三十六年間いっしょに過ごした楽しい日々が語られ、心温まる。「付録1　中年いろはかるた」は、おせい&カモカのオリジナルでいろはカルタを作り、世相を切り取る軽妙なアフォリズムとなっている。「付録2　昭和の歌は愛しく懐かしく」は、著者が愛した昭和の歌六十九曲を紹介した「私家版昭和歌謡集」である。田辺文学には「人生」「家族」「老い」などについて、数々の箴言が宝物のように潜んでいるが、ことに「恋愛」に関しては、深く心にしみいるものばかりである。昭和という時代を愛した著者による人生のヒント集といえよう。（檀原みすず）

おちくぼ姫―落窪物語―《おちくぼひめ―おちくぼものがたり―》　翻案小説

〔初版〕『おちくぼ姫―落窪物語―』昭和五十四年十一月二十日発行、平凡社。書き下ろし。中学生以上を対象とする〈平凡社名作文庫〉シリーズの第十七巻。絵は岡田嘉夫。〔文庫〕『おちくぼ姫』〈角川文庫〉平成二年五月二十五日発行、角川書店。

〔内容〕平安時代の作り物語「落窪物語」を翻案した長編小説『舞え舞え蝸牛』を、少年少女向けに改めて書き直したもの。文体はですます体でやわらかくなり、章立ても五章仕立てから十一章仕立てとし、若い読者へ向けての原作の解説を含めた「はじめに」「おわりに」がついた構成になっている。また、本文中の随所に、当時の結婚の形式や男女交際のあり方、「物忌」「方違え」といった当時の習慣についてわかりやすく解説した文章が挿入され、刊行時に想定されていた若い読者層にとって、古典の良き入門編となるように工夫されている。ストーリーの骨子そのものは、前作『舞え舞え蝸牛』をほぼ踏襲した形で、継母に迫害される美しい姫君「おちくぼ」が、貴公子少将の君に愛されて幸せを得るという、日本の「シンデレラ」物語として展開して行くが、前作ではかなり詳細に描きこまれていた敵役の北の方の女性心理や、脇をかためる阿漕、帯刀、典薬の助といった人物に関する記述はやや少なくなり、タイトルが示すように、前作以上に主人公の姫と少将との恋物語が前面に出ているといえる（前作では、北の方や阿漕にも主人公と同等、あるいはそれ以上に光が当てられ、「梁塵秘抄」の歌を由来とするタイトルにも、恋物語としての側面以上に、この時代の様々な人々の群像を描き出すといった趣があった）。同時に、田辺が独自の解釈で原典を改変・創作したエピソードである、資親と四の君との恋物語が前作以上にクローズアップされ、逆境の美女「おちくぼ」と、不器量だが誠実な青年資親が、それぞれ理解者である理想の恋人と結ばれる二つの恋物語を主軸として、本作は構成されている。

（三品理絵）

お茶が熱くて飲めません《おちゃがあつくてのめません》　短編小説

〔初出〕「月刊カドカワ」昭和五十八年六月一日発行、第一巻二号。〔初収〕『ジョゼと虎と魚たち』昭和六十年三月二十七日発行、角川書店。〔文庫〕『ジョゼと虎と魚たち』〈角川文庫〉昭和六十二年一月十日発行、角川書店。

〔内容〕テレビドラマ作家の高尾あぐりを、七年前に別れた恋人吉岡が訪ねてきた。吉岡はまだ三十六歳のはずだが、ひどく老けている。服装もおしゃれに見えず、くたびれた様子である。よい暮らしはしていないようだ。吉岡は親の決めた相手と結婚し、あぐりを捨てた。あぐりと結婚するといっておきながら、別口の縁談を同時進行させていたのだ。その後吉岡は親の会社を継いだが、二年ばかりで倒産させたという。吉岡とよりを戻す気のないあぐりは、仕事の打ち合わせに利用する殺風景な応接間で応対する。三十二歳の女の警戒心からであった。今のあぐりは恋や情事よりも仕事の方が面白かった。しかし一方で、吉岡に対しては他の男にはない、執着とも未練ともつかぬ慕わしさが残っていた。吉岡の身の上話を聞くうちに、感傷から吉岡の無心にも応じてしまいそうな自分を発見する。ところが、吉岡は自分の倒産をドラマ化してほしいと言い出した。高額の原作料をあてにしてである。それを聞いた途端、あぐりは吉岡に興味を失った。のどが渇いてお茶を飲もうとしたが、あまりに熱くて飲めない。

あぐりはいらいらを持て余しつつ、のどの渇きをいまいましく思った。

（荒井真理亜）

おちょろ舟《おちょろぶね》　短編小説

〔初出〕「別冊文藝春秋」昭和四十七年九月五日発行、第百二十一号。〔初収〕『中年の眼にも涙』昭和四十九年六月一日発行、文藝春秋。〔文庫〕『中年の眼にも涙』〈文春文庫〉昭和五十四年八月二十五日発行、文藝春秋。

〔内容〕雑誌掲載時の目次に「妻は留守、家政婦は〝麗しのマドンナ〟われら中年はハッスルして」とある。義母が倒れて以来、自分の思い通りに家を模様がえして、夫の晩酌につきあうようになった妻、正子。介護のために「心からホッとしたことあれへん」と漏らし、久しぶりに里帰りをしたいという。結婚当初の恥じらいも消え、自分の主張を押し通す妻の変貌をみるにつけ、久野は夫婦の馴れ合いにうんざりし「おちょろ舟」のような一期一会の関係にこそ男女のよさがあると考えるのである。一週間の留守中、正子は住み込みの家政婦を頼む。打ち合わせにきた家政婦は相撲取りそっくりの外見で久野を「ああ、お婆ンはいやや……」と落胆させるが、当日やってきた家政婦は「三十を出たばかり」の「色の白い眼元の涼しい女」、大塚テルヨであった。家事全般も礼儀も完璧なテルヨに、久野はすぐに好意を持ち、「あと七日ある」「妻の帰るまでに、おちょろ舟にならぬものかしら」と願うのであった。作中、曽根崎新地のバーで久野が同僚の清川と、人妻についての酷評を述べる段があり、その鋭さは秀逸。さしづめ中年版「雨夜の品定め」であろう。

（金岡直子）

お手紙ください《おてがみください》　短編小説

〔初出〕「別冊婦人公論」昭和六十二年七月二十日発行、第八巻三号。〔初収〕『薔薇の雨』平成元年九月二十日発行、中央公論社。〔文庫〕『薔薇の雨』〈中公文庫〉平成四年六月十日発行、中央公論新社。

〔内容〕六月のある雨の一日、浅原多珠子（三十八歳のシナリオライター・小説家）は、五十歳前後の家主・越田に京都の北山通りへドライブに誘われる。多珠子は、情人の木戸（大学教授）との仲がばれて木戸の妻が自殺未遂し、そのスキャンダルを追うマスコミを避けて、京都で蟄居生活をしている。その京都の堀川蛸薬師の家の家主が越田で、北山通りのブティックで小物を買ったあと、貴船まで足を延ばす。貴船までのドライブ中や貴船神社の散策中に、越田から男女の機微や女性についての洞察を聞き、多珠子は、空虚感しか残らなかった自分の恋愛の癖のようなものに気付く。さらに、料理旅館で飲みながら、「あんた、もっと甘やかされる必要がおすなあ」という越田の言葉を聞いているうちに、「自分の身を守ることに汲々としている」木戸と別れようと決心した。翌朝、東京に帰るつもりの多珠子は、越田に「お手紙ください」と言うのだが、越田は「字はウソケ」になるので、「本音」で行動しようと言い、二人は、その夜飲み明かして貴船の旅館に泊まることになる。京都という土地の懐の深さと越田の京都弁の優しいいたわりが、ひび割れそうな女心にしみじみと染みる。小説の背景の京都の風物が床しい。夏越の祓の「みなづき」という和菓子、京のおばんざい、鞍馬の山椒煮、木の芽炊き、鮎料理など。また、加茂川、比叡山、蛸薬師、堀川通り、烏丸通り、北山通りという地名や深泥池、貴船神社の名所などが、和泉式部の歌を呼び起こす。千年前の平安時代の女性たちは、男を待つしかなかったのにひきかえ、現代女性の行動できるたくましさを暗示し、「人間、そうしょ、思うたら、どんなことでもできます」という越田の言葉が、余韻として響く。京都という土地と言葉が生かされた小説である。（西村好子）

おとこ商売《おとこしょうばい》　短編小説

〔**初出**〕「オール讀物」昭和六十三年八月一日発行、第四十三巻九号。〔**初収**〕『うつつを抜かして　オトナの関係』平成元年六月三十日発行、文藝春秋。〔**文庫**〕『うつつを抜かして　オトナの関係』〈文春文庫〉平成四年六月十日発行、文藝春秋。

〔**内容**〕大庭の妻笑子《えみ》が家出した。「息ヌキに旅行する」という書き置きがあり、銀行口座から五十万が引き出されていた。大庭と笑子は、二人とも前の連れ合いに先立たれ、子どもを一人ずつ連れての再婚である。前妻と違い、南の離島出身の笑子は温かい女で、会社でいやなことあったかて忘れてしまい、と言って、一緒に飲みながら島唄を歌ってくれる。春風のような笑子と暮らして大庭は幸福だったのだが、翌日、家出の理由が分かった。パート先の若い男と駆け落ちしたのである。それを知った前妻の実家は、娘の美加を引き取り、笑子と別れるよう口出しするが、むしろ大庭は笑子が帰ってきやすいようにしておきたいと考えていた。大庭と笑子の連れ子治夫との二人暮らしが始まって二週間近くたち、日曜日に大庭は治夫を連れて阪神パークに行った。治夫の欲しがる物を買ってやるとき、大庭は治夫に、かつて自分が父親から教えられた人への対し方を教えた。つまり「おとこ商売」の手ほどきをした。妻が帰りやすいようにするのも、大庭にとっては、昔ながらの男の概念ではやっていけなくなった今どきの「おとこ商売」なのであった。連作「うつつを抜かして　オトナの関係」の第六作である。（森崎光子）

男たちはマフィンが《おとこたちはまふぃんが》嫌い《きらい》　短編小説

〔**初出**〕「月刊カドカワ」昭和五十九年八月一日発行、第二巻八号。〔**初収**〕『ジョゼと虎と魚たち』昭和六十年三月二十七日発行、角川書店。〔**文庫**〕『ジョゼと虎と魚たち』〈角川文庫〉昭和六十二年一月十日発行、角川書店。

〔**内容**〕「私」は岡山の辺鄙な漁村でもう三日も待たされている。「私」を待たせている鳥井連は、妻と離婚して現在は独身、四十二歳の服飾会社の社長である。イラストレーターで、ついでに文章も書いている「私」は、雑誌の取材で連と知り合った。以来、東京や大阪で会う関係が三年続いている。連より十一も年下の、三十一歳の「私」がいうのもおかしいが、連は可愛げのある男だった。「遭難救助者のようなセックス」も気に入った。しかし、連は「働き中毒」である。女を待たせて仕事をしているのが、うれしくてたまらないらしい。岡山の別荘に一人でいると、別荘の周辺を暴走族が走り回る。電話で「私」が不安を訴えると、連は自分の甥の志門を送り込んできた。大学生の志門は連の会社でアルバイトをしていて、何度か一緒に食事をしたことがある。連は、志門と「私」がどうにかなるのではといらいらしながら、それをまた楽しんで、よりいっそう仕事に励みそうな気がする。「私」は志門のためにマフィンを焼いたが、志門は「そういうの、きらいやねン」と言って食べなかった。実は「私」もマフィンを好きではなかったことに気がついた。見ばえよくできるので、「私」は自己満足のためにマフィンを作ったのだった。「私」は連を待つのが空しくなり、志門と二人で別荘を出ることを決意した。（荒井真理亜）

男と夫《おとことおっと》

掌編小説

〔初出〕「小説新潮」昭和四十八年一月一日発行、第二十七巻一号。

〔内容〕昭和四十八年一月から十二月まで毎月一回、「小説新潮」誌上で四頁ずつ連載された、エッセイ風の小説「一期《いちご》のいろ夢」の第一話。題字とカットは灘本唯人。「私」と「熊八中年」「与太郎青年」による、三人の談話形式の掌編小説。本編の題名に類似する田辺の先行テキストとして、「女と女房」がある。「一期《いちご》のいろ夢」のスタイルと作風は、昭和四十六年から連載の「女の長風呂」の系譜上にあり、昭和五十年からの「カモカ・シリーズ」の原型でもある。これら同スタイルの小説の単行本あとがきや書評などでは、必ず当該テキストは「エッセイ」とされている。だが、同時に、主要登場人物である大阪弁の男性と、田辺聖子の現実の配偶者である川野純夫はイコールではない、と但し書きが付されている。「一期《いちご》のいろ夢」はささやかな連載掌編小説ながら、後年の短編小説、中編小説、長編小説や連載エッセイなどで、おりおり、このテキストに登場する言い回しやアイデアが使われることとなる。「男と夫」では、まず「私」によって「男と夫は別物」という考え、その例として、ナポレオンと秀吉の英雄豪傑ぶりと、彼らの私生活を知る妻の目線からの落差に言及される。次に、「これ（＝男と夫の落差・目野注）が、結婚の本質ではないか？」とされ、話題が夫婦論に転じる。さらに、この話題を「熊八」という「平均的中年男で、四十代後半」の男性と、「与太郎青年」という「平均的若者」の男性が受け、それぞれの世代・性差の立場から、夫婦について、穏やかな日常的口調の大阪弁で論じる。この連載では、ジェンダー論について女性作家が語る状況に、しばしば立ち至る。戦前生まれの男女がジェンダーについて論じ合うという難しい状況に、作者は、柔らかな口語の大阪弁・より若い世代の人間という二つのファクターをいれた。その効果としてこの連載作品は、二項対立から結論を導く硬さから免れ、読者をリラックスさせて、毎回見事な着地点を見出だしている。

（目野由希）

男と女は、ぼちぼち《おとことおんなは、ぼちぼち》

対談・評論集

〔初版〕『男と女は、ぼちぼち』〈朝日新書〉平成二十五年十月三十日発行、朝日新聞出版。

〔目次〕食べて、しゃべって、恋をして―まえがきにかえて―〈聞き手・島崎今日子〉／第一部　ぼちぼち対談（夫婦を詠む〈対・時実新子〉／愛する伴侶を失って〈対・永六輔〉／「あの頃」の正月、「あの頃」のわが家〈対・伊集院静〉／人は老いて豊饒になる〈対・山田太一〉／人生の「あらまほしき」を探して〈対・川上弘美〉／「ぼちぼち」の豊かさ〈対・小島ゆかり〉／男から学んだこと、女から学んだこと〈対・沢木耕太郎〉）／第二部　講座「日本人の恋愛美学」（1　日本恋愛史／Ⅱ「やさしみ」と「ユーモア」）

〔内容〕対談と評論から成る編著書。「まえがきにかえて」で、やっぱり人間、男も女も年寄りも可愛げは大事である。夫の川野純夫は可愛げだらけで困った（笑）という。沢木耕太郎との対談でも「おっちゃんと巡り合って一緒になったというのが、私の人生の成功だなってつくづく思う」と述べている。「日本恋愛史」では、日本人の先祖が恋愛や愛情というものについてどう考えてきたか、記紀・万葉の時代の仁徳天皇后の磐之媛の愛のプライドや『かげろふ日記』『今昔物語』『沙石集』『心中天網島』に出てくる愛について論じる。平安時代の恋は女が待つ恋であった。与謝野晶子の『みだれ髪』になって初めて、恋というものは女と男が同じところの同じ高みに立って、互いに交わし合うものになったが、現在の新聞の投稿短歌で「忍耐の二字胸に刻みて」が一位になっているのを見ると、これが結婚生活の最大公約数であるのではないか。人間解放、恋愛解放というのは、まだまだ道遠しという感じがする。「「やさしみ」と「ユーモア」」には、「小説の本当の値打ちというのはディテールと文体だと思います」という言葉もある。現代の恋愛と私にとっていい恋愛との間にたいへん大きな落差がある。その落差を埋めるということが、小説を書く動機であったと述べる。（浦西和彦）

男ともだち《おとこともだち》　短編小説

〔**初出**〕「新潮」昭和四十年四月一日発行、第六十二巻四号。〔**初収**〕『鬼たちの声』昭和四十三年十一月一日発行、文藝春秋。〔**文庫**〕『鬼たちの声』〈文春文庫〉昭和五十五年十一月二十五日発行、文藝春秋。

〔**内容**〕短編集『鬼たちの声』に収められた中では唯一の「ハイ・ミス」もの。とはいえ、この作品の主人公は「伯母さん」と二人暮らしのつましい勤め人でありながらその仕事については触れられない。現在付き合っている男ともだちは彼女によって「ムスターファ」とあだ名をつけられた年下の工員だが、何かと彼より優位に立とうとする彼女は思い通りにならない男に戸惑い、いつも「私は何かへまをしたのだろうか」と日記に書きつける。彼女は十人余りの男ともだちと付き合ってきたが結婚に至らず、繰り返し「へまをしたのだろうか」と自問し、そのことを日記に書き込む。それは高校以来使っている「婦人日記」であり、いつも引き出しにしまっている。引き出しは「その中はごったがえしていて、こわれたオルゴールだとか、ねじの切れた時計や、りぼんが押し込められてある」。「オルゴール」や「りぼん」とはまさに高校以来の持ち物であろうし、整理されることなく放置された引き出しはそのまま、自分自身で整理ができない彼女の今までの人生でもある。近くに住む「詩人」と彼女が呼ぶ、彼女が気取らず付き合うことの出来るような男性は彼女にとって恋愛の対象とならない。そのような実体のある男性との恋愛は彼女の眼中にはなく、紅茶なら「二日でも三日でも、色がうすくなるまで沸かし直せるし、あたしやりくり巧いの」といった味気ない日常を繰り返す。菅聡子は「〈女手〉の反逆者」でこの時期の田辺の小説を分類し、「ハイ・ミス」を主人公にしたものは「多くその恋愛と人生の転機を描くもの」と整理しているが、この作品の主人公は自らの仕事について語ることもなく、また転機も訪れそうにない。彼女自身のずれた自意識と現実を見ようとしない生き方に読者は苛立ちつつ、逆にしみじみとした哀しみを見出すのである。（小川直美）

男の城《おとこのしろ》　短編小説

〔**初出**〕「問題小説」昭和四十八年二月一日発行、第七巻二号。〔**初収**〕『男の城』昭和五十四年二月十六日発行、講談社。〔**文庫**〕『男の城』〈講談社文庫〉昭和五十九年二月十五日発行、講談社。

〔**内容**〕稲原は、神戸に念願の家を建てる。新築にあたり、かなりの額を融資してくれた妻の母は「後家を通して」外科医の息子、教師の娘、そして妻を育てた。「新喜劇で、男が婆さん役に化け」たような外見をしており、「智力、欲力、体力、胆力、すべて現役」で、稲原にとっては「扱いにくい」「女傑」である。稲原が新築を決意した最大の目的は、自分の母を引き取ることと、そして自分の書斎を持つことであった。稲原の留守の間に設計はどんどん変更され、結局は妻の実家にそっくりな家が完成、稲原の書斎もなくなってしまう。しかし、七転八倒して怒る稲原を見た義母の一言で、階段の下の三畳ほどのスペースが書斎となり、稲原は「うれしくてならない」。初めは「稲原の家に来させてほしい」だけと言っていた義母は当然のごとく住みつき、ハイミスの妹まで転勤でこの家が近くなったことを理由に居すわった。義母、義妹、妻と娘二人で「家中、女臭たちこめ、逃げ場もない」状態になる。稲原の同僚の村上は、実母と妻の仲が悪く、押し入れに避難している。稲原の義母は娘である妻と仲がよいが、夫に居場所がないのは同じである。しかし、今や稲原には書斎という「男の城」があるので、「たのしみのために、自分を取り戻すために、とじこも」り、幸せをかみしめる。階段の下の三畳の「書斎」を「いうことなし」と感じ、そこで一人食事をする稲原は、客観的には「おかしな亭主」（「よみもの」「読売新聞」昭和五十四年四月二十三日）であろう。作者は、「よく中年の男性を主人公にした小説を書」く理由を、自分自身が「仕事をもっている」ため「男の方に近づ」くこと、また自分を顧みて「こういう女を相棒にした亭主が気の毒でなら」ず、「いつも申しわけないと思ってる」こととする。「加害者は加害者のことを書け」ず、「加害者だから被害者のことが想像でき」、「同情せざるを得ない」（田辺聖子「わが戦友・中年男性へ」「朝日新聞」昭和五十年一月九日）と述べるように、「男の城」を喜ぶ稲原への視線には、作者の中年男性への温かみが感じられるのである。　（木谷真紀子）

男の手ざわり《おとこのてざわり》　掌編小説

〔初出〕「小説新潮」昭和四十八年六月一日発行、第二十七巻六号。

〔内容〕連載小説「一期《いちご》のいろ夢」の第六話。題字とカットは灘本唯人。「私」は、女性や赤ちゃんなどの手ざわりのよさと、「ゴツゴツ、ザラザラ、ギシギシ、カサカサ」した男性の手ざわりの悪さを比較する。次に、そのように手ざわりの悪い男性となぜ女性が交際・結婚するかについて、「熊さん中年」や「与太郎青年」が、「私」とともに議論し始める。男性二人は、金銭、才能、職業、顔、スタイルなどの長所が、女性にとっての決め手になるのではないかと質疑するが、「私」はすべてを否定。そして、「可愛げ」だと説く。この可愛げは、資質としては「金儲けがすこしヘタ」「ウダツが上がらな」いなど、長所というよりむしろ欠点に属するようである。が、男らしさ、女らしさと同様、「可愛げなんて、人によってちがうので、一がいにいえない」ということになる。そして、この「可愛げ」があるからこそ、男性のザラザラした手ざわりが好ましくなるのである、と本編をまとめていく。文中の「図々しくて押しがつよい、そういう男にも可愛げがある。ふっと弱気になったり、女にひるんだり、したとき可愛げが出たりする」という「私」の言葉などには、田辺聖子の人間観察や、作品世界の味わい深さがにじんでいる。「殺しても死なないような、樫材のようにがっしりした大きな男が、可愛いなんて感じたのは、はじめて」というセリフが、本編と同じ昭和四十八年発表の「言い寄る」にある。また、男性側の浮気が原因で離婚したにも関わらず、「可愛ゆげがあって憎めない」として、元妻がずるずると元夫に金を渡し続け、関係も続いてしまう「下町」は、昭和四十二年十月十五日発行の「別冊小説新潮」に掲載され、『田辺聖子全集第三巻』に収録されている。他にも、男性を「可愛い」と感じて心惹かれてゆく女性は、田辺作品に頻出。（目野由希）

男はころり女はごろり《おとこはころりおんなはごろり》　エッセイ集

〔初出〕「小説新潮」昭和四十八年一月一日～十二月一日、二十七巻一～十二号。原題「一期のいろ夢」。「婦人生活」昭和五十一年一月一日～十二月一日、三十巻一～十二号。原題「おんなの漢方薬」。〔初版〕『男はころり女はごろり』昭和五十二年九月三十日発行、青春出版社。〔文庫〕『男はころり女はごろり』〈文春文庫〉昭和五十八年十一月二十五日発行、文藝春秋。〔目次〕口絵写真／筆蹟／男はころり女はごろり　第一章―もし男が知ったら（殺し文句に男がころり／可愛げを出す男／その匂いのわからん奴／いったいナニというもんは／はずかして歩かれへん／これが変態の極み／男の最後の夢／女が愛したがる男／夫は男ではない／童貞を捧げる男／ええかげんにせよ）／第二章―もし女が知ったら（ゴメンナサイの出るときは／小骨のイジワル／〝あわれ人妻〟の世界／偉大なるかな、ちゃらんぽらん／ああ、しっかり女房／豚児・豚娘／嫁の居心地／それが夫を蒸発させる／犬とジャリ入るべからず／「男性専用」という場所／女の話につきものは／男のロマン・女の夢／「……」は語る）／あとがき

〔内容〕男は何をいわれたら、コロリと落ちるであろうか、殺し文句というのは何かを探述した「殺し文句に男がころり」をはじめ、女にとって生き甲斐である男に「言い寄る」方法など、男と女のいろいろな関係についてのエッセイである。第一章は男について、第二章は主婦をテーマにしている。主婦は「絶対、自分がわるい、とはいわない。思っても、いわない。自分のいうことは間違ってない、と思う。間違っていると認めるのもいやである。自分が間違ってるとみとめたら、女はもう、生きてゆく自信みたいなものがなくなってしまう。自分が正しい、と思うから、女はみな、大きな顔をして生きてるのである」という。（浦西和彦）

男らしさ、女らしさ《おとこらしさ、おんならしさ》　掌編小説

〔初出〕「小説新潮」昭和四十八年四月一日発行、第二十七巻四号。〔内容〕連載小説「一期《いちご》のいろ夢」の第四話。題字とカットは灘本唯人。冒頭に、「男らしさ、女らしさ、という言葉は古くからあるけれど、そうしてこの種のエッセイの小見出しにはきまって使われるけれど、どうももう一つ、ぴんとこない、アイマイな語である。流動性があって、昔から世につれ、歌につれて変ってきたから、そのときどきの解釈によるのである」とする。実際に田辺は、この文章のなかでは、「私」「熊さん」「与太郎青年」それぞれのジェンダーや世代からの価値観を展開するものの、はっきりした結論やまとめを出していない。「私」は、男らしさや女らしさは、人によってことなるから難しい、とし、「私などは、あんまり女とかけちがった発想を男がすると、物めずらしさのあまり、「男らしい」と感嘆する」と述べる。そして、むしろ男性の弱さに可愛げを見出だす、愛のある視点を提示してみせる。同時に、与謝野晶子の「男きて馴れ顔による日を思ひ／恋することも／もの憂くなりぬ」という歌をひいて、男性の「スカタン」ぶりを示すのも忘れない。これは、本編執筆前年に『千すじの黒髪―わが愛の与

謝野晶子』を刊行した作者の面目躍如である。これに比して、「与太郎青年」は「やっぱり、しっとりとやさしイて、母性的で、こまかく気がつき、思いやりがある、というのが女らしい、とちがいますか」、中年の「熊さん」は、「そんなん、もうかなわん。しんどうて。僕はやっぱり、チャキチャキと仕事ができて、男と同じようにものを考え、（略）しかも、どことなし可愛げがある、そういうのが女らしいのや、と思いますな」と、二種のステレオタイプを掲げる。最後は、「熊さん」が「私」に女らしさが匂わない、というおふざけで終わる。やわらかな大阪弁で、ふざけているようでありながら、さまざまな大人の含蓄と含羞をたたえた一編である。（日野由希）

鬼が餅つく《おにがあもつく》　短編小説

〔**初出**〕「小説宝石」平成五年三月一日発行、第二十八巻三号。〔**初収**〕『ずぼら』平成七年三月三十日発行、光文社。〔**文庫**〕『ずぼら』〈光文社文庫〉平成十年十月二十日発行、光文社。

〔**内容**〕人間らしい会話がしたい五十歳の上原は、三歳年下の妻・田鶴子にほとほと嫌気がさしていた。上原の話に、相槌は打たず、聞き流す、口を開くときには反論するか、話の腰を折るか、自分の自慢しかしないからである。女というのは、こういうものかと諦め、妻には業務連絡の言葉しか吐かなくなったら、よけいに殺伐とした家庭環境になっていた。そんななか、上原は仕事で乙骨真知子と出会う。にっこり笑って話を聞いてくれ、失敗話や無駄話ができる関係に、上原は少年のように胸躍らせる。上原は浮気よりも前に、誰かととりとめなく語り合いたかったのだ。また彼女の愛称が、「おっこちゃん」であるということで、上原は記憶の底をゆさぶられる思いがした。戦争のさなかに生まれた自分。晩年まで苦労の絶えることのなかった母。自分は父の子ではなかったのではないかという疑問がいまも頭を去らない。じつは、上原が四つか五つの頃「おっこのおっちゃん」と呼んでいた男がいて、よく手を引いて子守唄をうたってくれた。「昨日《ゆんべ》夢見た地獄の夢で／鬼が餅《あも》つく　閻魔がちぎる／地蔵菩薩が丸こめる／まるこーめるゥ……」とうろ覚えの節回しで上原が歌うと、真知子はその子守唄を知っているという。幼心に強く記憶されている安定した充足感、家族からは味わえなかった「ほっとできる人のそばに居る」という気分、上原は思わず涙がこぼれそうになる。真知子は、男の涙を見て見ぬふりをする。サムライ同志の関係のように、この仁義を重んじる男と女が、一線を越えることはない。後日、上原が歳のはなれた姉に電話して、昔のことを聞いてみると、「おっこのおっちゃん」と呼んでいたのは、「お菓子屋のオッチャン」のことで、幼い上原は「お菓子屋」と言えなくて、「おっこ」と言っていたという。物語は、上原が短大生の娘と買い物に行く場面で終わる。（堀まどか）

鬼たちの声《おにたちのこえ》　短編小説

〔**初出**〕「別冊文藝春秋」昭和三十九年九月十五日発行、第八十九号。〔**初収**〕『鬼たちの声』昭和四十三年十一月一日発行、文藝春秋。〔**文庫**〕『鬼たちの声』〈文春文庫〉昭和五十五年十一月二十五日発行、文藝春秋。

〔**内容**〕兵庫県の田舎町、夢野町が舞台。「夢野」は神戸市兵庫区の実在の地名。六甲山系と北摂山系に囲まれた村の住人の多くは半農半商、給料生活者も多いが、まだベッドタウンというほどではない。ある日この村に住む踏切警手・高岡新吉の変死体が発見される。やがてそれは同じ村の半沢モエ子が夫・源一郎の留守に高橋を招き入れたところ、高橋が急死、処置に困って放置したものとわかり、保護責任者遺棄致死で逮捕される。新聞で事件の概略を知った「私」は休暇を利用して、興味本位に事件のルポを書くと意気込む友人・三宅謙吉のもとを訪れる。作品の前半部で「私」は男性たちからモエ子の噂話を聞き出す。魅力的でありながら本心のつかめないモエ子の素顔について語る若者も、道徳的に彼女を批判する中年男性も、実はモエ子に思いを寄せながらかなわなかったことがわかってくる。一方、地方新聞で文化活動について執筆することもある「並木女史」は、女は「深部の思想は子宮で確かめる」と訳知り顔に語る。地元の女たち、旅館の女中「お芳さん」、中学が同じだった「美容院のマダム」の証言からは、面倒見の良さを持ちながら心を打ち明けない「不幸になるほどに幸福そうな顔をする」、また操行はいつも「甲」でありながら「大変な不良少女」であった彼女の複雑な内面が浮き上がってくる。作品後半にルポをあきらめた三宅が送ってよこしたモエ子の手記と、「私」が聞き出した夫半沢の語りが付け加えられる。モエ子の手記には、村の旧家、亀井戸家の主人の言う、男以上に「はしこ」く〈利口な〉、「不気味な沼みたいな」本性を抱え込んだ女の内面の孤独とそれを理解できない、また理解しようとしない周囲の人々との隔絶が語られる。一方、半沢の語りからは亀戸家の主人から「兵隊ボケ」と呼ばれ、村人からもモエ子からも軽んじられがちな彼の、シベリヤ抑留を経験し、家族や最初の妻にも死に別れた荒涼とした心が見えてくる。その意味では彼の内面も、誰も理解しようとしなかったのである。最後、復縁を望む夫に会うことを拒絶するモエ子には、夫の言葉も興味本位な噂話も同様に「鬼たちの声のように聞こえるらしかった」と語り手は言い、それを跳ね返して生きていくことを決めたモエ子の「冴えたおおしい眼の色」を描いて作品は終わる。ありふれた町のありふれた主婦が起こした、恰好の醜聞を興味本位に語る田舎の人々を軽妙に描くように見えながら、その裏に互いに理解できない男女の姿が見えるが、理解そのものを拒絶し、自由に生きようとする女の生々しい生命感の圧倒的な強さを描いて作品は終わる。（小川直美）

鬼と夕顔《おにとゆうがお》　短編小説

〔初出〕「オール讀物」昭和四十二年十一月一日発行、第二十二巻十一号。〔初収〕『鬼たちの声』昭和四十三年十一月一日発行、文藝春秋。〔文庫〕『鬼たちの声』〈文春文庫〉昭和五十五年十一月二十五日発行、文藝春秋。

〔内容〕内田正太郎と根本徳夫はどちらも三十五歳、同じ会社の「同じ課の同僚で、実力も地位もちょぼちょぼ」。同じ会社の「BG」を同時に好きになったが、それが正太郎の妻美輪子で、根本はその後結婚した妻を病気で亡くして独身である。出張帰りに銀座裏のバーで飲みながら、二人はもうそろそろ中年に差し掛かった自分たちの身を振り返る。先に新幹線で大阪に戻ることにした正太郎は車中で「いやにふてぶてしい」中年男に話しかけられる。人探しをしているという男の話を聞いていると、実は男はエンマ庁に務める鬼で、今晩正太郎は「ポックリ病でころッといてまうことになっとる」と知らされる。死にたくない一心で何とか説得しようとするが、鬼は「和田金のすき焼きでも食わしてんか」などと言い、正太郎に「ビフテキ」をねだる。二人の会話の中に「（あの世にも）パチンコ屋かてトルコ風呂かて、何でもある」「我々の方も非行問題が深刻になってきててな」「エンマ庁でもやっぱり家つきカーつきばばぬき、でっか」といった時事的な言葉がちりばめられている。「トルコ風呂」はトルコ人留学生からの名称変更申し入れもあり、昭和五十九年には横浜市の業界団体が「トルコ風呂」の名称を用いないことを決定するなど、議論を呼んだ言葉である。「ポックリ病」もまた、高度成長期の長時間労働に伴い、社会問題化されてきたものでもあった。家に鬼を連れ帰った正太郎の言葉を聞いた美輪子は、代わりを立てれば助かると聞き根本の名をあげる。このあたりの会話は鬼と正太郎を向こうに回した、美輪子のバイタリティに男たちがたじたじとなる、会話のテンポが読みどころである。鬼は正太郎の願いのままに、独身の根本を身代りにすることを認め、根本はその日、急死してしまうが、先にあの世に行っていた根本の妻が気付いたために、再び正太郎は死なねばならなくなる。そしてあの世で妻と再会、留まることにした根本の肉体に宿った正太郎の魂は、残された妻・美輪子と再会して、彼女の意外な本音を聞くことになるのだった。二転三転する展開に落語の「死神」、また桂米朝による時事ネタをふんだんに盛り込んだ「地獄八景」などを彷彿とさせる出だしでありながら、軽妙な大阪弁のテンポにつられて読み進むうち、人間の本音の「えげつなさ」が次々に描かれる。意味深長な最後の会話まで、そのスピード感が身上であろう。（小川直美）

鬼の歌よみ《おにのうたよみ》　短編小説

〔初出〕「野性時代」昭和五十二年二月一日発行、第四巻二号。〔初収〕『鬼と女房』昭和五十二年六月三十日発行、角川書店。〔文庫〕『鬼の女房』〈角川文庫〉昭和五十七年五月三十日発行、角川書店。

〔内容〕『古今著聞集』の伊豆の国の奥島に鬼が漂着したという話は可愛いげがない。『日本霊異記』の贈賄された鬼の話は人間くさくていい。鬼の中にはきわめて高邁なるエリート鬼、教養鬼もいる。『古今著聞集』巻十七「変化」には、音楽に感動した鬼が、楽器の名器をぬすむ。文学好きで、みずから創作しようと出しゃばる鬼も出てくる。高名な詩人のまわりを徘徊し、詩作を挑まんとねらうのもいる。平安初期に菅原道真、三善清行など詩文の大家が輩出した。三善清行は詩才と同時に処世の才にも長《た》けていた。彼と口あらそいをした紀長谷雄は、一世の詩人ともてはやされていたが、三善清行に「無才の博士」ときめつけられても黙っていた。長谷雄は黒白つけるやり方がいやなのだ。あかるい月の光であった。長谷雄が朱雀門を見上げると、冠をつけ、袍《ほう》を着た丈《たけ》のたかい男が朗々と詩句を誦しはじめた。鬼である。鬼はおれの才能とお前の才能と、どっちが上か、結着をつけよう。おれは一番の詩人という名誉だけでよい。おれが負けたら、おれが大切にしているものをやるという。詩作の応酬に負けた鬼が、双六でもう一度勝負する。それも長谷雄が勝ち、美女をもらう。鬼はお前に譲ったが、百日のあいだ抱くことはならん、水になって流れてしまうという。長谷雄は女にたいする恋ごころが切ないほど募ってきたが、鬼の言葉を守らなければと思い、女に手が出せない。女は情《つれ》なくされ、九十九夜めに家を出ようとする。長谷雄は鬼に打ちあけられた秘密をいう。女は、私が水の精だなんて嘘だ、鬼にだまされているんだという。長谷雄はもう自制できなくなった。長谷雄の手はむなしく空を摑《つか》み、ひやりとつめたいものが体を濡らした。あの女は、死人の美しい部分をよせあ

お

つめて作りあげた作品だ、百日たてば現実のものになるはずだったのに、と鬼は泣いていた。長谷雄は「世の中はかくこそありけれ吹くかぜの　めにみぬ人も　恋しかりけり」と泣きつつ、哀々《あいあい》とうたった。

（浦西和彦）

鬼の語らい《おにのかたらい》

短編小説

〔初出〕「野性時代」昭和五十一年四月一日発行、第三巻四号。〔初収〕『鬼の女房』昭和五十二年六月三十日発行、角川書店。〔文庫〕『鬼の女房』〈角川文庫〉昭和五十七年五月三十日発行、角川書店。

〔内容〕鬼には大別して、姿をみせぬ妖怪と、人間の執念が凝ったのとがあるようだ。「宴の松原の怪」「川原の院の怪」や『今昔物語』巻二十四の死体に乗ってその髪の毛を握って飛翔するというおそろしい鬼の話が紹介される。遠助は京のつとめが終わり美濃へ下った。熱田の橋を渡るとき、美女から小箱を橋のたもとにいる女房に渡して欲しいと手渡される。絶対に箱をあけてはいけないと言われた。妻は遠助より年上で、大変なやきもちやきである。小箱は女への土産だと思い嫉妬に駆られ、蓋をあけてしまう。中には「くじり取った人間の眼が数知れず、それに、毛の少しついた男根がぎっしり」入っていた。遠助もぎょっとした。しかたなく遠助は、美女の教えた橋の西のたもとへ持っていくと、別の女房が受け取り、この箱を開けたなと、ぞっとするような微笑を洩らした。遠助は必死の思いで逃げ帰った。陸奥へ下っていた弟が帰国し、やってきた。妻が酒を持って席へもどると、二人は取っ組みあいの喧嘩をしている。遠助は妻にこいつは鬼だ、枕上の太刀をくれという。弟が兄貴はおれの女房に気があって、おれを殺そうともくろんでいるのだ、というのを聞いた妻は眉を吊りあげ、嫉妬の鬼になった。遠助が弟の腕を刺した時、すさましい叫びがあがり、弟は鬼に変じ、いまにみていろと、暗い虚空さして飛び翔《か》けていった。遠助は再度上京して、女ができた。侍女の小鈴である。二人が堂にいると女鬼が出た。おまえが私の腕を斬れば、妻の腕を、首を斬れば、妻の首が飛ぶという。遠助の鋒先が鈍る。小鈴は私と奥さんとどっちが好き？とせまる。鶏が鳴き、仄白くなったので、鬼は残念だが、お前の苦労はこれからだぞといい、姿を消してしまった。そして、遠助は、鬼の言葉の意味を知った。小鈴の顔は、目が吊り上がり、小鬼のような顔になっていたのである。

（浦西和彦）

鬼の女房《おにのにょうぼう》

短編小説

〔初出〕「野性時代」昭和五十年八月一日発行、第二巻八号。〔初収〕『鬼の女房』昭和五十二年六月三十日発行、角川書店。〔文庫〕『鬼の女房』〈角川文庫〉昭和五十七年五月三十日発行、角川書店。

〔内容〕藤原道長の胆だめしの話から始まる。王朝の夜は暗く、暮れると闇が拡《ひろ》がって、大極殿など魔気がたちこめ、鬼が梁にうずくまっているような感じがする。橘則光は恋人に逢おうと、闇のこわさも忘れて夜ふけに忍んでいき、三人の盗賊に襲われる。恋人は年上の学識経験ゆたかな才女、清少納言である。則光は歌が詠めないし、警句も思いつかない無風流な男で、清少納言に翻弄される。則光は山の寺に祈禱してもらいに出かけ、道をまちがえ、むさくるしい小舎で女と出会う。そこは鬼の棲みかである。女は清少納言とは正反対に、やさしく世話をやく美しい人である。則光は女を連れて逃げた。鬼の声がひびいた。「女房はお前にくれてやるよ。人間の男よ」。おれは、もうその女をもてあましとった。

若い女というのは中年の鬼には荷が重すぎる。「わしはたすかった。これで毎日、はたかれずにすむ」。寝殿の柱の節の穴から小さな赤ん坊の手が出たり、悪霊に震えおののく貴公子たちをユーモラスに描く。（浦西和彦）

をのこやも《おのこやも》　短編小説

〔初出〕「オール讀物」昭和五十一年三月一日発行、第三十一巻三号。〔初収〕『浜辺先生町を行く』昭和五十二年四月三十日発行、文藝春秋。〔文庫〕『浜辺先生町を行く』〈文春文庫〉昭和五十六年四月二十五日発行、文藝春秋。

〔内容〕「浜辺先生シリーズ」の第六作目。原稿締切に追われる浜辺先生（「私」）の年末の様子が描かれており、お歳暮に紹興酒が届けられたことから、夫と編集者の青年を交えて酒盛りをする話が書かれている。タイトルの「をのこやも」は、「をのこやも空しかるべき万代に語り継ぐべき名は立てずして」という山上憶良の歌（『万葉集』巻六）に由来する。作品内でも憶良のこの歌が引用され「お酒を飲んで、うまく酔えないとき、思い出」し、「こんなん、してええかいなあ」と考える「私」の姿が描かれる。田辺聖子と夫の川野純夫のお酒好きは有名であり、次のようなエピソードもある。「八時に診療を終えた川野が白衣を脱ぎながら茶の間にやってくると、夫婦の宴会が始まるのだ。テレビはそこにしかないので、子供たちは、テレビ観たいな、早よ終わらへんかなと思うが、二時間も三時間も二人は飲んでしゃべり続ける。そのうち機嫌がよくなった川野が歌いだす。一升瓶が二日ともたなくて、三日に一度、酒屋が配達に来た」（島崎今日子「夢みる勇気」『田辺聖子全集別巻一』平成十八年八月十日発行、集英社）。また、作品内では、締切り直前の仕事を抱えながら、「私」が妹と姪と一緒に宝塚の観劇に行ったことも書かれている。田辺は自身の宝塚への想いについて、「私はそれまで、ヒトに、〈宝塚、ごらんなさいよ〉などと勧めたことはなかった。私は自分が小さいときからタカラヅカを好きなので、世間の人もきっとそうだろう、と信じていた」（「幼き日の夢の国」『夢の菓子をたべて』）と述べている。なお田辺の作品は、昭和五十三年には「隼別王子の叛乱」が月組により、五十四年には「舞え舞え蝸牛」が花組により宝塚大劇場で上演されている。（西川貴子）

オムライスはお好き？《おむらいすはおすき？》　短編小説

〔初出〕「小説宝石」昭和五十五年四月一日発行、第十三巻四号。〔初収〕『オムライスはお好き？』昭和五十五年六月二十五日発行、光文社。〔文庫〕『オムライスはお好《す》き？』〈集英社文庫〉昭和五十八年五月二十五日発行、集英社。

〔内容〕「お天道《てんと》サンにすまん」という、人間ほんらいの節度を重んじる五十二歳の課長滝本は、メモ用紙の使い方から気働きまで、口マメに指示を与えるが、若い部下はだらしない。上司までが目前の利にしか動かず、滝本は、あいだに立って胃の痛む心地を味わってきた。息子も物を粗末にするので、滝本は派手な靴下のお古をはいて会社へ行く。会社が左前になり、滝本は降職された。ヒラになってみると、ノルマも接待も、課員をさばく苦労もなく、定刻に帰れ、休暇も取れて気楽である。実質賃金が変わらなかったのもうれしい。戦争中に少年時代を送った滝本には卵は貴重品という印象があって、卵料理、特にオムライスが好きであった。滝本は、食べたいと念願していた赤めしだけのオムライスや、油揚の煮たのを卵でとじたあぶたまを作ってよろこぶ。卵を割るときの豪奢な感じも快感である。そんな滝本に妻の登和子《とわこ》は理解を示さない。そして、あたしはどうなるんです、あたしも今までやりたかったことをやってみたいと言う。何でも買うたらええと言う滝本に、妻は「いっぺん、ラブ・ホテルというものへいってみましょうよ」と言うのだ。絢爛豪華な室内で、あぶたまのお弁当を食べる夫婦の描写があたたかい。

（永渕朋枝）

お目にかかれて満足です《おめにかかれてまんぞくです》

長編小説

〔**初出**〕『婦人公論』昭和五十五年一月一日～五十六年十月一日発行、第六十五巻一号～第六十六巻十号。〔**初版**〕『お目にかかれて満足です』昭和五十七年一月二十日発行、中央公論社。〔**文庫**〕『お目にかかれて満足です』〈集英社文庫〉昭和六十年六月二十五日発行、集英社。〔**全集**〕『田辺聖子全集第十二巻』平成十七年一月十日発行、集英社。

〔**内容**〕大阪育ちで料理と手芸を愛する三十二歳の新條るみ子は、西宮の医者一家の次男で会社員の三十七歳の洋と結婚して六年、洋の長兄から借りた東神戸の洋館に住んでいた。西宮の親に依存した我儘な洋だが、るみ子は「気が合う」洋を「かるくみる」気持ちで愛し、洋に美味しい食事を作るのが喜びだった。時々泊まりに来る洋の弟で船乗りの舷《げん》は、粗っぽさと鋭敏さを併せ持ち、るみ子に「嬉しさの気づまり」を感じさせる存在である。るみ子はものを擬音語で呼ぶ「手作り名詞」を楽しんでいたが、そんな独自の発想で生みだした手芸品が友人松尾多根子の店で売れ始める。一方、洋が共同出資した友人の会社が倒産し、亡父から相続した千三百万相当の遺産を失い、母と舷から借金していたことがわかる。その話になると、洋はるみ子を「冷淡」で「うわの空でやさしい処がない」と責めて怒鳴り、るみ子は隠し事ができる洋の一面を知る。るみ子は自宅で手作り小物の店を開こうと考えるが、自分名義の預金も洋に勝手に使われていた。舷が「オレとあんただけの秘密にしよう」と金を貸してくれ、るみ子は洋を適当に宥めながら、義兄に交渉して家を修繕し、「るみの店」を開く。手作り品のアイデアは次々と湧いて顧客の心を摑み、るみ子は洋に素直に従いつつも、「ヒラメキ」があると、即実行する一面を自分に発見する。帰国した舷を迎え、るみ子は三人の「上機嫌」をいとおしく思う。洋が眠ってから、屋根裏部屋で舷と話した後、るみ子は食堂で舷にキスされ、以後、舷に対し「利己的な洞察力」が鋭く働くのを意識する。るみ子の父が緊急入院したとき、舷は親身に労ってくれたが、洋はるみ子が大阪の実家にばかり関わって自分が抛っておかれたと不機嫌になり、心ない発言をした。るみ子は、洋との「上機嫌の瞬間瞬間」は、自分が気に入るように制作してきた「作品」で、洋は素材に過ぎなかったと気づき、その夜、洋にいつもより乱暴に扱われたるみ子は、はじめて洋と舷が入れ代る「空想の遊び」をおぼえる。舷は、るみ子が煙突と煙と「煙／さわることさえ／できないで」という文句を刺繡した額を持って航海に発った。父の葬儀の夜、るみ子は自分本位な洋に、「ふかいねむりの夢」から醒めたように、夫婦であることの「違和感」を感じる。洋が不機嫌な夜、るみ子は独り舷を思って「今まで「お目にかかった」ことのない」「欲望」を覚え、それが「私に幸福かどうか」と問いかける。洋の「ワガママや身勝手」に気づきながら、るみ子はやはり洋が「好き」であった。だが、舷に借りた金が大阪の実家からと思って僻んでいる洋に、るみ子は洋がいるお陰で店に専心できているという思いを、言葉にできなかった。返済のため舩の通帳を作って待つるみ子は、「どこかに、何かしらある」ものに「お目にかかれて」満足している「放恣な快感の夢」を見る。舩の見合いが進行していることがわかってまもなく、舩が帰国する。今のるみ子にとって、洋は不出来な「恋女房」であり、舩は「本音を吐きあえる」「同国語を話す」相手だった。舩と再会したるみ子は、今は舩を「可愛く」感じていると気づき、舩のキスによって、舩も同じように自分を「見くびり」「憎らしくなるくらいの気持でいる」と知る。舩と一夜を共にしたるみ子は、舩によって「自由の魅力」を知り「快感」の「発光体」となる。以前の夢の中の「たけだけしい満足感」はこの予兆であった。翌年早春に舩の結婚式があり、その一年半後、末弟の結婚式で再会した現実の舩は、既に色褪せた魅力を感じないものだったが、るみ子はあのとき「すばらしい自由」に「お目にかからせてくれた」だけで満足であった。田辺は『田辺聖子全集第十二巻』「解説」で、本作のテーマを「女の変貌《へんぼう》の可能性」だとする。「自分と同じ感受性・はずみごころ・挑みごころ」、そういう「もの・人」に「この人生で〈お目にかかれて満足です〉といえる愉しさ、幸せ」を知り、るみ子は舩との「人生の一刻」で、「男特有の、猛々しい性の快楽を貪《むさぼ》りつくしてしまう」。るみ子が発見するのは「自分の能力のことであろう」と説くのである。また田辺は同解説で、るみ子が住む洋館のモデルが「神戸に住んでいた時代、実際に夫が買った洋館」であったことも、本作への愛着の一因となっていると語っている。

（渡邊ルリ）

おやすみ《おやすみ》　短編小説

〔初出〕「週刊小説」昭和五十年七月十八日発行、第四巻二十七号。〔初収〕『三十すぎのぼたん雪』昭和五十三年三月二十五日発行、実業之日本社。〔文庫〕『三十すぎのぼたん雪』〈新潮文庫〉昭和五十七年二月二十五日発行、新潮社。

〔内容〕隣室の水野クンは二十七歳の独身青年で、四人の女をとっかえひっかえ部屋に連れ込んで夜を過ごすことが多い。アパートの壁が薄いので、私には隣の様子も女達のそれぞれの個性もわかってしまう。古い顔見知りの鶴賀サンはこの話を楽しんで聞き、部屋に来たがるが、私は断り続けている。鶴賀サンは息子が二人いる寡夫で、冗談めかして私をくどいてくるが、長いつきあいで却ってそんな気にはなりにくいし、結婚ばかり考える切なさから解放された三十代が私は好きだった。鶴賀サンは私を海岸の温泉宿の旅に誘い出すが、これも高潮警報で避難させられるという始末。鶴賀さんは、くだんの四人の女のうち、「少女のような声を出す四十のおばさん」に最も興味を覚え、二人で聴こうと言う。私も覚悟を決め、彼女の来訪日を目がけて鶴賀サンを招き、手料理でもてなす。やがて、鶴賀サンは隣室の帰宅を待ちわびて寝てしまう。深夜にようやく彼らが帰宅したので鶴賀サンを起こすが、女性はひどく酔っているらしく「ねる方がいい」と言ったきり、隣室は静かになる。鶴賀サンもまた「おやすみ」と言って再び横になった。「おやすみ」と言い合う年代も、私としては好きなのだ。

（木村小夜）

おらんだ遠眼鏡《おらんだとおめがね》　短編小説

〔初出〕「文学界」昭和三十九年三月一日発行、第十八巻三号。〔初収〕『感傷《センチメンタル》・旅行《ジャーニィ》』昭和三十九年三月十日発行、文藝春秋新社。

〔内容〕「お金ですッて?」青年と彩田マリとの関係は、金の話で始まった。青年は、ロクロクにポーカーで負け、一万円からの借財をつくってしまった。ロクロクはゴシップメーカーで、青年はその下請けライターをしていた。ロクロクは女友達から借りれば、とほのめかす。青年は談話から三角関係のかっとうのストーリィーを書きあげて、告訴するという抗議も受ける。彩田は三十八、九歳、関西では随筆家で通っていた。青年はあまり彩田を好きではなかった。酒代をおごると言われ、午前二時まで飲んで、氷室のような恐ろしく寒い部屋で一夜を過ごしたこともあった。その彩田に青年は金を借り、二人は共同生活をはじめる。時々喧嘩をするが、夜には仲直りをする。子供はあんたが要らなきゃ、あたしも要らんわと彩田はすすりなく。青年は妙な夢をみる。おらんだ遠眼鏡のなかの世界を、物悲しい錦絵の風景の中を歩いているのである。子供のことは彩田の思いちがいで、何ともなかったのだ。芥川賞受賞第一作として発表された。（浦西和彦）

女が愛に生きるとき《おんながあいにいきるとき》　エッセイ集

〔初版〕『女が愛に生きるとき』昭和四十八年九月二十日発行、講談社。〔文庫〕『女が愛に生きるとき』〈講談社文庫〉昭和五十四年五月十五日発行、講談社。〔目次〕何のために生きるのか―私の場合―／女のいる時間　アイ・アム・コーヒイ／女性・性善説／ほめ魔／女の幸福／本末転倒／女性と劣等感／女の友情／女よ、名を惜しむべし／女の残酷と優しさ／女の言葉／くどい女／ちゃらんぽらんのすすめ／後家性の女／女らしい女／女の正直・不正直／理屈っぽい女／鈍感な女／気を廻す女／物おぼえのいい女／癇性病みの女／愛のプロフィール　過ぎし日の恋／恋をためす女／年上の男／甘えん坊／彼女の失恋／風変わりな女の子／愛の周辺　女はみんな才女である／結婚について／別れも愉し／男友達について

〔内容〕「何のために生きるのか」（原題「人は何のために生きるのか」）は「家庭画報」昭和四十八年八月号に、「女のいる時間」は「マイクック」昭和三十六年一月号～翌年八月号に、「愛のプロフィール」は「家庭全科」昭和四十六年一月号～六月号に、「愛の周辺」に収録された四編のうち「女はみんな才女である」は「婦人公論」昭和四十年五月号に、「結婚について」（原題「女の道徳・男の道徳」）は「婦人公論」昭和四十七年十月号に、「別れも愉し」（原題「愉しく別れてこそ夫婦」）は「婦人公論」昭和四十六年十二月号に、「男友達について」（原題「夫で知った男と友達の味」）は「婦人公論」昭和四十八年七月号に発表された。私は人生を楽しむために生きるのだ。「楽しむことは人を愛すること、人に愛されること、にほかならぬのである」という著者が、女性が男を愛すること、男に愛されることの複雑な関係において、女性本来の特質について語ったエッセイ集である。女という女は、みんな「ある種の生きる才能」「女の叡智」をもって生まれている。男の宿敵はやっぱり女である。女のその才略は、恋とむすびついたとき、何らかのかたちで異性に対したときに、いちばん強力な磁気を発する。自分を客観視し得ないので、女の駆け引きの才は、ますます磨かれるという。（浦西和彦）

おんな商売《おんなしょうばい》　短編小説

〔初出〕「別冊文藝春秋」昭和四十二年三月

五日発行、第九十九号。〔初収〕『わが敵ＭＹ ＥＮＥＭＹ』昭和四十二年十月十五日発行、徳間書店。〔文庫〕『おんな商売』〈講談社文庫〉昭和五十九年十二月十五日発行、講談社。

〔内容〕主人公信三は四十一歳、中小企業の家庭厨房用具の卸問屋に勤めるサラリーマンである。販売係長ということになっているが、「番頭はん」の下っぱである。給料は安いが、先代から譲り受けた家作が二三軒あり、その家賃が毎月何がしか入ってくる。しかし、そのために母親や祖母や叔母が威張って住んでいる。信三の父親は養子で、二十年ほど前に死んだが、家作は母方の財産である。すでに何代も続いた母系家族で、信三にも小学校六年と四年と娘は二人いるが、息子は生れそうにないので、この傾向は次の代にも持ちこされそうである。いや、すでに信三自身、養子か厄介者のようであり、「女七人に、男は信三一人」という女世帯のなかで、信三は孤立奮闘している。出勤前の茶の間の風景は滑稽で「そんなことにいちいち、ぼやいているようでは仕方がないのであって、胆、甕の如き男でないと、女世帯の家は切り盛り出来ぬものと思え」と信三は「わが心に言い聞かせ」、（おんな商売、やめられぬ）といった風の母親、祖母、叔母、妻を尻目に信三は出勤する。そんな信三も時として、「何だか、無性に何もかもから離れたくてならない。ふッと、このまま、アメリカへでもいってみたらどんなにいいか」と考えることもある。信三は、駅のポスターにあった「天高高原」に出かけ「旅館　たぶさ屋」に泊まるが、そこの「婆さんと爺さんが口論」しているのをみて、「こんな山奥でも、口論の種はある」ということにいまさらながら気づくのであった。（荻原桂子）

女探偵をくどく法《おんなたんていをくどくほう》

短編小説

〔初出〕「小説現代」昭和五十五年五月一日発行、第十八巻五号。〔初収〕『宮本武蔵をくどく法』昭和六十年一月十四日発行、講談社。〔文庫〕『宮本武蔵をくどく法』〈講談社文庫〉昭和六十三年四月十五日発行、講談社。

〔内容〕不動産屋の大貫の妻の依頼を受けて、彼の素行を調査する興信所の女が、大貫に口説かれるという話。大貫は、腹の出た禿頭の、肉厚の日焼けした顔つき、鼻も目も大きく、イキイキとよくうごく表情を持ち、よくしゃべる。しかも、酒も煙草もやらない甘党で大メシ食らいの四十六歳の男である。二十年あまり連れ添う妻菊子とはかけおち結婚だが、菊子は嫉妬ぶかくて口うるさく、大貫の育ちや好みをバカにする上、中年になった今は痩せてぎすぎすになっている。大貫はオカズが大皿に山盛りになっていることを好むが、味覚の違う菊子は亭主の好きなメシを作らない。だが大貫が浮気をしても、中学生の娘と息子、そして議員の叔父もいるから、菊子には家庭をこわす気は毛頭ない。一方ニッタンの女は、三十五、六ぐらいの、野暮ったいが、大貫好みのボテッとした体つきで、背丈も好みの高さである。日がな一日大貫は女のことを考え、女をだんだん好ましく思うが、ぱったり姿を見せなくなり、会えなくて淋しくなっていた。ある雨の降る夕方、ターミナルホームで女を久しぶりに見かけた。女は駅構内の軽食堂へ入り、注文したスパゲティを美味しそうに食べはじめる、そのさまは大貫には好もしいものであった。自分も同じものを注文し、自分のを持って女と同じテーブルについた。顔をあげた女はギョッとして席を立とうとするが、大貫は女の伝票も自分の手元に取ってコーヒーに誘う。女はニッタンより安い、レディーズ探偵事務所の研修生であった。「会いとうて会いとうて」「あんたみたいな美人に尾行られて嬉して」「僕、あんたがチラチラ見えるたび、うれしてねえ。怒らんといて下さい。僕、あんたみたいな、ボテッとした人好きなんですワ。理想のタイプ」と口説きまくる。女は大貫の口の巧さに、浮気するぐらいの人は口が巧くて魅力がある、と好意的に応じ、コーヒーを美味しそうに飲み、煙草をとり出して吸う。大貫には、女がモノをいいやすいような雰囲気があるのか、女はやがてリラックスして、独り者だと応える。店を出た後、ホームで電車を待ちつつ、「僕は女性にあこがれている。こないしてしゃべるだけでうれしい。一しょにメシ食うだけでうれしい」としゃべりにしゃべる。同じマンションのひと部屋が空いたとき、女はそこへ越してきた。大貫は女と「どかーん」とした食事を一緒に摂り、しゃべり合って友情をたしかめる。そして「それだけですむはずない」のは、世間の凡人も大貫も同じとして終る。

（二木晴美）

女闘士をくどく法《おんなとうしをくどくほう》

短編小説

〔初出〕「小説現代」昭和五十六年二月一日発行、第十九巻二号。〔初収〕『宮本武蔵をくどく法』昭和六十年一月十四日発行、講談社。〔文庫〕『宮本武蔵をくどく法』〈講談社文庫〉昭和六十三年四月十五日発行、講談社。

〔内容〕妻子持ちの中年男性川路が、若くて美しい女権論者の女闘士・朝吹ユカリに好意を抱き、いつしか彼女本来の「ニンに合った」やさしい声を出させたという話。川路の大学時代の旧友がもと教え子と再婚したが、その式場で新婦の友人朝吹ユカリに出会う。川路は四十六歳、額が禿げ上がり下腹が出はじめている。十六、七年前から繊維商店街の丼池の片隅で、人を二、三十人ばかり使って「川路タオル」という小さな問屋を経営している。目下東京の私大へ通う二人の息子の監督がてらに、気の強い妻はたえず東京へ出かけ、川路は抛ったらかしである。だから浮気をしても（五分五分や）と思うが、気の小さい川路は、人は自分のニンに合ったことをすべきという処世上の見識を持っているから、花嫁ぐらいの年頃の女と「かりそめの浮気を示唆している方がニンに合っている」と考える。ユカリがスピーチをした時、司会者の話から彼女の名前と活動を知る。ユカリは二十六歳、身長は一メートル六十五で川路と変わらぬが、ほっそりしていて繊細な感じである。彼女に関心をもった川路は、美人で明晰な淀みない言葉、甘いすずやかな声の、この女に（いやあん、バカ）といわせてみたい、その方が彼女の「ニンに合ってる」と思う。宴果てて、彼女を誘い自分の車で神戸の彼女のアパートまで送る途中、川路はこんな若い元気のいい、きれいな娘を怒らせるのがうれしくて、ちょっかいを出す。川路には彼女の怒りそうな点が本能的に分かるのであった。彼女はリブの新聞で記者兼編集者として働いているのだが、その新聞の購読を勧めてくる。これから勉強しますと川路が下手に出たので、彼女は気分をよくし、ホメ言葉をいうと嬉しそうに笑った。だが、また逢おうと思うときは何かヒッカカリをつくるべきだと考えた川路は、彼女を再び挑発して怒らせた。彼女は論争には不向きで、はるかに情緒的な、マジメで純情な性格である。ケンカ別れをした後、予想通り彼女は川路のことを忘れず、リブの新聞を送ってきたり電話をかけて誘い出したりするので、川路は上機嫌である。取材に協力したとき、自分で聞き出した返答に彼女は腹を立て、再びケンカ別れになってしまうところを、「僕はアンタに惚れてる。尊敬してます。しかしそれが叶えられたら、一抹の空しさが残るのではないか、そう思うて、いまのあこがれのままで辛抱してます」といって口説き、川路は淋しく笑ってみせた。彼女は熱の出たような目になって唾をのみこみ、いつか「ニンに合った」やさしい声になっていた。

（二木晴美）

女とおでんや《おんなとおでんや》　掌編小説

〔初出〕「小説新潮」昭和四十八年十一月一日発行、第二十七巻十一号。

〔内容〕連載小説「一期《いちご》のいろ夢」の第十一話。題字とカットは灘本唯人。「私」は、時々「熊八中年」に連れてきてもらう神戸の下町のおでんやで、与太郎青年・熊八中年とともに、「なぜ女はおでんやに来ないのか」と考える。「私」は、あまり酒を飲む習慣のない女が、外でお金を出して酒を飲むなら、音楽や舞台装置が整っているべきと思うのでは、という。熊八中年は、男の仕事は女より辛く、自分の痛手を一人で癒すため、一人で安直に飲める場所が必要なのだ、と力説。与太郎も同意する。「私」は、自分はおでんや・縄のれんで憂さを晴らすけれど、他の女はどうしているのか問うと、「熊さんは、／「それはきまってますがな。亭主に当りちらし、亭主をいびることで晴らす」／「それで男は縄のれんをくぐる。自然の摂理ですなあ」と、与太郎がいった」で話が終わる。田辺の作品世界では、おでんやや縄のれんは欠かせない背景となっている。「春情蛸の足」のように、おでんやが恋の成立要因であるだけでなく、おでんやそのものが恋愛の主役のような作品もある。本編の状況と変わって、その後の時代状況につれ、おでんやが、だんだんと女性に占拠されていく事態は、その後のエッセイで活写される。後年になると、「山歌村笛譜」のように、おでんやが女性にのっとられた様が、作品の主題の一部になっている。このおでんやの情景を、同作品では「働き人《ど》の男たちも隅くたへおしやられてしまった。天《あめ》が下《した》に男のもぐりこめるところはなくなってしまった感じです」と描写している。本編やそのほかのエッセイ・小説で、田辺聖子は、おでんやで長居する女性を、あまりその場にふさわしくないものと見ているようである。

（日野由希）

女と女房《おんなとにょうぼう》　短編小説

〔初出〕「別冊小説新潮」昭和四十六年一月十五日発行、第二十三巻一号。〔初収〕『貞女の日記』昭和四十六年四月二十日発行、中央公論社。〔文庫〕『貞女の日記』〈中公文庫〉昭和四十九年八月十日発行、中央公論社。

〔内容〕神戸郊外のマンモス団地を中心に繰り広げられる人間模様を描く夢野団地シリーズの一編。為吉は四十二歳、妻の昌子は四十歳である。この世代はいわば端境《はざかい》世代で、戦中戦後の混乱で青春らしい青春を味わえなかったせいか、中年になってもなお成熟しきらぬ部分が残っているようだ。愛妻家、子煩悩で通っている為吉もまた、不発の青春という欲求不満がくすぶっているため、キャバレー通いがやめられない。チズ子とも尼崎のキャバレーで知り合った。名古屋出張と偽って、為吉がチズ子のアパートから夢野団地のわが家へ帰ったのは、三日目であった。デパートの手違いで、チズ子に贈るはずの電気釜やガスコンロが家に届いてしまい、昌子は怒り心頭に発する。今まで為吉の浮気がばれてもいつの間にか「ナアナア」で治まっていたのだが、今回は昌子の怒りが治まらず、為吉は家を追い出された。仕方なくチズ子の所に行くと、チズ子は喜んで迎えてくれたが、翌日には「奥さんに悪い」と言って沈んでいる。すると、昌子から会社に電話があって、家に帰ってこいと言う。結局、為吉は二人の女の間を行き来することになる。そのうち、昌子が自分のお古をチズ子にと言って為吉に預けたり、チズ子がそのお礼にと料理を作って為吉に持たせたりして、二人の女の間には、為吉曰く「共存共栄の関係」が築かれていた。（荒井真理亜）

女の居酒屋《おんなのいざかや》　エッセイ集

〔**初出**〕「週刊文春」昭和五十五年八月二十一日～五十六年八月二十七日発行、第二十二巻三十四号～第二十三巻三十四号収録。原題「芋たこ長電話」。〔**初版**〕『女の居酒屋』昭和五十六年十一月二十五日発行、文藝春秋。〔**文庫**〕『女の居酒屋』〈文春文庫〉昭和六十年十一月二十五日発行、文藝春秋。〔**目次**〕昔のオナゴ／ヒマ人／新聞読めば腹立ちて……／あさはか新聞／ボディブラン／ちがいが分る男／学校／反応さまざま／タカラヅカの見方・楽しみ方／姥引退／思い出し電話／おんな塾／女流／愛子カルメン／血まつり／新聞好き／羞《は》じらい／昔の格言　今の格言／女運転手／金属バットの歌／女のトリ年／「新源氏」の春／小説読み／レコード／ノリを踰《こ》えず／甘ったれ／お酒のアテ／重盛／かき聖／消すだけ／老害／未婚の母／原発のこわさ／差別／観念的舌づつみ／面白がり度／手にハンケチ／女の水気／夫婦のおしゃべり／なくて七クセ／「うっせえ！」／くらえぬ奴／束の間の夢／ハムレット／頬かぶり／少女よ大志を抱け／尺取虫とアリンコ／ご本家／男ざかり女ざかり／頓滅殿《とんめつでん》／シンプル人間／移り香／カモカ連五周年

〔**内容**〕「週刊文春」に好評連載エッセイの第十冊目のエッセイ集である。著者の友人たちが、口々に思春期の息子たちのやりにくさをこぼす。母親に見識がなく、育て方を間違っている。女性の教育に力を入れるべきだ。女の子を鍛える塾を作ろう、と提案し、「発想の転換」の訓練をする。「泣くな」と「約束を守れ」の二つの柱をもつ、個性的な女性を育て、世の中を攪拌する。女のよさを男のよさにプラスした世の中にし、八十年代は女の発想の、女文化の基礎作りのトシにしたいと述べる。女は逞しくなってほしい、図々しいのではなく志高く品位をもてと作者は言う。女は旧来の社会の重みに喘いでいることを訴え、企業はすべからく女性を採用して下さいと述べる。性による差別なく運転手にも、議員にもどんどん女性が進出し、三十代四十代は働き盛りとなってほしい。宝塚の女性的発想は素晴らしいが、作者の好きな宝塚には、運営中枢部に女性がいないし、演出陣にも女性はいない。もっと育てて下さいと作者は願う。その他原発の恐さや、年齢による考え方の変化なども記され、カモカのおっちゃんと酒を愉しみながらの会話で読者を魅了する。『田辺聖子全集第九巻』（平成十七年二月十日発行、集英社）には、「ボディブラン」「学校」「思い出し電話」「金属バットの歌」「『新源氏』の春」「小説読み」「お酒のアテ」「重盛」「消すだけ」「なくて七クセ」「くらえぬ奴」「束の間の夢」の十二編が収録された。（増田周子）

女のおっさん箴言集《おんなのおっさんしんげんしゅう》　箴言集

〔**初版**〕『女のおっさん箴言集』平成十五年四月二日発行、PHP研究所。〔**文庫**〕『女

のおっさん箴言集』〈PHP文庫〉平成十九年三月十九日発行、PHP研究所。〔目次〕はじめに／第1章　人間／第2章　女／第3章　男／第4章　男VS女、女with男／第5章　夫婦／第6章　家族／第7章　オトナ／第8章　言葉／第9章　恋愛／第10章　現代／第11章　老い／第12章　人生／第13章　人の世の流儀／《出典一覧》〔内容〕『九時まで待って』等の小説や『ああカモカのおっちゃん』等のエッセイ集など、田辺聖子の著書六十五冊のなかから抽出された箴言集。田辺聖子は「はじめに」で、「しかし私は、私の作物の中で、ことさら箴言を考え、述べようとしたことはない」「ただ小説の中で、男や女が、人生の〈やっさもっさ〉の最中、フト思いつくことなど書きとめるのが、私は昔から好きであった」「人生を楽しむ、というのは、各人それぞれの〈アフォリズム〉を創出することかもしれない、と思ったりする」と述べる。女とはどういう動物なのであろうか。「女には被害者意識の強い人が多いが、なぜそうなるかというと、ひとえに物おぼえがよすぎるからである。／自分が他人を傷つけたことは忘れるくせに、他人に傷つけられたことは忘れない、そういう女がよくあるので、困ったもの。／女の定義。／『女とは許すことはできても、忘れることはできぬ動物なり』」と定義している。また男と女の関係を「亭主は妻を叱ったりできない、というのも、倉田の結婚後、発見した真理の一つである。男は、寝た女を叱れない。大体、／――女は、寝た男に叱られたって鼻で嗤うだけだ――／と思う」というのも真理であろう。「人は、刃物や天災や戦争によって傷つき死ぬのではない。それは物理的な生命の消滅、生物としての終焉にすぎない。／人は人によってのみ、傷つけられ殺される。／人の言葉。人の仕打ち。人の感情。／それだけが、人を生かしもし、殺しもするのである」、「いたわりが、愛に変化することはない。愛は、やがて必ず、いたわりに移り変っていきますがね」、「〈ただしいことを信条にしたらあかん。どうせ、でけへん、そんな高尚なこと。たのしいことをしたらよろし。ただしい、と、たのしい、一字ちがいで、えらいちがいや〉」等々、男や女や愛や人生についてのアフォリズム、機知に富んだ魅力的な言葉が満載。そこには田辺聖子の男女の情愛を凝視する目の確かさと、なによりも人生は楽しく生きねばならないという人間謳歌の精神の豊かさがある。　（浦西和彦）

女の口髭《おんなのくちひげ》　エッセイ集

〔初出〕「週刊文春」昭和五十七年一月七日～五十八年二月十日発行、第二十四巻一号～第二十五巻六号。〔初版〕『女の口髭』昭和五十八年八月十日発行、文藝春秋。〔文庫〕『女の口髭』〈文春文庫〉昭和六十二年五月十日発行、文藝春秋。〔目次〕爺ざかり／男の自失・女の自立／夫婦ゲンカのしかた／妻の復讐／男のかなしい国／初春浪花遊山案内（一）／早春浪花遊山案内（二）／早春浪花遊山案内（三）／早春浪花遊山案内（四）／早春浪花遊山案内（五）／陽春浪花遊山案内（六）／陽春浪花遊山案内（七）／陽春浪花遊山案内（八）／さげ足とり／むかし男の恋／ワイル虫／手づくり休日／昔のお父っつぁん／緑の東京／戦争になれば／目には目を／気色わるぅ／ハイ・ミス裁判／集団出家／的はずれ書評について／大阪発・蟠桃賞／浪花庶民かく語りき／ミナミで飲む／かわいげない犯罪／ボチボチ花火／なむあみだぶつ阿波踊／熟年ゼリー／たったっ／ビールス／男のタカラヅカ／チョボチョボ／多忙院大姉／夜の母子草／銀婚のたのしみ／波乗り大衆／現代ものぐさ女／夢と現実／アメリカのミソヒト文字／ワについて／オバンぎらい／現代イモ考／おもろしい／男はヒマか／新年の占い／茫然台湾／アマエタ庶民／女が叱る／ボケる

〔**内容**〕「週刊文春」に昭和四十六年十月から六十二年六月まで連載されたカモカのおっちゃんが登場するエッセイ集の第十一作である。「爺ざかり」で「女の口ヒゲ、というタイトルは、ヴェニスの市場でみかけた、ヴェニス女を思い出してつけた。／中年女で肉付きのいい、大柄の、髪は濃い栗色、かなりの美人であったが、唇の上に、遠くからでもうっすらとみえるほどヒゲが生えていた」「口ヒゲというのは女にこそ似合うのかもしれないなあ」と感じ入ったと記している。『田辺聖子全集第九巻』（平成十七年二月十日発行、集英社）には、「昔のお父っつぁん」「ハイ・ミス裁判」「ミナミで飲む」「ボチボチ花火」「夜の母子草」「現代ものぐさ女」「オバンぎらい」「現代イモ考」「女が叱る」の九編が収録された。

（浦西和彦）

女の食卓《おんなのしょくたく》　長編小説

〔**初出**〕未詳。〔**初版**〕『女の食卓』昭和五十年五月十六日発行、講談社。〔**文庫**〕『女の食卓』〈講談社文庫〉昭和五十四年六月十五日発行、講談社。

〔**内容**〕独身者の相互扶助と親睦と社会の偏見打破を目的として、独身の未組織のエネルギーを結集しようと、全日本独身者連盟、すなわちゼンドクレンが結成された。主人公の岡田奈々子はイソムラ料理学校の助手を長らくやっている。奈々子は男性ぎらいではないが、世をあげて結婚熱に浮かれているのに深い反撥を感じてゼンドクレンで活動をしている。奈々子の姉の弓子は三十八歳、もう十五年も勤めている商事会社のタイピストで、婚期を逸して年々ふきげんである。滝川ミカと井汲かおるとは、奈々子の高校以来の親友である。かおるはテレビ局で働いている。ミカは奈々子と同じ料理教室で助手をつとめている。ゼンドクレンでは、幹部の五十一歳で評論家の望月駒子女史、女医で四十六歳の岩鼻きむ子女史や木村六平青年、故郷で婚約者に裏切られてから入ってきたために、熱心で先鋭的な女子大学生の花山ミネ子らが活動していた。このほかに、傍若無人な新聞記者の田島啓太やイソムラ料理教室の校長である磯村清、テレビ局の中森高夫らが登場する。女の自立をめざして奮闘するが、しかしタテマエとは違い、かおるは中森高夫が好きであって、奈良の野の石を二人で見にいく。人間は石のように、ひとりで耐えて生きてゆくことはできない。その人のために貧しい手料理の食卓を用意する。女の愛は好きな人にものを食べさせることで始まるという気がするという。ミネ子は解消した婚約を復活させて、ゼンドクレンに出てこなくなる。奈々子は磯村清から結婚を申し込まれるが断り、自分という女が食卓をととのえてやるのは、磯村より田島のためのような予感がする。適齢期の女性たちをユーモアに描いた長編小説である。

（浦西和彦）

女の中年かるた《おんなのちゅうねんかるた》　エッセイ集

〔**初出**〕「週刊文春」昭和五十九年四月二十六日〜六十年四月四日発行、第二十六巻十七号〜第二十七巻十三号。原題「女の幕ノ内弁当」。〔**初版**〕『女の中年かるた』昭和六十年七月二十日発行、文藝春秋。〔**文庫**〕『女の中年かるた』〈文春文庫〉昭和六十三年一月十日発行、文藝春秋。〔**目次**〕蕗の薹／春愁カモカ酒／他人源氏／四捨五入の善人／ワシには古うない／「豊か」と「貧しい」／白雪姫／上方花舞台／人材パチンコ／非常持出／新・中年かるた（その一）／新・中年かるた（その二）／新・中年かるた（その三）／新・中年かるた（その四）／新・中年かるた（その五）／新・中年かるた（その六）／新・中年かるた補遺／新・中年かるた（完）／残暑酌宴／竹クラス／鉄のパンツ／日常次元／ひょっとこ／弁当について／竹屋の火事／トロッコ喜劇／絶叫休暇／自然と人工／見るべきほどの……／妻を持って知る……／ダダ漏り／手づくり／はじらいミュージカル／地ィが出る／大阪の賞／'85の健康法／男と家庭／シンプルライフ／まじめとナマケ／一夫一婦／想像力／男と女／庶民の同情／おもしろガラクタ／女はおとなしゅう……／横におるのは……／良心は悪い／オナゴ定年／〔巻末特別付録〕おせいの「中年いろはかるた」きわめつけ

〔**内容**〕エッセイ集『女の幕ノ内弁当』の続編。昭和四十六年十月から六十二年六月まで「週刊文春」に連載されたカモカのおっちゃんが登場するエッセイ集の第十三作である。「他人源氏」では「男と女の本性・本質・愛の洞察について、ちゃんとわかってる、何か自分の意見をもってる、そういうのがオトナであるような気もする」という。「中年いろはかるた」には、「〈は〉腹は借り物、タネも借り物　〈と〉年甲斐もなき不倫のときめき　〈わ〉若死にもせずもてもせず　〈れ〉劣情知って恋愛知らず　〈な〉内縁に離婚なし　〈ふ〉復縁せまるのはいつも男　〈さ〉先に死ぬ亭主と思えば腹立たず」などのきわめつけが載っている。『田辺聖子全集第九巻』（平成十七年二月十日発行、集英社）には、「『豊か』と『貧しい』」「白雪姫」「人材パチンコ」「新・中年かるた（その一）」「新・中年かるた（その二）」「新・中年かるた（その三）」「新・中年かるた（その四）」「新・中年かるた（その五）」「新・中年かるた（その六）」「新・中年かるた補遺」「新・中年かるた（完）」「竹屋の火事」「男と家庭」「想像力」「男と女」「良心は悪い」の十六編が収録された。

（浦西和彦）

女のとおせんぼ《おんなのとおせんぼ》

エッセイ集

〔**初出**〕「週刊文春」昭和六十一年六月十二日～六十二年六月十一日発行、第二十八巻二十三号～第二十九巻二十三号。〔**初版**〕『女のとおせんぼ』昭和六十二年十月十五日発行、文藝春秋。〔**文庫**〕『女のとおせんぼ』〈文春文庫〉平成二年七月十日発行、文藝春秋。〔**目次**〕わが平和賞／ブゼン酒／過敏人生／よそのマイク／火宅の女／関西に似合わんもん／個人的嗜好／人、60になれば／天神祭で夏はゆく／男と女のちがい／ヒアサ新聞／神サンのヒイキ／東京の今年の休日／ご指導／ケーキの上のサクランボ／オトナ国／滋味の旅／滋味と色気／昔の小学生／「じっ」と「ぎゅっ」／思うことなき／中華思想／恐竜／虫叩く／円地先生のこと／紅葉の旅／犬の話／シルバー・ライフ／暴力について／その日その日／青春の遺跡／インテリ／平和のシンボル／いい顔／男の化粧／ミジンコ日録／人間の一生／勝ち負け／アホ論／しゃァないナー／悪女／悪女Ⅱ／早春・北九州／オバサンの定義／オジサンとオバサンの違い／四文字／男のエエ顔／日本はエエとこか？／花の西鶴／生れつき／夭折のいましめ／あとがき

〔**内容**〕原題は「浪花ままごと」。田辺聖子がカモカのおっちゃんを登場させ、昭和四十六年十月から六十二年六月まで「週刊文春」に連載したエッセイ集の第十五作、すなわち最終巻である。「あとがき」で「エ

ッセーが長続きしたのは、『カモカのおっちゃん』というキャラクターを拉《らっ》してきたためもあるだろう。私にはいえないことを、おっちゃんに托すという、老獪なるわるだくみがあってのことであった。すべておっちゃんに責任をなすりつけとけばよいという、女のさかしらな工夫である」という。巷間では、カモカのおっちゃんは、夫の川野純夫と誤解されているようだが、夫ではない。自分のまわりにいる中高年男性の声なき声を聞いて、カモカのおっちゃんを書いているのであるとも述べている。『田辺聖子全集第九巻』（平成十七年二月十日発行、集英社）には、「ブゼン酒」「天神祭で夏はゆく」「『じっ』と『ぎゅっ』」「円地先生のこと」「ミジンコ日録」「人間の一生」「オジサンとオバサンの違い」「四文字」「夭折のいましめ」の九編が収録された。（浦西和彦）

女の内閣《おんなのないかく》　短編小説

〔**初出**〕「問題小説」昭和五十二年一月一日発行、第十一巻一号。〔**初収**〕『お聖どん・アドベンチャー』昭和五十二年三月十日発行、徳間書店。〔**文庫**〕『お聖どん・アドベンチャー』〈集英社文庫〉昭和五十五年二月二十五日発行、集英社。

〔**内容**〕圧迫政治への民衆の不満を利用した草青女史のクーデターが成功し、国家始まって以来の女性だけの政府ができた。民間放送が許可され、筒井康隆サン、小松左京チャン、私の三人はテレビ局に職を得る。不景気は変わらなかったが、女性の地位は向上し、男女の逆転現象が起こる。生番組の「男も職業をもって自立すべきか」という討論中に、「男は家庭に入り、女に仕え、女を通して社会参画すべきだ」とする八十キロはある女流評論家と、男の人権を認めろと叫ぶ小松チャンは大立ち回りを演じる。小松チャンは世の男性の支持を得、「泣き寝入りしない男の会」を結成、売れっ子となる。他方筒井サンは、玉の輿に乗り、家庭に入っていた。嬉々として若夫らしいしぐさで忙しそうにする筒井サンに結婚を勧められ、小松チャンは、「誰かの家庭に入りとうなったなぁ」と気持ちを吐露するのである。（高橋博美）

女の長風呂《おんなのながぶろ》　エッセイ集

〔**初出**〕「週刊文春」昭和四十六年十月二十五日〜四十七年十月二十三日発行、第十三巻四十二号〜第十五巻四十一号。〔**初版**〕『女の長風呂』昭和四十八年一月十五日発行、文藝春秋。〔**文庫**〕『女の長風呂』〈文春文庫〉昭和五十一年八月二十五日発行、文藝春秋。〔**目次**〕Ⅰ　女のムスビ目／いらう女／×××しよう！／愛のオシバイ／男の欲望／女の性欲／面食いの単純さ／性の河原／強姦と女心／付け根考／Ⅱ　公衆ベッド／ポルノについて／乱交パーティの視線／淫風／潜在願望／四十八手／子供より男／セーラー服の女学生／わが愛の中学生／男の長ドス／Ⅲ　紫の上／オヤ&ムスコ／男は「六せる」／処女／女は「五たい」／身内とエッチ／青大将／情を通じ……／初潮／変身／Ⅳ　コレクターの栄光／拝観女の姿態／ワイセツの匂い／わが愛の不良たち／男のオナカの情感／夜這い／仙境の法悦／男は色情狂／往生／痴漢／Ⅴ　女の出撃／月のさわり／早熟／混浴に於ける考察／男の品さだめ／きらいと好き／ファウンデーション／男の見当はずれ／夜ごとの復縁／パッ、サッ、スカッ

〔**内容**〕田辺聖子は昭和四十六年から「週刊文春」に見開き二ページのエッセイを四十六年十月から六十二年六月まで連載し、単行本全十五冊を刊行した。登場する人物は「カモカのおっちゃんとおせいさん」で

ある。このエッセイ群は、「カモカのおっちゃん」が登場するので、「カモカ・シリーズ」と呼ばれている。『女の長風呂』はその第一作。この『女の長風呂』は、おもしろくおかしくあっけらかんと軽妙に男女の性を主題に語ったエッセイ集である。藤士朗は、『女の長風呂』の特徴について、「ベストセラーの内側」（「日本経済新聞」昭和四十八年六月十八日）で、「性を主題にしながらも、そこに描出される事柄のナマナマしさが奇妙な筆さばきに翻弄されて一服の清涼剤的なカタルシスを読者に与えていることだろう。〃女商売四十年〃を旗印に失われゆくやさしさ、かれんさを語りながら、その裏に隠されたベールをものの見事にヒンむいてさわやかである」と評した。『田辺聖子全集第九巻』（平成十七年二月十日発行、集英社）には、「女のムスビ目」「いらう女」「性の河原」「四十八手」「子供より男」「わが愛の中学生」「紫の上」「オヤ&ムスコ」「男は「六せる」」「女は「五たい」」「変身」「ワイセツの匂い」「わが愛の不良たち」「夜這い」の十三編が収録された。

（浦西和彦）

女の長風呂続《おんなのながぶろぞく》　エッセイ集

〔**初出**〕「週刊文春」昭和四十七年十月三十日～四十八年十月十五日発行、第十四巻四十三号～第十五巻四十一号。〔**初版**〕『女の長風呂続』昭和四十九年一月三十日発行、文藝春秋。〔**文庫**〕『女の長風呂Ⅱ』〈文春文庫〉昭和五十二年三月二十五日発行、文藝春秋。〔**目次**〕Ⅰ　おべんじょ／里心／名器・名刀／酒色／はずかしさについて／また、はずかしさについて／商売／不当表示／生めよ殖やせよ／いとはん学校／Ⅱ　男女似／ビビンチョ／歌垣／むぐらの宿／ダマす女／浮気心／鼻と口／パイプカット／馴れ馴れしい男／ねむけといろけ／Ⅲ　翠帳紅閨／トーフ屋の妻／圧力計／旧仮名と処女／男にもらうもの／わが愛の朝鮮人／男の想像力／あそこの名称／背の君／女のチエ／Ⅳ　ヨバイのルール／言葉づかいのはずかしさ／ヒトの素／ズボンとスカート／酒呑童子／恐怖のゴキブリ／余禄／暴力男／ろしゅつ／炊きころび／Ⅴ　チチ・ツツいじり／女の推理／遊び半分／二号はん／マジメ人間／女のふんどし／ソコハカ／兵隊サンよ、ありがとう／長寿のヒケツ／公害の害／あとがき

〔**内容**〕男性読者を対象に、大阪弁的な語り口で男女の性の問題をユーモラスに、庶民的なカラカイをもって書かれたエッセイである。「あとがき」で「この種のものは、女性では書きむずかしいジャンルであるので、私も、実をいうと書きはじめからそれなりに抱負があった。／風流エッセイから「さわやかさ」と「おかしみ」を失ったら、それはイキのわるい魚と同じである。／それから、楽しんで書くこともたいせつだ」と述べている。男女の性の問題だけでなく、「はずかしさについて」の項目では、「大上段にふりかぶった小説、たとえば、三島由紀夫サンの小説のあるものははずかしいですね、『午後の曳航』なんか、はずかしいですね、わかりきったことをていねいに書いてるのがはずかしいですね」と、鋭く、的確な三島由紀夫の「午後の曳航」評もある。中山千夏は文庫版「解説」で、『女の長風呂』は、かなり手きびしい社会批判の書であるが、読者にごつごつとした膚ざわりを感じさせることは決してない」と評している。『田辺聖子全集第九巻』（平成十七年二月十日発行、集英社）には、「名器・名刀」「生めよ殖やせよ」「歌垣」「ねむけといろけ」「翠帳紅閨」「トーフ屋の妻」「男の想像力」「背の君」「ヨバイの

ルール」「言葉づかいのはずかしさ」「二号はん」「長寿のヒケツ」の十二編が収録された。（浦西和彦）

女の日時計《おんなのひどけい》　長編小説

〔初出〕「婦人生活」昭和四十四年一月一日～十二月一日発行、第二十三巻一号～八、十、十三、十五、十六号。〔初版〕『女の日時計』昭和四十五年十二月十五日発行、読売新聞社。〔文庫〕『女の日時計』〈角川文庫〉昭和四十七年九月三十日発行、角川書店。

〔内容〕夙川の山手にある造り酒屋の榊原敬一に嫁いだ沙美子は、邸内の一角に建てられた新居に住んでいた。母屋には舅、姑せつの他に義妹恵子、毬子がおり、ときには医者のタマゴの義弟章二が来たり、灘の医師に嫁した珠子が子供連れで入り浸る。何かあると母屋に呼ばれ、嫁としての気配りを求められたり、姑や義妹たちの権高な態度に悩まされたりもするが、夫はやさしくそれなりに幸せであった。恵子の見合いの日、離れを訪れた相沢は、沙美子を恵子と間違え、一目ぼれしたようだが、屈託なく明るい好青年であった。恵子が気に入ったようなのでほっとするが、翌日相沢から沙美子に電話があり、皆に内緒で二人は会う。冬枯れの芦有道路をドライブし、六甲山で焼き肉、不安と恍惚の入り混じった甘美な時を過ごす。沙美子は友人の新聞記者、佐田えつ子に相談しようとするが、なんと彼女は珠子の夫、大塚と不倫しているといい、秘め事の重さがずんとくる。沙美子が相沢の電話を意識的に避けると、相沢は皆を京都に案内することにまでして、沙美子と会おうとする。恵子が相沢の気持ちを確認してほしいと頼むのでそれを理由に再び会う。重苦しいときめきと、後ろめたい喜びが交錯、相沢が恵子との結婚を承諾した後も会ってしまう。章二にも見合い話があるが、自分で見つけると言い、見合いをすっぽかしたりする。だが、えつ子にプロポーズして振られたようだ。沙美子は何度も迷い、一気に恋に奔ろうと決めるが、結局踏み留まるのである。幾組もの男女の愛の縺れが深刻な破局を迎えるのではないかと思わせるが、沙美子は姑と舅の、歳月の積み重ねがもたらす愛の存在に気がついた。様々なタイプの女性をどきっとさせられる程鮮やかに描く。紆余曲折の挙句、それぞれ自分の意志で納得して解決する女性たちの生き方に共感を覚える読者も多いだろう。（増田周子）

女の幕ノ内弁当《おんなのまくのうちべんとう》　エッセイ集

〔初出〕「週刊文春」昭和五十八年四月十四日～五十九年四月十九日発行、第二十五巻十五号～第二十六巻十六号。〔初版〕『女の幕ノ内弁当』昭和五十九年九月一日発行、文藝春秋。〔文庫〕『女の幕ノ内弁当』〈文春文庫〉昭和六十二年九月十日発行、文藝春秋。〔目次〕一番手／どっちかといえば／諸人のたのしみ／アホに定年なし／若葉ツアー／愛される丸干し／ハロスヌ／飽いていいとも／OSAKA2001／日本橋方丈記／華麗なる転身／女房もつなら／ドッグ・ポスト／才あてごっこ／面白うてフシギな本／オトナ／キングコング／女のシングルライフ／私とクラシック音楽／今年の夏／主婦の休暇／地球のエイズ／オトナ道／トレパン忍者／初秋の城下町／どんでん／それはそれとして／御堂筋のパレード／波風たたぬ夫婦／男の子・女の子／兵馬俑の男たち／本音とは／女は走る／ムラムラッ／「大阪の一夜」賞／とりこみ主義／大きいこと小さいこと／新潟三区／恰好わる／みな抛《ほ》かしなはれ／長生きのヒケツ／

きさらぎ酒場／モジリアニと小染／居直り／十億の……／見ぬもの命長し／スポーツもどき／長生きのヨイショ／たもれ／推理小説のたのしみ／飲み場所／このごろの生きていく私

〔内容〕「週刊文春」に好評連載エッセイの第十二冊目のエッセイ集であり、この年初めて大阪市が創設した「山片蟠桃賞」のことが記される。第一回受賞者がドナルド・キーン氏に決定した。キーン氏の講演は緩急自在、欧米人のスピーチの質の良さで、大阪の文化水位の向上を感じたと言う。第二回はアクロイド先生で、受賞式後のパーティが、大阪で初めての文化的な会だと一同大感激した。その他大阪城築城四百年まつりのことも記される。このまつりは「自由・活力・創造」というテーマのもと御堂筋パレードから始まり、大阪城博覧会、帆船まつり、ファッションフェスティバル、一万人の大合唱で「第九」を歌い、ウィーンからのオーケストラの演奏で国際舞踏会、国際シンポジウムを開くなど盛沢山の行事がなされた。このまつりで女性に人気だったのは、大阪城公園での秦の兵馬俑展で、作者も二千二百年前の地下軍団にスリルとロマンを感じたという。男性に人気なのは帆船まつりで、それを見た男性は子供の様にはしゃいでいた。その他いろいろ、食べたり飲んだりしながら語り合った話がたくさんあり、楽しく読めるエッセイである。『田辺聖子全集第九巻』（平成十七年二月十日発行、集英社）には、「OSAKA2001」「日本橋方丈記」「華麗なる転身」「女房もつなら」「オトナ」「女のシングルライフ」「主婦の休暇」「どんでん」「兵馬俑の男たち」「みな抛かしなはれ」「長生きのヒケツ」「きさらぎ酒場」の十二編が収録された。

（増田周子）

女の目くじら《おんなのめくじら》　エッセイ集

〔初版〕『女の目くじら』昭和四十七年五月十日発行、実業之日本社。〔文庫〕『女の目くじら』〈角川文庫〉昭和五十一年五月三十日発行、角川書店。〔目次〕Ⅰ（牡丹の寺／人形芝居のある秘境／春寒の京の歌／陵守の家／初夏の長谷寺／奈良二月堂お水取り／天平の魅惑と幻想／忘れ得ぬ山陰／高千穂の夜神楽／ひとり旅／奄美の島唄）／Ⅱ（電車のある町／淀川の女たち／言いっ放し／ふるさと遠望／モノカキと大阪野郎／大阪人の精神構造／アベックホテルでびっくり／ヤンリク・ヤンタンて何や／私の見た自衛隊）／Ⅲ（わが別居結婚の内情／子供時代／略歴／ケッタイなり　わがおとな息子／女性的なるもの／男の尊大さこそ可愛らしい／心をめぐる随想／愛と苦しみ／愛をささえる友情）

〔内容〕いろんな雑誌や新聞、PR誌などに書いたものをまとめた著者初めてのエッセイ集である。Ⅰは関西近辺の余り知られてない場所や、珍しい地域の行事などを中心に書いている。例えば、淡路島の「巡《まわ》り弁天さん」（正式には巡遷妙音弁財天）という一年ずつ村や町を巡るお祭の話や、春寒の京都では晶子と鉄幹の新たな門出の話、崇峻天皇の御陵のそばの陵守の家に泊まった話、長谷寺つまり「源氏物語」の初瀬寺では悲しみと喜びに浸った話、お水取りの荒々しい「五体投地」の練行の厳しさ、正倉院の御物を見て、異国の風物の千二百年もの間秘められた夢とロマンに震えを覚える話、などである。兵庫と岡山の県境に近い富満《とどま》高原万勝院の牡丹が満開の季節に、筆者は珍しい牡丹の天ぷらや酢の物を食べた。しゃきしゃきした歯ごたえが美味だったという。Ⅱは大阪界隈や大阪人などを中心に、生まれ育った大阪の町や大阪弁、天神祭など思い出多い話を綴っている。昔の物書き修業中の仲間の話などもあるが、物書きは世間に認められず、昭和時代には苦労した様子がわかる。Ⅲは自分の考えたこと、自分の身の回りのことなどを書いている。著者は、双方で出掛け、別の家で落ち合うという形態の別居結婚をしている。それは、お互いが対等の人格で付き合えるという利点があるが、男性は不器用なので家庭の概念を変えることがなかなか難しい。著者の世代は、戦争のせいで価値観が大きく変動したので大人になってからの心理が複雑微妙になり、沈黙することが多いと言う。子供はそれがわからないので、ぶつかりあうことが多いように感じると述べている。男は矛盾の塊りでそれに気づいていないので、身勝手で尊大な態度をとる。だが、そこが女性にとって可愛いと思えるところであるなど、人間について作者の思うままを、きままに描いており面白い。（増田周子）

【か】

偕老同穴《かいろうどうけつ》　短編小説

〔初出〕「別冊文藝春秋」昭和四十七年六月五日発行、第百二十号。〔初収〕『三十すぎのぼたん雪』昭和五十三年三月二十五日発行、実業之日本社。〔文庫〕『三十すぎのぼたん雪』〈新潮文庫〉昭和五十七年二月二十五日発行、新潮社。

〔内容〕交通事故の後遺症のせいか、気力が萎えてしまったらしい雄二は、仕事も辞め、一日中寝たりテレビを見たりばかりしている。体調は悪そうに見えるが、病気かどうかわからず、妻のヤス江が代わって勤めに出ている。ヤス江の姉は「ナマケモン」と言うが、気のいい義兄には難病かも知れないと言われ、ヤス江は困惑する。蒲団にウイスキーの瓶を見つけたり、本当に熱があったり、かと思えば競馬に行っていたり、と判断がつかないのだ。元々結婚願望の強かったヤス江は街で整った顔立ちの雄二に声をかけられ、手もなく有頂天になったが、部屋に行って初めて妻が出産で里帰りしていることを知り、ショックを受けながらも夜を過ごしてしまう。そして、一月後に妻の死亡を告げられ、結婚に至ったのだった。その頃からも雄二はどこかつかみどころがなく、万事につけ感情が読めない男だった。今の怠けぶりを怒ってみても一夜でうやむやにされ、ヤス江は諦めのような、何やら満ち足りたような気分にもなる。頼りになるのは夫婦だけなのだ、と。ある時、若い娘が訪れ、雄二の浮気がばれる。結婚前と同じ嘘をついていたことまで知らされるが、夫が娘を追っていきそうな気配を感じ、ヤス江はまたもや必死で夫を受け入れる。それ以来、ヤス江は雄二に趣味をすすめるようになる。道具まで与えられ、雄二は今は釣りに夢中である。姉はそれを「ヒモ」だと言うが、ヤス江は「ヒモは籍が入ってないから夫婦じゃない……頼りになるのん、最後は夫婦よ」と言うのだった。後にいわゆる「ハイ・ミスもの」として単行本が編まれた中で、これは結婚前と後の関係を描いた唯一の作品で、最後に配列されている。結婚を夢見て一心になる女主人公達が辿り着く可能性の一つとして見ると、この夫婦の姿は一冊全体の痛烈なオチでもあり、そこへ向けられる眼差しは辛辣である。（木村小夜）

鏡をみてはいけません《かがみをみてはいけません》　長編小説

〔初出〕「マフィン」平成五年八月一日～七年五月一日発行、第六巻八号～第八巻五号。〔初版〕『鏡をみてはいけません』平成八年八月二十九日発行、集英社。〔文庫〕

『鏡をみてはいけません』〈集英社文庫〉平成十一年九月二十五日発行、集英社。

〔内容〕「薔薇の枕」「林檎ジュースの泡」「月丸・星丸」の三章から成る。中川野百合は企画会社ピュア・プラニングで、パートの契約スタッフとして勤めつつ、「森ありす」というペンネームで絵や詩を描いている。料理をほめられると、相手に好意をもってしまう、料理好きの三十一歳である。小林律とは、彼の会社が噛んだブライダルフェアの仕事で知りあった。しばらくは野百合の天満の古ぼけたマンションに律が泊まりに来ていたが、「試供品の期間」として律の家で一緒に生活してみることになった。律は五年前に橘子と離婚している。律の家には小学四年の宵太という男の子と、律の妹の頼子がいる。頼子は野百合より年上の三十六歳で、独身でパートで働いている。律が離婚し、母が寝込んでからは、頼子が会社をやめ、看病と家事を引き受けた。去年に母が死んで、頼子が主婦がわりに宵太を育てていた。野百合は宵太にオバチャンと呼ばれている。律は朝食をとても大切に考えるところがある。この男の処世フレーズは「棚上げ」である。野百合は律が好き、というだけで、ホカはすべて「棚上げして」、この家に住んでいるが、なしくずしに、律の人生の円周の中へ取り込まれる気がして、不安なのだった。宵太は夏休みと冬休みに、淡路島の母親の実家へ泊まりがけで行くらしい。野百合は律の人生を知りたくて、橘子と会う。橘子は仕事が忙しくて、今年は宵太を田舎へは連れて行けないという。橘子は頼子と連絡を取り合っているようで、宵太の消息をよく知っている。以前に『森の地図』を出版してくれた編集者と画家の井上玲が訪ねてきた。野百合は久し振りで仕事の感覚がよみがえって、『沼の地図』を描きはじめるが、律と頼子が野百合の頭ごしに、橘子が急性腎炎で入院し、律が病院にいったことを話す。頼子は橘子の紹介でパートをしているので、橘子が倒れたときすぐ頼子に連絡があった。そして、橘子が正月のあいだ自宅療養になって友人が泊まり込みで来ているから宵太を預かるという。野百合はどこの誰ともわからぬ人に宵太を託すのは気がかりで、相談もなく勝手に決めた律に怒る。居心地よさになしずくしに棲みついたために「よその人」であるというイメージに苦しめられるのだ。私の居場所は、天満の古ぼけたマンションではないか、「ちょっと用事で天満へ行きます」と書き残した。仕事にふけっていると、朝ご飯も食べる気になれない。律がもう用事はすんだころかなと思って、と電話してきた。人のよさが胸にきた。私が用事と書いたのをそのまま信じて待っていたのだ。野百合は再び天満のマンションから戻った。宵太のいない正月は、どうかすると宵太のことを考えていた。神戸と姫路のおばちゃんが来た。律と頼子は二人が来るのを知っていたみたいだ。私には何も知らされていないが、これは親族会議だと気付いた。宵太を橘子のもとに手放せという。「あたし、宵太をはなしたくないっ」と叫んでしまう。頼子が鋭く「あんた、他人やないの。他人が口出し、せんといてっ」といった。すぐ、律が平静な声で「他人やない」「いっしょに朝めし食うてる仲の人間は他人やない」という。それは、うやむやの仲ではなく、はっきりした宣言だと思うと、野百合は律に微笑を返さずにはいられなかった。里見課長は「鏡みてごらんよ、仕事しない女は萎びてるよ」といったけど、仕事と人生と、双方充実しないと女は萎びちゃう。いま私は美しいはずだ。鏡をみなくてもわかる。

（浦西和彦）

か

火気厳禁《かきげんきん》　短編小説

〔初出〕「小説現代」昭和四十一年一月一日発行、第四巻一号。〔初収〕『ここだけの女の話』昭和四十五年二月二十八日発行、新潮社。〔文庫〕『ここだけの女の話』〈新潮文庫〉昭和五十年四月二十五日発行、新潮社。

〔内容〕志奈子は二十九歳。会社の事務員で、同僚の「独身老嬢」の民子を見習い、アパートを経営し、「小口の金貸し」をして蓄財に励んでいる。志奈子が素人劇団で芝居をしていた頃からのつき合いの浅見は三十歳、「素寒貧の一文なし」で劇作家を夢見ている。当時の芝居仲間にとって、演劇は「青春の一時期のハシカ」にすぎず、それぞれ「中年の生活設計」にとりくんでいる。浅見一人が、「妻もなく家もなく職もなく、はかない舞台の栄光に夢をかけて」いる。「極楽とんぼ」と、志奈子は心中毒づいてやるが、彼の若さの残る容姿や「澄んだ瞳」、「芝居のことしか頭にない野放図さ」がやっぱり好きである。浅見は、下町の飲み屋の一角を、志奈子に金を払わせて飲み歩く。だが、浅見は彼女の手を握ることも身を寄せてくることもない。志奈子は、彼の「空疎な演劇論」を聞き、「無駄な金を酒場へ払わせられて別れる」ことに、不平不満がやるせなく高まっていく。志奈子は、「火気厳禁」という民子の教訓を思い出しながらも、浅見と肉体関係を結ぶ。翌日、ゆうべの興奮のさめない志奈子は、昔プロポーズを蹴った元同僚の春本に借金を申し込まれ、すっかり興ざめる。その晩、浅見に呼ばれた浅子は、彼の「人の懐ろをあてにして飲もうとする汚なさ」がおぞましく、「金銭の話が出ると、たちまち冷えてゆく男女の仲の機微を、なぜ男は悟らないのか」と腹が立ち、喧嘩別れする。その後、浅見から手紙が届き、彼の脚本が一位入賞し、上演が決まり、上京を決意したと知る。志奈子は、「君への負債」として同封された賞金を送り返し、旅先で落ち合いたいと返事を出すが、「ユケヌ」と電報が届く。一人白浜を訪ねた志奈子は、三段壁で子供を挟んで昼食をひろげる春本夫婦と遭遇する。心から恋しいと思う男は、今はなかった。同時に金も、魅力はなかった。志奈子は、春本夫婦だけが、「ちょっと羨ましい」気がした。

（屋木瑞穂）

書き屋一代《かきやいちだい》　短編小説

〔初出〕「別冊小説新潮」昭和四十五年十月十五日発行、第二十二巻四号。〔初収〕『浮舟寺』昭和四十六年十二月七日発行、毎日新聞社。〔文庫〕『浮舟寺』〈角川文庫〉昭和五十一年三月十日発行、角川書店。

〔内容〕清吉は「書き屋」である。漫才作者のことを「書き屋」という。清吉が神戸の大学を出た頃、世間は朝鮮事変で不景気だった。やっとの思いで就職した小さな商事会社はすぐに倒産した。そこで民放の漫才台本懸賞募集に応募してみると、これが入選した。折からテレビの創成期で、清吉は歌謡バラエティの構成や漫才芝居の台本を書くようになり、興行会社の文芸部に入った。お笑いブームで漫才はどんどんテレビに進出して、ネタはすぐに古くなるから、清吉は次々と新作を書かねばならず、貧乏暇なしである。しかも、その栄誉も名声も、すべて漫才師のものであって、作者のものではない。清吉には別れた妻の久江との間に、娘が一人いる。久江は清吉が大学時代に下宿していた家の娘であった。久江は男から見て決して魅力的な娘ではなかったが、久江に奢らせて新開地で酒を飲み歩いているうちに、関係ができ、一緒になった。しかし、身入りの少ない清吉に久江の方が愛想を尽かした。その後、清吉はハマ子を知り、再婚した。しかし、三宮で久江と娘のユミに遭遇して以来、子供が産めないハマ子は酒を飲んでは清吉にからむようになった。明日までに漫才の台本を仕上げなければならない清吉は、ハマ子の愚痴に堪えかねて、新開地に出る。おでんで熱燗を飲みながら、テレビでやっている自分の漫才にみながどっと笑うのを見て、「書き屋一代、ともかく何やかやしとるうちに、予定終了になるやろ」と思った。作者は『田辺聖子珠玉短篇集3』〈平成五年五月三十日発行、角川書店〉の「あとがき」の中で、「『書き屋一代』を書いていたころ、私は湊川新開地に近い神戸の下町に住んでいた」「ともかく、下町好きの私は、その新開地界隈も気に入り、『書き屋一代』を書いた」と述べている。（荒井真理亜）

カクテルのチェリーの味は《かくてるのちぇりーのあじは》　短編小説

〔初出〕「小説すばる」平成元年九月一日発行、第三巻四号。〔初収〕『金魚のうろこ』平成四年六月二十五日発行、集英社。〔文庫〕『金魚のうろこ』〈集英社文庫〉平成八年七月二十五日発行、集英社。〔全集〕『田辺聖子全集第五巻』平成十六年五月二十日発行、集英社。

〔内容〕五十九歳の有川は、何事に対しても少しばかりの感想を持っている。それは、漢字で書くほどの大げさなものではなく、「かんそう」とヒラガナで書く程度の、小学生の課題図書のような類のものである。「かんそう」は、口に出さず、心の中に思っているだけである。出せば議論になるからであり、議論は五十九歳ともなれば、してはならないように思っている。長い間の転勤と単身赴任との生活に疑問を抱き始めた有川とは逆に、妻の保子は息を切らして生活するのが好きという人生を選び始めたことから、有川は妻子と別居し、退職金を資金としてアパートの大家となり、独身生活を始めた。女の好みも変わってきて、海外旅行先で向こうから言い寄ってきた「女も政治に口出しする会」のメンバー汐見エリ子と交際するようになり、「自分が思うように生きて、巧くいかなんだら、しゃァないやないか」、「ワシが神サンじゃ」と達観している。有川は自宅でマンハッタンを飲みながら、テレビに映る「政治に口出しする会」の会合でのエリ子の姿を観て、いつかは彼女とも別れ、アパートも妻子にむしり取られるかもしれないと思う。有川は、この世に男の残すものは何もなく、「男のもちものはただひとつ、「かんそう」だけである」という「かんそう」を抱き、カクテルのチェリーを口に含む。田辺聖子は、「主人公は六十ちかい男性であるが、この男の考えかた、身の処しかたは私自身の年齢が投影している。若いときは若いなりに、それはそれで書けるが、年を重ねるとまた見えてくるものがあり、いまもなお私が短篇の筆を折らぬ理由である」と『田辺聖子珠玉短篇集1』〈平成五年三月二十日発行、角川書店〉の「あとがき」で述べている。また、文庫版解説で黛まどかは、「本著で、「かんそう」という表現に出会ったときの私は、まさに『金魚のうろこ』の「ぼく」のように、目からうろこが落ちてゆくのを実感したものだ」と評している。（鈴木暁世）

かぐやひめ《かぐやひめ》　児童文学

〔初版〕『かぐやひめ』〈講談社の絵本30〉、昭和五十四年十二月十日発行、講談社。書き下ろし。

〔内容〕むかし、竹取の翁が竹の中に女の

子を見つけ、大切に育てる。みるみる美しく、大きくなった女の子は「かぐやひめ」と名付けられる。光り輝く美しさはうわさとなり、皇子や右大臣など五人の貴公子が、結婚を申し込む。姫はそれぞれに難題を出す。貴公子たちの嘘は見破られ、病気や怪我をしてすべてが失敗となる。やがて帝が后にと望むが、かぐや姫は固辞する。かぐや姫は、翁に自分が月の世界のものであることを告げる。満月の日、月の世界から迎えが来て、帝は二千の兵で阻止しようとするが、かぐや姫の昇天を阻む事はできない。帝は、かぐや姫から送られた手紙と不死の薬を富士山の頂で焼いてしまう。以後富士山は噴煙を上げるようになった。田辺聖子は、本書の「「竹取物語」について」のなかで、「この物語は、民族の夢とロマンを長いことそだててきた」「作者はわからないが、かなりのびやかな文学的才能のある人間性洞察家で、古い伝承をたくみにアレンジして、生き生きした人間像を描いている」と述べている。挿し絵は長谷川清澄。（畠山兆子）

かげろうの女—右大将道綱の母—《かげろうのおんな—うだいしょうみちつなのはは—》　短編小説

〔**初出**〕「週刊読売」昭和四十四年九月五日～十月三日発行、第二十八巻四十号～第二十八巻四十五号。〔**初収**〕『あかん男』昭和四十六年九月十日発行、読売新聞社。〔**文庫**〕『あかん男』〈角川文庫〉昭和五十年十月十日発行、角川書店。

〔**内容**〕古典『蜻蛉日記』をパロディー化した作品。作者自身、「あとがき」で、「私としては、「蜻蛉日記」の原典を読むたびにおかしくてクスクス笑わずにはいられぬところがあり、ついそのおかしみを定着表現する誘惑に抗しきれなかった」と述べているように、原典での道綱の母の嫉妬や、憤懣が誇張された形で展開される。兼家のこの言葉が大阪弁で表現されているところも、この作品の魅力の一つである。もう一人の妻である時姫のところだけではなく、次々と新しい女性のもとに通う夫兼家に、私は、常に、遣る方無い思いを抱き、頼みの綱は、息子の道綱のみである。兼家は病の床で「お前が一番好きだ」と告白し、山寺へ籠もった私を力ずくで連れ戻すなど誠実な面も見せるのだが、それを信じようとすると、たちまち、また裏切られることになる。最近では、「男は裏切っても仕事は裏切らない」として、私は少しずつ私小説を書き始めている、というところで作品は終わる。この時代の女性のおかれた立場は、通い婚、並びに、事実上の一夫多妻制であり、その中でしか男性へ関わることができなかった故に、女性の複雑な心境は充分推測できるが、最後に主人公に「仕事は裏切らない」と言わしめたところに、現代的なスピリットを挿入した面白さが感得できる。（足立直子）

籠にりんごテーブルにお茶…《かごにりんごてーぶるにおちゃ…》　エッセイ集

〔**初出**〕「ａｉ」昭和四十九年一月一日～五十年六月一日発行、第五巻一号～第六巻六号。〔**初版**〕『籠にりんごテーブルにお茶…』昭和五十年八月一日発行、主婦の友社。〔**文庫**〕『籠にりんごテーブルにお茶…』〈角川文庫〉昭和五十三年十二月五日発行、角川書店。〔**目次**〕男に甘える／子供をもたぬたのしみ／ぜいたくのたのしみ／食べる楽しみ／好奇心むらむら／ねえ、教えて／海は男、山は男／けんかについて／本をたべる／ぴかぴか／挫折のたのしみ／夕空はれて／中途はんぱのたのしみ／て

っぺん／ルールのたのしみ／旅のたのしみ／ユーモアについて／一点豪華主義／あとがき

〔内容〕若い女性に向けて、柔らかい口調でさりげなく人生論を展開している。人生、食べ物、本、旅のことなど日常のあれこれが綴られる。「てっぺん」というエッセイでは、結婚についての一つの考え方が示される。「てっぺんよりふもとの方で、仲よくやれる人をみつけるべきである」と、人に対する価値観を変えてくれる。「ユーモアについて」に、「私の知っている男の人に、〈それが何ぼのもんじゃ〉という口ぐせの人がある」とあり、この男性とは、カモカのおっちゃんのことだろう。こういう口吻が、ユーモアというもので、男と女の仲にユーモアをもつことの大切さを教えてくれる。ちょっと物の見方を変えると人生はすっかり変わって見える。「女に生まれる、ということはたのしいことである」けれども、女の今があるのは先達の闘いのおかげと諭す。ロミオとジュリエットのような愛の神話を信じ、人間の幸福は、それにしかない、と断言する。そんな男と女になってほしいと願って、書かれているのである。

（檀原みすず）

風穴《かざあな》　短編小説

〔初出〕「週刊小説」昭和四十七年十一月十七日発行、第一巻四十一号。〔初収〕『三十すぎのぼたん雪』昭和五十三年三月二十五日発行、実業之日本社。〔文庫〕『三十すぎのぼたん雪』〈新潮文庫〉昭和五十七年二月二十五日発行、新潮社。

〔内容〕三十一歳で独り住まいの私は、結婚相手を探すべく、あちこちにワナをかけエサを撒いておいて見廻らねばならない。待っているだけではだめで、さりとて物欲しい風情でも男は寄ってこないところが難しいのだ。漫才の台本書きの和田三平は近所に住む気楽な相手で、寝たり一緒に歩いたり食事を作って二人で食べたりできる特別な相手で息抜きになる。結婚の気分は盛り上がらないが、三平のもとから帰るときの私は、いつも満ち足りたような物足りないような、風穴のような風が吹くのを感じる。アテにしていた男達の結婚を知ったり、銭湯に連れ添って来る若い夫婦や隣室の共稼ぎ夫婦、道端で罵り合う男女の様子を見たりするにつけ、そんな人間関係がつくづく羨ましく恨めしい。昔エサを撒いていた男に久々に連絡をとり、一緒に飲むが、「結婚はええなあ」と言うばかりで求婚してくるわけでもなく、このやり方で酒を飲んで金をせびるような奴だったのだと思い出す。冗談で説教をしながら巧みなセックスをする楽しい男もいるが、これも決して結婚は言い出さない。彼と会った後、私は三平の部屋に行ってみる。寝不足の三平に「睡眠薬代りにいつも、いてあげようか？」と言いながら私は、ときめかずともセックスがさして巧みでなくとも、一緒に食事したりそばにいられて不快でない男がよいのかも、と思い始める。猫が苦手な私は三平がコタツ代わりにしていた「猫をほって来てもええ⁉」と聞くと、三平は眩しそうに私に同意の合図を送った。

（木村小夜）

かしこすぎて《かしこすぎて》　短編小説

〔初出〕「小説新潮」平成元年五月一日発行、第四十三巻第六号。〔初収〕『夢のように日は過ぎて』平成二年二月二十日発行、新潮社。〔文庫〕『夢のように日は過ぎて』〈新潮文庫〉平成四年十一月二十五日発行、新潮社。〔全集〕『田辺聖子全集第十一巻』平成十七年三月十日発行、集英社。

〔内容〕大手ニットメーカーに勤める三十五歳の独身デザイナー、芦村タヨリをヒロインとする連作短編の五作目。「水曜の朝」、アップルティとトーストに手作りマーマレード、好物の苺で朝食をとっていると、電話が鳴った。相手は大阪弁よりもさらに威勢がよい河内弁でまくしたてる「池内のおっさん」だ。自動車修理工場の経営者にして四十一歳の彼は、女房に逃げられて独身だという。タヨリは、「寝よやないけ、われ」などと粗野でむさ苦しい誘いの電話をかけてくるこの男、ことにその河内弁が嫌いではない。彼とは親戚の結婚式で出会った。タヨリは披露宴が嫌いだ。みな「ちゃらちゃらのレンタル衣装」「婆くさいうんこ色の着物、帯から草履までレンタルっぽいのを着て」「その頂点に花婿花嫁がいる」。身にまとうものを「自己表現」の一部と考えるタヨリにはレンタル衣装など、まがいものでしかない。そんなまがいものずくめの席上、淀みない河内弁で、「ドめろ」つまり「ド女郎」などという〈卑陋〉な差別語まで用い、「男の思うように形変えられる」「粘土であってほし。男の帰ったときは、いつも家におってほし。／これだけのことや、簡単やねん。ごちゃごちゃ、ぬかしくさることないねん」とスピーチを披露したのが「池内のおっさん」だった。彼の印象は良くも悪くもめざましく、帰りに声をかけられたタヨリは好奇心から食事をともにし、彼の能弁に負けず劣らぬ能弁で応じ「快い昂奮」を味わった。女との会話能力を持たない多くの男たちとの「おしゃべりは記号であり、囀りである」。しかし、「池内のおっさんの能弁は、男文化の解明に役立つ」。二度目に会ったとき彼は、不似合いな六甲にタヨリを誘い、「好きな女、連れ出して、ほてから、女のしたい、いうこと叶えてこますのに、サラリーの二、三カ月分ぐらい、どーんと持っていきさらせ、ちゅうんじゃ」と定期預金を解約し、銀行の封ごと札束を持って現れた。四十過ぎの「おっさん」の純情を可愛いく思ったタヨリは、スイートでもよいという強引な宿泊の誘いを次に延ばし、食事をした上品なプチホテルに逢瀬の予約を入れて池内と別れた。後日、新郎新婦の家で、タヨリは偶然、池内の別居中の妻と会う。「死んだ、いうのん聞かんよって、めし食てとりあえず生きとるんやろな、あの甘エタのあんだらめが、恰好つけさらしてアホか」と、「美しいキャリアウーマン風」の妻の河内弁も負けていない。タヨリは、プチホテルの場所と約束の日にちを教え、池内夫婦に復縁の機会を提供した。「仕事、いうのは、カシコすぎると、あかんねん」「コケの一念——いうのがあるが（略）女はコケになられへん。かしこすぎて」という池内の言葉を思い出しつつタヨリは、よく気が回ってかしこすぎる自分の身の上に思いをめぐらせる。本編を評して温水ゆかりは、「タヨリさんの感じ方、ものの見方、ものごとの対処の仕方などに、東京女にはない〝キリッとした柔軟性〟があって、すっかり大阪女のファンになってしまう〝骨太女性《アラヨッ》小説〟」（「eff」平成二年五月一日発行、第七十一号）と述べ、連作短編集『夢のように日は過ぎて』中の「最高ケッサク」に位置づけている。

（渡部麻実）

風をください《かぜをください》　長編小説

〔**初出**〕「週刊明星」昭和五十七年一月一日～八月十二日発行、第二十五巻一号～三十三号。〔**初版**〕『風をください』昭和五十七年十月二十五日発行、集英社。〔**文庫**〕『風をください』〈集英社文庫〉昭和五十九年二月十五日発行、集英社。

〔**内容**〕三十四歳の斉坂すみれには、十二歳年下の恋人、矢富ワタルがいる。その大学卒業時に「結婚」の「機運が高まった」が、ワタルの家族に猛反対され、すみれは、「一年半」様子を見ようと提案。しかし恋人の存在を知らない同級生に、妻を亡くし二人の娘がいる「中年紳士」、四十二歳の伊豆サンを紹介される。一方、社会人になったワタルにも新しい魅力が出て、すみれは世代の異なる両方の男性に魅力を感じ、どちらを選ぶべきか考える。本作は、『愛してよろしいですか?』の続編として発表された。作者は多数の読者から、すみれたちの「あのあと」に「期待や関心」が寄せられたことを執筆の理由に挙げる（単行本「あとがき」）。すみれは「ユーモラスでかつ自分自身に対する批評眼を備えており」、「誇りと責任感をもって」仕事に「誠実に向き合」う「まっとうな仕事人」（菅聡子「田辺聖子主要作品―読書案内」「ユリイカ」平成二十二年七月号）である。発行直後、その「自由でのびのびとした生き方」に「励まされ」る一方で「一週間後」には結婚願望が出るという投書（「ひととき」「朝日新聞」昭和五十七年十一月十六日）が寄せられ、作者の作品が「こんなふうに読まれているんだ」（青木雨彦「気のかわる要素について」「潮」昭和五十八年二月号）という一面を示した。すみれは確かに〈自立した自由な女性〉であるが、ワタルの言動に一喜一憂してしまう〈恋する女性〉である。さらに同僚の男性の悪口に涙を流したり、〈結婚＝女の幸せ〉と決め付ける周囲に疲弊したりするような、現実味も持つ。作者は連載前、「とらわれた心を解き放たないと幸福になれないとき」人間は「新しい風を待望する気持」を持つ、と述べている（「作者のことば」「週刊明星」昭和五十六年十二月二十四日発行）。本作は、すみれが「体じゅうの細胞をめざめさせるような、すずやかな風」が「吹きぬけてい」くのを感じるところで幕を閉じる。毎日、誠実に努力して周囲に向き合う女性が、その〈風〉を与えられる末尾に、読者も爽やかな〈風〉を感じられる作品である。

（木谷真紀子）

化繊の紐《かせんのひも》 掌編小説

〔初出〕「小説新潮」昭和四十八年二月一日発行、第二十七巻二号。

〔内容〕連載小説「一期《いちご》のいろ夢」の第二話。題字とカットは灘本唯人。表題の「化繊の紐」とは、男女の仲を作中の「私」が形容した言葉。本絹や木綿の紐で着物を着る時と異なり、化繊や人絹の紐の帯締めでは、「しっかり結んだつもりでも、いつか、そら解けする」。だから、時おり自覚的に結び直さないと、紐でも夫婦でも、次第にほどけていってしまうのが自然、という話。結び直し方としては、「共にメシくうこと」「いつもどっか、さわっていること」の二つが挙げられて、本作の結びとなる。このふたつのうち、男女が「共にメシくうこと」、また女性同士・男性同士、多人数で「共にメシくうこと」は、田辺聖子の作品世界で大きな比重を占めていて、興味深い。着物と紐の例では、杉田久女の句「花衣ぬぐやまつはる紐いろいろ」が引用されている。本編発表の十四年後、田辺は『花衣ぬぐやまつわる……わが愛の杉田久女』で、第二十六回女流文学賞を受賞することとなる。「化繊の紐」では、熊八は「会社の接待でバーへいかされても早く帰って寝たいほう」と、会社勤めのサラリーマンの設定になっている。また、本当は多忙な中年男性が、「万難を排して」女と会う時間を作ったところ、「女がいかにも気の毒そうに待っていて、「ごめんなさい、今日はあまり時間ないのよ」などという。男は内心ホッとして、これから銀行の人間と会え

か

る、などと思いつつ、／「そら残念やなあ、実に残念」と大声でいったりする」という心理描写は、その後の小説で、男女を逆にしたり、年齢や状況を変えたりしつつ、時々用いられる。（目野由希）

かたつむり《かたつむり》　短編小説

〔**初出**〕「小説宝石」昭和五十二年十一月一日発行、第十巻十一号。〔**初収**〕『オムライスはお好《す》き?』昭和五十五年六月二十五日発行、光文社。〔**文庫**〕『オムライスはお好き?』〈集英社文庫〉昭和五十八年五月二十五日発行、集英社。

〔**内容**〕都築《つづき》は、キンキン声を張りあげる針金細工のような妻の保子と仲がよいわけではないが、見栄っぱりで衣食住のうち「住」に重点をおく点は似ている。四十四歳にして家を改築し、少年の頃からの夢を実現した。やすらぎを得たのもつかの間、都築の一族からその「豪邸」が総スカンを食ったのに引きかえ、保子の親戚が次々に来ては泊まって行く。都築と矢代は互いに会社の住宅資金貸付制度の保証人になりあった。矢代は、竹の柱に萱の屋根の家でもぎたてキュウリを食べたい派であったが、妻の実家の援助で建てた大邸宅で妻の両親と棲むことになる。都築と矢代は、昔の大阪の商家の料理を出す、梅田新地《キタ》の「おとよ」に行っては、なかなか家へ帰りたがらない。都築は「家がヒトに寝取られたような気」がし、矢代は「ヒトの家のような気」がするからである。末尾で都築に名古屋転勤の辞令がおりる。「愛家《か》家《か》」の都築は、「かたつむりみたいに、家を背負って出かけられないものかしらん」と悲哀をかみしめるのであった。家を建てて「喜悦と自慢」に輝く妻に対して、長時間会社で働いてローンを払うほかない夫の悲哀が、都築のぼやきで語られる。（永渕朋枝）

家庭ぎらい《かていぎらい》　短編小説

〔**初出**〕「小説宝石」昭和六十三年六月一日発行、第二十一巻六号。原題「家庭嫌い」。〔**初収**〕『結婚ぎらい』平成元年九月二十日発行、光文社。〔**文庫**〕『結婚ぎらい』〈光文社文庫〉平成五年十月二十日発行、光文社。

〔**内容**〕平川は四十六歳、会社では人に好かれ信頼も厚いが、家庭では、自己中心的な妻の言いなりであった。妻タカ子は、しっかり者だがケチで、恩着せがましく、夫にはうるさい一方、子供にはやたらと甘い。新築のマイホームに入っても、妻が床に傷をつけるな、壁を汚すなとうるさいので、くつろぐこともできない。妻の専横が、平川に遺言状を書くことを勧めるまでに及んだ時、彼はそれまで堪えていた妻の言動に逆らい、自分だけ二階で暮らすと宣言、家庭内離婚に踏み切った。平川は辛抱強いだけに一度憤激したら撤回はしない。会社で平川の受けがいいのは、彼のそんなサムライ気質に男たちが敬意を払っているからだが、妻は、平川をおとなしいだけだと見くびっていたのである。二階に住み始めた平川は、朝食はスタンド喫茶、夕食は行きつけのおでん屋や、ぬくぬく弁当を利用、自分の食器洗い、洗濯などの最低限の家事をして、妻に気がねすることなく快適に暮らす。妻が時々二階に上がってきて対話を求めても相手にしなかった。娘の奈美子の縁談話も、一階の妻と二階の夫が、間に遠縁のよし子はんという女を介して話し合う始末であったが、驚いたことに、奈美子は既に妊娠三カ月であるという。娘に無関心のつもりだった平川も、平気ではいられない。階下の台所でたまたま妻と顔を合わせ、奈美子のことで夫婦の間に久々の会話が成立する。子を思う心で一致した二人だが、妻はコーヒー、夫は紅茶を手に、それぞれ一階と二階へと別れていく。文庫本の作者「あとがき」に「時代とともにかわってゆく」「家庭の本質」の「答案の一つとお読み下さってもいい」とあり、「将来、男も女も、まず自立して生きられる、という条件を充たすことが急務」となると述べている。ラストで「人間は一人では住めんもんやなあ」と思いつつも、しばらくは「家庭ぎらいの家庭内離婚」でいるべきかもしれないと思う平川は、誰か一人のスケジュールに家族が巻き込まれるという従来の家庭ではなく、自立した個人が寄り添う新しい家庭像の可能性を垣間見せてくれる。（吉川仁子）

家庭地獄の巻〈かなしやな男と女の″新フレンド事情″〉《かていじごくのまき〈かなしやなおとことおんなの″しんふれんどじじょう″〉》 短編小説

〔**初出**〕「週刊小説」昭和六十三年八月五日発行、第十七巻十六号。〔**初収**〕『どこふく風—男と女の新フレンド事情—』平成元年十一月十日発行、実業之日本社。〔**文庫**〕『どこふく風』〈集英社文庫〉平成四年十一月二十五日発行、集英社。

〔**内容**〕矢沢は三十七歳、結婚して二年半になるが、最近、日ましに家庭を重く感じるようになってきた。妻の広美は三十三歳で新薬研究所に勤める世俗の塵にまみれない美人である。広美は部屋を清潔に飾り、風呂に入っている矢沢に着替えの下着を用意し、ビールの栓を抜き、いそいそとつぐ。妻に世話を焼かれるのを、こよなく嬉しく思う男もいるだろうが、矢沢は夫に素直で、べたべたする妻が嫌なのである。実際、広美に何のワルイところもないのだが、独身生活が長く、男兄弟の三番目で育った矢沢は、「抛っといてほしねん！」と悲鳴を上げたくなる。女友達は矢沢のことを「先天性結婚不適応症」という。矢沢は広美に離婚を切り出した。金切り声を上げて反論し、良妻ぶりっこを頑張った空振り料を払えという広美に、矢沢ははじめて愛情を感じた。理解し合えたからこそ別れられるのである。マンションを広美に与え、家庭地獄から抜け出した矢沢は安アパートで独身時代のように缶ビールを飲んだ。（岩田陽子）

加奈子の失敗《かなこのしっぱい》 短編小説

〔**初出**〕「週刊平凡」昭和四十一年十月二十七日発行、第八巻四十三号。〔**初収**〕『愛の風見鳥』昭和五十年十一月五日発行、大和出版。

〔**内容**〕男女の結婚観の違いを描いた作品である。加奈子は難波の大きい文房具店の店員で、「ひときわ目立つ」存在である。達治は関係先の問屋の店員で、「甘い美貌」の持ち主である。加奈子は達治が好きになり、九月末の棚卸しの時に、二人は急接近した。棚卸しの際、達治は「まじめ」に商品を数え、加奈子は「休憩しない？」と誘う。義務感のある達治は、「休憩はあとまわし」と言い、冗談で加奈子をどやしつけた。その途端、加奈子が前へつんのめり、達治が彼女を抱きとめるポーズになった。達治は身体を押しつけて来た加奈子に溺れ、夢中で接吻を返したのである。二人は「田舎」から「都会」へ出た空しさと淋しさで、許し合う関係になり、いつかは結婚しようと約束した。加奈子は、達治の四畳半のアパートに乗り込んだが、達治はその大胆な行動に驚き、困るのだった。二人は共に二十二歳で、同棲して一年になる。加奈子の結婚観は、花嫁衣裳を着て新婚旅行をすることだ。しかし、達治は若いうちにしっかり働き、商売のコツを身につけようと考えている。加奈子は周囲の目から逃れるように、職場を変わった。今度は給料が少ない上に時間が長く、達治より帰りが遅い。帰っても、達治は食事の用意もしてくれず、畳にねころんでラジオを聞いているだけである。「テレビでも買いたいなア」という達治に対し、「そんなお金があれば、結婚式の費用に貯金しときましょうよ」という加奈子。二人の結婚観には大きな落差がある。近所の同僚が訪れた時、達治は加奈子を紹介せずに、黙って外出した。加奈子は淋しく、当てはずれの興ざめた気持ちに沈んでいく。加奈子は二人の結婚観の違いに、気付いていなかったのだ。（青木京子）

上方花舞台《かみがたはなぶたい》　浪花繁昌《なにわはんじょう》　西鶴草紙《さいかくぞうし》　脚本

〔**初版**〕『浪花繁昌　西鶴草紙』平成五年五月発行、上方文化芸能協会。

〔**内容**〕二幕八場の脚本である。第一幕第一場―大坂城、天神さん、住吉さんなどを背景に、芸者の総踊り。第二場―新町廓「新屋」の大広間。船場の酒屋・大黒屋の若旦那源五兵衛は、小太夫に惚れて揚げづめで、引き止める中村八十郎を供に今日も登場。第三場―舞台が廻り、一座での踊り。「大阪にはぎょうさん面白いことがある、身請けし一緒に楽しもう」と、源五兵衛は小太夫に迫るが、八十郎に惹かれた小太夫は、「馴染を重ねても縁がない」とつれない。第四場―船場順慶町の酒屋・大黒屋の店先。「家の身代は、代々引継いだものでなく、舅、姑、亡くなったお父さんとわたえが身を粉にして働き、やっと持てたもの。売掛金をごまかしては『新屋』へ行き、年が越せるか、と夜も眠れまへん」と母おむらが源五兵衛を諭している。五貫目の銀を持参金に、七八貫の嫁入道具を整え、お光を嫁がせたばかりなのだ。「油問屋の恵比須屋が、一人娘に百貫の身代と家邸をつけて婿に欲しい、といわはる。譲ったあとは婿次第」という縁談を受けなさい、ただし「婿どのにも三十貫の銀を持参してほしい」との条件なので、番頭は今その工面をしているという。その時、お光が女中おかね、介添人とともに里帰りした。介添人らによるとお光の嫁ぎ先の米屋の大津屋は内証が悪く、持参金も右から左で、今なら荷物だけは取り返せるといい、お光は泣き出す。第二幕第一場―草深い庵。源五兵衛と八十郎登場。八十郎は、自分は恵比須屋の娘おまんで、かねてから源五兵衛をお慕いし、夫婦になりたいと思い、近づくために男になり済ましたと打ち明ける。第二場―大黒屋の店内。結納の日。百三十貫の大金持ちの結婚と世間では大評判である。そこへ突然駆けこんだ使いの者が、耳元で急に三十貫を返してほしいという。一方恵比須屋にも船が難破し、積荷の損失で直ぐに百貫を返却してほしいという知らせが来た。第三場―幕の外。両家とも見せ金だったことが判明し、皆で対策を講じている。そこへかむろが小太夫からの手紙を届ける。関東が大雨大水で、米相場は高騰すると言う情報である。見せ金だと世に知れぬうちに、千貫の商いをしようということになった。四場―米を買う後から値が上がり、右から左へ三千貫の身上を築き、恵比須大黒福の神、とはやされた。十日戎での芸者衆の総踊りで幕となる。（増田周子）

神サマの肩叩き《かみさまのかたたき》　短編小説

〔**初出**〕「オール読物」昭和五十八年九月一日発行、第三十八巻十号。〔**初収**〕『はじめに慈悲ありき』昭和五十九年十二月十日発行、文藝春秋。〔**文庫**〕『はじめに慈悲ありき』〈文春文庫〉昭和六十二年十一月十日発行、文藝春秋。

〔**内容**〕ある深夜梅田からタクシーに乗っ

た常田は、交通事故の混雑に出くわす。運転士は事故のことよりも、自分が車内で客の金を拾った話に夢中である。金額は十七万円、警察に届けたが、自分のものになるかもしれないと思うと、嬉しさの余り落ち着かないらしい。常田にも運転士のワクワクした熱気が感染して、家に帰り着いてからも落ち着かない。落とした人の職業や、もし自分が突然十七万円を手にしたらどうするか、などあれこれ考える。常田は小さい機械会社に勤めている。はじめに勤めた商事会社が倒産し、それから何度か転職して、今の会社は何とか定年まで勤められそうだが、収入は多くはない。妻の友子はパートに出ている。夫婦は結婚以来、妻の実家所有の家に住んでおり、破格の家賃のお陰で生活ができている。妻はそれを恩着せがましく自慢する。常田は月給をすべて妻に渡し、嫌みを言われてもじっと耐えている。常田は妻に何の期待もしていない。そして、妻から定年離婚を申し出られて、自由の身になるのを密かに夢見ている。決して不真面目に生きてきたのではないが、この有様である。そんな常田の心の支えは、時折一緒に酒を飲む女友達の「頼近サン」である。常田はタクシーでの話をする。話を聞いた彼女は常田が交通事故に遭わなかったことを喜び、事故を起こした人を「神サンに肩、叩かれはってんわねえ……」と言う。それがきっかけであやうく死にかけた時の話で盛り上がる。常田はもし自分が十七万円拾ったら、「頼近サン」を京都旅行に連れて行き、喜ばしてやりたいと空想する。その話を聞いて喜んだ「頼近サン」はうれし涙をこぼす。が、その帰り、彼女は脳溢血の発作を起こし、救急車で病院に運ばれる。結局、三カ月ほど病院で過ごした後に亡くなる。常田は、どこへも連れて行ってやれなかったと悲しんでいると、「頼近サン」の身内から連絡があり、「頼近サン」から三百万円の遺産贈与を受ける。常田は予想外に妻を喜ばすことになり、「神サマの肩叩き」を免れたと思っている自分を見いだす。　（中村美子）

神をにくんで《かみをにくんで》人をにくまず《ひとをにくまず》

短編小説

〔初出〕「週刊小説」昭和五十二年四月十五日発行、第六巻十三号。〔初収〕『おんな商売』昭和五十六年五月二十五日発行、講談社。〔文庫〕『おんな商売』〈講談社文庫〉昭和五十九年十二月十五日発行、講談社。

〔内容〕ごく普通の二十八歳の主婦である私は、最近になって、人の頭の後ろには運命を支配し守る守護霊がいて、その人に命令することを知った。私はそんな守護霊を「神サン」と言うのではないか、運の悪い人は「神サン」の力が弱く、人柄の良い人は守護霊の人柄が良いのだと思う。そう思うと、世の中を見る目がぱっと変わってしまった。夫の母親や弟妹と同居する私は、隣室にいる義母に気がねして夫婦生活も遠慮がちになっている。結婚する前、女房を大事にする優しい男を求め、夫を選んだ。使い勝手が良さそうで率直な彼に気に入られるよう、工作して頑張ったのであった。結婚後、夫は家族から「兄ちゃん」という尊称で呼ばれるが、私は旧姓の「多田サン」のままで、家計を握る姑に言われて新たな職を探して働き、貰った給料も全て姑に渡していた。毎日朝食の支度と晩御飯の片付けをこなし、休日は朝から家族全員の洗濯に追われるという生活を一年続けていたが、「神サン」守護霊説を読み、矛盾に気付いたのであった。次の日曜日、朝寝をし、義妹に洗濯をするようにと言い、「多田サン」と呼ぶのも辞めるよう宣告、給料を全部家計に入れていることも明言した。

私の変貌に驚く義弟妹に、実家から独立して生活するよう促し、姑に小遣いを要求して夫と遊びに行った。うろたえる夫を尻目に、私は「神サン」が言っているのだからと平気であった。姑にケーキの御土産を買って帰宅すると、義弟は会社の独身寮に移ると言うので、義妹にも部屋を私たち夫婦に明け渡すよう告げた。姑たちの「神サン」が私の「神サン」を指さして「ケツまくりよった」と恐がっている姿が目に浮かぶ。翌朝、珍しく朝食の用意している姑を気遣う私は、神をにくんで人をにくまず。

（永井敦子）

カモカのおっちゃん興味しんしんⅠ《かもかのおっちゃんきょうみしんしんいち》　エッセイ集

〔**初出**〕「週刊文春」昭和五十二年九月八日～五十三年八月三十一日発行、第十九巻三十六号～第二十巻三十五号。〔**初版**〕『カモカのおっちゃん興味しんしんⅠ』昭和五十三年十一月二十日発行、文藝春秋。〔**文庫**〕『女の停車場　カモカ・シリーズⅢ』〈文春文庫〉昭和五十七年十一月二十五日発行、文藝春秋。〔**目次**〕Ⅰ（おっちゃん中年医学を論ず／野球オンチ／男のあと始末／三重マル／パンダは女／男の原型／反応の問題／女のストライキ／おタカラ／昔の名前で出ています）／Ⅱ（説諭／格言は悪の根源／黒いセーター／文明の興亡／風林火山の女／人生のムダ／中年の春／大極殿／そんなつもりと違います／間隔位）／Ⅲ（とっさの一言／うどんの純潔／あそび／必然性ごっこ／ライヘ婆さん／固定観念／裏街道／大クダ連／男の涙／おっちゃん煙草を擁護す）／Ⅳ（ポスト・カモカ／色男／正論／女兵／お互いを知る／心の支え／女学生／ナマと乾燥／タビネズミ／男のスリーS）／Ⅴ（女の三楽／女の真剣　男の真剣／男の戦争／おらぶ／ドングリのぶっかりあい／私憤・公憤／シロウト　クロウト／ああ国民栄誉賞／女流イロイロ／復縁さわぎ）

〔**内容**〕『ああカモカのおっちゃんⅠ・Ⅱ』の続編。著者五十九歳から六十一歳までの円熟期のエッセイである。前作同様、「お色気」と「お笑い」を軸にして、オール女性の立場を代弁する「おせいさん」に、オール男性を代表したつもりの「おっちゃん」が果敢にうちこんでくる。時代の世相やニュースなどに端を発し、「おせいさん」の感想と「おっちゃん」の意見が交叉する。最後は、おっちゃんの面白くて有り難い託宣に終わるパターンが多くて痛快である。カモカのおっちゃんのイラストを高橋猛画伯が、夫の川野純夫氏そっくりに描いたために、カモカ＝川野氏になったというエピソードも載せている。初出の「週刊文春」の読者は男性が多く、通勤電車などでこの田辺聖子のエッセイを、さぞニンマリしながら読んだことだろう。『田辺聖子全集第九巻』（平成十七年二月十日発行、集英社）には、「おっちゃん中年医学を論ず」「パンダは女」「昔の名前で出ています」「間隔位」「とっさの一言」「大クダ連」「ポスト・カモカ」「女兵」の八編が収録された。

（檀原みすず）

カモカのおっちゃん興味しんしんⅡ《かもかのおっちゃんきょうみしんしんに》　エッセイ集

〔**初出**〕「週刊文春」昭和五十三年九月七日～五十四年八月三十一日発行、第二十巻三十六号～第二十一巻三十五号。〔**初版**〕『カモカのおっちゃん興味しんしんⅡ』昭和五十四年十一月十日発行、文藝春秋。〔**文庫**〕『女のハイウエイ　カモカ・シリーズⅣ』〈文春文庫〉昭和五十八年三月二十五日発行、文藝春秋。〔**目次**〕Ⅰ（三時間の休暇／人間のいとなみ／インタビューについて

／歓をつくす／六甲夕焼／恋とフナ／むさぼる／紙芝居／たぬき合戦／運命のたわむれ）／Ⅱ（古いもの新しいもの／黒い財布／人臣の極みの位／男装の麗人／可哀そうな女流作家／カタい話／戦友甦る／談笑ゲンカ／新春展望／酒の酌）／Ⅲ（ヨルとヒル／安万侶はん／キリストカモカ／悪役にごほうび／たから子の悲哀／カミサン／更年期障害／回数法令／それがどうした／ふまじめ自立）／Ⅳ（わるい本／素の素／気のよわり／まるくやわらかく／清く正しく美しく／八十になりゃ／博多のよいとこ／男とチンパンジー／疎と密／男女同権反対）／Ⅴ（男ヘン女ヘン／辛い酒／男女半々／どぶさらえ／女は死なず／激唱の夜／カラオケ考／アマエタ／恋愛児／三度目のカモカ連／夏日片々）

〔**内容**〕『カモカのおっちゃん興味しんしんⅠ』の続編である。いつものように、「あーそびーましょ」とカモカのおっちゃん酒さげてやって来ました。毎夜開店しているバー・カモカで、中年の男女が世の中のさまざまについて語り合う、という風景である。阿波踊り「カモカ連」の話やタカラヅカの話、戦争中の話、旅行、川柳、演歌、お酒の話など、あらゆるものに好奇心を寄せる論客「おっちゃん」と、迎え撃つ「おせいさん」との談論風発が面白く展開される。著者は、「この連載を書いているとき、〈叛逆の志〉ともいうべきものを隠し持っていた」と言う（『田辺聖子全集第九巻』解説、平成十七年二月十日発行、集英社）。当時、性の話は男の領分であり、女性がピンクエッセイを書くことに否定的であったが、「性こそ知性と情感と人生経験から得た、オトナの力わざで語られるべき」という認識から、あえて挑戦し、開拓した、田辺聖子ならではのジャンルなのである。『田辺聖子全集第九巻』には、「歓をつくす」「むさぼる」「紙芝居」「男女同権反対」の四編が収録された。

（檀原みすず）

借りたへアドレス《かりたへあどれす》　短編小説

〔**初出**〕「週刊平凡」昭和四十二年一月二十六日発行、第九巻四号。〔**初収**〕『愛の風見鳥』昭和五十年十一月五日発行、大和出版。

〔**内容**〕偽りのファッションで変身を試みた女性が、恋人から背を向けられた話である。早春の頃、良子は流行の「ヘアドレス」（かつら）を月賦で購入した。ＯＬの良子、たま子、マチ子らは、それを「毛エ」と呼んでいる。三人は、「ヘアドレス」「イヤリング」などのファッションアイテムの貸し借りを楽しんでいる。マチ子の恋人は、米屋の息子・藤村で、五日後に家族に紹介されることになった。良子にヘアドレス、たま子にバックと手袋を借りて変身し、藤村と待ち合わせた。藤村は「まじめ」な青年で、三人が勤める高級呉服小間物屋の『みよし屋』へ来た時も、女の子から騒がれる、「優越感」をくすぐられる相手である。マチ子は、〈尖端〉のファッションに身を包み、喫茶店の硝子に映る自分の姿を見て悦に入っている。いつもは短髪でボーイッシュなマチ子が、「カール」した髪に「エナメルのハンドバック」をさげ、「白皮の手袋」をはめ、「毛足の長いオーバー」を身に纏い、「映画の主人公」になったような気分がしている。「素朴」で「感情」を表さない藤村は、「呆れた」ように返事をし、口先で笑い、「尻ごみ」しだした。「社交」的で「陽気」なマチ子は、「ためらいがち」な藤村のお尻を叩くようにして、藤村の家へ向かった。が、「今日はよそう」「君を家族に紹介したいと思うたけど、それは、ふだんの君で、そんなややこしいもん、くっつけた君と違う」「ふだんの君の方がずっとええのに」と言った。それに対し、マチ子は、「あんたも古いわね、かつらぐらいがどうしたん？」「脱いだりかぶったりして何がわるいのよ！」「おうちの人の思惑ばかり気にしてんのね」と、言い返した。〈いつわり〉ではない〈ほんもの〉の良さと、結婚に対する男女の意識の落差が語られた作品である。（青木京子）

かるく一杯《かるくいっぱい》　エッセイ集

〔初版〕『かるく一杯』平成七年四月二十日発行、筑摩書房。〔文庫〕『かるく一杯』〈ちくま文庫〉平成十年四月二十三日発行、筑摩書房。〔目次〕風雅一代（古い写真／昔の物売り／ミステリーと文学賞／「例の」小説／空をつかむ小説／男好み・女好みの小説／「昭和」の真実／風雅一代／秋櫻子に魅せられて／蕪村が好き／古典を旅して／『源氏物語』にみる理想の女性像／私の文章修業／好きですロマンチック小説／性懲りもなく恋愛小説を……／われても末に……皇太子妃決定の喜びと感慨／大阪の純愛／深刻好きと川柳／短歌の使いかた／わが師の恩／開高さんの「思ひ出」／老年）／青春自叙伝（巻ずしと豚まん／何となく出来てしまった……）／かるく一杯（幸福について／私、これが好き／エゴと言葉／「殿方」についていきます／老後の夫婦のつきあいかた／おかしな身上相談）／あとがき

〔内容〕平成三年七月から平成六年五月にかけて発表されたエッセイである。「風雅一代」「青春自叙伝」「かるく一杯」の三部に構成されている。第一部の「風雅一代」では、昭和初期の大阪下町の風俗や老人などについて言及すると共に、『源氏物語』や蕪村などの古典文学、川柳や短歌、自作の作品や恋愛小説論など文学論を展開している。三島由紀夫の「潮騒」は「三島が、自分の才能を自分に証明してみせるための作品の一つだと私は思っている。きちんと設計図通りにソツなくでき上っているが、恋愛小説から最も遠いのは『ソツなく』という創作態度である」と指摘している。第二部の「青春自叙伝」は、小説「しんこ細工の猿や雉」で描いた文学的青春時代を回顧したエッセイである。第三部の「かるく一杯」は、読者の新聞投稿をとりあげたエッセイで、著者は「あとがき」で「私はもともと投稿欄の愛読者であった。雑誌新聞を問わず楽しんで読み、熱心に切り抜いていた。そうして投書した人と架空の対話をしたりしたものである」と述べている。（浦西和彦）

かんこま《かんこま》　短編小説

〔初出〕「週刊小説」昭和四十八年七月十三日発行、第二巻二十六号。〔初収〕『ほとけの心は妻ごころ』昭和四十九年十月二十五日発行、実業之日本社。〔文庫〕『ほとけの心は妻ごころ』〈角川文庫〉昭和五十五年四月三十日発行、角川書店。

〔内容〕私の夫ほど、ものを丁寧に扱い、決して捨てない男はいない。職場での夫のあだなは「カンコマ」。「勘定がこまかい」という意味だ。夫によれば、「カンコマ」の語感は「けち」「しぶちん」より、大阪人や京都人の使う「始末」に近いという。浪費を悪徳とし、出すべきものは出すが、納得のいかない出費を許さない精神のことだ。熱狂的な求愛にほだされた私は、彼と結婚する。しかし、お嬢さん育ちの私は、夫の倹約ぶりについていけない。ある日、泣き落としでようやく洋服を新調したことから、夫の浮気に気付く。結婚前につきあっていた女との関係を、結婚後も断ち切れなかった理由を夫に問いただすと、「捨て

るのんもったいない、いう、カンコマ精神なんや」と彼は答える。若くして家を建て、妻の両親を信用させ、妻をだまして愛人との関係を続けながらも、つねに周囲の人々を笑わせる愛嬌を忘れない夫の姿が、クールなようでどこか気のいい妻の眼から活写される。関西の庶民の男の欲望と計算とたくましさを生き生きと描いて秀逸。

（北川扶生子）

勘定旅行《かんじょうりょこう》

短編小説

〔初出〕「オール読物」昭和五十年八月一日発行、第三十巻八号。〔初収〕『浜辺先生町を行く』昭和五十二年四月三十日発行、文藝春秋。〔文庫〕『浜辺先生町を行く』〈文春文庫〉昭和五十六年四月二十五日発行、文藝春秋。

〔内容〕「浜辺先生シリーズ」の第三作目。「私」（浜辺先生）が自分は「作家」という威厳ある肩書きにふさわしい人物ではないと言い、しかも、そうした「女流作家の自我」を持とうとするとすぐそれが打ちくだかれてしまうことを語った話。そのエピソードとして、夫と一緒に行った温泉の取材旅行と母を伴って行った沖縄の講演旅行をめぐる話が紹介されている。ここに出てくる温泉の取材旅行に関して、田辺聖子は『続言うたらなんやけど』でも「南紀・有田温泉の空中浴場」として書いている（「空中温泉が、ゴンドラ、もしくはロープウェイになっていて、虚空をユラユラ滑走するのである。名づけて「宇宙アポロ風呂」というのだ」）。そこでは、同行した男性について「夫」という呼称ではなく「彼は中年であるから、私は「中年」と呼ぶ」としているが、内容に関しては、例えば、宇宙風呂に入り景色を堪能した「夫」（＝「中年」）に対して、裸のまま空中から落ちたらどうしようと考え「心もとなく、たよりない気」に「私」がなったことが語られるなど、共通する。ちなみに、本作で紹介されるもう一つのエピソード（沖縄の講演旅行）について、作品内では「ホールで数百人の聴衆に『人生にとって文学とは何か』という高邁な講演をし、自分では多大の感銘を人々に与えたと信じている」と書かれているが、実際、田辺聖子は昭和四十九年四月に琉球新報ホールで「小説と人生観」と題して講演している。

（西川貴子）

乾燥薔薇《かんそうばら》

短編小説

〔初出〕「クロワッサン」昭和六十二年八月十日発行、第十一巻十五号。〔初収〕『まいにち薔薇いろ田辺聖子AtoZ』平成十八年十二月三十一日発行、『田辺聖子全集』編集室編、集英社。

〔内容〕『まいにち薔薇いろ田辺聖子AtoZ』は、A（芥川賞）からZ（全集）まで、田辺文学と、手づくりを愛おしむ日々のくらしを紹介し、巻末に単行本未収録の「女が三十五歳で」シリーズの短編六話を収録している。本作は、その第五話である。美佐緒は三十五歳になるが、まだ独身である。神戸の貿易会社に勤めてもう十何年になり、自立できるくらいのサラリーは取っていたので、一人暮らしに不満はなかった。それが、一年余りつき合っていた田代と結婚することに決め、今有頂天になっている。田代とは仕事で知り合ったのだが、現在四十二歳で、三年前に妻が病死し、一人娘と暮らしている。外見はずんぐりむっくりで決して良いとは言えないが、明るい性格で人柄もよい。美佐緒はそこに惚れたのだった。友人の一人は、美紗緒が結婚して田代の娘とうまくやれるのかと脅かす。身内の老女は、「へー。三十五で結婚。まるで煎豆に花咲いたようなもんでんな、そやけど後妻ではなあ……」と冷笑ぎみである。美紗緒のマンションに来た田代は、コップに挿してある数本のドライフラワーを見て、「枯れてるとこに色気ある。いや美紗緒チャンのこととちがう、アンタは枯れてへん。僕がよう知ってます。みずみずしいもんでっせ」などと、二人の会話は痴話ばかりである。「長生きしよね。死なんといてね」とお互いに言い合う、中年の痴話は死につながるようであった。（檀原みすず）

乾杯！女と男—聖子・新子の幸福論—《かんぱい！おんなとおとこ—せいこ・しんこのこうふくろん—》　対談集

〔初版〕『乾杯！女と男—聖子・新子の幸福論—』平成九年六月十九日発行、PHP研究所。**〔目次〕**佳句を肴に—まえがきにかえて—（田辺聖子）／夫婦って不思議なご縁／やがて面白き結婚生活／恋のこと　男について／ほんとうの友達はいますか？／老いのこと／「愉しみ」と「ごほうび」いろいろ／「明」をいただく—あとがきにかえて—（時実新子）

〔内容〕田辺聖子はまえがき「佳句を肴に」で「女と男の諸相を詠んで時実さんほど犀利な短詩形作家はありません。その文学的香気の高い佳什を味わいつつ、砕けた人生論を交す、というのがこの本の趣向です」という。時実新子の川柳を味わいながら、結婚生活、恋や男、老いなどについての、時実新子との対談集である。私は女に対して尊敬をもつ。この女の人にはかなわないというところがある、それは男にはない。男には、女ではこう考えないなと、その発想にびっくりさせられたいと願っている。女が男と結婚して一緒になるのは、男に可愛げを感じるからである。率直が可愛げの一つの要素だと男性論を展開する。また、「私は六十四、五が書き盛りだったわ。私の場合、何ンとか見られる仕事は、五十五をすぎてからのような気がします。六十すぎてから書きたいものが書けるようになりました」「いまでも好きな短篇小説は、みな六十代あたりから書いたものです」と自分の作品について語っている。（浦西和彦）

【き】

キイ・パーティ《きい・ぱーてぃ》　短編小説

〔初出〕「週刊平凡」昭和四十二年三月二十三日発行、第九巻十二号。**〔初収〕**『愛の風見鳥』昭和五十年十一月五日発行、大和出版。

〔内容〕キイ・パーティとは、〈不良〉が集まる男女の〈猥雑〉なパーティーである。女性が部屋のキイ（鍵）を選ぶと、「密室」と「男性」がセットになり、一夜のパートナーが決まる。役所の事務員だったレイ子は、「単調」で「気のめいる」ような生活を送っていた。ある時、友人・花枝のパーティーに誘われる。花枝の恋人は大学生の庄司清一で、パーティーは、退廃的な雰囲気であった。女性には、パートナーの選択権がゆだねられ、女性が「引きあてたキイの部屋」が二人の交歓の場所となるのだ。部屋が「豚小屋」や「ポンコツ車」であろうと、キイの持ち主が「加山雄三」や「フランケンシュタイン」であろうと、「イチャモン」はつけない約束になっている。酔っぱらってクジを引いたレイ子の相手は、「折目ただし」い「さわやか」な「好青年」だった。レイ子は「処女」だったが、「偶然の運命」が「嬉し」く、「好奇心」も手伝って、青年と「一晩を共に」したいと思った。ところが、青年は不機嫌になり、君は他の「バカ娘やズベ公」とは違う。一目見た時から好きだったので、止めるように説得する。しかし、レイ子は、「いくじなし」と言い、強引にも青年と肌をふれ合ってしまったのである。後でレイ子は、本当は「処女」だったと明かし、青年の名前を聞くが、青年はためらうだけで、決して名前は明かさなかった。自ら悪ぶり、大胆な振る舞いをしたレイ子に、愛想尽かししてしまったのだ。この作品では、アルコールにまかせて不純な行為に走るのはよくないと警鐘を鳴らしている。　（青木京子）

ぎっちょんちょん《ぎっちょんちょん》　短編小説

〔初出〕「小説新潮」昭和四十五年十月一日発行、第二十四巻十号。〔初収〕『三十すぎのぼたん雪』昭和五十三年三月二十五日発行、実業之日本社。〔文庫〕『三十すぎのぼたん雪』〈新潮文庫〉昭和五十七年二月二十五日発行、新潮社。

〔内容〕女遊びのやまない夫の花蝶と連れ添って漫才をしてきた杉の家花奴は、相方亡き後も引退する気になれず、サラリーマンの青年と結婚の約束までして別の人生を歩もうとしていた娘の菊江を説得して、母娘漫才を始めた。同じネタを磨き完成させるのが芸だと考える花奴は、若い娘相手に昔ながらの芸風でやろうとし、漫才はしっくりいかない。しかし、菊江は漫才に情熱を注ぎ始め、恋人も去っていったことを母は知らされる。「仕事の面白さという、禁断の木の実の味をこの子も知ってしまった。……それは女の幸せに反くものかもしれないが、知らずに通すよりは幸福だと花奴は思う」。一方、菊江の漫才を買った作家からは台本が与えられたが、それは菊江と若い弟子蝶太郎のためのものだった。花奴は自分も「ぎっちょんちょん」と三味線を弾きながら一人漫才を始めようと決意する。若い二人の漫才を見ながら、花奴は夫に蝶太郎を重ね合わせ、「菊江もとうとう、見つけよった」と思わず笑うのだった。テレビドラマにもなり、昭和四十五年九月六日朝日系「日曜劇場」（演出・大熊邦也）で放映されている。『田辺聖子珠玉短篇集3』（平成五年五月三十日発行、角川書店）の「あとがき」には、「漫才台本を書いていた」時期の「産物」であり、漫才の「間」の魅力にひかれていたこと、「既成小説の語り口にのっとって書いたもの」で「昔からあるこんな書きかた、私でも書ける、という気負った気で書いた」こと、「かしまし娘」により舞台化されたことなどが解説されているが、詳細は不明。発表の前年八月七日、寄席ばやし（三味線）の無形文化財・林家トミの引退興行に関わったことも創作上のヒントになっていると思われる。　（木村小夜）

気になる男《きになるおとこ》　短編小説

〔初出〕「週刊小説」昭和四十八年十二月十四日発行、第二巻四十八号。〔初収〕『ほとけの心は妻ごころ』昭和四十九年十月二十五日発行、実業之日本社。〔文庫〕『ほとけの心は妻ごころ』〈角川文庫〉昭和五十五年四月三十日発行、角川書店。

〔内容〕私の夫は、高校の数学の先生である。数学が苦手だった私にとって、遠くを見ているような眼も、薄い胸板も、聡明さのしるしのように思われた。お見合いの席で、唐突に占星術について熱心に話し始めた彼を、少し変だと思ったものの、その風変わりさが神秘的に感じられ、私は彼と結婚した。そして十年。今では、数学の先生ということと、聡明・明晰ということは、必ずしも関係がないと思う。また、夫は怜悧な頭脳を備えているわりに、ハートは未開野蛮、蒙昧であるように思われるが、日常生活や結婚生活は、このハートの部分でつきあうものなのだ。公害、海の汚染、商社の買い占めなど、夫は新聞記事のとおりに憤る。「大予言者の予言」という本を買ってきて、明けても暮れても人類の終末を本気で心配する。何事によらず疑うことを知らない夫は、神のように純粋無垢なのかもしれないと私は思う。あるとき夫は、家庭教師をしている高校生の母への恋をうちあけ、どうすれば思いを伝えられるか、真剣に私に相談する。「夫だと思うから腹が立つけれど、息子が一人増えたと思うと気にならない」。夫の頭の中の渦巻きに、今度は何が加わるのだろう。夫はやはり私にとって気になる男だ。純粋無垢な夫の幼さに驚き呆れながらも、つい興味を持ってしまう妻のまなざしから、浮世離れした数学教師の姿が生き生きと描かれている。

（北川扶生子）

樹の上の鬼《きのうえのおに》　短編小説

〔初出〕「野性時代」昭和五十一年十二月一日発行、第三巻十二号。〔初収〕『鬼の女房』昭和五十二年六月三十日発行、角川書店。〔文庫〕『鬼の女房』〈角川文庫〉昭和五十七年五月三十日発行、角川書店。

〔内容〕鬼は人を食い殺す。その殺し方もさまざまである。鬼は人間より予知能力をそなえている。『今昔物語』の鬼説話の中で、謎の解けないのが年老いた母親が鬼になる物語である。猟師の老母が鬼になり、樹の上の暗闇に身をひそめてわが子を食おうとしている。その腕を子が斬り落とすのである。母性の魔性であろうか。それにしても老母が鬼になるのには一抹《いちまつ》の謎がのこる。この話にヒントを得たのであろうか、中世のお伽草子に『隠れ蓑草子』（別名『鬼うば草子』）がある。これは半分散佚している。藤五、藤六の兄弟がいた。藤五は気がやさしく何でも母親のいいなりで、ひたすら孝養をつくした。藤五は若い女を連れてきて妻にした。母は妻のすることが気に入らず、いくら苛《いじ》めても、妻は出ていかない。藤五は母親にいいつけられて、妻を山へ棄てに行ったが、思い切れなくて連れて帰る。妻はそのとき懐妊していた。そして、生まれた男の子が五歳になったとき、山津波が起き、押し流された。一瞬のできごとで、藤五は子供をつかんだ手を放し、母親の方を救助した。子供は川下で、藤五の弟の藤六に助けられた。妻の心は息子を救けてくた藤六に傾いた。二人の関係は藤五に知れてしまった。藤五はおれがお前を愛しているように、あいつもどんなにお前を好きかわかると、奇妙な共同生活がはじまった。兄も弟も機嫌よく働き、幸せになった。その幸を破ったのは、またしても老母である。老母は鬼になり、自在に闇の天空を翔《かけ》り、おそろしい声で「兄よ、弟よ」と叫んでいた。『今昔物語』の樹の上の鬼の母親も、子を食わんとしたのは、恋着の心染みついたあまりの迷妄であったのかもしれない。鬼はわが子に恋していたのだ。

（浦西和彦）

君や来し《きみやこし》　短編小説

〔初出〕「別冊婦人公論」平成元年一月二十日発行、第十巻一号。〔初収〕『薔薇の雨』平成元年九月二十日発行、中央公論社。〔文庫〕『薔薇の雨』〈中公文庫〉平成四年六月十日発行、中央公論新社。

〔内容〕北陸のとある温泉の雪景色の中、佐代子は、桐野と二年ぶりに逢った。桐野は、義妹・玲子の見合いの相手で、農機具メーカー勤務の四十歳過ぎの会社員である。玲子は邪険に縁談を断ったが、同席した佐代子は、桐野を忘れられなかった。佐代子から連絡をとり、大阪で一度逢い、桐野が東京へ転勤になってからは東京で、そして正月の主婦の繁忙期から解放されて、北陸で逢うことになったのだ。四十四歳の人妻の二年ぶりの一夜だけの逢瀬という小説の時間の中に、主婦としての様々な苦労が語られる。同居している玲子のわがまま・夫の浮気・寝たきりになった義父母の介護・伯母の看護などなど。佐代子は、桐野と二人、ゆったりと食事をしながら、二年間の出来事を語り合う。その中には結婚寸前まで進んだ桐野の恋愛なども含まれ、そういう男女の仲ではない佐代子との関係が、何ものにも代えがたく大切ということになる。伊勢物語の「君や来し　われやゆきけむ　おもほえず　夢かうつつか　寝てかさめてか」の歌から、「君や来し」という題が付けられており、その夜どちらが行って共寝をすることになるのか、それともならないのか、夢のようにぼかして余韻を残す。しぶとい四十代の恋の内実が、欲情と一線を画した乙女のようなものであることが、意外でもあり、日常にどっぷり浸かっている専業主婦の非日常への憧れと、命の輝きをよく描き出している。（西村好子）

キャベツと星砂《きゃべつとほしすな》　短編小説

〔初出〕「クロワッサン」昭和六十二年七月二十五日発行、第十一巻十四号。〔初収〕『まいにち薔薇いろ田辺聖子AtoZ』平成十八年十二月三十一日発行、『田辺聖子全集』編集室編、集英社。

〔内容〕『まいにち薔薇いろ田辺聖子AtoZ』は、A（芥川賞）からZ（全集）まで、田辺文学と、手づくりを愛おしむ日々のくらしを紹介し、巻末に単行本未収録の「女が三十五歳で」シリーズの短編六話を収録している。本作は、その第四話である。汐子は沖縄の石垣島へ来ている。夫と小学校五年生の娘を残して、昔の恋人に会うためにやって来たのだ。恋人の西尾が到着するのは夕方の予定なので、ホテルの窓から目の前に見える武富島へ渡ってみることにした。島に渡り、白砂の浜に出てみたが、梅雨があがって真夏になる直前というこの時期は人影もまばらである。この島で取れるという有名な星砂を一袋買い、水着になって海に入った。この南の島へ行こうと誘ったのは西尾である。お互いそれぞれの家庭をもち、幸福そうに暮らしている。お互いの幸福をたしかめ合うために旅行しないかと誘われたのであった。汐子は残して来た夫と娘の今夜の夕食に、豚肉と新キャベツを胡麻だれで食べるように準備してきた。そして胡麻だれを作るのに夢中で、キャベツを買うのを忘れたことを思い出した。まだ那覇行きのSWAL便はあるだろうか？　現実に返った汐子の目に、この南の島はこの世のものとは思えないほど美しかった。（檀原みすず）

休暇は終った《きゅうかはおわった》　長編小説

〔初出〕「小説新潮」昭和五十年九月一日〜五十一年一月一日発行、第二十九巻九号〜第三十巻一号。〔初版〕『休暇は終った』昭和五十一年三月二十五日発行、新潮社。

〔文庫〕『休暇は終った』〈新潮文庫〉昭和五十七年七月二十五日発行、新潮社。

〔内容〕峰悦子は三十一歳のハイ・ミスで、OLをやめて少女小説を書いている。二十三歳の入江類と半同棲の生活をしている。類は幼い時に母を亡くし、風来坊のような生活をつづけ、三カ月前に悦子の借家に転がり込んで来たのである。類の父は、大阪にあるタオル問屋の社長で、別居結婚をしているという。類はスナックのアルバイトや労務者もやったが仕事は長続きせず、父の会社を手伝うがこれも追い出されてしまう。大学中退からはじまって、何でもチューータイストだ。若くて麗しい類は、熱烈に悦子を慕い、甘エタ（甘えん坊、という意味の大阪弁）と呼ばれる、典型的なヒモ・タイプである。ある日、類の父（入江）から電話があり、悦子に相談したいという。悦子は入江と会って食事をし、類の悪業を聞かされているうちに、入江の優しさに触れ、大人の包容力に惹かれていく。二人は類のことを口実にデートを重ねるようになる。悦子は入江に会っていろいろなことが分かってきた。類は悦子に夢中だったので渇望が癒されたように思ったが、今考えると類の熱が自分に反映しただけかもしれないのだ。悦子は入江を好きになったが、類の父親を恋人にすることはできない。悦子の少女小説のファンという久保アケミが訪ねて来て、類はその若い女の子と遊んだ挙句、何日かぶりで悦子の家に戻ってきた。悦子に甘えてくるが、これまでのように類を受け入れることができない。悦子が外出しようとすると、類は「行かせへん、行かせへん」と呟きながら、悦子のハンドバックを抱いている。悦子は一瞬、類ともとどおりの生活を続けてもよいと思ったが、類はハンドバックを抱いたまま外に飛び出した。悦子が追いかけると、類はハンドバックを投げつけたが、銀行からおろしたばかりの封筒に入った現金はきれいに抜かれていた。悦子は借家を引き払って小さなマンションを借りた。一夏の間、揺れ動いた悦子の休暇は終わったのだった。（檀原みすず）

九官婆《きゅうかんば》

短編小説

〔初出〕「別冊文藝春秋」昭和五十九年七月一日発行、第百六十八号。〔初収〕『はじめに慈悲ありき』昭和五十九年十二月十日発行、文藝春秋。〔文庫〕『はじめに慈悲ありき』〈文春文庫〉昭和六十二年十一月十日発行、文藝春秋。

〔内容〕五十歳近くになる中込は妻に何か言われるたびに、（ビクッ）とする。男友達と話すと、（ギョッ）とすることが多い。四十五歳になる妻の佐智子は娘たちの受験に血道をあげ、夫である中込には一顧だにしない。そうして服飾の商売をしている母の手腕を自慢にしている。そんな妻を中込はすでに愛してはいない。そのことを必死に押し隠して暮らしている。妻とは用事の話だけで、心の通じ合うような会話は交わさない。中込は、郊外の駅前にある小さな盛り場の店に行き、そこで気さくなママ達と人間的な会話を交わす。色気がないでもないが、それが目的ではなく、酒を飲みながら楽しく話し、ともに笑い合える同級生とのような語らいである。彼女たちとのつきあいが中込の安らぎであり、それを楽しみに、好きではない妻との生活を続けている。例えば、ランランのママ、ラン子は、駅前のささやかな店を一人でせっせと切り盛りしている。ラン子は、肉親は離れて生きる方がお互いのためだ、という考えを持っており、気に入らない客は遠慮なく追い立てる。ある日ウイスキーとともにラン子の漬けた梅干を食べていて、それが好きだったという昔の男の話を聞く。妻がありながらラン子と交際し、まだ他にも女性関係があったというその男を、ラン子は死んだ今もなお恨んでいると言う。ある時中込はラン子の願いを聞き入れ、その男の墓を探してやる。一緒に参った墓の前で、怒ったり泣いたりするラン子を見て、思わず中込は顔をほころばせる。（中村美子）

求婚《きゅうこん》

短編小説

〔初出〕「別冊小説新潮」昭和四十年七月十五日発行、第十七巻三号。〔初収〕『もと夫婦』昭和四十六年八月十六日発行、講談社。〔文庫〕『もと夫婦』〈講談社文庫〉昭和五十年五月十五日発行、講談社。

〔内容〕三十歳の友成三平は一年前に同じアパートに越してきた二十六、七歳の沢野すが子に恋をしている。彼女とは駅で度々会い、話もした。兄が結婚したため三平の住むアパートを借りたのだという。三平は彼女を想い大家の松本ハナが持ってくる縁談を迷惑に思っていた。ハナは息子夫婦に下駄屋の店をゆずって楽隠居。ある日、仕事の帰りに郊外の私鉄の小さな駅で偶然すが子に出会い、駅前の喫茶店日ノ出で求婚をしようとするが失敗。しかし彼女が日曜日福袋温泉ヘルスセンターへのバス旅行に参加すると聞き、自分も参加する。当日は自治会と未亡人会のバス二台に分乗。彼女の隣の席を狙うが、貸本屋の男が彼の隣となった。途中、年寄りのトイレに付き合い遅れるが、それでも彼女と会話する。温泉でも浮気の発覚や湯あたり、宗教団体とのトラブル、年寄りが入れ歯を忘れたりと次々に商店街の人々が問題を起こし、その対応に彼女と翻弄される。数日後ハナ婆さんとバスで隣に座った貸本屋が現れ、実はこの企画は三平とすが子のための見合いで、貸本屋の男はすが子の兄の沢野敏雄とわかる。そして二人は結婚することになる。三平側から描いた物語。作品発表の翌年の昭和四十一年、田辺聖子は川野純夫と結婚しており、これを反映。三平が居住する地域は西宮か尼崎あたりと思われる。昭和町という地名は全国各地にある。田辺の結婚後の住居は神戸市生田区諏訪山の異人館であったが、仕事場は尼崎。尼崎にも昭和という地名がある。ヘルスセンターは昭和三十年に開業した船橋ヘルスセンターが最初であるが、現在は多く健康ランドという名称になっている。本編に登場するそれは、平成十五年に閉園した宝塚ファミリーランドを思わせる。この遊園地にはかつて宝塚映画のスタジオがあり、昭和三十六年、小津安二郎が宝塚映画十周年記念の『小早川家の秋』を撮影。また本作は昭和四十年に東芝日曜劇場でテレビドラマ化される（主演は渥美清）。田辺の初テレビドラマである。また落語家の林家三平は、昭和四十年頃の視聴者参加のバラエティ番組「踊って歌って大合戦」の司会で一斉を風靡した。この番組は遊園地での大混乱をイメージしている。世話好きのおハナ婆さんは昭和四十一年放送のNHKの朝のテレビドラマ「おはなはん」同様に未亡人という設定である。

（岩見幸恵）

求婚旅行《きゅうこんりょこう》

長編小説

〔**初出**〕「サンケイ新聞」昭和四十七年七月二十四日〜四十九年三月十一日発行。〔**初版**〕『求婚旅行（上）・（中）・（下）』昭和四十八年七月三十日・十一月三十日・昭和四十九年四月三日発行、サンケイ新聞社出版局。〔**文庫**〕『求婚旅行（1）・（2）・（3）』〈文春文庫〉昭和五十三年十二月二十五日・五十四年一月二十五日・二月二十五日発行、文藝春秋。

〔**内容**〕吉見昭子は、美人で仕事ができる金属会社勤めのOLだが、それが災いして婚期を逸していた。どんな男と結婚するのか注目の的だったが、結局、会社出入の業者で妻を亡くした子持ちの芝岡平三という平凡な中年男と恋愛の末に結ばれる。夫と子供二人と姑との家庭生活も五年目になり、昭子は体つきもふっくらして女ざかり、家庭はてんやわんや、夫婦間にも波風が起こる。主婦にとって生き甲斐とは何だろう、と疑問を抱きながら昭子は平凡な生活を送っていたが、友人の作家望月マリ子の手伝いを始めたことがきっかけで、雑誌にエッセイが掲載され、作家の道が開ける。昭子はこれぞ自分の生き甲斐と信じて執筆に励むが、この頃から夫との間に感情の齟齬が芽生え始める。平三は麻雀好きのちゃらんぽらんな亭主で、ある日伊勢志摩へ社員旅行に出かけ、そこで仲良くなった島千秋と浮気をする。平三と千秋が八ヶ岳の麓の高原に旅行する場面は精彩を放っている。昭子は文学賞を受賞し流行作家となって生活は一変する。仕事のために東京と大阪半々の生活を始め、夫婦間の危機は更に大きくなる。昭子は心の隙間を埋めるため、出版社の香村と浮気しそうになるが思い留まり、平三もまた、千秋が結婚することになって別れる。そして、平三の名古屋転勤に昭子もついていく決意をし、二人で再出発することを誓う。「夫婦って、たえず、あたらしくプロポーズしつづける旅とちがいますか」と、昭子は危機を乗り越える度に思う。「長い一生、互いにくり重ねていく求婚の旅だった。そうでなければ、……新しい発見のない、惰性の生活になってしまう」のである。夫婦の生き甲斐や、男女の愛のあり方が、生きいきとした筆致で描かれている。

（檀原みすず）

虚説・気晴亭《きょせつ・きばらしてい》

短編小説

〔初出〕「オール読物」昭和四十四年七月一日発行、第二十四巻七号。〔初収〕『浮舟寺』昭和四十六年十二月七日発行、毎日新聞社。〔文庫〕『浮舟寺』〈角川文庫〉昭和五十一年三月十日発行、角川書店。

〔内容〕浮世亭目茶丸が、落語から漫談に転じたのは大正の初め、目茶丸が二十四、五歳の頃だという。目茶丸は千日前の楽天地にある朝日殿や中央劇場などに出ていた。現在の漫才の源流のようなものであるが、目茶丸の漫談は客も気楽に笑い転げ、下層の安物の娯楽として、そこばくの人気があった。そのうち、安本興業の支配人であった竹田正太郎に声をかけられ、一流の席亭である華月倶楽部に出るようになった。目茶丸は高座でよく「わては女にもてん」と言って、話のタネにしていたが、本当のところは不思議に女がよく「付いた」。目茶丸は、頼りないようでいながら真率なところもあり、優しい男だったらしい。女に騙されて自殺未遂を起こしたこともある。その時に看病してくれたお杉と結婚し、良太郎という男の子が生まれた。お杉は平凡だが、貧乏にも愚痴をこぼさず、淡泊なよさがあり、色気のない少女のようで目茶丸は好きだった。しかし、友人で落語家の小福から「二号のお古」を押しつけられる。そうして引き合わされたお玉は、勝ち気だが、美人で、よく行き届いた女であった。やがてお玉との間にも男の子が生まれ、目茶丸は二人の妻の間を忙しく往復した。安本興業は難波に気晴亭を作り、安い木戸銭で万才（のちに漫才と字が変わる）を見せた。その頃には、落語の盛りも昔の夢となりつつあったが、目茶丸のぼやき漫談は気晴亭でも受け、北や南の華月でも受けた。戦中、目茶丸は思想犯で何度か捕まった。しかし、それは目茶丸のレジスタンス精神というより、抜け作のせいではないかという人もあった。目茶丸は戦後すぐに死んだ。脳溢血のため舌が廻らなくなっていたので、二人の妻は「とうとう一生、ろれつがまわらずじまいやった」と言ったという。

（荒井真理亜）

切る《きる》

短編小説

〔初出〕「オール読物」昭和五十八年二月一日発行、第三十八巻二号。〔初収〕『はじめに慈悲ありき』昭和五十九年十二月十日発行、文藝春秋。〔文庫〕『はじめに慈悲ありき』〈文春文庫〉昭和六十二年十一月十日発行、文藝春秋。

〔内容〕四十八歳の中原は父親の遺した家に家族とともに暮らしている。仏壇があるその家には、法事などで親戚達が我が家のごとく頻繁に出入りする。一声かけて母がいる二階に上がり込み、料理に注文をつけ、風呂にまで入る。中原家の二階は老人たちの歓談の場になっていることに、中原は常々不満を抱いている。一方妻の文枝はしばしば里方の親戚づきあいの集まりに出かけ、ときには中原にも列席してくれないと自分の顔が立たないとなじる。口では義理のためと言いながら、着飾っては結婚式や葬式、法事、正月と寄り合っている。母の〈迎える身内づきあい〉、妻の〈出掛ける身内づきあい〉、そこに流れる同族意識にうんざりしながら、中原は暮らしている。しかし、生まれつき争いごとが嫌いなために、その胸の内を口に出すことができない。心の内で中原は一軒ずつ親戚と縁が切れて、いつか〈天涯孤独のすがすがしさ〉を味わうことを夢見ている。そんな中原をある日、異母弟である猪太郎が訪ねてくる。猪太郎は亡き父がよその女に生ませた子どもである。中原は弟である彼に父の面影を見、懐かしく感じる。珍しくうち解けてともに酒を飲むうちに、母を亡くした異母弟の苦労を思い、あたたかい気持ちを抱いて、しみじみと親類のよさを思う。そんな中原の気持ちを見透かしたように、猪太郎に四人目の子どもの出産費用を無心され、結局踏み倒される。母に話しても、母は自分の親戚ではないという顔ですましている。結果、中原は猪太郎にあたたかい気持ちを抱いた自分を悔やみ、親類縁者、あまたのしがらみを眠狂四郎のごとく切り捨てていく自分を思い浮かべる。（中村美子）

金魚のうろこ《きんぎょのうろこ》　短編小説

〔**初出**〕「季刊フェミナ」平成三年七月七日発行、第十号。〔**初収**〕『金魚のうろこ』平成四年六月二十五日発行、集英社。〔**文庫**〕『金魚のうろこ』〈集英社文庫〉平成八年七月二十五日発行、集英社。〔**全集**〕『田辺聖子全集第十六巻』平成十七年十一月十日発行、集英社。

〔**内容**〕「ぼく」（小川孝）は、兵庫の山奥で育ち、アルバイトをしながら神戸のK大に通い、Y女子大生である野村連美と付き合っているが、実業家の父親を持つ金持ちの連美とは釣り合わないと感じている。連美は、父親が最近娘と十五、六歳ぐらいしか違わない新しい妻を迎えたことが気に入らず、継母を「あいつ」と呼んでいる。ある日「ぼく」は、連美の家へ誘われるが、家族に紹介されることはなく、内緒で連美の部屋へ通されて彼女と関係を持ってしまう。「ぼく」はアルバイト先で知り合った牧村サンというOLと何度か関係を持ったことがあったものの、連美を相手にすると調子が狂う。終わった後、窓から下りて帰るように言われて腹を立てるが、その後も連美に誘われると逆らうことが出来ず、次第に邸からこっそり帰る方法と連美の体に馴れていく。ある夜、連美の部屋から階段を下り、キッチンへと向かった「ぼく」は、「あいつ」と鉢合わせしてしまう。連美の話とは異なり、気持ちのいい、さわやかな人で、大人の女の貫禄があり、「噸数の知れない巨大戦艦が堂々と浮いている」という感じだった。彼女はカツサンドとお湯割りブランディをつくってくれ、吸っていた外国煙草を消すと、流しの前のガラス窓を押し開く。彼女が「人生以上。人生未満」、「人生以上に美しいけど、でも、人生にはもっと美しいときもあるってこと」と、窓の外の夜明けを評して笑ったとたん、「ぼく」は彼女を好きになる。「ぼく」はその明け方、「男の子は、すみませんとやたらいうような状況に自分を追いこまないことと、夜明けの美しさ」という二つのことを学んだのである。「魚のうろこのような、小さいうろこが目から落ちる思い」がし、以後目からうろこ以後、という感じで暮らしている。あの夜明け、「ぼく」は女の人にあこがれるということがこの世にあることを知ったのである。鴨居まさねによって漫画化された（『金魚のうろこ』平成九年発行、集英社）。（鈴木暁世）

金属疲労の巻《きんぞくひろうのまき》〈おかしやな男と女の〝新フレンド事情〟〉《〈おかしやなおとことおんなの〝しんふれんどじじょう〟〉》

短編小説

〔初出〕「週刊小説」平成元年二月十七日発行、第十八巻四号。〔初収〕『どこふく風―男と女の新フレンド事情―』平成元年十一月十日発行、実業之日本社。〔文庫〕『どこふく風』〈集英社文庫〉平成四年十一月二十五日発行、集英社。

〔内容〕三十二歳の森はるかは、自分は美人で二十四、五歳にしか見えないはず、と思っている。しかし、バレンタインデイを前にして会社の男性社員は、若い女の子にしかチョコレートをせがまない。四十一歳の徳田さんは「男より按摩、酒よりうどん」といい、バレンタインなんて阿呆らしいというが、はるかは今年、営業の清川君に本命チョコレートを渡そうと考えている。はるかは誰が本命か攪乱させるために、片っ端から駄チョコを配った。野蛮人の野村はチョコくれた仲やからと金をせびり、安田に至っては、学歴はイマイチで年上やけど結婚しても良い、などと勘違いする始末である。さらに、肝心の清川君には「余りもの一つあげようか？」と心にもないことを言ってしまい、「チョコどころやありません」と言われてしまう。落ち込んだはるかは、会社帰りに出会った総務部の春木さんに、小料理屋に連れて行ってもらった。春木さんはいつも機嫌よく仕事をしている五十歳近いおじさんである。熱燗を飲みながら、「疲れますね」とこぼすと、春木さんは「それは、金属疲労とでもいうのんか、人生にちと、ヒビが入っとんのやな」と慰めてくれる。「森サンは僕の本命チョコやった」という春木さんに、はるかは人生における金属疲労もたのしいものだ、と思うのであった。田辺聖子は「金属疲労」（「本の旅人」平成十二年十一月一日発行、第六巻十一号）の中で「金属疲労ニンゲンこそ、ホンモノのオトナといえるのではあるまいか」と述べている。（岩田陽子）

金箔の街《きんぱくのまち》

短編小説

〔初出〕「旅」昭和四十二年七月一日発行、第四十一巻七号。〔初収〕『ここだけの女の話』昭和四十五年二月二十八日発行、新潮社。〔文庫〕『ここだけの女の話』〈新潮文庫〉昭和五十年四月二十五日発行、新潮社。

〔内容〕森冴子は三十七歳、手芸教室を開いている。年末、同業の友人達と東南アジアを旅行中である。旅の始めから、バンコクの中原の連絡を待つ冴子は一喜一憂している。中原は、女子大時代の級友の結婚相手だった。母に死なれて一人ぼっちの冴子は、中原の紹介で仕事に出会い、生き甲斐ができた。だがそれは、中原との仲が接近し、「ぬきさしならぬ深み」へと追われてゆくきっかけにもなった。ところが二年前、中原の勤める大学がバンコクに研究所を持つことになり、派遣が決まった彼は、冴子に別れを告げた。そのまま中原とは切れそうであったが、今回の旅行をきっかけに、冴子は会いたいと彼に手紙を出した。はじめに訪れたシンガポールの蒸し暑い雨季の夜、クリスマスの華やいだ景色は、会えないかもしれないと不安を抱く冴子を苛立たせた。だが、その「愛執」は、カンボジアでは、「澄み切ったプノンペンの街の空で、のこりなく洗い流される」気がした。アンコールワットの高い塔のてっぺんに身を置き、「壮大な天地の中に、ぽつんと一点、自分がある」のを感じた時、「中原なしで生きてゆける自信」が湧いてくる。「金色燦然たる王宮や仏塔」が輝くエネルギッシュなバンコクでは、「どんな結末より」も「旅してよかった」と思えるようになった。バンコクを去る大晦日の日、やっと再会した中原との別れ際、冴子は「いいお年を」と微笑んで手をさし出すが、心もあらたに新年を迎えるリセット感とともに、清々しい余韻を残す。作者は『感傷旅行《センチメンタル・ジャーニイ》』（ポプラ文庫版）のあとがき（「『旅』は小説の強い力」）で、旅の「転換力」について、「人生をちょっと変わった視点で見たり、変わった風に肌をさらせる機会は、旅しかない」と述べている。シンガポールからカンボジア、タイへと、旅先で目に映る光景とともに、冴子の人生を見つめる視点も変化し、〈生きるエネルギー〉を得てゆく過程が描かれる。

（屋木瑞穂）

金蒔絵の雲《きんまきえのくも》

短編小説

〔初出〕「小説現代」昭和四十年一月一日発行、第六巻一号。〔初収〕『もと夫婦』昭和四十六年八月十六日発行、講談社。〔文庫〕『もと夫婦』〈講談社文庫〉昭和五十年五月十五日発行、講談社。

〔内容〕阿倍野にある人形教室の教師るり子は、夜の街で美少年を物色する遊び仲間の美香子と悦子に同行。三人は二十六、七歳でいずれも美貌の持ち主。リーダー格で凄艶な有閑マダム美香子、ボーイッシュな風貌でデザイナーの悦子、るり子は柔和な美しさを持つ。悦子には登という二十二歳で俳優の愛人がいるのだが、半年前るり子は彼と密かに関係を持ったことがある。美香子の別荘に招待された際、満天の星の下で一人裸体のまま夏の海で泳いでいる時にクラゲに驚いて声を上げ、偶然居合わせ助けようとした登から逃れる。この出来事を契機に熱情が生まれ、感情のままに彼を求め、街に戻ったるり子は登のアパートを探し当てた。しかし情事の翌朝には儚くもその情熱は色あせ消えていた。この冬の夜も三人で地下酒場ルドンのステージでジャズを歌う大柄な少年を品定めし、登のことが話題になる。やがて歌い終わった少年が彼女達のテーブルにやってくる。十九歳でケン坊と呼ばれていると自己紹介する少年の未熟で垢抜けない応対をからかう美香子と悦子だったが、今ひとつ冷淡に徹し切れないるり子は戸惑う彼に優しく接する。やがて梅田から郊外電車に乗る二人と別れ、帰宅しようと御堂筋に出てタクシーを捕まえたその時、突然登が現れ半ば強引に同乗。登のアパートに向かい、一夜を過ごす。翌朝は雪でそのまま職場に向かったるり子は、七年間師事してきた人形教室の小野田から思いがけず求婚される。即答は避けたるり子だが、その夜一人でルドンに行き、小野田と結婚するかもしれないと思う。しかし彼女に話しかけるケン坊の顔を見ていると登との出来事の最初に芽生えた熱情が蘇り、この隠微な生きがいは捨てきれないと思う。るり子が求婚された前夜から二日間の出来事である。題名の金蒔絵の雲は夏に、登のアパートから二人が見た朝焼けの雲。平安時代の歌人藤原定家の「峰にわかるる横雲の空」の和歌を引用して離別を暗示する。登場する三人の女性は谷崎潤一郎の『細雪』を思わせ、特に四女はるり子同様に人形教室を経営している。ケン坊という少年の名前も四女の許婚、啓ぼんと似た名前である。ルドンは仏人画家のオディオン・ルドンであろう。金蒔絵の雲もジャズ酒場もルドン的世界である。本編発表の翌

年の、田辺聖子自身の結婚を反映した作品である。（岩見幸恵）

【く】

食いにげ《くいにげ》　短編小説

〔初出〕「小説現代」平成五年一月一日発行、第三十一巻一号。〔初収〕『薄荷草の恋』平成七年三月十七日発行、講談社。〔文庫〕『薄荷草の恋』〈講談社文庫〉平成十年四月十五日発行、講談社。

〔内容〕ぼくがどのへんから「ちょっと、違うなあ……」と思いはじめたのか、わからない。ぼくの会社は洋酒メーカーである。営業課の男たちが目をつけている太田久留美が、ぼくとのデートに応じてくれたので有頂点になった。久留美は二十一で短大を出てパートにきているのだが、仕事の鬼か、でなければ伴侶あさりの女たちとは全く違う。ぼくの家族は五十四の母と、三十二の姉で、父は中学のころに亡くなっている。母も姉もワーキングウーマンである。久留美は何てのんびりした子であろう。会社の社内報のアンケートに、久留美は「好きな花　白い百合、好きな言葉〝そっとしあわせ〟」と書いていて、ぼくはこれに感激した。デートがはじまって、梅田裏のファッションホテルへ誘った。久留美は、ぼくとの新しいつきあいに入るためらいや迷いよりも、「コットンクラブ」なるファッションホテルへの好奇心のほうが優っている感じである。両親に会ってくれといわれて、ぼくは神戸に近い岡本へ出かけた。家族は久留美の両親のほかに妹が一人。久留美は母親のことを「おかーはま」という。妹は「コットンクラブ」でたかいナーってびっくりしたんですって、と聞く。ぼくは「ちょっと、違うなあ」という気が萌した。久留美の結婚を機会に、改築して今風の洋風建築にしようと「おかーはま」はいう。ぼくはここへ住むつもりなどない。これは「ちょっと、違うなあ」と思う。「おかーはま」のおしつけがましい、見当違いの話、自信ありげな話しぶりに厭気が募り、こんなおばはんと暮らしたら「ちょっと、違うなあ」の連発になりそうである。婚約が整うと、つつましやかだった久留美が大変貌。彼女は皆の前で平気で「竜太さぁん」といい、会社のなかというのに、ぼくのそばにばかりやってくる。久留美の家に寄るのが苦痛になり、係長の仕事の鬼の常田さんに相談すると、食いにげもゲリラの抵抗よという。結婚をキャンセルしたいと、と久留美に電話をした。太田家との折衝で、いろいろな問題が起こってくるかもしれないが、久留美と暮らすよりはマシである。いまは、「そっとしあわせ」なんか、ちょっと、違うなあ……の心境である。（浦西和彦）

九時まで待って《くじまでまって》　長編小説

〔初出〕「ＭＯＲＥ」昭和六十一年二月一日～六十二年十月一日発行、第十巻二号～第十一巻十号。〔初版〕『九時まで待って』昭和六十三年一月二十五日発行、集英社。〔文庫〕『九時まで待って』〈集英社文庫〉平成二年六月二十五日発行、集英社。〔全集〕『田辺聖子全集第十巻』平成十七年七月五日発行、集英社。

〔内容〕大阪、神戸、東京、京都、ニューヨークを舞台にストーリーは展開する。人気上昇中の若手作家、浅野稀と共棲みする内縁の私（江木蜜子）は、仕事の電話番から食事など家のことにいたるまで、稀の気に入るように面倒を見ていた。稀は長身で甘い美貌、自分を売り込むことにも長けている。写真の撮られ方を知り、取材記事や新作のコピーなどもセルフプロデュースしていた。稀は独り者を装い、蜜子との関係を隠していたが、気が合い稀といるのは面白かったため、蜜子は今のままで良いと思っていた。そんななか、蜜子は二人の男と出会う。五十近い不動産会社の社長で既婚者である尾瀬とラジオ制作部で働く独身の青年光村である。蜜子のことを「エレガントだ」と言う尾瀬に会うことで、蜜子は男といるのんびりした楽しさとだらけられる心地よさを知った。「ヌーとしている」と言う光村に会うことで、また別ののんびりできる関係の楽しさを知った。自分が何を好きだったのかを思いだし見つめだした蜜子は、自分を売り込みもてはやされることにばかり奸智を働かせる稀とは思いにズレが生じていることに気付きだした。そうして、蜜子は、愛のアリバイとして稀が買ってくれた二百万円の人形など、すべてを置いて、黙って稀のところを出ていくことを決心する。九時からは、大人の時間。九時まではじっと忍んで待つけれど、九時を過ぎたら起ち上がって出てゆき、ふりむかないことが蜜子にはわかっていた。

（高橋博美）

首くくり上人《くびくくりしょうにん》　短編小説

〔**初出**〕「小説新潮」昭和四十五年六月一日発行、第二十四巻六号。〔**初収**〕『もと夫婦』昭和四十六年八月十六日発行、講談社。〔**文庫**〕『もと夫婦』〈講談社文庫〉昭和五十年五月十五日発行、講談社。

〔**内容**〕平安時代、鳥羽院の頃。顔がいかつい摂津渡辺村出身の武者渡辺抜《わたなべのぬける》は藤原頼長に仕えていた。眉間の傷は酔って転んで素焼きの瓶子にぶつかったものであったが、身体の大きさもあって人々は刀傷と解釈し歴戦の勇士だと思われていた。しかし性格は容貌とは裏腹で温厚。主人の命で恋文を届けに行った先で出会った十四、五歳の美少女小君に翌年再び出会い、彼女を嫁にする。彼が勤めに出た昼間に小君が出かけるのを浮気と疑い、ある宿直《とのい》の時、酒の勢いで彼女の下腹に牛が草を食べている絵を描くが、勤めから戻って確かめたところ立っていた牛が寝ているのに怒ると、女は彼の元を去った。従者の虫丸共々探し回り、最後に八瀬の北の僧坊で彼女を見つける。しかし彼女は抜が彼女がどこかにいったら首をくくると言ったことを持ち出し、首をくくれと迫る。そこで首をくくろうとするが僧侶達に止められ、出家した彼は、三十七日間の無言の行の末に生き仏上人として首をくくることになった。虫丸は抜の決心を変えようとするが出来なかった。当日には小君も止めるが、抜は満足して首をくくり成仏する。主人公は侍であるが、身分は低く歴史的には脇役。抜の属した渡辺党は今の大阪の中之島付近にある渡辺橋周辺に住んでいた有力な武士集団。渡辺橋は朝日新聞の大阪本社の目と鼻の先にある。渡辺という名前は「わ」プラス田辺（たなべ）である。従者虫丸等は関西方言を多用する。語り手は登場人物ではなく、作者が語る芥川龍之介の説話や司馬遼太郎の歴史小説的手法である。鳥羽院や頼長は浄土教の教えが盛んになってきた平安時代後期を代表する人物。頼長は鳥羽院が崩御した直後、一一五六年に起こった保元の乱で戦いに敗れて死ぬ。物語に描かれている時代は鳥羽院が院政を始めて十年以上が過ぎ、頼長が壮年に達し、抜が主人の恋文を届けに女の所へ行くという設定とつじつまがあう一一四〇年代頃と推測できる。自殺することで成仏するのは即身成仏のパロディー。『源氏物語』にも小君という同名の人物が登場するが、こちらは空蝉の弟で男。本編の小君の性格は奔放で、主人の留守中に出歩く野良猫をイメージしたものである。

（岩見幸恵）

暗《くら》い花《はな》　短編小説

〔初出〕「別冊小説新潮」昭和四十二年四月十五日発行、第十九巻二号。〔初収〕『もと夫婦』昭和四十六年八月十六日発行、講談社。〔文庫〕『もと夫婦』〈講談社文庫〉昭和五十年五月十五日発行、講談社。

〔内容〕二十七歳ＯＬの夕子は、ある雨の夜、バス停でなかなか来ないバスを待っていると見知らぬ三十五、六歳の男に声をかけられ、洋品雑貨店の住所と店名入りのライトバンに乗る。知り合いでない気安さから不意に独身だが子供だけほしいと告白して、男に辛辣に非難されるものの駅まで送ってもらう。夕子の家では男児を出産した直後の妹あさ子の里帰り中で、妹に先を越された上に結婚していないことを親戚や姉から嫌みをいわれ居場所がない。会社の昼休みに、最近殺害された女美容師の事件が話題になる。彼女は品行方正で男関係に目ぼしい手掛りがなく通り魔による犯行という。職場では目立たぬ花のような夕子も私生活は完璧に秘密主義であり、仮に殺されても自分の足取りは絶対に誰にも知られないと自負している。夕子は妻子のある上司友木と五年間不倫関係にあり、別に密かに会社出入りの印刷業者の黒川とも関係している。友木とは会社から遠く離れた京都等のホテル、黒川とは場末の旅館で逢引を重ねる。昨日の黒川との密会の時、子供が出来たとカマをかけ、見知らぬ男の車に乗ったことを告白する。黒川の反応をみるが、彼は悪びれる様子もなく、夕子に割り切った関係を求め、彼女が結婚対象でないことや子供がほしいので身を固めたいことを告げる。その日は男の車に乗ったバス停からバスに乗る。その後、知らない女との結婚を知らせる黒川の葉書が届き、食事中に子供のおしめを替えている妹に八つ当たりする。その翌日、一人で例のバス停に向かう。やがて以前の男の車が停まり、誘われるまま、おでんやに行く。翌日、男の洋品店に赴き、店内を覗う夕子の側を、買い物に出掛ける男の妻と娘が通り過ぎる。隠花植物のような女に男が引き寄せられる物語。洋品店のある昭和町に良く似た名前の地名が、田辺が仕事場にしていた尼崎にもある。通り魔殺人は昭和四十一年の大島渚監督の映画『白昼の通り魔』のことであろう。公開当時、衝撃的な映画の映像そのままの立看板が話題になったという。物語上重要な舞台であるバス停留所はマリリン・モンローの『バス停留所』を、また結末部分には『シェルブールの雨傘』を演劇的手法を用いて取り込んでいる。

（岩見幸恵）

鞍馬天狗《くらまてんぐ》をくどく法《くどくほう》　短編小説

〔初出〕「小説現代」昭和五十七年五月一日発行、第二十巻五号。〔初収〕『宮本武蔵をくどく法』昭和六十年一月十四日発行、講談社。〔文庫〕『宮本武蔵をくどく法』〈講談社文庫〉昭和六十三年四月十五日発行、講談社。〔全集〕『田辺聖子全集第三巻』平成十六年十一月五日発行、集英社。

〔内容〕逃げる鞍馬天狗をかくまい、世話をする角兵衛獅子のお杉に、やがて天狗も心をよせていくという話。新選組（壬生浪人）が目の色を変えて追いかける鞍馬天狗の人相書がたいへんな男ぶりで、お杉もあやしく胸をさわがせてしまうが、その横に書いてある文字は読めない。京の町家の板塀に張ってある張紙に見とれていると、若くて人の良さそうな宗十郎頭巾に頭をつつんだ侍が来たので、思いきってなんと読むのかと聞く。その声は若く、砕けた言葉づかいであった。お杉は十六の女の子で、親はなく角兵衛獅子をして暮らしている。背は低く痩せているので男の子のように見え、もんどりも打つ。ある日、お杉が角兵衛獅子に出て天狗飴を売っている最中、本物の鞍馬天狗に出会う。江戸から上ってきた五人が追い詰めている、手に短筒を構えた上方コトバの男こそ、いつか張紙を読んでくれた、あのお侍である。お杉は嬉しくて、天狗を墓守り小屋まで案内し、かくまう。何だか物さびしそうな風情の天狗をお杉はかわいく感じ、なにかこの人のために尽くしたくなってくる。天狗から薩摩屋敷の西郷への手紙を頼まれたお杉は、「気ィつけていきや」との言葉に感動し、嬉しくて笑おうとしたら、思わず涙が出た。天狗の用をしているのが誇らしくてならない。殊に、天狗の優しい言葉に、もうこの人のために死んでもいい、という気がしていた。薩摩屋敷での用も済み、急いで帰ってきたお杉は、天狗に西郷さんて誰かと聞くと、偉い人で強い人、その人のうしろへみんな、ついていきとうなる、ホンモノの人だとの返事に、お杉は女のカンから、そういう人についていくとろくなことないぞと応える。天狗は暗くなったら薩摩邸の迎えでかくれ屋に行くという。送って行くとのお杉の申し出に、天狗は一緒に行こうと応え、脇の下に頭を潜り込ませたお杉をぎゅっと抱いた。そして、自分は単なる戦術天狗で、短筒もってるけど、よう射たん、だが男の義理があるからやめられないと語る。天狗は、お杉の歯切れの良い言葉に感心してますます抱きしめると、お杉も「ワテ、あんた好きや。天狗でも天狗で無うても好きになった」と応える。お杉の言葉に背中を押されて、一大決心をしたのか、天狗は「オマエは、実がある」というなり体を起こし、薩摩屋敷の迎えがこない間にどこかへ行こう。「オレも天狗返上や。二人でなんぞ仕事、さがそ。しかしお杉はオレについてきてくれよ」。お杉は返事をせずに、ウンと心の中だけでいった。

（二木晴美）

狂《くるっ》ったスケジュール《すけじゅーる》

短編小説

〔**初出**〕「週刊平凡」昭和四十一年七月一日発行、第八巻二十七号。〔**初収**〕『愛の風見鳥』昭和五十年十一月五日発行、大和出版。

〔**内容**〕人の値打ちは学歴や財産ではなく、スケジュールどおりにはいかないという話。由美子は職場でミス・スケジュールと言われ、毎日、日課や何年か先の計画を立て、そこから外れないようにしている。彼女は、結婚は二十三歳、二十四歳で男の子、二十六歳で女の子を産み上げる。結婚相手は国立の一流大学卒で、就職先は大企業、月収×万円以上のサラリーマンで、現場の技術屋は不可。家に資産があり、財産を分けてもらえる次男か三男。美男子で身体強健なスポーツマン。家を新築してくれる事が条件だとする。由美子の愛くるしい表情を見ていると、「ミス・スケジュールさん」と笑い出さずにはいられない。今日のスケジュールは、七時五分の郊外バスで帰宅することだった。しかし、親戚の人に引き留められ、バスに乗り遅れてぼんやりしていた。そこへ現れたのが、短髪で作業服を着たライトバンの青年だった。スケジュールにはないが、青年がさっぱりとし、野卑な言葉遣いをしなかったので、信用してライトバンに乗せてもらった。青年はドブ池商店街の店に帰るそうで、映画や流行歌、店の話をしながら由美子を家まで送り、お互いの勤務先の電話番号を教え合った。彼は、本庄邦夫と言い、店で浴衣を安く買えるようにしてくれ、会社の帰りにお茶を飲んだり、散歩したりした。由美子の計画では、「二十一歳は遊ぶこと」になっており、人生設計に食い違いはなかったが、一番困ったのは、邦夫が突然予定を変更することだった。「理想の結婚とは何か」と、邦夫から問われた由美子は、資格審査に合格した人、と答えた。すると、邦夫は、「何がスケジュールや！　このバカムスメ！」と言った。優しくて親切な邦夫だったが、由美子は男の怖さが身にしみた。邦夫は、学歴や財産ばかり詮索して、人間の値打ちが計れると思うな、僕は君が好きやったけど、これでつき合いはもう止めやと言って去って行った。由美子は、どうしても邦夫を手放してはならないと思い、後を追いかけた。そして「スケジュールは破ること」とも、スケジュールに書こうと思った。（青木京子）

クワタサンとマリ《くわたさんとまり》　短編小説

〔初出〕「週刊小説」昭和四十九年八月二十三日発行、第三巻三十一号。原題「けったいな夫婦」。〔初収〕『ほとけの心は妻ごころ』昭和四十九年十月二十五日発行、実業之日本社。〔文庫〕『ほとけの心は妻ごころ』〈角川文庫〉昭和五十五年四月三十日発行、角川書店。

〔内容〕結婚してもう十年以上経つのに、私たち夫婦は、まだ子供に恵まれない。しかし、とても気が合う夫婦で、夫の好きなものを私もすぐ好きになるし、二人きりで楽しむ方法をたくさん知っているので、私はとても満たされている。ふたりきりのときだけ、お互いを「クワタサン」「マリ」と呼び合うのも、共犯者のようで大好きだ。私は身も心も夫でいっぱいなのである。ある日、乳母車の誤配から、夫には別の家があって、女と二人の子供がいることを知る。女の家を訪ねた私は、子供という小さなイキモノの荒々しさ、子供の居る家の喧噪、猥雑、自堕落、活気に心奪われる。そして、この家に引き寄せられる夫の気持ちに共感してしまい、怒りや嫉妬を感じることができない。今や私は、複雑な陰影をこめて夫を愛している。私たちは「一人の旦那さんと二人のおくさんて、不便ね。誰や一夫一婦制きめたん」「不便不便」と言い合いながら、相変わらず仲良く暮らしている。いつまでも仲の良い私たちを見て、お手伝いさんの木下さんは、「ほんまに仲が良すぎる、けったいな夫婦や」と言う。複雑な事情を抱えながらも、恋人同士のように愛し合う夫婦の姿を、妻の視点から描く。夫婦の絶妙な距離感が印象的な作品。（北川扶生子）

【け】

結婚《けっこん》ぎらい《ぎらい》　短編小説

〔初出〕「小説宝石」昭和六十二年七月一日発行、第二十巻七号。〔初収〕『結婚ぎらい』平成元年九月二十日発行、光文社。〔文庫〕『結婚ぎらい』〈光文社文庫〉平成五年十月二十日発行、光文社。

〔内容〕倉田は、テレビを見て昼寝するだけの家事嫌いのぐうたらな妻と離婚したのち、頓にもて始め、別れた妻に「ざま見さらせ」という気でいる。芸者上がりの婆さんがママをしている古風なバー「小よし」でよく会う、シナリオライターを目指すOLの青山ルイ子と、既製服メーカーのデザイナーの有本まゆみというハイミス同士の二人は、倉田が離婚男と知るとにわかに打ち解けて接近してきた。倉田は会社で世帯もちの会話を聞くにつけ、男の諸々の苦役は結婚から始まるとしみじみ思う。また、バーの常連客で毎度違う女性を連れて来てどの婦人にもエネルギッシュに優しさを発揮するずくねん和尚は、「妻は、あきまへんなあ」といい、「よそのオナゴはん」に万遍なく愛をふりまくことが大切と説く。結婚を目的とせず、楽しむためだけにルイ子とまゆみと等分に付き合っていた倉田は、ある日ルイ子にホテルに行こうと誘われ、続いてまゆみからも誘われる。思わぬ展開にほくそ笑むが、実は、二人は、仕事を続けていくために「内助の功の発揮できる亭主」を探しており、それには離婚経験者で、何でも一人で出来る、倉田のような人物が最適なのだ。二人は、自分に都合のいい男を選別していただけだったのである。夫の癖に目をつぶるという「優しいウソ」もつけない妻との散々な結婚生活から解放され、結婚に懲りて二度と結婚する気がない自分だからこそ女にもてていると思っていた倉田が、実は、新しい形の結婚の網に絡め取られようとしていたというストーリー。倉田は「結婚はコリゴリやで」と叫ぶが、まゆみやルイ子のような女なら、妻が目くじらを立てた、出来上がった食事を前にして新聞を読むという自分の癖を、見逃してくれるのではないかとも思うのであった。（吉川仁子）

結婚しない男《けっこんしないおとこ》　短編小説

〔初出〕「小説宝石」昭和五十三年十一月一日発行、第十一巻十一号。〔初収〕『オムライスはお好き？』昭和五十五年六月二十五日発行、光文社。〔文庫〕『オムライスはお好《す》き？』〈集英社文庫〉昭和五十八年五月二十五日発行、集英社。

〔内容〕七人兄妹の総領守屋は、両親の死によって建築材料店を継ぐ。年上の妻のさち子は主婦新聞に勤め続け、家のことは妹の久美子任せだ。三十過ぎてヒステリー気味の久美子と妻には軋轢がある。妻に申しわけないと思うと、不得要領の大家である守屋は浮気したくなり、広告会社の年下のかおりと浮気する。初対面のさち子とかおりは、守屋の前で「あたし、別れるから、あんた、この人と結婚してみる？」「どうしようかな、してみようかな、あなた、もういいの？」「うん、あたしはもういいの、どうぞ」と言い合う。結婚後も、かおりはさち子と電話し合い、父の七回忌の料理も、さち子の手伝いで立派に整える。法事に来た親戚は前妻と後妻がいることに混乱する。法事の後、公園のブランコで、かおりは結婚してるから雑用があって夫の世話がしにくい、離婚しようかなと言い、さち子はその方が夫のいいところもわかって二人で世話をみてあげられると応じる。離婚後の方が妻がきれいに見える守屋は「もう結婚しないでおくか」と思うのだった。「かおりさん、帰ってます？」という電話を、再婚して一年弱の守屋が前妻からであるとわからない冒頭から続く、女達の発話に対する守屋の心中の言葉がおかしい。（永渕朋枝）

嫌妻権について《けんさいけんについて》　短編小説

〔初出〕「小説宝石」昭和五十七年一月一日発行、第十五巻一号。〔初収〕『嫌妻権』昭和六十一年九月三十日発行、光文社。〔文庫〕『嫌妻権』〈光文社文庫〉平成元年十一月二十日発行、光文社。

〔内容〕四十三歳の井村は結婚して十六、七年になるが、近頃とみに妻克子が「キライ」になっている。結婚前は小柄で内気そうなところが可憐に見えた妻も、今は四十一歳の痩せぎすで毛深い、万事に指図がましい女になってしまった。井村は、克子の荒っぽい立ち居や、断定好きで反論を一蹴する癖（内心で「一蹴女史」と呼んでいる）に脅やかされる。妻の化粧クリーム臭い料理や、美談好きで俗な判断も鼻につく。しかし、井村はもはや何も言わない。妻が「キライ」だから、けんかもしたくないのである。克子のほうは井村が嫌いではないらしく、井村の無言を自分への承服と受け取ってますます自信を深め、離婚など思いもしない様子。無造作に離婚や別居をする近頃の若い男と違い、井村には家庭の形を壊すエネルギーはない。井村は「妻が死んだら」という空想を秘かな慰めとして、ほとんど諦めの境地にいる。妻嫌いが高じた井村は女全体が「キライ」になってしまい、他に女をつくる気にもなれない。日曜の朝、掃除機の音に追い立てられて家を出た井村は、通勤時の乗換駅で降りて時間をつぶすうち、ある安アパートに目を止める。北向きの三畳、家賃一万六千円の部屋を内緒で借りた井村は、すべて思いのままになる「かくし女」ならぬこの「かくし部屋」で、ウイスキーを飲みつつしみじみ満足を味わう。そして嫌煙権があるなら嫌妻権があってもええやろ、誰に迷惑かけるのやなし、と思うのだった。　（蔀際子）

源氏紙風船《げんじかみふうせん》　評論集

〔**初出**〕「新潮」昭和五十四年八月一日〜五十六年五月一日発行、第七十六巻八号〜第七十八巻五号。〔**初版**〕『源氏紙風船』昭和五十六年十月十五日発行、新潮社。〔**文庫**〕『源氏紙風船』〈新潮文庫〉昭和六十年年十二月二十日発行、新潮社。〔**全集**〕『田辺聖子全集第十五巻』平成十七年五月十日発行、集英社。〔**目次**〕「源氏」は面白い小説か？／源氏という男／女は布帛《きれ》を愛す／女は汁器を愛す／女はセレモニーを愛す／紫の上という女／埋める作業／私の好きな文章／紫式部という女

〔**内容**〕『源氏物語』の口語訳作品『新源氏物語』の連載と刊行を終えた著者が、そこでの経験を踏まえつつ『源氏物語』について語った評論。第一章「「源氏」は面白い小説か？」では、『源氏物語』を「オトコ文化」の対極にある「オナゴ文化」の代表と位置づけ、「「愛」と「恋」の専門書」として「夢々しい」長大なロマンを紡ぐ中に、「生と死の深いブラックホール」を描き得た作品、と評価する。第二章「源氏という男」は主人公光源氏の人物論。若い時は「蕩児」、中年は「政治家」、晩年は「宗教人」として現れる源氏。そうした源氏にしてなお、女性が望むのは「ただ一人の女として、ただ一人の男に愛されたい」ことだと洞察できずに終わる、そこに『源氏物語』の「おそろしい深淵をみる」と述べる。第六章「紫の上という女」は女主人公紫の上の人物論。最晩年の紫の上について、「源氏への絶望から、それを足がかりに、暗箱《あんばこ》をつきぬけた」、「「祈り」が紫の上を支え、源氏を「あはれ」と思う境地にまで到達した時、紫の上は自立する女になった」と捉える。第七章「埋める作業」では、口語訳に際して原典に「なにがしかをつけ加え、補う」、『新源氏物語』におけるその方法論を具体例を挙げながら語る。最終章「紫式部という女」では、作者紫式部の人生と人物を論じ、また「宇治十帖」を別人の作ではなく「晩年ちかき紫式部の手になるもの」と考えると述べる。ほかに、『源氏物語』に現れる豪奢な品々や宴を論じた第三章「女は布帛《きれ》を愛す」、第四章「女は什器を愛す」、第五章「女はセレモニーを愛す」、『源氏物語』の文章の多様なタッチと、印象的な場面の数々に触れた第八章「私の好きな文章」を収める。さらに、明石の上や桐壺院ら、他の登場人物に関する批評や、紫式部と清少納言・和泉式部の比較論などが各章にちりばめられている。　（大塚美保）

源氏・拾花春秋《げんじ・じっかしゅんじゅう》　源氏物語をいける《げんじものがたりをいける》

エッセイ集

〔初版〕『源氏・拾花春秋　源氏物語をいける』平成十年十月二十日発行、文英堂。書き下ろし。〔文庫〕『源氏・拾花春秋　源氏物語をいける』〈文春文庫〉平成十四年七月十日発行、文藝春秋。〔目次〕プロローグ―人を経糸《たていと》、花を緯糸《よこいと》に、『源氏物語』をいける楽しみ（桑原仙溪）／源氏物語　拾花春秋／源氏物語　四季の女君／エピローグ―『源氏物語』と文雅の生花図、そのよき取合せ（田辺聖子）

〔内容〕華道家・桑原仙溪との共著。第一部の「源氏物語　拾花春秋」は『源氏物語』五十四帖の各巻を生け花で表現したもので、桑原仙溪が生花図とその解説を、田辺聖子が五十四帖各巻の解説を担当している。第二部の「源氏物語　四季の女君」は田辺聖子による登場人物紹介で、「春の女君」として紫の上と朧月夜の尚侍、「夏の女君」として夕顔と花散里、「秋の女君」として六条御息所と朝顔、「冬の女君」として明石の上と宇治の姫君たちを取り上げ、解説している。桑原仙溪は桑原専慶流の第十四世家元。桑原専慶流には『源氏物語』五十四帖にちなむ生花の伝書が伝わっており、これを受け継ぎつつ「現代の感性で見直し」、新たな『源氏物語』生花図を作ることに挑んだのが本書の「拾花春秋」の部であるという。その際桑原は、田辺聖子の『新源氏物語』『絵草紙源氏物語』『源氏たまゆら』を参考にしたという（桑原「プロローグ」）。本書における田辺聖子の文章は、簡潔な中に『源氏物語』各巻のストーリーと女君の人物像のエッセンスを伝え、「『源氏物語』未見の読者にも、そのあらましの流れ、人物造型のイメージが思い浮かぶようにと願いつつ」「短いなりに、原典のもつ香気や品格を伝えようと苦心した」という（田辺「エピローグ」）。なお、初版単行本と文春文庫版では「四季の女君」の部の挿図が異なる。前者では四季の風物の写真が、後者では『源氏物語』の人物を描いた挿画（安沢阿弥・画）が用いられている。

（大塚美保）

源氏たまゆら《げんじたまゆら》

翻案小説

〔初出〕「SOPHIA」平成元年四月一日～二年八月一日発行、第六巻四号～第七巻八号。〔初版〕『源氏たまゆら』平成三年八月二十四日発行、講談社。〔文庫〕『源氏たまゆら』〈講談社文庫〉平成七年四月十五日発行、講談社。

〔内容〕『源氏物語』を、現代語による一人称形式に変換した翻案小説。「第一章」は光源氏が、「第二章」は光源氏の息子の薫が一人称の語り手となり、自らの恋愛遍歴と内面を語る。第一章は、若き日の「おれ（光源氏）」が、方違えに出かけた先で人妻・空蟬と契りを結ぶ日から始まる。原作の「桐壺」の巻を事実上省略したのは、先行作『新源氏物語』の場合と同様、「「桐壺」は（中略）老い馴《な》れた平板な叙述がつづいて、退屈な巻だ」「現代小説として読むために、冒頭はやくも颯爽《さっそう》たる恋の狩人として、源氏を登場させたかった」（田辺聖子『源氏紙風船』）ためだろう。物語はその後、空蟬の拒絶、夕顔との出会いと物の怪による彼女の死、末摘花との当てはずれの逢瀬、と続く。さらに、藤壺への秘めた恋と彼女の姪・若紫を見出し引き取るまで、源典侍との喜劇的な色事、藤壺との秘密の逢瀬と彼女の懐妊・出産、わが子が父帝の皇子となる罪悪感、が語られる。妻の葵の出産、六条御息所の生霊による葵の死。成長した紫（若紫）との結婚。朧月夜との密会の露見。父帝の崩御と藤壺の出家。須磨への流浪、明石の上との出会いと彼女の懐妊。都への復帰。それから十数年後、中年の「おれ」の順風満帆の境遇が女三の宮の降嫁を境に崩れ、女三の宮と柏木の密通、紫の死という悲痛に終わるまでが語られる。第二章は「ぼく（薫）」が宇治の八の宮の姫君たち（大君、中の君）を知り、大君に恋をした時点から始まる。自分の実父が光源氏でなく柏木であると知るまで。大君への満たされない恋と彼女の死。匂宮の夫人となった中の君にも惹かれる心。姫君たちの異母妹・浮舟との出会いと、彼女を愛人として宇治に隠し据えるまで。浮舟が匂宮とも関係していた事実の露見。浮舟の失踪と出家、彼女への断ち切れない「ぼく」の想い、が語られる。初出・単行本・講談社文庫版のいずれも岡田嘉夫による挿絵を伴い、絵草紙を思わせる仕立てとなっている。

（大塚美保）

『源氏物語』男の世界《「げんじものがたり」おとこのせかい》　評論集

〔初出〕「世界」平成元年五月一日～二年十二月一日発行、第五百二十七号～第五百四十八号。原題「ぼちぼち草子　ミスター・ゲンジの生活と意見Ⅲ」。〔初版〕『『源氏物語』男の世界』平成三年六月十九日発行、岩波書店。〔文庫〕『『源氏物語』男の世界』〈講談社文庫〉平成八年四月十五日発行、講談社。〔全集〕『田辺聖子全集第十五巻』平成十七年五月十日発行、集英社。〔目次〕Ⅰミスター・薫の場合／Ⅱ桐壺院の場合／Ⅲミスター・頭中の場合／Ⅳ朱雀院の場合／Ⅴ点景の男たち／あとがき

〔内容〕宇治十帖の主人公である薫を述べた「Ⅰミスター・薫の場合」は、薫論ではあるが、大君や浮舟への思いや対処を通して語られているために、薫と大君、薫と浮舟の恋愛論ともなっている。また、薫を際立たせるためであろうか、匂宮との対比も多い。全体として、薫を中心とした宇治十帖が語られていると見るべきであろう。光源氏の父桐壺院を描いた「Ⅱ桐壺院の場合」は、醍醐・村上天皇という実在の天皇を語ることから始め、桐壺院の粋人ぶりをたたえる。また、光源氏への心遣いを通して、その没後にも重要な役割を割り振られているのだ、と評している。「Ⅲミスター・頭中の場合」では、光源氏の好敵手として「副主人公」と称されているが、常に光源氏と比べられている。そして「陰影に乏しい、『男々しくあざやぎたる』性格のまま老いて舞台から消えてゆく」と結ばれる。「Ⅳ朱雀院の場合」では、「源氏にくらべ、徹底的に負の立場に立たされて、さながら源氏を際だたせるための影のような存在に描かれている」と評しながら、朱雀院を「小説作りからいうと実に面白い登場人物」といい、小説家らしい見方を提示する。その譲位の際については三条帝の皇子敦明親王と重ねても見る。そして「弱い人間の好もしき佳さ、気高い女々しさの市民権を主張・体現しているといわねばならぬ」と結ぶ。最後に、「Ⅴ点景の男たち」として、大夫の監、大井の別邸の管理人、左近の少将を描き、「男性陣もなかなかに重層的で、多彩である」とし、「〈おとこ源氏〉も結構、たのしいものなのである」とまとめている。

（中葉芳子）

『源氏物語』の男たち《「げんじものがたり」のおとこたち》　ミスター・ゲンジの生活と意見《みすたー・げんじのせいかつといけん》　評論集

〔初出〕「世界」昭和六十一年七月一日～六十二年四月一日発行、第四百九十号～第五百号。原題「ぼちぼち草子　ミスター・ゲンジの生活と意見」。「世界」昭和六十三年六月一日～平成元年四月一日発行、第五百十五号～第五百二十六号。原題「ぼちぼち

草子　ミスター・ゲンジの生活と意見Ⅱミスター・夕霧の場合」。〔初版〕『『源氏物語』の男たち　ミスター・ゲンジの生活と意見』平成二年一月二十六日発行、岩波書店。〔文庫〕『『源氏物語』の男たち　ミスター・ゲンジの生活と意見』〈講談社文庫〉平成五年八月十五日発行、講談社。〔目次〕Ⅰミスター・光源氏の場合／Ⅱミスター・夕霧の場合／あとがき

〔内容〕光源氏論というべき「Ⅰミスター・光源氏の場合」では、光源氏の人生を女性との関わりを中心に述べているのであるが、「須磨から後はどうなったか、ようわからん、という人が大多数であろう。実は、源氏の人生は、そのあとのほうが長い。それまでは三分の一にすぎない。だから源氏という男の面白さは、ほとんど人に知られることなく埋もれている」とあるように、中年以降の光源氏と女性たちとの関係を中心に展開される。若い時に出逢った夕顔、空蝉、末摘花などの女性たちに関しては、中年以降の光源氏との関係を描く際にその出会いが紹介されている。それゆえ、光源氏の最も秘めたる恋であり、読者も興味をそそられる藤壺との関係についてはほとんど描かれることがない、という特徴がある。夕霧論である「Ⅱミスター・夕霧の場合」では、夕霧の一生が描かれる。夕霧は宇治十帖を中心とする光源氏亡き後の第三部でも登場するのであるが、第三部における夕霧についてはほとんど述べられていない。夕霧論においても中心となるのはやはり女性との関係であるが、幼な恋から始まる雲居雁との関係が軸となっている。惟光の娘である藤典侍との関係は雲居雁と引き離されていた時であるし、落葉宮との関係においても雲居雁の存在が大きく関わってくる。そういった関連のあることを読者に印象付けるようにまとめられている。

（中葉芳子）

権力とセックス《けんりょくとせっくす》　掌編小説

〔初出〕「小説新潮」昭和四十八年七月一日発行、第二十七巻七号。

〔内容〕連載小説「一期《いちご》のいろ夢」の第七話。題字とカットは灘本唯人。前六月号の「男の手ざわり」では、男性が女性を惹きつける要因として、権力が話題にあがらなかった。「権力とセックス」では、権力ある男性に生じる性的魅力について、「私」「熊八中年」「与太郎」が語り合う。まず、頭脳明晰で権力もあるキッシンジャーに魅せられる女性たちや、男性の権力と性的魅力の関係の例があがる。次に、「権力オンチ」の女に話題が移り、さらに「権力ある女に、男は魅力を感ずるものであろうか」と、今度は女性の権力と性的魅力の関係に、議論が展開する。ここで、与太郎青年はテキパキした職業婦人としての女医・女社長・女作家他、社会的に権力ある女性を賞賛し、熊八中年はこれを全面的に否定した上で、頼りなく、当たりのやわらかなコトバを使うような女性が望ましいという。本編では、四月号の「男らしさ、女らしさ」での与太郎青年・熊八中年の主張は、逆になっているようである。もちろん、田辺聖子の作品世界では、社会的に権力あると思われている女性の「センセイ」は、熊八中年の糾弾するような、ネガティブかつステレオタイプな存在ではない。例えば、「田舎の薔薇」で「女センセ」と称される女医・妙子は、実にいじらしく、他の作品中の普通の主婦よりも、はるかに古風な性格である。芽の出ない小説創作を二十四年も続けるサラリーマンの夫を、常にたてる控えめな女性だ。田辺聖子の世界では、「女センセ」とされる女性たちは、周囲の男性、女性たちのさまざまな思惑とは別

に、地に足をつけた現実的な人間として、しっかりと生きている。（日野由希）

【こ】

恋捨人《こいすてびと》　短編小説

〔初出〕「別冊文藝春秋」昭和六十三年一月一日発行、第百八十二号。**〔初収〕**『ブス愚痴録』平成元年四月二十日発行、文藝春秋。**〔文庫〕**『ブス愚痴録』〈文春文庫〉平成四年三月十日発行、文藝春秋。

〔内容〕化粧品会社に勤める八木は、「怖いもん知らず」という人間を嫌っている。妻は最近市民運動に入れあげ、地名改悪や原発の本などを読むよう八木にも勧めてくる。妻の態度に、「正義やと思うわ」という、八木の嫌いな「怖いもん知らず」を感じて妻の変貌ぶりに辟易している。そこへくると、行きつけの店「小みち」のママなんかいい。客商売を長く続けてきただろうに、八木を迎えてはにかみ緊張する。八木を「怖がって」いるのだ。「小みち」にはマリちゃんという元気そうな太い娘と、「オトーサン」と呼ばれている初老の男がいる。ママは、四、五年前に取っ組み合いの末、前妻からオトーサンを奪ったのであった。オトーサンは店の手伝いをするでもなく、ただ座って酒を飲み、瞑目している。客が立て込んでくると、パチンコ屋かよその酒場に行く。世捨て人で、悟りを開いたようなオトーサンに八木が、男は何のために生きているのか、と聞くと、「於女乎のため」と答えた。今まで誰かを尊敬したことがなかった八木は、はじめて唯一、オトーサンを尊敬する気になった。三、四カ月その店に通っていたが、突然休業になった。気がかりであったが、どこへ問い合わせる訳にもいかない。ある夜、神戸の鯉川筋でばったりママに会い、マリ子にオトーサンを取られ、二人は尼崎でスナックをやっている、と聞かされた。ママは今、友達のスナックを手伝っているという。八木はオトーサンの活殺自在な生に深い尊敬をおぼえる。オトーサンこそ、怖いもん知らずである。八木なら恋捨人とはなっても、世捨て人にはなれない。妻とは違い、オトーサンの怖いもん知らずは、八木の目にまぶしく羨ましくうつるのである。（宮薗美佳）

恋する罪びと《こいするつみびと》　エッセイ集

〔初出〕「歴史街道」平成十年二月一日〜十二年一月一日発行、第百十八号〜第百四十一号。原題「恋さまざま　野茨草紙《のいばらぞうし》」。**〔初版〕**『恋する罪びと』平成十二年六月二十二日発行、PHP研究所。**〔文庫〕**『恋する罪びと』〈PHP文庫〉平成十五年七月十八日発行、PHP研究所。**〔目次〕**つくも髪／ゆらぐ玉の緒／焦がれる舎人《とねり》／お通純情／露とこたえて／黒骨の扇／銀盆に黄金《こがね》橘《たちばな》／月冴の妻／天《あめ》の沼琴《ぬごと》／美しい女武者／恋は式部の昔から／忍ぶれど／定家かずら／恋する罪びと／霧立ちわたる／小春とおさん／巨人の恋／あかざりし昔／山へよする／我が恋は行雲《ゆくくも》のうはの空／死の恋／不知火《しらぬい》の恋／深草の煙／恋という真珠／あとがき

〔内容〕古今のさまざまな「恋」を紹介するエッセイ集。「あとがき」には「これはとりどりの恋のアップリケである」とある。第一章「つくも髪」は『伊勢物語』の在原業平《ありわらのなりひら》とつくも髪の老女、第二章「ゆらぐ玉の緒」は『太平記』ほかに説かれる志賀寺《しがでら》の上人《しょうにん》と京極《きょうごく》の御息所《みやすんどころ》、第四章「お通純情」は吉川英治作『宮本武蔵《むさし》』の武蔵とお通《つう》、第六章「黒骨の扇」は井原西鶴の『西鶴諸国ばなし』中の「忍び扇の長《なが》歌《うた》」に登場する若侍と大名家の姫君、第七

章「銀盆に黄金橘」は『沙石集』に見えるあるじの公卿に高価な細工物を贈った夫婦、第九章「天の沼琴」は日本神話の大穴《おおな》牟遅《むじ》（大国主命《おおくにぬしのみこと》）と須勢理毘売《すせりひめ》のカップルを取り上げている。以上の例は古今の物語や小説、神話・伝承等に取材した章であるが、このほか人物伝的な章がある。第十一章「恋は式部の昔から」の紫式部と藤原宣孝《のぶたか》、第十七章「巨人の恋」の与謝野晶子と寛、第二十二章「不知火の恋」の柳原《やなぎはら》白蓮《びゃくれん》と宮崎龍介《みやざきりゅうすけ》などである。なお、本書タイトルと同じ「恋する罪びと」と題された第十四章は、流罪に遭った中臣宅守《なかとみのやかもり》と妻・狭野弟上娘子《さののおとがみのおとめ》（『万葉集』巻十五）を取り上げている。これらの恋について田辺聖子は「あとがき」で、「こうしてみると、なんと日本人は〈恋する能力〉に恵まれていることか」「〈死〉の対極にあるのは〈生〉ではなく〈恋〉である」と述べている。

（大塚美保）

恋と忍術の巻《こいとにんじゅつのまき》〈おもしろやな男と女の〝新フレンド事情〟〉《〈おもしろやなおとことおんなの〝しんふれんどじじょう〟〉》

短編小説

〔初出〕「週刊小説」昭和六十三年四月二十九日発行、第十七巻九号。〔初収〕『どこふく風—男と女の新フレンド事情—』平成元年十一月十日発行、実業之日本社。〔文庫〕『どこふく風』〈集英社文庫〉平成四年十一月二十五日発行、集英社。

〔内容〕木下の妻ミドリは三十代はじめから忍術研究家として、テレビで活躍しており、『家庭円満の忍術』、『嫁姑仲よしの忍術』などの本を出版している。若い時は、「きっぱりしすぎた」ミドリのような女が好きであったが、四十半ばになろうとするいまや、ナアナアが好きである。木下は世間に粒立たず目立たず、隠れた幸福を楽しみたいのだ。しかし、自宅はミドリの事務所代わりに使われ、木下までテレビ出演を依頼される。ミドリの取り巻きである西日本テレビの玉田ゆりえは醜男好みだと、臆面もなく木下を口説いてきて、自宅でも落ち着かない。木下は会社近くの新開地のアパートで別居することにした。「仕事に打ち込む妻をこっちに向かせる忍術」、なんて使えそうにないのである。ところが、ある日、ミドリの別居が週刊誌に報じられた。ミドリは取り巻きが信じられなくなり、今は木下だけを信頼している。別居生活は続いているが、ミドリと木下は最高の友達といえる。

（岩田陽子）

恋にあっぷあっぷ《こいにあっぷあっぷ》

長編小説

〔初出〕「J・J」昭和五十八年四月一日〜五十九年八月一日発行、第九巻四号〜第十巻八号。〔初版〕『恋にあっぷあっぷ』昭和五十九年十月五日発行、光文社。〔文庫〕『恋にあっぷあっぷ』〈集英社文庫〉昭和六十三年四月二十五日発行、集英社。〔全集〕『田辺聖子全集第十二巻』平成十七年一月十日発行、集英社。

〔内容〕中塚アキラは結婚して五年目、三十一歳の主婦である。料理上手で、家事の合間にスーパーで事務のパートをしており、子どもはいない。結婚してすぐ子どもが出来たけれども、夫のヒロシが「早すぎる」というので、言われるままにおろしたのだ。ヒロシは三十四歳で、口やかましく何にでもスジを通そうとする性格である。ある日、アキラの住む文化住宅に風早実夫妻と娘が引っ越してきた。アキラは実を好ましく思い、精神的な恋愛を楽しんだが、下品なサヨコ夫人は好きになれなかった。アキラは親友の紹介で、R市の古風な御邸街にあるブティックで働くことになった。そのブティックへ、海亀を思わせる容貌をした、資産家の鷹野氏がやってきた。アキラは鷹野氏との出会いによって、「しまい忘れの自分」に気付いたのであった。既婚者である二人は、一緒になることを誓い、アキラはヒロシと別れたが、突然鷹野氏は亡くなってしまう。それでも、アキラはヒロシのもとに戻らず、「アトリエ・ミネ」で、デザイナーとして働くことを決めるのである。田辺聖子は「好きですロマンティック小説」(「青春と読書」平成二年七月一日発行、第二十五巻七号)の中で「『しまい忘れの自分』というフレーズを思いついた。そんなことを思いつく女って、どんな女だろう……などと考え、想像力の糸をたぐって造型したのがアキラというヒロインで、『恋にあっぷあっぷ』なのである」という。山崎洋子は文庫版の「解説」で、結末について「このどんでん返しがあるからこそ、全編にちりばめられた美しいシーンが、しゃれたセリフの数々が、よりいっそうこころに染みこむのだ」と述べている。

(岩田陽子)

恋の掛金はずれて《こいのかけがねはずれて》　短編小説

〔**初出**〕「小説新潮」昭和六十三年十月一日発行、第四十二巻十号。〔**初収**〕『夢のように日は過ぎて』平成二年二月二十日発行、新潮社。〔**文庫**〕『夢のように日は過ぎて』〈新潮文庫〉平成四年十一月二十五日発行、新潮社。〔**全集**〕『田辺聖子全集第十一巻』平成十七年三月十日発行、集英社。

〔**内容**〕三十五歳の独身ニットデザイナー芦村タヨリをヒロインとする連作短編の三作目。夏休みの前夜、ゆったりとした幸福な宵、タヨリはいわゆる女子会にいた。「三十代でも独身《シングル》で、夢をもってて、じっくり人生を楽しんでる女は、みな女の子」である。場所は、道頓堀の「たこ梅」。「しみじみと過ぎ来しかたの波乱の人生を思いやり」つつ、若者には分からない出汁の深い味わいを「わが成功をかみしめ」ながらじっくり楽しむ名店だ。話題の矛先を「いやなヤツ、悪い男」に定めた女子たちは、席を行きつけのスナック「三日月」に移し、舌端鋭く「男」の品定めを展開する。「男は知性を出世に使うんであって、女には使わへんのよ」「限りある資源やから、女にまで浪費してらんないの」と、タヨリが言い、皆でいっせいに笑い合う。「気心知れたヤツら、それにみな綺麗で、みな自分の人生がいそがしく充実してる三十の女の子らが、いまいちばん面白い」。そこには、「面白さ」と「幸福」が同居している。翌日、タヨリは旅に出た。「所在なさをもてあま」すような時間も、人生には必要なのだ。兵庫の奥まった「盲腸のようなゆきどまり」にある鮒豆村は、「毒々しいばかりの」万緑、〈毒緑〉に包まれていた。宿帳に「芦村タヨリ、25歳」としたためた彼女は、「目を楽しませる若い男」、「美尻」の青年、栗原保を早々に見つけ出す。そして二人は、互いの美点を品評しあう。これもまた、幸福な時間なのだ。タヨリは予定を変更し、「自分の作ったタベモノを人に食べさせる、という権力欲」を満たすべく保のアパートに向かった。料理をする間もなく押し倒されたタヨリは、汗まみれになりながら〈心の掛金〉がはずれるのを感じる。それは、鮒豆村同様のすさまじい自然、〈毒緑〉そのものだった。タヨリの作った朝食を「嬉し泣きしつつ食べ」、「僕、帰るまで出ていかんといてや」と「元気よく」出社した保を見送ると、タヨリはすべての旅程をキャンセルした。しかし楽しい二、三日がすぎ、可愛い「栗原クン」はどこにでもいる「日本式の亭主風」になった。男は「ややこしくなると抛ったらかし」、「プイと出ていく」生き物だ。だが、これからは「女がぷいっと飛び出」す時代である。帰宅した栗原が「私を恨んだり恋しがったり」する様子を想像するのは愉快だった。しかしアパートを出たタヨリは、栗原が若い女性と腕を組みながら歩いているのを目撃する。タヨリに気付いた栗原は悪びれることなく「姉ちゃん、どこいくねん」「すぐ帰るから、先に帰っとれ！」と命令した。女を所有物としか扱うことのできない栗原の「図々しいタダのジャガ芋面」に向かって、「誰に向いて偉そうに『先に帰っとれ』なんていうてる思てんねん、青二才にそんなんいえる器量があるかっ」と捨て台詞をはいて、タヨリは「わが家」に帰った。シルクのスリップをまとった彼女は、冷えたハイネッケンを口に運び、ペティキュアを施す。それは「悪くもない夏休み」だった。三十五歳のキャリアウーマン芦村タヨリには、男の裏切りを「アラヨッ」と乗り越え、ペティキュアで封じ込め「悪くもない」と言えてしまうたくましさがある。（渡部麻実）

恋のからたち垣の巻《こいのからたちがきのまき》　異本・源氏物語《いほん・げんじものがたり》

長編小説

〔初出〕「週刊小説」昭和五十八年七月十五日・五十九年一月二十七日・六十一年一月十日・四月十八日・七月二十五日・十月十七日・六十二年一月九日発行、第十二巻十四号・第十三巻二号・第十五巻一号・八号・十五号・二十一号・第十六巻一号。〔初版〕『恋のからたち垣の巻　異本・源氏物語』昭和六十二年四月二十五日発行、実業之日本社。〔文庫〕『恋のからたち垣の巻　異本・源氏物語』〈集英社文庫〉昭和五十五年六月二十五日発行。集英社。

〔内容〕「あとがきに代えて」で、「これは全く「原典」に関係ない。平安中期の京の都に活躍する光源氏とヒゲの伴男をお娯しみ頂ければよいというもの、また、「ヒゲの伴男の生活と意見」をお知り下さって、共感反感さまざまを一ときの興として頂ければ、嬉しいというものである」と記している。「異本・源氏物語」という副題からもわかるように、本書は遊び心満載の『源氏物語』である。主人公は光源氏のお供「ヒゲの伴男」なる中年の家来である。紫式部も登場させ、伴男が光源氏のかなわぬ恋について紫式部のところに話に行くという筋立てでも、読者には楽屋裏を見るような面白さがある。二人のやり取りは関西の掛け合い漫才そのものである。「作者にもヒゲの伴男と光源氏はなつかしいので、またいつか書く折もくるかもしれない」と、自ら創作した人物への愛着を記しているように、恋多き光源氏にふりまわされながらも自分の生活を楽しむゆとりもある中年の「ヒゲの伴男」が生きた人物になっている。伴男が語る「生活と意見」は光源氏に対する皮肉とその反面の愛情にあふれている。「中年がよろし。人情の諸訳《しょわけ》も、人生のからくりも知ってなお且《か》つ、そこばくの体力もまだ残っとると、残《のこ》んの色香も失《う》せとらん、と、こういうのが、まことによろし。いまがいちばん、自分にはいい時なんである」と伴男は考える。若い光源氏は女性の表面的な美しさに惑わされるが、したたかな女性たちとの恋ははずれてばかりである。一方、伴男は、生活力があって会話のキャッチボールができる中年女との付き合いにこそ本当の面白さを感じている。伴男と中年女の関係は、まさに「カモカのおっちゃん」と作者の関係と言えよう。本書が関西弁をまじえて語られているのもそのためであろう。（金子幸代）

恋の組合せ《こいのくみあわせ》

短編小説

〔初出〕「週刊平凡」昭和四十一年九月一日

発行、第八巻三十五号。〔初収〕『愛の風見鳥』昭和五十年十一月五日発行、大和出版。

〔内容〕旅先で出会った男女の恋愛を描いた作品である。今春、トモ子は高校時代の親友四人と、三泊四日の旅をした。最後の夜、旅館が満室で、男性客と隣り合わせになり、不安になった。隣の連中がタダモノじゃないと報告されて、トモ子は番頭さんに掛け合った。すると、海水浴目的の常連さんなので心配はいらないということだった。隣の日焼けした青年が太い声で、「イチジク、食わんですか?」とやって来た。グレン隊でも不良でもなく、親切心が溢れていたので、トモ子はそれを受けとった。その青年は、トモ子の冴えない冗談にも笑い、魅力ある口元をしていた。それが切っ掛けで、八人が輪になってゲームやトランプに興じた。トモ子が社員食堂で昼食を済ませた後、いつものように旅で知り合った吉森から電話が入った。好意を抱いていたが、彼からの誘いを三度もすっぽかし、今後はグループ交際をしようと伝えた。吉森は「君がそういうのなら」と、しぶしぶ承知した。トモ子がグループ交際を提案したのは、そのような取り決めをしていたからだ。旅行の後で、お互いのグループが住所と名前を知らせ合い、再会を約束して別れた。旅先で知り合った、頼りない人間関係に巻き込まれ、取り返しのつかないことになったら困るし、好きな相手がいなかったからだ。しかし、トモ子の心は変化していった。吉森と勤務先が近かったので、音楽喫茶やナイターに行っていたからである。トモ子は自分を重罪犯人のように思い、優しくて誠実な吉森を愛し、また、愛されてしまったのだ。夏になり、グループ同士で合同ハイキングをしたが、吉森とトモ子はお互いを意識し、嘘をついた。しかし、本音は吉森を他の女性に渡したくないと思っていた。夕方、トモ子が帰り支度をしていると、グループの三人がトモ子を訪ねてきて、三人各々が、旅行の相手グループの男性と交際していることをした白状した。トモ子は心底嬉しく、さっそく吉森に逢いたいと思った。（青木京子）

恋の棺《こいのひつぎ》　短編小説

〔初出〕「月刊カドカワ」昭和六十年一月一日発行、第三巻一号。〔初収〕『ジョゼと虎と魚たち』昭和六十年三月二十七日発行、角川書店。〔文庫〕『ジョゼと虎と魚たち』〈角川文庫〉昭和六十二年一月十日発行、角川書店。〔全集〕『田辺聖子全集第十六巻』平成十七年十一月十日発行、集英社。

〔内容〕宇禰は二十九歳で、インテリア関係の会社に勤めている。有二は宇禰と十六歳離れた異母姉の末息子で、つまり宇禰にとっては甥にあたる。有二は受験に失敗し、予備校に通っている。宇禰は十九歳のこの若者がかわいくてしかたがない。と同時に、ついいじめたくなる。有二は宇禰を気の置けない、やさしい、甘えても叱られない「オバサン」と思っているが、実は意志の強さ、意地の悪さを隠しているのである。宇禰は四年前に崎村と離婚した。結婚している時は姑と同居していたが、姑に対する態度と夫に対するそれとが違うというので、夫に「二重人格」と非難された。夫の放った誹謗の矢は、思いがけず深く宇禰を傷つけたらしく、宇禰自身も何かにつけて「二重人格」を自覚してしまう。宇禰は夏休みを利用して、六甲山ホテルに宿泊する。そこに有二が訪ねてきた。宇禰は有二を誘惑し、二人でベッドに倒れ込んだ。情事の後、宇禰はこの悦楽を尖鋭化するために、二度と有二と機会を持つまいと思った。そして、「われら、山頂の黒き土に巨なる穴をうがち、人知れず恋の棺を埋めむ」という西條八十の詩を思い出し、自らも「恋の棺を埋めた人」になろうと決意する。そういう決意を隠しながら、幸福に上気している有二に微笑で応える自分の「二重人格」を、宇禰はいとしく思った。

（荒井真理亜）

恋やつれの鬼《こいやつれのおに》

短編小説

〔初出〕「野性時代」昭和五十二年四月一日発行、第四巻四号。〔初収〕『鬼の女房』昭和五十二年六月三十日発行、角川書店。〔文庫〕『鬼の女房』〈角川文庫〉昭和五十七年五月三十日発行、角川書店。

〔内容〕女は怨みつらみが恋慕とうらおもてに貼り合わされ、執念に炙《あぶ》られて鬼となる。女の鬼は、とりついた相手を決して殺さず、かといって許しもしない。しぶとく、ねちねちと怨みつづけ呪いつづける。だが、男の鬼は恨みの相手に性急に報復する。速戦既決で勝負が早い。『今昔物語』巻二十は、奇怪な男鬼の恋の話である。良房の大臣の実子、明子は文徳帝の后となった。明子姫は若いころから物の怪に悩まされていた。大和の葛城の金剛山に住む葛城上人に物の怪調伏を依頼した。御殿へ上った上人は偶然仄見《ほのみ》た后に恋をした。一途な恋狂いは純粋で強烈である。上人は后の帳台に走り寄り、后に抱きついた。鴨継が帳内に飛びこんで上人を力ずくで后から引きはなした。上人は鴨継の邪魔を恨んで、のちに呪い殺した。上人は「鬼になって后への思いを晴らしたい」と、食を断ち、死んだ。そして鬼になった。人間は鬼を捉え、拘束することはできない。鬼は后のもとへたびたび来た。后はまるで恋人を待つようにいそいそと迎え入れ、嬉しげである。やがて、天皇はどうしようもないと嘆いて還御になった。人々は、この鬼に、人間の欲望を仮托したものらしい。

（浦西和彦）

ここだけの女の話《ここだけのおんなのはなし》

短編小説

〔初出〕「オール読物」昭和四十四年十二月一日発行、第二十四巻十二号。〔初収〕『ここだけの女の話』昭和四十五年二月二十八日発行、新潮社。〔文庫〕『ここだけの女の話』〈新潮文庫〉昭和五十年四月二十五日発行、新潮社。

〔内容〕高度経済成長期の公団の団地を舞台に、「ここだけの話やけど」という枕詞で始まる噂話を軸に展開する主婦同士の複雑な人間模様を描く。語り手の「私」は三十五歳の主婦、夫は小さい商事会社の課長、小学生の一男一女の母である。冒頭、「ゴシップ好き」の押谷さんから、「二号さん」の噂を耳にした私は、公団の団地は「公明正大な市民家族」でないと入居できるはずがなく、だからこそ公団に住むことは「あこがれであり誇り」であるのに、「うしろ暗い、ややこしい立場の人間が入って、奥さん顔をして」いることに憤慨する。「私」と押谷さんは、年代、夫婦の教育程度、主人の月給、勤め先の格など、「社会の平均クラス、似通った位置」なので話も合い、「後妻」「継母」「内妻」「駆け落ち」など、「人の秘密」を詮索しながら内緒話をすることを、「わびしい生甲斐」とはいえ、「人生の楽しみ」の一つとしている。だが、一見「仲よし」にみえても、他の奥さんと一緒の時は、相手の陰口を言ったりする。かげで噂をしている奥さんとも、別の奥さんの悪口で意気投合し、一緒に買い物に出かけるのである。「私」は新婚さんの甘い生活を、「所詮、人間は変るのだ」と皮肉な眼で見ながら、ふいに「人間て、何のために生きとんねんやろ。夫婦て、何のために一緒に居るんやろ」と空しい日々に疑問を抱く。しかし結局は、他人と比べて幸福の度合いを測りつつ、「私ぐらい、ちゃんと揃うてるのは居らんかもしれへん」と自分の恵まれた境遇に密かに満足している。鋭い人間観察をユーモアに包みながら、「女同士の微妙なつきあい」をシニカルな視線で描き出している。

（屋木瑞穂）

心がわり《こころがわり》　短編小説

〔初出〕「週刊平凡」昭和四十一年八月四日発行、第八巻三十一号。〔初収〕『愛の風見鳥』昭和五十年十一月五日発行、大和出版。

〔内容〕ミチの恋人・正雄が、中学の同窓生・ユカリに心変わりした話である。ミチは、「健康」的ではあるが、「ウッカリ」者で「素直」過ぎる女性である。ユカリは「少女雑誌」の「挿絵」に見られるような、「色白」の「美少女」で、「おとなし」い女性だった。二人は「仲よし」で、ミチは中学時代からユカリに憧れ、「美人」の友達がいるのが「自慢」だった。だから、正雄にもユカリを紹介したのだ。「トラック運転手」の正雄は、「誠実」で「ぶこつ」だが、ミチには優しく、「頼もしそう」な所が好きだった。ところが、ミチが急に正雄の家を訪れた時、正雄とユカリの態度がおかしいのに気付いた。ショックの余り泣けない程だった。二人は愛し合い、今は二人とミチが向きあった形になってしまった。素直なミチは、「阿呆やった」とつぶやき、「人間て何て、おそろしいものだろう」と思った。ユカリの泣き顔も正雄の弁解も、汚ならしいもののように思え、ミチは号泣した。三年が経過し、パン屋に勤めたミチは、長距離トラックを下りてパンを買いに来た正雄に遭遇した。彼があの一年後、ユカリと結婚したという噂を聞き、石を投げ込んでやろうと思うほど、激しい憎しみを感じた。が、今では、「裏切る辛さ」を知りながら、「愛してしまったのだろう」と、彼を許している。彼には、「子供があるのだろうか」。「好き」な「お酒」を「飲んで」、「幸福でいてほしい」と願っている。今感じているのは、「なつかしさに似た、かなしみ」だけだ。ミチは、どこまでも「お人好し」である。

（青木京子）

古川柳おちぼひろい《こせんりゅうおちぼひろい》　エッセイ集

〔初出〕「小説現代」昭和四十九年七月一日〜五十一年四月一日発行、第十二巻七号〜第十四巻四号。〔初版〕『古川柳おちぼひろい』昭和五十一年九月三十日発行、講談社。〔文庫〕『古川柳おちぼひろい』〈講談社文庫〉昭和五十六年一月十五日発行、講談社。〔全集〕『田辺聖子全集第十八巻』平成十七年十月十日発行、集英社。〔目次〕母の名は／かみなりを／掛人《かかりうど》ちひさな声で／腰元の化粧／雨やどり／知れて居るものを／武さし坊／五右衛門は／去つたあす／おちやつぴい／猪牙《ちよき》の文《ふみ》／たれながら／泣く時の／れいれいと／あとがき／さくいん

〔内容〕柄井川柳の選句による『柳多留』は『誹諧柳多留』二十四編までをさし、宝暦の頃から寛政（一七五〇年代初めから三十数年間）にいたる古川柳の秀句を蒐めたものである。『誹諧柳多留』は本来百六十七編もあるが、『柳多留』はその一部と言える。本書は主に『柳多留』から著者の好きな句を選び、紹介している。川柳は俳諧の前句付から出たもので、撰者が前句付の短句を出して、それに長句をつけ、撰者の選んだものを〝すりもの〟にして、それを庶民は読んで楽しんだという。古川柳の難しいところは、まず第一に、江戸時代の風俗人情、慣習に通じていないと、句意を察

することが出来ないことで、「中条はむごったらしい蔵をたて」などはその例である。次に題材になっている歴史的エピソードや謡曲、口碑伝説などの智識がないとわからない。「やはやはと重みのかかる芥川」などがその例である。著者は、当時の庶民はこれらの句意をすぐに理解し、笑えたのだと思うと、何とも情けない気がしてくる、と述べる。この書は古川柳を懇切丁寧に、そしてユーモラスに解読し、改めて川柳のよさを感じさせる。庶民の生活、掛人（居候）や囲われ者の憂さ、腰元や武士のきれいごとではない生身の面白さ、長屋の夫婦や古商人の生活などさまざまな句を選び、楽しませる。その他、当時の吉原など廓に寄せた愛着や郷愁、史実や古の物語、謡曲などを明快にした句などもあり、卓越した古川柳のエッセイである。（増田周子）

コテコテのあほ《こてこてのあほ》　短編小説

〔**初出**〕「週刊小説」平成三年十一月二十二日発行、第二十巻二十三号。〔**初収**〕『よかった、会えて』平成四年六月十日発行、実業之日本社。〔**文庫**〕『よかった、会えて』〈集英社文庫〉平成七年十月二十五日発行、集英社。

〔**内容**〕私は三十二歳、弟や妹の身の振り方を見届けてやりたいという思いから、今まで結婚せずにいた。彼らが結婚してからは気楽な一人暮らしで、コンビニとは馴染みである。ある日、数回しか会っていない男に「ワシ、金あるぞっ！」「女房になってほしっ」と脅され、「知るか、そんなこと っ」と力みかえした。男は吉村という腕の良い大工で、「よっしゃん」と呼ばれている。関西は「ナアナア」の文化風土なのに、吉村は断言と強迫で人を追い詰める。プロポーズを断るとナイフを向けたり、結婚したこともないのに「死んだ女房に似てんねん」と口説いたりする吉村は「怪っ体なやつ」というよりは、「あほ」に違いない。危なっかしいから、ついていてあげようと、会社をやめて吉村と結婚した私を会社の先輩は「コテコテのあほ」というが、私は「天女ちゃうか、鶴に乗って天へ帰んのんと違うか」と心配しているよっしゃんのほうが「コテコテのあほ」だと思っている。田辺聖子は『大阪弁ちゃらんぽらん』で「『あほ』という語は、まさに大阪弁の精髄ともいうべく、『あほ』ぬきにして大阪弁は語れない。『あほ』という語ほど、大阪人の会話の中に頻出する言葉はないであろう」と述べている。（岩田陽子）

古典の文箱《こてんのふばこ》　エッセイ集

〔**初版**〕『古典の文箱』平成十一年六月一日発行、世界文化社。〔**目次**〕Ⅰ　紫式部―その人と文学／石山寺の月／紫式部という女／『源氏物語』にみる理想の女性像／『源氏物語』の女と男／Ⅱ　中世の日記文学／才女たちの晩年―紫式部・和泉式部・小野小町・清少納言／小町伝説／恋の見本帳『伊勢物語』／『伊勢物語』の歌／男の眼と女ごころ／『百人一首』について／Ⅲ　西鶴の眼／近松が描いた男／芭蕉の連句／蕪村が好き／雪散るや―一茶の句／詩人の死―芭蕉・蕪村・一茶／秋成の「浅茅が宿」／東海道中膝栗毛／Ⅳ　古典と私／毎年、桜に思うこと／ひとあじちがう人生／深刻好きと川柳／浅葱裏／幼き日の『いろはがるた』／歴史のたのしみ／時代の感じ／飛鳥へのあこがれ／京は花・花は京／古典を旅して／あとがき

〔**内容**〕自らの古典の読書遍歴を、自由に、そして軽快に書きつづったエッセイ集。採り上げられている古典は、紫式部『源氏物語』を筆頭に、『蜻蛉日記』『和泉式部日記』『更級日記』といった平安女流日記文

学の他、歌と物語の魅力的な交錯として『伊勢物語』、『百人一首』。さらに、中世の時代を活写する語り物『平家物語』に、鴨長明『方丈記』や吉田兼好『徒然草』といった随筆から、近世文学の代表的存在である井原西鶴の作品、松尾芭蕉、与謝蕪村、小林一茶の俳諧、上田秋成『雨月物語』、十返舎一九『東海道中膝栗毛』と、幅広い時代にまんべんなく批評眼を走らせ、この上ない古典案内書となっている。また、それぞれの時代を生きた文学者達への思慕溢れる文章も収録され、とりわけ小野小町、清少納言、紫式部、和泉式部、式子内親王といった才女達の生き様をあたたかく見つめる目が印象深い。加えて、『源氏物語』や『平家物語』に登場する人物像への独自な解釈は痛快で、単なる知識教養の面からではない、真に古典を愛する姿勢から生まれるこうしたユニークな視点は、この著書の醍醐味であろう。本書の後半には、日々歴史を学び触れ合う楽しみについてのエッセイも収録され、現代に豊かに息づく歴史の味わい方を示唆してあますところがない。平明な文章は若い読者が手に取りやすい古典入門書であると同時に、大人の読者にとっても懐かしい日本の伝統文学へ誘う、こよないガイドブックとなっている。

（小松史生子）

孤独な夜のココア《こどくなよるのここあ》　短編小説集

〈**初出**〉「a・i」昭和五十二年一月一日～十二月一日発行、第八巻一～十二号。〈**初版**〉『孤独な夜のココア』昭和五十三年十月十五日発行、新潮社。〈**文庫**〉『孤独な夜のココア』〈新潮文庫〉昭和五十八年三月二十五日発行、新潮社。

〈**内容**〉「春つげ鳥」「りちぎな恋人」「雨の降ってた残業の夜」「エープリルフール」「春と男のチョッキ」「おそすぎますか？」「ひなげしの家」「愛の缶詰」「ちさという女」「石のアイツ」「怒りんぼ」「中京区・押小路上ル」の十二編の恋の物語が収められている。「春つげ鳥」は二十二のわたしより、ちょうど倍、年上の笹原サンとの恋である。「りちぎな恋人」は、りちぎで融通がきかないかおりは藤村サンを好きである。いつも期待してデートに出掛けるが、藤村は察しが悪くなにも起こらない。かおりはイライラする。「雨の降ってた残業の夜」「エープリルフール」「春と男のチョッキ」は年下の男を好きになったOLたちが描かれる。「雨の降ってた残業の夜」の斉藤は勤続六年、二十五歳のベテランOLである。「ヌケヌケした面をもつ恋は、少くとも二十五歳、お肌の曲り角の女にはもう似つかわしくない。二十五の女の恋は、もっとしゃれて、すっきりした恋をするべきである」とひそかに思っている。「ちさという女」は、金銭に執着が強くケチで大柄で鼻もちならない醜女のさきが、同僚からからかい半分に「工藤サンは、秋本さんが好きやって」と言われて本気になり、大きなバースデイケーキを彼の誕生日にプレゼントする。「愛の缶詰」「石のアイツ」では過ぎ去った愛を振り返っている。「ひなげしの家」は、後追い自殺までする中年の男女の一途で烈しい恋である。「おそすぎますか？」「怒りんぼ」では共働きの夫婦の破局が描かれる。「中京区・押小路上ル」は、京都の古い格子戸の家に生まれた宇女《うめ》子《こ》は古い伝統としきたりのこの町を出たいとおもいながら、友禅をつくる作業をみて感動し、同じ町内で育った幼な馴染みの文夫にひかれていく。男と女の微妙な感情を描いた短編であり、それらの総称として「孤独な夜のココア」の書名が付けられた。

（浦西和彦）

こ

ことづて《ことづて》　短編小説

〔初出〕「小説新潮」昭和四十五年三月一日発行、第二十四巻三号。〔初収〕『あかん男』昭和四十六年九月十日発行、読売新聞社。〔文庫〕『あかん男』〈角川文庫〉昭和五十年十月十日発行、角川書店。

〔内容〕ある寒い早春の日の夕方、川の堤防の上で、吉田サヨという婆さんが、六万円もの大金を盗まれるという事件が起こった。ところが、サヨ婆さんは、その事件のことを自分からは誰にも語らなかった。結局、事件については、犯人の方から、明るみに出されることになるのだが、サヨ婆さんが、なぜ、そんな時間、そんな場所で、大金を持っていたのか、また、なぜ、それを盗まれたことを隠していたのかは、しばらく謎のままであった。その後、息子が、サヨ婆さんに経緯を問い詰めると、とうとうサヨ婆さんは熱を上げている映画俳優の後援会に行くために東京まで出かけるつもりであったことを明らかにしたのであった。息子の従兄はその話を聞いて、サヨ婆さんに、茶飲み友達を紹介することを思いつき、実際に提案するが、サヨ婆さんは「じいさんは好かん」と、すげなく断った。そもそも、サヨ婆さんが、その映画俳優を恋するようになったきっかけは、以前、ドラマの撮影で町に来た、その俳優の美しい姿に心を奪われ、また、俳優がサヨ婆さんに、近くの山の名前を尋ねるというやりとりをしたことにあった。その時は、サヨ婆さんは、正確に全ての山の名前を答えることができなかったが、言葉を交わした体験が、忘れられない記憶として心に刻まれていたのである。その後、サヨ婆さんは、茶飲み友達として紹介された爺さんから、偶然にも、俳優に答えられなかった山の名前を教えてもらうことになる。婆さんは、その後、実際に、俳優に会いに東京まで出かけるが、そこで出会った俳優は、以前、町で会ったイメージとまるで異なるものであった。サヨ婆さんは、俳優への「ことづて」として土産を渡すが、町に帰ってから、「ことづて」として、山の名前を伝えておいたら良かったと思うのであった。まるで少女を主人公にしたように、純粋な老いらくの恋が描かれる、心温まる作品である。

（足立直子）

このへんで……《このへんで……》　短編小説

〔初出〕「オール読物」平成五年三月一日発行、第四十八巻三号。〔初収〕『愛のレンタル』平成五年十月一日発行、文藝春秋。〔文庫〕『愛のレンタル』〈文春文庫〉平成八年九月十日発行、文藝春秋。

〔内容〕河原美矢は、幼な馴染みのサブ（榎木三郎）と、数年前に同窓会で再会してから遊び仲間としてつき合っていた。三十代前半で独身のふたりだが、美矢はサブを結婚相手として見ることはできず、相手も同様だろうと思っていた。「仲のいい、気の合う友人だが、それ以上には進展しない」ふたりの関係を、美矢は勤務先の上司、福山課長から常々不審がられ、「どこがおもしろいんじゃ。寝もせん男とつき合《お》うて」「結婚て、イキオイのもんやぞ」などと言われていた。美矢は同じ会社に勤務する土井（二十八歳）を「電撃的」に好きになり、屢々食事などを共にするようになった。土井は「何だか、アバウトな印象の人であった」が、そこに好意を持っていた美矢は結婚も夢想していた。しかし、打ち解けてからも土井は手も握らず、ふたりの仲はなかなか進展しない。そんなある日、土井から呼び出され、マンションに向かった美矢は、彼と同じ課の浅丘葉子の結婚話について相談を持ちかけられ呆然とする。土井は中学校の同窓生でいつしか愛し始めていた葉子から見合いした男と結婚するという話を聞かされた苦渋を打ち明け、一方美矢の存在については「男と女にだって友情は成立」する、「すがったら胸かしてもらえそう」などと言う。辟易する美矢だったが、それらの言葉は日頃彼女がサブについて語る時の言葉そのものなのであった。これまで美矢が惹かれていた土井の言動さえも全て葉子の受け売りであったという始末で、ショックで自信を喪失していた美矢だったが、そんな時に電話で「大丈夫か、オマエ」というサブの声を聞き、涙がどっとあふれる。すぐにやってきて食事を作ってくれたり気分が浮き立つような贈り物をくれたりするサブとの時間の中で「みるみる立ち直った」美矢は、サブが職場で親しくしているという女性係長の存在を知り、土井の恋の告白を聞かされた時以上の「もっと強い疑惑と動揺」を覚える。福山課長の言葉も思い出され、「このへんで――」という言葉を切り出してみたらサブはどういうだろう、などと思いながら美矢は青空を仰ぐのだった。

（峯村至津子）

古文の犬《こぶんのいぬ》

短編小説

〔初出〕「小説宝石」平成六年三月一日発行、第二十七巻三号。〔初収〕『ずぼら』平成七年三月三十日発行、光文社。〔文庫〕『ずぼら』〈光文社文庫〉平成十年十月二十日発行、光文社。〔全集〕『田辺聖子全集第三巻』平成十六年十一月十日発行、集英社。

〔内容〕徳田は、五年前に妻と死別した男やもめで、シロという犬のいる居酒屋たみやの常連である。冬のある日、居酒屋たみやには暖簾が掛かって灯はあかあかとしているのに、シロを残して、大将もおけいちゃんも姿が見えないという場面から物語は始まる。シロは、柴犬と紀州犬の雑種の雄で、「端正な顔に澄んだ黒目」の品の良い犬。市民大学の「古典を読む会」講座に通っている徳田の頭の中では、シロが「候《そうろう》」体の古文、つまり『平家物語』ばりの調子で語っているように思える。たみやの大将は、徳田と同年配、六十四、五歳の上品な男で、しゃべりすぎず無口でなく、料理の手際もよい。定年退職前に仕事をやめて料理人になったので、妻から大反対を受けて家を追い出されたという。おけいちゃんは、美人ではないが軽快で愛嬌のある五十一歳の女性で、既に娘を独立させている独り者。徳田は彼女のことを好ましく思っている。居酒屋たみやでは、老いの生きざまなどを熟年同志で気兼ねなく語り合える。特に最近では、『平家物語』のなかの、七十六歳で決起し、乾坤一擲の挑戦をした源頼政が話題にのぼった。さて、空けっぱなしの店で徳田が待っていると、見知らぬ上品な女客が現れ、そこへ大将とおけいちゃんが戻ってくる。大将は有名企業の元重役で、奥さんが居酒屋商売をやめさせようと説得にくるたびに、逃げているらしい。こんな小規模の店をやったって、無謀・不毛・徒労だという妻に、生き甲斐をみつけたのだと答える大将。娘たちも居酒屋なんかをやる父親を恥ずかしがっていると言う妻に、「たみや」の名前は、娘の名から一字ずつ取ったのだ、と優しく答える大将であった。後日、大将とおけいちゃんがシロと一緒に仲良く散歩しているのを目撃し、徳田は自分のかなわなかった恋を、ほほえましく思う。

（堀まどか）

古墳屋《こふんや》

短編小説

〔初出〕「問題小説」昭和五十一年九月一日発行、第十巻九号。〔初収〕『お聖どん・アドベンチャー』昭和五十二年三月十日発行、徳間書店。〔文庫〕『お聖どん・アドベンチャー』〈集英社文庫〉昭和五十五年二月二十五日発行、集英社。

〔内容〕国家の国民管理や思想統制が強化され、小説家、学者などの個人活動が禁じられたのはだいぶ昔の話となった。転職に失敗、失職中となった私と小松左京チャンと筒井康隆サンは放浪し、葛城山の東南の山ふもとの村で、七十くらいの爺さんに助けてもらう。爺さんの家には眉村卓さんが置いていったタイムマシンと邪馬台国の壺や鏡、そして金印があった。壺や鏡は爺さんの仕組んだ詐欺であり、その詐欺は村の稼業の一つになっていることを知るが、金印はタイムマシンが持ってきたものと考えられた。タイムマシンの修理をしていると、松本清張を始めとする邪馬台国論者が出現し、卑弥呼は金印を取り返しに来て、最後には別次元に飛ばされていた眉村さんが戻ってきた。四人はその村で縄文風の壺や土偶を作り、よそ者にそれらを売り、生活に平安を取り戻す。（高橋博美）

小町盛衰抄《こまちせいすいしょう》　歴史散歩私記《れきしさんぽしき》　エッセイ集

〔初版〕『小町盛衰抄　歴史散歩私記』昭和五十年五月三十日発行、文藝春秋。〔文庫〕『小町盛衰抄　歴史散歩私記』〈文春文庫〉昭和五十八年八月一日発行、文藝春秋。

〔目次〕夜明けの神々《スサノオ》／女王卑弥呼《卑弥呼》／女帝行幸《持統天皇》／小町盛衰抄《小野小町》／石山寺の月《紫式部》／後白河院抄《後白河院》／淀君と北政所《淀君》《北政所》／難波すずめ栄華の世盛り《西鶴》／詩人の死《芭蕉》《蕪村》《一茶》／歌麿とその女《歌麿》／一葉の恋《樋口一葉》／絵本・春団治《桂春団治》／あとがき

〔内容〕「あとがき」に「歴史というものは事実のつみ重ねにすぎず、それを素材として、美しくも醜くも、好きなように絵取ってゆくのは、あとから生まれた人の利得なのである」、「私たちが子供のころは」「太閤はんは草履取りから身イ起して天下とらはったんや」「などという大人たちの会話や、子供へ語り聞かせる物語のうちに、日本人の歴史が肌に沁みついたのだ」とある。このような、歴史上の人物との「情緒的なかかわり方」（あとがき）を方法化し、本作はエッセイでありながら、考証スタイルのなかに、小説の手法がふんだんに取り入れられている。たとえば「小町盛衰抄」では、小町の母の姿が、「彼女は、この国の空のように深く澄んだ瞳をしていて、男の姿がそこに映っているくらいだった」と描写され、作者が想像する、史実には残らなかった歴史の一齣を、読者が追体験できるような工夫が、随所でなされている。（北川扶生子）

小町・中町《こまち・なかまち》　浮世をゆく《うきよをゆく》　エッセイ集

〔初出〕「週刊小説」平成十年一月九日〜十一年九月十七日・十月一日発行。〔初版〕平成十二年三月二十五日、実業之日本社。

〔目次〕永遠の美女／男運／身上相談／ジユーシイ／生れ代り／わらじ酒／トトト……／春場所／しおらしさ／バランス／太り肉《じし》美人／ひきがえる／さくらんぼ／エエとこ取り／博多の古典／キタナイ／田舎の風流／インターネット／父上いかにのたまうも／のっぺらぼう／縄文の島／〈おせいの文学コーナー〉／ラッキーとハッピー／琉球の王様／老いぬれば……／気張らんと……／松茸うさぎ／寿《ことぶき》タクシー／かしこい女／オトナの酒／よんどころない春寒の夜／発想の転換／雛の宵酒／ひと花咲かす／浪花の春風／女のゆく酒場／ロマンスの星座／春も去《い》ぬめり／大阪のチカン／雨夜のムダ話／雨夜のムダ話　その二／究極の

たのしみ／天神祭／立秋

〔内容〕私の酒は「無意識酒」だ。晩酌は人生の一部であり。改めて考えてみないと、毎晩飲んでいるかどうか思い出せないくらい、生活の一部になっている。飲み友達は、少し年上の男友達「熊八つぁん」と、やや年下らしく思われる女友達「中町ちゃん」。このほか、人生の現役真っ最中の、中年の男友達「与太郎」も、ときどき加わる。話題は、今どきの若者から、阪神タイガース、葬式の遺影選びまで。おいしい酒と食べ物に、話もはずむ。今どきの若者に共通して思うのは、〈ナマ身の怖さ〉を知らないことだ。映像ばかりの疑似現実に囲まれて育った彼らは、ナマ身の人間と向き合ったときに、相手から受ける風圧・威圧感とでもいうものを、感じ取る力がないのだ。教育の問題も大きい。明治以来七、八十年かかって作った近代日本、軍国日本が瓦解したあと、五十年かかって軍国臭を一掃したのはよいが、「今度はエゴのお化けばかりになって」しまったのではないだろうか。鳥鍋はあらかたなくなったが、今夜も話は尽きない。気の合う友人たちとの、心置きないおしゃべりのひととき、浮世の様々は、この上ない酒の肴だ。酒席でのおしゃべりというスタイルで、世相を軽妙に批評するエッセイ。

（北川扶生子）

殺し文句《ころしもんく》　掌編小説

〔初出〕「小説新潮」昭和四十八年三月一日発行、第二十七巻三号。

〔内容〕連載小説「一期《いちご》のいろ夢」の第三話。但し「小説新潮」は、「第二話」と回数を誤記。題字とカットは灘本唯人。「殺し文句」では、まず女性である「私」が、男性に対する殺し文句として「同志社大学の山本明センセイ」から推奨された、「○○さんも、ほんとは淋しい人なのね、という、この淋《さび》しい人なのね、には、男は弱いですなあ」という言葉について考える。小松左京や井上ひさしら、同時代男性作家達への応用を空想した後、中年男性の「熊さん」と軽妙なやりとりを交わす。次に「私」は、「私、思うに、男は元来、ヒマで、手もちぶさたなのではあるまいか」と、男女の性差から「ヒマ」「さびしい」について思いをめぐらす。そして、女性の場合は同じことをいわれれば、殺し文句になるどころか、「烈火のごとくいきりたつ」と指摘し、さらに「女がヒマであると見られるのは女の恥である」と書く。最後は、女にとって望ましい殺し文句が考察され、以下のように締めくくられる。「彼女がいままで一ばんピンときたくどき文句は、男が腕時計をみつつ、せわしげに、／「一時間、あいてます。ホテルへいきませんか」／とささやかれたときだそうである。こっちまであわてて、口早に、諾《ウイ》、諾《ウイ》、となったそうである。釣られる、ということは文字通り、あるものだといっていた。／してみると、ごたごた殺し文句を並べるのは、まだ下策であるようである」。この例を男女逆にし、女性に男性を誘わせた上で、「女に「時間、勿体ない」といわせるのは、男冥利に尽きる」とする作品（「春情蛸の足」）、逆に、冴えない男が「今日、時間ある？」「いこか？」だけを殺し文句として女と関係・結婚している作品（「宇宙人のイモ」）等、その後の田辺作品と連続する。おそらく現実の田辺は、「殺し文句」中の「私」とは異なり、「男／女の殺し文句」を、それぞれ絶対視してはいないのであろう。

（日野由希）

子を作る法《こをつくるほう》　短編小説

〔初出〕「小説現代」昭和四十九年六月一日

発行、第十二巻六号。〔初収〕『無常ソング―小説・冠婚葬祭―』昭和四十九年十月十二日発行、講談社。〔文庫〕『無常ソング』〈講談社文庫〉昭和五十二年六月十五日発行、講談社。

〔内容〕伊吹はこのごろ、子供ぎらいになってきた。郊外に建て売り住宅を買ったときは、淋しい山村だったが、近くに団地ができて、アッというまに住民がふえた。住民は若いから、子供もネズミ算式に増えていくのだ。伊吹は四十八歳で、妻は四十三歳である。妻は世話好きなので、若夫人たちからなにかと、いい相談相手にされるらしい。伊吹が子供がきらいだと思うのは、中年になりいささか疲れてきたので、子供たちのかん高い叫び声や、赤ん坊の泣き声に、生理的に堪えられないからかもしれない。子供ぎらい、ということは、子供を叱らない親たちがきらいということもある。どこへでも子供づれで来る親が、腹立たしい。伊吹は、勝手なことをやる娘や息子に対して、憤怒と憎悪を抱いているのだ。世間の子供たちにおのが息子らの姿がかぶさり、子供ぎらいになったとも考えられる。伊吹の妹には、一人子供があるが、あとを早く作ることばかりかんがえている。人はなぜ子供をつくりたがるのか、一人居れば充分ではあるまいか。世をあげての、狂熱的な子産み競争としか、伊吹には思えない。人は人、勝手に子産み競争に参加しはったらええ。こっちはそんなこと知らんと、思うと、伊吹はふと、妻を抱き寄せたくなった。数日後、帰宅すると、娘の恭子が結婚したいという。向こうも大学生で、子供が「できるんですよ」とのこと。そして更に憂鬱な話が伊吹を待っていた。ある日、帰宅すると、妻がいそいそとしていた。「できたのよ」。生むわよ。伊吹はまさかと思ったが、妻は「あら、あのときやないの」と目くばせした。

（浦西和彦）

今昔物語絵双紙《こんじゃくものがたりえぞうし》

翻案小説

〔初出〕「オール関西」昭和五十九年五月一日～六十年八月一日発行、復刊第一巻二号～第二巻五号。「ハイミセス」昭和六十三年一月十八日・三月十八日・五月十八日・七月十八日・九月十八日・十一月十八日・平成元年一月十八日・三月十八日・五月十八日・七月十八日・九月十八日・十一月十八日発行、第二十五・二十七・二十九・三十一・三十三・三十五・三十七・三十九・四十一・四十三・四十五・四十七号。〔初版〕『今昔物語絵双紙』平成二年九月十日発行、角川書店。〔目次〕今昔物語について／人に知られぬ女盗賊／葦刈／平中の恋／雨宿りで逢った少女／受領と平茸／くぐつ目代／生霊の女／猿の気ばたらき／思慮ある武者／初午の女／女とハレモノ／唐櫃の僧／さらわれた姫君／鉼の女／百万長者になる法／大力の女／猫怖じの男／美女の引出物／鬼とお后／海からの土産物／ほとどきすの女／船をかつぐ女／瓜と爺さん／玉とり狐／赤子を食う鬼／捨てられた妻／すももの宴／美女ありき／蛇髪の妻／あとがき

〔内容〕清新な文章で、『今昔物語』の世界を現代的に甦らせた翻案小説。挿絵に独特のエロティシズムと妖気ただよう岡田嘉夫のイラストを用い、それを海野幸裕の自在なレイアウトで配する。文章とイラストとレイアウトが一体となって、『今昔物語』の世界を解釈していく、文字通りの絵双紙というにふさわしい作品。田辺聖子の市井に通じた感性があふれる文体は、『今昔物語』のような説話の世界にこそ、ぴったりはまるものなのかもしれない。巷の噂話のかしましさの再現はもちろんだが、その背

景にあるしっとりとした日本の四季の情景の余韻までをも語ろうとする姿勢は、口語訳の枠からはみ出しつつも、しかしかえってそれ故に『今昔物語』の奥深い空間を暗示して秀逸である。（小松史生子）

コンニャク八兵衛《こんにゃくはちべえ》 短編小説

〔初出〕「オール読物」昭和五十四年七月一日発行、第三十四巻七号。〔初収〕『おんな商売』昭和五十六年五月二十五日発行、講談社。〔文庫〕『おんな商売』〈講談社文庫〉昭和五十九年十二月十五日発行、講談社。

〔内容〕大阪では昔、タヌキ（大阪ではタノキ）の話が多くあり、夫婦愛の言い伝えがあった。古い浪花のタノキは情趣を解して心根が優しいが、泥くさいところもあるという。『今昔物語』の「芦刈」は、生活の為に別れた貧しい夫婦の話である。別離後、勤め先の主人に愛されて難波に下った妻が、芦を刈る男の中に落ちぶれた元の夫の姿を見つけ、食物と酒を与えた。彼への思いを歌に詠むと、男は返歌をして姿を消したという。この話が浪花タノキの世界に形を変えて残っている。大阪の源聖寺坂にコンニャクが好きなコンニャク八兵衛と呼ばれるタノキがおり、道頓堀中座の奈落に祀ってあるおよいタノキと元夫婦であった。八兵衛はおよいのためにコンニャクを人間から巻き上げていたが、防御されて捕れなくなり、食べることに事欠くようになると、およいに別れを切り出された。一年ほど経って偶然出会った際、生活にゆとりが出来たおよいは金歯を見せて笑い、八兵衛は片足をあげて赤ふんどしを見せびらかしたという。この話の続きを、私は古い友人の須賀サンに聞いてみた。彼は温和な性格であったが、妻は才気ある女性で、道楽で始めた染物が仕事へと発展し、忙しくしていた。そして、娘が結婚したのを機に妻は別居を切り出した。夫の世話をして暮らすより、残りの人生思い切ったことをやってみたいと言う。持ち家は人に貸し、単身でアパート住まいの須賀を、妻は「パパァ」と甘い言い方で食事に誘い、ひたすら食べる須賀を見て喜ぶのであった。須賀は私に、「芦刈」で男が姿を消すのは、落魄した姿を見られたことより、ガツガツ食べる姿が恥ずかしくなったからで、また、八兵衛がおよいに赤ふんを見せびらかしたのは、新しい女タノキが出来たからではないか、と言う。八兵衛を拝みに行くという須賀を見て、私は彼にも女性運が開けたのではないかと予想する。（永井敦子）

婚約《こんやく》 短編小説

〔初出〕「専売」昭和四十二年四月二十日発行、第四号。〔初収〕『愛の風見鳥』昭和五十年十一月五日発行、大和出版。

〔内容〕お見合い相手が気に入ったのは妹だと思い込んだそそっかしい姉の話。二十三歳の陽子は、子供の頃からそそっかしかった。ヨソの小母さんが菓子袋を握っているとすぐに手を出し、恥ばかり掻いていた。少女雑誌の「人にやる菓子をわれかとまちがえて出したる手をばどこへかくさん」という狂歌は、自分にピッタリ当てはまった（この狂歌は、『田辺聖子の人生あまから川柳』に、「滑稽短歌」として掲載されているもので、少年雑誌から引用したとある）。お茶友達の北野夫人の家へ行った時も、母からすぐに失礼するように言われていた。しかし、カレーの臭いに誘われた陽子は、北野夫人の言葉を都合よく取り違え、カレーを食べて恥を掻いてしまう。陽子には、二十一歳の「美人」でしとやかな妹・マチ子がいる。陽子は時々、お世辞を言って妹に洋服を縫ってもらう。今度もてっきり自分のものだと勘違いした陽子は、マチ子のために、シュークリームを買い、肩をマッサージする。しかし、これは私のものよと妹に言われて悔しく思う。子供の時から「要領」のよい妹には歯が立たないのである。北野夫人の世話で塚田と見合いをした時も、陽子は、見合い相手が好んでいるのは妹だと勘違いした。今までの見合いでは、大抵先方から断られてきたからだ。和服を着たマチ子は輝いていたので、マチ子の方が相手に気に入られたと思い込んだのである。マチ子は、「衆目を一身にあつめなければ気のすまぬ娘」で、「自分を美しくみせるコツ」を心得ている。それに比べ、陽子は「正直」ではあるが、「気」のきかない女性である。勤務先近くへ塚田がやって来た時、話が弾んだ陽子は、幸福感で一杯だった。しかし、北野夫人からの電話で、やはり塚田が好んだのは妹だと勘違いし、落胆する。結局、妹を撰んだのは塚田の従兄弟で、塚田は陽子が気に入っていたのだ。人の好みはさまざまで、必ずしも美人が好まれるとは限らないのである。

（青木京子）

【さ】

再会《さいかい》　短編小説

〔初出〕「専売」昭和四十二年七月二十日発行、第十一号。〔初収〕『愛の風見鳥』昭和五十年十一月五日発行、大和出版。

〔内容〕恋愛は他人のシナリオどおりにはゆかないものである。モモ子は四人兄妹の末っ子で、二十一歳のOLであるが、常に両親や兄に子供扱いされている。本町のビジネス街に通勤し、お茶・お花のおけいこや、映画の試写会、お好み焼き屋へ出かけたりする、平凡なサラリーガールだ。モモ子は潑剌とした女性であるが、今まで、恋愛や縁談には縁がなかった。結婚退職する娘たちは、着物姿で挨拶するのが通例で、それが一大デモンストレーションとなる。彼女たちにとって、結婚は最大の関心事、終極の目的で、結婚相手を見つけるために働く女性も多い。モモ子は、恋人のいる友達の高木みき子が羨ましい。彼女の恋人は、隣のビルに勤める好青年だ。みき子から、「ひらめき」と「根気」と「細心の注意」が、恋人獲得の秘訣だと知らされる。一週間前、モモ子は心斎橋で、十年ぶりに幼な馴染みの藤野修一と再会した。修一はモモ子より三つ四つ年長で、以前は隣に住み、一緒に登校していた。修一は中二の時、父の転勤で東京へ去り、モモ子の転宅もあって交際がとぎれていたのだ。モモ子は喫茶店で修一の勤め先や寮の電話番号を聞いた。「大学出」で「ちゃんとした会社」に勤め、「素性」が知れているので、結婚には「申し分ない条件」だった。しかし、モモ子は、自分の思いとは裏腹に、みき子のいう恋愛のシナリオどおりに動いた。すると、修一は、次第に、モモ子の話を上の空で聞くようになってきた。モモ子が電話すると、僕はモモちゃんに会うた時は本当に嬉しかったけど、僕の思っていたモモちゃんと違っていた、と本心を告げた。モモ子も、あたしも修ちゃんに会うて嬉しかったので、また、会いたいと、今度は素直に本心で叫んだ。モモ子は、結婚は条件ではなく、会いたいという気持ちが大切だということに気付いたのである。

（青木京子）

歳月がくれるもの《さいげつがくれるもの》　エッセイ集

〔初出〕「MISS」平成二十三年一月～二十四年四月号。〔初版〕『歳月がくれるもの』平成二十五年六月五日発行、世界文化社。〔目次〕女の可愛げ／続く恋、終わる恋／夢をかなえる／初めましての作法／仕事と家庭の両立／おしゃれは人のためならず／好きなものには溺れよ／いい匂いのする人／男の誠実／女友だち、男友だち／気持ちを伝える／男の色気／しあわせの記憶／いちばんのごちそう／片思いの処方箋／挨拶は人生の勉強／頑張りやさんのあなたへ／人生は出来心／心がちょっとくもった日には／昔の恋／おもろきかな、夫婦／赤い糸より確かなもの／笑う門には福来る／涙を瓶に詰めて／歳月がくれるもの／あとがき「人生の小説」

〔内容〕「MISS」に十六回連載したものに「加筆修正を加えて全25章に」まとめたもの。「あとがき」に「聞き書きのエッセイということで恋愛、結婚、仕事、人生、毎回いろんなテーマについてお話ししました」「今を生きる女性たちにも、心からのエールを送りたいと思います」「独身を謳歌する、それも楽しい。結婚したらそれも楽しいし、子どもがいたらそれも楽しい。子どもを持たない人生、それもまた楽しい。いろんな人生があって、それぞれの喜び、哀しみがある。ふとした弾みに出たひと言に、それがにじむことがある。これこそが私は「人生の小説」だと思っています。人生には楽しいことがいっぱい」とある。きれいなものに心動かされたときはそれに溺れた方がよい。「本当にそれが好きで溺れると、中味をちゃんと見抜くことが出来るようになる」と述べる。いいことも厭なこともずっと続くということはないのである。厭なことは「とりあえずさっとどこかへ置いておいて」面白いことを先にやろう。「思い出すと口がほころぶようないいこと、素敵なことを、いっぱいいっぱい集めて、いい匂いのする素敵な人になりましょう」と、結婚もよし、独身もよしと、それぞれの人生を肯定的に認めて、読者に楽しく生きる事への声援を送っている。

（浦西和彦）

歳月切符《さいげつきっぷ》　エッセイ集

〔初版〕『歳月切符』昭和五十七年十一月三十日発行、筑摩書房。〔文庫〕『歳月切符』〈集英社文庫〉昭和六十一年五月二十五日発行、集英社。〔目次〕Ｉ小説家の休暇（わが愛する街―神戸／ぬくうなりますなぁ／小説家の休暇／神々の賞でし島／黄金の湿気／アメリカ・アメリカ／わたしの朝食／酒徒番附／私の酒と肴／大阪のおかず／お好み焼ときつねうどん／ヅカ狂い／無能先生／子供ぎらい／私の葬式／歳月切符）／Ⅱひと、本に会う（「俗」の言葉／メモのこと／大阪弁／女流ナニナニ／〝マジメ半分〟編集後記／一顆の宝石／通勤電車での乱読／少女小説に夢中だったころ／ひと、本に会う／落語と私／中原淳一先生の絵／夢を追う人たち／師弟の縁／行間にあふれる力と色気／女人と短歌／ホンモノと美を愛する心―森茉莉讃歌／やさしき少女の理想主義―吉屋信子とその文学）／Ⅲわが街の歳月（福島／尼崎／神戸／西宮・芦屋／宝塚／伊丹）

〔内容〕Ⅲ「わが街の歳月」は、初出「サンケイ新聞」夕刊〈大阪版〉昭和五十六年三月二十三日～五月九日発行に断続連載。「あとがき」に、「このごろでは、エッセーのほうがむつかしくなり、小説のほうが書きやすいように思われる。「小説家の休暇」はむしろ、小説を書いているときであるようだ」とある。本人が述べるように、「細心の注意で書」かれた珠玉の随筆集。人間を愛し、人生のあらゆる瞬間をいとおしむ田辺の《死にざま》《生きざま》、そのありのままの姿が満載されている。「一枚ずつキップをちぎって渡しつつ、いたずらに流れる四季の美しさに呆然とするのみである」（歳月切符）。「男同士の友情より、女の友情のほうを、私は信じている。組織や階級意識や家族の軛に縛られない、女一匹のサムライたちのほうに自由でたより甲斐のある人が多い」（歳月切符）と語る田辺。肩肘の力を抜きながら、可愛いらしくも凛とした強さをもつ女たち。まさに《低音》でおとなの愛の精神を語る〈サムライ〉田辺聖子が、社会への願望と次世代女性たちへの万感のエールを込めて書き綴っている。『田辺聖子全集第二十三巻』（平成十八年一月十日発行、集英社）に、「わが街の歳月」が収録された。（堀まどか）

魚ぎらい《さかなぎらい》　短編小説

〔初出〕「小説宝石」平成元年三月一日発行、第二十二巻三号。〔初収〕『結婚ぎらい』平成元年九月二十日発行、光文社。〔文庫〕『結婚ぎらい』〈光文社文庫〉平成五年十月二十日発行、光文社。

〔内容〕宮下慎二郎は、上司とけんかして新聞社を辞め、数年前から妻の一族が経営する西宮市にある女子短大の国文学系の講師をしている。文化教室、講演、テレビ出演と幅広く活躍、本も出版し、今や文化人のはしくれである。「ミヤシン」と呼ばれ、ちょっと孝夫（現、十五世片岡仁左衛門）似で主婦にも人気がある。大学時代の古い友人は宮下の変身ぶりに驚いているが、宮下は、自分は今もけんかしやすい権太（関西でやんちゃ、腕白をいう）のままだと思っている。宮下は子どもの頃から魚が嫌いで、磯臭さが我慢できない。少年時代に強烈な磯臭さをともなう海坊主が登場する怪奇小説を読んだのが一因らしい。一方、妻の律子は魚好きで、彼の偏食や喫煙を健康のために直そうと命令口調で強制し、権太の宮下と衝突する。妻は芦屋のお嬢様だが、宮下は大阪生まれで、妻の高圧的な態度には、芦屋出身者の大阪への優越感や、正義を声高に叫ぶ宝塚歌劇の影響があるのではないかと、宮下の考えは文化的相違の問題にまで行き着く。魚嫌いには、「女は猫でんな」と語る元ヤクザのおっさんや幼すぎるホステスのほか、高校時代に好きだった菅井久美がいるが、クラス会で再会した久美とは魚嫌いで意気投合して関係を持ったものの、ねちねち絡まれ、肉と思ったものが魚だったような嫌な気がした。宮下は、仕事柄知り合った女性の中から「魚臭さ」のない女を選んで近づいていた。土井佐久良は文化教室の書道の教師で、なよなよした雰囲気の優しい女である。恥じらいながら誘いに応じた彼女だったが、関係を持つに及んで積極的になり、宮下を鼻白ませる。しかも、宮下が最も苦手なふなずしとしめさばを肴に上機嫌で酒を飲む。宮下は、女こそ怪物・海坊主だと思い、おっさんの「女は猫でんな」という定義が一番正しいと思う。文庫本の作者「あとがき」に、収録七作品のうちでも「気に入っている」、「好ききらいの発するところ、かならずユーモアがうまれるので、それを書きたかった」とある。磯臭さと女性性、魚嫌いと女性嫌悪が重ねられ、「究極には男のキライなのは、／「女」／じゃないか」（「あとがき」）という言に合致する作品。因に作者は「魚好き」だそうだ。（吉川仁子）

坂の上の奥さん《さかのうえのおくさん》　短編小説

〔初出〕「週刊小説」昭和四十八年十二月十四日発行、第二巻四十八号。〔初収〕『ほとけの心は妻ごころ』昭和四十九年十月二十五日発行、実業之日本社。〔文庫〕『ほとけの心は妻ごころ』〈角川文庫〉昭和五十五年四月三十日発行、角川書店。

〔内容〕夫の小言は絶えることがない。父

の会社を継いだ夫は、会社では実権を握る叔父親子に、また家では姑と義姉に気兼ねをしなくてはならず、その鬱屈がすべて私に向かうのだ。芦屋の山のてっぺんにあるこの家では、「ハイソサエティ」の気風が重んじられ、みな気むずかしい顔ばかりしている。気取ったこの家では、どんなときにも食欲を失わず、陽気な大阪下町の家庭で育った呑気な私は、異分子だ。珍しく姑と義姉が揃って留守になった数日のあいだ、夫の小言は少し減り、私は久しぶりに夫と同じ寝室で休む。その翌日私は、風呂のガスをつけっぱなしにしたまま、外出してしまったことに気付く。慌てて家に戻ろうとするが、坂道を登り切れず、通りがかりの青年に鍵を渡して、ようやくガスを消してもらう。仰々しく包装された高級店の菓子をふたりで平らげ、青年の世間知らずな若さや厚かましさをかわいく思いながら、夫が帰るまでの数時間を、私は青年と寝室で過ごした。帰ってきた姑や義姉の前で、夫の私への小言は、元通りまめに出てくるのである。異なる文化や気風の家に嫁いだ女性の、たくましく自由奔放な精神が際だつ作品。

（北川扶生子）

さくらんぼ《さくらんぼ》

短編小説

〔**初出**〕未詳。〔**初収**〕『浮舟寺』昭和四十六年十二月七日発行、毎日新聞社。〔**文庫**〕『浮舟寺』〈角川文庫〉昭和五十一年三月十日発行、角川書店。

〔**内容**〕夫の貞治は、愚図で煮え切らぬ、歯がゆい男である。その夫が十カ月前、突然郁子の度肝を抜くようなことをしでかした。貞治は三十六歳、郁子は三十四歳で、五歳の娘がいる。結婚して十二年、貞治は何をするにも郁子の指図通り動いてきた。その夫が、独身の頃に下宿していた家の息子の嫁と駆け落ちしたのである。貞治の兄と郁子の父が間に入り、駆け落ち相手の花枝は、すぐに迎えに来た夫と一緒に帰ったという。貞治は、郁子が許さなかったため、寝屋川のアパートで独り暮らしとなった。以来、夫は時々物を取りにきては、娘と過ごし、食事をして帰る。郁子は夫が電話してくるたびに、腹を立てながらも、張りが出てきたような、心忙しい思いを味わう。夫のいない日常は郁子には暇すぎて、張り合いがないのである。夫が帰ってくると、用も出来るし、ここぞとばかり文句が言える。なまけものでだらしない花枝を意識しながら、自分が主婦として如何に優れているかを夫に言って聞かせる。それが楽しくて嬉しくて、何よりのストレス解消であった。貞治も心からくつろいでいるのではないにしろ、ホッとしているようである。夫が娘とさくらんぼを食べている。それは以前と何の変わりもない風景であった。しかし、郁子は二人の間に横たわっている溝に気付かずにはいられない。夫と娘が口を動かしているのを、静かな物悲しい気持ちでじっと見ていた。

（荒井真理亜）

酒と女房《さけとにょうぼう》

短編小説

〔**初出**〕「小説現代」昭和四十七年四月一日発行、第十巻四号。〔**初収**〕『男の城』昭和五十四年二月十六日発行、講談社。〔**文庫**〕『男の城』〈講談社文庫〉昭和五十九年二月十五日発行、講談社。

〔**内容**〕作品は、主人公・嶋中太一の妻・恵子の「ねえ、今晩飲むんでしょ？　飲むわね、用意するわね」という言葉で始まる。太一は三十三歳、恵子は二十九歳。四年前に見合いした時の恵子は「精巧な陶器の人形」のようで、「熱心なクリスチャンの家族の中で育ったせいか、「迂遠なほど世間しらず」であった。太一が酒を飲むことに「胸をいためた」恵子の実家は縁談を破談にしようとするが、恵子の情熱で結婚することになった。結婚後は、酒を飲むと「よく笑」い、「陽気」な太一を恵子が好きになり、酒のある生活になじむようになる。ある時、太一が「お酒飲まんと僕、あかんねん」と言ったのを真に受けた恵子は、「酒イコール、愛撫」のように感じ、太一も「酒と妻がいっしょくたになって、からみあい、まざりあって、うまく醱酵した愛情のように考えることもあった」。しかし、二人の関係が少し「ちぐはぐ」して来た頃、太一は係長に昇進し、会社の接待で飲む機会が多くなる。「抱ける程度の適量」が分からず、恵子に応えることができない。恵子は「酒を飲ませようとやっきになり」、冒頭のように、答えを決め付けた物言いをするようになった。太一にとって「按摩のほうが極楽」になったころ、恵子は徐々に太り出し、トゲトゲしくなるが、酒を「即効的な催淫剤」と認識する点は変わらない。「徳利にシルシをつけ」、太一の飲んだ酒の種類、酒量まで記録し、行為のあった日には二重丸をつけ、「酒」を勧め、また不服を述べるのだ。初出の目次に「可憐な若妻がみるみるうちに古女房のおぞましさ。だから女は恐ろしい」とある。結婚生活の中で、夫も妻も、夫の「酒」への想いも、女房への想いも変化したが、妻が「酒」に望むものだけが変わらない。酒を通して可愛げがなくなる妻の様子が的確に描かれ、それを客観的に指摘する太一の母との会話も楽しい。読者が、思わず自分の結婚生活に起こった〈変化〉を照射してしまうような、夫婦の日常をユーモラスに描いた作品である。（木谷真紀子）

刺身はタマリで《さしみはたまりで》　短編小説

〔初出〕「小説宝石」昭和五十七年九月一日発行、第十五巻九号。**〔初収〕**『嫌妻権』昭和六十一年九月三十日発行、光文社。**〔文庫〕**『嫌妻権』〈光文社文庫〉平成元年十一月二十日発行、光文社。

〔内容〕四十三歳の清瀬は嘘のいえない男で、現在の一夫一婦制度に深い疑問を抱いている。家事専門、色気専門などと、各自の得意によって分担したら女も楽ではないかと思うのである。清瀬には「家を守る妻」のほかに「心の妻と口直し妻」がいる。清瀬が一緒にいてしみじみ幸せを感じる心の妻は、五年間暮らして三年前に離婚した前妻の玲子である。同居していた三人の老人の介護と家事に疲れた玲子を解放してやったつもりの清瀬には、玲子と本当に別れる気はなかった。そして宝石デザイナーとして以前よりきれいになった玲子と再会して惚れ直し、関係を続けているのである。玲子が家を出た後、手伝いに来ていた遠縁のハイ・ミスが現在の妻の仲江である。手を出したのは清瀬のほうだったが、籍を入れてから仲江の目つきが変わった。よりすがるような、「心の夫《つま》よ」といった目で清瀬を見る。その目つきがたまらず、刺身にタマリ醬油を出す田舎ふうのところも気に入らない。家事万端において仲江は一心不乱につとめ、その点では非の打ちどころがないが、尽くされるほどに清瀬は仲江が嫌になる。しかしそれは言えない。「シャベリンの陽気な大男」の清瀬も家ではむっつりし、することがないので夜は仲江とむつみあい、あくる日は口直しに女子大生と遊ぶ。つまり自分は理想の一夫多妻の生活をしているのか、しかし三方に分散してるいうのはしんどいな、などと清瀬は思うのだった。（蔀際子）

さびしがりや《さびしがりや》　短編小説

〔初出〕「別冊小説新潮」昭和四十六年七月十五日発行、第二十三巻三号。**〔初収〕**『あ

かん男』昭和四十六年九月十日発行、読売新聞社。〔文庫〕『あかん男』〈角川文庫〉昭和五十年十月十日発行、角川書店。

〔内容〕文治の家の縁側では、妻安江と部屋を間借りしているオテツ婆さんとが、家賃のことで口論をしていた。永く間借りをしていたオテツは、七、八カ月前に文治の家に住み込むようになったばかりの安江に、一歩も譲らない。そもそも、文治と安江とが夫婦の関係になったのは、文治が三年前に、前妻と娘を突如水害で亡くし、それ以来、一人身であった故である。文治は未だ、亡くなった娘ノブ子のことが忘れられず、安江は、そのことを文治の前妻と娘への未練と誤解し、ある日、とうとう娘の位牌を柱に打ち付けて折ってしまう。足のわるい文治を、幼いながら労り、彼のそばでいつも遊んでいたノブ子の思い出は、文治にとって何よりも大切なものであり、文治は、折られた位牌の片はしを前にして哀憐の思いで一杯になる。文治は、三十年前に神戸を襲った水害の地に出かけ、その慰霊塔を前に、ノブ子に思いを馳せる。家に帰ってくると、オテツがうたたねをしており、オテツもまた、たよりない息子にお金を送りつづけ、身のおき所がここしかないことを、文治はしみじみと思う。そして、安江は、離れてくらす息子におもちゃのピストルを買ってきており、文治がそのことに触れると、安江は泣き笑いした。文治は、「誰も彼もさびしがりやばっかりで腹がたつ。人間、もっとえげつない奴でないと、あくかいや」という思いになるのである。心の底にさびしさを抱えた人間たちが描かれる哀感が基調となった作品である。


（足立直子）

サムライぎらい《さむらいぎらい》

短編小説

〔初出〕「小説宝石」平成元年六月一日発行、第二十二巻六号。〔初収〕『結婚ぎらい』平成元年九月二十日発行、光文社。〔文庫〕『結婚ぎらい』〈光文社文庫〉平成五年十月二十日発行、光文社。

〔内容〕小池は名の知れたメーカーの係長で三十九歳、「大過なく」が信条で、凡々たるサラリーマンだが、自分の選択で「大過なく」人生を選んだことを拠りどころにしている。部下の佐々木クミ子は、男は、小池のようにホタホタ笑ったり、「ホンマか⁉」と簡単に驚いたり、「かんにんしてえな」と弱音を吐いたりせず、堪えて黙っているサムライであるべきだと言う。彼女の古風な男性観に、小池はキャリアウーマンの疲れを見る思いだった。小池はクミ子と関係を持つが、公私のけじめをつけ、頼もしくて、小池の驚く顔が可愛いと言うクミ子に圧倒され、「女はサムライである」という定義を発見する。小池は古賀かずみとも関係しているが、彼女は競馬好きで酔うと人に絡み喧嘩っ早くなる酒癖の持主で「豪傑のサムライ」だった。小池の妻は「仕事のサムライ」である。有能な放送プロデューサーで、浪花名物「グリコの看板」の男のように、ひたすら仕事に走り続けている。小池は、夫婦別姓と、婦人科疾患の既往症のため子どもができないことを了承の上結婚した。「男でしょっ」が妻の口癖で、小池が大過なく来られたのも、多忙な妻が小池を抛っておいてくれたからだった。しかし、小池は二十二歳の倉持リリと関係し、大過を犯す。子供ができた、どうしても産むと書かれたリリの手紙を読んだ妻が、身を引き家を出てしまった。ところが、しばらくして、リリは妊娠は間違いで、また、妻の冷静な反応に拍子ぬけし、小池とすぐ結婚できるとなったら冷めてしまった、但馬の造り酒屋の息子と婚約したと告げる。小池は、妻の会社に電話をかけ食事に誘う。サムライの女はこりごりと思いながら、やせ我慢で平静を保っていた妻にサムライの哀れさを感じ、心が寄り添うのだった。作者は、文庫本「あとがき」に、小池は「わりに私の好きなタイプ」、小池のような、目立たずに「陰でちゃっかり人生を楽し」み、「それでいて無邪気な率直さをもった男」に「女は足をすくわれやすいんでないかい」、しかし、「女のサムライはめったにいないのと同じく、男のこんなタイプも、現実にはいないのかもしれない」と述べている。ジェンダー観の逆転が面白い作品。

（吉川仁子）

山歌村笛譜《さんがそんてきふ》

短編小説

〔初出〕「週刊小説」平成四年二月十四日発行、第二十一巻四号。〔初収〕『よかった、会えて』平成四年六月十日発行、実業之日本社。〔文庫〕『よかった、会えて』〈集英社文庫〉平成七年十月二十五日発行、集英社。〔全集〕『田辺聖子全集第三巻』平成十六年十一月十日発行、集英社。

〔内容〕小見山は六十七歳、妻を三年前に亡くし息子は正月や夏休みにもやってこない。楽しみといえば、県営団地の窓から見える桜ぐらいのものだ。しかし、団地のお婆ンらが、毛虫がつくし、駐車の邪魔やと言って、切り倒してしまった。男より長生きのお婆ンらは夫を送ってやれやれと、遊び狂っている。お気に入りのスナックにお婆ンらが団体で現れ、小見山は赤提灯で酒を楽しむようになったが、そこにもお婆ンらが現れるようになった。挙句の果てに孫まで連れてやってきたので、大阪商人気性の小見山もついに「ひゃー、たまらん」と悲鳴を上げた。すると、可憐な風情の女性が身をすくめて、殊勝な声で謝った。聞けば、桜の木を切った沢井お婆ンの娘みつ子だという。夫が単身赴任のため、子連れで実家に身を寄せているのだ。小見山は一目でみつ子に恋をしてしまい、桜が身代わりに彼女をよこしてくれたような気さえした。小見山はみつ子の噂が聞けるのではという期待から、嫌いな沢井お婆ンのそばへ座をしめるようになった。それが誤解を生み、世間では小見山が沢井のおくさんに惚れ、純情を捧げているという噂がたった。それが、みつ子の耳にもはいっていたのか、ある晩、電話がかかってきた。母が急病で救急車を呼んだが、心細いので一緒に病院へ行ってもらえないかというのである。沢井お婆ンは病院でそのまま亡くなり、小見山はみつ子への恋心から葬儀屋よりも働いたが、みつ子は夫の元へ帰っていった。やるせない慕わしさだけが胸に残っていた。古川薫は文庫版の「解説」で「作品の中で『山歌村笛譜』がいちばん読みごたえがあった。ペーソスをユーモアの皮でつつんだ『花びら餅』の趣き」があると評している。

（岩田陽子）

山家鳥虫歌《さんかちょうちゅうか》

短編小説

〔初出〕「オール読物」昭和四十二年一月一日発行、第二十二巻一号。〔初収〕『鬼たちの声』昭和四十三年十一月一日発行、文藝春秋。〔文庫〕『感傷旅行《センチメンタル・ジャーニィ》』〈角川文庫〉昭和四十七年一月二十五日発行、角川書店。

〔内容〕『山家鳥虫歌』は天中原長常南山編の歌謡書。上下二巻二冊。明和九年（一七七二）刊で書名は『古今集』序を踏まえた巻頭の序文による。作品は「鬼たちの声」と同じく神戸市兵庫区に実在する地、夢野にかかる夢野橋近くでの騒動をコミカルに描く。「夢野駅経由・姫路ゆき」摂津バスと「袋田経由・馬場ゆき」播州バスが狭い三叉路で行き会い、どちらが道を譲るかで運転手同士が張り合う。最後は双方の運転手が道交法違反で連行され、それぞれの会社から「偉いさん」を積んだ代替バスが派遣されて乗客たちを乗せて二時間遅れで出発していく。「播州バス」は現存するが「摂津バス」は路線からみて現「阪急バス」と思われる。「鬼たちの声」同様、やがて京阪神のベッドタウンとなるであろうが、まだ開発途中の田舎町の三叉路そのままに、岡山弁、姫路弁、神戸弁が行きかう、のんびりしながらもせせこましい人間模様が描かれる。バスには公民館館長、彼に案内されてやってきた女流歌人も乗り合わせているが、姫路近郊の鉄工場の工員で労組の役員が「階級闘争の意義」を訳知り顔に叫んだり、よろず屋の一人息子で大阪の私立大学に通う学生が小理屈をこね、カメラで運転手の写真を撮ったりと、それぞれに軽薄な態度を取る。ことに「都会で高名な」女流歌人の「自然の打ち沈んだムードと、人々のとげとげしい争い、その大きな調和が、あたくしの創作意欲をかきたてたのでございますね」といった言葉のばかばかしさが皮肉に浮かび上がる。彼女は動き出したバスから見える山の名を尋ね、「歌になるような鳥や虫がいませんかしら」「きれいな名前で」と問う。「村のインテリの一人である」公民館館長が「無風流な田舎で恐縮です」と答えるが、野放図な田舎の人々との対比の中で都会的文化の軽薄さをもからかう点に田辺聖子の真骨頂が見える。

（小川直美）

残花亭日歴《ざんかていにちれき》

日記体小説

〔初出〕「俳句」平成十三年九月一日～十五年十二月一日発行、第五十巻十号～第五十二巻十三号（但し平成十四年三月一日発行号は休載）。**〔初版〕**『残花亭日歴』平成十六年一月三十日発行、角川書店。**〔文庫〕**『残花亭日歴』〈角川文庫〉平成十八年七月二十五日発行、角川書店。**〔全集〕**『田辺聖子全集第二十四巻』平成十八年五月十日発行、集英社。

〔内容〕平成十三年六月一日（金）から十四年三月十一日（月）まで、著者を思わせる「私」の日常や感慨が日記形式で綴られる。超多忙の日々から筆を起こしている。「私」は、対談や、『源氏物語』などの講演、新聞・雑誌の取材、テレビ出演、インタビュー、複数の原稿執筆、文学賞候補作品の選考など、テキパキと仕事をこなしつつ、かたわら病気のパパ（夫・川野純夫）を介護し、九十六歳の老母を扶け、やさしく気づかう日々。自宅には、アシスタントのミド嬢や、パートの家政婦たちもいる。それに大小のぬいぐるみ（等身大のスヌーピーを長男に、チビ・アマ・デコ・コビイ・カッちゃん）たちが名前と性格をもち、しゃべったりして騒々しいが、いつも「私」を癒し慰めてくれる。おいしそうなメニューが並ぶ食卓風景が描かれる。お盆の一族集合パーティと宍粟郡一宮町の別荘での夏休みを経て、夫の容体が急変する。重篤な病状で入院。「私」は仕事山積みの中を病院へ通い、夫の病状に一喜一憂する。闘病の日々、「変わり者」の夫を「物書き」の目を通して理解し共感する。余命が残されている間を、「私」は気丈に精いっぱい笑わせて、心では涙しつつ、夫婦愛の絶唱を謳うのである。「人は誰もが老いて死んでいく。自分の愛する人も例外ではない」。一月十四日、臨終。享年七十七歳。白い花に囲まれて「可可《かか》大笑」しているおっちゃんの写真が満足で幸せな一生を物語っている。通夜、葬式、そして五七日《ごなぬか》の仏壇入魂式で起こった「超常現象」のくだりでは、一陣の風のような轟音が周囲を圧倒し、涙を覚えたという。三月十一日、夫から最後のメッセージが書かれたメモを発見する。「かわいそうに　ワシはあんたの味方やで」。三十六年間連れ添った夫の死を、お涙ちょうだい的に描くのではなく、著者は自分に起こった現実を日記体小説という形をとって見据えようとしている。

（檀原みすず）

三十すぎのぼたん雪《さんじゅうすぎのぼたんゆき》　短編小説

〔初出〕「週刊小説」昭和五十年一月二十四日発行、第四巻三号。〔初収〕『三十すぎのぼたん雪』昭和五十三年三月二十五日発行、実業之日本社。〔文庫〕『三十すぎのぼたん雪』〈新潮文庫〉昭和五十七年二月二十五日発行、新潮社。

〔内容〕私は三十一歳の独身女。同じ課でやはり独身なのは三十六歳の手塚サンだけで、二人は男達から「婆さん」と呼ばれている。高畑サンは、それは「かしこすぎる女」のことを指すので外見や年齢は関係ない、と男の考え方を伝達してくれる。高畑サンは三十五歳の独身だが、妻が若くして溺死している。一方、手塚サンは「婆さん」呼ばわりされる理由を、倉庫に出入りする年配女性や会社の垢抜けない雰囲気・職種のせいだと言うが、その解釈は文学少女じみていて甘い。私はここがちょうどいいし、話しやすい男が一番で、高畑サンを結婚対象と考えてもいない。ある時、私は手塚サンに鮨屋に連れて行かれる。彼女はふだん若い男を次々取り替えては遊んでいるのだが、そこで見せられた別れの長いラブレターは、「百人一首を清元で唄うた感じ」の奇妙きてれつな詩。これは年配の相手に合わせたのだと手塚サンはご満悦だが、私は閉口であった。彼女と別れた直後、私は高畑サンと出くわし、二人で飲み直す。手塚サンの話題になった時「文学趣味のある女の子は、うっとうしい」という彼の言葉を聞き、彼女が詩を捧げた相手は彼ではないかと私は直感する。高畑サンは、目前で奥さんが流されていくのを見、助けられなかった時のことを今も強く覚えている。この人は決して再婚しそうにない。が、えもいわれぬやさしさを私は感じる。これで手塚サンもつまずいたのか。窓の外はぼたん雪。三人の上にそれぞれ降っているのだ。三十すぎのぼたん雪は、しんみりしたものである。単行本の表題作でもあり、酒井順子は新潮文庫の「解説」（平成二十二年四月）で、この一冊が三十年程前の出版であることから、「いい歳をして結婚をしていない女性の思考や行動は、昔から驚くほど変わっていない」、また「ハイ・ミスの心理をとことんわかって」いる作者は「彼女達の駄目な部分と、彼女達にとっての現実的な希望を、同時に描いて」いる、と指摘している。

（木村小夜）

三人家族《さんにんかぞく》　短編小説

〔初出〕「別冊小説現代」昭和四十七年九月一日発行、第七巻五号。〔初収〕『おんな商売』昭和五十六年五月二十五日発行、講談社。〔文庫〕『おんな商売』〈講談社文庫〉昭和五十九年十二月十五日発行、講談社。

〔内容〕サービス精神旺盛な私は、相手の顔色を窺い、すぐ譲歩してしまう性格である。会社の同僚の海野と田淵、田淵の後輩の山本青年と自宅で徹夜麻雀をし、田淵と山本を泊めた。山本は派手なシャツを来た大男で筋骨隆々としながらも、可愛らしい顔立ちの男前のため、妻はひと目で気に入る。山本が一人勝ちの麻雀の合間に、妻は食べ物を用意して出すが、いつもは不満げな彼女も山本が注文を付けるといそいそと世話をする。翌朝、いつものとおり田淵は早くに帰ったが、山本は心地良さげに眠っており、妻は普段より品数多く朝食の用意をしている。その晩、帰宅すると、山本は国から送ってきた酒と蟹を届けに来たまま、晩御飯を食べている。いつもはろくに料理もせず、ご飯にふりかけの妻がご馳走を並べ、山本の世話を焼き、見とれている。翌日帰宅すると、山本は二日酔で欠勤し、妻はかいがいしく世話をしており、私は出て来た白粥に文句も言えないのであった。夜食を待つ間に寝てしまい気が付くと、二人が手を触れ合わせながら、過去の異性関係を暴露しあっており、私は狸寝入りをせざるを得ない。翌朝、着物を着て朝食を作り、花を活ける妻の姿に、私は喜びを感じていた。しかし帰宅すると、女の子が山本を迎えにきたので追い出したと妻が怒っている。その夜はご飯にふりかけ、風呂もなく、翌朝はトーストも焼かない。それまで山本を疎んじていた私だったが、出社して田淵に連絡をとらせ、その晩、下宿先を探している山本を連れて帰宅し、妻と仲直りさせた。機嫌を直した妻は御馳走を振る舞い、夫婦生活は彼を刺激剤にして盛り上がるようになった。妻と喧嘩して山本が出て行くと、私は真剣に彼を追いかけるのであった。

（永井敦子）

【し】

シーソー夫婦《しーそーふうふ》

短編小説

〔**初出**〕「別冊小説新潮」昭和四十三年十月十五日発行、第二十巻四号。〔**初収**〕『ここだけの女の話』昭和四十五年二月二十八日発行、新潮社。〔**文庫**〕『ここだけの女の話』〈新潮文庫〉昭和五十年四月二十五日発行、新潮社。

〔**内容**〕舞台は、文教都市として有名な阪神間にあるQ市。「僕」は、三十前後のサラリーマンで、「柔らかい大阪弁を使う男」である。「僕」は、「時間つぶしと、夕涼み」のため、市民大学主催の短歌講座の親睦パーティの席へもぐりこみ、短歌に関する所感を発表するハメになる。「文学オンチ」の自分が「妙におぼえている歌」として、新聞の投稿欄にあった〈人間至高の愛などありや一日の　労働の果てを　ただねむりゆく〉という歌を取り上げ、「僕の日常をさながら歌っておる」としか思えない、「心の底から共感」できる「僕にとっての秀歌」であると評し、自分の結婚生活について語る。「僕」は会社員で、出張が多く残業もある。妻は、ベビー用品の卸問屋のデパート出向社員で、勤務時間が長い。結婚して二年、「スレチガイばっかりで、まともに妻の顔を見たことがない」。たまに二人が一緒に居る晩、「恋女房の肩を抱きよせよう」とすると、「綺麗好き」の妻は、食事の後片付けに精力を集中する。「僕」は睡魔と闘いながら寝床で妻を待つが、いつのまにか眠り込んでしまう。翌朝目が覚めると、妻は身をひるがして出て行くという始末で、「家庭というよりも強化合宿の気分」である。「早う帰るわ」と約束しておきながら、いそいそと帰宅すると、案の如く誰もいない。「無人の室」というのは、「男と女は何のために結婚するのか」という哲学を強いるものである。「僕」はもう、「無人の部屋の哲学」も「相棒が居るか居らぬか、というスリル」も願い下げにしたい心境である。しかし、「僕」は依然として妻の後片付けの「ガチャガチャザアザア」に悩まされ、「僕」の目のパッチリしている時は妻はいず、妻が元気なときは「僕」が出張したり眠ったりしている。共稼ぎ夫婦のシーソーのような「スレチガイ」が、ユーモアを交えた軽妙な語り口で描かれる。

（屋木瑞穂）

篝火草の窓《しくらめんのまど》　短編小説

〔初出〕「小説中公」平成五年十月一日発行、第一巻十号。〔初収〕『週末の鬱金香《チューリップ》』平成六年十月七日発行、中央公論社。〔文庫〕『週末の鬱金香』〈中公文庫〉平成八年十一月十八日発行、中央公論社。〔全集〕『田辺聖子全集第五巻』平成十六年五月二十日発行、集英社。

〔内容〕戸沢瑠璃は私鉄電車の駅近くの線路沿いにひとりで暮らしている。両親を亡くし、〈老人が便利に〉という設計で建てた平屋は南向きで、出窓のガラス窓の中に花の植木鉢を欠かさない。生命保険会社を定年退職後、大阪のブティック「イレーネ」に勤めて四年、六十四歳になる。「去年の晩秋ごろ」、初老の男が白いシクラメンの鉢を持ってやってきた。通勤電車から眺める花鉢のお礼だという。瑠璃は見知らぬ男と向き合うのは「気ぶっせい」と思っていたが、翌朝、窓辺の花に慰められたということばが素直に信じられ、やがて折々会うようになる。塚田というその男は六十八歳、妻子とともに西宮に住んでおり、二度目の職場に勤めている。理系出身で学徒動員、戦後は結核で療養、そのおりに知った九州帝大医学部教授の妻、久保より江の句文集の話をする。大正十一、二年ごろより江が二階の手すりにゼラニウムの花鉢を飾り、それは町のひとにも評判だった。町の兵営の旅団長もこれを愛《め》で、白いゼラニウムを贈ったという。ある日、塚田に山陰の漁村への旅に誘われ赴く。やがて広島に単身赴任した塚田の葉書に「同時代メイト」の存在をありがたいと思う。瑠璃に「男は使い捨て」という距離感をとらせつつも、戦時戦後を「ようやったねえ」と励ましあう本歌取り的な行動をとる存在をおき、「一人で老いていく」女性への応援歌としている。（花崎育代）

爺捨の月《じじすてのつき》　短編小説

〔初出〕「小説新潮」昭和五十四年八月一日発行、第三十三巻八号。〔初収〕『姥ざかり』昭和五十六年八月十五日発行、新潮社。〔文庫〕『姥ざかり』〈新潮文庫〉昭和五十九年五月二十五日発行、新潮社。〔全集〕『田辺聖子全集第十七巻』平成十七年九月十日発行、集英社。

〔内容〕第一作「姥ざかり」に続き、「ヒヨコおまわり」が登場。近辺で「婆さん」が若い女性と間違われて「痴漢」に襲われ、「けっ、婆ァか」と突き倒されて怪我をしたので気を付けるようにと注意に来た「ヒヨコおまわり」の、「痴漢のつもりが、婆さんやったとわかると、腹立ちまぎれに強盗に変じて、金奪って逃げるかもしれんし、なあ。そないなったらえらいことや、気ィつけてや、おばあちゃん、ええか、おばあちゃん」の言葉に歌子は憤慨する。日本の男は、女には「若い女と、トシヨリの二種類」しかないと思っている、「女個々の人となり、趣味、性向、値打ち、そういうものを弁別しようという気も更にないのだ」という歌子の言葉は、日本社会の女性観をシンプルかつ的確に批評している。後半は、「トシヨリ」らしからぬ好もしき同輩男性と思われた「掛川氏」に歌子が落胆させられるエピソードでオチがついている。なお、孫の不出来は息子夫婦の育て方が過保護すぎるからだ、厳しくしつけるべし、といった本作冒頭近くの物言いは、五十四年一月、東京都世田谷で起こった、高校生の孫による祖母殺人事件をふまえていると思われる。（菅聡子）

JISマーク不倫《じすまーくふりん》　短編小説

〔初出〕「小説現代」昭和六十三年八月一日発行、第二十六巻九号。〔初収〕『不倫は家庭の常備薬』平成元年七月一日発行、講談社。〔文庫〕『不倫は家庭の常備薬』〈講談社文庫〉平成四年四月十五日発行、講談社。

〔内容〕紡績会社のOLで三十三歳の白井逸子は、自分の内面では自分のことを「アタイ」と呼び、本作は「アタイ」による一人称で叙述される。逸子は現在「結城サン」と、誰にも異をとなえさせない、「隠れてやる」「一隅不倫」中である。結城は、同じ会社のエリートコースにいたが派閥争いで敗れ、名古屋支社に転勤中に離婚し、十四歳年下の妻と再婚した。結城は前妻や子どもたちに会うことを、逸子と逢う口実にしている。結城は「人が喜んで応ずることを言うのが哲学」と語り、素直にユーモラスに応じる逸子を「エエ子や」「漫才の相方が見つかってよかった」と喜ぶ。二人は逢瀬を「哲学漫才」と呼んで楽しむのである。逸子の考える「一隅不倫」のルールは、「その一、「哲学」を持ってる相手をえらぶこと」「その二、だまくらかす相手の「柔構造」「剛構造」をようく、見分けること」「その三、週末が淋しいようなら不倫するな」である。結城は妻の、逸子は同居する母の、攻撃の型を呑み込んで的確に対応せねばならない。また「哲学漫才は、会っているときだけの相方でよい」のであり、不倫相手の妻のことをこちらから話題にするなどは「ルール以前のタブー」であることも逸子は理解していた。ある日、結城は逸子に、女は「ほしいままに跳梁する」「ゲリラ」で、男は「今までの権力を奪われ、退位させられ、退路は断たれ、洗脳させられ、信条を塗り替えさせられる」「ラストエンペラー」であると語る。逸子が「一隅不倫」のルール三つを話すと、結城はそれを不倫の「JISマーク」と呼び、「人間はみな、ラストエンペラー。信条は塗り替えさせられるよ、塗り替え、塗り替えして生きていったらええねん」と言う。その後待ち合わせに現れなかった結城が、脳出血で倒れたものの命はとりとめていたことを知らされる。看病も会うことも話すこともできず、逸子は「その四、不倫は健康な人のものである」という四つめのルールを、「呆然として」考えつく。不倫の「シビアな性質」を知り、結城の言葉のごとく、いつか再会するとしても信条を塗り替えた不倫になっているかもしれないと思う逸子であった。結城の妻は「タナベ・セイコの恋愛小説」を愛読する、単行本所収の「隣りの奥さん」の百合江である。作者は結城に「タナベ・セイコの小説」は「肝腎なところはごまかしとんな」と語らせている。

（渡邊ルリ）

舌ざわり《したざわり》　短編小説

〔初出〕「野性時代」平成六年三月一日発行、第二十一巻三号。〔初収〕『お聖さんの短篇　男と女』平成九年四月三十日発行、角川書店。〔文庫〕『ほどらいの恋　お聖さんの短篇』〈角川文庫〉平成十二年七月二十五日発行、角川書店。

〔内容〕桑子は夫の両親を看取って送り、子育てもし、いろんなことがわかった気がしている。家庭では夫から「ブスで太め」、「きわめつきのあほ」と揶揄されるが、便利屋のパートとして働き、介護の仕事では高齢者から指名されるほど信頼されている。島尾老人はそんな一人であった。「あんた、ええ肩、してはるなあ」、「空襲で死んだ先の女房《よめはん》が撫肩でおました」、「肩見せ賃、払うたらいけまへんか」と懇願する島尾にほだされ、桑子は右肩をむき出しにした。「水蜜桃」のようだと感激し、島尾はあっというまに肩に唇を近づけた。柔らかい感じが走り、老人の舌ざわりであったろうか、と考えていると、島尾の口からは「あ、法楽。法楽」とためいきのような言葉が洩れた。「お掃除・洗濯・食事支度の一セットで三時間三千六百円」、「話相手」は「一回三千円」である。しかし「時計を見て、じゃ、これで、ということが、桑子には気の毒でできないのであった」。医療従事者やサービス業、教育者などは「感情労働」（Emothional Labour）が当然視される傾向が強い。桑子の場合は、時給で働くパート労働者であり、契約時間と契約内容をまもれば、「じゃ、これで」と帰ってもよいし、肩を見せてくれというセクシュアルな要求に対しても、拒否することは正統な権利である。しかし、高齢者を相手にする仕事が、「思いやり」や「好意」という対人感情を重要視するあまりに、感情の維持と表現が、重要な職務上の要素として介護者・被介護者双方に認知されてしまったとき、死を目前にした高齢者を幸福にしたという充実感を伴った美しい物語を立ち上げてしまうことは、現実にも容易におこりうる事態である。高齢化社会を通り過ぎ、高齢社会の到来した今の日本で、感情労働を伴った介護を、「個人の善意」によって成立させるのは限界に来ていることを再考させる小説である。

（杉田智美）

下町《したまち》

短編小説

〔**初出**〕「別冊小説新潮」昭和四十二年十月十五日発行、第十九巻四号。〔**初収**〕『ここだけの女の話』昭和四十五年二月二十八日発行、新潮社。〔**文庫**〕『ここだけの女の話』〈新潮文庫〉昭和五十年四月二十五日発行、新潮社。〔**全集**〕『田辺聖子全集第三巻』平成十六年十一月十日発行、集英社。

〔**内容**〕尼崎市の下町、出屋敷を舞台に描いた作品。浅子は、夫の哲夫に浮気されて離婚後、三歳の娘を連れて労務者が多い町の路地の一角にある実家の〈豚珍軒〉という中華料理屋に戻り、手伝いをしている。冒頭、別れた夫とコソコソと逢う娘を叱りつける母親と浅子の大喧嘩で始まる。浅子は、母親に哲夫をこきおろされると、奇妙に未練が出て来て、ふしぎな当惑を感じる。離婚後二カ月ほどして、浅子は偶然哲夫と再会した。浅子は、勤め先の雑貨問屋の事務員と浮気をした哲夫が憎くて仕方ないが、久しぶりに逢うと、「哀れげ」で魅力的な男と思ってしまう。哲夫の顔を見ていると、浅子は「婚約時代の気分」にさえなり怨み言は出ないが、顔を合わせないときは「憎らしさ」が勝り、哲夫の会社へ電話をかけて怒鳴ったりする。しかし、その後また道で逢うと、哲夫に誘われて浅子は煮えきらないまま小料理屋へ行く。厚かましくも女の懐をあてにする「男の狡さ」に腹を立てながらも、「哲夫らしい雰囲気」に巻き込まれて、いつしか指をからませていた。それ以来、浅子はずるずると哲夫と逢いつづけて一年ほど経つ。哲夫の浮気は、今でも腹が立ってたまらないのに、彼のいうように、「子供まで出来た仲が、形式的な、物理的な手続きで切れようとも思えない」。実際に、浅子は哲夫と宝塚のレビューを見物し、幕間には子供を挟んで弁当をひらいている。別れた夫への未練と憎らしさ、その気持ちの振幅の大きさがユーモラスに、ときに哀感を込めて描かれている。作者が全集の自作解説で、「〈人肌くさい街〉に住みなれたために書けたもの」であると述べているように、尼崎の下町情緒溢れる作品である。

（屋木瑞穂）

私的《してき》生活《せいかつ》

長編小説

〔**初出**〕「小説現代」昭和五十一年五月一日〜八月一日発行、第十四巻五号〜八号。〔**初収**〕『私的生活』昭和五十一年十一月二十日発行、講談社。〔文庫〕『私的生活』〈講談社文庫〉昭和五十六年六月十五日発行、講談社。〔全集〕『田辺聖子全集第六巻』平成十六年八月十日発行、集英社。
〔内容〕『言い寄る』の続編で、乃里子シリーズ三部作の第二部である。乃里子は、財閥（鉄工会社社長）の御曹司でハンサムで長身、二歳年下の中谷剛と結婚して三年が経った。東神戸の高級マンションで優雅な新婚生活を送っているが、わがままな剛の機嫌をとることや、財閥一族との付き合いにも疲れ、価値観の違いを感じずにはいられない。そんな中で理解といたわりに富む、しぶい中年男の中杉氏に魅力を感じる。乃里子は剛に昔の日記を読まれ、昔のグループとの交流も断たれてしまう。やがて「私の私的生活は、みんな剛に吸収されてしまって、私自身の存在すらなく、剛の私的生活の一部分として私が僅かに生き残ってるだけ――」という認識にいたる。嫉妬深く独占欲の強い夫の監視下にあることの不自由さや、性格の不一致などから、夫婦間の亀裂は大きくなる。剛と野尻湖へ旅行するが、夫婦関係の修復はならず、かえって乃里子は離婚の決意を固めることになる。そして乃里子はトランク二つだけを持って家を出た。「あたし、だましだまし、保《も》ってゆく生活に疲れました」という乃里子の言葉に、中杉氏は「やっと役者の私的生活にもどったわけですね」と、タダ者でない省察を仄めかしながらわらうのであった。乃里子の置かれている心理的な状況とともに、彼女の人間としての成長が窺える。東神戸、御影、芦屋などを舞台にして、結婚生活、夫婦生活の中で女性が主体的に自由に生きることの提言がなされている。

（檀原みすず）

死なないで《しなないで》　エッセイ集

〔初出〕「暮しの手帳」昭和五十五年十二月一日～六十年六月一日発行、第六十九号～第九十六号。〔初版〕『死なないで』昭和六十年十二月十五日発行、筑摩書房。〔文庫〕『死なないで』〈文春文庫〉平成元年一月十日発行、文藝春秋。〔目次〕革命とアリガタバチ／ああせいこうせいお袋／継母ってなに／男と粗大ゴミ／女が働くということ／女の改姓について／原発についてのソボクな疑問／おしゃれについて／血と水／女の子の育てかたは／もっと広い世の中について（初出「教科書問題について思うこと」を改題）／恋愛映画を見たい／私が愛するカンボジア／女どうし／むははは五十五／カンボジアに何が起ったかⅠ／カンボジアに何が起ったかⅡ／カンボジアに何が起ったかⅢ／カンボジアに何が起ったかⅣ／カンボジアに何が起ったかⅤ／わがアメリカ／私の思いこみ健康法／中流ニンゲン／映画「黄昏」について／引退について／お見舞について／死なないで／あとがき
〔内容〕「あとがき」で「女性の周辺の問題について私は多く書きつづけてきた。女性を管理して箍《たが》にはめようとする発想はまだ根強く世の中にはあり、女たち自身の心のうちにもある」。「生きのびるチエや手だてを皆さんと考えたかったのが、「女の子の育てかたは」以下のエッセーだった」と述べている。「男らしさ女らしさの歴史的な、つくられた仮面をひきはがして、素直に、同じ人間として向き合う、ただそういうことができればいい」（男と粗大ゴミ）との立場から、日本家屋、親子関係、おしゃれ、映画などとともに、女が働くこと、女の改姓など女性の社会的な位置づけを語る。さらに原発、カンボジア内戦、教科書問題など、時事的社会的なテーマについても語る。カンボジア内戦における人間の愚かさを語り、原発に関して、「人間のいの

ちをはぐくみ守るのは、女のしごとである。女たちがまず危険についての想像力を働かせるべきかもしれない」（原発についてのソボクな疑問）と語るのは、男性だけに任せきりにしてよい問題などなく、女の立場から疑問を持ったことは、女の責任として問い続けるべきだからである。「恋愛映画を見たい」では、「恋愛の概念も確立せず、男と女が対等に互角に渡り合うという伝統のないこの国で、恋愛映画というのはたいそうむつかしいように思われる」、と述べつつ「いつかきっと日本にもかっちりした「細部の真実」で支えられた甘い恋愛映画、しゃれた恋の映画ができるはずと信じている一人である」と、恋愛映画に託して、男と女が同じ人間として互角に渡り合える社会への希望を述べる。『田辺聖子全集第二十四巻』（平成十八年五月十日発行、集英社）に、「ああせいこうせいお袋」「継母ってなに」「男と粗大ゴミ」「女が働くということ」「女の改姓について」「原発についてのソボクな疑問」「血と水」「女の子の育てかたは」「私の思いこみ健康法」「中流ニンゲン」「映画「黄昏」について」「引退について」「お見舞について」「死なないで」「私が愛するカンボジア」の十五編を収録。（宮薗美佳）

忍びの者をくどく法《しのびのものをくどくほう》　短編小説

〔初出〕「小説現代」昭和五十四年八月一日発行、第十七巻八号。〔初収〕『宮本武蔵をくどく法』昭和六十年一月十四日発行、講談社。〔文庫〕『宮本武蔵をくどく法』〈講談社文庫〉昭和六十三年四月十五日発行、講談社。

〔内容〕時は大坂冬の陣のあと、家康が再度の大坂城攻撃に出発しようとしている頃の話である。広大な城の本丸の長局にいるお女中衆たちは、全く世の中の動きに疎く、楽観論ばかりで、「お城がおちる」という緊迫感もなくのんびり暮らしていた。ところでその頃、落城の不安をようやくひしひしと感じだしたのが、身寄りのないお末（下女）のお阿茶である。彼女には好きな男がいる。それは、雨の日や薄曇りの日などにふっと会うが、一瞬ですぐ石垣の向こうに消えてゆく、一種異様な「忍び」の男である。「顔色のわるい、小さい体つきの男で、風采は上がらない」が、「やさしい目をしていた」。「その男を見るたび、何ともやるせない、慕わしいというか、虫が好く、というのか、とにかく血がさわぐ気になる」。ときによると、夢にまで見る。夢の中では、男の指や男の腕を感じるが、その夢を見たことで、自分をはずかしく思う。ある朝、お阿茶は上臈の小松の局さまから、おなかの大きいことを指摘されるが、お阿茶には心覚えがない。日の落ちた頃、殺気立った城内でお阿茶は、やっとその男を捉えた。お阿茶はその男に追いつくなり、「卑怯者！」といいざま、渾身の力を込めて男の頰をひっぱたく。男のわるい顔色がなお青くなり、「ごめんよ」と自らの非を認める。お阿茶が寝ている間に、男は毎晩お阿茶のもとに忍んで来て、関係を結んでいたのだ。自分は男のことをいつも思っていたのに、自分の純情ぶりにくらべて、何という悪ごすい男であろうか、忍びの術で来て、知らないうちに勝手なことをするなんて絶対ゆるせない、と立腹する一方で、お阿茶はちゃんと姿を見せて抱いてくれたら怒らへんのに、と言って男を口説く。男はお阿茶が好きだから、それは余計に恥ずかしいと応える。男の腕まくらで、夜空の流れ星を見ながら、「あたし、子供を生む」「子供は私が育てます」と決意を語るお阿茶。その二日後の元和元年五月七

し

日の夕方、大坂城落城の騒ぎの中、城から逃げるお阿茶のもとにあの男が寄ってきた。おれの生まれ故郷の紀州の山奥まで送りとどけ、おれもしばらくそこにすむと言って、お阿茶の手を曳いた。お阿茶を背負って走る男の背後から、「猿飛」「佐助」という男の名を呼ぶ声がした。走りつづける男の背に、お阿茶はうっとりして顔をつけ、子を生む決心と共に大坂城やお局さまに別れを告げた。（二木晴美）

しぶちん《しぶちん》　短編小説

〔初出〕「クロワッサン」昭和六十二年七月十日発行、第十一巻十三号。〔初収〕『まいにち薔薇いろ田辺聖子AtoZ』平成十八年十二月三十一日発行、『田辺聖子全集』編集室編、集英社。

〔内容〕『まいにち薔薇いろ田辺聖子AtoZ』は、A（芥川賞）からZ（全集）まで、田辺文学と、手づくりを愛おしむ日々のくらしを紹介し、巻末に単行本未収録の「女が三十五歳で」シリーズの短編六話を収録している。本作は、その第三話である。多枝子は夫の前妻のリツ子と喫茶店で待ち合わせていた。初対面だがリツ子の顔は写真を見て知っている。リツ子は三十分も遅れてやって来た。写真よりも太っていて、丸顔で髪は濃く、目の周りの睫毛も濃く長い。厚い唇には濃いルージュが塗りたくられている。リツ子は馴れ馴れしく話しかけてくるが、多枝子は距離を置くようにピシャリとした口調で話をした。その内容は、リツ子が夫と別れて三年も経つのに、まだ夫を呼び出して会っているのは何故か、もういいかげんにやめてくれないかということである。多枝子が話し終わると、リツ子はいきなり「しぶちん！」と叫んだ。多枝子は耳を疑った。大阪生まれでない多枝子は、「しぶちん」という言葉がけちんぼという意味であるらしいと推量するだけである。そして自分がいかにも気の小さい、セコイ女のように思われ、心がくじけて憂鬱な気分のまま、店を出たのであった。（檀原みすず）

私本・イソップ物語《しほん・いそっぷものがたり》　おせいさんのイソップ咄《おせいさんのいそっぷばなし》　短編小説集

〔初出〕「IN・POCKET」昭和六十一年五月十五日～六十二年九月十五日発行、第四巻五号～第五巻九号。原題「異本イソップ物語」。〔初版〕『私本・イソップ物語　おせいさんのイソップ咄』昭和六十三年一月二十日発行、講談社。〔文庫〕『私本・イソップ物語』〈講談社文庫〉平成三年一月十五日発行、講談社。

〔内容〕イソップの物語を借りた、パロディ集。収録されているのは、「狐がキマラないことについて」「犬の高潔なる品性の害について」「狼、すべてこの世は段取りと恰好つけであると悟ることについて」「動物村の新人類について」「狼、底には底がないと知ることについて」「狼、はじめて考えこむことについて」「獅子、女の枯券を考えることについて」「狼、楽して儲けようと思うことについて」「狼の所有する「無」について」「狼、ゼウスと対話することについて」「象、動物村の文化水準を上げることについて」「狼、女の洞察力を考えることについて」「狼、ペットを持って発見したことについて」「キリンの自殺騒ぎについて」「狼、大僧正となることについて」「動物村の人間汚染公害について」の十六作品である。「動物村の人間汚染公害について」は「1」と「2」の二回なので、十七回連載となる。貧乏、学歴、家柄コンプレックスに悩む狡猾な狐を主人公に、狐の腰巾着で無知で凶暴な狼、狐の不倶戴天の敵、正義の味方、律儀な犬、商売人の阪僑狸、その連れ合いの若くて色っぽいイタチ、金儲けに目の無いアシカ和尚、コヨーテ、ジャッカル、ハイエナの一家を名乗る暴力団などが登場する。主要なメンバーのほか、各話に新しい動物が登場して、動物村で展開する大阪弁のドタバタ劇の背景には、大阪の下町で繰り広げられる人間の際どい愛憎、欲得劇が透けて見え、作者の鋭い、しかしユーモアにあふれた人間観察の目が光る大人の短編集である。（畠山兆子）

私本・源氏物語《しほん・げんじものがたり》 中編小説

〔**初出**〕「週刊小説」昭和五十二年十一月十八日・五十三年一月二十日・四月十四日・七月二十一日・十月二十七日・五十四年一月十九日・四月十三日・八月三日発行、第六巻四十二号・第七巻二号・十二号・十九号・二十八号・第八巻二号・九号・十八号。〔**初版**〕『私本・源氏物語』昭和五十五年一月二十五日発行、実業之日本社。〔**文庫**〕『私本・源氏物語』〈文春文庫〉昭和六十年二月二十五日発行、文藝春秋。〔**全集**〕『田辺聖子全集第十七巻』平成十七年九月十日発行、集英社。

〔**内容**〕「ウチの大将」は十七歳、美貌の貴公子で色男、女にもてるが正室の元へ行く時は腰が重い。それを可哀想に思う自分、四十男の伴男は、「男と女は、向き合ってるときだけが真実」と考えるが、大将はまだこの境地に達していない。五条の女あるじを寝食忘れて愛し、心臓発作で亡くす。ウチの大将のおん名は光源氏の君（「何とも夕顔なき恋の始末の巻」）。大将は北山に見つけた十歳の「小さいお姫さん」を養女として引き取る。少女は性教育本『なぜなぜなーぜ』の知識を披瀝し、大将を興醒めさせる（「北山のすずめっこの巻」）。雨夜に女性の品定めをした末、大将は「荒れた邸に住む、美しい姫君をさがせ！」と命じる。自分が探してきたのは十八と十六の姉妹。姉は美人でおっとり、妹は醜女で賢い。大将は双方と契り「丸太ん棒だけはかなわん」と妹の赤鼻の姫君と琴瑟相和す（「雪の朝の丸太ん棒の巻」）。「年かさのオナゴに当って、経験増やそ」と大将が口説いたのは五十七、八の源の典侍。ライバル頭の中将と鉢合わせになった所へ七十歳の古くからの恋人が登場、「中将。席をかえて飲み直しまほ！」（「森の下草老いぬればの巻」）。大将、スリルを求めて政敵、右大臣邸へ。六の君と結ばれるが、右大臣に見つかる。女官として宮中に上った姫君とスリル満点の恋を楽しむ（「おぼろ頭の春の夜の巻」）。六条邸からの帰途、腹をすかせた大将が駆け込んだのが花散里の家。饗応に与り、別の日には憚りも借りる。「色気より食い気どす」（「色けの花は散り散りの里の巻」）。賀茂祭の見物で、六条夫人は車争いで正室に負ける。その夜、六条夫人と三条の正室の幽霊が取っ組み合いの喧嘩、正室急逝の報が入る（「六条のオバハンの巻」）。「業平きどり」で須磨に下った大将。舟遊びで溺れた大将を助けた潮汲女と仲良くなった頃、帰京が決まる（「夜あかし潮汲みの巻」）。「深厚なる敬愛の念をもって、『源氏物語』の新しい楽しみ方を提示した」〔全集解説〕作品。男女の心の機微を描く。（水川布美子）

事務引きつぎの巻《じむひきつぎのまき》〈おかしやな男と女の〝新フレンド事情〟〉《おかしやなおとことおんなの〝しんふれんどじじょう〟》 短編小説

〔**初出**〕「週刊小説」昭和六十二年七月二十四日発行、第十六巻十五号。〔**初収**〕『どこふく風―男と女の新フレンド事情―』平成元年十一月十日発行、実業之日本社。〔**文**

庫〉『どこふく風』〈集英社文庫〉平成四年十一月二十五日発行、集英社。
〔内容〕平野凡夫の住む尼崎の文化住宅に、前妻春奈がやってきた。再婚相手の照子に引越しの手伝いを頼まれたという。春奈と照子は心斎橋のジャズダンス教室で顔見知りになったのだ。春奈は三十一歳、大柄で、おおらかで、大雑把、料理上手である。一方、照子は二十八歳、小柄で、怜悧でキビキビして、何から何まで春奈と正反対だった。平野は取引先で照子と知り合い、妻春奈の浮気について相談しているうちに親しくなった。二人は「人間の気持ちは変わるものである」という大真理を発見し、その証明のように、平野は照子と飲むほうが春奈といるより楽しくなったのだ。「コッチのほうが面白い」というのが本気で、「コッチも、ちょっと面白い」というのが浮気であるという小真理も発見した。「寝たけれど忘れてしまうようなんは浮気のうちにはいらへんわよ」と主張する春奈の浮気は「浮気」だが、平野が照子を「コッチのほうが面白い」と思ってしまうのは「本気」であると考え、平野は春奈との離婚を決意したのである。しかし、引越しの手伝いにやってきた前妻春奈の「のてー」としたところが、さして嫌でなくなった気がして、平野は「人間の気持ちは変わる」という真理をあらためてかみしめたのだった。

（岩田陽子）

週末の鬱金香《しゅうまつのちゅーりっぷ》　短編小説

〔初出〕「小説中公」平成六年四月一日発行、第二巻四号。〔初収〕『週末の鬱金香《チューリップ》』平成六年十月七日発行、中央公論社。〔文庫〕『週末の鬱金香《チューリップ》』〈中公文庫〉平成八年十一月十八日発行、中央公論社。
〔内容〕私（野口）と高石哲夫は化学会社に同期で入り、同じ営業一課で、遠慮のない仲だ。四年目である。会社は古い体質で、女性はみなコネがらみの入社であり、お茶汲みとコピー取りしか出来ない。私は高石が好きであるのに、高石はそれを悟らない。そのくせ、二人は親友とみんなに思われている。高石は父親を早く亡くし、母や姉が阿倍野で大衆食堂をやっている。彼は私をチエ袋だと思い、相談相手にしている。高石が郊外へドライブしようと私を誘う。私とつき合《あ》うという意味であろうか。私が承諾すると、こともあろうに、安井と山代喜美も誘う。山代が高石に自分から「つき合うて下さい」といったので、一対一でつきあうのも、ちょっとナンやから、一緒に奈良へいって相談にのってくれという。ドライブの日は雨になった。安井と山代が都合悪くなり、二人だけと聞いて嬉しかった。高石はうちのお母《か》ンの跡取りになろうと思うけど、山代は承知すると思うかという。私はいよいよイライラした。彼は会社を辞めてしまうのか、山代と共に。涙も出てこない。引き返せない。雨の中の奈良なんて。大きいスーパーをみつけ、サンドイッチでも買うのか高石は出ていった。店から出てきた高石は片手に花束らしきものを提《さ》げている。私の膝に載せてくれたのはチューリップの花束だった。高石は、おれと山代とつき合うても平気か、おれは、野口のこと好きなんかも知れん、もし食堂のおっさんになるときは、ついてきてくれるか。鬱金香《チューリップ》の花びらは唇をほどくようにゆっくりひらく。うれしくて、うすい涙が出てくる。

（浦西和彦）

春情蛸の足《しゅんじょうたこのあし》　短編小説

〔初出〕「小説現代」昭和六十一年四月一日発行、第二十四巻五号。〔初収〕『春情蛸の足』昭和六十二年七月十日発行、講談社。〔文庫〕『春情蛸の足』〈講談社文庫〉平成二年四月十五日発行、講談社。〔全集〕『田辺聖子全集第五巻』平成十六年五月二十日発行、集英社。

〔内容〕杉野は近頃、「自分は」というかわりに、「男は」というのがクセになっている。妻と暮らして十年近く経って、男と女とが、どれほど違った種族かをかいまみることができたからである。食べ物に関して言えば、杉野は汁気《しるけ》のたっぷりあるものにあこがれているが、妻は時間がかかるといってつくってくれない。そこでちょくちょく道頓堀のおでん屋に通う。杉野が幼な馴染みのえみ子と偶然出会ったのもおでん屋であった。えみ子は自分のよく知っている清水《しみず》町のおでん屋に杉野を案内する。杉野はそこの味、特に蛸の味が気に入った。えみ子は蛸好きの杉野に、飯蛸を食べようと、旦那が出張中の自宅へ誘う。しかし、出掛けてみると、出された飯蛸や食事は店で買ってきたもので、杉野は、ここで手作りを期待する「男は」、「古いんやなあ」と思う。お互いに好意を持ちあっていた幼な馴染みが、密室で二人きりでいることに落ち着かなくなって、神戸に出掛けてみるのだが、えみ子の「時間、勿体ないやないの」という言葉を切っ掛けにして、杉野は〔嬉しいねん、これが。男は〕と人生の「汁気」を求めようとする。だが、再び自宅に戻ったえみ子が「早うせな、お姑《かあ》さんが帰るころやから」とせかしたため、杉野はそっと玄関のドアを開けて外へ出てしまうのである。杉野は今でも、えみ子が連れて行ってくれたおでん屋の味が忘れられない。しかし女性という異種族の不思議に感じ入った杉野は、えみ子にその場所を聞くことができない。そこで、いつものおでん屋に通い、その「汁気」だけを頼りに、今を生きている。「自分」という個人を捨てきれない杉野の日常への愛着が描かれている。池内紀は「文学の特効薬」（「ユリイカ」平成二十二年七月一日発行、第四十二巻八号）で、「誰もが人間として自立し、独立した世界をもっている。だからこそ、その目に映るおでんはこよなく美しく、食べ物に特有の威厳と愛嬌をもっている」のだと評した。

（箕野聡子）

正月からくり《しょうがつからくり》　短編小説

〔初出〕「小説現代」昭和四十八年十一月一日発行、第十一巻十一号。〔初収〕『無常ソング―小説・冠婚葬祭―』昭和四十九年十月十二日発行、講談社。〔文庫〕『無常ソング』〈講談社文庫〉昭和五十二年六月十五日発行、講談社。

〔内容〕河波は四十九歳である。近頃、昔の四季折々の行事を復活したい気になっている。今年は、ちゃんと正月のしきたりどおりしたらどないや、と妻の雅子にいった。雅子とは十歳ちがう。息子の一男が大学生で十九歳、下は高二のめぐみと、中三のゆり子で、手はかからない。雅子は書道教室の助手をしていて、家政婦を傭い、家事はしなくなった。正月は書きぞめ大会があっていそがしい。家政婦の浜田さんが、正月もずうっと泊まってくれるというなら、お正月の用意するわという。浜田さんは四十四、五というところで、河波と生まれた時期があまりかわらない。同じ大阪生まれで、古き、よき、大昔の正月の思い出は、寸分たがわず重なり合っていた。雅子は教室の御用納めだというので、河波は浜田さんを連れて重箱や雑煮椀を買いにいく。正月は親子家族みんな揃ってお雑煮の膳を祝い、おめでとう、といいあうもんやというと、妻子いっせいに、いぶかしげに河波をみる。床の間に日の出の掛け軸、鏡餅のお飾り、浜田さんの活けた水仙と松、南天。これこそが正月だと思う。みんなで八幡さんへ初詣にいこうと誘っても誰もついてこない。若い者には正月といっても普通の休日とおなじになってしまい、特別の感じはないようだ。床の間の鏡餅も掛け軸も「一夜あければ」正月となる、からくりにすぎない。しかしね中年者としては、そういう形があって、はじめてその気分になれる。子供達は一人もまだ帰ってこない。河波は、さびしいような、みちたりたような思いで「正月の酒」を飲んでいる。「花の人生のまん中」の正月酒は、こんなものらしかった。

（浦西和彦）

上機嫌な言葉366日《じょうきげんなことばさんびゃくろくじゅうろくにち》　箴言集

〔初版〕『上機嫌な言葉366日』平成二十一年四月二十二日発行、海竜社。〔目次〕はずみごころ―まえがき／一月　人生をおいしくする／二月　愛するものを一つでも多く持っているということ／三月　いそいそとする／四月　面白がる／五月　気をとり直す、という才能／六月　幸福の味わい／七月　上機嫌はいちばん／八月　ロマンチックというのは／九月　言葉の魔法／十月　夢をあきらめない／十一月　毎日の楽しさ、というもの／十二月　人生のタカラモノ

〔内容〕田辺聖子の著書四十五冊のなかから選び出し、各月ごとにテーマを定めて、一年三百六十六日を、一日一言のことばで構成したアフォリズム集である。一月一日には「笑うこと。／毎日笑えるナニかをみつけるか、つくること」、十二月三十一日には「年こそはうつりゆくなれ／人こそはかわりゆくなれ／かわらぬものは／おとめの日のゆめ」とある。田辺聖子はまえがき「はずみごころ」で、「期待とはずみごころ。人間の持ってる、よきもの二つ――は、まさにそれ。年経《へ》ても、それは失せないはず。／――ただしかし、本来、人生は、孤立無援で戦わねばならぬときが多い。／そういうとき、ふと、何かの示唆を与えられる言葉が――それは書物《ほん》であれ、現実人生の知人の暗示であれ、何か、ささやかれると、それが突破口になるときもある。／あはあはと笑いつつ、ふと、あともどりしてページを繰り、あっと思う示唆にめぐりあうときもあるかもしれない。人生、いつも、はずみごころ……」と述べている。七月二十日の「なんで女はこうも『キッパリ』とか『カタをつける』とか『いいかげんに妥協しない』ことが好きなのか」は『魚は水に女は家に』に出てくる言葉である。女性の本能であろうか。七月二十七日の「ほんというと、上機嫌、なんていうハカナゲな気分は蜃気楼のようなもので、手につかまえられないからすぐ消えてしまう。だから多くの人は価値を与えないけど、私は、ここだけの話、どんな財宝やどんな卓見や芸術よりも、人間の上機嫌を上においている。人間が上機嫌でいられるときというのは、この世で全く少い」は『お目にかかれて満足です』の中のセリフである。人生において人間の上機嫌がいちばん価値があり、すてきなものであるという。上機嫌で日々を過ごせることは、煩雑な人間社会では希有のことか。十一月十七日の「恋に関する疑惑は、相手に問いただしたとき、本当になってしまい、すべて明るみへ引き出されてしまうのだ。恋は問いただすものではないのだった」は『不機嫌な恋人』にある言葉である。これらの言葉から逆に作品世界を想起するのも楽しい。

（浦西和彦）

上機嫌の才能《じょうきげんのさいのう》　箴言集

〔初版〕『上機嫌の才能』平成二十三年九月二十九日発行、海竜社。〔目次〕上機嫌の

種―はじめに／人生、いつも、はずみどころ／ことばをうれしたのしむ／仕事はそつなく、愛想よく／女の美徳／よき歳月にめぐりあう／甘やかな恋ごころ／ハイ・ミス商売を強くたくましく／人間的魅力／つらいときのクスリ／「このぬけ道、ぬけられます」の看板／夫婦の呼吸／子どもをしつけるということ／幸福の秘訣　人生のコツ／トシをとるたのしみ／上機嫌の才能

〔内容〕田辺聖子の『上機嫌な言葉366日』に次ぐ、〃上機嫌〃シリーズの一冊。『愛してよろしいですか?』『われにやさしき人多かりき』など二十五冊の著書から抜粋した言葉を収録。「およそ世の中で面白くないのは正論派である。だから私は面白くない正論派の言い分をしりぞけて、面白い、出たとこ勝負派の、ちゃらんぽらん派の主張にしたがい、面白そうな占いへでかけた」というような言葉がある。なにごとにも、おれは正論派であると肩ひじをいからせる窮屈な生き方ではなく、ちゃらんぽらんな自由さが人を上機嫌にするのであろう。「はじめに」で「私には、夫婦も家族も、会社に集まる人たちも、ほんのほんのわずかな縁を神サマが繋ぎ合わせて、めぐり合えた人たちなのだと思われてならない。／だから、あなたのやさしみを、まずはあなたの近しい人に。笑いの種を、上機嫌の種をふりまいて……」という。

（浦西和彦）

小説《しょうせつ》一途―ふたりの「源氏物語」《いちず―ふたりの「げんじものがたり」》　対談・エッセイ集

〔初版〕『小説一途―ふたりの「源氏物語」―』平成二十二年三月二十五日発行、角川学芸出版。〔目次〕序「源氏物語」の魅力（瀬戸内寂聴）／第一部「源氏物語」を愛して（紫式部は夫のおかげで才能を開花させた?／与謝野訳はいい加減? 谷崎訳は眠くなる?／円地文子伝説／登場人物の誰が好きか／「宇治十帖」は大人の魅力／「源氏物語」は母体に、さまざまな作品が／「源氏」は面白い小説か?（田辺聖子）／朧月夜―「源氏物語」（瀬戸内寂聴）／第二部　書くことを愛して（ユーモア小説を書ける才能／カモカのおっちゃんをめぐって／日本の文学は、関西!）／死なないで（田辺聖子）／対等に愛し合う自信（瀬戸内寂聴）／附録「源氏物語」の成立と主要人物系図（「ｔｈｅ寂聴」編集部・編）〔内容〕瀬戸内寂聴との共著である。「第一部「源氏物語」を愛して」、「第二部　書くことを愛して」は、瀬戸内寂聴との「源氏物語」やカモカのおっちゃんのことなどをめぐっての対談である。谷崎潤一郎の源氏訳よりも与謝野晶子の訳の方がずっと分かりやすかった。難しいところ、ゴタゴタして面白くないところは、はしょって飛ばしてある。それでも話の筋は正確である。だが、与謝野は、文章にあまりに気を使わない。自分の思った通りに書いているから「文章家」の文章ではない、荒っぽい歌人の文章なのである。でも、それを怖れないで書いているから面白いである。谷崎訳は全然読めない、読む気力を失わせる、という。エッセイ「「源氏」は面白い小説か?」では、朧月夜の人生の軌跡を辿ってみると、「源氏物語」の濃密なエッセンスがあると指摘する。

（浦西和彦）

妾宅・本宅　小説・人生相談《しょうたく・ほんたく　しょうせつ・じんせいそうだん》　短編小説集

〔初出〕「小説現代」昭和五十年二月一日～五十一年二月一日発行、第十三巻二号～第十四巻二号。〔初版〕『妾宅・本宅　小説・人生相談』昭和五十一年四月二十日発行、講談社。〔文庫〕『妾宅・本宅　小説・人生相談』〈講談社文庫〉昭和五十五年七月十

五日発行、講談社。〔目次〕天からふんどし／こわいおとな／どこがわるい／六十の手習い／一身上の都合／浮気のすすめ／妾宅・本宅／あとがき
〔内容〕「毎朝新聞」婦人面の担当記者、海津のもとに寄せられた人生相談の投書という体裁をとって悲喜こもごもの人生模様が語られている。四十七歳の会社員が、別居している妻との離婚、同居中の愛人との入籍を控えながら不安を抱いている。不平家で文句しか口にしない妻の「生活や意見が不愉快」であればあるほど、「故郷へ帰ったよう」で「安心」するのだが、妻と別れたら「こんどは妻を二号はんにすればよいのでしょうか?」という相談（「天からふんどし」）。夫公認で「色けぬきの間柄」の男友達と付き合う四十四歳の主婦が、中年の特質で妥協的人生観を抱きながら、子どもに対しては「内心の声」とは別の「現役組」の小言を言う。「親も子も、ウソばっかり、いいあって」いる状態を廃し、「みんないっぺんつき崩してほろびたらいいのとちがいますか?」（「こわいおとな」）。「思っている通りの反応を、夫が示さないと、カッとなる」三十三歳の妻。「愛すればこそ、自分の思うようになってほしい」と思っている。夫に二十八歳の浮気相手がいると知り、「なんでもっと若いのを選ばんか！　とんま！」と憤る。相手に会いに行くと、「紙キレ一枚で」「えらそうな顔しなさんな」と凄まれ、「昔ながらの人間のミチ」は価値がなくなったのかという相談（「どこがわるい」）。他に、同居の姑が色気づき、「われわれの方が萎縮」しているという主婦からの相談（「六十の手習い」）。生育環境の影響で男性が怖くて、老人と少年の多い職場へ勤め替えた未婚女性から、さらなる転職をすべきかどうかの相談（「一身上の都合」）。夫の浮気を夫の友人に相談するうちに、口説かれて関係をもち、夫への寛容をもてるようになった妻。「浮気は、家庭円満のひけつではないか?」（「浮気のすすめ」）。表題でもある巻末作は、新婚の妻と楽しい生活を送りつつ、望んで別居している母にも気を遣い、訪れたり泊まったり。母のいる「本宅」と妻のいる「妾宅」を行き来するうち、妻も文句をいうようになり「ここも本宅になってしまった」という相談事。これまでこの男性の投書は採らなかった海津だが、有識者の答えを知りたくて、採用した。解答は「男のグチはみっともない！」であった。

（辻本千鶴）

蒸発旅行《じょうはつりょこう》 短編小説

〔初出〕「別冊小説現代」昭和四十二年七月発行、第二巻三号。〔初収〕『もと夫婦』昭和四十六年八月十六日発行、講談社。〔文庫〕『もと夫婦』〈講談社文庫〉昭和五十年五月十五日発行、講談社。
〔内容〕推理作家砂田砂太郎の散々な二泊三日の講演旅行の物語。夏の行楽シーズンで満員の急行皆生《かいけ》に詰め込まれて心底うんざりする。四十歳前の砂田は太っていて髪も薄く、母親が原因の離婚歴がある。喋るのが苦手で普段は断る講演を母が勧め、世話係の二十二、三歳のトモ子と二人きりの旅行を期待して承諾。しかし当日、鹿野青年が同行し早速当てが外れる。昼にやっと着いた岡山との県境近くの夢野駅に出迎えた車もホットドック屋の荷物を積むような屋台車で、七月の暑さに参りアイスキャンデーを食べて漸く宿の寺に到着。その後、腹痛にみまわれ昼食では鮎の塩焼きを食べ損ね、お粥をすする。公民館の講演は、実は小学校の講堂で映画と母子家庭音頭の合唱の後ではあったが予想外の好評を得る。その後トモ子にドライブを誘われるが、つ

い疲れて寝ている間に彼女は鹿野と出掛けしまい置いてきぼりとなる。その夜、姿の見えない二人を捜して庭の暗がりで発見する。抱き合っていると思った二人は、線香花火をしており、砂田も加わる。夜の宴席は砂田そっちのけで、やはり鮎を食べ損ねる。更に深夜は蚊のために眠れず、トモ子に近付こうとして、鹿野と互いに邪魔し合う。翌日の講演先、隣村の蛇ノ穴《じゃのあな》神社に移動。神主が打つ神社の太鼓の中から大量の蜂が出て来て刺される。翌朝、講演をキャンセルして一人早く帰ろうとすると、既に係の二人の姿はない。切符を押しつけられ、もう一講演して帰ってくれと木賃宿の婆さんに言付けされていた。砂田の住む千里ニュータウンは大阪北部の竹藪の丘陵地を切り開いた大規模な住宅地で、昭和三十七年から入居が始まるが、当初は交通機関が未発達で陸の孤島的な場所。完成を記念して昭和四十五年に、万国博覧会開催。夢野町は田辺聖子が一時期住んだ神戸市兵庫区にもある地名。昭和三十八年十二月頃には、「人間蒸発」の新聞記事がある。また同年の今村昌平監督の映画『人間蒸発』等「蒸発」はこの時期の流行語である。通勤ラッシュが一般化するのは昭和三十九年頃。昭和四十年八月、東京五反田で百万匹の蜜蜂が列車で移動中に逃げ出し大騒ぎになった。本作発表の年田辺聖子は芥川賞を受賞。公民館の文化大講演会も同時代の中国の文化大革命を意識したもの。（岩見幸恵）

性分でんねん《しょうぶんでんねん》　エッセイ集

〔初版〕『性分でんねん』平成元年九月二十日発行、筑摩書房。〔文庫〕『性分でんねん』〈ちくま文庫〉平成五年五月二十四日発行、筑摩書房。〔目次〕Ｉ人生・あわれにもおかし（こうしなくてよかった！／わが生活と意見／ア、ドッとせえ、ドッとせえ……六十にして萎気《なえき》／あなたまかせの年の暮れ／花鳥風月／名を知る風流／「実にいけた」／オトナ社会と子供／オトナ時代／ウソの考察／女族の反乱／年下の男との愛と結婚／煎豆の花／てっちりパーティ／食事憲法／思いがけぬ美味／夏の食卓の楽しみ／酒の店について／オトナ酒／松茸の風流／プレッツェル／(高)出産記念パーティ／久女と信州／飛鳥へのあこがれ／京は花・花は京／鴨居羊子さんの絵の霊気／花柄のワンピース／大阪・下町の子守《もり》サン／田辺写真館なるものありき／大阪ファッションの面白さ／パーティ好きの町・神戸／何とかなるやろ／大阪的風土と映画）／Ⅱ書物《ほん》は愉し（「感傷旅行《センチメンタル・ジャーニー》」／世間の理不尽／ある日突然に……／小説の主人公と現実／「恋愛小説」について／男と女のスレチガイ／赤いろうそくと人魚／山のあなたの幸《さいわい》／姥の座右の書／現代で『ひまわり』を再び手にする意義について／私の好きな清小納言／伊勢物語の魅力／源氏物語のユーモア／典雅な獰猛「ハーレムワールド」（山田詠美）／詩人の生れつき／たのしい〝笑いの哲学書〟「笑いとユーモア」（織田正吉）／少女民俗学の新鮮なショック「リカチャンの少女フシギ学」（増淵宗一）／男と女の永遠のテーマ「ベルサイユのばら」（池田理代子）／川上さんのこと「木曜日の女」（川上宗薫）／黄河のごとし／かなしみの猫物語「私の猫がいない日々」（熊井明子）／人生と青春の存在証明「海軍めしたき総決算」（高橋孟）／珠玉にして匕首《ひしゅ》の句集「有夫恋」（時実新子）／林真理子氏の輝ける栄光「今夜も思い出し笑い」（林真理子）／おんな文化の〝根の堅州国《かたすくに》〟「細雪」（谷崎潤一郎））／あとがき

〔内容〕八十年代にかかれたエッセイ・書評・解説などを集める。還暦を間近に控

え、「オトナ」としての社会風刺や、酒食の愉しみを語る明るいエッセイが並ぶ。後半で特筆すべきは雑誌『ひまわり』についての書評である。編集者への辛辣な批判もあり、熱烈な読者として「清新な「少女像」」の形成をみてきた田辺聖子らしい一編。（金岡直子）

女運長久《じょうんちょうきゅう》　短編小説

〔初出〕「文学界」昭和四十一年九月一日発行、第二十巻九号。〔初収〕『わが敵　MY ENEMY』昭和四十二年十月十五日発行、徳間書店。〔文庫〕『感傷旅行《センチメンタル・ジャーニィ》』〈角川文庫〉昭和四十七年一月三十日発行、角川書店。

〔内容〕修造は「根っからの商売人で育てられたから乱暴な言葉やむきつけな言い廻しには敏感である」。妻の菊枝と娘の友子に事ある毎に遣り込められている。一人娘の友子が明日結婚すると言いだし、修造は妹の息子である修一と娘の結婚を諦める。菓子屋の仕事を任せてある修一に、修造は、千代子という二十三歳の愛人へ渡す金の融通を妻の菊枝に内緒で頼む。千代子は「修造の好きな色白の丸ぽちゃで」、「関西女に多い、全くのお多福顔で、北の新地から出ていた時は千代香という名よりも「おたやん」で通っていたのであるが、眼のほそい、鼻の小さい、頰のゆたかなところが、何やら淫らな感じをそそる」のである。そうこうしているうちに、妻の菊枝が急病で寝付き、修造は「体縛られて出られへん」ようになる。久しぶりに「勘助町のアパート」に行くと「おたやん」の部屋のなかはしんとしている。修造は「お、た、や、ん」と哀れっぽい声でドアをノックし続ける。「ここだけは、取り外したらもうおしまいだ、もうあとは何もないのだぞ」と、執拗にノックする。菊枝と友子、妹のかつ子にも愛想をつかされている修造は、この「女運」だけは「長久につづいてもらわんと生き所のない気がした」のである。（荻原桂子）

処女ぎらい《しょじょぎらい》　短編小説

〔初出〕「小説宝石」昭和六十三年十一月一日発行、第二十一巻十一号。原題「処女嫌い」。〔初収〕『結婚ぎらい』平成元年九月二十日発行、光文社。〔文庫〕『結婚ぎらい』〈光文社文庫〉平成五年十月二十日発行、光文社。

〔内容〕稗田は三十九歳、妻子もちの営業マン。妻は最近にわかに太り始め、茹卵を二個立て続けに食べる姿を見ればそれも納得がいく。小学校五年の息子と三年の娘にかまけて夫には関心が薄い。息子は反抗的、娘は下手なピアノとおしゃべりで稗田を困らせ、家庭ではくつろげない。そんな彼は、取引先のOL小出サチ子に関心を向けている。二十七歳、清純で稗田好みだ。「青固い」印象で、稗田はそれを処女の心もとなさだと断じる。これまで三度デートし、向こうから脈のあるそぶりを見せていながらも、稗田の思うような展開にはならない。一度目はキスも拒み、二度目はデートに学校の先輩のハイミスを同伴し、三度目はホテルに向かいながらも煮え切らず、妻のことまで持ち出して、「会うてるだけでエエねん」と関係を持つことを拒否する。稗田は寝もしない女とつきあうのは時間の無駄と考えており、サチ子のために時間と金を捻出するのも目的はただ一つだった。稗田がこれまで付き合ったOLたちはオフィスラブの達人で、男の思惑を以心伝心で察知し、手際よくことを進める、いわば男世界の道理を飲み込んだ「男世界の住人」だったが、サチ子は違う。稗田にとって、それが新鮮でもあったが、もどかしく、息が詰まるように感じるのであった。ところが、秋になって、サチ子から電話があり久々に会ってみると、彼女は変貌を遂げていた。稗田が望んでいた「男世界の住人」として振る舞うサチ子がいた。ひと夏の間の変貌に思いをめぐらす間もなく、サチ子は、あさって結婚すると告げる。清純な処女が、男の望みどおりの女性に変貌したとたん、結婚して去ってゆく。稗田は「処女はきらいや！」と思う一方で、「男世界の住人」にも食指が動かない。「処女の毒気に中てられたんや」と思っている。清純な女性を思い通りにしてみたいという男の矛盾した身勝手な夢想がおかしみを誘うと同時に、サチ子の変貌ぶりに女の怖さも窺える作品。

（吉川仁子）

ジョゼと虎と魚たち《じょぜととらとさかなたち》

短編小説

〔**初出**〕「月刊カドカワ」昭和五十九年六月一日発行、第二巻六号。〔**初収**〕『ジョゼと虎と魚たち』昭和六十年三月二十七日発行、角川書店。〔**文庫**〕『ジョゼと虎と魚たち』〈角川文庫〉昭和六十二年一月十日発行、角川書店。〔**全集**〕『田辺聖子全集第十六巻』平成十七年十一月十日発行、集英社。

〔**内容**〕ジョゼは本名を山村クミ子という。フランソワーズ・サガンの小説に登場するヒロインの名前が気に入って、クミは自分のことをジョゼと称するようになった。ジョゼには下肢に麻痺があるが、原因がわからないまま「脳性麻痺」で片づけられて、二十五歳になる。祖母と二人でひっそり暮らしているジョゼの家に、ジョゼより二つ年下の大学生・恒夫が出入りするようになった。恒夫に対していつも高圧的なジョゼだったが、ジョゼの「いばり」は甘えの裏返しだと恒夫にはわかっていた。恒夫が就職活動でしばらくジョゼの家を訪れなかった間に、ジョゼの祖母が亡くなっていた。ジョゼは家賃の安いアパートに移って、一人で生活していた。恒夫がアパートを訪ねると、ジョゼはすっかりやつれていた。ジョゼは相変わらず高飛車だったが、恒夫が帰ろうとすると、大きな眼に涙をためて「帰ったらいやや」と恒夫にすがりついてきた。恒夫はそんなジョゼを可愛く思い、ジョゼに接吻した。その日から恒夫はジョゼと共棲みしている。ジョゼの希望で恒夫はジョゼと動物園に虎を見に行った。ジョゼは、好きな男の人が一緒なら怖くてもすがれるから、そんな人ができたら虎を見てみたかったのだという。二人は結婚しているつもりだが、籍も入れていないし、式も披露もしていないし、恒夫の親許へも知らせていない。ジョゼと恒夫は新婚旅行と称して、九州の果ての多島海の海底水族館に行った。ジョゼは恐怖に近い陶酔をおぼえて、水族館を幾めぐりもした。その夜中、ジョゼが目を覚ますと、カーテンを払った窓から月光が射し込んでいて、まるで部屋中が海底洞窟の水族館のようだった。ジョゼも恒夫も魚になっていた。自分たちは死んだのだとジョゼは思う。ジョゼにとって完全無欠の幸福は、死そのものだった。ジョゼは恒夫に寄り添って、安らかにもう一度眠った。平成十五年に、犬童一心監督、妻夫木聡・池脇千鶴主演で映画化された。

（荒井真理亜）

女帝をくどく法《じょていをくどくほう》

短編小説

〔**初出**〕「小説現代」昭和五十八年六月一日発行、第二十一巻六号。〔**初収**〕『宮本武蔵をくどく法』昭和六十年一月十四日発行、講談社。〔**文庫**〕『宮本武蔵をくどく法』〈講談社文庫〉昭和六十三年四月十五日発行、講談社。

〔内容〕天平宝字五年（七六一）、女帝孝謙上皇が宮廷の看病禅師道鏡と出会って以降、病に蝕まれた女帝は心身共にはじめて生きたと実感し、晩年の十年間楽しく過ごされたという話。一連の「〜をくどく法」シリーズの中で最も長いストーリーである。四十三歳の女帝は、三年前に淳仁帝に譲位されたが、健康を害して、病気を治すのに医薬のほか、俗信や巫女の祈禱や僧たちの呪も必要とされていた。看病禅師の一人として宮中に詰めていた道鏡は、河内の貧賤の一庶民から身を起こし出世した五十五、六の僧だが、生まれつきの頭のよさと強靭な体力と意志力、そして政治力にも長けていた。道鏡は、生気のないうつろな目をした、心も体《カラダ》も病んでいる女帝の様を見て、心をいためていたが、彼のそういう気づかいが念波となって女帝に届いたのか、宮中に何百人といる有識で達人ぞろいの看病禅師や巫女の中から、道鏡に初めて女帝からのお召しが掛かった。眠れないのでよく眠れるような呪を頼みますとの女帝の言葉に、「早速に、心こめてつとめまする」と応え、まずはお酒を勧める。お相伴に預かった彼は、酒の酔いにまかせて、「河内音頭」に似た歌を歌ったり、本心から煽ぎにかかったりすると、女帝はついに声をたてて笑われ、この度の呪《じゅ》ほど面白いと思ったことはない、今夜も来ておくれと所望された。二日目、昨夜より不機嫌な女帝に、道鏡は面白き世上の噂や仏典の比喩などを話すと、女帝は道鏡の話のうまさに聞き惚れて心を開いていかれる。道鏡と話をしたり、指圧をしてもらったりしていると、たぐいもなく心が落ち着き、満ち足りてぐっすり眠ることが出来、日増しに美しく元気になられた。やがて、思うさま道鏡と楽しみたいと思い立たれ、首都奈良から近江の保良宮離宮へ行幸を仰せになる。一方女帝の怒りに触れた太政大臣藤原仲麻呂は攻め滅ぼされ、次いで淳仁天皇を位から引きずり下ろして自ら重祚され、称徳天皇となられた。道鏡は大臣禅師となり、ついに「法王」の位に就いたが、女帝は道鏡の故郷・河内の弓削《ゆげ》村に由義宮《ゆげのみや》という宮殿まで建て、二人はたびたびこの宮で遊んだ。河内の山々の上にあらわれた五色の美しい雲に瑞祥を感じられた女帝は、直ちに年号を「神護景雲《じんごけいうん》」と改められた。その四年三月二十八日、快晴の下、道鏡の提案によって多くの若い青年男女による歌垣が執り行われたが、この夢のような催しは女帝と道鏡の最後の楽しい歓会となった。五カ月後に、女帝は五十三歳でみまかられたが、おそばについている道鏡に、「私たちは寝なくてもそれ以上に楽しかった」と微笑んでいわれたと言う。

（二木晴美）

女流作家をくどく法《じょりゅうさっかをくどくほう》

短編小説

〔初出〕「小説現代」昭和五十四年四月一日発行、第十七巻四号。原題は「女流作家のくどき方」。〔初収〕『宮本武蔵をくどく法』昭和六十年一月十四日発行、講談社。〔文庫〕『宮本武蔵をくどく法』〈講談社文庫〉昭和六十三年四月十五日発行、講談社。

〔内容〕四十半ばのヤモメの滝田が、隣家に引っ越してきた、一人棲みの女流作家大野カズを口説く話。カズは三十五、六ぐらいで若々しい感じの、「媚びもかげりもなく、明晰で、力があり、シッカリと、腹の据わったような声」の女だが、滝田は好感と敬意を持つ。一方、亜鉛鉄板などの小さな工場を経営する滝田は、少し前女房に死なれ、中学生の息子とお袋を抱え、仕事の忙しさにかまけてそのままの日を送っていた。ある夜、屋台のラーメン屋を呼び止め、星空の下、共にラーメンを食べて話を交わしたことから滝田はだんだん女に好意を抱く。部屋に帰った後、大胆にも生垣越しに隣へ声をかけ、女の名を聞く。その後、大学の後輩から女は小説家だと知らされるが、「独りもんやったら、くどきたい」と思っていた滝田は、女の口説き方十条を考え、実践していく。第一条、怖がらぬこと。滝田には難解な純文学を書くインテリ女がどのへんまでえらいのか分からないから、怖くも何ともない。第二条、真実をいうこと。あの晩滝田が、「僕、淋しいんですわ」といったら、カズは即座に「私も」といった。第三条、ロマンチックな雰囲気。流しのラーメンを食べた晩は一緒に星座を仰ぎ見、そして生垣越しに話をした。第四条、焦ってはならぬこと。二、三日ぶりに夜遅く、カズの部屋に灯がついているのを見た滝田は声をかけてみたが、返事はない。だが、それ以上無理はしない。第五条、相手の作品をよむこと。三、四日かかってカズの作品を読み、新聞の書評欄に心をとめたり、カズの名が載る記事を切り抜いたりした。第六条、作品をほめるときは、本人がひそかに思っていても誰もいわないことや、本人も思っていなかったことをほめること。カズの本に「しみじみしたエロチック」を感じると語る滝田に、「考えたことなかった」と嬉しそうに応えるカズ。第七条、常に楽しい話題を提供すること。滝田の饒舌に釣られたようにカズはよく笑った。第八条、車をもっていること。春になったら車でぼたん山へ天プラを食べに行こうと誘う。第九条、男はあわれっぽくみせてはいけないこと。社長と小使いの兼任で、何でも自分でしなければならないという滝田の言葉に、共感するカズは「私も飲みたくなった。ねえ、窓からお入りになりませんか?」と誘う。「第十条は酒と、タイミングやな」。一カ月後、後輩に逢った滝田は、カズとの仲を話す自分が「腹の据わった声」になっているのに気付く。

（二木晴美）

新源氏物語《しんげんじものがたり》　翻案小説

〔**初出**〕「週刊朝日」昭和四十九年十一月八日～五十三年一月二十七日発行、第七十九巻四十九号～第八十三巻四号。原題「新・源氏物語」。〔**初版**〕『新源氏物語（一）～（五）』（一）昭和五十三年十一月三十日、（二）五十四年一月五日、（三）同一月三十日、（四）同三月五日、（五）同四月五日発行、新潮社。〔**文庫**〕『新源氏物語（上・中・下）』〈新潮文庫〉昭和五十九年五月二十五日発行、新潮社。〔**全集**〕『田辺聖子全集第七巻』平成十六年五月二十日、『同第八巻』同七月十日発行、集英社。

〔**内容**〕「作者の言葉」（「週刊朝日」昭和四十九年十一月一日号）に「私は『源氏物語』の現代語訳というよりは、私なりの構成と文章で、『源氏物語』を書き直してみたいと思っている」とあり、「空蟬」から始まる源氏物語である。ただし、宇治十帖を中心とする第三部には至らず（のちに『霧ふかき宇治の恋』平成二年五月十日発行、新潮社を執筆）、第二部の「幻」で終わっている。その間、「桐壺」「帚木」「篝火」が削られているが、文章は「帚木」の冒頭から始まり「桐壺」などの内容はそれ以後の物語で説明されている。また、各章には、内容を示す風流な題名が付けられている。作者が「書き直してみたい」と願ったのは、登場人物の詳しい心理であり、「愛」に対する人間の姿勢である。特に女性の懊悩や嫉妬の底に一筋の純なる愛情をとりだしているのは、この作品の大きな特徴である。若い源氏の強引な愛情に恐れ戦きながら、源氏への秘められた愛情を自覚する藤壺の宮、冷たい知的な態度で終始し

し

た葵の上が、最後に源氏を見送る言葉に限りない女の愛情を見る場面、恋敵を生霊となって呪う六条御息所の、伊勢下向時の野々宮での別れに際し、原作に書かれなかった愛の清流が見事に描かれている。また、男性の登場人物も造型が明確で、源氏の青年期から政治家としての中年期への変貌、更に柏木、夕霧、鬚黒たちの、それぞれの惑い、混迷の様が詳細に描かれている。文章表現で発表時話題になった「おじいちゃま」「おとうちゃま」「おかあちゃま」「ちい姫」の言葉も、作者の工夫された文脈の中では、それほど違和感を感じさせない。紫式部の「源氏物語」を素材にして、現代に生きる女流作家・田辺聖子が「愛」の問題を新しく、自在に描いた作品である。（水川布美子）

新源氏物語　霧深き宇治の恋《しんげんじものがたりきりふかきうじのこい》

翻案小説

〔**初出**〕「DAME」昭和六十年十月一日～十二月一日・六十一年一月一日～十二月一日・六十二年一月一日～七月一日発行、第二巻十～十二号・第三巻一～十二号・第四巻一～七号。〔**初版**〕『新源氏物語　霧深き宇治の恋上・下』平成二年五月十日発行、新潮社。〔**文庫**〕『新源氏物語　霧深き宇治の恋上・下』〈新潮社文庫〉平成五年十一月二十五日発行、新潮社。〔**全集**〕『田辺聖子全集第八巻』平成十七年七月五日発行、集英社。

〔**内容**〕本書は「宇治十帖」を現代語訳した長編小説である。正編の『源氏物語』と違い、登場人物も少なく、起伏に乏しく見られがちな「宇治十帖」が、田辺聖子の手によって現代的魅力あふれる作品に仕上がっている。『新源氏物語』執筆以来長年にわたり温めていた物語だけに二年間近く、じっくり時間をかけて取り組んだ意欲作である。「理想を追い求める恋人たち」（「波」平成五年五月号）の中で、田辺聖子は「宇治十帖」が近代小説としての骨格を備えており、きっちりとした構成、人物や心理の描写が近代的であることを指摘し、「殊に主人公の薫と大君というヒロインの純愛といいますか、お互いに理想的な恋人であろうとして、とうとう添い遂げることができなかった恋は、現代の若い人々の心を打つことでしょう」と述べている。主人公の薫は恋において積極的に行動しない現代の若い男性に通じる存在として描かれる。恋において繊細な手管と果敢な行動を兼ね備えた光源氏とは違い、薫は愚直で逡巡する人物である。「欲しいものに永久に手が届かない苦しみ、恋を充たすことのできない苦しみ、それを小説にすると薫になる」と述べている。自分のそばにいる「青い鳥」に気づかず、他の女を追い求める薫はまた人間の愚かさの象徴になっていて「自分の姿を鏡に映している気持ち」になったという。なお、未完に終わっているという説のある巻末の「夢の浮橋」について、「作者はここで切ったのではないか」、「十分に将来を暗示している結末である」と指摘しているのは、全訳したからこそ言える卓見である。（金子幸代）

しんこ細工の猿や雉《しんこざいくのさるやきじ》

自伝小説

〔**初出**〕「別冊文藝春秋」昭和五十二年三月五日～五十三年十二月五日発行、第百三十九～第百四十六号。〔**初版**〕『しんこ細工の猿や雉』昭和五十九年四月三十日発行、文藝春秋。〔**文庫**〕『しんこ細工の猿や雉』〈文春文庫〉昭和六十二年三月十日発行、文藝春秋。〔**全集**〕『田辺聖子全集第一巻』平成十六年九月十日発行、集英社。

〔**内容**〕私は女学校の頃から「本を書く」

のを夢みていた。「本ごっこ」「著者ごっこ」が好きなのである。内容は荒唐無稽のものが多かった。戦争が終わり、女子専門学校を卒業して、私は金物問屋に就職する。事務をしながら懸賞小説の投稿を始める。やがて私は勤めをやめ、文学学校に入って、同人雑誌にも加わる。ラジオ台本を書いたりしながら、文学修業に励んでいた。そんな私が昭和三十八年度芥川賞を『感傷旅行《センチメンタル・ジャーニイ》』で受賞する。七章「しんこ細工の猿や雉」「夢と歯磨粉」「石垣の螢」「おとなしい子に御褒美」「野暮れ山暮れ旅の空」「お菓子と出発」「やっとおめでとう」で構成された田辺聖子の自伝的長編小説である。石沢秀が「戦後史の一つの真実を如実に物語っている」（『週刊小説』昭和五十六年八月十四日）と評し、沢木耕太郎が「解説」（『田辺聖子長編全集18』昭和五十八年七月一日、文藝春秋）で「『しんこ細工の猿や雉』は、田辺聖子が虚構という手鏡を用いず自らを全面的に写し出した、ほとんど初めての作品であるように思われる。あるいは、それは虚構という仕掛けを通してのみ自ら語ることができた少女が、ついにその仕掛けなしに語りはじめたということなのかもしれない」と述べている。

（浦西和彦）

診察室にて《しんさつしつにて》　短編小説

〈初出〉「文章倶楽部」昭和二十七年一月一日発行、第四巻一・二号。

〈内容〉相馬八郎（尼崎市西大島稲葉荘二ノ一七〇田辺聡方）の筆名で加藤武雄・木村毅選「文章倶楽部」読者文芸小説に応募し、入選第一席に選ばれた作品。この「診察室にて」は、田辺聖子が発表した最初の短編小説である。顔見知りの看護婦が可南子の名を呼んだ。高詩明は北京のある富豪の息子で、少年の頃に日本に留学し、大学を卒業するとこの町の小さな病院へ赴任してきた。二十六、七歳で、高の過去は誰も知らない。可南子は胸が痛くなるほど高を好きだ。ちょっと前に、可南子は軽い肺浸潤を宣告され、一カ月間学校を休んだことがある。毎日この病院へ診療を受けに通った。快癒を告げられた頃から可南子は高に傾いていった。武庫川の松林を二人で歩いているのを姉が見つけ、咎めた。それ以来、姉の干渉がきびしいため、高に会う機会がなかった。女専の卒業式までに身体検査を提出するのを口実に、高に会いに来たのである。脱いでと高は無雑作にいった。可南子は恥らった。高を愛していると悟ってから高の診察を受けるのはこれが初めてだった。聴診器にこの胸のとどろきが伝わるかと、可南子は息をひそめた。可南子は一切を賭けた裸形である。高はあくまで物をいわない。ここには看護婦もいる。が、高の眼はものをいう。可南子は夢みごこちに立ち上がって眼は高に釘づけになったまま指は服のボタンをさがしていた。小田久郎は「選衡事情」で「『診察室にて』の文章はすっきりと、まことにすっきりと写りました。浅からず、くどからず適切な表現が何よりもうれしく思いましたし、余分なところに筆を及ぼしていない。いかにも十五枚らしい、無駄のない小説です。『高』がよく描かれていました」と述べている。

（浦西和彦）

新・私本源氏《しん・しほんげんじ》　春のめざめは紫の巻《はるのめざめはむらさきのまき》　中編小説

〈初出〉「週刊小説」昭和五十五年一月二十五日・五月三十日・十月三日・五十六年五月二十二日・五十七年一月一日・五月二十一日・十一月五日・五十八年一月十四日発行、第九巻二号・十三号・二十三号、第十巻十二号、第十一巻一号・十二号・二十五

号、第十二巻一号。〔初版〕『新・私本源氏春のめざめは紫の巻』昭和五十八年五月二十五日発行、実業之日本社。〔文庫〕『春のめざめは紫の巻　新・私本源氏』〈集英社文庫〉昭和六十二年一月二十五日発行、集英社。

〔内容〕『私本・源氏物語』の続編。前編の視点人物は伴男であったが、こちらは章毎に視点人物「私」が変わる。「私」は紫の姫君の乳母。須磨から帰った源氏は自信と自負が増大し、それを嫌うリアリストの姫君に手を焼いた末、「急性赤鼻病」という仮病を使い、姫君の気を引こうとする（「春のめざめは紫の巻」）。「私」は末摘花の乳姉妹。伴男に「人をシラケさせる天才」と言われた姫君は赤鼻の素顔を源氏に見られる。三年後、須磨から戻ってきた源氏を姫君は嬉しそうに迎える（「見飽かぬ花の赤鼻の巻」）。「私」は十五歳の玉かつら。養父の源氏の君に皆イカれているけど、私から見れば古典的なオジン。筑紫で大夫の監と駆け回った筑紫の野山を懐かしむ（「やんちゃ姫玉かつらの巻」）。「私」はサロンの女王、御息所にお仕えする少将。御方さまは平凡な自分の娘を不満に思うが、姫は実は源氏をモデルとした物語を書きため、「週刊六条」の取材もしていた（「六条ろくでなしの巻」）。「私」は近江の姫の娘。母の没後、父を捜して都の「ご落胤受付所」に並ぶ。源氏と対面後、落胤に認定。私は幸運の姫と呼ばれるが「流行おくれの美男」源氏より夕霧に心惹かれる（「早口姫口ばやに恋を語るの巻」）。「私」は朝顔の叔母。「イカズ後家屋敷」に通う源氏に焦がれる朝顔に、「派出女房会」の独身女性たちが、様々な邸を見学させる。幻滅した朝顔は高利貸等の事業に身を入れることになる（「浅はかの朝顔の恋の巻」）。「私」は伊予の介の妻、空蟬。夫の留守中に方違えで訪れた源氏を、逆に積極的に口説く。しかし帰京後の夫の言葉に「あたしが恋してるのは、あんたなんだわ」と再認識する（「うつうつ空蟬の恋の巻」）。「私」は源氏の君に降嫁した内親王。色男の化石、源氏より私が好きなのは柏木。自然に振る舞った結果、彼の子を宿す（「恋はさんざん女三の宮の巻」）。『田辺聖子全集第十七巻』（平成十七年九月十日発行、集英社）に、「春のめざめは紫の巻」「うつうつ空蟬の恋の巻」を収録。

（水川布美子）

人生の甘美なしたたり《じんせいのかんびなしたたり》　箴言集

〔初版〕『人生の甘美なしたたり』〈角川文庫〉平成十四年六月二十五日発行、角川書店。〔目次〕まえがき／男と女／女とは／男とは／生と死／世の中さまざま

〔内容〕自著の中から任意に選び出した一節や短章を集めたもの。「まえがき」に「いろんな考えかた、思いつきのさまざまのサンプルを、私は提供したつもり。アフォリズム、というほど、かしこまったものではないが、小説のなかの主人公たちが、考え、行動し、自省する、その曲り角ごとにつぶやく、〈人生のひとりごと〉集、とでもいったらいいかしら」とある。「〈恋愛の究極は、手ェも握らんとこへ還る〉」「愛も食べ物と同じで、旬がある」「現代的純潔は、『いかに異性と交渉をもつか』『性のいちばん望ましい使い方』を知ることにある」「自分で自分にめくらましをかけて夢をつむぐのが女かもしれない」「男はウソがヘタだというが、そのかわり、『隠しごと』の大家である」「『死』の対極にあるのは『生』ではなく、『恋』である」「老い先みじかい身は、血のつながりで肌を暖めたがるものだ、とは愚かしい思い込みであ

る」「新聞を神サマのように想いなさるなよ、ということだ。新聞は生き変わり死に変わり、調子のいいことをいって、ドラキュラのように不死身に生きつづけるのである」「善意と思い込んでる無神経は一番かなわない」など、恋愛に関すものに限らず、時代や社会等々に言及するアフォリズムもあり、全編が人生への示唆に満ちている。その根底にあるのは人間への深い愛情であり、人間への興味であろう。著者の人間や社会に対する深い洞察から生まれた箴言集である。

（浦西和彦）

人生は、だまし だまし《じんせいは、だまし だまし》

エッセイ集

〔初出〕「本の旅人」平成十二年十月一日～十四年九月一日発行、第六巻十号～八巻九号。原題「アフォリズムの飴玉」。〔初版〕『人生は、だまし だまし』平成十五年三月十日発行、角川書店。〔文庫〕『人生は、だまし だまし』〈角川文庫〉平成十七年三月二十五日発行、角川書店。〔目次〕究極のあわれ／金属疲労／惚《ほ》れる／寝首／いい男／家庭の運営／上品・下品／憎めない男／老いぬれば／男と犬／ふたごころ／ほんものの恋／血の冷え／ほな／結婚は外交／恋と友情／捨てる／おっさんとおばはん／ヒトと暮らす／オトナ度／気ごころ／そやな／人間のプロ／別れ

〔内容〕角川書店の月刊PR誌「本の旅人」に連載した「アフォリズムの飴玉」に加筆訂正してまとめたもの。田辺聖子は「かなり早くから『ラ・ロシュフコー箴言集《しんげん》』などに親昵《しんじつ》しており、アフォリズムそのものに心酔していた」という。「ちょっぴりにがくて意地悪な」「笑いを伴う」アフォリズムを、「私は恋愛小説の香辛料」に用いてきた。「年を重ねたいま」、それらから「さまざまの想念」がさらに涌く。「〈アフォリズム〉を飴玉のように口中でころがして楽しみつつ、その〈想念〉をほどき、くりひろげ」た経緯をまとめたのが本書である（「究極のあわれ」）。「終戦直後の国家崩壊」がもたらした苦難の青春の日々、仕事のかたわら「九十六の老母と、車椅子の夫」を介護する七十代半ばの日々、そうした日々を乗り越え、やりすごしつつある経験から紡ぎだされた〈アフォリズム〉は、生活者としての自信に裏打ちされている。「達観、というのは、心中、〈まあ、こんなトコやな〉とつぶやくことである」、「人生でいちばんいい言葉は、／〈ほな〉／である」、といった、機知に富んだ〈アフォリズム〉が随所に散りばめられている。

（野田直恵）

人体接着剤《じんたいせっちゃくざい》

短編小説

〔初出〕「問題小説」昭和五十一年十一月一日発行、第十巻十一号。〔初収〕『お聖どん・アドベンチャー』昭和五十二年三月十日発行、徳間書店。〔文庫〕『お聖どん・アドベンチャー』〈集英社文庫〉昭和五十五年二月二十五日発行、集英社。

〔内容〕小松左京サン、筒井康隆サン、私は、政府管轄の研究所で働いていた。毒舌勇太郎を脅し、潜り込んだのである。そこで、偶然に人体接着剤「ねばねば」を発明する。試供品は糸を使わずに傷口が閉じられるため、特に医療方面で大成功を収めた。しかし、政治に利用され、世間では闇で取引されるようになる。通り魔的に人に「ねばねば」をかけ、人をくっつけてしまうねばねば魔なるものも現れる。人々の生活は混乱し、人との接触を避けて、ロボットと生活を共にしだす。それもつかの間、万能接着剤が開発されてロボットともくっついてしまうようになる。いずれの薬も勇太郎が掌握し、高官と繋がり、利益を得て

いることを見せつけられた三人は、暮らしやすい街を探して研究所のある町を後にする。（高橋博美）

深夜のヒマ人─ベスト・オブ・女の長風呂Ⅱ─《しんやのひまじん─べすと・おぶ・おんなのながぶろに─》　エッセイ集

〔初版〕『深夜のヒマ人─ベスト・オブ・女の長風呂Ⅱ─』平成七年六月三十日発行、文藝春秋。〔目次〕Ⅰ　愛といたわり／一夫一婦制／でけとる／おしとねすべり式／飲む打つこする／一線をこえる／失神税／未亡人／「キタノサン」／やりにくい女房／恋のスピード／男らしさ／Ⅱ　女のトイレ／踊る阿呆／えらい奴ちゃえらい奴ちゃ／おっちゃん中年医学を論ず／男の原型／説論／格言は悪の根源／風林火山の女／そんなつもりとちがいます／間隔位／大クダ連／Ⅲ　ポスト・カモカ／女兵／女の三楽／ドングリのぶっかりあい／人間の営み／インタビューについて／人臣の極みの位／酒の酌／たから子の悲哀／男ヘン女ヘン／死亡記事／いい顔／Ⅳ　内職精神／心身医学／活字中毒／養生問答／葬式問答／再婚問答／ニコニコ顔／忠臣／女が入ると白ける／かしや／ヒマ人／反応さまざま／Ⅴ　タカラヅカの見方・楽しみ方／思い出し電話／羞じらい／小説読み／お酒のアテ／かき聖／手にハンケチ／束の間の夢／爺ざかり／ミナミで飲む／ボチボチ花火

〔内容〕「週刊文春」昭和五十一年十月二十一日号より昭和五十六年八月二十七日号に連載された「ああカモカのおっちゃん」「カモカのおっちゃん興味しんしん」「芋たこ長電話」の中から精選して編集されたエッセイ集である。（浦西和彦）

【す】

西瓜のタネ《すいかのたね》　短編小説

〔初出〕「オール読物」昭和五十一年八月一日発行、第三十一巻八号。〔初収〕『浜辺先生町を行く』昭和五十二年四月三十日発行、文藝春秋。〔文庫〕『浜辺先生町を行く』〈文春文庫〉昭和五十六年四月二十五日発行、文藝春秋。

〔内容〕「浜辺先生シリーズ」の第八作目。花好き、特に薔薇好きの「私」が、「夫」を伴って薔薇園の主人や風蘭の愛好者など「花狂い」の仲間を尋ねた時の話。タイトルの「西瓜のタネ」は、種なし西瓜が余り売れないということから「西瓜のタネというものは、一見、たべるときは邪魔で無価値なものではあるが、しかし、やはり、『無用の用』として要るものだ」、「西瓜のタネをつつき出す間のおしゃべりこそ、最高にたのしいものである」という考えに「私」達は至り、「オサケ」も趣味も「西瓜のタネ」のようなものだと思うようになったというところからきている。田辺聖子は、「私にとって、このはかないコレクションや手遊びは、日常の鬱積を掃う、こよない〈気保養〉である」（「あとがき」『手の中の虹』）として、自らのコレクションを紹介している。そこには花柄の小物も多い。また、『手づくり夢絵本』では、熊井明子からもらったというポプリを紹介し、「壜の蓋をあけて鼻を近づけると、まるでアラジンの魔法のランプのように、たちまち海が前にひろがり、緑の平野がひらけるのでした」と綴っている。こうしたお気に入りの物達の中で田辺は〈異郷の夢〉をまどろんでいたのだろう。なお、こうした田辺の嗜好は小説にも多く反映されており、ポプリや香り、花は重要なモチーフとして登場する。例えば『お目にかかれて満足です』には、次のような文章がある。「ローズ・ジャムを一壜買うために、あるいは蒼

いバラを一本買うために、わざわざ神戸や大阪まで出かけてゆく、そういうことして、充分、値打ちがある、そんなものがこの世にはあるのであった」。（西川貴子）

好きでんねん《すきでんねん》　短編小説

〔**初出**〕「小説現代」平成元年四月一日発行、第二十七巻五号。〔**初収**〕『不倫は家庭の常備薬』平成元年七月二十日発行、講談社。〔**文庫**〕『不倫は家庭の常備薬』〈講談社文庫〉平成四年四月十五日発行、講談社。

〔**内容**〕ペットフード会社の営業係長で三十八歳の水谷は、「ぶこつな田舎ざむらいといった風貌」、見合い結婚した妻の梨枝と小学四年の息子とで、西宮の家賃二万の古い団地に住んでいる。激務の営業部にいた水谷は、部長の急死で「生活研究所」に配属された。先輩研究員から「女の生態前線」の観察を命じられ、水谷は、芦屋のレストランでディートリッヒ似の女が「醜男がいいわ」と喋るのを耳に留める。梨枝が衣料問屋の仕事をやめて、夫婦の会話の時間ができた。梨枝は「お多福《たやん》」そっくりの「気のいい女」で、息子の担任「好きな池永センセ」の話に熱心である。水谷は、「生活ウォッチャーとして現場感覚を磨く」ため出向いた木津川の新しい店「スピノザウルス」で、例のディートリッヒ似の女、藤谷圭子に声をかける。消費者観察の苦労を語る水谷と、実家の和装小物店で着物を売る「付加価値」を語る圭子は意気投合し、水谷は早速梨枝に、圭子の話をする。妻と「池永センセ」を絡めた冗談を言い合って、水谷は妻の「女の目線」に新しい発見をする。二週間後、圭子からの誘いで飲んだ水谷は、圭子に離婚していて「淋しい」と打ち明けられ、都心のシティホテルに入る。圭子が「あたし、間違うたこと、いうてる?」を口癖とし、「わがまま」であることも、水谷には「すてき」であった。だが長いシャワーの後、「細心の化粧」でつくられたディートリッヒは消え、「渋紙色の、頬骨のたかい、目の細い、どうということのない、ただのオバン」が現れる。時間がないから帰ると言う水谷にタンカをきる「渋紙色の狐」には「女のホンネの魅力のようなもの」があり、泣きつかれて結局水谷は深夜までいてしまう。圭子は水谷に家への電話を勧めておいて、電話口で笑い声を聞かせ、喧嘩した二人はそれきりである。二、三日たって水谷夫婦は「オトーサンにそんな、ええひとできたんなら、あたしもうれしい。喜んだげるわ。でも、得心いくまでつき合うたら、やめてね」「オマエ、なんでそない物分りええねん」「そら、オトーサン好きやもん」「あほ」と会話する。一方水谷も、別れ際に圭子に「おくさん、そんなに好きなんか!」と罵られ「好きでんねん」と答えていた。所有意識を捨て、「好き」という一点で夫を全面的に許容する妻に、水谷は「女ヘンの勉強は不倫よりも、女房にはじまり女房に終るのではないか」と考え、「不倫もわるくなく、それ以上に女房《よめはん》はいいものだと思うが、しかし一人、手酌《てじゃく》で飲む酒も、更に好もしいのである」と、バー「ちどり」で飲むのであった。我儘な欲求を重ねて回り道をしつつ、夫婦にこそ何度も発見される魅力的な味わいを描いている。梨枝は、単行本収録の「手づくり不倫」の主人公である。また圭子は「正しいよそ見の仕方」の主人公の妻である。（渡邊ルリ）

スヌー、うるさくなる《すぬー、うるさくなる》　短編小説

〔**初出**〕「オール讀物」昭和五十四年一月一日発行、第三十四巻一号。〔**初収**〕『スヌー

物語―浜辺先生ぶーらぶらー』昭和五十四年七月十五日発行、文藝春秋。〔文庫〕『スヌー物語』〈文春文庫〉昭和五十七年七月二十五日、文藝春秋。

〔内容〕「オール読物」昭和五十四年一月号に掲載されたスヌー・シリーズの第七作目である。目次に「自我に目覚めたスヌー。だが、子が大きくなることは、何となく淋しい」とある。私（浜辺丁子＝田辺聖子）は夕方、仕事部屋をでて居間にやってくると、スヌーとじゃれ合うのである。しかしこの頃、スヌーは少しもの心がつき、私に対して批判的になってきた。スヌーは仕事部屋の私を例の望遠鏡で監視していて、仕事もしないで最近出た自分の本をじーとながめているのもお見通しなのだ。また私は一日中畳に座布団を敷いて座っているので、疲れて足首がふくれ、くるぶしのあたりが太くなってくると、「パパ、また象ちゃん象ちゃんだ」と夫に見せる。スヌーはそういった私の甘ったれた言葉づかいがだんだん嫌いになってきた。いわば、スヌーは自我に目覚めてきたのだ。もの心がついてきて、「親とは、いかなるものか」の見解がまとまり、親は子供の前でイチャイチャせず、言葉も甘えた言葉でなく、正確な日本語でしゃべって欲しいと思っている。「ああ、子供が大きくなる、っていうことは、何と淋しいことだろう。自我や批判の出てくるような年頃の子供なんて、私はもう、要らないのだ」。私は、昔のあどけなかったスヌー、無邪気だったスヌーのことを思うと涙が出てくるのである。スヌーと口げんかしたが、最後は仲なおりする。まだ当分は「子供のままでいる」と約束してくれたが、この先はどうなるかわからない。

（檀原みすず）

スヌーのあんよ《すぬーのあんよ》　短編小説

〔初出〕「オール読物」昭和五十三年一月一日発行、第三十三巻一号。〔初収〕『スヌー物語―浜辺先生ぶーらぶらー』昭和五十四年七月十五日発行、文藝春秋。〔文庫〕『スヌー物語』〈文春文庫〉昭和五十七年七月二十五日、文藝春秋。

〔内容〕昭和五十三年に雑誌「オール読物」に隔月で連載された八編のうちの第一作目である。目次には「ぶらりぶらりと浜辺先生。新シリーズ」「たかが縫いぐるみというなかれ。体長百五十センチ、人の心もお見通し」とある。前作『浜辺先生町を行く』の姉妹編である。気さくで、のんびりやで明るい人柄の著者を髣髴とさせる浜辺先生は、ある日、巨大なスヌーピーの縫いぐるみを買い、「アンリ・スヌー」という名前をつけて、家族の一員にした。スヌーの紹介から始まり、私（浜辺丁子＝田辺聖子）のスヌーへの並々ならぬ愛が語られる。私はスヌーに心がときほぐされ、その可愛さに大満足であるが、夫はその大きな縫いぐるみに驚愕し、怒り出す始末である。あきれる夫を尻目に、私はスヌーに話しかけ、スヌーが望むことをしてやる。スヌーを見ていると次々に空想がわきあがり、スヌーが主人公の「スヌー物語」という童話を書き始める。ある秋の日、兵庫県宍粟郡一宮町の山奥の別荘へ、夫と行くことになった。私はスヌーを一緒に連れていきたかったが、夫にたしなめられ、やむなく家に残しておくことにした。スヌーは家族の一員であり、もはや私にはスヌーのいない人生は考えられない。車の中では「スヌーのあんよは短かいあんよ　スヌーのあんよは可愛いあんよ」と「スヌーの歌」を唄いつづける。スヌーはちょっとだけ悪いことをする天才である。自分を一緒に連れて行ってくれなかったので、スヌーは怒っていたずらをするのである。村人たちとの暖かい触れ合いをとおして、山里の秋を堪能し、盆踊りに興じることができた。翌日は村の秋祭りだった。御形《みかた》神社の方へ行くと、出店が並び、中学生の奉納相撲をやっている。夢みたいな景色の中にいると、スヌーと同じく、現実のようでいて非現実な世界のようにおもわれる。私達はすっかり良い気分になり、スヌーが待っている家路に着くのであった。（檀原みすず）

スヌーのお百度《すぬーのおひゃくど》　短編小説

〔初出〕「オール読物」昭和五十三年三月一日発行、第三十三巻三号。**〔初収〕**『スヌー物語―浜辺先生ぶーらぶらー』昭和五十四年七月十五日発行、文藝春秋。**〔文庫〕**『スヌー物語』〈文春文庫〉昭和五十七年七月二十五日、文藝春秋。
〔内容〕「オール読物」昭和五十三年三月号に掲載されたスヌー・シリーズの第二作目である。目次に「原稿締切り、待ったなしの浜辺先生を案じ、お百度を踏む愛しのスヌー」とある。スヌーはすっかり家族の一員となり、くつろいでいる。スヌーに汚れが出てきたので、私（浜辺丁子＝田辺聖子）はスヌーのためにナイトガウンとナイトキャップを作ってやるが、今いちしっくりこない。結局このナイトガウンとナイトキャップはスヌーが着ることなしに放置されてしまった。スヌーのほかにも小さい安物の黄色い犬のぬいぐるみがいて、これも「オジン」と名付けて一緒に家族の一員として楽しんでいる。スヌーはいつも「ムール貝のスープ」を食べるが、オジンはそれを目当てに近づいてきて「ふらんす・おちゆゆの唄」を唄うのである。私は原稿の締切り前になると、いらいらしてスヌーやオジンに八つ当たりする。スヌーは今や夫に代わって八つ当たりできる貴重な家族なのである。バタバタと家の中を走りまわって苦しみ悶える私に、スヌーは心配そうに「大丈夫だよ、おばたん」といって、背中を叩いてくれる。ようやく原稿を書き始めると、家の中は静寂を取り戻す。夫によれば、私が一生けんめい原稿を書いている間は、スヌーは居間でお百度を踏んでくれていたそうである。（檀原みすず）

スヌーの首のばし《すぬーのくびのばし》　短編小説

〔初出〕「オール読物」昭和五十三年七月一日発行、第三十三巻七号。**〔初収〕**『スヌー物語―浜辺先生ぶーらぶらー』昭和五十四年七月十五日発行、文藝春秋。**〔文庫〕**『スヌー物語』〈文春文庫〉昭和五十七年七月二十五日、文藝春秋。
〔内容〕「オール読物」昭和五十三年七月号に掲載されたスヌー・シリーズの第四作目である。目次に「旅するオバタンをいつも守ってくれるのは、いわずと知れたスヌー大王」とあり、題名横に「浜辺先生ぶーらぶら注目のシリーズ」とある。私（浜辺丁子＝田辺聖子）は先日、夫と二人で十八日間のヨーロッパたべあるき旅行をして来た。私は何処に行っても、その土地の食べ物で口に合わないものはなく、何でも食べてしまう。オリーブ油のくどいスペインの揚げ物も、イタリアのスープも全然気にならない。乗り物についても恐い乗り物はなく、飛行機だって平気なのである。そういう意味では、私は主体性も節操もないのかも知れない。その理由は、スヌーに神通力があり、スヌーを心の中で念じていれば自然に思い通りになると信じているからだ。今度の旅行にもスヌーの写真をお守りのように持ってきた。スヌーは日本の留守宅から魔法の望遠鏡で首をのばして私を見ているのだ。スヌーは私がパリにいようと、ローマにいようと、ちゃんと見守ってくれている。こんな話をすると、夫は馬鹿にし、

ヒコーキ嫌いの編集長も、私が何か新興宗教の信者であるかのように奇異な目でみるのである。（檀原みすず）

スヌーの初恋《すぬーのはつこい》　短編小説

〔初出〕「オール読物」昭和五十三年九月一日発行、第三十三巻九号。〔初収〕『スヌー物語―浜辺先生ぶーらぶらー』昭和五十四年七月十五日発行、文藝春秋。〔文庫〕『スヌー物語』〈文春文庫〉昭和五十七年七月二十五日、文藝春秋。

〔内容〕「オール読物」昭和五十三年九月号に掲載されたスヌー・シリーズの第五作目である。目次に「おばたんの初恋の人出現に、スヌーは混乱。初恋って、どんな味なの?」とある。今回はスヌーの出番は少なく、私（浜辺丁子＝田辺聖子）の初恋物語とその後日談である。昭和十年代のはじめ、私は大阪の「第二上福島尋常高等小学校」の生徒であった。三組あったクラスのうち一組だけ男女混合のクラスで、その中の清川アキラ君が初恋の人であった。清川君は色白で小柄な、利巧そうな顔立ちの男の子で勉強もよくできた。清川君は時どき級長になり、私はその時、副級長になったこともある。小学校を卒業すると清川君は中学校へ、私は女学校へ進み、そのうち戦争も烈しくなり、それから彼には会っていない。小説『私の大阪八景』では、彼は予科練にはいり、その後戦死することを匂わせている。ところが、私がNHKの婦人番組に出たおり、女性ディレクターが視聴者の投書をもって来たのだが、それがあの清川君の奥さんからの手紙だった。清川君は健在で、大企業の部長になり、子供も二人いて幸福に暮らしているらしい。ある日、突然、清川君が私の家を訪ねて来ることになり、私も、スヌー、オジン、ローズマリー（浜辺家の家族である犬の縫いぐるみとフランス人形）も大さわぎである。四十年ぶりに会った清川君は立派な中年男性になっていたが、私の方は恥ずかしくて顔もまともに見られない有様だった。数日して、清川君から卒業写真を複写したアルバムが送られてきた。昭和十五年に小学生だったころの思い出がよみがえってくる。その後、サラリーマン生活のことを取材するという名目で、清川君をもう一度招待し、私と夫と三人で酒を飲みながら、よもやま話をしたのであった。スヌーたちには、「ほのなつかしくて、うすら甘いと同時に、さかんに論争したり、言い合いしたりするのが初恋の人」という定義ができたらしい。（檀原みすず）

スヌー、人の生れつきについて思いをいたすこと《すぬー、ひとのうまれつきについておもいをいたすこと》　短編小説

〔初出〕「オール読物」昭和五十四年三月一日発行、第三十四巻三号。〔初収〕『スヌー物語―浜辺先生ぶーらぶらー』昭和五十四年七月十五日発行、文藝春秋。〔文庫〕『スヌー物語』〈文春文庫〉昭和五十七年七月二十五日、文藝春秋。

〔内容〕「オール読物」昭和五十四年三月号に掲載されたスヌー・シリーズの第八作目（最終作）である。目次に「ハワイ土産にスヌーたちはご機嫌。さっそく『アローハ』『マハーロ』」とあり、標題には「浜辺先生ぶーらぶら完」となっている。私（浜辺丁子＝田辺聖子）は、短期間ハワイに旅行してきた。スヌーにフラダンスの腰蓑、オジンにアロハシャツをお土産に買ってきたが、フランス人形のローズマリーには何も買ってこなかった。帰国後、東京に滞在したとき、ある店に真っ赤な小さなケープが飾ってあったので、ローズマリーへのお土産にしようと思った。しかしその店は、

犬の衣装の専門店だった。私はがっかりしたが、夫は「黙ってたら犬のやとは、わからへん」というので、思い直してその赤いケープを買った。もう一つ、十センチばかりの木でできた小さなスヌーピーを買い、叩けばカンカン音がするので「スヌカン」と名付けて一緒に家へ連れて帰った。スヌーもオジンもハワイのお土産を大そう喜び、二人でハワイの挨拶の「アローハ」、「マハーロ」の練習をするが、オジンはその言葉がなかなか覚えられない。スヌーは一生けんめい努力したら覚えられると言うが、「一生けんめい努力する」その才能もまた生まれつきの資質なのである。人は持って生まれたものがそれぞれ違うのだから、自分が努力したから人も努力すべきだと強いるのはおかしいという私の言葉に、スヌーは今までの人生観をくつがえされてしまった。小さい「スヌカン」は気ィまわし屋で、私の気に障ることばかり言う。ローズマリーに買ってきたケープが犬用だと「スヌカン」がいわないかと心配しているのだろうと言う。ローズマリーはそんなことには気づかず、ケープにとても満足しているようだ。スヌーは『生まれつきの唄』を作って歌いだした。「りちぎ・まじめのぼく、スヌー／りちぎ・まじめの生まれつき……」。スヌーはやっぱり子供だと私は安心したのである。（檀原みすず）

スヌー世の中を知る《すぬーよのなかをしる》　短編小説

〔初出〕「オール読物」昭和五十三年十一月一日発行、第三十三巻十一号。〔初収〕『スヌー物語—浜辺先生ぶーらぶらー』昭和五十四年七月十五日発行、文藝春秋。〔文庫〕『スヌー物語』〈文春文庫〉昭和五十七年七月二十五日、文藝春秋。

〔内容〕「オール読物」昭和五十三年十一月号に掲載されたスヌー・シリーズの第六作目である。目次に「花のパリから愛らしい姉妹がやってきて、スヌーもおばたんも大さわぎ」とある。私（浜辺丁子＝田辺聖子）がフランスで知り合った、さくらさんという通訳の女性には、アリーヌとパスカルという可愛い女の子がいる。夫とフランスに行ったとき、その二人の女の子にスヌーの写真を見せると、その大きさにびっくりしていた。私はさくらさんのフランス料理の腕前やその生活の簡素さに感心した。夏休みに今度はさくらさんの家族が私の家に遊びに来ることになり、家の中は大騒ぎである。先日、赤ちゃん用品専門店で犬の顔が刺繍してある赤ちゃん枕を買ったら、これがオジンの世話をやき始めた。オジンは迷惑そうだが、みんなはこの赤ちゃん枕を「オジン生徒」と名づけた。さくらさん一家が来ると、アリーヌとパスカルは大喜びで大手を広げてスヌーにかじりついた。一晩泊まった翌朝、覗いてみるとスヌーもオジンも「オジン生徒」も子供たちに揉みくしゃにされていた。帰りにパスカルがこの「オジン生徒」が欲しいと言うので、プレゼントすることにし、スヌーたちは「オジン生徒」と悲しい別れをすることになったのである。一カ月後、さくらさんから礼状がとどき、パスカルは「オジン生徒」を片ときもはなさず、寝るときも一緒に抱いて寝ているそうである。スヌーはおとなびた顔で「『可愛がりごっこ』だね、おばたん」といった。「長いこと生きて、生きるのはしんどいなあ、と、泣く代わりに笑うような、タメイキをつくかわりに深呼吸してまぎらすような、そんな生活を送っている人間だけが、所詮、この世は『ごっこ』だといえるのだけれど……」。このごろスヌーの顔に「無邪気さがなくなった」と夫はいっている。（檀原みすず）

すべってころんで　すべってころんで《すべってころんで》　長編小説

〔初出〕「朝日新聞」夕刊、昭和四十七年五月二十九日〜十二月九日発行。〔初版〕『すべってころんで』昭和四十八年一月二十五日発行、朝日新聞社。〔文庫〕『すべってころんで』〈中公文庫〉、昭和五十三年八月十日発行、中央公論社。〔全集〕『田辺聖子全集第三巻』平成十六年十一月十日発行、集英社。

〔内容〕初めての新聞連載小説。戦後を生きる庶民の悲喜こもごもが、中年の夫婦を主人公に独特のあたたかな筆致で描かれている。四十一歳の啓子と四十五歳の太一は、千里ニュータウンの団地に住んでいる。戦後に現れた生活空間は、小綺麗に整っているが人工的で味気ない。とはいえ団地にも、近所づきあいはある。頼み事の礼儀も知らない若い夫婦や、保険のセールスに乗り込んでくる主婦。啓子は、郊外の一戸建てを夢見て夫の甲斐性無しをぼやく毎日を送っている。そこに、高校生の長男清が学生運動に首を突っ込んで停学処分になるという事件が発生する。サラリーマンの太一は、家庭のもめ事への対処はきわめて不得意、休日の釣りとツチノコ探しというロマンに逃亡気味である。すねかじりの分際にもかかわらずオトナを批判して過激な屁理屈をこねる息子。親は腹立ちと心配に翻弄されるばかりで、無力である。娘の由里子はギター片手に替え歌づくりに熱中、突然転がりこんできた太一の妹の元子はハイミスながら、結婚の気配も見せず堂々と我が道を生きている。自由な若い世代とは対照的に、戦中生まれの中年はめまぐるしい変化の中で右往左往しつつ、互いを同志と認め合う。時代は、三島由紀夫の自決や連合赤軍のあさま山荘事件など、田辺聖子自身の言葉によれば「政治的動乱のまっ只中」（『田辺聖子全集第三巻』「解説」）である。世間の非難は赤軍派の犯人よりもその親に集まったが、「思想的酩酊者を救う力は親にはない」という「オトナ」としての同情を「たのしいメロディで」、また「中年の味方として」書いた。作品の影響でツチノコブームが到来した。挿画は斎藤真成。

（飯田祐子）

ずぼら　ずぼら《ずぼら》　短編小説

〔初出〕「小説宝石」平成四年十一月一日発行、第二十五巻十一号。〔初収〕『ずぼら』平成七年三月三十日発行、光文社。〔文庫〕『ずぼら』〈光文社文庫〉平成十年十月二十日発行、光文社。

〔内容〕二十九歳の「私」こと中山たまみは、酒を飲んでいて大阪駅での待ち合わせに三十分も遅れてきたアル中気味の四十男、塩田に対して「ずぼらっ」と怒りを隠せない。普段の「私」は塩田の酔っている時の饒舌が嫌いではなかった。酒気を帯びた男に、荒廃が静かに忍び寄っているのをみると、自分が付いていてあげなければと思わされるからだ。しかし今日はいつもと違っていた。この一泊旅行で結婚の話を切り出そうと思っているからだ。二人と通路を隔てた向かいの座席には、三十半ばの力みなぎるキャリアウーマンが旅慣れた様子で、ハイヒールを脱いで座っていた。その様子を見て塩田は、「女は世直し大明神。男はいまや、酒気帯び運転しかすることない」と自嘲する。酒気帯び運転とはセックスのこと。「私」が林芙美子の「花の命は短かくて苦しきことのみ多かりき」を口ずさむと、塩田は「好かんオバンやの。苦しいこと苦しい、いうてはあかん。苦しいことはおもろいといい、おもろいことはつまらんと表現する、これがほんまのオトナじゃっ」と切り返す。「私」は尾道の文化的観光地を二人で歩きたい気がしたが、「古寺や文学のまち」だと知ると塩田の「顔におびえが走」る。尾道水道を隔てて向島が見える旅館の部屋で、料理はほとんど食べずに酒を飲んで上機嫌になっている塩田。彼もこの旅行をずっと楽しみにしていたと告白する。しかし「酒気帯び運転」も結局することなく寝てしまう。「私」はふとあのキャリアウーマンが羨ましくなる。死に顔に酷似した塩田の寝顔を見て、いつか彼が死んだときにもこうやって顔を撫でるのだろうかと想像する。「人には添うてみよ、馬には乗ってみよ」というが、いつもの二、三時間の逢瀬では見えないものが見えてくる。しかし翌朝、穏やかに海を眺めてたたずむ男の姿をみて分かったのは、あのキャリアウーマンが羨ましくはないということ。迷っても揺れても、男に「ええんちゃう?」と煙たがられたとしても、こっちの生き方のほうが面白い、と「私」は思うのだった。（堀まどか）

すんだこと《すんだこと》　短編小説

〔**初出**〕「オール讀物」昭和六十二年一月一日発行、第四十二巻一号。〔**初収**〕『うつつを抜かして　オトナの関係』平成元年六月三十日発行、文藝春秋。〔**文庫**〕『うつつを抜かして　オトナの関係』〈文春文庫〉平成四年六月十日発行、文藝春秋。

〔**内容**〕四十三歳の会社員梶本は、六年間一緒に働いてきた吉永くるみが三カ月前突然退社したために、寂しくてならない。かわいく有能なうえに、妻以上に妻らしい気配りをしてくれたくるみを、梶本は好きだった。しかし、男女の関係にならなかったのは、くるみが好きな人とは「3フー」、つまり「体に触れない、心の中に踏みこまない、それで不平をいわない」関係でいたいと言ったからだった。くるみへの気持ちが妻にばれたのは、梶本が泥酔したあげく、「くるみおらへん」とおんおん泣いたからである。問い詰められてもくるみとの関係を否定した梶本だが、妻はくるみのアパートを訪ねくるみと話をしたことで、疑いは晴れた。辞めるとき、田舎に帰ると言っていたのに、なぜまだ大阪にいるのか疑問に思っていた梶本に、やがてくるみから手紙が届いた。そこには、3フーのルールを自ら破りそうだったから退社したが、未練からまだ大阪にいたところ、梶本の妻から梶本がくるみおらへんと泣いたと聴いて、嬉しくて田舎に帰る決心がついたと書かれていた。くるみの本心を知った梶本も嬉しくなって、くるみを忘れる決心がつきそうだった。連作「うつつを抜かして　オトナの関係」の第一作である。（森﨑光子）

【せ】

正義の味方《せいぎのみかた》　短編小説

〔**初出**〕「小説新潮」昭和四十四年十一月一日発行、第二十三巻十一号。〔**初収**〕『貞女の日記』昭和四十六年四月二十日発行、中央公論社。〔**文庫**〕『貞女の日記』〈中公文庫〉昭和四十九年八月十日発行、中央公論社。

〔**内容**〕神戸郊外の夢野町で繰り広げられる人間模様が描かれる。日曜日の朝早く、夢野町の馬場駐在所に若い女が駆けこんできた。「夢野木材」という製材所の工員・富田作七の妻・糸子である。糸子の話によると、夫が製材所の親方である安田に無理やり連れ去られたというのである。駐在は安田に話を聞きに行く。安田は糸子の素行が悪いので、作七を糸子と別れさせるつもりだと言う。駐在は自分一人では対処しきれないと判断し、その晩、村の有力者に集まってもらい、話し合いをもった。安田の演説によると、糸子は、酒は飲む、金は使う、遊び歩く、男に色目を使うといった悪妻ぶりで、安田は作七を案じて、作七夫婦の生活に干渉するようになったという。果ては作七の家に居座って糸子を教育しようとしたが、効き目はなかったらしい。安田は正義の味方のつもりだが、糸子に言わせると糸子に惚れている安田がやきもちを妬いているだけだと言うのである。安田は「平和な田舎に、あんなざわざわ目立つ女が住んどっては、青少年非行化防止協会の立場から感心しまへん」という言葉で、演説を締めくくった。ところが、あくる朝、作七が出奔した。糸子も行方が分からず、家を調べると、もぬけの殻になっていた。

（荒井真理亜）

制限速度《せいげんそくど》

短編小説

〔**初出**〕「オール読物」昭和六十二年九月一日発行、第四十二巻九号。〔**初収**〕『うつつを抜かして　オトナの関係』平成元年六月三十日発行、文藝春秋。〔**文庫**〕『うつつを抜かして　オトナの関係』〈文春文庫〉平成四年六月十日発行、文藝春秋。

〔**内容**〕森中は仕事もまずまず、家庭も蒸発したいというほどではない、まあこんな人生だろうと思っているが、面白いことは何もない。何物とも知れぬ不可抗力へのあきらめを表情に漂わせた森中の、唯一の楽しみが酒であった。しかし、酒を飲まない妻は、酒飲みの気持ちに無理解だった。夫の顔を「ブタ犬」と評する妻は、森中が女と何かあろうとは思ってもいない。その森中がひと月前、酒好きの独身OLモト子と知り合って、意気投合した。行きつけの店で二人で楽しく酒を飲み、そのあとホテルへ行こうということになったが、森中が飲みすぎてモト子に介抱され帰宅した。その次はモト子が飲みすぎ、ホテルどころではなくなった。三度目の正直、ということで、二人は無名の温泉への一泊旅行に出かけてきた。今度こそ酒も相手も、と互いに言いながら、汗を流し、うまい肴を食べながら地酒を味わいしゃべっていると、今度もどちらかが介抱することになりそうな気がしてきた。それでいいのかもしれない、それがオトナの付き合いとしての制限速度かもしれないと、森中は飲み明かす気になった。連作「うつつを抜かして　オトナの関係」の第三作である。

（森﨑光子）

世間知らず《せけんしらず》

短編小説

〔**初出**〕「別冊小説新潮」昭和四十一年十月十五日発行、第十八巻四号。〔**初収**〕『世間知らず』昭和五十二年十月十四日発行、講談社。〔**文庫**〕『世間知らず』〈講談社文庫〉昭和五十七年五月十五日発行、講談社。

〔**内容**〕二十七歳の山城佐知子は高校教師の沼田と見合いをした。印象が悪く、交際は断る気でいたが、縁談を勧めた課長の肝煎で二度目も会う。しかし佐知子は容姿に自信があり、結婚を焦るつもりもないので興味はないのだ。沼田とビールを飲みながら、佐知子は友人たちや男友達の北園とのお酒なら楽しいだろうにと思う。しかし沼田にのこのこ付き合っているのは、落ち着き場所を探す自衛本能もあるのかと気づく。沼田は「世間知らずのあなたが知らないようなこと」があっては大変だからと、酔った佐知子を家まで送ろうとする。佐知子は沼田をバッグで殴り北園のアパートへ行く。二人はかつて同じ会社に勤めていたが、彼は辞めて友人と仕事を始めていた。駅裏の店で飲みながら、北園は仕事がうまくいきそうだと話す。佐知子は、昔から北園と結婚できればよいと思っていた。しかし北園に「飲み友達になれる女」と評され、情けない気持ちになる。北園のアパートで飲み直しながら、佐知子は紺野を思い出していた。誰にも知られない淫靡な関係だったが、彼が結婚すると聞いてから一度も会っていない。北園が紺野みたいな男だったら、と考えていると、突然北園が佐知子に結婚を申し込んだ。佐知子は嬉しかったが、「君に心がときめいたとか、手をにぎりたくなった、というような感情はもたなかった」という言葉に、考えさせてと部屋を出た。溝ばたで吐きながら、佐知子は苦しんでいた。待っていたはずの求婚は、醒めはてた、荒涼とした婚約であった。佐知子は良子と理恵に相談し、二人の話を聞いて子供を産んでみようと思った。女ひとりの子供という感覚だ。沼田といた街でも聞き、紺野のことを思い出したときにも耳にうかんだ「みんな散り散りばらばらさ」という歌の文句、あの嘔吐した夜の苦しさを拭うには子供しかない。翌日、課長に縁談を断ると「世間知らずな山城さんのことだから」と言われる。佐知子は、自分は北園の求婚に応じ、少しは世間知らずでなくなった、醒めた女として生きようとするだろうと思った。ハイ・ミスを主人公とする作品を集めた小説集の表題作。初出時には村上豊の挿絵がある。（奥野久美子）

セピア色の映画館《せぴあいろのえいがかん》　エッセイ集

〔初出〕「ミマン」平成八年一月十日～十年十一月十八日発行、第七十八号～第九十五号。（初回のみ誌名「ハイミセス」、二回目以降「ミマン」。）〔初版〕『セピア色の映画館』平成十一年三月二十八日発行、文化出版局。〔文庫〕『セピア色の映画館』〈集英社文庫〉平成十四年十月二十五日発行、集英社。〔全集〕『田辺聖子全集第二十三巻』平成十八年一月十日発行、講談社。〔目次〕ジェラールはお好き？　「肉体の悪魔」／匂いゆかしき二枚目　長谷川一夫／うたかたの恋・うたかたの人　シャルル・ボワイエとダニエル・ダリュー／男ありき—理想の二枚目　ゲーリー・クーパー／しがない恋の「ヘッドライト」　フランソワーズ・アルヌール／いちずな青年のいとしさ　モンゴメリイ・クリフト／郷愁の日本女　田中絹代／最も愛された妖精スタア　オードリー・ヘップバーン／悪女のお色気　ジャンヌ・モロー／生のかがやき　シモーヌ・シニョレ／映画を見る喜び　バート・ランカスター／青春のエッセンス「勝手にしやがれ」　ジャン・ポール・ベルモンドとジーン・セバーグ／私はカツシンを観たのだ　勝新太郎、愛すべき役者／愛らしいお色気　永遠のマリリン・モンロー／永遠に女性的なるもの　キャサリン・ヘプバーン／青春のかぐわしさ　ジェームズ・ディーンの栄光／忘れ得ぬ夢のかずかず　その1　日本映画の誇るべき男優たち／忘れ得ぬ夢のかずかず　その2　日本映画の誇るべき女優たち／あとがき

〔内容〕著者が若い頃に観て感動した映画と映画スターたちの讃歌集である。「肉体の悪魔」のジェラール・フィリップから始まり、男優ではシャルル・ボワイエ、ゲーリー・クーパー、モンゴメリー・クリフト、バート・ランカスター。女優ではオードリー・ヘップバーン、ジャンヌ・モロー、マリリン・モンローなど、個々のスターにたいする愛着や彼らの魅力をすみずみまで語り尽くす。日本の俳優では長谷川一夫、田中絹代、勝新太郎などの素晴しさが愛情濃やかに語られる。戦後すぐの映画全盛時代、それに重なる著者の青春時代に惑溺した映画の感動をストレートに伝えている。むつかしい映画史や監督中心の映画理論ではなく、スターを中心とした映画の見方で、田辺聖子らしい肩の凝らない楽しいシネマ・エッセイである。（檀原みすず）

感傷旅行《せんちめんたる・じゃーにい》　短編小説

〔初出〕「航路」昭和三十八年八月一日発行、第七号。〔初収〕『感傷旅行《センチメンタル・ジャーニィ》』昭和三十九年三月十日発行、文藝春秋新社。〔文庫〕『感傷旅行』〈角川文庫〉昭和四十七年一月三十日発行、角川書店。〔全集〕『田辺聖子全集第五巻』平成十六年五月二十日発行、集英社。

〔内容〕森有以子から電話がかかった。今度の相手は肉体労働者の党員だという。彼女は二十二歳のぼくより十五も年長である。彼女はもともとコラムニストだったが、ある放送団体の懸賞ドラマに、ぼくと同時に入選し、数カ月後、彼女と組んで仕事をするようになった。ぼくは今でも下積みのライターであるが、彼女は肩書きがつくようになった。有以子は、今までも数々の恋愛（もしくは男）を経てきた。彼女は、仲間のゴシップの好餌となっていることを夢にも知らなかった。今度の相手の野末計は、電車の保線区が仕事場で、細胞のキャップである。「かれはすごく初心《うぶ》な男よ」「きっと経験ないのよ」と、純情な男だと思い込み、婚約するまでのぼせあがっていた。彼女には縁のない左翼用語を口にし、ぼくに政治的な本やパンフレットを買わせ、その内容を解説させられた。だが、野末計には恋人があり、その女と行方をくらましてしまう。ぼくは有以子の愁嘆場につきあわされ、衝動的に一日の同棲をしたが、BR放送からの電話で終わることになる。それぞれ仕事に向かい、ぼくと有以子のセンチメンタルな旅は終わったのであった。芥川賞の選評で、丹羽文雄は「すばらしく、新しい小説というのではない。えたいの知れない、ねつこい、何かしら渦巻いているような小説である」、石川達三は「その新しさを軽薄さと評することは容易だが、軽薄さをここまで定着させてしまえば、既に軽薄ではないと私は思う。これは音楽で言えばジャズのような、無数の雑音によって構成された作品」であると評した。時代風俗の浮薄な文化人の恋愛をシニカルな視線で描き出した。第五十回芥川賞受賞作品である。

（浦西和彦）

川柳でんでん太鼓《せんりゅうでんでんたいこ》　エッセイ集

〔初出〕「小説現代」昭和五十八年十月一日～六十年七月一日発行、第二十一巻十一号～第二十三巻八号。〔初版〕『川柳でんでん太鼓』昭和六十年十月二十一日発行、講談社。〔文庫〕『川柳でんでん太鼓』〈講談社文庫〉昭和六十三年十月十五日発行、講談社。〔目次〕天高く月夜のカニに御座候／熱高し相姦の藻の汚れ髪／法善寺芝居のような雪が降り／手と足をもいだ丸太にしてかへし／働けばうづいてならぬ〇〇〇〇のあと／昭和史のまん中ほどにある血糊／悲しみの家炊きたての昼を食べ／愛咬やはるかはるかにさくら散る／飲んでほし、止めてもほしい酒をつぎ／愛されて巡査で終る桃の村／子よ妻よばらばらになれば浄土なり／鉄道唱歌全部唄えて呆けている／雪しんしん猪の親子は谿を越え／月雪の外に鰒あることを知る／ガラスの中の平和充実感ありや／陽は昇りにんげんいくさばかりする／男皆阿呆に見えて売れ残り／親類の子も大学を落ちてくれ／和楽路屋の地図拡げると鐘がなり／此の世から離れ〴〵に浮き上り／あとがき

〔内容〕七年前の『古川柳おちぼひろい』に続いて現代の川柳を今度は楽しみたい、という著者の希望にそって書かれたものである。川柳は柄井川柳の『柳多留』以来、次第に品格が薄れ狂句のようになっていた。明治になって革新の炎をあげたが、江戸のものだという意識は強かった。昭和に

なり川上三太郎、前田雀郎、村田周魚らが登場し、大阪に岸本水府、麻生路郎、椙元紋太らが出てそれぞれ川柳を唱導した。女性柳人もふえ、新聞にも柳壇が出来、次第に社会に浸透して行った。様々な柳誌や新聞の柳壇から、おかしく笑える句、型破りの新しい感覚の句、プロレタリア川柳、時事川柳、仕事や職業の句、愛や恋の句、親と子をめぐる句、動物の句、女性ならではの句、食べ物の句などを選び、紹介する。川柳は庶民の共同財産であるから、作句するもよし、座右において読むもよし、みんなで楽しむのが良い。人情世態の機微を穿って「タハハハ……」と笑わせるもの、「うーん」と唸らせるもの、現代の秀句、佳吟を選び、読者に笑いと共感を与えるエッセイである。（増田周子）

川柳の群像―明治・大正・昭和の川柳作家一〇〇人―《せんりゅうのぐんぞう―めいじ・たいしょう・しょうわのせんりゅうさっかひゃくにん―》　評論集　東野大八著　田辺聖子監修・編

〔初出〕「川柳塔」昭和五十七年二月～平成十三年八月、第六百五十七号～第八百九十一号。原題「川柳太平記・川柳の群像」。**〔初版〕**『川柳の群像―明治・大正・昭和の川柳作家一〇〇人―』平成十六年二月二十九日発行、集英社。**〔内容〕**田辺は「監修のことば」を巻頭に書いている。東野大八は自ら川柳作家であり、また数少ない川柳の研究者でもあった。この本は「川柳塔」に連載した二百七十九人の川柳作家の中から百人に絞って、五十音順に並べたものである。東野は一九一四（大正三）年愛媛県大洲市生まれ、高等小学校卒業後、「大阪新聞」に入社。満州独立守備隊に入営し、現地除隊後、中国や満蒙で新聞記者をしながら、石原青竜刀の「川柳大陸」同人として活躍する。再度召集された時は「式辞きく三々九度が死出の旅」という結婚式場からの出陣であった。中国戦線にて追撃砲の破片が左腕上部を貫通、隻手となる。「姿なきわが手がある夜肩で哭く」。戦いは終わり故郷へ戻るが、どうやって生きよう、と困り果てていた。昭和二十三年、松山での川柳大会に出席し、「引揚げの眼に花だけが美しい」が天位を得た。五健先生の、海外から引き揚げた傷心の川柳人東野大八に対する、生きよ、川柳がそのためにある、という励ましに発奮し、大八は新聞業界の仕事をしながら、どの流派にも属さず、麻生治郎の「川柳雑誌」などに寄稿し、幅広く柳壇で活躍した。歯に衣着せずズバズバとものを言う人であったが、「私心のない風通しの良い印象だった」と田辺も述解する。永遠の川柳青年大八は、平成十三年七月逝去、享年八十七歳。その「遺稿を追跡調査し、異同を正し、資料を集めて東奔西走されたのは、田村義彦氏である」と田辺は述べるが、彼によって、散逸、埋没しやすい資料が発掘・蒐集・訂正されて、この書が完成したことは、今後の川柳界への大きな貢献であるといえる。（増田周子）

【そ】

そういう訳にもいかへん《そういうわけにもいかへん》　短編小説

〔初出〕「オール読物」平成四年八月一日発行、第四十七巻九号。**〔初収〕**『愛のレンタル』平成五年十月一日発行、文藝春秋。**〔文庫〕**『愛のレンタル』〈文春文庫〉平成八年九月十日発行、文藝春秋。**〔内容〕**竹浦ひかるは三十歳、同僚の唐沢勝《まさる》と交際して一年半が経つ。「なると巻」が好物の唐沢は「小学生の時の味覚のまま、進化は停止した」ような二十七歳。小学生の頃は「脳天気なコドモ」で吉本のネタを披露しては家族から可愛がられていたという。今も周囲を笑わせてばかりいる「やたら、軽い」男だが、竹浦は「その明るい、めげないところ」が好きだった。しかし最近では初めの頃とは態度も変化し可愛げの無さが目に立つようになってきた。そうした頃、竹浦は一人暮らしのマンションのベッドの下から、自分のものではない口紅のキャップを発見する。疑いは合鍵を持つ唐沢に向き、自分以外の女の痕跡である髪の毛を発見するに及んで逆上した竹浦は、直ちに鍵を付け替え、唐沢に電話して怒りをぶちまける。浮気は何となく認めつつ、一方で竹浦に縋り、その状況に於いてもなお吉本のギャグを口走る唐沢に、竹浦は一方的に別れを宣告して電話を切った。これまで「ひそかに、愛してると思っていた」自分の気持ちが何であったのか反芻する竹浦は、「愛やない」「こんなん愛いうたら、「愛」がおこりよるやろ」という思いと、「では愛ではなかったのかというと、またそうともいいきれない」という思いの間で逡巡し、「鈍い痛み」を覚える。その後も「本音がない」「カスみたいな男」と罵りながらも唐沢とのなれ初めを思い起こし、彼の「いい笑顔」や「可愛げのある」言動に思いを馳せる竹浦は、別れて一カ月後、退社後に待ち伏せしていた唐沢と会う。悪びれずに浮気を詫びてくる彼は、「胸が痛くなるほど可愛くて好もしかった」。食事をして酒を飲み、相も変わらぬ会話のやり取りの中、竹浦は彼の笑顔の裏に隠された生い立ちの秘密を知ることになる。吉本のギャグ、好物のなると巻、幼い頃から進化が停止しているようなところ、その全てに理由があったのだった。夜も更け、久々に共に過ごす温もりの中では、今回の一件についてもっと真剣に対決すべきかという思いも、「そういう訳にもいかへん」となし崩しになるのであった。

（峯村至津子）

喪服記《そうふくき》　短編小説

〔初出〕「オール読物」昭和四十二年六月一日発行、第二十二巻六号。**〔初収〕**『鬼たちの声』昭和四十三年十一月一日発行、文藝春秋。**〔文庫〕**『感傷旅行《センチメンタル・ジャーニィ》』〈角川文庫〉昭和四十七年一月二十五日発行、角川書店。

〔内容〕『鬼たちの声』中、唯一の時代物。なお、「礼記」には「喪服小記《そうふくしょうき》」が収められている。堀川帝の頃、蔵人所の小舎人に良兼という男がいた。彼は「風貌に似合わぬ、女好きのする男」で「小まめにちょこちょこ気をひいたりちょっかいを出したりする」ため、女房は「おそろしい焼餅やき」である。妻を恐れて帰宅を急ぐさなかにも店の女の手を握ったりして懲りることがない。文中、店の女を「毎日、この市場へパートタイムで働きにきている」と書くように、くだけた艶笑小話の形式である。作品内の方言使用について、田辺聖子は小川洋子との対談で「文学的に書かないといけない」「視覚的にも考えないと」と語っているが、関西方言をふんだんに使い、また「ヤキモチ」「イヤになり」「ネットリした暑さ」「トボトボ歩く」などのカタカナ語を多用した、リズミカルでテンポの良い会話文がこの作品の見せ場と言ってよいだろう。今日もまた妻といさかいを起こして家を飛び出した良兼は、法師でいながらが妻子のある叔父の家を尋ねる。妻のあまりの嫉妬深さに辟易した彼は今度こそ別れたい、ついては妻があきらめて別れを承諾する方策はないかと相談し、一計を授かる。翌朝家に戻った良兼は例によって怒鳴りつける妻に対して、「これさえなかったら、お前もすっぱり気が安まるのんと違うのかいな」と、帰り道で手に入れた亀の首を投げ出し、あたかも男性器を切り取ったかのように悶絶してみせる。そのまま家を出、清水寺に参籠した良兼は美しい娘と知り合う。彼女が伴侶を求めて参詣しに来たことを知り、「これも観音のお引き合わせ」とばかり、彼女が参籠中にうとうとした時を見計らい、観音をよそおい「下向の道ではじめて会う男」を伴侶とせよと囁く。早速寺を後にした娘に先回りしようとする良兼だったが、一足違いで娘は別の武士と知り合い、その館に去った後だった。諦めきれず武士の屋敷に出掛けた彼は家来たちに殴られ血まみれになる。自らの罪を悔いて探しに来た妻と出会い、やり直すことを誓い合う。そこで切断が狂言であったと知らせると妻は「何じゃ、このくそったれ、人でなし！」と叫ぶのであった。著者は、藤本義一との対談で『今昔物語』『宇治拾遺物語』『沙石集』と西鶴や落語との類似を縦横に語っているが、この作品もまたそのような造詣を背景とした作品といえよう。

（小川直美）

続　言うたらなんやけど《ぞくいうたらなんやけど》

エッセイ集

〔**初版**〕『続言うたらなんやけど』昭和五十一年六月二十五日発行、筑摩書房。〔**文庫**〕『続言うたらなんやけど』〈角川文庫〉昭和五十六年四月十日発行、角川書店。〔**目次**〕I身辺好日　（私の子供の頃／一家団らんのよろこび／十年ひと昔／日記と思い出／花オンチ／七夕のあとさき／イチジクとうどん／両手に花〈殊勲賞の弁〉／永遠の五分前／「生前の予約はあきまへん」／早朝の散歩／死にどき・死にざま／わが老後）／II世相雑記帳　（私笑説／洗剤さわぎ／現代の若者／ツケまつげ／老人パワー／テレビにひとこと／夫婦と夫妻／しゃれについて／晩婚・晩産／私のくばるビラ／師恩／保守・革新／タクシーにて／女店員さんのこと／ウツ病／私の沖縄／また、私の沖縄／政治と芸術／別荘／永遠と現在／プロとアマ／刑法改正について／中絶について／アフタサービス／うんざり／女らしさ／「天下御免」について／老若同居／長生き／親の出る幕／元兵士たち／はじきとばし／ことしのニュース）／III旅のメモ　（南紀・有田温泉の空中浴場／別府の地獄めぐり／みちのく鳴子のタヒチアンダンス／あこがれ／男の旅・女の旅）／IV男と女（女の中の家庭／恋愛の性・結婚の性／女は損ね、と女が言うとき／バラ色の人生／くどきやすい女／女の謎／ポルノを読む亭主／悲しい戦友中年男にささげる）／V書評その他　（与謝野晶子の二つのナゾ／栗田山の晶子の歌碑／鬼の詩　（藤本義一）／狐狸庵先生の「ぐうたら」シリーズ／やさしさと怒り—野坂昭如とその文学／筒井康隆さんのこと／小松さんのこと／冥途の家族（富岡多恵子）／やちまた（足立巻一）／「夕ごはんたべた?」について）／VI対酌大唱　（花は桜木・女は愛子サン／将門とその郎党・野坂昭如サン／浄瑠璃の女・イーデス・ハンソンさん／いつも旅支度・五月寛之サン／古なじみの酒友・藤本義一サン／やんちゃな男の子・小松左京サン／薔薇のツツイスキー・筒井康隆サン／可憐なヤマトナデシコ・桐島洋子サン／海賊の酒・奈良本辰也センセイ／酒品上々の酒・陳舜臣サン／上級生のおねえさま・杉本苑子サン／白虎隊の少年・黒岩重吾サン）／あとがき

〔**内容**〕著者は「あとがき」で「雑文やエッセーというものは、生活のしずく、といったふうに、おのずとたまってゆくもの

だ」と述べている。しずくのような短文には、著者の日常が凝縮されている。

（荒井真理亜）

続《ぞく》　田辺聖子の古典まんだら《たなべせいこのこてんまんだら》―一葉《いちよう》、晶子《あきこ》、芙美子《ふみこ》―

評論集

〔初版〕『続　田辺聖子の古典まんだら―一葉、晶子、芙美子―』平成二十五年一月三十日発行、新潮社。〔目次〕恋が執筆の原動力・樋口一葉／嫉妬を文学に昇華させた与謝野晶子／ノラになりたかった杉田久女／女の友情・吉屋信子／男の本質をつかんでいた林芙美子

〔内容〕平成十二年四月から平成十四年二月にかけて、大阪・リーガロイヤルホテルで行った連続講演「古典まんだら」「古典の楽しみ」をもとに近代文学に関する部分を加筆、訂正したもの。樋口一葉は思いのほかに、心の内面では奔放に生きた女性だったかもしれない。一葉がすてきな小説をいくつも書き上げる原動力になったのは、終生かわらぬ半井桃水への恋だったと思う。嫉妬の歌は私情が強く出て歌で表現するのは大変難しい。嫉妬を詠んできちんと文学になっているのが与謝野晶子の短歌である。晶子の並々ならぬ歌才を評価する。吉屋信子の「鶴」は怪談風の夢幻的なものを描く才能が発揮された作品だという。林芙美子は男性と共感できる独特な感性もった作家だという鋭い指摘などがある。

（浦西和彦）

外づら内づら《そとづらうちづら》

短編小説

〔初出〕「オール読物」昭和四十七年六月一日発行、第二十七巻六号。〔初収〕『中年の眼にも涙』昭和四十九年六月一日発行、文藝春秋。〔文庫〕『中年の眼にも涙』〈文春文庫〉昭和五十四年八月二十五日発行、文藝春秋。

〔内容〕結婚二十年を超えた四十六歳の伊沢。妻や三人の子供とはお互いに無関心である。妻が体の不調を訴えても「腹が立つ」し、長男は大学二浪、次男は軽佻浮薄でガールフレンドと電話ばかりしている。この長女は反抗期で父親に寄りつかない。このように家庭は「ちっとも面白くない」ので内づらは仏頂面を決め込む。一方、会社ではお気に入りのハイ・ミス三枝比呂子が仕事を支えてくれるし、同好の士も多いので「しんから笑ったり、しゃべったり、愛想よくしたり、したくなる」。そんな伊沢に兄から連絡があり、亡父の所有地を売った代金のうち、八十万円を分配してくれるという。お互いの家族には内々に話をすすめ、無事八十万円の小切手を手にした伊沢は、比呂子に誘われて山形に旅行し、関係を持つが、比呂子の意外な告白に夢破れる。雑誌掲載時「不可思議な男女の生態に筆冴える女流競作」として、津村節子「婚約者」と並ぶ。目次には「突然転がりこんだ80万円に人生最後のチャンスを賭けた男の意外な結末」とあり、大金を手にしてもその金の使い道に苦慮する姿を伝える。子供世代の平和で無計画な生き方、さらには比呂子のような若い世代の大胆不敵な行動に「ソンな目ばかり」あわされている「大正フタケタ」生まれの哀愁がある。

（金岡直子）

そらあかん《そらあかん》

短編小説

〔初出〕「小説現代」平成五年十月一日発行、第三十一巻十一号。〔初収〕『薄荷草の恋』平成七年三月十七日発行、講談社。〔文庫〕『薄荷草の恋』〈講談社文庫〉平成十年四月十五日発行、講談社。

〔内容〕宮前四郎とは、会社のメグミの幼な友達ということで、六、七人で神鍋へス

キーに行ったときに知りあった。私とおなじ三十三歳である。何か、ピッピッとくるものがあって、「この男を女房にするかもしれん」と思った。総合職の私はかなりハードな勤務を強いられ、たとえ結婚しても家事なんてやってられない。仕事をやめようという気はない。亭主を女房にすりゃいい、と私は発見した。四郎は気良しらしく、いつもにこにこしている。メーカーで一般職の事務をやっていて、出張も転勤もない部署だという。母親はずうっと働いていたので、自分の身のまわりのことは何でもできるし、ミシンまでかけられる。四男の末っ子で、料理好きである。四郎は老人介護にアテにされるほど、老人にも優しく、家族観念の強い男らしい。結婚相手としての条件を満たしている。結婚式は二人でこぢんまりやり、私が忙しいので、南紀の白浜温泉へ一晩だけのハネムーンであった。相変わらず帰宅の遅い私に、彼は料理を作ってくれる。お皿洗いもやってくれる。私は多忙になるばかりだが、この多忙は一過性だろうと思っていた。そんなときに、おばあちゃんの徘徊が激しくなった。四郎はたびたび電話で呼び出され、捜しているそうだ。四郎や彼の一家の難儀のときに、私はなんの役にも立てない、ということが責められた。四郎は「一週間に一晩二晩、遅い、というのはわかるけど、毎晩ずーっと遅い、なんて、えげつないやないか」「さびしいやないかっ」という。淋しがり、という男の弱点があろうとは思わなかった。仕事か、結婚か、性根据えて返事せんかい、こっちも覚悟ある、と四郎がいう。私は「仕事」といってしまった。四郎は溜息をつき、「ワシの女じゃっ。しゃァない」といった。（浦西和彦）

それだけのこと《それだけのこと》　短編小説

〔**初出**〕「月刊カドカワ」昭和五十八年十月一日発行、第一巻六号。〔**初収**〕『ジョゼと虎と魚たち』昭和六十年三月二十七日発行、角川書店。〔**文庫**〕『ジョゼと虎と魚たち』〈角川文庫〉昭和六十二年一月十日発行、角川書店。

〔**内容**〕三十歳の「私」はブライダル・ファッションフラワーを作る仕事をしている。夫は仕事人間で、休みの日も家にいない。夫とは理解と納得だけで空白を塗り込めていくような希薄な関係であるが、外では仲のよい夫婦を装っている。夫は、その芝居の成功を分かちあう「相棒」のような存在であった。一方、「堀サン」はブライダル・ファッションの会社の人で、「私」の作品を受け取りにくるうちに、話が合うので親しくなった。二十四歳で独身だという。中背で、痩せ気味で、顔立ちも平凡だし、顔色もよくない。しかし「私」は「堀サン」を好きになってしまった。それは「チキ」のせいかもしれない。「チキ」は「私」が「堀サン」と行った「天神サン」で買った豚の指人形である。「堀サン」は意外と「チャリ」（大阪弁でおどけ者のこと）で、「チキ」と掛け合いをして「私」を笑わせる。「私」も「堀サン」も自分の本音を「チキ」に語らせて、さらに親しくなっていった。しかし「私」は、そういう「堀サン」を無体に恋人にしてしまうと、「それだけの話になってしまう」と思って、踏みとどまっている。（荒井真理亜）

【た】

宝くらべ《たからくらべ》　短編小説

〔**初出**〕「小説新潮」昭和四十九年七月一日発行、第二十八巻七号。〔**初収**〕『おんな商売』昭和五十六年五月二十五日発行、講談社。〔**文庫**〕『おんな商売』〈講談社文庫〉

昭和五十九年十二月十五日発行、講談社。

〔内容〕鬼に関する説話は各地の伝説や民話に多く、殊におかしいのは徳之島の昔話で、徳之島に住む貧しい男が、山奥の鬼のところへ行き、「どうか食ってくれ」と頼んだが、栄養の満ち足りた人間は食うがお前は食わないと鬼に断られたという。また、同じく徳之島に姉が鬼となり弟を食おうとする話もあり、おきのえらぶにも似た話がある。以前、私が勤めていた会社のトラック運転手をしていた喜ィやんがおきのえらぶの鬼の話をしてくれたのだ。彼の父親の在所が瀬戸内海だったので、当地の鬼の話もしてくれた。船で難波した人々の前に現れた鬼は、漂流した人のタカラモノと自分が持っているものを比べ、相手が劣っていれば食ってしまうという。今まで誰も鬼より優れたものを持つ者がいなかったので、漂流した人は皆、鬼に食われてしまった。喜ィやんは、男のもちもんを宝と言ったのではないかと言う。父親が子供の頃には、十三、四歳になると、それまで裸だった男児が鬼の宝くらべに負けて食われるからと、ふんどしをつけたことを、その根拠として挙げた。数年前、妻を亡くし三人の子を育てていた彼は、夏の休日に成人映画を見に行った。居眠りをしていると、いつの間にか隣席の女が彼の手を握っており、映画の進行につれて強く握りしめてくる。女は、恥ずかしいので出るとき一緒に居てほしいと彼に頼んできた。次の映画を見た後で喫茶店に入ると、女は意外にしおらしく、恥ずかしそうにしている。食事の後、誘われるままホテルに行くと、女はおなかを剝きだしにして下腹の毛を引っ張った。今の妻がその女で、「鬼の宝くらべに自分は敗けて、食われた」と喜ィやんは言うのであった。

（永井敦子）

タカラジェンヌをくどく法《たからじぇんぬをくどくほう》　短編小説

〔初出〕「小説現代」昭和五十八年二月一日発行、第二十一巻二号。〔初収〕『宮本武蔵をくどく法』昭和六十年一月十四日発行、講談社。〔文庫〕『宮本武蔵をくどく法』〈講談社文庫〉昭和六十三年四月十五日発行、講談社。

〔内容〕友人の誘いで、タカラジェンヌと出会った常田は、彼女の立つ舞台を見て涙を流したことが、結局彼女の心を射止めることになったという話。三十三になる独身の常田は父の跡を継いで鉄工所を経営しているが、小学校からの友人で医者の小牧から、タカラジェンヌに会おうという誘いを受ける。常田の身辺には宝塚どころか、女気のきれっぱしもない。唯一、いつもラジオから流れる、ハスキーで色っぽい、しかも無邪気な声で語る、テリーという女性を気にいっている。常田はどこか「ヌーとした」「野放図な」「のびのびした」女が好きなのであるが、テリーはそういう感じの女だ。弟も妹も先に結婚し、自分もと思いつつ、いつしかテリーがだんだん、自分の理想、自分の好みの女のように思え、結婚相手のイメージはテリーを基礎《ベース》にふくらんでゆく。小牧の誘いに、好奇心満々の常田は久しぶりにネクタイを締め、何年ぶりかで神戸を訪れる。目的のバーを見つけ、重々しい木のドアから中へ入ると、小牧の周りはおしゃべりに夢中になっているオバサンばかりである。その中に、二人の若い女性がいたが、茶色い頭のボサボサ髪の子が、虹組の男役、美笛しらべであった。彼女は常田くらいの背があり、三十前後の年齢と思われる。目鼻立ちはかっきりと男の子のようだ。白粉けはない。その笑い声は、ハスキーボイスでテリーに似ていた。常田は嬉しくなり、一緒にお好み焼き食べて帰る

た

ことになった。質素な身なりだが、きれいな指で、テリーに似た力強い声、エネルギー、のびのび、野放図な雰囲気を彼女も持っている。宝塚を一度も見たことがない常田は、彼女の舞台を先ず見るからと、来月の公演チケットの約束をし、駅まで送る。初めて大劇場へ出かけたが、美しい男役で、目につく役どころを彼女が演じる、二本目の西洋の芝居では、常田は不覚にも涙を流した。その晩、小牧からの電話で、彼女が自分のことを聞いてきたことを知らされ、更に、彼女からも電話がかかってきた。常田は嬉しいのと、思いがけないのとで、顔が崩れ、かえってぶっきらぼうな声になる。彼女は、常田が泣いているのを見たが、それが嬉しいという。「ウチかて、舞台見て泣いてくれはるような、正直な男の人、好きです」との言葉と彼女のあけっぴろげな笑い方に、「僕な、そんな笑いかた好きやねん」と返事し再び、お好み焼きへ誘うと、彼女はあっさりと可愛く応えた。　（二木晴美）

竹取物語《たけとりものがたり》　翻案小説

〔初版〕『竹取物語　伊勢物語』〈現代語訳日本の古典4〉昭和五十五年十一月二十八日発行、学習研究社。書き下ろし。〔文庫〕『竹取物語　伊勢物語』〈集英社文庫〉昭和六十二年七月二十五日発行、集英社。

〔内容〕野山で竹を取ることを生業にしていた翁は、ある日光る竹の中に小さな女の子を発見し、大切に育てることにした。それ以降、度々黄金を竹の中に発見し、翁は富裕な長者となる。少女は成長してかがやくばかりに美しい女性となり、かぐや姫と呼ばれ、多くの貴公子の求愛を受けるが、彼らに結婚の条件として難題を課してすべて退けてしまう。帝からの求愛も受け入れず、月の都からの使者の迎えによって月の世界に帰っていく。姫は去る前に帝に手紙と不死の仙薬を残すが、悲嘆に暮れる帝は、姫を失った今となっては必要のないものと、手紙と不死の薬を天に一番近い山（富士）の頂で燃やしてしまうのであった。「あとがき」（文庫版）で、『竹取物語』は日本の文学の出発点であり、「人間的情愛の世界と、手のとどかない異次元のロマン」として、人々の心を絶えずゆさぶり、さまざまな夢を紡がせ、いまだに尽きぬエネルギーを与え続けていると述べる。また、物語の作者について、「かなりの才気あふれる男性知識人」で、現世への不平不満やったないわが運命への憤りを抱きつつ、女こどもの御伽話に託して物語を書いたのではないかと推測する。口語訳にあたっては、後にエッセイ（『古典の森へ　田辺聖子が誘う』「女ごころのかぐや姫」）の中で、「じいさんふうの作者が、なんとかくだけて柔らかく書こうとしても、つい教養がジャマをして、という感じがチラチラ見える」として、「おじいちゃんの語り」を意識したと語っている。また、日本最古の物語である『竹取物語』が非常にユーモアに富んでいることを称え、物語に頻出する語呂合わせの駄洒落の面白さを伝えるために、例えば石作の皇子が仏の石の鉢と称して持ってきた偽物の鉢を捨てる場面では、「あつかましいことを、「はじ（鉢）を捨てる」というようになったんだ、――なあんて。わははははは」と、言葉を補いユーモラスに訳している。　（出口馨）

たこやき多情《たこやきたじょう》　短編小説

〔初出〕「小説現代」昭和六十一年七月一日発行、第二十四巻九号。原題「悪女とたこやき」。〔初収〕『春情蛸の足』昭和六十二年七月十日発行、講談社。〔文庫〕『春情蛸の足』〈講談社文庫〉平成二年四月十五日発行、講談社。
〔内容〕しおらしい人、というのが中矢はきらいだ。中矢にはそういう女こそ悪女のように思える。中矢は母一人子一人なので、お袋は同居を前提に見合い話を持ってくるが、見合い前から殊勝なことをいう女はうさん臭いと思う。現に前の見合い相手の娘は、自分と同じくたこやき好きで、中矢も喜んだのであるが、彼女の好きな「上品な」明石焼きに対して「好きになれんな。ええ格好しィや」と中矢が反駁《はんばく》したとたん、凄い目で睨んで席を蹴立てて帰ってしまった。しかし、やっと「屋台のたこやき好きやわア」というあっけらかんとした女がみつかったのである。テル子とは、偶然同じ屋台のたこやきに並び、公園でそれを一緒に楽しんでから親しくなった。お多福顔の愛嬌のある可愛い女で、若々しく無邪気だ。自分をしおらし女にみてもらおうという気がないところがいい。テル子は、自分のお気に入りの店に中矢を案内するという。約束の日、テル子はミナミのたこやき屋に案内し、中矢がその味に満足すると、今度は、「あたし処女やねンよ」と、中矢をホテルにまで連れて行ってしまう。ひと月に、四、五へんもテル子に逢うようになって、これからの人生を彼女と一緒に暮らしたいと思った中矢は、テル子に、代金を出すから好きなものを買ったらいいと約束する。そして、自分のお袋と同居できないかと尋ねた。女の本音を聞けることを楽しみにした中矢であったが、テル子の口から出たのは、自分には単身赴任の夫がいて、こどもはいないが、舅や姑の世話をしなければならないという境遇であった。しかもテル子は、中矢より七つも年上の四十六歳だったのだ。テル子に請求されたネックレス代の二万円を渡しながら、悪女というのはテル子のような女をいうのだなと憮《ぶ》然《ぜん》とするが、たこやきメイトとしての関係も捨てがたく思うのである。小川糸は、〈講談社文庫〉（『春情蛸の足』平成二十一年六月十二日発行）の解説で、中矢を、「優しくとても懐が深い」とし、「身に受けたすべての不幸を、一歩引いてすべて懐に収めようとする。それが逆に、男らしいのだ」と評した。

（箕野聡子）

たすかる関係《たすかるかんけい》　短編小説

〔初出〕「小説宝石」昭和六十一年六月一日発行、第十九巻六号。〔初収〕『嫌妻権』昭和六十一年九月三十日発行、光文社。〔文庫〕『嫌妻権』〈光文社文庫〉平成元年十一月二十日発行、光文社。
〔内容〕食品メーカーに勤める四十三歳の桑野は、付き合って三年になる順子が好きでたまらない。順子は三十四歳、女性スタッフだけの広告会社のベテラン社員である。順子を知って、桑野の女性観は変わった。仕事ができる。世間慣れしていて、子どものことや家の改築まで相談でき、頼りになる。話が面白くて、「寝んでもええ」と思うほど落ち着く。結婚して二十年になる妻のすみ代と、「どっちが女房《よめはん》やわからん」と思うほどである。桑野と同い年のすみ代は非社交的で、中年になり歌舞伎の女形《おやま》みたいな顔になってしまった。いかつい醜男《ぶおとこ》の桑野の不倫を疑いもしないが、世の中は進んで、「フツーの女の子が、フツーの男のココロに惚れてくれる」時代になったのだと桑野は思っている。桑野を自分のマンションに誘い、罠にかけたのも、順子のほうであった。はじめはマンションのトイレで排尿の音を殺していた桑野も、ずいぶん慣れ、順子が空気のように思われてきた。すると順子から、長い付き合いの男の子と結婚すると告げられる。「おんなじ夫婦感覚になるのんやったら、彼と、ほんまの夫婦になったほうがエエわ、と思うて」というのだ。がっかりする桑野だが、披露宴で順子は、「また、続きやらない？」と目で話しかけてくる。ワルい女の子だが、ワルいほうがたすかる。現代の女の子は、案外みなワルいのかもしれない。桑野は勇気が湧いてきた。

（蔀際子）

たそがれの天神《てんじん》ひげ《たそがれのてんじんひげ》

短編小説

〔初出〕「小説宝石」昭和六十一年三月一日発行、第十九巻三号。〔初収〕『嫌妻権』昭和六十一年九月三十日発行、光文社。〔文庫〕『嫌妻権』〈光文社文庫〉平成元年十一月二十日発行、光文社。

〔内容〕五人兄弟の真ん中の杉本は、真面目で律義なので兄弟中から頼られている。むしろその性格を利用され、さんざんえらい目に会わされてきたといえる。だから杉本は「肉親・身うち、大きらい人間」である。しかし、妻には身内の悪口を言ってほしくない。翻訳の下請をしている妻は弁が立つ。杉本と雪子は恋愛結婚で、中学生の娘が二人いる今でも雪子は「愛妻」である。「長兄のちゃらんぽらん、次兄の俗物、弟のエゴ、妹の陰気」よりもずっと妻がいい。実は妻の悪口は、杉本の内心の思いと同じである。それでも身内の欠点をあげつらわれると腹が立つのだ。しかしこれは妻側からいっても同じである。妻の兄姉は大学教授、下の姉の夫は一流銀行に勤めるが、法事で義姉の猥雑、義兄の尊大などを見せつけられると、つい杉本は軽口をたたきたくなる。だが、雪子は本気になって怒る。「女にとって身内は神域なのだ」と杉本は知った。妹から「御赤玉教《おあかだまきょう》」に勧誘されることがあったあと、優越感を抱いた雪子は機嫌がいい。杉本はミナミの盛り場で飲みつつ、「身内の軛《くびき》」を思う。帰り道、天神ひげを風になぶらせている一人の易者が、雪子の姉の夫の銀行員であると気づく。息抜きですよ、全然違う人間になるのはおもろいですなあ、と言うのを聞いて、杉本は「みな、そこそこに生きとるなあ、人間らしィに……」と思うのだった。

（蔀際子）

正しい愛想のつかしかた《ただしいあいそのつかしかた》

短編小説

〔初出〕「週刊小説」平成三年五月二十四日発行、第二十巻十一号。〔初収〕『よかった、会えて』平成四年六月十日発行、実業之日本社。〔文庫〕『よかった、会えて』〈集英社文庫〉平成七年十月二十五日発行、集英社。

〔内容〕大和田は五十七歳、定年後も、延長して平社員として働いていた。息子は国立大学を出て一流銀行に入社しているが、高慢なので大和田はあまり好きではない。その大和田が、今、息子よりも若い女性社員芳賀レイ子に恋をしている。レイ子は若い娘らしい匂やかな色けが出てきており、ハキハキと威勢のいい土地弁を使い、妙な気取りがなくて愛らしい。大和田はレイ子のまわりへ寄ってくる男に嫉妬し、片っぱしから殺したろかと妄想していた。雑誌『シルバーフレンド』で、中年男性社会評論家は「相手の成育歴」を研究し、いやな点を見つけ、愛想をつかすことをすすめているが、無理そうである。そんなことを考えていると、偶然レイ子と出会い、飲みに行くことになった。レイ子はチャンスを待っとったんよ、と大和田にすり寄り、国立大出の息子を紹介して欲しい、という。大和田は息子を殺したろかという気持ちにもなれず、愛想をつかしたからといって、すぐにはレイ子を思い切れるものでもなく、複雑な心境であった。古川薫は文庫版の

「解説」で「大和田のオッサンに感情移入していたぼくは、非情なまでのどんでん返しに、たいそう哀れをもよおしたのであった」と述べている。（岩田陽子）

正しいよそ見の仕方《ただしいよそみのしかた》

短編小説

〔初出〕「小説現代」昭和六十三年十一月一日発行、第二十六巻十三号。〔初収〕『不倫は家庭の常備薬』平成元年七月一日発行、講談社。〔文庫〕『不倫は家庭の常備薬』〈講談社文庫〉平成四年四月十五日発行、講談社。

〔内容〕公害防止器具会社課長の村越は四十歳前後、お洒落だが「大海の一滴になる」生き方をよしとしている。子どもはなく、妻圭子の実家は心斎橋の和装小物店の老舗である。十二、三年前、村瀬はディートリッヒ似の圭子に夢中になり結婚したが、甘やかされて育った圭子はわがまま一杯の女で、「あたし、間違うたこと、いうてる?」が口癖である。この科白は、自分の立場が不利になれば、内容をすり替えて、相手を屈服させるために用いられ、村越は「正論のお化けのような妻」と表現する。圭子は子どもが出来ないことを村越が悪いと決めつけ、腹膜炎の後遺症で自分に卵管性通過障害があったことが原因とわかると、口惜しそうに「生まれつきの不妊症と違うからねっ」と言うのであった。村越はこれまでも何度か浮気をしたが、総務部に勤務する三十歳の夏原待子に、村越に女性の存在そのものへの純粋な好奇心があると見抜かれたことから好意を抱き、待子と親密な関係になる。だが圭子と別れる気はなく、村越は、家族とは「人恋しい」相手ではなく自分の分身のようなものと考えて、我が家の気楽さを愛していた。だが圭子に待子との浮気が発覚し、圭子に烈しく責められると、村越は、帰宅するのだから「浮気」であって「不倫」ではない、これは正論好きの妻と暮らすための「精神安定剤」であると考えるようになる。待子は、これまで悪いという気持ちがあったからこその時間を楽しんだと可憐に言い、村越は妻の独断専横がいとわしくなる。村越と待子の行きつけのバー「ちどり」に来るのは、妻と別れぬ「カッチー」と、彼に二十年来欺されたと泣く「チーちゃん」という、五十過ぎのカップルである。「ちどり」のママは、「カッチー」は「ちょっとよそ見しただけ」で、妻とは別れないと待子に言う。圭子は待子の家に乗り込み、待子と父親を半狂乱で罵倒する。待子の父はトラブル処理係という仕事柄、詫びる村越に鷹揚に応対する。その後も圭子は村越の会社の受付で待子をなじって噂を拡げる。言いつのる圭子を見た村越は、妻がよそ見、よそ見が本命であったことに気付き、家を出ようとするのである。不倫をめぐる感情の衝突の中で、妻の「正論」に対して自己を守り、「間違ってるか?」と自問しつつ、人間性に惹かれる相手を選択していく男の心理を描く。（渡邊ルリ）

達人大勝負《たつじんおおしょうぶ》

短編小説

〔初出〕「小説宝石」昭和五十一年十二月一日発行、第九巻十二号。〔初収〕『人間ぎらい』昭和五十三年二月二十日発行、新潮社。〔文庫〕『人間ぎらい』〈新潮文庫〉昭和五十八年五月二十五日発行、新潮社。〔全集〕『田辺聖子全集第三巻』平成十六年十一月十日発行、集英社。

〔内容〕大家族を支えてきた芳村平助は、「臭いものにはフタ、ボロにはカーテン」という態度をとってきた。大家族統率のコツは、皆にあいまいに答えることだと心得ていたのである。問題の発端は、いつも父だった。「無教養者」で「下品」な父は、長男の妻との「生活流儀の違い」から長男の家を追われ、母と伯母、まだ一人前になっていない末弟の茂と、異母妹の鈴子をつれて、平助の家にやってきた。もう十年以上も前のことである。金属メーカーの工場を始めたばかりであった平助は、手堅い経営から軌道にのり、大家族餓死という事態は免れたが、苦労を重ねてきた。しかし、「傍若無人な男で、一種の野人」である父は、「したい放題して、人の気持ちなど省みない」。あまりにも自由闊達にふるまう父の様子に、家族は顔をしかめ、ことあるごとに非難する。しかし、距離を置いて見ていた平助は、無頓着な親父を「人生の達人かもしれない」と思いはじめていた。そんなある日、父は平助に頼みがあるという。母との夫婦関係を復活させたいから、その旨を伝えてほしいというのだ。しかし、父がすでに七十歳であること、若い時に何年も家をあけて別の女と暮らしていたことを母は許していないかもしれないという思いから、平助は黙っていた。だが、追いつめられた状況の中で、母に父の思いを伝えざるを得なくなる。しかし、受け入れられるはずもなく、母は席を立ってしまった。そのわずか二カ月後に、父は脳溢血で逝ってしまう。盛大な葬式がにぎやかに行われ、平助は、皆ののんびりした顔を見て、父は「やっぱり達人や」と思ったのであった。作者は「神戸の下町」という〈人肌くさい町〉に住み慣れたために書けた」作品の一つに数えている（『田辺聖子全集第三巻』）。初出誌では、三浦朱門「昔の女」と、「人生笑いあり」という題のもとでの「異色競作」であった。目次には「ゆうゆうかんかん爺さま譚」、「うとんぜられながらも気ままに暮らす親父を見て平助は思うのだ――人生の達人かも…」とある。（笹尾佳代）

田辺写真館が《たなべしゃしんかんが》見た〝昭和〟《みた〝しょうわ〟》

エッセイ集

〔初出〕「別冊サライ」平成十一年四月十八日〜十二年十二月。「文藝春秋」平成十五年一月一日〜十六年十一月一日。〔初版〕『田辺写真館が見た〝昭和〟』平成十七年五月十五日発行、文藝春秋。〔文庫〕『田辺写真館が見た〝昭和〟』〈文春文庫〉平成二十年五月九日発行、文藝春秋。〔目次〕足立クンの召集令状／ツンツン『細雪』／父母のいませし昔……／大阪に〝ハイカラ〟ありき／浪花の子守サン／浪花立志伝（その一）／浪花立志伝（その二）／方上げ少女／浪花のアール・ヌーボー／アメリカの大和撫子／昭和初年の子供ファッション／可憐・渺茫たり、〈昭和の男の子〉／年のはじめのためしとて／ヒサコねえちゃん／浪花のお雛サン／ベルリンの日の丸／田辺写真館・花の六人衆／才子・才媛の華燭の典／昭和の子供の夏休み／わが大君に召されたる……／学徒出陣／戦火、熄む

〔内容〕著者の生まれ育った大阪市福島の田辺写真館は、昭和二十年六月一日の大阪大空襲で焼失した。家族の写真も殆ど焼けたが、本書は、親戚、知人などから集めた古い写真五十五枚をもとに、戦前、戦中の大阪の市井や市民の様子を回想したフォト＆エッセイ集である。写真と関係する時代の川柳を入れ、笑いを誘いつつ、大阪庶民の生活を生き生きと活写した貴重な記録でもある。元治元年（一八六四）生まれの母方の祖父の写真が一番古いもので、昭和初年の完成前の田辺写真館、昭和三年の筆者の生後六十五日目の写真や、一歳六カ月の筆者を抱く母の傍に父のボルサリーノの中折れ帽が無造作に置かれた写真などが収録されている。刺繍いっぱいの半襟や髪形の

写真、弟や妹との写真、雛飾りと子どもたちの写真、弟の入学式の写真など、どれを見ても現在でも十分洒落ていてハイカラである。また叔母のお見合い写真の華麗な着物、六甲山での夏休みの写真など、いずれも大大阪時代のモダニズムを享受した庶民文化の爛熟を感じさせるものばかりだ。昭和十二年、日中戦争が勃発する。十三年の足立君の出征歓送会写真はにこやかだが、モダンな写真師を目指した、田辺写真館の花の六人衆も一人ずつ戦場に駆り出され、戦争色の濃い写真が増えていく。子供の服装も戦闘帽や鉄兜に、母もモンペに割烹着姿、中学生も戦闘服となった写真が収載される。戦後は作者の女専卒業写真で終わる。著者は「戦前も、ハイカラで、贅沢で、それぞれの境遇に応じて人々は人生を楽しんでいたことを知ってほしい」と述べるが、大大阪時代を中心に、戦中、戦後までの大阪風俗がわかる書である。（増田周子）

田辺聖子が語る落窪物語《たなべせいこがかたるおちくぼものがたり》　翻案小説

〔初版〕『田辺聖子が語る落窪物語』〈かたりべ草子二〉昭和五十八年十一月十日発行、平凡社（『おちくぼ姫―落窪物語―』〈平凡社名作文庫17〉昭和五十四年十一月二十日発行、平凡社の改題）。〔文庫〕『おちくぼ姫』〈角川文庫〉平成二年五月二十五日発行、角川書店。

〔内容〕平安時代に書かれた『落窪物語』を元にした小説『舞え舞え蝸牛』を、小学校上級から中学生を読者対象として「さらにやさしく書き改めたもの」（「あとがき」）である。内容は原典（全四巻）の巻三前半部分までを扱う。主人公の姫は高貴な宮家の生まれの母を亡くして父の中納言家に引き取られたが、継母によって家の中で一段低い間を住居として与えられ、落窪の君と呼ばれて様々ないじめを受けていた。姫の境遇に同情する忠実な侍女阿漕とその夫惟成の手引きにより、姫は将来を嘱望される貴公子の少将道頼と巡り合い、互いに惹かれ合って密かに結婚する。相手が誰かは知らぬものの、このことを察した継母は、姫を叔父の好色な老人と結婚させようと計るが、阿漕の機知によって免れ、姫は少将に救い出される。それ以降、少将は陰から継母たちに様々な復讐をして困らせるが、結婚を明らかにした後は中納言家の庇護者となる。少将は高い位に上り、二人は当時としては例外的な一夫一妻の幸福な結婚生活を送った。平安朝のシンデレラ物語と紹介し、現代の読者に理解しやすいように、本文に平安朝の生活習慣や結婚制度、価値観などについて説明を加えている。また、ストーリーも原作そのままではなく、一部改変している。例えば、原作における少将の復讐の方法にはかなりの悪どさやあざとさが見られ、近代人の感性にはそぐわないとして、少将が継母を騙して、娘の四の君を世間のもの笑いになっている男と結婚させる部分では、男の人物像が書き替えられ、当人同士の意思に基づく幸せな結婚であったとしている。作者はこのような改変について、「『落窪』の面白さ、いきいきした活力をいっそう引き出すための現代語訳の一部」（「あとがき」）であると書いている。（出口馨）

田辺聖子と読む蜻蛉日記《たなべせいことよむかげろうにっき》　解説

〔初版〕『田辺聖子と読む蜻蛉日記』昭和六十三年六月一日発行、創元社。〔文庫〕『蜻蛉日記をご一緒に』〈講談社文庫〉平成三年九月十五日発行、講談社。

〔内容〕『蜻蛉日記』を題材に、厳密な講義ではなく、「共に考え、現代に通じ、身近に生かせる問題として、古典を味わいたい」という考えのもと語られた、全八回の講演（昭和五十二年、大阪府千里読売文化センターにて開催）の記録を単行本化したもの。日記の作者は、平安時代の政界で高い地位に就いた藤原兼家の妻の一人で道綱の母となった女性。室生犀星の小説に倣って彼女を蜻蛉と呼んでいる。第一回（「蜻蛉日記はなぜ書かれたか」）では日記のあらまし、主人公の人となり、一夫多妻の妻問婚を基本とする不安定で緊張感を強いられる当時の結婚形態などについて語り、第二回（「蜻蛉日記の王朝」）では、背景となった時代、天皇家と兼家を中心とする藤原氏の権力抗争の歴史について解説する。第三回から第七回（「結婚といさかい」「兼家、病む」「初瀬詣」「西山ごもり」「心の鬼」）は、日記の具体的な内容、蜻蛉と兼家の結婚とその後に起こる様々な出来事について語る。夫婦間にかわされる愛情といさかい、道綱の誕生と成長の喜び、他の妻たちへの嫉妬、嘆きなど日記に綴られたその時々の心境を読み取り、美貌と文学的才能に恵まれながらも、愛情面では不器用な蜻蛉という女性への考察を深めていく。最終回（「愛をもとめつづけた女」）は、夫婦関係の終息に向かう日記の結末と作品全体の総括、蜻蛉の詠んだ歌の鑑賞で、「男と女という赤の他人同士が理解し合い、愛し合う存在になること」は「人類の夢」であるが、『蜻蛉日記』はそのことに関する男と女のすれ違いが象徴的にまで高められた作品であると述べる。また、冒頭で作者は、『蜻蛉日記』を「一人の女性の手記」、「一言でいうと、夫に愛されること薄かった妻の、恨みつらみの手記」と紹介し、それが作品の終わりになるにつれてすぐれた文学作品に昇華すると指摘している。そして、日記を書き進めていくに従い蜻蛉に生じてくる変化を考察し、結語では、「自分のことしか考えない「手記的世界」から蜻蛉はしだいに、他者を見る眼、人生を見る眼を獲得し」、「わが苦しみを客観視して「文学的宇宙を」築くに至った」のではないかと述べる。

（出口馨）

田辺聖子のえんぴつ書きとり百人一首《たなべせいこのえんぴつかきとりひゃくにんいっしゅ》　口語訳

〔**初版**〕『田辺聖子のえんぴつ書きとり百人一首』平成十八年八月三十一日発行、角川書店。

〔**内容**〕鎌倉時代に成立した藤原定家選とされる『小倉百人一首』を、詠み人を見出しにして一首ずつ取り上げ、口語訳と解説を記すとともに、歌と口語訳の文字をえんぴつでなぞって書く方式で歌を覚え、習字の練習をすることができる。歌の表記は歴史的かなづかいで、訳は現代かなづかいであり、お手本の文字は鈴木栖鳥による楷書体を用いている。訳、本文、脚注の内容は、『田辺聖子の小倉百人一首』と『歌がるた小倉百人一首』から編集されており、本文では歌の解説、脚注では詠み人の人物像を簡潔に紹介する。

（出口馨）

田辺聖子《たなべせいこ》の小倉百人一首《おぐらひゃくにんいっしゅ》　解説

〔**初出**〕「読売新聞」昭和五十九年十一月七日～六十一年十一月一日発行。〔**初版**〕『田辺聖子の小倉百人一首』昭和六十一年十月三十日発行、角川書店。『田辺聖子の小倉百人一首続』昭和六十二年五月三十日発行、角川書店。〔**文庫**〕『田辺聖子の小倉百人一首』〈角川文庫〉平成三年十二月十日発行、角川書店。〔**全集**〕『田辺聖子全集第十四巻』平成十六年十二月三日発行、集英社。

〔**内容**〕鎌倉時代に成立した、藤原定家選とされる『小倉百人一首』を一首ずつ取り上げて口語訳し、論じたもの。歌の訳は意味を伝えるだけでなく、改行したり言葉を補ったりして、訳文自体も一編の詩や歌詞として味わえるように書かれている。本文では詠み人の生涯と人となり、詞書からうかがえる作歌の背景、舞台となった土地や自然の美しさ、歴史的背景、古典文法上の技巧などを解説し、注釈書の解釈や「百人一首」の謎を解き明かす近年の諸説にも言及する。また、歌の出典である『万葉集』『古今和歌集』『新古今和歌集』等歌集の特徴についても述べ、時代を経るに従って変化する歌風、評価の歴史を知ることもできる。深い感動を与える歌、修辞技巧を凝らした歌、着想の面白い歌、ユーモア溢れる歌など、歌の様々な魅力について語り、自身の率直な感想や評価も述べる。中でも小野小町、和泉式部、左京大夫通雅、権中納言定頼、式子内親王らの歌を高く評価し、百首に入っていない秀歌も数多く紹介している。また、与太郎青年と熊八中年という年代の異なる友人が登場し、現代の一般男性の視点から忌憚のない感想を語り、時にはユーモラスで突拍子もない疑問を投げかける。現代人がいろいろな観点から歌を鑑賞し、古典に親しみ、楽しめる内容になっている。時代や人情が変化しても、「人間性の真実は変わらない。芸術は真実の美しさを謳うものでなくてはならない」と語り、鴨長明の歌論集の言葉を引いて、「時代を超えて人の心の真実をうたいあげた歌はのこる」と述べている。初版は大型本でカラー挿絵入りの、五十首ずつの正続二巻構成で、その後挿絵を省いた一冊本が刊行された。このほか田辺は『カラー総覧 百人一首 古典で遊ぶ日本』の監修も行っている。（出口馨）

田辺聖子の源氏がたり《たなべせいこのげんじがたり》 講演録

〔初版〕『田辺聖子の源氏がたり（一）桐壺から松風まで』平成十二年四月十日発行、『田辺聖子の源氏がたり（二）薄雲から幻まで』平成十二年五月二十五日発行、『田辺聖子の源氏がたり（三）宇治十帖』平成十二年六月二十五日発行、新潮社。〔文庫〕『源氏がたり（一）桐壺から松風まで』平成十四年十二月一日発行、『源氏がたり（二）薄雲から幻まで』平成十五年一月一日発行、『源氏がたり（三）宇治十帖』平成十五年二月一日発行、〈新潮文庫〉新潮社。〔目次〕（一）京《みやこ》はるあき／王朝まんだら／光源氏の生いたち／青春の恋と悲しみ／青春彷徨／宴《うたげ》は果てず／車争い／秋のわかれ／流人《るにん》のあけくれ／都へ―春たちかえる／明石《あかし》のちい姫／（二）あるかなきかの朝顔／稚《おさな》いはつ恋／忘れがたみの姫／六条院・春から夏へ／六条院・夏から秋へ／うたかたびとの運命／栄える一族／女《おんなさん》三の宮／恋の唐猫《からねこ》／女楽《おんながく》の夕《ゆうべ》／柏木《かしわぎ》の恋／美しい尼宮／すべてまぼろし／（三）匂宮《におうのみや》と薫《かおる》の君／美しい姉妹／恋のたくらみ／雪降りしきる宇治／匂宮《におうのみや》のご婚儀／忘れられぬ面影／いなか乙女・浮舟《うきふね》／たちばなの小島／浮舟《うきふね》よ、いずこ／かげろうよりはかなく……／救われた浮舟《うきふね》／この世は夢の浮橋か／あとがき

〔内容〕平成九年四月より十二年三月まで毎月一回（計三十六回）、大阪リーガロイヤルホテルにて開かれた講座「田辺聖子の『源氏物語』をご一緒に」から主要部分を抽出して書きおこし、加筆された。（一）は十一回分（平成九年四月～十年二月）、（二）は十三回分（平成十年三月～十一年三月）、（三）は十二回分（平成十一年四月～十二年三月）を収録。先に新潮ＣＤ「田辺聖子の『源氏物語』」１～９（平成九年

～十二年）が発売された。（一）では冒頭の二章（「京《みやこ》はるあき」「王朝まんだら」）で、『源氏物語』の作者、執筆過程、時代背景、写本、受容史などから、平安時代の風俗や文化まで幅広く解説している。「光源氏の生いたち」の章以後、作品に即して夕顔・空蝉との恋、紫の君との出会い、末摘花との顛末、藤壺の出産、葵の上の死、花散里との日常、須磨行と明石の上との出会い、帰京までが語られる。（二）では、藤壺の死、朝顔への執心、夕霧と雲井雁の結婚、玉鬘の運命、「明石のちい姫」の入内から出産、女三の宮の降嫁と柏木の密通、女三の宮の出産と柏木の死、その間に起きる紫の上の大病、柏木の未亡人・女二の宮に対する夕霧の恋情など、紫の上の死までが語られる。（三）では、「匂宮と薫の君」の章で、源氏亡き後の人々の運命、次世代の人物たちが紹介され、続いて宇治十帖が語り始められる。八の宮の二人の姫、姉の大君と源氏の息子である薫の恋、妹の中の君と源氏の孫に当たる匂宮の恋、それら二つの恋の経過が中心となり、やがて二人の青年に愛された浮舟の葛藤と失踪、出家、それを知った薫の対応までが語られる。登場人物たちの評価、心情の忖度、背景の説明などに加え、『新源氏物語』執筆時の回想や、紫式部と周辺人物の考察なども挿入されている。例えば、「『源氏物語』の大きなテーマの一つ」として「女ほど生きにくいものはない」を挙げ、「女が生きにくいというのは、一人で生きるにしろ、主婦として、妻として、母親として生きるにしろ、自分をよろわなければならないからですね。そんな王朝の女教育に対して、紫式部は批判しています。生きているかいがないじゃない、そんな人生だったら、と式部は思ったんですね」（「すべてまぼろし」）と語っている。最後は「『源氏物語』は、人間と人生のすべてが書きつくされた大きな物語です」と閉じられる。なお、文庫本には「あとがき」に加えて「てのひらの中の『源氏物語』」が付されている。

（水川布美子）

田辺聖子の古事記《たなべせいこのこじき》

翻案小説

〔初版〕『田辺聖子の古事記』〈わたしの古典1〉昭和六十一年一月二十二日発行、集英社。書き下ろし。〔文庫〕『田辺聖子の古事記』〈集英社文庫〉平成三年七月二十五日発行、集英社。〔全集〕『田辺聖子全集第十四巻』平成十六年十二月十日発行、集英社。〔目次〕わたしと『古事記』／序章／上巻　神々の饗宴（天地はじめてひらく―国生み／黄泉比良坂／天の岩戸／八俣の大蛇／因幡の白兎と大国主神の冒険／八千矛神の妻問いの歌／国ゆずり／神々は地上へ下った／海幸・山幸）／中巻　倭し　うるはし（英雄・神武の東征／久米歌／山百合の少女／三輪山の神／幣羅坂の少女／沙本毘古と沙本毘売の物語／たたられた王子／漂泊の皇子／海を渡って戦う皇后／酒好きな天皇と乙女たち／大山守命の反乱／天之日矛と伊豆志おとめ）／下巻　恋と叛逆の季節（嫉妬する皇后／軽の乙女／争い合う皇子たち／赤猪子の歌／三重の采女／置目の婆さん）

〔内容〕『古事記』の上巻は天地開闢《かいびゃく》から天孫降臨にいたる神々の物語、中巻は初代神武天皇から第十五代応神天皇までの出来事、下巻は第十六代仁徳天皇から第三十三代推古天皇までの出来事を収める。本著には、日本の国生みの話から始まる古代の大らかな神々と天皇家の系譜のほか、神話、伝説、それに多くの歌謡が含まれていて、神々や歴代天皇の恋と野望に満ちたドラマが登場し、それらの壮大な物語が平明で美しい現代文で綴られている。『古事記』の原文は漢字だけである。神々の名は長々しく晦渋で、地名も難解である。それらの多くに読み仮名を振り、「田辺注」を付して分かりやすく解説されている。少女時代から『古事記』の夢にとり憑かれていたという著者は、語り部《べ》として『古事記』を現代によみがえらせた。また『古事記』に無限の夢を見つづける著者は、『隼別王子の叛乱』によってその夢を小説化してもいる。「わたしと『古事記』」では、「『古事記』の物語には人間が生きることのエッセンスがふくまれており、人々の真実と愛が語られ、そこから物語が創られていく」、「『古事記』は愛の書物であり、人間の物語、真実の尊厳をうたいあげる詩集である」と述べている。本著によって『古事記』の奥深い魅力を味わうことが出来るだろう。

（檀原みすず）

田辺聖子の《たなべせいこの》古典まんだら《こてんまんだら》

評論集

〔初版〕『田辺聖子の古典まんだら上・下』平成二十三年一月三十日発行、新潮社。〔文庫〕『田辺聖子の古典まんだら上・下』〈新潮文庫〉平成二十五年九月一日発行、新潮社。〔目次〕上巻（はじめに／ヤマトタケルのラブメセージ―古事記／天皇も庶民も詠んだ―万葉集／子を失った悲しみはいつまでも―土佐日記／恋のベテラン、和泉式部―王朝女流歌人／彼は今日も来てくれない―蜻蛉日記／日本のシンデレラ―落窪物語／悲しいことはいいの。楽しいことだけ書くわ―枕草子／道長ってなんて豪胆―大鏡／毛虫大好き姫君―堤中納言物語／女はやっぱりしたたか―今昔物語集／平安朝のオスカル―とりかへばや物語）下巻（死ぬときはいっしょだぞ―平家物語／この世の地獄を見た―方丈記／田舎はなんてすごいんだ―宇治拾遺物語／噂になってしまった―百人一首／院、どうしてなの？―とはずがたり／物をくれる友がいちばん―徒然草／金が敵の―西鶴と近松／Uターンして第二の人生―芭蕉・蕪村・一茶／女房はやはりありがたい―古川柳／なんとか浮き名を流したい―江戸の戯作と狂言）

〔内容〕平成十二年四月から平成十四年二月にかけて、大阪・リーガロイヤルホテルで行った連続講演「古典まんだら」「古典の楽しみ」をもとにして書かれた。古典ほど面白いものはない、そこには現代の私たちと同じように、喜んだり、悲しんだりする人間たちが生きている。古典は古くさいものではなく、いつの世でも一番新しいという。日本最古の文献である『古事記』から江戸時代の戯作や狂歌まで、古典の魅力を縦横無尽に述べる。紀貫之がなぜ女手で『土佐日記』を書いたのか、「男ならもう諦めなさい」といわれるところが、女ならいつまでも子供を失った悲しみを語り続けることができたからであると読む。『蜻蛉日記』は初めのほうは私記の段階であったが、藤原道綱母の孤独な人生観照の境地にまで達して、文学の域に昇華することができた。『落窪物語』のエンターテイメントとしての面白さを紹介し、小説家が脚色をしたくなるような、人の心を触発する力のある作品であると評価する。政治的背景を頭において『枕草子』を読むと、明るく楽しいことしか書かず、定子中宮、中関白家の悲しいことや苦しいことについて書かなかった清少納言の気持ちが理解できるかもしれないという。各章、国民的遺産である古典文学の面白さや魅力を分かりやすく語る。

（浦西和彦）

田辺聖子の人生《たなべせいこのじんせい》あまから川柳《あまからせんりゅう》

川柳エッセイ集

〔初版〕『田辺聖子の人生あまから川柳』

た

〈集英社新書〉平成二十年十二月二十一日発行、集英社。〔目次〕吉《よ》きかな、川柳／第一章　何がおかしいとライオン顔を上げ／第二章　このご恩は忘れませんと寄りつかず／第三章　かしこい事をすぐに言いたくなる阿呆／第四章　いじめ甲斐ある人を待つ胡瓜もみ／第五章　大日本天気晴朗無一文／第六章　子は育つ壁はぼろぼろ落ちよるが／第七章　出生せぬ男と添うた玉子酒／川柳索引／川柳作家略歴

〔内容〕作者が小学生の頃の雑誌には、必ず〈川柳〉のページがあり、「実作はしないが、読むのは大好きだった」という。日本民族の心奥にある七五調の味わいが、人生一瞬の真理や人間心理のきわどい深遠をさらりとついて、ときにはほろ苦く、ときにはおかしく、人々の明朗で陽気な笑いを誘う川柳の妙味を描いている。この書は現代川柳の中から、作者が百句を選んで紹介した川柳集である。第一章では擬人化の句を選んでいる。犬や猫、ライオンなどを擬人化し、愛に満ちてやさしい。自然の滝まで擬人化し、格調高い句にしている。第二、第三章では「暮し」「人生」などを選句している。辛いことがあっても、そんなこともあるわいナと思えば、人生、生きやすい。自分だけではないのだと、また元気になれる。第四章は「女」を取り上げている。時と共に変わる女性のしたたかさ、こわさがほの見え、微苦笑を誘う。第五章は「男」。堂々とした大きな句や勢いのある句など、クスッと笑える。第六章は「家族」、第七章は「夫婦」を取り上げ、選句している。家族となるとまず子供。叱ったり、泣かれたり、苦労もあるけど可愛い。夫婦でしか言えない泣きごとを言い合い、ほっとする。話さなくても通じ合える。そして先立たれるとなんとなく寂しい。様々な人生の真実が凝縮されている。「川柳あって、世は生きやすし」と作者が言うように、座右において覚えたいろんな句を人に話したり、一人でつぶやいて親しみ、人生を生きやすく、渡りやすいものに出来ればいい、と心から思え、何度も楽しめる書である。

（増田周子）

田辺聖子のたなばた物語《たなべせいこのたなばたものがたり》—御伽草子—《おとぎぞうし》　翻案小説

〔初版〕『田辺聖子のたなばた物語—御伽草子—』昭和五十七年十二月八日発行、集英社。書き下ろし。

〔内容〕昔あるところに美しい三人の娘を持った長者がいた。そこへ、大蛇から娘を妻にするから立派な御殿を建てて迎えよ、さもないと長者夫婦を取り殺すぞという手紙が届く。上の二人の娘は拒否するが、親思いの三番目の娘が承諾する。巨大な大蛇は、娘の前で美しい公達になり、大蛇の皮を唐櫃にしまう。相愛の二人は幸せに暮らすが、ある日、男は自分は海龍王だと名乗り、天の親元へ行くが、帰らなければ訪ねてくること、唐櫃を開けないことを娘に約束させる。ところが、焼餅を焼いた姉に唐櫃を開けられ、娘は「一夜杓《ひとよひさご》」の蔓をつたって天へ昇る。天稚彦《あまわかひこ》と呼ばれる男は喜んで迎えるが、父親の鬼が、娘に難題を課す。娘は、牛の世話、米蔵の入れ替え、百足攻め、うわばみ攻めを、男の援助で乗り切る。親鬼はしぶしぶ息子の嫁と認め、会うのは「月に一度」と条件をつけるが、娘はそれを「年に一度」と聞き違える。鬼は狡猾にも笑って「一年に一度」と言い渡し、二人の間に瓜を投げる。瓜は天の川となり、二人は七夕と彦星となって、一年に一度、七月七日の夜に逢うことになった。田辺聖子は「あとがき」のなかで、「この物語は「愛」に関するさまざまの真理を示唆していて面白い」と述べ、「父鬼は、恋

人たちをおそう苛酷な運命の人格化」だという。娘が愛を手に入れたのは偶然ではなく、娘の「やさしさ」と「雄雄しさ」によるとして、「相手の男の愛が信じられれば、女はどんな苦難にも堪えられるものだ、（略）なよなよとしながらも、愛の世界では女のほうが積極的で、かつ、主宰者なのだ、とも思い知らされるのである」。また、「愛は充たされたその瞬間からかけるものであることが示唆される。そして、一年に一度しか会えぬ、という愛こそ、期待と焦燥と渇望を色濃く塗りかさねられて、もっとも甘味で陶酔的な、最高の愛のかたちだということを知らされるのである」と述べている。（畠山兆子）

狸と霊感《たぬきとれいかん》　短編小説

〔初出〕「週刊読売」昭和四十三年五月十日発行、第二十七巻二十一号。〔初収〕『あかん男』昭和四十六年九月十日発行、読売新聞社。〔文庫〕『あかん男』〈角川文庫〉昭和五十年十月十日発行、角川書店。

〔内容〕ミツ子という少女が、ある日、霊感を持つようになり、その霊感はタヌキから来ていると一般には信じられていた。次々と予言を的中させていく彼女の存在は、有名になり、名前も「タヌキさん」からの教えによって、阿久姫へと変えられた。母親のツル代も、娘の力に圧倒されており、唯一人、女中のおトキだけは、少女を普通の子供として扱っていた。やがて、母親を始めとする周りの者たちが彼女の霊感を商売として展開していくこととなり、阿久姫は、それに従って、十何年もの間、女の子らしい遊びは何一つ知らず、大人の悩みに霊感で対応しながら年をとってしまった。しかし、二十歳の娘盛りになった阿久姫は、ある日、若い新聞記者の青年に恋をし、結婚することとなった。但し、いざ結婚生活を始めてみると、現実世界を殆ど何も知らずに育った阿久姫は、半年ほどで、すぐに離婚を選択した。離婚した途端に霊感も蘇り、以前と同様の生活に戻ったが、彼女が、お金を稼ぐことを意識してはじめたサウナ風呂に関しては、作品の最後に、サウナ風呂が焼けて死人が三人も出たとの報告がなされ、阿久姫に起こった何らかの変化を感じさせる。霊感を持つ女性という神秘的な設定であるにも関わらず、結婚を境にして女性が変化を遂げることを、ある意味で非常にリアルに描き出した女性の本質を穿つ作品である。（足立直子）

種貸さん《たねかしさん》　短編小説

〔初出〕「小説新潮」昭和四十七年一月一日発行、第二十六巻一号。〔初収〕『オムライスはお好《す》き？』昭和五十五年六月二十五日発行、光文社。〔文庫〕『オムライスはお好き？』〈集英社文庫〉昭和五十八年五月二十五日発行、集英社。

〔内容〕尼崎の中でも下町《ダウンタウン》のがらっぱちの医者が、里枝には悪いところはない、前妻との子供は「旦那のんかどうかわからん」から旦那も連れて来い、と言う場面から始まる。調べてみると夫のそれも水っぽいだけであった。三十六歳の里枝は、子供が欲しい。交通事故で死んだ前夫との間に子供はなく、多市と再婚して三年になる。多市と前妻との間には小学六年生のミツ子がいて、時々会いに来る。多市も姑もミツ子を大層可愛がるが、ミツ子は里枝にはものも言わず、三人でひそひそしゃべっている。ミツ子がいるせいか、多市は子供をつくることに乗り気でなく、姑も同意らしい。里枝は町内の奥さんから、子宝を授かるには、温泉なら有馬温泉、おまいりなら大阪の住吉サンの中にある種貸さんと聞く。多市と姑とミツ子が三人だけで有馬温泉に行ってしまった日、里枝は買い物籠姿のまま、ふと種貸さんに出かけ、子安人形をもらう。帰りのタクシーの運転手と一緒に夕食を食べることになり、じっくりしたその男と里枝はモーテルに入る。深読みすれば、これで里枝が子を産めば、冒頭の医者の言葉に戻ってミツ子もやはり多市の子でないかもしれない。有馬温泉に三人が出かけた間の痛烈、かつ大らかな出来事である。

（永渕朋枝）

たのしきわが家《たのしきわがや》　短編小説

〔**初出**〕「小説エース」昭和四十四年二月一日発行、第二巻二号。〔**初収**〕『貞女の日記』昭和四十六年四月二十日発行、中央公論社。〔**文庫**〕『貞女の日記』〈中公文庫〉昭和四十九年八月十日発行、中央公論社。

〔**内容**〕神戸郊外の夢野町で繰り広げられる人間模様が描かれる。兵庫県夢野郡夢野町・大字夢野というところ、一月も終わりにちかい日の寒い夕方、町の青年部の集会が、夢野川に沿った旅館「もみじ屋」で催された。参加者は、二十四、五人ばかりの男女で、二十代半ばから三十代始めくらいまでの若者である。話題は新聞の社説そのままの時事解説から、そのうち恋愛や結婚の話になる。そこで、葱田鴨太郎という会社員が、憂鬱極まる顔をして、今朝妻が家出したと打ち明けた。鴨太郎は妻と母親、弟三人、妹四人と暮らしている。結婚してまだ一年だが、夫婦の部屋にも始終弟妹が出入りして、鴨太郎と妻のプライバシーなどというものは存在しない。夫婦は家族の世話で疲れ果て、色気も愛も眠気には勝てないという日々を送っている。兄のハジメも弟の次郎も結婚して家を出たが、鴨太郎は責任感が強く、自分が弟妹の面倒を見なければ誰が見るのかと思い、家に残った。しかし、たび重なる弟妹たちの暴挙に、妻はとうとう愛想を尽かして家を出てしまったのである。鴨太郎は、気のよすぎる人間にみなしわ寄せが来るとこぼす。するとそこに、家出したはずの鴨太郎夫人が顔を出した。彼女は結局鴨太郎と一緒に「たのしきわが家」に帰っていくのである。

（荒井真理亜）

卵に目鼻《たまごにめはな》　短編小説

〔**初出**〕「小説現代」平成五年八月一日発行、第三十一巻九号。〔**初収**〕『薄荷草の恋』平成七年三月十七日発行、講談社。〔**文庫**〕『薄荷草の恋』〈講談社文庫〉平成十年四月十五日発行、講談社。

〔**内容**〕私も小高はるみも二十六歳である。同期でわりに仲がいい。はるみは美人で、私はイチおしのブスである。私のうちは三人家族で、父は中学のときに亡くなったが、母は五十五歳の地方公務員、兄は二十七歳で独身、食品会社のサラリーマンだ。長身で、四、五歳まで「卵に目鼻」というような子で、男前は美人の母似かもしれない。私は横太りのところや、頬っぺたがふくれて団子鼻のところが父とそっくりで、兄はお多福の置物という。私は今まで、人しれず好きな男たちはいても、うちあける勇気もない「あかんたれ」であった。このごろ私は、吉沢君のことを秘密の蜜の壺にかかえこんでいる。はるみが私に聞いて見て、と頼むのはこの吉沢君のことである。吉沢君は異動で資材課からかわってきた子で、私やはるみより一つ年上である。吉沢君に無人島でブラジャーとショーツで暮らしている夢の話をすると、無意識の願望やなあ、という。吉沢君は私の表情に一点ええトコある、ベティさんに似て、ぼくの好きな顔に生まれている。惚れた腫れた、なしで飲める女が欲しかった。酒飲むときは、女、要らんナー。きみやったら、旨い酒やったなと言い合いのできる人と思うね、というのである。私は女と見られていなかったのだ。しかし、私はその後も吉沢君と仲よくつきあっている。私は思いきってショートにして、ミニのスカートに、同色のパンプスをはいて通勤する。私はやりたいようにやったほうが、似合う女だ、という自覚を得たのだ。手鏡をのぞくと、晴れやかな顔に、目鼻がぱらぱら、まさに卵に目鼻、という満足すべき顔立であった。

（浦西和彦）

玉島にて《たましまにて》

短編小説

〔**初出**〕「航路」昭和三十七年十一月二十日発行、第六号。原題「玉島」。〔**初収**〕『感傷旅行《センチメンタル・ジャーニィ》』昭和三十九年三月十日発行、文藝春秋新社。

〔**内容**〕三、四年前に、節は母よし乃と旅行をした。岡山県の玉島という町である。雑誌連載中の小説のラストシーンに玉島のことを書きたくてならなかったのである。節は以前、終戦後すぐのころに、母と食糧の買い出しにきたことがあった。六月に罹災し、八月に終戦になり、十二月に父が死んだ。節には人間が人間らしく家に住んでいる玉島はうしなわれた追憶のなかの町にみえたのである。あの終戦直後の訪問から十なん年たっている。玉島は母よし乃が若いころ一時すごした町である。よし乃の父は、大酒をくらい身代を傾けて、子女を貧苦におとし入れた。母のきょうだいは六人だった。みな養子や嫁入りし、母が女学校を卒業したころには、家に父と跡とりの清武兄さん、その子供四人の暮らしだった。母は小学校の代用教員をし、四人の甥姪の面倒をみた。節の父は長男だった。両親に父の弟妹が五人、使用人が十人の商家へ嫁いで、母は台所仕事に追われながら、田舎にのこしてきた四人の幼い甥や姪が気にかかってならなかった。母の故郷を旅行しながら、わずらわしい係累により、母に課せられた苦労、伯父伯母やいとこたちの享けた苦労が語られる。田辺聖子の作品のなかでは異色の私小説風の短編小説である。

（浦西和彦）

ダンスと空想《だんすとくうそう》

長編小説

〔**初出**〕「サンデー毎日」昭和五十五年三月九日〜五十六年三月一日発行、第五十九巻十号〜第六十巻九号。〔**初版**〕『ダンスと空想』昭和五十八年十二月十日発行、文藝春秋。〔**文庫**〕『ダンスと空想』〈文春文庫〉昭和六十一年四月二十五日発行、文藝春秋。

〔**内容**〕神戸という町は、明るく、色彩あざやかで、パーティー好きである。「美少女」という意味の「ベル・フィーユ」は、神戸で活躍する独身女性が集うグループである。平均年齢三十四、五歳、例会ではドレスアップして、美味しいものを食べ、時に男性ゲストをいじめてみる。オートクチュールのアトリエをやっている織本カオルもその一員である。カオルはショーを催し、好もしいお得意もつき、友人もできて、市役所・県庁にも顔がきくが、姉は「ベル・フィーユ」を「イカズゴケ」としか見ておらず、冴えないおじさんとの縁談をすすめてくる。カオルのお気に入りの水口君はとびぬけて気のいい男の子であるが、ニューヨークへ行ってしまうこととなった。水口君となら大好きな神戸を離れても面白いかもと思う心とは裏腹に、「あたしはコーベ離れるのん、かなわんわァ」と言ってしまう。神戸は港で、出会いもあるが、別れもあるのだ。「ベル・フィーユ」のけい子はポートピアの開幕まで持ちこたえられるか分からない。「神サンは肉食」なので幸福に満ちている人間に、うしろからそっと近づいて、食べてしまうのだ。人生を一人で空想を描いたり、神サンのことを考えたりできる人が、他人と仲良くダンスできるようなものだとカオルは思う。田辺聖子は「神戸と私」（『田辺聖子長篇全集17』昭和五十六年八月一日発行、文藝春秋「月報2」）で「ファッションだけでなく、私はこの町に出版文化も興れかし、と願っている。女がノビノビ生きられる町こそ、これからの二十一世紀の町だと信じている。『ダンスと空想』を書いている間、たえずそのことが、あたまにあった」と述べている。

（岩田陽子）

壇の浦《だんのうら》

短編小説

〔**初出**〕「小説新潮」昭和四十四年八月一日発行、第二十三巻八号。〔**初収**〕『もと夫婦』昭和四十六年八月十六日発行、講談社。〔**文庫**〕『もと夫婦』〈講談社文庫〉昭和五十年五月十五日発行、講談社。

〔**内容**〕壇の浦の合戦の当日、源氏方の船に乗った関東出身の雑兵、十九歳の甲斐の小六と少し年上の摂津浪速の渡辺党の雑兵、渡辺無頼《ぶらい》は敗れた平家の人々が入水する中、無頼は戦いそっちのけで金目の漂流物を拾い集め、京女に憧れる純朴な小六は船酔いになる。船上で弓を射る源氏の十八、九歳の女武者に恋した無頼は船を後にして女をくどきにゆく。残された小六は偶然に平家の女官を拾い上げる。無頼が言うとおりその京女は性格が悪く高飛車で、小六は命令されるままに船を浜につけ食料を調達。戻ると女は衣服を洗濯して待っていた。調達した食料をぜんぶ食べ酒まで飲んで、酔って唄を歌う。女は籠という名で二十一歳。子供の時に新三位の屋敷に売られてきた。小六は彼女の境遇に同情し、女の横柄な態度にも愛着を感じていると女は小六に求婚する。一旦は躊躇するものの小六は軍を抜けて家族の待つ故郷の東国へ向かう。途中、女武者と結婚を約して同じように軍を抜けた無頼と合流。身分の高い人々の悲惨な人生に同情しつつ自分たちのような無名の人々の幸運を喜ぶ。二人の若武者が嫁を得るまでの顚末である。歴史上の主人公を調査する歴史学者と異なり、脇役となる無名の人々を描くのが小説家の勤めとする作者の自負を感じる一編で、一般的な歴史小説のような高所からの描写ではなく小六の目を通して物語を描く。小六の性格は朴訥で大まかな目鼻立ち、無頼は鋭い目つきで出っ歯とする。出っ歯は源義経の風貌に重なる。二人のこの組み合わせは黒沢明の『隠し砦の三悪人』の二人の農民に似ている。渡辺党は渡辺綱を祖とする大阪ゆかりの豪族で、水軍としても有名。『平家物語』には同僚の渡辺渡の妻の袈裟に恋をして、女を殺してしまい、後に出家する文覚上人がおり、やはり渡辺党である。渡辺は「わ」プラス田辺でもある。小六が女武者を恐れ、巴や板額に例えるが、巴は木曽義仲の妻で同時代だが、板額は鎌倉幕府に反乱した越後の城氏一族の女武者で、捕らえられた後、甲斐源氏の浅利氏の妻となる。故に、時代が壇の浦の合戦よりも後になるが、甲斐の小六との取り合わせで板額を用いたのであろう。小六の妻になる籠が売られた新三位は最後まで平氏の武将として戦った平資盛である。

（岩見幸恵）

【ち】

契り《ちぎり》

短編小説

〔**初出**〕「クロワッサン」昭和六十二年六月二十五日発行、第十一巻十二号。〔**初収**〕『まいにち薔薇いろ田辺聖子A to Z』平成十八年十二月三十一日発行、『田辺聖子全集』編集室編、集英社。

〔**内容**〕『まいにち薔薇いろ田辺聖子A to

Z』は、A（芥川賞）からZ（全集）まで、田辺文学と、手づくりを愛おしむ日々のくらしを紹介し、巻末に単行本未収録の「女が三十五歳で」シリーズの短編六話を収録している。本作は、その第二話である。次郎は少年の日、忍術に凝っていた。近所の大学生の井上さんのお兄ちゃんに、「無念無想」になると自分の存在を消すことが出来ると教えられ、毎日練習するが、なかなか思うように行かない。ある日、二階の壁にもたれて無念無想でいると、姉の昭子と井上さんのお兄ちゃんが二階に上がって来て、次郎に気づかずに二人で話していた。それは、井上さんのお兄ちゃんが戦地に行くのでお別れに抱いて欲しいという悲しい話である。二人がキスをする瞬間に、次郎の存在に気づき、次郎はあわてて二階から駆け下りたのであった。終戦後、次郎は生き延びて花嫁の父となった。娘の結婚式に臨席して、幸せそうな娘たちを見ていると、あの時のことが思い出された。井上さんのお兄ちゃんは南方戦線で戦死して帰らない人となり、姉の昭子は戦後、別の人と結婚したがうまくいかず、実家に帰ってはよく泣いていた。次郎はもはや忍術から関心が遠ざかっていたが、「井上さんのお兄ちゃん」がいたら……と、姉のために思わずにはいられなかったのである。

（檀原みすず）

千すじの黒髪《ちすじのくろかみ》　わが愛の与謝野晶子《わがあいのよさのあきこ》

評伝長編小説

〔初出〕『千すじの黒髪　わが愛の与謝野晶子』昭和四十七年二月十五日発行、文藝春秋。書き下ろし。〔文庫〕『千すじの黒髪　わが愛の与謝野晶子』〈文春文庫〉昭和五十年七月二十五日発行、文藝春秋。〔全集〕『田辺聖子全集第十三巻』平成十七年四月十日発行、集英社。

〔内容〕著者が女学校時代に与謝野晶子の短歌に眩惑された追憶から筆を起こし、堺の菓子商駿河屋の帳場に座っている晶子の姿を映し出していく。晶子はこの堺を「石もて追われた女」だった。明治時代に堅気の娘が歌を詠み、妻子ある男のもとへ奔ったとして、郷土の恥とまで貶められた晶子に対し、著者は深い共感を寄せ愛をこめて情熱的に描き出している。鳳晶子の生い立ちから、浪花青年文学会の群像、河野鉄南への思慕などを活写し、やがて浜寺寿命館で催された与謝野鉄幹歓迎の歌会での出会いの場面となり、鉄幹をめぐって山川登美子への複雑な感情が描かれる。寛（鉄幹）の生い立ち、浅田信子との恋愛、滝野との結婚生活の経過などを通して、寛の人格が克明に分析される。そして寛を媒介として、妻滝野や恋人登美子といった女性同士の関係性の中で、微細に深甚に晶子の内面に迫り、客観的な晶子像を浮かび上がらせている。猛き鉄幹に「男の可愛いさ」を認め、歌集『みだれ髪』で華々しく脚光を浴びた晶子に「愛憐に苦しむ尋常《ただ》の女性」の姿を彷彿とさせ、労わり深い滝野に「冷静で理知的な女人のおもかげ」を前景化し評価している。鉄幹や晶子の詩歌をはじめ「明星」派のロマンチシズムの高揚した世界が繰り広げられる。晶子が、「明星」の廃刊で憔悴した寛を巴里へ旅立たせるまでの前半生を描き、あとは寛が没したのち、晶子六十五歳の死で結んでいる。本著刊行の前に「火の牡丹」〈明治百年・炎の女性像〉（「山陽新聞」昭和四十三年一月四日～三月十三日、六十回連載）で、晶子像のラフスケッチが描かれている。執筆動機に、佐藤春夫『晶子曼荼羅』（昭和二十九年九月発行、大日本雄弁会講談社）の「資料的」「通俗的タッチ」「粗放な修辞」などに対して、「私は女手でもって彼女らの心に寄り添う物語を書こうと志した」（『田辺聖子全集第十三巻』「解説」）とあるように、晶子周辺の人物についての解釈にも違いがある。

（檀原みすず）

ちびんこにへらんこ《ちびんこにへらんこ》

短編小説

〔初出〕「別冊文藝春秋」昭和五十年六月五日発行、第百三十二号。〔初収〕『三十すぎのぼたん雪』昭和五十三年三月二十五日発行、実業之日本社。〔文庫〕『三十すぎのぼたん雪』〈新潮文庫〉昭和五十七年二月二十五日発行、新潮社。

〔内容〕気楽なやもめ暮らしの春川サンは五十二歳。再婚する気もなく、自らを「前線慰問団」「笑わし隊」と称し、村の寡婦を訪ねて回っている。女達に好かれ、したいことを自由にやっている春川サンを青年達は内心羨んでいる。その中の、妻子はいても浮気ざかりの年頃の源やんと八田君が、弟子入りしようと春川サンを訪ねてくる。春川サンがおイト婆さんから杉の下草刈りの「ギャラ」としてもらった山椒の皮の佃煮などを酒の肴としながら、男女の仲にあって年齢は問題ではない、とにかく女にはマメに尽くし、歌がうまくなくては、などと彼らは教えられる。手ほどきを受けた二人はやがて周りに噂が立つような不器用な色恋を始め、またもや春川サンの薫陶を受け直したりするのだった。身持ちの堅い後家を落とすには、と問われ、春川サンは「ちびんこにへらんこ（なんぼやっても、ちびずへらず）」が殺し文句だと教える。ついには、春川サンとは何もかも対照的な、村でもう一人のやもめの生真面目な田浦サンまでもが春川サンを訪ねてくる。源やんから教わったので「嬶は貸しても砥石を貸すな」と言ったが効果はなかった、という。意味は似ているようでも、まるで感触の違うこれら二つの文句を手帖に書き並べてみるほど、田浦サンはまじめでりちぎである。田浦サンがその夜酒の肴に持ってきたのは山椒の皮の佃煮。おイト婆さんはどちらの文句であろうが「頓着しない太っぱら婆さん」だな、と春川サンは思うのだった。舞台は兵庫県夢野郡夢野町大字夢野、時代は現代に設定されながらも、男女関係をおおらかに肯定する一種のお伽話的なタッチで描かれており、その展開と終わり方は落語を思わせる。

（木村小夜）

忠女ハチ公《ちゅうじょはちこう》

短編小説

〔初出〕「別冊文藝春秋」昭和六十二年四月一日発行、第百七十九号。〔初収〕『ブス愚痴録』平成元年四月二十日発行、文藝春秋。〔文庫〕『ブス愚痴録』〈文春文庫〉平成四年三月十日発行、文藝春秋。

〔内容〕城戸は四十六歳の機械メーカーの機材課長。最近、川添きく江というパートのせいで何となく憂鬱である。彼女はいかにも世間ずれしていない、箱入り主婦、という感じである。城戸がコートを着ようとすると、後ろからいそいで着せようとする。いつもほほえみを絶やさず、何によらずおいいつけ下さいまし、というような切なげな色を目に浮かべている。城戸は川添きく江の、骨身に沁みこんだ主婦臭、奥さま臭がキライなのだ。もっとボーイッシュな、さっぱりして有能なのがいいと考えている。城戸はある晩、課の岡本と児玉を誘って、曽根崎新地の小料理屋「みやけ」へ飲みに行った。ここの夫婦はたたずまいがべたつかず、アッサリしている。料理の方も、見繕って適当に皿を並べてくれる。城戸と岡本は二人で川添きくの江世話焼きぶりをぼやいた。だが児玉だけは、「川添さんは女らしい」とうっとりと目をつむっていう。城戸の妻は大阪の中堅服飾会社に長く勤め、いまは商品企画部長である。高校生になる息子がいる。長い間共働きのため、城戸は自分のことは自分でする癖がつき、妻との仲もアッサリした君子の交わりになりつつある。しかしある日、久しぶりに手料理を作って待っていた妻は、日本酒をつぎ、世話を焼いてくれる。食後は素直に寝室に入ってくる。ヨソの女のベタベタは困るが、妻とはベタリズムであってほしいと城戸は思う。朝になると、また忙しそうに妻は出張に出掛けるという。城戸もいつもの君子好みにならざるを得ない。会社に行くと、川添きく江が茶を運んでくる。茶托の下を見ると、くにゃくにゃした続け字で煙草をやめるよう書いた手紙がある。城戸と岡本は、川添きく江のことを、情の深い忠犬ハチ公みたいな女、忠女ハチ公やな、と言い合った。川添きく江は児玉と噂が立ち、半年もたたずに辞めてしまった。きく江は機材課の四人のスモーカーに同文の手紙を出していたのだが、児玉だけその深情けにまいってしまったのだ。児玉は淀川工場へやられ、城戸の課には、お茶は自分で入れてくださいとどなる新しい女の子が来た。城戸は、やっぱりこっちのほうがいいと安心する。

（宮薗美佳）

中年《ちゅうねん》　短編小説

〔**初出**〕「別冊文藝春秋」昭和四十六年九月五日発行、第百十七号。〔**初収**〕『浮舟寺』昭和四十六年十二月七日発行、毎日新聞社。〔**文庫**〕『浮舟寺』〈角川文庫〉昭和五十一年三月十日発行、角川書店。

〔**内容**〕会社で「昭和ヒトケタ」なのは、「私」と有川さんだけである。私は三十七歳、有川さんは四十一歳である。「フタケタ」世代はものを知らない。教えてやれば、「さすがは、ヒトケタ！」と、こちらの教養を憫笑するような言い方をする。一方、現実的利害には敏感で、「フタケタ」にはごますり男が多い。「フタケタ」に対する憤懣やるかたなしといった「私」だが、有川さんはいつも「目くじらを立てるほどのことのこっちゃない」である。有川さんには、世故にたけた、大人の配慮があり、女の愚痴を理解できる、辛抱強さがあった。そんな有川さんの優しさに「私」は困ってしまう。「ハイミス」は、寒風に逆らって、ひとり歩いていく、そういう気概がなくては、どうしようもないのだ。その有川さんが会社をやめると聞き、「私」は有川さんを最初で最後の旅行に誘った。有川さんには妻子がある。それもまた、目くじらを立てるほどのことでもない。有川さんと「私」は奈良と京都の間にある「人の行かない温泉」に行った。有川さんは戦争中の記憶があるから何事にも真剣なのだという。真剣だからこそ、目くじらを立てない。切羽詰まったら「どうっちゅうことない」という境地に達するらしい。翌日は、五条に天誅組の遺跡を見に行った。「フタケタ」世代は、天誅組を知らない人が多い。有川さんは今度また別の史蹟を巡りたいというが、人生に二回目は無い、「私」は目くじらを立てては駄目だという。

（荒井真理亜）

中年ざかり《ちゅうねんざかり》　短編小説

〔**初出**〕「別冊文藝春秋」昭和四十七年十二月五日発行、第百二十二号。〔**初収**〕『中年の眼にも涙』昭和四十九年六月一日発行、文藝春秋。〔**文庫**〕『中年の眼にも涙』〈文春文庫〉昭和五十四年八月二十五日発行、文藝春秋。

〔**内容**〕雑誌掲載時、末尾に「――「中年かく戦えり」の内――」とあり、中年男性シリーズを視野に入れた作品であることがわかる。四十六歳の中年男、杉野は「勿体ない」と残り物で晩酌し、収入はすべて妻に渡してへそくりも作らぬ質実な性格だが、家族からは「ケチ」「しぶちん」と揶揄されている。杉野にすれば、犬に犬用の餌を買い与え、残飯を惜しげもなく捨てる風潮こそが間違っているのだが、年の近い妻にさえ杉野の主張は理解されない。ある日、未成年の長男のことで警察から連絡が入る。女友だちとホテルに入るのを、相手の父親に尾行され、殴られたのだ。大学二浪という立場、ホテル代、相手の少女のかわいらしさ、「ガールフレンド」ではなくその他大勢のうち、という関係。そのすべてが杉野には「勿体ない」。杉野や同僚らが集まれば、若者への不満が自然とあふれ出す。煙草を半分吸って放下す若者、四十歳手前でゴルフ場に来る若者。これらの不満は「戦争を生きのび、戦後をたえ忍び、激動の時代をくぐりぬけて何とか生きてきたわれわれを、優先させてほしい」という中年の「縄張り根性」である。しかしながら自分たちが優先されない、いまの時代自体が「勿体ない」のではないかという彼らの「暗黙の主張」は、当然若者には届かず、もの悲しい。本作は「芥川・直木賞作家競作」として、山口瞳「ある時」と同時掲載。ともに戦争を挟んだ世代間格差を作品に反映させている作家同士並んでいるのが興味深い。雑誌掲載時の目次に「「お父さんは旧いんや」と娘に妻に嗤われて、昭和ヒトケタかく戦えり」とある。（金岡直子）

中年ちゃらんぽらん《ちゅうねんちゃらんぽらん》

長編小説

〔**初出**〕「日本経済新聞」夕刊、昭和五十二年二月九日〜十二月十四日発行。〔**初版**〕『中年ちゃらんぽらん』昭和五十三年六月二十日発行、講談社。〔**文庫**〕『中年ちゃらんぽらん』〈講談社文庫〉昭和五十八年六月十五日発行、講談社。

〔**内容**〕課長である平助は、今年四十九歳、妻の京子は四十五歳である。三人の子供は今はちりぢりばらばらに手もとを離れている。だが一人前になっているのは一人もいない。三人ともまだ金が要る、親の脛かじりである。それに建売住宅のローンもある。平助は長男の謙や次男の卓とは気が合わない。謙は学園紛争をやりたくて私立大学へ入ったが、勝手に退学してしまった。いつも問題をおこし、いまは同棲している娘さんのおなかを大きくしたため、親に百パーセントよりかかって結婚披露宴をしようとしている。次男の卓は、勉強ぎらいのナマケものである。学歴もなく、手に職もなく、やっと調理師学校へ行く気になったようであるが、その学費数十万円をまきあげられた。長女の小百合は信州の大学へ行っている。戦中、戦後を苦労して生きぬき、個人の幸せなどはそっちのけにして仕事に頑張ってきたが、子供たちは、親の老後などは知らんという。なんのためにえらい思いして家をたてたのか。小百合のいる松本へ旅行して、平助、京子はもうちょっと人生を楽しんでもよかったかと思う。平助夫婦は阿波踊りの「ちゃらんぽらん連」に参加して、定年もローンも忘れて芯から楽しんで踊るのである。田辺聖子は「あとがき」で、「あんまり若者ばかりもてはやされる世の中なので、中年の人々のために、私はこれをかきました。／同じ世代の中年男女の戦友に捧げたいと思います。／戦中・戦後、苦労してやっと生き延びて、経済成長の時代は、家庭を犠牲にして働いて、会社や社会・国家のために尽くして、それで昔ならば、貧しくとも子や孫にかこまれる安らかな老年が待っていたのですが、現代はそれを期待できません」と述べ

る。平均的な中年男女を描く。（浦西和彦）

中年の眼にも涙《ちゅうねんのめにもなみだ》　短編小説

〔初出〕「別冊文藝春秋」昭和四十八年三月五日発行、第百二十三号。〔初収〕『中年の眼にも涙』昭和四十九年六月一日発行、文藝春秋。〔文庫〕『中年の眼にも涙』〈文春文庫〉昭和五十四年八月二十五日発行、文藝春秋。

〔内容〕「中流サラリーマン」たちがローンでやっと建てた「同じような間取りの家」が並ぶ「山間部の、新興住宅街」。そこに婦人会やPTA役員の反対もむなしく三軒の「連れ込みホテル」ができた。妻の佐紀子は「住宅街の品位」「風儀」「子供への影響」などを懸念するのだが、泉谷は「向うも商売やし」としか思わない。ただし、想像は広がる。「中年は実行力と反比例して想像力は強まってゆく」。それは「中年の身を守る武器」となる。たとえば妻が耳元で家庭内の不平を並べても、ホテルの設備や、客層を想像すれば、気にならなくなるのだ。この想像力は集団でも発揮される。同僚と飲んでいても人妻との姦通の経費を計算し、ホテル代やタクシー代、余分も含めて「四万円」という金額をはじき出す。結局、厳しい現実を知るだけだが、泉谷は夢を現実にするため、近所の医者夫人に近づく。幼稚園入園手続きの行列アルバイトを探していた夫人に、大学生を紹介して手柄をたてようとしたが、大学生は想像以上の働きをして夫人に気に入られてしまう。それでも夢を捨てず、へそくり三万円を財布に入れていたが、その金も妻に奪われる。「中年から想像力を引いたら、何がのこるか？／パンツとくつしたと、電車の定期だけである」。想像力の限界と財布の中にもプライバシーのない生活に、涙を流す泉谷であった。雑誌掲載時の見出しは「中年で何が悪いのや」PTA役員の妻に敵わぬ男がふと洩らすつぶやき」。前号掲載の「中年ざかり」に引き続き、末尾に「―「中年かく戦えり」の内―」とある。作中にシリーズの各主人公である、課長仲間「伊沢・瀬木・後藤・杉野・久野・清川」が登場。実質的なシリーズ化が本作から始まったことがわかる。単行本オビは「新境地開拓の連作小説！／女房は軽視で子供は無視の中年亭主の往く道は、茨けわしき老いの坂。ここでひと花咲かせたや、男七人サムライが辿る人生ほろにが模様」。単行本あとがきには「父祖代々、「中年」世代は、辛い戦いの連続」だったが、「若者層との間の亀裂」や妻たちの非協力で現代社会の中年は「四面みな敵陣、連絡の杜絶した孤塁を守りつつ、絶望的な戦い」のなかにあることを述べ「それゆえにこそ、私には尽きせぬ関心と興味と共感をもてる題材」であるとする。（金岡直子）

蝶花嬉遊図《ちょうかきゆうず》　中編小説

〔初出〕「マダム」昭和五十四年一月一日～十二月一日発行、第百七十五号～第百八十六号。〔初版〕『蝶花嬉遊図』昭和五十五年四月二十五日発行、講談社。〔文庫〕『蝶花嬉遊図』〈講談社文庫〉昭和五十九年七月十五日発行、講談社。〔全集〕『田辺聖子全集第十六巻』平成十七年十一月十日発行、集英社。

〔内容〕浅野モリはラジオやテレビのライター。仕事の用件で小さな運輸会社代表の志賀稀雄（通称レオ）に出会う。レオは冴えない五十男でずんぐりむっくりだが、ぱちくり目で笑顔が素敵、底力のある良い声をしていた。本宅は芦屋で、開業歯科医の妻とそれを継ぐ大学生の娘、出来のよくない息子がいた。「男は元来、成育途上で修得した生きるチエより、持って生れた、生

ち

れつきが、どうしようもなく性格の根幹にとぐろを巻いてる」と著者が言うように、レオは生得のもので生きたがる男だ。それがモリの生得のものとぴったり適《あ》い、モリとレオは同棲し始めた。二人の共感は〝性的魅力〟を助長し、二人だけの宝石のような愛情を「夜の錦」と呼び、これほどの贅沢があろうかと喜び合った。モリは仕事を十分の一に減らした。丸太を輪切りにしたテーブルで床に座って食事をし、生活はシンプルそのものだった。二人は「すき焼きのあくる日の牛肉めし」、「大根おろしにチリメンジャコ」、「安ものを食べる会」などを楽しむ。「レオがいれば何にもいらない」「モリが死んだらオレも死ぬ」と言い合い、究極の幸福は死であるからと死について話し合い、至福の毎日であった。三年経った今、モリは、モノを少なくイマを生きる現在の生活に満足している、と判断する観察者の自分がいて、被観察者の自分を「檻の中のパンダ」のように思い始めたのに気付く。「自分」と「檻の中のパンダ」が分離・乖《かい》離し始めたのか。恋の変質であろうか。折しも東京で大きな仕事の誘いがあり「大人はしたいことだけするもの」というレオの言葉に押されるように東京へ旅立つ。鋭い剪りたての愉悦感を感じながらモリは三年ぶりに煙草を吸っていた。怠惰と安逸を味わい尽くしたが、今、エネルギーが満ち溢れ、モリは仕事への意欲に燃えていた。羽のちぎれた蝶であるモリが、ほんの一時安らいだだけなのだ。分別のあるレオには、それがよく分かっていた。

（増田周子）

蝶のような女《ちょうのようなおんな》　短編小説

〔初出〕「週刊平凡」昭和四十二年四月発行。〔初収〕『愛の風見鳥』昭和五十年十一月五日発行、大和出版。

〔内容〕交際相手を次々と変える移り気な女性の話である。入社三年目の亜以子は、同僚の美佐子、ケイ子と共に「かわい子ちゃん三人組」と言われている。そんな三人が退社後に寄るのは汁粉屋である。三人はいつも男子社員の噂をしている。現代娘の尖端をゆく亜以子は、男にもてる社内ナンバーワンだと自惚れている。秘書課の矢部が美佐子に熱をあげると、矢部に近づき、関心を自分に向けさせる。その下心は周囲には見せない。亜以子の次の攻撃対象はケイ子の婚約者・野口である。亜以子は婚約が妬ましく、やはり、絶対に野口の関心を自分に向けさせようとする。野口が気に入ったわけではないが、ケイ子を好きと言ったのが気に入らないのだ。春の慰安会で、山の温泉場のヘルスセンターに行った。亜以子は母に、単衣に赤いお太鼓を締めてもらい、ふたつの袖をひらひらさせ、男性社員の視線を浴びて満足していた。矢部から着物姿を褒められると、今度は山谷のところへ行き、やはり着物姿を褒められる。自尊心とプライドを擽られ、いい気持ちになるのだ。山谷が亜以子に接吻しようとすると、亜以子は両方の袂をひらひらさせながら去ってゆく。亜以子は全てが恋愛の遊戯だと思い、焦らすことを計算している。ラブレターをもらった川本にも、返事を出せなかったことを弁解する。皆から可愛いと見られ、愛を打ちあけられるだけで、幸福だと感じるのである。今度は、ケイ子にプロポーズした野口の気を引こうとする。しかし、野口は亜以子に取り合おうとしない。挙げ句の果てに、「みんな、あんたのこと、どういってるか知ってるかい？　牛若丸だってさ。ここと思えばまた、あちらだって。あははは……」と、大声で笑ったのである。一年後、ケイ子も美佐子も結婚退職したが、亜以子は今も焦りながら、恋愛ごっこにふけっている。蝶のように移り気では、結婚は成就しないのである。

（青木京子）

チリリ　チリリ《ちりりちりり》　短編小説

〔**初出**〕「クロワッサン」昭和六十二年六月十日発行、第十一巻十一号。〔**初収**〕『まいにち薔薇いろ田辺聖子AtoZ』平成十八年十二月三十一日発行、『田辺聖子全集』編集室編、集英社。

〔**内容**〕『まいにち薔薇いろ田辺聖子AtoZ』は、A（芥川賞）からZ（全集）まで、田辺文学と、手づくりを愛おしむ日々のくらしを紹介し、巻末に単行本未収録の「女が三十五歳で」シリーズの短編六話を収録している。本作は、その第一話である。美佐はフラワー装飾士という肩書きで、自宅の裏にフラワーアレンジメントの教室を開いている。ある日、一人の生徒の作品を手伝うために側に寄ると、その娘が、美佐が動くとチリリ、チリリと小さい音がすると言う。その音は美佐が身につけているペンダントのチェーンと吊輪が触れるときに鳴る音だった。お茶の時間、その娘は前に同じような音を聞いたことがあると言う。それは何年か前にかかっていたある大学病院の先生が発していた音だと言うのだった。美佐は家に帰って思い出した。それは昔つきあっていた「彼」で、美佐は同じペンダントを二つ作らせ、「彼」にその一つを渡して、いつも肌につけているように頼んだのであった。「彼」は美佐と妻の間で悩んでいたのだ。美佐のほうから別れたのであったが、「彼」もあのロケットを肌身に着けていてくれたことがわかり、昔の恋をしみじみ思い出すのであった。

（檀原みすず）

【つ】

ついふらふらと《ついふらふらと》　短編小説

〔**初出**〕「オール讀物」昭和六十三年二月一日発行、第四十三巻二号。〔**初収**〕『うつつを抜かして　オトナの関係』平成元年六月三十日発行、文藝春秋。〔**文庫**〕『うつつを抜かして　オトナの関係』〈文春文庫〉平成四年六月十日発行、文藝春秋。

〔**内容**〕秋山の学生時代からの友人に、オフィス・ラブ評論家を自認する浅利がいる。浅利がオフィス・ラブの蘊蓄を語り出すと、細見はまじめに承っていたが、秋山はにやにやしているだけであった。実はその当時、秋山もオフィス・ラブを実践中だったのだ。秋山の妻は自分の立ち上げた会社の仕事に夢中で、仕事熱心とはいえちゃらんぽらんな秋山が、一緒に仕事をしていた二十五歳のアケミに迫られ、つい始めた関係だった。周囲に悟られないよう気を遣い、アケミの部屋を訪れる生活が四年間続いてきた。その間に、会社で窓際に追いやられ、ダメ男に徹したほうが生きやすいと悟った秋山は、アケミよりさらに若いやす子にも、やはり迫られ、付き合いだしたのだ。二人の女は互いに意識し合っていたが、とうとう駅のホームで取っ組み合いをしたのを潮に、二人とも秋山と距離を置くことになった。一方、浅利は子会社に出向となり、細見は脳内出血で急死し、五十を過ぎた男の身の上の変転は切ない。葬式から帰宅すると、新しい家政婦に挨拶されるが、それは旧知のホステスだった。秋山はやり手の妻でも若い女でもなく、老いた家政婦相手に、昔話をしながらのんびり酒を酌み交わした。連作「うつつを抜かして　オトナの関係」の第五作である。

（森崎光子）

ツチノコをたべる《つちのこをたべる》　短編小説

〔初出〕「問題小説」昭和四十八年十二月一日発行、第七巻十二号。〔初収〕『人間ぎらい』昭和五十三年二月二十日発行、新潮社。〔文庫〕『人間ぎらい』〈新潮文庫〉昭和五十八年五月二十五日発行、新潮社。

〔内容〕水明さんから電話があった。明日、京都の北山の方で目撃されたという、ツチノコ探検にいこうという誘いである。釣号で呼びあうほどの「釣キチ」たちが集う「老童クラブ」は、ツチノコの存在を初めて紹介した団体であり、近頃はマスコミが大騒ぎしているが、十年以上前から探検を続けてきたという自負があった。普段なら二つ返事で答える誘いなのに、長尾は躊躇した。妻の綾子の「受胎期間」には、家にいることを誓わせられているからである。妊娠を強く望む妻の姿に、長尾は索莫たる思いになる。しかし、逆らうことなく「宿題をすませて遊びにでかける、子供の心境」で過ごしてきたのだった。翌朝、綾子が眠っているうちにそっと家をぬけ出した長尾は、探索に参加する。彼がツチノコの実在を信じるのは、「いる」という人間に対する「信頼と認識」からであった。一行は、ツチノコを目撃したという一人の老人と、村の鎮守とでもいうべきお社のそばで出会った。半田仙介と名乗る泰然自若とした老人は、ツチノコを何度も目撃したのみならず、それを食べたという。捕らえるチャンスは「交尾《つご》うとるとき」であるという。老人は、そのとき捕らえた残りの一匹を滋賀にいる兄が飼育しているといい、さらには、ツチノコを食べると子供ができると告げた。数日後、「老童クラブ」のメンバーと綾子は、てんぷらの支度をして待っていた。夫婦の事情を話し、この老人に三万円をやって、ツチノコを分けてもらおうと提案したのは長尾であった。だが、約束の時間になってもいっこうに届かない。そこで神社に電話をしてみると、老人とは別の人物が出て、彼の留守中に何者かが入り込んで泊まっていたようだと告げたのであった。それでも詐欺とは思えない長尾には、ツチノコのてんぷらを食いそこねた感じだけが残った。初出誌では、「お色気ちょっとだけよ、人生万華鏡」という特集の中におかれ、目次には「「すわ出現！」の報に老童クラブの面々が出会した世にもケッタイなお話」とある。

（笹尾佳代）

ツナギの男をくどく法《つなぎのおとこをくどくほう》　短編小説

〔初出〕「小説現代」昭和五十五年一月一日発行、第十八巻一号。〔初収〕『宮本武蔵をくどく法』昭和六十年一月十四日発行、講談社。〔文庫〕『宮本武蔵をくどく法』〈講談社文庫〉昭和六十三年四月十五日発行、講談社。

〔内容〕マンション住まいに快適な自立を夢見ていた、三十二歳の女性の話。三十ぐらいまで親の家に同居していたアタシは、うるさく干渉する親の家を出て一人暮らしを始めた。自分一人の個室といつでも湯の出る蛇口のあることが、優雅なオトナの女の人生というものだと考えていた。だが、暖房や給湯機の調子が悪く、「自立の幸福感」はいつしかしぼみ、夢のさめる思いをする。やっと五十歳くらいの機械サービスのおっさんが来て様子を見てもらおうとすると、調子よく動く。だが二、三時間後に、再びおかしくなる。新たに来たのは、白いツナギを着た痩せて長身のおとなしい機械屋の兄ちゃんである。暖房機が意地わるをしているとしか思えないように、彼が来るなり、ひとりでに暖房は利き出し、蛇口からは湯が出てくる。凍え上りそうな寒い吹きさらしの廊下で、彼は水洟をすすりつつ、長い時間屋外に据えられている機械の修理をしていたが、なかなか直らない機械にアタシは疑い深くなり、腹立たしくなった。アタシの言い分を聞いて、彼は機械の扱い方を説明しようとするが、機械嫌いのアタシは腹立ちと愚痴でついに泣き声になる。彼は根気よく、実物とそっくりの機械の絵に、扱い方の順序と注意書きをシッカリした字で書いてゆく。懇切丁寧な教え方から頭も悪くないと感じる。作業後、彼にトイレを貸し、コーヒーを淹れてやった時、明るい灯の下で見る彼の顔立ちは字と同様にシッカリして、風雨や太陽に曝された肌をした、ちょっとトシを食ってる青年であることに気付く。よく働き親切で醜男でもバカでもないことがわかり、アタシは少し気に入る。独身で一人暮らしだという彼は、晩めしは外で食い、「ＰＨＰ」の本を読んで「金儲けしたろ、思て」と話す言葉の可笑しさに二人で笑い合い、彼は気をゆるしたように煙草を吸う。彼の書いた説明文も名文だと気付き、一層好意を抱く。その字を見ると、彼の顔が自然に思い浮かんでくる。月末の集金に彼が再び来たとき、とても懐かしい感じがした。タネ火の消し方の注意を書いてくれた後、アタシはそのおさらいをさせられ、「よく、おぼえたね」と嬉しそうにいった彼の言葉にアタシも嬉しくなる。アタシはいま、マンション住まいに過大な期待も幻想も抱かず、蛇口から湯が出ても、女の自立を連想することはない。もらい風呂でもいいから、機械屋の彼とホルモン定食をたべ、「ＰＨＰ」をよんで眠る暮らしに憧れる。それも優雅なオトナの女の人生ではあるまいかと思うようになっていた。（二木晴美）

壺坂《つぼざか》　短編小説

〔**初出**〕「別冊小説新潮」昭和四十八年四月十五日発行、第二十五巻二号。〔**初収**〕『人間ぎらい』昭和五十三年二月二十日発行、新潮社。〔**文庫**〕『人間ぎらい』〈新潮文庫〉昭和五十八年五月二十五日発行、新潮社。〔**全集**〕『田辺聖子全集第三巻』平成十六年十一月十日発行、集英社。

〔**内容**〕銘木店の運転手である新平は、交通事故に遭ってから、夢野町で言われるところの「鼻ツン」、つまり「嗅覚オンチ」という後遺症に苦しんでいた。新平の代わりに働きに出、穴賢神社へ日参に行く妻のさわ子は、「よく働いて貞節」と評判になる。しかし実際には、家事も娘のクニ子の世話もすべて新平がしており、さわ子は「文句の百万ダラ」を言うのみで新平をいたわることもなかった。嗅覚が無い上に、さわ子の態度も手伝って、新平は性的不能に陥ってしまう。そのことは、「シャベリ」のさわ子のために町中に知れ渡ることとなった。そうした中、新平を気遣うのは、夫に死なれて実家に戻っていた、向かいの家のツル子であった。新平は、月に二回、姫路市内の大きな病院に診察を受けに行っていたのだが、その間に、さわ子が音やんを家に引き入れていることを知る。そしてある日、さわ子の浮気を偵察するために、新平は姫路市内で買い求めた運動靴に履き替えて、家の前に立ったのであった。家の中の様子を窺っていた新平を、音やんは泥棒と思って追いかける。必死に逃げるうちに崖から落ちた新平は、その弾みで嗅覚が回復したのであった。だが、そのことを知らせたのはツル子と姫路の医者にのみで、さわ子は相変わらず音やんと半ばおおっぴらにデートを重ねていた。別れたいというさわ子の思いを聞いた新平は、別れたらツル子と「一しょになりたい」と思うのであった。さわ子を『壺坂霊験記』の貞女「お里」にたとえていた姫路の医者は、崖から落ちて治ったことについて、「いよいよ壺坂やなあ」という感想をもらした。作者は、兵庫県の山奥の一宮町で、個性的な村の人たちとつきあう中で「美しい自然にかこまれての、人間臭い葛藤」を面白く感じ、「いろんなものに触発され」て書いた作品の一つに数えている（『田辺聖子全集第三巻』）。初出誌の目次に「生活力のある細君をもった被害妄想亭主の昔と今の霊験記」とあるように、物語は一貫して、新平の視点から語られている。（笹尾佳代）

妻のある男《つまのあるおとこ》 短編小説

〔初出〕「週刊平凡」昭和四十一年九月二十九日発行、第八巻三十九号。〔初収〕『愛の風見鳥』昭和五十年十一月五日発行、大和出版。

〔内容〕不倫愛のみじめな結末を描いた作品。一年前、山野辺麻子は父を亡くし、父の勤務先である小間物問屋の志村と関係を結んだ。父の入院中も死後も、志村は麻子の面倒をよく見てくれ、麻子は、志村の柔らかな落ち着いた態度に惹かれていった。志村は、口では、女房は大学出で、親の言いなりで結婚したので、面白くないと言っていた。車が近寄ると、麻子は顔を隠して志村の横へすべりこむ。電話で打ち合わせ、ホテルや旅館へ行くのである。麻子は、不倫でホテルへ出入りする男女を軽蔑していた。しかし、今や自分も零落し、「もう、何もかもいや！」と、叫びたくなる。トラックの若者からヘッドライトで車内を照らされると、痰を吐かれたような気分になる。それでも、志村に「今夜は帰ろうか」と言われると、麻子は、「志村さんをおうちへ帰しとうない」と、涙があふれる。明るかった志村の表情が暗く寂しそうだったので、麻子はそれに惹かれ、許し合う仲になった。麻子は何の扶助も受けず、二人はひっそりと愛の時間を持つ。恋愛経験のない麻子は志村にのめり込んで行ったのだった。半年後の今、麻子は息苦しく辛い。麻子に独占欲が出て来たのだ。逢瀬の後、志村が去ると、麻子はみじめで泣けてくる。麻子は結婚して妻になるのが夢で、日蔭の身は堪えきれずに苦しかった。志村から、妻に子供ができたと告げられた。それでも、終業後、麻子は約束の場所へ足を向けた。すると、衝突事故が起き、志村は割れたフロントガラスで血まみれになっていた。そんな状況の時、彼の口から出たのは、「世間体が悪い……知らん顔をして向こうへいけ！……バレたらどうする。バカ！」という言葉で、麻子の手を振り払ったのだ。不倫の結末は、麻子にとって残酷なものだった。（青木京子）

【て】

貞女の日記《ていじょのにっき》 短編小説

〔初出〕「別冊文藝春秋」昭和四十五年十二月五日発行、第百十四号。〔初収〕『貞女の日記』昭和四十六年四月二十日発行、中央公論社。〔文庫〕『貞女の日記』〈中公文庫〉昭和四十九年八月十日発行、中央公論社。

〔内容〕神戸郊外のマンモス団地を中心に繰り広げられる人間模様を描く夢野団地シリーズの一編。この頃、夢野団地でも若い人が増えたため、四十一歳の「私」は九号棟の西ブロックに入っている十所帯の主婦の中で、一番の年かさとなった。団地というものは、年寄って住む所にあらずで、「私」は若い世代のエネルギーと生命力に押しつぶされそうである。情事の最中に妻が失神したと言って真夜中に相談に来る畑中氏や、風で飛んだ洗濯物のパンティーを「私」に預かっておいてくれと頼む吉植夫人など、若い夫婦の言動は不愉快極まりない。夫も晩酌をしながら、若い人たちに対する不満をこぼし、特攻隊の話に及んでは涙を流す。夫は酔うと必ず特攻隊の話を持ち出し、最後に「はじめて話すけど」がつく。そして、夫は軍歌を歌い、歌の解釈をする。お決まりのコースである。夫は息子たちに聞かせたくて話しているが、二人の息子はテレビ番組に夢中で、父親の話は全く聞いていない。きっと「私」たちの世代だけが、その歌にまつわる思い出や、話の気分を理解できるのであろう。「私」たちが老いていくように、やがて話も歌も老い、誰も知らない、茫漠とした闇の中に沈んでしまうのか。「私」は息子たちが観ているテレビ番組が気になりながらも、夫を見捨てることができず、夫の話に相槌を打つ。やはり「私」は夫のあとから一緒についていく女なのだ。「私」は「こんな貞女、おるやろか」と思った。作者は、単行本『貞女の日記』の「あとがき」で、「夫婦というものはおかしなものである。一人の男と一人の女が、それぞれ独自の自我を発揮しつつ、生涯を共にするなんて、もともと矛盾と不条理にみちているのである。―しかもそれを長年月にわたってむすびつけるのは男女の英知とやさしさであるが、私の趣味としては後者を好む。だから私は、小説を書くとき、人間のやさしみを、最も主要なテーマとする」と述べている。本作の「貞女」もまた、「やさしさ」で夫と結びついている。

（荒井真理亜）

デートのメニュー《でーとのめにゅー》 短編小説

〔**初出**〕「小説現代」平成六年一月一日発行、第三十二巻一号。〔**初収**〕『薄荷草の恋』平成七年三月十七日発行、講談社。〔**文庫**〕『薄荷草の恋』〈講談社文庫〉平成十年四月十五日発行、講談社。

〔**内容**〕「マドンナ」のママを和田ハンと伊勢屋さんが張り合っているというのが、お客の間で愉しいからかいのタネになっている。ママの私は四十過ぎ、若いときには二人三人と恋愛したけれど、結婚まではいかず、母と住んでいたので男と同棲の経験もなかった。八年前に念願の自分の店を大阪に隣接する尼崎に持ち、四年前に母が亡くなっても、どうにか常連客もできて何とかたべている。私の男の好みは、可愛げある男とまじめな男である。三友金属の和田ハンは四十五、六の妻子持ちで、無骨でいかついご面相であるが、無口で、品がいい。伊勢屋さんは四十一で、奥さんは美容院を経営している。親父が西日本漬物会社の社長で、伊勢屋さんは専務である。和田サンとは対照的で痩せて小柄、活潑によくしゃべる。雨の日、もってきてくれた「恐竜河内音頭」を聞きながら、和田ハンに通天閣へ誘われた。ママ、今では家庭内別居みたいなもんや、誰にも知られんようにここで住もか、ぼくとやったら、貧しい暮らしも厭わんというてえな、という。私はおおいそぎで「厭う、厭う」といった。和田ハンの指の結婚指輪が妙に印象的であった。和田ハンは結局、妻と家庭につながれて一生終わることになるのであろう。伊勢屋さんが車を買い替えたとしきりに誘うので、フランス懐石を食べにドライブすることになった。その店には、駐車場がなく、大阪の都心は不便で、ビル街をえんえん歩かされた。モダンな店で料理はことごとく妙に持って廻った、今までの人生圏内にないような味であった。二十三階の展望台ラウンジは行列していて、いつ空くかわからないので帰ることにした。車の窓が故障して、全開で走り寒い。デートはこりごり、というのが私の感懐である。さまざまのメニューはバラエティーに富んでいたが、

「夢は夢として」だ。

（浦西和彦）

手づくり不倫《てづくりふりん》　短編小説

〔初出〕「小説現代」昭和六十三年五月一日発行、第二十六巻六号。〔初収〕『不倫は家庭の常備薬』平成元年七月一日発行、講談社。〔文庫〕『不倫は家庭の常備薬』〈講談社文庫〉平成四年四月十五日発行、講談社。

〔内容〕三十三歳の水谷梨枝は、三十七歳の夫と小学三年の息子とで西宮の浜の団地に住む。梨枝は、スーパーの売り子で、決してスマートではなく、いわば「ゴリラ男」の青年「吉沢くん」に惹かれて誘い、悪びれず夫との「ふたまた」をかける。「倫理が一つきりとはどうしても思えない」梨枝にとって、それは「生きるよろこび」であり、「不倫の香気」に心をそそられたのであった。三度目の逢瀬で吉沢に妻の妊娠を告げられてからは、良い思い出として連絡を取らず、自分の電話番号は相手に教えていない。梨枝に人生訓を教えたのは、「浪花史跡めぐりの会」で知り合った十年前に妻を亡くしている七十二、三歳の「釜田センセイ」であった。その人生訓は、①「人間はしたいようにしたらよい」②「すぐあやまること（または同調すること）。③「世に埋もれよ」④「チエも健康も、少しあればよろしい、少ない資本でやりくりして増やせばよい」⑤「人にさせるより、人のためにしてあげる」⑥「心に後悔をいつまでも抱えるな」の六つである。短大時代の友人白井逸子は不倫を「やむにやまれぬ情熱」でするものと言うが、梨枝は釜田に「ああ、ええお顔や」と言われると、人の喜ぶ顔が見たくて不倫することもあるかもしれぬとつくづく思った矢先、釜田は脳出血で急逝する。葬儀の際にわかった、かなりの女性会員が同じ言葉で褒められていたこともむしろ笑いを誘い、梨枝は「したいようにしたらよい」という教えに従って、悲しみよりも満ち足りた気持ちになる自分を肯う。夫に広島への転勤話が起こり、すぐさま息子とついていくと決めた梨枝は、（あんた、なんで私の好きな顔に生まれて来たの？）と思っていた吉沢の顔が、夫に似ていたことに気づくのである。「好き」という情は本来一人の相手に縛られぬことをおおらかに認め、あからさまに他者を傷つけることなく逞しく生を味わう女性を描く。梨枝の友人白井逸子は、単行本所収の「JISマーク不倫」の主人公である。

（渡邊ルリ）

手づくり夢絵本《てづくりゆめえほん》　エッセイ集

〔初版〕『手づくり夢絵本』〈講談社文庫〉昭和六十年九月十五日発行、講談社。〔目次〕はじめに／春（雛《ひな》の宴／花ずし／壁のドールハウス／なでなで美人／アツアツたこ焼き／猫の袋と透明バッグ／レースのハンカチ／バラのお菓子／ポプリのたのしみ／わたしの好きなパーティバッグ／わたしの好きな酒の肴《さかな》／ゆめゆめしい布の袋／ヅカ風お好み焼き／スヌーとのランチパーティ）／夏（おしゃれな封筒／はつはなの豆サラダ／オルゴール人形／レースのドレス／虹色のかき氷／ガラスの壜《びん》の夢／海辺のポプリと花園のポプリ／紫蘇《しそ》ご飯と高菜のおむすび／貝に魅せられて／手づくりアクセサリーと替え衿／夢のかけらゼリー／紙ナプキンとペーパーレース／めがねケース／勝手ずし）／秋（ピクニックバッグ／遠くへ行きたい弁当／わたしの最初の手づくり雑誌／セーターの刺しゅう遊び／きのこ料理／好きな箸枕／ミラーワークの手提げ袋／きのこ雑炊／小箱とシールブック／ハンカチのブックカバー／牛肉・ごぼう・

コンニャクの煮物／市松《いちま》さんの世界／古代柄のベスト／いためうどん）／冬（おしゃれな室内ばき／ロールキャベツ／アンチックドール／手づくりのマント／豆腐のステーキとグラタン／お遊び小もの／とんちりほうと蒸しずし／お猪口《ちょく》コレクション／クリスマスプレゼント／関西風すきやき／アンチックのビーズバッグ／お正月飾り／お雑煮とおかゆ／わたしの夢の家族／作り方のページ／スタッフ紹介と、この本の成り立ち

〔**内容**〕田辺聖子は「これはわたしのささやかな美術館です」という。田辺の作品に登場する手芸と料理を手作りしたものや、田辺コレクション（小箱、ペーパーレース、貝、箸枕、人形など）が紹介された本である。小説に登場する手芸と料理は、昭和五十六年五月号から五十七年三月号まで「ＣＯＯＫ」に連載されたもので、その他の手芸と料理は昭和五十七年四月号から十二月号まで同じく「ＣＯＯＫ」に連載されたもの。その他に田辺コレクションを加え、全項目にエッセイを付けて、オリジナル文庫として刊行された。撮影は安東紀夫、スタイリストは中島憲子、カットは渡まゆ、レイアウトは多田進、企画はマイハンズ社。

（中葉芳子）

鉄の規律《てつのきりつ》

短編小説

〔**初出**〕「小説推理」昭和四十八年十一月十五日発行、第十三巻十一号。〔**初収**〕『世間知らず』昭和五十二年十月十四日発行、講談社。〔**文庫**〕『世間知らず』〈講談社文庫〉昭和五十七年五月十五日発行、講談社。

〔**内容**〕三十過ぎの会社員である私は、三十一歳の須藤みさをと社内で特に親しくしている。ハイ・ミスの心細さを慰めあう仲だが、ある日会社でみさをに男から電話がかかってきた。彼女を知り尽くしていると思っていた私は怪しみ、帰宅時に後をつけた。桜橋の交差点で立っていたみさをは、私が目を離した一瞬の間に消えた。彼女は家庭もちの男と秘密の恋をし、男が車に乗せたのだろうと推理し、私は秘密を調べることに楽しみを見出していた。会社でみさをに女名前の手紙が来たり、電話がかかったりと怪しいことが続き、みさを自身も変わりはじめた。私と一緒の行動をとらなくなり、お花もやめ、服装や髪型も変わって化粧で美しく変身し、はっきりものを言うようになった。私の知らない別の人生を持ちつつある彼女に、私は嫉妬した。相手は妻子もちの社内の男ではないかと考えた私は、ふとした会話から檜垣総務部長を疑う。ある日、みさをが白い車に乗るのを見届け、車のナンバーを一部記憶した。後日部長の家を捜し、ナンバーの一致を確かめて、部長の妻子の様子も見た。私は、規律を犯して排他的な恋をする二人が許せないと怒りを感じ、何も知らない幸福な妻に事実を教えてやりたい気持ちに駆られる。何より私が知らない世界へみさをが飛び越えてしまったことが許せない。ある晩酔った私はみさをに電話をかけ、語調を変えて「部長と別れなさい」と言った。部長の家にもかけ、妻にみさをのことで部長を出してくれと言って切った。私は毎夜みさをに電話をかけ、みさをは誰からともわからぬ電話に恐怖し、やつれていった。私が電話をかけずに寝たある夜半、みさをから電話がかかってきた。泣きながら、毎晩ヘンな電話がかかる、今夜のは特にヘンで一言も言わないのだと言う。翌々週の日曜、部長とみさをの乗った車がダムへ落ちて二人は死んだ。人の道にそむいた二人が悪いのだ。しかしわからないのは、あの夜みさをにかかった無言電話は誰からなのか。そして今も桜橋を通るとみさをに似た人影がチ

ラチラ見えるのだった。ハイ・ミスを主人公とする小説群の一つで、珍しく暗さが漂う。

（奥野久美子）

手のなかの虹《てのなかのにじ》—私の身辺愛玩《わたしのしんぺんあいがん》— エッセイ集

〔**初出**〕「ハイミセス」平成五年一月十八日～七年十一月十八日発行、第五十七号～七十五号。原題「星たちとのめぐりあい—身辺愛玩、吹きよせ」。〔**初版**〕『手のなかの虹—私の身辺愛玩—』平成八年三月三十一日発行、文化出版局。〔**全集**〕『田辺聖子全集第二十三巻』平成十八年一月十日発行、集英社。〔**目次**〕ミシュリーヌの衣裳函／靴、わがシンデレラ／夜会《パーティ》におもむく／「夢」のいれもの／夜々のたのしみの盃／夢幻宇宙・ドールハウス／手のなかの虹／市松人形《いちまサン》の祈り／刺繍の服を着る日／水さし・過ぎし日／まぼろしの帽子／ビーズの手触り／ちりめん賛歌／仕掛け絵本の好もしさ／思い出箱／夢を醸す／あとがき

〔**内容**〕著者の身辺で愛玩する小物紹介を「ハイミセス」平成五年一月号から平成七年十一月号まで連載し、それらを収録して『手のなかの虹』と題している。著者の秘蔵コレクションをカラー写真で紹介し、それに寄せる思いやエピソードなどを、文学、歴史を交えながら綴っている。アンティーク人形、ドールハウス、ビーズのバッグ、ちりめん細工、万華鏡、刺繍の服、ポップアップ絵本……など、美しく愛らしい小物がいろいろな夢を紡ぎだす。著者手作りの「思い出箱」が、何気ない日常を楽しんでいる少女のような素顔をのぞかせる。伊丹の自宅も紹介されている。美しい写真とともに語られる多彩な趣味は、読者をロマンチックな夢の世界へいざなうだろう。

（檀原みすず）

出ばやし一代《でばやしいちだい》 短編小説

〔**初出**〕「オール読物」昭和四十三年九月一日発行、第二十三巻九号。〔**初収**〕『浮舟寺』昭和四十六年十二月七日発行、毎日新聞社。〔**文庫**〕『浮舟寺』〈角川文庫〉昭和五十一年三月十日発行、角川書店。

〔**内容**〕おみねは上方では第一線の寄席のお囃子方、下座三味線のタテである。今では、芸人が高座へ出てくる時の「出ばやし」だけがお囃子と思われているが、かつての上方落語はそうではなかった。東京落語と異なり、上方落語は咄の中に囃子鳴物が入って、咄に色彩を加えたのである。三味線の腕を買われて、寄席の囃子方に出るようになったのは、おみねが二十七歳の時で、明治四十三年頃、折しも落語の全盛期だった。おみねは一度メリヤス問屋に嫁いだが、すぐに夫に死なれ、独り身だった。女一人三味線で生きて行こうと考えていたおみねは、そこで林家楽丸に出会った。おみねは美しい女で、誘う男も多かったのに、楽丸のようなぽっちゃりした中年男に縁があったのは、おみねに言わせると「うまが合うたん、でっしゃろなあ」。夫が高座で咄をすれば、妻は下座でお囃子を入れ、双方息があって、楽しい共稼ぎの舞台であった。「芸人は野垂れ死にせい」という楽丸の言葉がおみねの信条にもなり、金は無くても、苦にはしなかった。しかし、楽丸の女性問題では、苦労した。おみねはついに子どもを授からなかったが、夫の子どもは五人も育てた。心の修羅はおみね一人の胸のうちに納められていた。やがて、漫才に押されて落語は衰退し、大正十年、楽丸もおみねも安本興業の専属となる。戦中戦後の混乱を何とか生き抜き、楽丸はおみねに看取られて、八十六歳で亡くなった。昭和三十七年四月、林家ミネは無形文化財に選ばれる。さらに昭和四十二年四月

には、勲七等宝冠章を受けた。「おみねお師匠はん」は今も三味線をひざに、じっと高座を見つめ、背をしゃっきりと立てている。とても八十六歳には見えない。初出の末尾に「〈作者注〉登場人物は作者の創作した人物です」とある。

（荒井真理亜）

デブデブ牧場《でぶでぶぼくじょう》　短編小説

〔初出〕「小説新潮」昭和五十年四月一日発行、第二十九巻四号。〔初収〕『お聖どん・アドベンチャー』昭和五十二年三月十日発行、徳間書店。〔文庫〕『お聖どん・アドベンチャー』〈集英社文庫〉昭和五十五年二月二十五日発行、集英社。

〔内容〕町では、言論の自由は失われ、小説家や評論家は、行商人や百姓に転職していた。世界中で深刻な食糧危機も進み、文士で食べられなくなった「私」は同郷の筒井康隆、小松左京を頼って北氷洋にある海の牧場―養鯨場―に身を寄せる。海の牧場では、牧童頭の筒井サンが牧場を見回り、牧場ボスの小松サンは、クジラを自然の状態で育て繁殖させることを信念とし、経営にあたっていた。よその牧場のクジラとは栄養も発育も異なるため、密漁や盗獲は跡を絶たなかった。そうした中、もっとも高価なシロナガスが盗まれる。盗んだ赤鼻一味と対決すべく乗り込むが、「デブデブ牧場」と馬鹿にされ、全く歯が立たないところを、黒メガネが助けてくれる。クジラで世界の食糧危機を救い、子供達を飢えさせない、という小松サンの言葉に賛同してのことだった。黒メガネは、牧場を一緒にやろう、という小松サンの誘いを断り、去っていった。

（高橋博美）

手《て》ぶらで愛《あい》して　短編小説

〔初出〕「小説新潮」昭和六十四年一月一日発行、第四十三巻一号。〔初収〕『夢のように日は過ぎて』平成二年二月二十日発行、新潮社。〔文庫〕『夢のように日は過ぎて』〈新潮文庫〉平成四年十一月二十五日発行、新潮社。〔全集〕『田辺聖子全集第十一巻』平成十七年三月十日発行、集英社。

〔内容〕三十五歳の独身美人ニットデザイナー芦村タヨリをヒロインとする連作短編の四作目。休日の土曜日、それは「野暮用を果す」「おつとめ日」である。真紅のシルクスリップに、シルクサテンの真紅の部屋着とアンゴラの肩掛けをまとい、爪や肌の手入れをして過ごす「ゴールデンタイム」の日曜日とは違い、ゴキブリホイホイを組み立てたり財テクに励んだりするのが土曜日だ。その日もタヨリは、ボーイフレンドたちがくれた「ゴミクズ」こと、雑多な旅行土産をまとめて処分しようと、自転車でゴミ収集場に向かった。そこで出会った青年は、タヨリのゴミ、すべてまっさらだが使い途のないそれらを見て、自分に譲ってほしいと頼む。理由を尋ねたタヨリに、彼はこう言った。「アンタが触ったもん、欲しィてな」「いつも、アンタ、ええなあ、思ててん。好っきゃねん」。タヨリに「はちきれそうな関心」を向ける青年「早見クン」を、タヨリは好ましいと思った。しかし「男はみんなシブチン」だ。デート代をすべて割勘にした早見は、タヨリからもらった「ゴミクズ」を売って現金に換え、はては期限切れの割引券でカフェバーの料金を値切ろうと粘る。若い男はとくに「シブチン」である。別の日、タヨリは「青緑色のサテンのドレスに、紫色のパンプス、ミンクの半コート」というすきのない出で立ちで、シティホテルにいた。その日はクリスマス・イヴ。相手は中年の「谷口氏」。タヨリの行きつけのスナック「三日月」の常連である。「四十代に入って、イイ男は、イイ男の味が出てくる」ものだ。タヨリは、ホテルのディナーに、女性歌手のショーに、そして落ち着きのある中年男の谷口に満足した。年が明け、タヨリと谷口は、京都の小料理屋にいた。一人三万円はするという祇園の料理屋で、リッチなオトナの男の魅力に感じ入った直後、タヨリは、彼がデート代を会社の経費で落としていたことを知る。目の前の「ニセモノ」に気持ちの冷めたタヨリは、「差し向いで食べる気ィ、急に無うなってん」と冷たく言い放ち、あわただしく座敷を飛び出した。谷口もまた「シブチン」だった。久しぶりに会った「古川クン」は、クリスマスのささやかな贈り物として、紙に包んだ黄色いバラをたった一本、タヨリにくれた。古川は、「タヨリさん、何でも持ってるんやもんな、贈り物するの困るよ」と、無邪気に言う。そんな彼にタヨリは、「男って手ぶらがいいのよ、男の真心があれば……」と、語りかける。畢竟、「男はみんなシブチン」なのだ。しかし本物の真心があれば、それでいい。「今月の本棚」（「小説宝石」平成二年四月一日発行、第二十三巻四号）では、短編集『夢のように日は過ぎて』を評して、「ハイミスのさまざまな愛のかたちを」「明るい陽画」の形で取り出した作品と述べているが、こうした評価は、本編にもよくあてはまる。（渡部麻実）

デボチン《でぼちん》 短編小説

〔初出〕「オール讀物」昭和六十三年十二月一日発行、第四十三巻十三号。〔初収〕『うつつを抜かして　オトナの関係』平成元年六月三十日発行、文藝春秋。〔文庫〕『うつつを抜かして　オトナの関係』〈文春文庫〉平成四年六月十日発行、文藝春秋。

〔内容〕元の女房茂子も、前の女房福子も、交際中のハツ子も、そろってしっかり者で、小金を貯め込んでいる。しかし、私は賭けごとが好き、遊ぶのが好きで金はなく、四十九歳の今でも間借り暮らしだ。最初の結婚では息子が一人生まれたが、年上の女房に甘えて頼りきり、遊んだあげく、ピンクサロンの福子というホステスと深い仲になった。茂子は呆れて、息子を連れて出て行き、保険の外交員をして息子を育て上げた。その後、結婚した福子は、私が金を持っていないのを知って出て行った。後日、株でもうけたと聞いた。茂子といい福子といい、女はえらい。この二人が、私に向かって言うことは共通している。デボチン（上方弁で額のこと）ばっかり広うして、煮え切らん、頼りない。もっとも、福子はこうも言う。私は口マメで、女をいい気にさせるのが天才的だ、と。私は思ったことを正直に口にしているだけなのだが。そのせいか、私はいまでも二人の別れた女房の話し相手をつとめたり、車に乗せたりもする。おかげでハツ子に嫉妬されることもあるが、煮え切らんようにならざるをえない人生では、煮え切らんのがむしろオトナの男のような気がする。連作「うつつを抜かして　オトナの関係」の第七作である。（森﨑光子）

天井の男《てんじょうのおとこ》 短編小説

〔初出〕「小説セブン」昭和四十四年十二月一日発行、第十五巻十二号。〔初収〕『男の城』昭和五十四年二月一六日発行、講談社。〔文庫〕『男の城』〈講談社文庫〉昭和五十九年二月十五日発行、講談社。

〔内容〕よろず屋の主人カネ万は、「まじめで控え目な青年」として信用があり、町内で「好もしがられてい」た。肺結核を患ったカネ万のため、父は「女相撲」のようなクメ子を「嫁にみつけて」やるが、やがて「腕力をふるって亭主をいためつける」ようになる。カネ万は、病身ゆえクメ子を「満足させてやれ」ず、陽気でよく働くクメ子が客の誘惑におちないか心配していた。やがてカネ万は、クメ子が廃屋で逢い引きしていたという噂だけではなく、自分の留守にする日を電話で告げているのを実際に耳にする。その夜早めに帰宅すると、家は「いかにもよしありげ」に閉ざされていた。しかし戸を叩く胆力もないので、天井裏に上ってこっそり見下ろすと、クメ子と佐平が目に入る。クメ子が、「朴訥純情」な佐平を、「じらし」ている様子に「公憤を感じ」たカネ万は、「梁がミシミシいうほど、昂奮した」。とうとう佐平がクメ子を押し倒し、「貞操を守る」ためではない「いやらしい取っ組み合い」が始まる。思わず梁をゆすぶり、佐平に「加勢した」瞬間、天井板がはずれてカネ万は座敷に落ち、食器の破片で手足を切り「血まみれ」になってしまった。カネ万を顔の利く病院まで連れていき、てきぱきと医者に交渉してかいがいしく世話をしてくれる佐平に、カネ万は思わず「惜しいとこやった」といいかけてしまいそうになる。本作は、現在進行形の物語ではなく、作品内に起こる数々の〈事件〉を振り返った当事者の感想が、随所に入る。主観的な感想でありながら冷静な見解であるかのような客観性を与え、作品の滑稽味が増す。挑発されながら、どうすればいいか分からない佐平も、カネ万と同じくクメ子と対比されているのだ。クメ子に対して何もできない自分に重ね合わせるからこそ、カネ万は佐平に加勢する。妻を寝取られそうで寝取られなかった男と、人の妻を寝取ろうとして寝取れなかった男という哀れな二人が病室で痛みを分かちあう姿を、天井裏からこっそり俯瞰しているように読者に感じさせるのである。

（木谷真紀子）

天窓に雀のあしあと《てんまどにすずめのあしあと》 エッセイ集

〔初出〕「中央公論」昭和六十二年一月一日～平成元年十二月一日発行、第百二年一号～第百四年十二号。「日本経済新聞」昭和六十三年一月四日～六月二十七日発行。〔初版〕『天窓に雀のあしあと』平成二年六月二十日発行、中央公論社。〔文庫〕『天窓に雀のあしあと』〈中公文庫〉平成五年十二月十日発行、中央公論社。〔目次〕1雀のひとりごと（きッたナー／家長づら／土の怒り／スターの豪邸／付け焼刃／女の一揆／チュータイスト／タテとヨコ／ハヤリについて／女の乱訴／合せものは離れもの／女がサムライになる時／あらえびす／粥うまし／お金の使いみちはⅠ／はんなり文化／むき身すり鉢一ぱい五文／歳月／わが六月一日／封筒の切れ端／砂と字／大阪の活性化／女の金メダル／ゴチャゴチャ派／すすどい子供／オバタリアンと私／ナンギなこと／近頃万引事情／お金の使いみちはⅡ／匂いのある映画／ＢＯＫＥ／私と中国／トシについて／異次元の犯罪／お嬢さまと大和撫子／男の映画）2雀の水浴び（オバンの夢／女のパーティ好き／犬の名前／ところ変れば……／人物写真／渡世／細い流れ／削除／邯鄲／憮然と後悔／春のＯＳＫ／ボーとする／しつけ／会社以外の身の振り方／キラキラ／犬又／みちのくの旅／ホテルの使いみち／暖炉／引っこみつかん／学校／波乱万丈／ナゼカ／むつかしい年頃／神棚）／文庫版あとがき（文庫のみ）

〔内容〕「1雀のひとりごと」は「中央公論」に、「2雀の水浴び」は「日本経済新聞」にそれぞれ連載されたもの。「本書は干支がもとへ還った年頃の人間の、日常の見聞、または平成抱懐せる、よしない思いをあつめた漫言《すずろごと》」である。つまり「〈人生日報〉」（「文庫版あとがき」）と田辺は述べる。「警官が市民の届け出た拾得金を着服した」（「封筒の切れ端」）といった市井の事件、「このごろの若い子のハヤリ言葉」（「きったナー」）、「『フライデー』へなぐりこみ」（「家長づら」）、「川嶋紀子嬢」（「お嬢さまと大和撫子」）など、当時の世相を映す話題や「オバタリアンと私」、「BOKE」といったタイトルが並ぶ。「敦煌」（「砂と字」）、「千利休―本覚坊遺文」（「男の映画」）、「ラストエンペラー」（「波乱万丈」）等の映画や愛犬ポパイについても書かれ、氏の私生活がうかがえる。また、「乱訴の結果、病気になっても診てもらえない」（「女の乱訴」）、「巨大資本の温泉ビルに人々は飽きるのでは」（「ゴチャゴチャ派」）など、昨今の医療問題や地方経済の沈下にいち早くふれている点も見逃せない。

（太田路枝）

【と】

東海道中膝栗毛《とうかいどうちゅうひざくりげ》　紀行文

〔初版〕『東海道中膝栗毛』〈古典の旅12〉平成二年九月二十日発行、講談社。書き下ろし。〔文庫〕『東海道中膝栗毛を旅しよう』〈講談社文庫〉平成十年三月十五日発行、講談社。〔目次〕東都逸民《なまけもの》、熊手《よくばり》一九の心意気／お江戸日本橋七ツ立つ／箱根のお関所／富士を右手に／ふりわけみればちょうど中町／宮の渡し／お伊勢さん参り／都名所・浪花の賑《にぎわ》い／終章

〔内容〕「古典の旅」シリーズの一冊で、江戸時代の大ベストセラーである十返舎一九の『東海道中膝栗毛』の主人公、弥次郎兵衛・喜多八の旅の軌跡を辿って東海道を旅した道中記。多数の写真と東海道の地図、スケッチを収録する。『膝栗毛』は子供向きの本に編集され、おかしみを誘う珍道中として読まれてきたが、原作には道中記らしい、土地のゆかりや風景、伝説や領主の話は一向出てこない、弥次・北がそこかしこで下品ないたずらを繰り返すだけの「品の悪い読み物」であり、「近代文学の概念で言えば下らぬ駄作」であると言う。しかし田辺は、「『膝栗毛』の野卑な哄笑が、現代人が失った、さかんな野生の活力を奮い立たせてくれるのではないか」とも考え、原作の持つ「生々たる一種のリズム」に快感を覚えて、作家としての一九に興味を抱く。本書は九章からなり、「東都逸民《なまけもの》、熊手《よくばり》一九の心意気」では、原作者一九の愛嬌と才気にあふれる人物像を描き、出版の経緯と成功について述べる。二章から八章は田辺の実際の旅を描き、「お江戸日本橋七ツ立ち」（日本橋を出発、戸塚まで）、「箱根のお関所」（大磯から箱根）、「富士を右手に」（三島から静岡）、「ふりわけみればちょうど中町」（旅の中間点。丸子、藤枝から大井川越え）、「宮の渡し」（浜松、御油、熱田等）、「お伊勢さん参り」（桑名、鈴鹿、松坂等を経て伊勢参宮）、「都名所・浪速の賑い」（京都、大阪の名所見物）と続く。短い終章では一九の晩年について述べている。訪れた町ごとに弥次・北の滑稽なエピソードを想起し、時に広重の絵を彷彿とさせる旧街道の風景を満喫したり、当時とすっかり変わり果てた現代の姿を眺めて感慨にふけったりする。また、原典に描かれていない場所、歌枕にも足を延ばし、行く先々で土地の歴史やゆかりの人物を偲び、『伊勢物語』などのさまざまな作品、作家にも思いを馳せる。『膝栗毛』を手引きに、東海道の現在と過去の歴史、文化、文学を縦横無尽に行き来する旅の記録である。

（出口馨）

当世てっちり事情《とうせいてっちりじじょう》　短編小説

〔初出〕「小説現代」昭和六十二年二月一日発行、第二十五巻二号。〔初収〕『春情蛸の足』昭和六十二年七月十日発行、講談社。〔文庫〕『春情蛸の足』〈講談社文庫〉平成二年四月十五日発行、講談社。〔全集〕『田辺聖子全集第五巻』平成十六年五月二十日発行、集英社。

〔内容〕しん子は浪花生まれのフリーのアナウンサーである。時代の好尚に適《あ》った彼女は朝のラジオ番組を持ち、シンディの名で親しまれていた。鈴木は、元ラジオ制作部のプロデューサーで、今は家業を継ぎ酒屋をしている。今日、太左衛門橋を渡ってきたしん子に偶然出くわした鈴木は、喜びのうちに声をかけ、食事をしていないというしん子を、静かなてっちり屋に誘ったのである。しん子と鈴木は三年前まで夫婦であったのだ。ふたりはともにてっちりを食べて昔を思い出し、この日やっと、久々にまともに言葉を交わすことになる。鈴木は、しん子とは再婚であったが、好きな女と結婚するというのが、人生に於いてどれほどの愉悦であるかを、しん子によって知らされていた。しかし、しん子が子宮外妊娠で倒れ、実家での静養を余儀なくされたおりに、しん子の遠縁の女が、掃除と洗濯をしに家にやってくるようになり、鈴木はこの女と間違いをおかしてしまったのだ。それを知ってしん子は、「もうアンタの顔も見たないねん」「呼吸してるのもいやや、死んだらエエねん、アンタなんか!」と、たけり狂い、鈴木は離婚にまで追いこまれてしまったのであった。その時の腹立ちがよみがえり、しん子は席を立とうとするが、鈴木に最後の雑炊が残っていると声をかけられて、再び席に着く。「早よ食えや」「さめてまうデ」と言いながら、鈴木は、自分たちもさめてしまわぬ内に何とかしたほうがいいと考えるのであった。てっちりを楽しむという共通の味覚が、ふたりの過去と現在を繋ぎ、さらに未来への希望を暗示する作品である。この作品の末尾には、〈神妙にお縄を受けて共暮らし〉という時実新《ときざねしん》子《こ》の川柳が引用される。新子の名が、作中のしん子と重なるというユーモアも作品解釈の手立てとなろうが、それにもまして、作品発表当時、兵庫で活躍中であった時実新子の川柳を引用したことは、川柳を文学作品として積極的に評価した田辺聖子の創作姿勢をうかがう上で重要である。

（箕野聡子）

とうちゃんと争議《とうちゃんとそうぎ》　短編小説

〔初出〕「文学界」昭和四十一年三月一日発行、第二十巻三号。〔初収〕『鬼たちの声』昭和四十三年十一月一日発行、文藝春秋。〔文庫〕『感傷旅行《センチメンタル・ジャーニィ》』〈角川文庫〉昭和四十七年一月二十五日発行、角川書店。

〔内容〕主人公の夫は四百人余りの労働者を抱える鉄工所の工員で、労働組合の役員。「去年の秋ごろ」からの景気後退でいよいよ逼迫した工場側は様々な手当のカットを打ち出し、「賃闘どころの騒ぎではなかった」年の十月から始まる。ついに労組の役員であった夫たちが解雇され、残った組合員たちに動揺が広がり、悲喜劇が繰り広げられる中、組合は解散し、組合員だけでなく「結局、全員解雇になってしまった」。その後、「会社の実権を握っているのはいまのところ、会社の債権者、つまり銀行であ」り、会社の操業そのものが停止したままの翌年晩秋までを描く。昭和四十一年の作品であるが、背景には三十年代の好況から一転した四十年頃からの製造業の景気後退と雇用不安がある。労働省「昭和四十年労働経済の分析」は「三十年代を通ずる高度成長の結果としての労働市場のひっ迫やこれに伴う賃金上昇など構造的な要因の影響も無視できない」と述べているが、「はじめは家内工業みたいなものだったのを、だんだん大きくした」「朝鮮事変の不況時代に、がんばって持ちこたえたが、ここ二、三年の不況には手も足も出ない」という当時の中小規模製造業の典型的状況が描かれる。田辺聖子の物語にしばしば登場する軽薄なインテリはいち早く自分ひとりで逃げ出し、実直な主人公の夫たちはなすすべもなく酒を飲んでは愚痴を言い、妻たちはあくまでも淡々と内職で生活を支える。執筆の前年昭和四十年には三井三池炭鉱の争議が激化したが、作中で主人公たち家族が「家族組合」を結成、ストライキをさせるべくカンパを募る姿は、当時の労働争議の様子を端的に示している。「とうちゃんと争議」はそのまま「かあちゃんと争議」でもあるのだ。共産党員の姿も描かれるが、理論を振りかざすだけとはいえ、精神を病んだ妻を支える人間的悲しみも描かれる。むしろ学校の教師である隣人の非常識さなどにインテリ批判が示される。この作品で注目すべきはストのさ中、「工場主も姿を見せず、そのうしろで何もかもの原動力になっている、金を握っているのはどんなやつなのか」という一節が、結末で会社さえつぶし、債券を握った銀行への主人公の視点につながっている点だろう。日本の産業構造の劇的変化の中における庶民の哀歓を飄々と描きながら、そのうえで根本的問題の所在にも目を向ける著者の姿勢がうかがえる。

（小川直美）

道頓堀の雨に別れて《どうとんぼりのあめにわかれて》以来なり《いらいなり》

川柳作家・岸本水府とその時代《せんりゅうさっか・きしもとすいふとそのじだい》

評伝長編小説

〔初出〕「中央公論」平成四年一月一日〜九年九月一日発行、第百七年一号〜第百十二年十号（平成七年三月は休載）。〔初版〕『道頓堀の雨に別れて以来なり　川柳作家・岸本水府とその時代上・下』平成十年三月七日発行、中央公論社。〔文庫〕『道頓堀の雨に別れて以来なり　川柳作家・岸本水府とその時代（上）・（中）・（下）』〈中公文庫〉平成十二年九月二十五日・十月二十五日・十一月二十五日発行、中央公論社。〔全集〕『田辺聖子全集第十九巻』平成十八年三月十日発行、『田辺聖子全集第二十巻』平成十八年四月十日発行、集英社。〔目次〕（上）第一章　恋せよと薄桃色の花が咲く—水府泡幻／第二章　ものおもひお七は白い手を重ね—「番傘」創刊／第三章　大阪はよいところなり橋の雨—大正の青春／第四章　段梯子で拭いた涙がしまひなり—大正柳壇の展望／第五章　ことさらに雪は女の髪へくる—新興川柳の抬頭／（下）第六章　電柱は都へつづくなつかしさ—「番傘」作家銘々伝／第七章　ぬぎすててうちがいちばんよいという—昭和の戦雲／第八章　盃は淋しからずや友かわる—「番傘」復刊／第九章　金扇の父銀扇の母忘られず—ありがとう川柳／あとがき／参考資料

〔内容〕岸本水府の川柳や、彼と同時代を生きた川柳作家との交流、近代川柳、柳壇そのものについて厖大な資料を調べ、論じあげた一大評論的長篇小説、二千五百枚の大作である。水府、本名岸本龍郎は明治二十五年二月、三重県で生まれる。父の仕事の関係で大阪に永住した。龍郎は母でもわかる川柳に興味を持ち、雑誌に投稿して多くの川柳仲間を知る。句会を通じて、駄じゃれや狂句のように扱われた川柳を文学として評価してもらいたいと、大正二年、川柳誌「番傘」を創刊する。水府は新聞社の社会部記者を経て、桃谷順天館や福助足袋、グリコなどの宣伝ライターとして活躍

し、ＯＳＫの団歌「さくら咲く国」の作詞者としても知られている。明治、大正、昭和と歴史上でも激動の時代を、文学、絵画、詩人などの芸術家たちとの親交を深めながら、「番傘」を育て、川柳と共に生きた水府が、生き生きと描かれる。また、この書に取り上げられた多くの川柳や川柳作者を通じて、明治以降の日本近現代史も克明に描き出されており、興味深く読める。作者の川柳に対する「優しさや洞察力」に溢れ、川柳に興味を持つ読者も多いだろう。この作品は一九九八（平成十）年第二十六回泉鏡花文学賞、一九九九（平成十一）年第五十回読売文学賞（評論・伝記賞）を受賞した。（増田周子）

ときがたりデカメロン《ときがたりでかめろん》

翻案小説

〔初出〕『世界の文学４』〈グラフィック版〉昭和五十四年発行、世界文化社。〔文庫〕『ときがたりデカメロン』〈講談社文庫〉昭和六十二年三月十五日発行、講談社。〔目次〕編述者　注（田辺聖子）／序章／懺悔の天才／修道院の掟／男装の妻／若妻の判決／利巧な馬丁／便利な仲介人／愛のはかりごと／死の勝利／まだ見ぬ恋／鷹／一本脚の鶴／修道士の雄弁／ぶどう酒樽／魔法の梨の木／取引き／学者の復讐／夫の妊娠／強情っぱりの報い／二つの勝利／著者のむすび

〔内容〕ボッカチョ『デカメロン』は、短編集としてみれば、恋あり冒険あり、奸計あり、純情あり、艶笑譚から悲恋から次々と出て来て、こんなにバラエティに富んだ面白い本はない。野上素一・柏熊達生の訳によって百話のうちから十九話を選択し、あまりに繁縟にすぎる部分を刈り込み、シンプルに読みやすいものにしている。男装をしたシクラノが自分を陥れた悪人に仕返しをし、夫と再びめぐりあう話「男装の妻」の「注」で、男装してその才幹を発揮し栄達をとげてゆくところなどまことに痛快果敢な男社会への挑戦者であり、魅力的な女性で、『デカメロン』の中でも、好きなヒロインであるという。「まだ見ぬ恋」の話は井原西鶴の『西鶴諸国ばなし』巻四「忍び扇の長歌」と軌を一にしているという指摘もある。（浦西和彦）

独身《どくしん》ぶとり《ぶとり》

短編小説

〔初出〕「問題小説」昭和四十九年十月一日発行、第八巻十号。〔初収〕『世間知らず』昭和五十二年十月十四日発行、講談社。〔文庫〕『世間知らず』〈講談社文庫〉昭和五十七年五月十五日発行、講談社。

〔内容〕二十九歳の私は亡父から得た土地を活用して金をため、小さな連れこみホテルを経営している。人間に秘すべき部分があるのが好きな私は、このうさんくささやあいまいさが気に入ったのかもしれない。しかしこの一年ばかりのうちに、こそこそ来る可憐な恋人たちは減り、回転ベッドがないと聞いて出ていったり、畳の部屋に文句を言うようなあつかましい客ばかりになった。私も支配人の熊谷さんも、回転ベッドや洋室のよさはわからないが、客の要望が多いのでベッドの購入を相談している。そこへ客の若い男が慌ただしく降りてきた。連れが腹痛だが自分は終電があるので一人で帰る、金は連れが払うと言って帰っていった。連れの女は中年で、医者を呼ぶと盲腸炎と診断され、救急車で運ばれた。翌日、女の夫が挨拶に来た。妻と若い男のことをまるで気にしないかのように、昨夜の部屋代を払い、妻が忘れた買物包みも持って帰った。翌日、夫から菓子折をもらった礼に、私は妻を見舞いに行った。夫と妻はまるで頭の悪いクマと調教師のようだっ

た。またある時はよぼよぼの爺さんと若い娘、青年という一組がきた。青年はすぐに出てきて、帰るときは迎えに来るから連絡してくれと言う。以後、三人はひと月に一度来る。休日、熊谷さんの趣味である釣りのパーティーに参加した私は「ウチへくるお客さんみてると、どっちが正しくてどっちがまちごうてるか、わからんようになる」と熊谷さんにもらす。熊谷さんは「どっちもどっちゃろ」と答えた。やがて私は鉄砲水に遭遇して息をのんだ。翌日熊谷さんに、このホテルは純和風のままにして、別に最新のホテルを建てようかしらと言った。いつも違う中年男とくる女子大生から花火の券を二枚もらった私は、一人で見に行った。私には花火と鉄砲水が重なって見える。偶然となりあった男はハイミスのくどき方を知っているらしく声をかけてきたが、私はじくじくと儲けている独身なのだぞ、といやな笑い方をした。初出時の挿画は村上豊。「男と女のコトにうといハイミスが、つれこみホテルを経営したところ、妙な客ばかりで悲憤慷慨」との紹介がある。（奥野久美子）

どこ吹く風の巻〈いとおしやな男と女の〝新フレンド事情〟〉《どこふくかぜのまき〈いとおしやなおとこと おんなの〝しんふれんどじじょう〟〉》 短編小説

〔初出〕「週刊小説」平成元年六月九日発行、第十八巻十二号。〔初収〕『どこふく風—男と女の新フレンド事情—』平成元年十一月十日発行、実業之日本社。〔文庫〕『どこふく風』〈集英社文庫〉平成四年十一月二十五日発行、集英社。

〔内容〕望月美也子は「プランニング21」に勤めるキャリアウーマンである。ある日、別れた夫、清川卓郎の現在の妻麻美から電話があった。麻美は二十八歳で、美也子の学校の後輩である。美也子は「プランニング21」の副社長の小泉サンに認められようと、仕事に没頭するあまり、結婚三年目で卓郎と離婚した。卓郎はやさしくて親切で、まじめなサラリーマンであるが、酒も飲めず、「かもてえな」というのが口癖の男である。美也子は手にあまったもと亭主を「残りものには福がある」と麻美におしつけたのだ。麻美は今となって卓郎を「残りものには不服がある」と思い始めたようである。総合職の試験に合格した麻美は、東京へ研修に行かねばならないのだが、それを卓郎が引き留めるのだ。麻美は東京へ行っている間に、うまく別れる魂胆なのだが、研修所の寮へ毎晩電話をかけてこられると困るので、誰かガールフレンドを紹介して欲しいと美也子に頼むのであった。美也子は「どこ吹く風」、みたいな顔をしながらも、小泉サンを卓郎に紹介した。卓郎が小泉サンに「かもてえな」というようになれば、美也子も麻美も仕事に専念することができるのである。この結末について、奥本大三郎は文庫版の「解説」で、「人間を描きわけ、会話の妙で面白がらせ、そうとうきわどいところまで話を持っていって、パッと放す。田辺さんの本を読んだあとの爽やかさは、この節度にある」と述べている。（岩田陽子）

どさくさまぎれ《どさくさまぎれ》 短編小説

〔初出〕「小説新潮」昭和四十七年八月一日発行、第二十六巻八号。〔初収〕『人間ぎらい』昭和五十三年二月二十日発行、新潮社。〔文庫〕『人間ぎらい』〈新潮文庫〉昭和五十八年五月二十五日発行、新潮社。

〔内容〕妻の芳子が突然家を出た。久一はその時まで、芳子が病気の親父の世話や家事に疲れていることにも、自分が釣りに夢中になっているのを不満に思っていることにも、気づかなかった。そして、十カ月も「妻と親しむ」ことがなかったことも、芳子に言われて初めて思い至る始末である。そんな久一を、芳子は「塗箸でトロロすくうような人」だと非難する。だが、神戸の「新開地」の近くで呉服屋を営む久一は、近所のお茶漬屋の看板娘である陽気なおみっちゃんや、三宮のバー「夜」のホステスの千春には好かれていた。久一は、久しく夫婦関係を持っていないため「油が切れていないか、ゼンマイがゆるんでないか」という不安を持っていることを千春に打ち明ける。あまり物事に頓着しない陽気な千春は、「ためしてあげてもよい」ということになって、二人は親しくなる。そうなってみると、離婚などするはずないと信じていた妻が離婚するように、自分もいくらでも変わるものだと久一は悟った。そして、おみっちゃんとも親しくなり、休みの日には誰に気兼ねすることもなく好きな釣りに没頭するという、快適で平安な生活を送っていた。しかし、突如として、別の男と世帯を持っていたはずの芳子が帰ってくる。またもと通りになりたいという芳子の申し出を、人のよい久一は受け入れる。しかし、家に帰ってくるという芳子の言葉にとまどい、平安を乱されないためにも、芳子のためのアパートを借りることで納得させた。その後の久一について、千春は、「どさくさまぎれに女、三人もってしもたんやんか」という感想をもらすのであった。初出誌では「妻の座の虚妄をめぐる笑いと涙」という特集の中に置かれた。目次には「不甲斐ない亭主に愛想をつかした本妻が、みずからを二号に降格させる珍案を実行した!!」とあるが、一連の出来事は久一の視点から語られているため、芳子の珍案であったかどうかは明らかではない。

（笹尾佳代）

年下男をくどく法《としした おとこを くどくほう》

短編小説

〔**初出**〕「小説現代」昭和五十六年五月一日発行、第十九巻五号。〔**初収**〕『宮本武蔵をくどく法』昭和六十年一月十四日発行、講談社。〔**文庫**〕『宮本武蔵をくどく法』〈講談社文庫〉昭和六十三年四月十五日発行、講談社。

〔**内容**〕三十二歳の私は、自分の死水をとってくれそうな、年下の男性をマークし、酒の席でほめちぎり口説いていく話。田中君は課で三人いる独身男の一人で、すこし太りぎみで短足だが、気はよさそうである。私はひそかに田中君をマークしている。彼の陽気そうなのんびりした顔を見ていると、こういう男こそ私の最期を忠実に看取ってくれ、死水をとってくれる、死水男になってくれそうだからだ。これが私の夫にする条件と考えている。父は長患いして母の世話を受けて死んでいったが、私は母のようなことはとてもできないので、なるべく反対の状態になりたい。その為にも、年下の元気のいい男を夫にするのが一番という、遠大でかつ悪辣な魂胆を持つ。ある冷い雨の降る日、八ツ年下の田中君が私の傘へ飛び込んできた。田中君はにこにこして、またおでんやへと誘ってきたのだ。おでんやでは、田中君は居心地よさそうに座り、まるで自分の酒みたいに私の盃に酒をつぐ。田中君は普段からおしゃべりであるが、酒が入ると一層おしゃべりになる。冗談めかして、しかも「欲と色の二すじ道」という感じでくどいてくるが、ナゼカいやな気はしない。一人より、やはり二人で飲む、今夜の酒は美味しい。なぜ結婚しないのかと聞いてきたので、ベタリズムがきらいだからと応える。田中君は息をはずませて、こない意見が一致するなんて思いませんでした、と嬉しそうに言った。ベタベタ結婚がきらいといったのは、田中君ぐらいの年頃の嗜好に合わせたくどき文句であるが、田中君の方も私にヨイショをしたのは下心あってのことであるらしい。好きですよ、お姉さまのこと。今夜、ボクとつきあって下さい、と田中君はついに告白したが、私は「今晩」だけの気ではない。悪辣、遠大な計画を抱いているからだ。今度は私の方が田中君をおだててほめちぎり、口説いていく。つき合わないでもないけど、私も田中サンに尊敬の念、抱いてたの。アンタ、とってもあたまええし、如才ないし、愛想ええし、それに、たのしいおしゃべりできる人やし、いつも人事考査で評判ええはずや、思うわ。どうしてそう人あたりがいいんでしょ、いや、アンタのは、何万人に一人、いう、魅力やわ、可愛げの魅力よ。セックスアッピールいうより、もっと大きい魅力やわ、そんな才能、何に活かしたらええやろ。店でも持てば？

田中君は私の言葉に毒気を抜かれて考えこみ、かなり心動かされたようすである。「その面白い商売、二人でやってみない？」という最後のくどき文句に、「ありがとう」と田中君は言わされていた。そして、私は田中君と結婚して一年経ったが、彼はいまも死水男であることは夢にも知らされず、中年以後の脱サラのことばかりたのしく想像している。

（二木晴美）

突然の到着《とつぜんのとうちゃく》　短編小説

〔初出〕「文学界」昭和三十九年八月一日発行、第十八巻八号。〔初収〕『うたかた』昭和五十年十二月二十日発行、講談社。〔文庫〕『うたかた』〈講談社文庫〉昭和五十五年一月十五日発行、講談社。

〔内容〕エピグラフとしてラクロ「危険な関係」のヴォランジュ夫人の手紙の一節を付記。僕のことを周囲が二十四歳という歳にしちゃじっくりしていると評するのは、人生の早くから忙しい日常を送りすぎて疲れてしまったからだ。教員だった父の人生を踏襲せず脚本を書くようになったのは劇団の幼なじみの国枝に再会したことによる。国枝の愛人の百合子と親しくなってしまうが、密室で開けっぴろげの百合子に大笑いされてどうしてもうまく行えない。百合子はこの難事を解決すべくエロ作家の類子に僕を押しつける。類子は藤波の世話になったばかりなので拒むが、後に僕は苦しみを経験する。僕は藤波の家で息抜きをする以外はぶっ続けに働いた。ドラマや小説までも書く便利屋放送作家だ。僕は一つのシノプシスの卵を孵そうとこだわっていた。題は「女の学校」、ヒロインはハナ子。男女の愛の既成概念にメスを入れたい。だが、汚されても逞しい女よりも最後まで清純なままのヒロインでなくてはならないという局内の抵抗が強い。説得できないまま放送の雑多な仕事に消耗し、藤波の家に行ったところ、たまたま類子から紅子という人形作家を紹介された。少女のようにおかっぱ頭で出っ歯、ハナ子のイメージに重ねたくなる。紅子となら笑い出されることはないかもしれないと考える自分に驚く。ハナ子は当初の企画は通らず、妥協したかたちでドラマ化されることになる。完敗だ。僕は紅子との現実のドラマチックな関わりの中にさえ偽物くささを嗅ぎ取ってしまう。真実はこの世から消失しかかっているのだろうか。国枝からは藤波の本性をあかされる「女を世話してるよ。アマチュアの女を」。国枝は藤波の斡旋で類子を知っていたのだ。久しぶりに類子から電話があった。ハナ子さんは？　どこかに行ってしまった。降りたの？　話がある。紅子に？　いや君に。僕は藤波を避けて遅くに訪ね、類子に藤波のリストに載ったのかと質す。「この淫売！」。僕は回春の泉を飲んだ老人のような気になる。書かねばならぬ。突然、僕のうちにその考えが到着した。そこにだけ真実の人生があるという安心でウソの人生をよりよく生き切る為に、書かねば……。

（大川育子）

隣りの奥さん《となりのおくさん》

短編小説

〔初出〕「小説現代」昭和六十三年三月一日発行、第二十六巻三号。〔初収〕『不倫は家庭の常備薬』平成元年七月一日発行、講談社。〔文庫〕『不倫は家庭の常備薬』〈講談社文庫〉平成四年四月十五日発行、講談社。

〔内容〕食品会社営業部係長で、四十二、三歳の小心者の牧田には、妻と中学生の娘一人がいる。七年前妻に浮気がばれた際、怒る妻に興醒め、理不尽ながら「不逞《ふてい》なる反撥」を感じた。以後、ばれずに浮気を繰り返してきた牧田の現在の相手は、スナックで知り合ったOL山本みつるである。別れを切り出したはずのみつるが牧田の家の前に立っていたのを、隣家の結城百合江の機転で事なきを得、以後、牧田は百合江と隣家で人目を忍んで話すようになる。百合江に子どもはなく、十四歳年上の夫には前妻との間に二十歳の娘と高校生の息子二人があり、夫はよく子どもに会いに行くという。みつるの件は、結婚前に既婚者と交際した際の自分が、思い合わされたのであった。彼女の機転を最初は「人生の達人なるがゆえの配慮」だと思った牧田は、案外百合江が「恋愛小説と現実を混同する少女趣味」なのかと思う。百合江は夫との恋愛時期を「タナベ・セイコの恋愛小説みたいでしたわ」と言うが、牧田は「女流の小説は肝腎のところがたいそう抽象的に書かれていてつまらない気がする」のである。牧田に興味を持った百合江に「正しいよそ見の仕方」を教えてと言われて、牧田は、帰宅する「浮気」は、「不倫」とは違う「接触事故」のようなもの、などと自身の考えを話すうち、自分はこれまで「恋」ができなかったこと、「恋」をしてこその「不倫」であり、自分がしてきたのは「浮気」と「示談」に過ぎない、と気づく。自称二十八歳のみつるは、実は牧田が訪れた日が四十歳の誕生日で、これも恋ではなく「落ち込みの反動」であったと牧田は思う。牧田は、離婚は邪魔くさく、家庭を守りつつも、「不逞なる欠乏感」に見舞われて「接触事故」願望に陥る経過を百合江に話す。熱心に聞く「可憐で」「接触事故ずれしていない初心なドライバー」に見える百合江に、牧田は「恋とよぶべきものかもしれない」と不倫願望を感じつつ、〈えらいこっちゃなー〉と〈やや狼狽〉するのである。「接触事故」を繰り返し、「もののあわれを知らぬ牧田」が、それを自覚し「恋」の手前で逡巡する様子を軽妙に描く。百合江の夫の結城は、単行本所収の「JISマーク不倫」に登場する。

（渡邊ルリ）

トモ子の初恋《ともこのはつこい》

短編小説

〔初出〕「週刊平凡」昭和四十二年二月二十三日発行、第九巻八号。〔初収〕『愛の風見鳥』昭和五十年十一月五日発行、大和出版。

〔内容〕トモ子は四人兄弟の末っ子で、少年のような娘だったが、二十歳の今日まで皆に可愛がられて過ごした。特に美人で女らしい姉のいく子が大好きで、姉のすることを何でもまねた。姉に縁談が起きた。お見合相手の浅井道雄は、「学者」らしくて「頭」がよく、「誠実」で「正直」な性格が「飾らず」に出ており、トモ子は心が乱れた。トモ子はBG生活を二年経過し、立派な淑女のつもりだったが、浅井はいつも子供扱いにした。姉と浅井の婚約が成立すると、姉は退社して花嫁修行に専心し、トモ子をかまってくれなくなった。両親や兄たちは、トモ子を中学生のように扱うが、トモ子の内心は苦しかった。トモ子は、「スキデス」というメモを浅井の靴へ入れた。浅井は気付かないのか、変な顔はしていない。浅井に寄り添い、心を独占する姉が妬ましく憎らしいと思う。トモ子は浅井に電話し、大学で会う約束をした。浅井が校庭を歩く無造作な姿に、トモ子は胸がギュッと締め付けられる。トモ子に「話がある」と言われた浅井は、「お小遣でも貸してと、くるのかな」と思っていた。浅井は、義兄になったようなつもりで、大学の正門前にある食堂へ連れて行ってくれた。トモ子は、「浅井さん、靴の中、見た?」ときいた。浅井はトモ子のメモをつまみ出した。浅井が開こうとするので、狼狽したトモ子は、「見んといて、見んといて。破って」と言った。今まで浅井に会ったら、ああも言おう、こうも言おうと思い、姉ちゃんよりあたしと結婚して下さいと申し込むつもりだった。しかし、トモ子は浅井の手を押し止めた。どうして、浅井に「愛の告白」ができないのかしら、やっぱり、これは本物の恋じゃないのかしら、と思い、トモ子はクスッと笑った。本物の恋だからこそ、トモ子は浅井の幸せを願ったのだった。

（青木京子）

友を背にしての巻〈かなしくもウレシき男女の〝新フレンド事情〟〉《ともをせにしてのまき〈かなしくもうれしきだんじょの〝しんふれんどじじょう〟〉》 短編小説

〔初出〕「週刊小説」昭和六十三年二月十九日発行、第十七巻四号。〔初収〕『どこふく風―男と女の新フレンド事情―』平成元年十一月十日発行、実業之日本社。〔文庫〕『どこふく風』〈集英社文庫〉平成四年十一月二十五日発行、集英社。

〔内容〕稲尾は四十九歳、求職中である。知人が口を利いてくれた長堀橋の建設会社からはまだ連絡がこない。妻の美保子は四十五歳、ニットメーカーの課長で、将来有望である。妻は、夫婦は戦友だから持ちつ持たれつでいいというが、男は働いて妻子を養うものだと稲尾は考えている。稲尾は居心地が悪くて仕方がない。知己友人に会うのも嫌になった。早く勤め人になりたいと思うのは、大鹿より子に会いたいからでもある。より子は地味な容貌で、たたずまいは質素で可憐、妻とは大違いである。貧しそうな雰囲気のより子を抱いたあと、お小遣いに一、二万円をわたすと、とても喜んでくれる。この子のために働こうと思えるのであるが、職を失ってからは行く機会を逸してしまった。日曜日、妻名義で西宮のマンションを購入するために、妻の身内と見学に行くことになった。そこですれ違ったのは、若い男と連れ立ったより子であった。稲尾はつくづく世の中が嫌になった。隣家の夫婦は毎晩カラオケで「麦と兵隊」を歌っている。「戦友を背にして道なき道を往けば……」という歌詞を聴き、妻は「ひがみ症、だんまりのパパを背負ってこつこついく、あたしそのものやないかなあ」と笑う。その時、長堀橋の建築会社から電話があり、来週からでも来て欲しいという。稲尾は、「夫婦はやっぱり戦友なんやろか」と思えてきた。

（岩田陽子）

とりかえばや物語《とりかえばやものがたり》 翻案小説

〔初版〕『とりかえばや物語』〈少年少女古典文学館八〉平成五年七月二十七日発行、講談社。書き下ろし。

〔内容〕権大納言・大将を兼任する人の美男美女の異母きょうだいが、天狗の祟りで男は女の女は男の性を装って育ち、偽装して宮仕えをするが、成長するにつれて生じる困難な出来事を乗り越え、お互いに助け合いながら本来の性を取り戻して入れ替わることで、栄華を手に入れる物語『とりかえばや』の翻案小説である。主要登場人物には、原作に無い名前がつけられている。姫君でありながら男の心を持った春風、若君でありながら女の心を持った秋月、そして春風が女であることに気付き、夏空を生ませた夏雲、女の春風と結婚させられた冬日である。この物語は、成長するにつれ偽装に違和感を感じる主人公の心の葛藤や、多妻が常識の貴族社会で真実の愛のあるべき姿を模索するなど、非現実的な物語設定によって、男女の生き方や幸せのあり方を描いている。田辺は「あとがき」において、「わたしはいままで古典の現代語訳によって、若い世代と古典との橋渡しをする、その仕事を大切に思ってきた。いまこのユニークな王朝小説をご紹介できるのはうれしい。少々わたしなりの解釈でつけ加えた部分はあるが、おおむね、原典に忠実な訳である」と述べている。ただし鈴木裕子は田辺訳について、『とりかえばや物語』（角川ソフィア文庫、平成二十一年六月）の注釈書紹介で、「年少の読者向けで、かなり大胆な創作を交えています」と述べる。田辺はこの物語を、「女の生きかたが、たえず、問われるおはなしなのだ」として、多情な夏雲は、「笑われ、ばかにされるようにかかれていて、女作者の目はつめたい」、男に戻った秋月が、「世のつねの男のように浮気者になっていく、こちらの人物造形は春風のように魅力がないのも、女作者の皮肉なあしらいかたが感じられる」と女性の視点から「〈自分の運命は自分で決める。〉と決意する女主人公」に肩入れしているところに解釈があると言える。社会から切り離された御帳台の中で、帝の愛を独占し国母となるとはいえ、女主人公の後半の人生が受身となるのは、時代の制約があるので致し方ない。　（畠山兆子）

どんぐりのリボン《どんぐりのりぼん》　長編小説

〔**初出**〕「家の光」昭和五十九年一月一日～六十年六月一日発行、第六十巻一号～第六十一巻七号。〔**初版**〕『どんぐりのリボン』昭和六十一年二月六日発行、講談社。〔**文庫**〕『どんぐりのリボン』〈講談社文庫〉平成元年四月十五日発行、講談社。

〔**内容**〕藤井五月は二十五歳で、阪神間の小さい町、蛍川市役所の広報部に勤めている。小さな貿易会社で働いている友人の結《ゆ》美子《みこ》の結婚式で、五月は新郎の友人で兵庫県の山奥から出てきた栗本健太と出会う。健太は結婚したら「女は家を守れ」と保守的なことを言うド古い考え方の持ち主である。五月はせっかくの結美子の才能を、あたら埋めることはないと、反撥する。だが、健太が何ともいえぬ動物的な生気を発散させているのになんとなく惹かれる。五月は広報の取材で小谷タケルと知り合いになったおかげで「蛍川をおもろうする会」の一員となり、蛍川町の活性化に積極的に取り組む。五月と健太の二人は、会えばなにかにつけて反駁しあい、ケンカとなるが、やがて、五月は健太の自慢の村を見てみたくなり、夢野神社の秋祭に出かけて行く。自然豊かな健太の田舎を見て、彼の「お墓を守る」といった言葉が五月には実感できるように思われた。二人の気持ちが通い始めたとき、夢野が山津波で山抜けの大災害に襲われる。家もコンクリート建の校舎までも埋もれてしまった。健太は復興計画というより、理想的な村にしたいと、村の再建で頭がいっぱいになっていた。見舞いにいった五月は、「ねえ、一人でやってもオモロくない、と思うけどな。あたしとやらへん?」という。五月は落ちている団栗を手にして、私がこれから身に飾るのは団栗のリボンだと思う。「男は結婚のことなんかまだ考えないうちが青春なのかもしれないが、女は、明けても暮れても結婚のことを考えてるうちが青春なのだ」などといった気が利いたセリフと共に田舎の男と街の女のロマンが爽やかに描かれる。

（浦西和彦）

【な】

泣き上戸の天女《なきじょうごのてんにょ》　短編小説

〔初出〕「オール讀物」昭和六十一年二月発行、第四十一巻二号。〔初収〕『ブス愚痴録』平成元年四月二十日発行、文藝春秋。〔文庫〕『ブス愚痴録』〈文春文庫〉平成四年三月十日発行、文藝春秋。

〔内容〕野中は四十一歳。特に自分では変人だとは思わないが、偏食家で人間の好き嫌いが激しい。若い女の露骨な結婚願望がイヤで、気がつけばこの年まで独身を続けていた。その頃ミナミのスナックでトモエに出会った。泣き上戸で、泣いていたかと思うと「歌《うと》でも歌てこまそ」と歌い出す。その悪たれ口に惹かれた。トモエは同い年だといっていた。「下ぶくれの体つき」の女であるが、しゃべっていて気楽で良かった。節分の夜春日大社の万灯籠に出掛け、トモエのがっしりした手、いい笑顔、おいしそうに料理を味わう姿にすっかり捉えられてしまった。その後、トモエは野中の部屋へ荷物を運んできて暮らし始めた。トモエは料理がうまく、野中は偏食ながら、少しずつレパートリーが広がっていく。突如来た幸せに、野中はトモエのことを「天女」だと思っていた。しかし、トモエはなかなか籍を入れようとはしない。そして籍を入れようと強く言った翌日、突然姿を消してしまった。あちこち探した末、トモエが勤めていた寝具会社を見つけることができたが、去年定年で辞めたとのことであった。トモエはなんと六十だったのだ。ある日トモエ宛ての郵便物が回送されてくる。そこには「『独り生きた女の碑』慰霊祭ならびに例会ご通知」とある。トモエが来ているかも知れないと思い行ってみると、トモエの年頃の女が集まっていた。戦争で配偶者たる青年を失った女が独身のまま老いていく。身よりもない女たちには墓もない。そんな女たちが結集して作ったのが「独り生きた女の碑」とのことであった。野中は、トモエがこの会に入っていたことをあわれに思った。野中にとっては、トモエはただトモエなのであり、六十の老女ではない。トシを飛ばさず、天女のように自分が飛んでいってしまったトモエのことをしみじみと振り返った。

（宮薗美佳）

嘆きの仲人《なげきのなこうど》　短編小説

〔初出〕「小説現代」昭和四十九年四月一日発行、第十二巻四号。〔初収〕『無常ソング—小説・冠婚葬祭—』昭和四十九年十月十二日発行、講談社。〔文庫〕『無常ソング』〈講談社文庫〉昭和五十二年六月十五日発行、講談社。

〔内容〕妻の道代は、仲人として、金屏風を背に、文金高島田の花嫁と並ぶ、そういうはれがましさにあこがれている。牧田は非社交的であり仲人などしたくない。牧田は四十五歳、大阪近郊の小さな町の商店街で開業して、十七、八年になる。道代はなんとかクリニックなどという大きな診療所を夢みている。息子を私立医大に入学させ、その夢を息子に賭けている。意気も風采も上がらない牧田に仲人をしてくれと云うものはいず、道代には物足りない。裾模様の黒紋付を着られないというのが嘆きのようだ。日曜の午後、常田という六十過ぎの老人がやってきた。老妻は年上で七十五歳である。仲人を頼みにきたのである。わしらいつまでも長生きできるもんでもないし、籍は入れているが、四十年もたちました。道代は、マサカ、金婚式に近い結婚に立ち会わされるとは思ってもいなかった。一度あることは、続けて起こるもので、親に反対され駆け落ちした若者が仲人を頼みに来た。会員制の結婚式を市民ホールであげるのである。道代は、「間に合わせみたいな仲人の役しか、来ないのかしら」「ちゃんとした結婚式の仲人を、いっぺんしてみたいわねえ」という。 （浦西和彦）

なにわの夕なぎ《なにわのゆうなぎ》 エッセイ集

〔初出〕「朝日新聞」夕刊、平成十三年四月二日～十四年九月三十日発行。原題「ゆくも帰るも浪花の夕凪」。〔初版〕『なにわの夕なぎ』平成十五年一月三十日発行、朝日新聞社。〔目次〕コトバのイメージ／滋味／ヘン／ひったくり／けったいなおっさん／日本のおかね／氷心／時のたつのは／天女／唐鏡／ほととぎす／七七／口重／女のおっさん／ぶた二、きゃん十／蛍／貴船／そこそこ、フッー／人生と空壜／だんまり夫婦／新聞の楽しみ方／アニマル柄蝶／モノイワズ／鎧／点と線／昭和党／字まみれ／金印／弱音／大阪文化／日本語の責任／年の瀬／〈笑〉／情／あの……／ティッシュ／また、可／……（テンテン）／晴れ女／ま、こんなトコやな／初うぐいす／歌枕／ファンレター／ナニがナニして／宿場町／いまの世の中／春野菜／コンニャク／ナマ／四方に使いして／いづれも老いて／ステッキ／イラチ／独楽／5センチ／気楽トンボ／さくら咲く国／蛙／道井さんのこと／夏やすみ／〝お酒の店〟／大人／日本の後家／鎧Ⅱ／あとがき

〔内容〕「朝日新聞」夕刊に毎週連載したエッセイである。作者は週末の夕刊は「〈読んでみよう！〉と読者が期待にはずむ。（略）そういう、いそいそした気持に応えられるものでありたい」と思って書いた、と述べる。近頃、驚いたこととして二つ挙げている。それはナマ足という言い方と、女性が公衆の面前で平気で化粧する姿である。作者は、素足、素肌、素顔などの、素という字から受けるイメージが平気でなくせるのだから、言葉が貧しくなると言う。お化粧は自分自身との対話で、自分を大事にする作業だから、自らを貶めたり、プライドをすてる事は止めようと語る。平安時代、和泉式部は、藤原保昌と結婚したが、彼の心が離れ、愛を取り戻そうと貴船神社の巫女に祈禱を頼む。土俗的で卑猥な巫女の動きに合わせよと言われ、プライドを捨てきれず止めた式部を、保昌は心底愛した。いつの世にも素敵な男はいるものだというエピソードも記す。作者は九十過ぎの母と、車イスの夫の面倒をみながら、仕事をしている。ショート・ステイに行くおっちゃんの感想は「フッーじゃっ」そうで、まあ、そこそこ、ということだろう。そのおっちゃんも七十七歳で、故郷の桜島の噴煙のように漂々と旅立った。九十六歳の母は若死にだねというけれど、〈ま、こんなトコやな〉という気分だと作者は語る。妙に肩肘張らず、人への思いやりが随所に溢れ、さらりと書きながら、深い、熱い思いを感じさせるエッセイ集である。 （増田周子）

浪花ままごと《なにわままごと》 エッセイ集

〔初出〕「週刊文春」昭和六十年六月六日～六十一年六月五日発行、第二十七巻二十二号～第二十八巻二十二号。〔初版〕『浪花ま

まごと』昭和六十一年十月三十日発行、文藝春秋。〔文庫〕『浪花ままごと』〈文春文庫〉平成元年五月十日発行、文藝春秋。
〔目次〕人間のままごと／アメリカ村の雨／熟年ドラマ／きたえきたえ／愛の晩酌／主婦の五月病／泰平のたそがれボート／ごっこ遊び／浪花の七月／異郷の丘／快調人生／運命やちまた／ああ　うれし／スポーツ供養／嫌酒権／早くいえば／憮然酒／南の旅／人気について／川柳の解釈／宗薫サンのこと／ほんまのファン／女の遺書／じゃが芋サラダ／ムカシと今／こわい地上／東京での舞台二つ／プロの夢／この間はどうも／'85の感慨／年頭の乾盃／ニューヨークの新春／ねぎま鍋／私の神サン／オトナのたのしみ／半分コずつ／いやらしいマジ／てっちりオバン／来世／ヨメ飢饉／江戸の粋・浪花の不粋／フツーの人生／食文化／痴呆家の人々／オトナの桜／主夫業志願／京のお婆さん／お引っ越し／むかし浪花のうまいもん／京のおまつり／こっそり遷都
〔内容〕「週刊文春」に好評連載エッセイの第十四冊目のエッセイ集である。阿波踊りについで神戸まつりに出演、聖子さんは白雪姫、カモカのおっちゃんはジェロニモの扮装で登場し大いに楽しんだことを記している。その他、アメリカ村におっちゃんと出かけたり、アクアライナーに乗ったり、ビールを飲みながらおしゃべりしたり、季節ごとの食べ物とそれに合うお酒と余興など、まさに人生楽しむべし、を実践している姿が記される。北海道に取材に行く話もある。富良野の赤茶と白と青のパッチワークの丘に、赤白のプリント柄、さらにラベンダーの紫色が加わり声も出ないほど感動する。日航機事故に三人の知人が巻き込まれ、折も折、足立巻一さんが急逝、須磨寺にお葬式に行ったことも記される。葬儀委員長の司馬遼太郎氏が、後に残った私たちも生と死の表現が違うだけ、との温かい話をされ、感極まった。川上宗薫サン、小泉喜美子さん、シモーヌ・シニョレさんが亡くなられ、いろんな感慨があった。「人は死にゆく、人は老いゆく。だからこそ、この世はたのし」といきたい、という著者の気持ちが読者にじんわりと伝わるエッセイ集である。『田辺聖子全集第九巻』〈平成十七年二月十日発行、集英社〉には、「宗薫サンのこと」「東京での舞台二つ」「ニューヨークの新春」「私の神サン」「いやらしいマジ」「てっちりオバン」の六編が収録された。

（増田周子）

なま栗をたべる《なまぐりをたべる》　短編小説

〔初出〕「オール讀物」昭和五十一年十月一日発行、第三十一巻十号。〔初収〕『浜辺先生町を行く』昭和五十二年四月三十日発行、文藝春秋。〔文庫〕『浜辺先生町を行く』〈文春文庫〉昭和五十六年四月二十五日発行、文藝春秋。
〔内容〕「浜辺先生シリーズ」の第九作目。田辺聖子が実際に別荘を構えていた兵庫県宍粟《しそう》郡一宮町の福知渓谷をモデルとする村落での出来事〈特に村のリーダ的存在・秋月サンの話〉を中心に、「町育ちの人間なので、自然にあこがれをもっている」「私」の心情が書かれている。村落の話は、「浜辺先生もどき」とも繋がっており、栗拾いをして、なま栗を食べるなどの自給自足の様子が描かれる。この渓谷で食べるものの美味しさに関しては、『芋たこ長電話』でも次のように紹介されている。「山奥の渓谷沿いの村、いずれも同じ年頃の中年男性たちが待っていてくれて、天然のウナギや鮎を焼いてくれる。川べりの青い楓を一枝折って、大皿の上に敷き、焼き立ての鮎をぼんぼん並べてゆく。谷川でウナギを割き、特製の山椒すりこみのタレで以て焼き上げる。天然のウナギは皮がやわらかく、身がひきしまっていて美味しい」（「夏休みの酒」）。また、作品内では、農村に憧れる知人が農家を買って郊外に移築し、「天皇陛下二重橋出御の写真」をかけようと、昔、家が写真屋であった「私」にその写真を探すことを頼むというエピソードも紹介されている。田辺の実家については「家は写真館だったが、工業写真も扱っていたので（今でいうと、父や叔父たちは商業カメラマンでもあった）技師や見習いたちが、七、八人いた」（「嫁の居心地」『男はころり女はごろり』）とエッセイで述べられている。ただし、作品内では、生まれ育った「大きな田舎の家」に拒否反応を示し、何百年も続いた古い豪農や豪商の立派な家を見ても「ゾッとする」母の様子が書かれているが、前述したエッセイでは田辺自身にその拒否反応があると書いている（「地方の古い町へいって、りっぱな商家や農家が、いまも何百年前の格式をそのまま保って、みがきたてられているのを見たりすると、私は、さむけがしてくる。（略）磨き立てられた柱や鴨居に、何百年かの女たちの怨念が残っていそうな気がして、ゾッとするばかりである。嫁の呻吟の声が、りっぱなたてものの、そこここから聞こえてくる気がする」）。

（西川貴子）

波の上の自転車《なみのうえのじてんしゃ》　短編小説

〔初出〕「別冊文藝春秋」昭和六十二年七月一日発行、第百八十号。〔初収〕『ブス愚痴録』平成元年四月二十日発行、文藝春秋。〔文庫〕『ブス愚痴録』〈文春文庫〉平成四年三月十日発行、文藝春秋。

〔内容〕村山は四十三歳、淀川のそばのゴム部品メーカー「扶桑化工」に勤めている。仕事が忙しく家にいる時間は少ない。妻の万佐子と中一の娘がいる。ある夜、妻が、今度生まれ代わったら、どんな女《ひと》と結婚したいか、と聞いてきた。村山は死んでまで世界があってたまるかと思い、「タイプは無じゃ！」と答えた。本やテレビの唱えることを鵜呑みにしているだけで、自信ありげに来世の存在を疑わない妻の態度に腹が立ったのだ。その上妻は、阪神間地方は日本で最高に住み心地のいい地方だと信じ、山手の高級住宅街を走る阪急沿線以外には住みたくないと思い込んでいるため、尼崎下町に実家があり阪神電車を愛する村山と、阪急阪神論争で口論になった。この妻とのケンカを、特別な仲になった同じ課の南野ゆかりの家で話した。彼女は帝塚山の古い大きな家の離れを借りている。落ち着いた風情のある家である。ゆかりの家で過ごす時間は、村山にとって人生のオアシスだった。ある日、ベッドタイムに、ゆかりは村山の方へ寝返りを打って、ヒコーキが不時着した時、あたまにすぐ浮かぶのは、奥さんか子どもかと聞いてきた。落ちるヒコーキに乗ったことないのにわかるはずがない、と村山はゆかりに、妻に感じたのと同じ幻滅を感じた。村山はとぼとぼと自宅に帰り、ソファーの上で夢を見た。月光が照らす美しい海の上を、妻のような、娘のような、ゆかりのような、女たちの乗った自転車が次から次へとこちらにやってくる夢。村山は目を覚ましてからも、その夢をハッキリ覚えていた。波の上を自転車が走れるはずはない。ゆかりとの情事も、妻との団欒も、「波の上を走る自転車」、現実にはないのだという示唆なのか。村山はよろめきながら寝室へと向かう。今夜も阪神は負けていた。

（宮薗美佳）

ナンギやけれど……―わたしの震災記―《なんぎやけれど……―わたしのしんさいき―》　講演録・エッセイ

〔**初版**〕『ナンギやけれど……―わたしの震災記―』平成八年一月十七日発行、集英社。〔**文庫**〕『ナンギやけれど……―わたしの震災記―』〈集英社文庫〉平成十一年一月二十五日発行、集英社。〔**全集**〕『田辺聖子全集第二十四巻』平成十八年五月十日発行、集英社。〔**目次**〕ナンギやけれど……／わたしの震災記／あとがき

〔**内容**〕私の大好きな神戸のまちがひどい大震災にあった。もっと何か、身を張って神戸を復興させるのに役立ちたいと、平成七年四月十九日に東京・有楽町朝日ホールでの阪神大震災チャリティー講演会で講演をした。本書は、その時の講演「ナンギやけれど……」と、「震災に関するニュースを読んでいるうち、これはどうしても忘れないで、いい伝え、書き伝えていきたいと思うことがたくさんあった。おびただしい量の情報がやがては忘却の中へ吸いこまれてしまう。それをよびもどし、字にとどめておきたかった」と、大震災の「語り部」になって、自らも被災した震災体験を書き下ろしたエッセイ「わたしの震災記」とが収録されている。阪神大震災と戦争を比べると、震災のほうがましだと思うのは平和な時代なので、男手があることである。戦争中は絶望の気分だけだった。震災ではボランティアの人たちがすぐ駆けつけてくれた。このボランティアの助け合いというのは、日本の震災史上、初めての活躍ではないかと思う。救出に自衛隊員らが素手でコンクリート塊に挑んだが遺体がふえつづける被害の状況を語る。「コンクリートジャングルに生き埋めになるというのも、新しい災厄で、阪神大震災がその最初の例ではないだろうか」という。この震災から「人が助け合うということ」「愛、そのこころ」の紀元元年になるものであってほしいと願う。

（浦西和彦）

【に】

にえきらない男《にえきらないおとこ》　短編小説

〔**初出**〕「週刊平凡」昭和四十一年四月七日発行、第八巻十四号。〔**初収**〕『愛の風見鳥』昭和五十年十一月五日発行、大和出版。

〔**内容**〕二股をかけた男の話。松村悠一が、モモ子の家へ遊びに来たのは三度目で、今夜は結婚の申し込みにやってきたのである。勝気なモモ子は、悠一の甘美な美貌、やさしさ、デリケートさが好きであった。だが、肝心な時に気弱で優柔不断なのは困る。モモ子に突かれ、悠一はやっと結婚の承諾を得ようとした。母は、愛想よくしていたが、必ずしも賛成でない気持ちでいるのがモモ子にはわかった。モモ子は、これからも頑張りましょうという気持ちで悠一に握手を求めたが、彼はその手を振り払い、後も振り返らず、さっさと帰ってしまった。母は、モモ子のボーイフレンドを見る度に、赤くなったり青くなったりし、「頼りないねえ」と独り言のように言う。前途多難だと思いながらも、モモ子は煮えきらない悠一をますます好きになるのだった。翌朝、モモ子は株式課の早枝子に会った。モモ子は、化粧の濃い派手な早枝子が好きではなく、悠一にモーションをかけていたのも知っていた。早枝子は、以前に悠一のプロポーズを蹴ったので、その分、幸福にしてあげてねと言い、同じ頃に結婚することをほのめかした。モモ子は煮え湯をぶっかけてやりたいような気がした。悠一が帰社時間に電話をかけてきて、急用が出来たので一緒に帰れないと、言った。モモ子は理由もきかずに快く承諾した。悠一

は、プロポーズに対する家人の反応を聞いたが、モモ子が、「あんまり母さん、賛成やないらしい」と言うと、「そうか。ほな、あかんな」と、しょんぼりして電話を切った。モモ子は、結婚に対する悠一の手応えの無さ、煮え切らない態度に呆れた。悠一にねじを巻いておく必要があると思い、彼の下宿へ行った。すると、早枝子と話をしている悠一が見え、早枝子が男のセーターを着て現れた。モモ子は早枝子を睨みつけているうちに、悠一の秘密が溶けてゆく気がした。彼のやさしさ、気弱さ、頼り無さの根源のような「煮えきらなさ」が憎く、モモ子は、「あんたって煮えきらない男ね！」という一言を投げつけた。（青木京子）

二階のおっちゃん《にかいのおっちゃん》　短編小説

〔初出〕「オール讀物」平成元年一月十五日発行、第四十四巻二号。〔初収〕『うつつを抜かして　オトナの関係』平成元年六月三十日発行、文藝春秋。〔文庫〕『うつつを抜かして　オトナの関係』〈文春文庫〉平成四年六月十日発行、文藝春秋。

〔内容〕岸和田のだんじり祭りを見に行って帰宅すると、ツル子から別れ話を切り出された。私は、ツル子の所有する土蔵の一階にツル子と二十何年暮らし、二階を虎夫という二十四歳の工員に貸していた。ツル子はこの虎夫と深い仲になり、別れたくないと言うのだ。それを聞いた私は二十数年前を思い出し、おっちゃん、同じこと、ワイもやってまんねん、と心の中で語りかける。当時は、私が今の虎夫の立場で二階に間借りし、階下にツル子が五十年輩のおっちゃんと暮らしていた。三人で温泉旅行をしたとき、おっちゃんが他の人と戦争中の思い出話に夢中になっている間に、私はツル子と関係を持った。初めての女に目がくらんだ私は、おっちゃんと別れてくれと迫り、おっちゃんは出て行った。数年後、おっちゃんの体を心配した私たちは、おっちゃんに二階へ戻ってもらった。やがて入院して亡くなるまで、私はおっちゃんへの謝罪の代わりに面倒を看たのだった。身を引いた私はアパートに移ったが、病気で入院すると、ツル子と虎夫が見舞いに来て、二階に来るよう勧める。よけいストレスがたまりそうで、私は行くつもりはないが、もし体が動かなくなったらあの二階へ行くだろうか。連作「うつつを抜かして　オトナの関係」の第八作である。（森崎光子）

虹《にじ》　短編小説

〔初出〕「大阪人」昭和三十二年一月一日発行。〔初収〕『うたかた』昭和五十年十二月二十日発行、講談社。〔文庫〕『うたかた』〈講談社文庫〉昭和五十五年一月十五日発行、講談社。

〔内容〕寒い冬がきて足の痛みが始まると、わたしは感情的に脆くなる。失業して一年半、いい年をして母に食べさせて貰っていた。働き口のない世の中で、高校を出て数年たちしかも足の悪いわたしは、履歴書を書き続ける毎日、母娘で貯めた貯金を削っていた。わたしは争議に負けて会社を辞めたのだ。卯之助と一緒に辞めることに嬉しささえ感じていた。が、卯之助は復職し、わたしは失業した。絶望的な貧窮に直面している卯之助の変節を許すことができる。彼は二人の妹と四人の弟を養わなければならない身の上で死ぬことも失業することも許されない。わたしたちは会社の争議で共に戦い、同時に辞表を出した。卯之助の物怖じせずにぶつかる様子に却って見込みある男と社長は見直して慰留し、わたしの方はお払い箱だった。卯之助は家族の生活を思い、わたしへの裏切りに苦しみながらも暮らしの誠実を選んだ。母は水道代の集金で生計を立てている。六甲おろしに吹かれて西宮の山地を巡る。わたしは好きな絵を描くことで現実を忘れられるが、そんな時間を母に咎められると、悲しみが爆発する「なんでわたしの足を子供のときになおしといてくれなかったン?」「かんにんなア。母ちゃんがわるかったなアや」。いつも押されるままだ。母は姑に遠慮して娘の治療ができなかったのだ。わたしは侮辱に敏感なふるえる魂をかたく抱いて大きくなった。やみくもに勉強した。母ちゃんを恨まんといてやなアという節回しは耳の中で鳴り続けている。卯之助を愛するようになってわたしは強くなった。職場のために孤軍奮闘して社長とやり合う彼を支えたかっただけだ。裏切りにあったとは思いたくない。幸い、わたしの描いた絵が手工芸家の竹山さんに見出されて商品化の道が拓けてきた。最後に卯之助に会ったのは彼の東京出張の夜。映画を見た後、結婚話について告げられる。わたしは不覚にもこぼした涙に狼狽する。「ほんまに、おめでとう、いうたげるわ」。卯之助の子供が生みたかった。二人の真実が虹のようにかかり合わなかったのは世の中の圧力だ。それなら強靱に生き抜きたい。春は遠いが虹は冷たい水に映っているようだ。「大阪市民文芸賞」受賞作品。（大川育子）

二十五の女をくどく法《にじゅうごのおんなをくどくほう》

短編小説

〔初出〕「小説現代」昭和五十七年十月一日発行、第二十巻十一号。〔初収〕『宮本武蔵をくどく法』昭和六十年一月十四日発行、講談社。〔文庫〕『宮本武蔵をくどく法』〈講談社文庫〉昭和六十三年四月十五日発行、講談社。〔全集〕『田辺聖子全集第十六巻』平成十七年十一月四日発行、集英社。

〔内容〕若い女の子とじっくり話し込んでみたいという野沢のかねての宿望が、偶然乗り合わせた電車の中で実現するという話。野沢は、いま死病の床にある親爺を看護する妻とお袋、高一と中二の息子を持つ、中堅の繊維関係会社のサラリーマンで、定年までにいっぺん若い女の子とじっくり話し込みたい、と夢想している四十四の中年男である。日本には、女と男が「じっくり話しこむ」共通基盤がないように思うが、二十五、六の娘を恋人にしている得意先の主人川路の説にいつとなく影響され、「オナゴは二十五、六に限る」、「体できてるし、性根あるし」との見解に野沢もなるほどと思う。だが、川路と異なり、本当に心と心をぶち割ってしゃべってみたいという純情な思いを野沢は抱いている。ある日、名古屋地方への出張の帰り、東海道線の大阪行き急行の車内で二十五、六の女の子が一人でボックスに腰掛ける。全身からムンムンするパワーが感じられ、それは娘ともオンナともつかない、まさに「ムスナ」という雰囲気であり、野沢の意に添う女の子である。車掌とのやりとりを見ていた野沢に、女の子はきまり悪そうに声をかけてきたが、野沢はすらすらと返事をし、二人で笑う。野沢はつかのまのおしゃべりを楽しみたいが、なんの話をしたものかと思案していると、女の子は緊張がほぐれたらしく、彼女の方から話しかけてきた。次の駅で僅かの停車時間に弁当売り場に突進し、二人分の幕の内とお茶と缶ビールを買ってきた彼女の行動力と心配りに、野沢はことごとく感激する。弁当を食べ終えて、二人は煙草を吸いながら話が弾む。一杯の缶ビールで、野沢は口が軽くなり、気分は羽のように舞い上がり、おしゃべりする楽しみに有頂天である。彼女は話の中身に釣られて、野沢のほうに身をのり出し、野沢の結婚観を熱心に聞く。結婚なんか、せんでもええと言う野沢の言葉に、彼女は大阪には彼が出迎えているが、おしゃべりの続きがしたいので、京都で降りないかと提案してくる。野沢はやにわにショックを受けるが、立ち直り、頓に気分が高揚して、きっぱりとモノをいう。「さっきのビールがなまぬるすぎたので、冷たいので口直しやりまひょか」。四十四年目の「じっくり」した話し込みのチャンスを逃がすまいと、野沢は彼女が追いつけぬほど大股に、確信ありげに京都駅のホームをゆくのだった。

（二木晴美）

荷造りはもうすませて《にづくりはもうすませて》

短編小説

〔初出〕「月刊カドカワ」昭和五十九年一月一日発行、第二巻一号。〔初収〕『ジョゼと虎と魚たち』昭和六十年三月二十七日発行、角川書店。〔文庫〕『ジョゼと虎と魚たち』〈角川文庫〉昭和六十二年一月十日発行、角川書店。

〔内容〕えり子と秀夫は結婚して十年になる。えり子は初婚だが、秀夫は再婚である。大阪南の天王寺に、秀夫の義母と前妻の京子と、京子との間にできた三人の子供がいる。天王寺の生活費は秀夫とえり子が働いて送っている。えり子は自分が働いて天王寺の家族を養っていることに不満がないでもなかったが、秀夫との生活を買っていると思うと「高価《たか》い買物とはいえない」と思うのである。秀夫は時々天王寺へ行くのだが、天王寺に行く時はきまって不機嫌になる。えり子に責められるのをおそれて、「自分のほうが不機嫌で鎧って防禦しているのかもしれない」。今度は秀夫の息子・タケシが学校で先生をなぐったらしい。秀夫からの電話で、えり子は天王寺の家で繰り広げられている騒動を生々しく感じ、「あれこそ人間のホントウの生活ではないか」と思う。法律的にはえり子が妻に違いないが、向こうが本家で、こちらが別宅、前妻が本妻で、自分が愛人のような気がしてくる。えり子は自分たちの結婚生活がどこか非現実的なものに思えてしかたがなかった。秀夫と甘美な時間も共有したいが、「ヤッサモッサを背負う」同志愛も共にしたい気がする。えり子はどうしていいかわからない。荷造りはもうすませているが、どこへ旅立てばいいのかわからない、そんな気分であった。

（荒井真理亜）

日本常民パーティ事情《にほんじょうみんぱーていじじょう》

短編小説

〔初出〕「別冊文藝春秋」昭和六十二年十月一日発行、第百八十一号。〔初収〕『ブス愚痴録』平成元年四月二十日発行、文藝春秋。〔文庫〕『ブス愚痴録』〈文春文庫〉平成四年三月十日発行、文藝春秋。

〔内容〕星野は四十二歳、妻の日奈子は四十一歳である。子どもはない。古くにできた浜甲子園の団地の一階に住んでいたが、日奈子が土地と家を相続し、家を建て替えることになった。新築にあたって希望を聞かれた星野は、大きい朝顔のあるオトコ便所を作ってくれるよう頼んでおいた。日奈子はパーティの開ける家にしたいと考え、あっという間に路地の奥に白い羽目板、三角の赤い屋根瓦のクリスマスケーキのような家を建てた。星野はこのような家に出入りすると考えただけで恥ずかしいが、日奈子はこの家に友人を呼んでパーティをするという。星野はパーティの日はどこかで飲んでくると言ったが、ホスト役をさせられることになった。時間になり、固まってなだれ込んできた客は、家中品定めしながら見て回り、暴風のように食べ物に襲いかかりつつ、ひっきりなしにしゃべる。客が連れてきた子どもがサインペンで壁に落書きする。隣家では祖父が亡くなったらしく、葬儀の打ち合わせをする電話の声が聞こえる。食べ物飲み物は払底しはじめたらしいのに、女どものおしゃべりはいよいよ白熱化する。星野はいまや、三角コーナーのオトコ便所の朝顔の前だけが、安住の地のように思えてくる。　（宮薗美佳）

人間ぎらい《にんげんぎらい》　短編小説

〔初出〕「小説新潮」昭和四十七年十一月一日発行、第二十六巻十一号。〔初収〕『人間ぎらい』昭和五十三年二月二十日発行、新潮社。〔文庫〕『人間ぎらい』〈新潮文庫〉昭和五十八年五月二十五日発行、新潮社。〔全集〕『田辺聖子全集第三巻』平成十六年十一月十日発行、集英社。

〔内容〕桐江は連れ込み旅館の女中である。夫の女道楽に嫌気がさして二、三日のつもりで家を出たら、思いがけず離婚することになってしまい、転々とした後にたどり着いた仕事だった。桐江には清和という息子がいた。夫の後添えになった女にも桐江にも、「お母ちゃん」と言って親しむ清和を、桐江は「じゅんさいな子」だと思っていた。ジュンサイのヌルヌルした触感をひびかせた大阪弁である。ある日桐江は、「普通の家庭の主婦」と思われる四十年輩の女と「水商売ふう」の若い男を部屋へと案内する。翌朝、男は女の全所持金を持って帰ってしまい、ひと騒動が起きた。後日、ホットケーキを食べに入ったスナックで、桐江はバーテンであるこの男と再会する。息子と同級生であることを知った後は、相手を変えて旅館にやってくる少年を不思議な気持ちで眺めていたが、突然、スナックにも旅館にも姿を見せなくなった。そうした中、少年から葉書が届き、人を殴って少年鑑別所にいることを知る。「おばちゃんに会いたい」という言葉から訪ねて行き、小遣いを差し入れた桐江に、少年は「また来てな」と言う。桐江は「じゅんさいな子」だと思うが嬉しくもあった。高校生になった清和が訪ねてくるのは、小遣いをせびりにくる時だけ。一人で過ごす時間の中で、桐江は「諦観のような」「ひとりぼっちの安堵感」が、どうやら「人間ぎらいの気持ち」であって、それがかえって胸をおちつかせ「あたためてくれる気がする」と思うようになっていた。数日後、再び少年を訪ねたが、既に出所した後であった。福原の旧遊郭に隣接した、神戸の「新開地」を舞台にした物語である。作者は「神戸の下町」という「〈人肌くさい町〉に住み慣れたために書けた」作品の一つに数えている（『田辺聖子全集第三巻』）。初出誌の目次には「連れ込み旅館の女中さんも驚く新風俗。人妻と少年との密会が意外に明るく憎めない……」とあり、野坂昭如の「ヨイヨイ信仰」と、「当世風俗を諷刺するユーモア小説」という題のもとでの「競作」であった。　（笹尾佳代）

人情すきやき譚《にんじょうすきやきたん》　短編小説

〔初出〕「小説現代」昭和六十年二月一日発行、第二十三巻三号。〔初収〕『春情蛸の足』昭和六十二年七月十日発行、講談社。〔文庫〕『春情蛸の足』〈講談社文庫〉平成二年四月十五日発行、講談社。〔全集〕『田辺聖子全集第五巻』平成十六年五月二十日発行、集英社。

〔内容〕鶴治が三十九まで結婚しなかったのは、もうノレンもおろしているのに、古い老舗に釣り合う家柄の相手をと親にうるさく言われたからである。百合枝にこどもができたときも許されなかった。おとなしい大阪娘の百合枝は「しゃアないなあ、おろすわ」と平静に言って、それきりふたりは別れてしまう。見合い結婚した妻の令子は仕事で婚期をおくらせた東京育ちのお花の先生で、仕事はつづけさせてくれ、というのが唯一の条件であった。令子のお花は現代的なフラワーアレンジメントで、鶴治は耳なれない東京弁と彼女の芸術に生活を攪拌されることになる。さらに鶴治にとって何よりも衝撃だったのは、タベモノの味すべてが辛すぎることであった。特に、すきやきの味が違うことが鶴治を失望させた。すきやきは鶴治の好物で、大げさにいうと生きる希望であったからだ。そんなある日、百合枝から八、九年ぶりに連絡があり、ふたりは千日前の肉なべ屋に行くことになる。そこで百合枝にたいてもらったすきやきは、まさに鶴治の好きな、昔ながらの大阪のすきやきであった。しかし、熱心に食べる鶴治を前に、酒の酔いがまわりかけた百合枝は、昔の鶴治の不義理への恨みつらみをちくちくとしゃべり始めたのであった。令子は恨みごとをいわない。それどころか仕事を自由にさせてくれる鶴治に感謝している。鶴治は、感謝よりうまいすきやきがほしい。しかし、令子の料理はいつまでたってもダダがらい。そこで鶴治は、百合枝を誘ってまたすきやきを食べに行く。そのとき、大阪弁で昔のいや味をいわれるのも、いまはすきやきを美味《うま》くする香辛料のような気がしている。田辺聖子は「ゆくも帰るも浪花の夕凪」（「朝日新聞」夕刊、平成十三年七月九日発行）で、「作中の大阪中年男にとって」「大阪風すきやき」は「永遠の郷愁の食べ物となっている」と述べた。それは、妻が「たまたま東京者だった」ために「好みが違い、男の渇望に理解がない」ためだ。それゆえ「男はせつない」という。その「せつなさに」自分の「心が寄り添う」のだと解説した。

（箕野聡子）

【ぬ】

ぬるっ《ぬるっ》　短編小説

〔**初出**〕「小説すばる」平成二年十一月一日発行、第四巻五号。〔**初収**〕『金魚のうろこ』平成四年六月二十五日発行、集英社。〔**文庫**〕『金魚のうろこ』〈集英社文庫〉平成八年七月二十五日発行、集英社。

〔**内容**〕四十五歳の市田には、女の手には二種類あり、「ぬるっ」としているか、「さらっ」としているか、どちらかだという持論がある。三十代の初めに結婚したが、妻の伸枝に先立たれてからは、母親のタツと母一人子一人の独身である。神戸でナッツ類の輸入業を営んでいて、経済的には余裕がある。結婚して三年後に伸枝は子宮ガンを患い、危篤の際、初めて病院へ行った市田が末期の伸枝の手を握った時、彼は妻が自分を愛していたことを悟る。しかし、彼は死に際に握られた手が「ぬるっ」としていたことに心を奪われて泣けなかった。母に「人間の臨終には、思いが残る」からと教えられ、妻を不憫に思うよりも「気色悪ウ……」という感じを抱く。妻の死後、市田は美しくて仕事を持ち結婚願望のない独身の女性達と付き合ってきたが、その誰もが「さらっ」とした手の持ち主だった。シナリオライターの山本あさみは、「男らしい」ところが気に入っていたが、ある日あさみの寝顔が死顔に近付いているのを見て、彼女もまた死ぬ時「ぬるっ」とした手になるのかもしれないと感じる。また、食欲旺盛で活力に溢れたところが気に入っていたイベント企画会社の企画課長田代エマにも、骸骨のような凄絶な顔で食べている姿に、「ぬるっ」としたものを感じて、遠ざかる。その後、服飾会社の企画制作に勤務し、沸騰しつつある青春を抱えている若い二十七、八歳の堀沙也子と知り合い、これこそ「さらっ」とした手の子だと心を奪われた時、彼女から他の男性との結婚を告げられる。市田は、祝いの言葉と共に手を握ったが、その瞬間彼女は微妙に表情を変えた。市田はその原因を自分の手が「ぬるっ」としたからではないかと思い、「人間の思いが残るんやろか」と言われている気がして落ち込む。妻の死の瞬間の手の湿り気という感覚から、死を感じさせるものを忌避しつつも母から離れられない身勝手な男性がしっぺ返しをくらうまでを描いた短編。（鈴木暁世）

【ね】

猫なで日記《ねこなでにっき》――私の創作ノート《わたしのそうさくノート》　エッセイ集

〔初出〕「サンケイ新聞」昭和五十九年一月七日～六十年五月十三日発行。〔初版〕『猫なで日記――私の創作ノート』昭和六十二年九月二十五日発行、集英社。〔文庫〕『猫なで日記――私の創作ノート』〈集英社文庫〉平成三年一月二十五日発行、集英社。〔目次〕人生は変幻の猫／「カモカのおっちゃん」／小説のモデル／小説はなんで書くか／恋愛小説について／あることないこと／夢の紙挟み／主人公の名前／取材能力／紙くず資料／おちょくる／主人公に惚れる／小ものについて／タイトルについて／仕事の時間／仕事の場所／仕事と家族／小説の誕生／ヒロインの名前／仕事と環境／小説家の経費／小説家の休暇／小説家の手帖

〔内容〕著者は「人生は変幻の猫である。その猫をそっとおびきよせ、一篇の小説を紡ぎだす」と述べる。著者の小説には、モデルはないが、人生で出会った人の投影があり、自然に好ましいと思う人を描いている。取材は聞きたいことがなかなか聞き出せないのであまりしない。エッセイを書く時には、著者の対話相手に、カモカのおっちゃんなどの中年男を配することもある。創作には新聞の社会面がヒントになることが多く、自分で作成した「夢の紙挟み」や紙くず資料、身の周りに置いてある小ものなどを活用する。それらから空想がふくらみ、書く意欲が湧くのだという。「夢の紙挟み」は日頃から雑誌や週刊誌に載った写真、映画のワンシーンや俳優などのスナップ、広告、ファッション誌などから切り取ったものを挟んでいる。それを眺めていると、写真から立ち上る香気に酩酊し、人間の運命やロマンが浮かび上がる。泣きごとばかり書く日記は殆ど付けない。それにひきかえ、映画の半券、プログラム、マッチレッテル、箸袋、新聞の切り抜き、講習会のテキストなどを集めた紙くず資料は、見るだけで楽しく、いろいろな事を思い出し気分も高揚する。身の周りにあるヌイグルミは、やさしく話しかけてきてお話を夢想できるし、箱、函、筥なども開け閉めすると、空想がいっぱい中に詰まっているのを感じる。その他小説のタイトル、登場人物の名前などの付け方の工夫や、仕事場、仕事と家族のこと、必要経費、休暇などについても書いている。創作という産みの苦しみを抱きながらも、筆者独特の明るさで、夢とロマンを感じさせるエッセイである。（増田周子）

猫も杓子も《ねこもしゃくしも》　長編小説

〔初出〕「週刊文春」昭和四十三年十二月九日～四十四年七月九日発行、第十巻四十九号～第十一巻二十六号。〔初版〕『猫も杓子も』昭和四十四年九月二十五日発行、文藝春秋。〔文庫〕『猫も杓子も』〈文春文庫〉昭和五十二年七月二十五日発行、文藝春秋。〔全集〕『田辺聖子全集第二巻』平成十

六年十月十日発行、集英社。

〔内容〕わたし、夏木阿佐子は三十歳。大阪の本町にアトリエをもち、マンガやさし絵、少女雑誌に詩や小説も書き、手芸や細工ものまで作る。デパートにも自身のコーナーがあり相当な人気だ。その上、テレビ局にも出入りし、ドラマを書き、時にはタレントとして出演する。阿佐子はキューピーの様に愛らしく、誰もが二十歳過ぎ位にしか思わない程キュートで大胆、それでいてどこか生真面目で繊細な都会的女性である。著者はかねがね「奔放に生きる三十ムスメ（オトナの女、それでいて可愛げのある子供性も合わせ持っている女の子）が書きたかった」（全集解説）と言うが、まさしく阿佐子は自由奔放だ。キヨシ、悟、信吉、中年男の国包など、阿佐子を取り巻く男性との恋愛が活写される。キヨシは阿佐子の元恋人だが、別れた後もちょっかいを出す。悟は大阪船場の若旦那で阿佐子と結婚したがるが、親は大反対。阿佐子も結婚する気などない。だが悟はいつまでも夢中なので、彼女にとっては捨札だ。信吉は東京人で高校の先生、何だかはっきりしない性格でじれったく、気がかりで仕方ない。信吉のせいで阿佐子はイライラして飲み過ぎ、トイレで吐いてしまった。その時初めて出会った国包との体験も描かれる。阿佐子をめぐる男性たちだけでなく、スタイリストの伊吹レイ子、阿佐子の秘書山元かすみ、桑田芽利など個性ある働く女性たちの、自由で明るい生き方も記される。昭和四十年代の大阪の街並みやバー、京都のしっとりとした料亭、兵庫県の地方のひなびた情景を背景に、男女それぞれの人間模様が、大阪弁のリズム感あふれる軽やかなテンポで綴られ、躍動感のある作品となっている。

（増田周子）

ねじり飴《ねじりあめ》 短編小説

〔初出〕「小説新潮」昭和四十九年一月一日発行、第二十八巻一号。〔初収〕『人間ぎらい』昭和五十三年二月二十日発行、新潮社。〔文庫〕『人間ぎらい』〈新潮文庫〉昭和五十八年五月二十五日発行、新潮社。

〔内容〕会社の仲間と西宮神社の十日戎にいくことが決まってから、草野モエ子は気が重くなった。参拝が嫌なのではない。モエ子以外の三人がそれぞれの彼を伴ってくることに、屈辱感を覚えるのだ。パートナーを随伴して、互いに自慢し合い、見せつけ合うことを楽しむ彼女たちにとって、ふくれるモエ子は恰好のからかい相手であった。しかし、こうした関係は、仲間の中でも一番気のいいノブ子が、モエ子に大空スズメのショーの切符を一枚あげたことをきっかけに変わりはじめる。ショーの会場で偶然隣に座った男は、「非常識な」青年からモエ子をかばう。ショーの後、偶然うどん屋で再会した二人は「非常識なこと」をめぐる話題で盛り上がった。そして、モエ子は「非常識」であることを知りつつも、初対面の前島を十日戎の参拝に誘ったのである。腕を組んで現れた二人に、仲間たちはあっと驚く。祭りの大混雑の中、注意深く自分をかばう様子から、前島には妻か恋人がいるに違いないとモエ子は思うのだが、母を亡くした後、一人で暮らしていると知った。警戒心と猜疑心を持って接していたモエ子であったが、前島の率直な態度と、同じ大阪生まれであることによる十日戎への思い入れの同調から、しだいに心をゆるしていく。モエ子も前島も、今宮神社の十日戎に毎年のように参拝していたのであった。そして、「えべっさんの境内」に居たたくさんの人の中から「この男をひとり、拾い上げたのは運かもしれない」と思い、前島が二つに割った縁起物の「ねじり飴」を食べながら、二人は歩き出すのであった。初出誌の目次には「疑似恋人……こんな言葉があるやろか。十日戎を背景に、纏面と繰広げられる嘘から出たまこと」とある。

（笹尾佳代）

鼠の浄土《ねずみのじょうど》　短編小説

〔初出〕「別冊婦人公論」昭和六十一年四月二十日発行、第七巻二号。〔初収〕『薔薇の雨』平成元年九月二十日発行、中央公論社。〔文庫〕『薔薇の雨』〈中公文庫〉平成四年六月十日発行、中央公論新社。〔全集〕『田辺聖子全集第五巻』平成十六年五月二十日発行、集英社。

〔内容〕二人の子持ちである吉市（四十七歳、貴金属メーカーのサラリーマン）の後妻になった丹子（四十三歳）の視点から描かれる。結婚して五年後の慌ただしいその日の朝、丹子は、高校二年生の長男・春雄の学校から呼び出されているので、吉市に相談しようとしたが、はぐらかして出勤した。遅く帰宅した吉市に丹子は春雄の問題行動について、再度相談しようとしたが、まともに受け止めないようとしない。丹子はそんな吉市に腹を立て、深夜家出をする。駅まで来たものの、終電もなくタクシーもなく、結局、電話をして春雄に自転車で迎えに来てもらうという一日であった。その中で、妻を亡くした吉市と宝石店の店員で三十八歳であった丹子との出会いから、逢瀬を重ね結婚に至るまでが語られる。お伽草子「鼠の浄土」を下敷きにした吉市の口説きが軽妙で生き生きとした大阪弁で語られ、キャリアウーマン・丹子の心を甘く溶かし、同時に読者の心もゆっくりほぐして行く。丹子の家出の原因となった春雄が、「オバチャン、出ていったらあかん」と止める。春雄の漕ぐ自転車の荷台に乗せられ、春雄の妹のマフラーを巻いた丹子が、深夜辿り着いた家は、どこも真っ暗な中に一軒だけ明りが灯っていて、それが「鼠の浄土」の穴のように見えたのであった。ロマンチックな恋愛を実生活に軟着陸させた大人の恋物語であるとともに、思春期の少年を抱えた家族小説でもある。

（西村好子）

閨の教え《ねやのおしえ》　掌編小説

〔初出〕「小説新潮」昭和四十八年十二月一日発行、第二十七巻十二号。

〔内容〕連載小説「一期《いちご》のいろ夢」の第十二話。題字とカットは灘本唯人。「私」は、「花嫁読本」ならぬ「花婿読本」を、誇張によりユーモアを誘う作品として、五年前の昭和四十三年に発表した（これは田辺聖子自身の作歴と同じ）。しかし与太郎青年の話を聞くと、五年経た当今は、ユーモア抜きで、本当に「花婿読本」が必要な時代となっているようだ。そんな話をするうち、「私」と熊八中年は、与太郎青年に対し、からかい半分で、息を合わせて、新郎の心づかいをとく。新婚旅行や初夜の心得など。与太郎は否定もしきれず不機嫌になり、「〔しかしその、女には乃木将軍夫人の『閨の教え』というのがありますが、男の、それは誰のものですか〕／「そらきまってるやないか」／と熊さんは無造作に、／「乃木将軍やがな」〔了〕」としてオチが付き、本編とこの連載が終了する。この「閨の教え」とは乃木大将夫人静子が娘に与えた、夫に仕える妻の心得を説く「母の訓」のうち、「閨の御慎の事」を指すか。最後に、「御愛読戴きました本篇も、今回で終ります。近頃ますます好調の田辺聖子さんには、来年度二月号から構想斬新な新連載読物を起してもらいます。御期待下さい。（編集部）」という付記がある。「花婿読本」の昭和四十三年から、「閨の教え」の四十八年までの間の四十六年に、田辺は「週刊文春」で「女の長風呂」連載を開始する。この「女の長風呂」初回「女のムスビ目」は、「初夜体験についての知識を仕入れた女学生のショック」がテーマになっている。おそらく、四十三年から四十六年くらいの期間までが、「花嫁読本」や「初夜体験」というテーマや刊行物について、社会に、それなりの共通認識があった時期なのではないか。（目野由希）

【の】

ノコギリ足《のこぎりあし》　短編小説

〔**初出**〕「小説宝石」昭和五十四年七月一日発行、第十二巻七号。〔**初収**〕『オムライスはお好き?』昭和五十五年六月二十五日発行、光文社。〔**文庫**〕『オムライスはお好《す》き?』〈集英社文庫〉昭和五十八年五月二十五日発行、集英社。

〔**内容**〕リチギマジメの昭和一ケタ男、相沢は、妻よりバー「とんぼ」のママ、おたふく顔のキヨ子相手の方がよくしゃべれる。妻は、パパはすぐ汚れるから手がかかる、靴下を破る、とコゴトを言い続けて二十年近い。婦人学級に通って「男性社会」なるが故に、女は男に奉仕させられると言う。「とんぼ」にママ一人の夜、相沢がその話をすると、ママも子供の頃、臭い、汚ない、靴下破ってはノコギリ足や、と叱られたと言う。ママは亭主に死なれ、女手一つで息子に大学を卒業させ、年よりを見送ったが、息子は結婚したら寄りつかなくなった。相沢とママは、物が潤沢で平和なええ時代に間に合うてよかった、中年も遊ぼな、浮気ごっこしてあーそぼ、となったが、ママが酔い過ぎたり、足を挫いて入院したりで機会をつくれない。奉仕だけさせないで自分も「とんぼ」に連れて行ってほしいと言った妻は、「男臭い」と罵るときの優越感にみちた、けがらわしい、という表情を浮かべて「こんな汚ないところでパパ飲んでんの?」と言う。相沢は妻よりノコギリ足同士の身内感覚からキヨ子に情味を感ずるが、残念ながら、それが色気に発展しない。（永渕朋枝）

乗り換えの多い旅《のりかえのおおいたび》　エッセイ集

〔**初版**〕『乗り換えの多い旅』平成四年一月十日発行、暮しの手帖社。〔**文庫**〕『乗り換えの多い旅』〈集英社文庫〉平成九年五月二十五日発行、集英社。〔**目次**〕私のスクラップブックから／女の自然／シンプル対ゴテゴテ／町を走る女／老いをすてきに／毎年、桜に思うこと／Tシャツと私／レマルクとシャクナゲ／乾盃の音頭とり／過ぎた小さなことども／老いの先達／子供が叱られるとき／ヨメ飢饉について／髪を洗う／人の思い入れについて／「好きゃねん大阪」について／家刀自パワー／乗り換えの多い旅／変わり身／若者は変ってゆく／西郷サンと煙草／世間とちがう歌／老いの現場報告／「へーえ」の銀婚／むかし子供のはるあき日記／あとがき

〔**内容**〕昭和六十一年から平成三年にかけて「暮しの手帖」に発表されたエッセイをまとめたものである。「すてきな老い方」としては、人が自分の言い分を黙って聞いてくれることを「コワイ」と思わないといけない。自分のしゃべるのを黙って聞いてくれている、その面目なさ、申し訳なさ、ありがたさに気付かないでいるのは、老いたるシルシである。やさしくいわれたとき、老人はつけあがりたくなる。やさしくされれば、いっそうのやさしさでお返しする、というようになれたら、どんなにいいだろうと「老いをすてきに」であると語る。「過ぎた小さなことども」では、二十

の

何人の大家族を擁して家刀自にふさわしく生きた祖母についての記憶が鮮やかに描かれる。「男に愛されない女も哀れではあるが、しかし女に「哀れ」という言葉はそぐわない。女は「哀れ」とは縁遠い種族である。そこへくると、女に愛されない男は、どこか哀れげだ—と思うのは、祖父と祖母のたたずまいを見て育ったせいであろうか」と述べている。大阪論である『好きやねん大阪』について」では、利潤追求一点張りの叱咤激励の文化をタテマエにするなら、大阪人に「どんくさい」「しょうもない」のよさを見直してほしい。どんくさい、しょうむないことを楽しまなければダメであるという。「あとがき」には「できるかぎりふだん着のことばで、ひらがなで書こうと思い、（それは大阪風思考というべきものである）気の向くままに筆を遊ばせたのである」とある。田辺聖子特有の言葉づかいで書かれた味わいのある好エッセイ集である。

（浦西和彦）

【は】

ハートにたこ焼き《はーとにたこやき》　短編小説

〔初出〕「オール読物」平成四年十二月一日発行、第四十七巻十二号。〔初収〕『愛のレンタル』平成五年十月一日発行、文藝春秋。〔文庫〕『愛のレンタル』〈文春文庫〉平成八年九月十日発行、文藝春秋。

〔内容〕江原は、若い頃、「暗い男」「かげのある男」に惹かれていた。暗い男は「深遠な教養」やら「すぐれた見識」を隠し持っていると錯覚していたのだった。しかし、十年前につき合っていた暗い男が隠し持っていたのは「教養」でも「見識」でもなく「胃弱」であった。「虚像が崩れ」た反動で「男は明るけりゃ、いい」と思うようになるが、案外「明るい男」はなかなか見つからない。「ノリまくる、というのが大阪人の特徴」だが、「ノリにノッてはしゃいでいるのは元来が暗いからではあるまいか」などと考えているうちに、初めて会った明るい男が妻子持ちの岸であった。「恋には〈笑い〉があるべきだ、と確信」する江原は、明るさとは縁遠いものとして「不倫」を避けてきたが、岸の明るさに「思わず、足をすべらせてしまった」。しばらく前に職場を変えた岸は、退職金を江原のために使いたいと言い、「小ぎれいなブティック」でも出さないかと持ちかける。江原は夢をふくらませ内装代として百五十万円を現金で出資するが、実は岸の妻がその店を取り仕切ろうとしていることを知る。行きつけの大衆食堂で江原は岸とやり合うが、岸の様子を見ると彼の歯痛を心配してしまったりしてつい攻撃の手を弱めてしまう。食堂を出てたこ焼きを一緒に食べながら、この先の岸とのつき合い方に迷いが生じる。しばらく交渉のなかった岸が突然来訪し、息子が万引きした話を淡々とするのを見るうちに、「明るい男は明るいなりに、必死で生きてるんだなあ」と「やさしい気持」が湧いてくる。しかしその気持ちを「イッパイ」たたえて岸に呼びかけた時、その思いに気付かない岸から、ブティックの物件が業者の詐欺であったという話を聞かされ、「明るけりゃいい、ってもんじゃないのだ、男は」とまた気持ちは逆戻りしていく。その後、会わない期間が長く続き、江原は一人たこ焼きを頬ばりながら、今後岸にどのように対するべきか考え逡巡する。迷いに答えは見出だせなかったが、江原はただひとつ、「すでにかげりはじめた人生の時間」を確かに感じるのだった。

（峯村至津子）

廃村《はいそん》　短編小説

〔初出〕「文藝春秋」昭和四十八年十月一日発行、第五十一巻十五号。〔初収〕『中年の眼にも涙』昭和四十九年六月一日発行、文藝春秋。〔文庫〕『中年の眼にも涙』〈文春文庫〉昭和五十四年八月二十五日発行、文藝春秋。

〔内容〕瀬木、武内、浅見、松川の四人は戦後の学制改革世代。大学入学の頃からの友人で、三カ月に一度くらいのペースで飲み屋に集う気心の知れた仲である。医師で羽振りのいい武内が、食糧危機を見込んで田舎にセカンドハウスを購入する計画を話すと、四人とも戦中戦後の思い出がよみがえる。一升瓶でつく少量の米、二時間並んで食べた薄い雑炊、楠公飯。「草の実、食べられる虫、食用の雑草、山菜、生きるための原始的なチエ、いうたら中年の方がごついやろなあ」と、豊かな戦後にいても砂糖の買い込みをする知り合いの話が続く。武内は「過疎村の農家つきの土地」を買う決心をし、山好きな松川の案内で但馬の奥地を下見する。同行した瀬木も含め、山歩きの中で「たまに若いもん連れていくと、じき、アゴ出しよんねん」「そら、もういっぺん戦争あってみ、生きのこるのん、絶対、中年やで」「しぶとくねばる気がするな」と、自分たちのねばり強さが戦争体験にあることを述懐する。やがて目当ての村にたどり着いた三人は、そこが過疎地ではなく、廃村であることを悟る。ライフラインが整わない環境に何の不満もないが、暗闇や静けさでかえって自分たちが抱える現実をじっくり考える余裕ができてしまうのであった。特に瀬木は自身の再婚と、幼少期にかわいがってもらった父親の愛人との楽しい思い出などを照らし合わせ「セカンドハウス」がいかに脆く切なく、手間のかかる買い物かを思い出すのであった。「「どや、買うか、ここの廃村」「そやなあ」松川のことばに、武内も瀬木も同時にいった。それしか、いう言葉がない」。

（金岡直子）

薄情くじら《はくじょうくじら》　短編小説

〔初出〕「小説現代」昭和六十一年十月一日発行、第二十四巻十四号。〔初収〕『春情蛸の足』昭和六十二年七月十日発行、講談社。〔文庫〕『春情蛸の足』〈講談社文庫〉平成二年四月十五日発行、講談社。

〔内容〕土曜が隔週に休日となり、家にいる時間が多くなった木津は、妻が食べ物や着物を無邪気に放下《ほか》す癖を見逃せなくなっている。「勿体ない」が口癖になった木津は、考え方が次第に復古調になってきている。妻に社交ダンスに誘われても、日本の伝統にないことはやりにくい。味覚も復古調になり、急に鯨の味を思い出したりする。鯨は値段が安く、しかも放下《ほか》すところがなく、肉も皮もあまさず食べられる。木津は母親と二人ぐらしのとき、よく鯨の赤肉や、コロを水菜とたいたハリハリ鍋を食べた。しかし母親は、鯨が出るときまって、鯨が好きだった別れた父親のことを思い出し、父親は薄情だったと木津に愚痴ったのである。母親が死んで、鯨肉も食卓にのぼらなくなったが、木津は仕事で京都にいったおりに、錦市場で鯨を見つけて買い込んできた。さっそくその晩、ベーコンとオバケで酒を飲み満足するが、コロを料理しようとして、水菜が真冬にしかないことに気付き当惑する。妻も娘も気色《きしょく》わるいとさわりたがらない。あてずっぽうにでもたいてみようと木津が決心した日、会社に来客があり、木津の父親が老人ホームで亡くなったことを知らせてくれた。三十何年ぶりに父親の消息を聞かせてくれたのは、二十六、七の美しい寮母であった。再婚したらしい父親の葬儀は、すでにその息子のほうで済ませていたが、寮母はいつも父親からもう一人の息子である木津のことを聞かされていたという。父親が持っていたという封筒には、木津の子どものころからの写真が順に入っていて、いちばん新しいメモには母親の筆蹟で木津の会社の名が書いてあった。コロを食べたがった父親に寮母がたいて食べさせたという話を聞いた木津は、この娘にコロのたきかたを聞きたいと思い、食事に誘うのであった。新しい家族の中では全く機能しなかった鯨という食べ物だが、しかしそれは、木津と母親とを、木津と父親とを、そし父親と母親とを暖かく繋いでいる。角田光代は「たおやかな闘い」（「ユリイカ」平成二十二年七月一日発行、第四十二巻八号）で、「とても興味深いのは、この作家の作品のどこにも、攻撃性や絶望感がない」ことだと指摘した。

（箕野聡子）

はじめに慈悲ありき《はじめにじひありき》

短編小説

〔**初出**〕「別冊文藝春秋」昭和五十八年七月一日発行、第百六十四号。〔**初収**〕『はじめに慈悲ありき』昭和五十九年十二月十日発行、文藝春秋。〔**文庫**〕『はじめに慈悲ありき』〈文春文庫〉昭和六十二年十一月十日発行、文藝春秋。

〔**内容**〕四十八歳の竹中は、今の小さいマンションでの一人きりの暮らしを気に入っている。自炊をしたりスーパーで総菜を買ったり、会社の仲間と外食をしたりする。特に不自由はない。大家族で育ち、昔は結婚もしていた。元妻のたまみは、時折そんな竹中を訪ねてくる。料理の腕もだんだんと上がり、たまみに驚かれる。離婚してからの方がたまみとよく話し、結婚していた頃よりたまみが美しく見えている。竹中は九人兄弟の長兄として、商売に忙しい両親に代わり弟妹の面倒を見てきた。結婚してから妻のたまみは、寝たきりの祖母の介護をし、母を看取る。鬱憤から情緒不安定になり、家にいる竹中の妹とけんかをして、竹中に不平をぶつける。竹中の心は徐々にたまみから離れていく。そんな時、出戻りで帰ってきた妹のお陰で、たまみは働きに出るようになった。日に日に美しさと明るさを取り戻していくたまみに竹中は気をよくする。ふたたび夫婦としてうまくやっていけそうな気がしてきた頃、皮肉にもたまみから離婚を切り出される。職場の若い男と結婚するというたまみを、竹中は引き留めなかった。たまみは一年ほどして男と別れる。竹中はたまみと離婚してから父を送り、家を処分して今のマンションに一人で移った。たまみが訪ねて来てともに酒を飲み、話すのは不愉快ではない。といって泊まらせることもしないし、復縁しようとも思わない。たまみに、やさしいのか冷たいのかわからない、と言われながら、竹中は一人の暮らしを「極楽」と感じている。

（中村美子）

はじめまして、お父さん《はじめまして、おとうさん》

短編小説

〔**初出**〕「週刊小説」平成三年七月十九日発行、第二十巻十五号。〔**初収**〕『よかった、会えて』平成四年六月十日発行、実業之日本社。〔**文庫**〕『よかった、会えて』〈集英社文庫〉平成七年十月二十五日発行、集英社。〔**全集**〕『田辺聖子全集第三巻』平成十六年十一月十日発行、集英社。

〔**内容**〕高校生くらいの女から会社に電話がかかってきた。女は「ネム」と名乗り、自分は三谷トモ子の娘だが、井手の子供ではないかという。井手は鹿児島に単身赴任していた時に関係のあった、小料理屋の女を思い出した。しかし、ネムは二十一歳で、その誕生日を聞いて、井手が父親でないと判明した。ネムも父親をひとめ見たら、ぴんと感ずる何かがあると思っていたが、井手の前に尋ねた人にも井手にもぴんとこないという。井手は父親探しをするネムが何やら可哀そうな気がした。すると、二カ月ばかりして、ネムから手紙がきた。母親が絶対違うという京都の材木屋のおじいさんに、ぴんときたというのである。ネムはそのことに満足して、父親が誰にしろ自分は自分だと悟ったようだ。定年を二年先にひかえた井手は、息子と娘は結婚して孫もいるが、ネムがほんとうの娘のような気がしてきて、幸せになってほしいと思った。田辺聖子は「ひらかな文化推進」（「青春と読書」平成七年十一月一日発行、三十巻十一号）で「男は、子供が生れたと知らされなければ分らない。何の予備知識もないところへ、突然、実は、——と出現したらどんな気になるだろう」、「そういう男たちに同情して書いたのが『はじめまして、お父さん』である」と述べている。

（岩田陽子）

花狩《はながり》

長編小説

〔初出〕「婦人生活」昭和三十三年三月一日〜十二月一日発行、第十二巻三〜十二号。〔初版〕『花狩』昭和三十三年十一月三十日発行、東都書房。〔文庫〕『花狩』〈中公文庫〉昭和五十年四月十日発行、中央公論社。〔内容〕「婦人生活」の「賞金二十万円大懸賞小説」に佳作として入選した作品を大幅に改稿して完成した作品である。大阪の福島における中小企業のメリヤス工場を舞台に、明治、大正、昭和三代にわたる庶民の流転の様相を描く。明治四十年ころからはじまる。メリヤス埃りがもうもうと舞いあがっている福島の工場でおタツ、寺岡半次郎、市助の三人が働いている。半次郎は腕のよい職人である。二十二歳で、色白の男前で、くそまじめな働き者である。おタツと半次郎は心中騒ぎまでおこして夫婦となった。二人は必死に働き、やがて小工場を持つのであるが、キタの大火事で焼失してしまう。だが、立ち直り、第一次世界大戦による好景気で、職人を四十人もおくようになる。だが、長女の田鶴が肺炎で死んでしまう。その通夜に、半次郎も血を吐いて倒れる。第一次大戦後の不景気の到来のなか、半次郎は死んでしまい、工場もつぶれてしまう。おタツはメリヤスの行商をしながら、長男の正太と次女のカメ子を育てる。満州事変が起こった年の秋、台風が大阪を襲い、おタツの老父母も津波で死んでしまう。正太は出征し、戦死する。カメ子はたよりがいのない男と結婚して家を出ていってしまう。敗戦になると、おタツは満州から引きあげてきたカメ子夫婦に厄介者扱いされて、岡山県の玉島に追っ払われてしまう。おタツは花吹雪のなかで、はやく大阪へ帰ろうと思う。田辺聖子は初版「あとがき」で「真の主人公はほかならぬ歳月であります。歳月と、それが大阪のちまたに住む一群の人々にもたらした転変を、いわば大阪弁という韻をふんだ言葉で綴ろうとした」と述べている。

（浦西和彦）

花衣ぬぐやまつわる……—わが愛の杉田久女—《はなごろもぬぐやまつわる……—わがあいのすぎたひさじょ—》

評伝長編小説

〔初版〕『花衣ぬぐやまつわる……—わが愛の杉田久女—』昭和六十二年二月十日発行、集英社。書き下ろし。〔文庫〕『花衣ぬぐやまつわる……わが愛の杉田久女—（上）・（下）』〈集英社文庫〉平成二年六月二十五日発行、集英社。〔全集〕『田辺聖子

全集第十三巻』平成十七年四月十日発行、集英社。

〔内容〕『近代日本の女性史』シリーズ刊行企画があり、作者が杉田久女を割り当てられたことから、興味をもち、東に、西に、少しずつ取材を続け、五年の歳月をかけて、久女の真の姿を描き出した評伝小説である。久女は、明治二十三年五月、官吏の父赤堀廉蔵の任地鹿児島で生まれた。明るい雰囲気の中でのびのびと暮らし、久女も姉も女子最高レベルのお茶の水高等女学校で教育を受けた。兄の友人の美校生、杉田宇内と結婚し、小倉へ移り住んだ。宇内は愛知県の素封家の長男で画家として一本立ちする、と信じていた。しかし宇内は画も描かず、福岡県立小倉中学校の教師として、人のために尽力し、久女の考える「貧しくても意義ある芸術生活」とは次第にかけ離れていく。大正五年、兄の赤堀月蟾の手ほどきで、俳句を作り始めた久女は、「ホトトギス」に投句、次々に掲載される。その頃女性に俳句をすすめていた虚子に会い、生涯の師と仰ぐ。格調高い艶麗な句を作り、東の長谷川かな女、西の杉田久女と高く評価された。しかし俳句作りに一途になりすぎ、熱っぽく議論することも嫌がられ、二人の子をもうけた夫との不和や、土地の気風と合わず誤解が重なり、心ないスキャンダルも噂された。それでも久女は英彦山や鶴の飛来地を訪れては、句作に励んだ。この頃いろいろな人が句集を刊行、久女も句集を出そうと、序文を虚子に依頼するが、なしのつぶて。上京しても会ってもらえない。久女は懇願の手紙を次々と送るが握り潰される。虚子に疎まれていると感じるので、まわりの人も何も教えない。そんな中で昭和十一年の「箱根丸事件」、「同人除名」が続く。二人の子供は独立し、自選した句集の原稿を眺めるだけの傷心の日々だった。戦争も激しくなり、北九州は軍需工場が多く港もあったので、毎日のように空襲があった。やっと戦争は終結したが、久女は病を得、筑紫保養院に入院、三カ月足らず後に、栄養失調で五十七歳の生涯を終える。作者は久女の句集、文集、郷土の研究者、周辺の人びとなどを丹念に調査、泥にまみれた久女の生涯の真実を明らかにし、この力作を著した。本作は昭和六十二年度（第二十六回）女流文学賞を受賞。


（増田周子）

花の記憶喪失《はなのきおくそうしつ》 短編小説

〔初出〕「小説現代」昭和五十二年十二月一日発行、第十一巻十二号。〔初収〕『男の城』昭和五十四年二月十六日発行、講談社。〔文庫〕『男の城』〈講談社文庫〉昭和五十九年二月十五日発行、講談社。

〔内容〕ある青年が、「殺される」という走り書きを残して失踪し、「大さわぎにな」るが、半月後に九州で発見される。青年は初めのうち「記憶喪失をよそお」うが、女性関係を苦にした失踪であり、すべて擬装だったと白状した。語り手の「私」は、その「擬装工作」を分析、「女との手切れ」として「最上」と「感心」する。また「記憶喪失をよそお」ったことを「興ふかく」感じ、フランス映画、アメリカ映画、また西鶴の『懐硯』に収められた「面影の似せ男―無筆は無念なる事」など、失踪した男性と、その妻の物語を考察する。『懐硯』は失踪した夫に似た別人が「天狗にさらわれ」「魂が抜けたように」見せかけて、裕福で美しい妻のいる家に入りこむ物語である。八年前、夫に失踪された友人・谷本タマ代と同作について語り合った「私」は、「似せ男」こそ夫本人で、「ほんと」の「記憶喪失」と分析。しかしタマ代は、妻が

「ニセモノと知って」いたと推測、タマ代自身も前の夫に「どことなく似てる」「蒸発してきた」男性と同棲していることを告白する。「私」は、タマ代といる時だけ「記憶喪失」になるこの男性が「いちばん垢ぬけている」という結論を出す。語り手の「私」は、様々な記憶喪失にまつわる物語から、男女の〈別れ〉や〈再会〉を細やかに捉え、仏米日の比較文化的な考察をしているが、それらの〈似て非なる〉物語の主役は、失踪した男性本人から、待つ妻に移行する。タマ代は、その物語を締めくくる存在として登場し、「いちばん垢ぬけ」た物語を披露、題名とも結び付けられる。語り手の「私」は、同じ系譜にある多くの作品が「失踪」という手段を通し、結局〈男女〉を語る物語になっていることを示す。「記憶喪失」からの発見、古今東西の作品分析、「垢ぬけて」いるか否かという独特な視点、男女の愛情の機微など、作者の個性が存分に発揮された作品と言えよう。

（木谷真紀子）

花の西鶴　浪花風流《はなのさいかく なにわぶり》　脚本

〔初版〕『花の西鶴　浪花風流《ぶり》』昭和六十二年五月発行、上方文化芸能協会。

〔内容〕二幕六場の脚本である。第一幕第一場は、華麗であでやかな芸妓衆の総踊りで始まる。第二場は、呉服屋一文字屋の若旦那・九郎兵衛が大坂新町の揚屋で、惚れた薄雪太夫や沢山の取り巻きに囲まれて豪勢な宴を張り、大盤振舞をする。そこへ、脱衣婆《だつえば》というあだ名の金貸し・おこんが登場。九郎兵衛は、「一両につき利息銀一匁、年利十二匁で二割」という条件で、千両借りる。薄雪は心配するが、九郎兵衛は平気である。手代の与平が九郎兵衛を迎えに来た。売掛金をちょろまかし、損を承知で安く売り、何千両も穴をあけたのに気付いた大旦那が倒れたが、持ち直した。早く詫びるように、と連れ帰ろうとするが、おまえも女中のおりんと恋仲だろうと耳も貸さない。やがて千両箱が届いた。千両につき二百の利息の天引きで八百両、つけの払い三百両、奉加帳に書いたご寄進十両、お駕籠のお立替代二十両、借金の口利きに百両、連帯保証人二人に百両ずつなど、残ったのは一両だった。第三場は、与平が銀五十貫の持参金つきの後家と結婚するという話を聞き、おりんが彼をなじっている。舞台は廻り、一文字屋の店先。播磨屋の旦那が来て、ご家老が「さる大名のお国上臈」として絵のような女を探しているが、なかなか見つからないと話す。疲れきったご家老は、気を失う。気つけ薬を飲ませるおりんを見て、ご家老、絵姿ぴったりと大喜び。与平が止めぬので、おりんは国もとへ下る。第二幕第一場は若衆二人の踊り。第二場は一年以上後。おりんを粗末にしたうえ、若旦那にそそのかされて、お店の金に手をつけ、追い出された与平と、勘当された九郎兵衛が内職をしている。今晩食べる物にもこと欠く有様である。そこへ雨やどりに訪れたお大尽、その供の者たちに、九郎兵衛だと気づかれて馬鹿にされ、恥をかき、九郎兵衛はやっと目が覚める。そこへ町娘姿のおりんが戻ってきた。百八十人もの娘が集められたが、殿が病気になり十両貰って暇を出され、富籤を買って千両にしたという。次いで大旦那に引かされ、町娘風になった薄雪も来る。「九郎兵衛も己のアホさが身にしみたろう、身を固めたら、身代を譲る、あきない大事に勤めてくれ」との大旦那の言葉を伝える。第三場は、九郎兵衛と薄雪、与平とおりん、二組の婚礼万事めでたしの総踊り。

（増田周子）

花の主婦連《はなのしゅふれん》

短編小説

〔初出〕「別冊文藝春秋」昭和四十三年九月五日発行、第百五号。〔初収〕『鬼たちの声』昭和四十三年十一月一日発行、文藝春秋。〔文庫〕『鬼たちの声』〈文春文庫〉昭和五十五年十一月二十五日発行、文藝春秋。

〔内容〕「主婦連」は「主婦連合会」の略称。一九四八年九月の「不良マッチ退治主婦大会」を契機に奥むめおを会長として同年十月に結成。日本の消費者運動の草分けとなる。食品表示の偽造などの告発、独自検査の実施による食器の有毒物質確認などで注目を浴びる。この作品が発表された昭和四十三年五月に「消費者保護基本法」が制定され、九月には米価値上反対運動を行うなど活発な行動を行っている。ただし内容は主婦連とは関係のない、専業主婦の独白として描かれる。「鬼たちの声」「山家鳥虫歌」に続く夢野を舞台とした作品であるが、既に造成された「夢野団地」がその舞台となる。作品中に「何度も申し込んでやっと団地に当たった」とあるように、当時の団地は近代的な構造で人気が高かった。一九六〇年初頭から全国的に大規模造営の始まった団地だが、夢野のある神戸市兵庫区には鵯越、須佐野の二つの団地がある。

物語は夢野団地に住む主婦「私」が同じ団地の宮脇夫人と「妻の勝利」という映画の試写会に出掛けたところから始まる。夫と子供のいる生活がまさに「妻の勝利」だと確信する主人公はがさつな宮脇夫人、団地内の「名前の知られた女流歌人」で子どものいない田所夫人、団地内唯一の異分子である「ホステスと噂のある女」などと自らを比較し、優越感に浸る。サラリーマンで「やりやすい男」である夫と娘との生活が如何に満足いくものであるかを繰り返し自らに強調する彼女のもとに、かつては夫との結婚話もあったデザイナーで独身の従姉がやってくる。ここでも自らの優越感に浸ろうとする彼女だが、金銭的にゆとりのある彼女との幸福自慢の応酬の後、夫がバーのホステスと浮気をしている可能性を示唆される。だが帰宅した夫を思い通りに動かし、安心した彼女は「花の主婦連大万歳である」と締めくくる。団地の専業主婦の優越感とはうらはらに、本音の無い空虚な隣人づきあい、生活力のある女性への恐怖が独白体によって浮かび上がる。川上弘美との対談で田辺は「セックスを書くといっても、男性作家とは違いますよ」と述べているが、日常の中の夫婦をつなぎ合わせるための性がさりげなく描かれていることも興味深い。

（小川直美）

花の中年《はなのちゅうねん》

短編小説

〔初出〕「別冊文藝春秋」昭和四十八年十二月五日発行、第百二十六号。〔初収〕『中年の眼にも涙』昭和四十九年六月一日発行、文藝春秋。〔文庫〕『中年の眼にも涙』〈文春文庫〉昭和五十四年八月二十五日発行、文藝春秋。

〔内容〕雑誌掲載時の目次に「一家団欒とは耐えることなり、忍の一字に徹してきた中年男に再び春が」とある。清川はもはや「義務」と化した家族旅行が憂鬱でならない。日曜の昼食を大鍋いっぱいに温めたレトルトカレーで済ませる妻、むくれながら参加する高二と中三の息子、父親に「自分」と呼びかける中一の娘。これらをワンセットにして一家団欒を演出する意味が清川にはわからないからだ。旅に出ても何の感慨も持たない子供たちを見ていると、学習のみに邁進させる現代の教育も訳がわからない。今回の家族旅行は富士山近くの宿だったが、清川の予想に反してレジャーランドが併設され、都会以上の喧噪であった。その「阿鼻叫喚」にも家族の振るまい

は

にも耐えていた清川に思いがけない再会があった。相手は大学時代を過ごした京都の下宿屋の娘、すみ江である。すみ江は同じく下宿人だった岡田と結婚したが、夫に先立たれていた。清川とすみ江は再会を約束し、相談を受けているうちに二人は恋仲に発展し、中年は「生涯の花」と締めくくる。清川の愛人所有へのあこがれは初登場の「おちょろ舟」に既出。京女で「しおらしい二号」との逢瀬をみごと実現したのである。（金岡直子）

花はらはら人ちりぢり―私の古典摘み草―《はなはらはらひとちりぢり―わたしのこてんつみくさ―》 エッセイ集

〔初出〕「婦人画報」平成三年一月一日～四年十二月一日発行。〔初版〕『花はらはら人ちりぢり―私の古典摘み草―』平成五年一月二十日発行、角川書店。〔文庫〕『花はらはら人ちりぢり―私の古典摘み草―』〈角川文庫〉平成十年一月二十五日発行、角川書店。〔目次〕虚無のつぶやき―一葉『十三夜』／むかしの歌声／しがねえ恋の情けが仇―歌舞伎台本『与話情浮名横櫛』／夢みる花々の物語―吉屋信子『花物語』／夫婦は寄り合い過ぎ―西鶴『万の文反古』／美の金粉―西條八十詩集／小宰相入水―『平家物語』／よその女房―『武玉川』／お江戸の桃太郎―黄表紙の世界〈その一〉／千手観音のご商売―黄表紙の世界〈その二〉／おかしみにゆらぐ玉の緒―江戸狂歌〈その一〉／酒屋へ三里　豆腐屋へ二里―江戸狂歌〈その二〉／牡丹を焚く―吉川英治『宮本武蔵』／揺れる牡丹燈籠―『伽婢子』／可憐な心ばせ人―『源氏物語』花散里／金襴緞子の帯しめながら―蕗谷虹児の叙情詩／美しき女友だち―『紫式部日記』／卯の花ぐるま―清少納言『枕草子』／白露も夢もこの世もまぼろしも―『和泉式部日記』／犬女房―怪談集『宿直草』／春やむかしの―堤千代『伊勢のいえ』／更級少女も早や老いぬ―『更級日記』／枇杷の古葉に木芽もえたつ―芭蕉の連句／あとがき〔内容〕挿画は長谷川青澄である。書名について「あとがき」で「古典の花びらは時空を越えて散りまがい、そこに書きとどめられた人生や人のすがたは、ちりぢりになっても永遠に読み手の胸に感動を残す。そうして民族の伝承は著《しる》く記憶され、民族の遺産となる。〈花はらはら人ちりぢり〉と題した所以である」とあり、著者には古典案内書として既に『文車日記―私の古典散歩―』がある。本書はその拾遺版。『文車日記』では取り上げられなかった歌舞伎台本、川柳、狂歌、連句、黄表紙や少女時代に愛読した吉屋信子の『花物語』、吉川英治の『宮本武蔵』等も紹介される。樋口一葉の『十三夜』では録之助の「ぞっとするような虚無感」「底なしの淵のような虚無」を読みとる。「江戸時代の黄表紙、戯作の類は日本文学のめでたき伏流となって、大正末、昭和初めに至り、「大衆小説」という滔々たる大河をもたらした」という指摘もある。（浦西和彦）

花婿読本《はなむこどくほん》 短編小説

〔初出〕「オール読物」昭和四十三年四月一日発行、第二十三巻四号。〔初収〕『鬼たちの声』昭和四十三年十一月一日発行、文藝春秋。〔文庫〕『鬼たちの声』〈文春文庫〉昭和五十五年十一月二十五日発行、文藝春秋。〔内容〕雑誌「男性公論」のアンケート「新婚旅行・あなたの初夜の過ごしかた」に答える、「二十五歳、地方公務員」の男性の文章、という体裁で、見合い結婚した妻、ジュン子との新婚旅行の顛末を描く。彼は「男性公論」を愛読し、掲載された「新婚旅行における花婿の心得」を参考にしながら新婚旅行に向かうが、山陰の温泉回りにかこつけて悪友との再会を楽しむジュン子に振り回され、ことごとく予想通りにならない。「あんた、赤ちゃんどないして出来るか知ってる?」とからかう妻に対して、花婿読本に「妻がいくらみだらなことをいっても、夫はもう、消え入りそうに恥ずかしげにして、ゆめゆめ、いい気になって調子を合わすようなことはしてはいけない」「それが良家の男のたしなみである」と書かれているのを、彼は必死に守る。「いつどんな資産家から縁談があるかわからない、男、氏なくして玉の輿ということがあるから、童貞だけは守るように、とありましたので、私も守っていたのです」とけなげにふるまう。もちろん、「男性公論」は「女性公論」のもじりであり、記事はしばしば女性週刊誌に掲載される「花嫁の心得」といった文章のパロディーであり、夫婦の営みをマニュアル化しようとする「ノウハウ本」への痛烈な皮肉となっている。当時「ノウハウ本」が相次いで出版され、四十五年には塩月弥重子『冠婚葬祭入門』が大ベストセラーとなる。もちろん男性中心の意識にも批判的まなざしは届くが、文庫本解説で高橋明子が言うように「クック、クックと肩を震わせて微笑するイタズラ少女」田辺聖子の姿が垣間見え、決して正面から声高に非難することなく、かつまっとうな物言いをするためにも、登場人物たちの大阪弁による会話の効果は大きい。

（小川直美）

母と恋人《ははとこいびと》　短編小説

〔初出〕「小説女性」昭和四十四年四月一日発行、第一巻四号。〔初収〕『三十すぎのぼたん雪』昭和五十三年三月二十五日発行、実業之日本社。〔文庫〕『三十すぎのぼたん雪』〈新潮文庫〉昭和五十七年二月二十五日発行、新潮社。

〔内容〕会社勤めで二十五歳の美加子は母との二人暮らし。姉も兄も家を出ている。縁談が壊れるのが母との同居のせいに思える時もあるが、転勤する恋人の原田について行けず関係が終わってしまったのを、そのせいにはしたくない。美加子自身が行動すれば、母は母で自分の運命を作っていったかも知れないのだ。それでもある時、口うるさい母と口論になり、美加子は母に「おヨメにいけばええ」と言ってしまい、売り言葉に買い言葉のあげくとうとう母は家出してしまった。美加子も最初のうちはタカをくくっていたものの、次第に心配になり、親類を初めとして心当たりに電話をかけまくるが、行方は知れない。不安のあまり公園で途方に暮れていると、青年竹村が声をかけてきて知り合いになる。竹村はこれまでの男とは違い、恋人や婚約者としての対象には見えず、一緒にいると気易い従兄のような感覚になる存在だった。事情を話しても深刻にはならず、なぜか会話が漫才のようになってしまうことに、美加子は救われる。「母を捜す」口実でデートをして別れた直後、駅前で美加子に傘をさしかけてきたのは母だった。鳥取に旅行してきたと言う。母と娘は「一心同体」だから、いい旅行だったのなら自分もしたのと同じ、自分に恋人が出来たら母さんが作ったのも同じ、と言う娘に、母は、好きな人が出来たのならいつでも家を出ていけ、娘が嬉しいことは母にも嬉しい、と答えるのだった。帰ったらさっそく竹村に電話しよう、と美加子は思う。母娘密着というテーマにユーモラスに寄り添う短編である。

（木村小夜）

浜辺先生　文学を論ず《はまべせんせいぶんがくをろんず》　短編小説

〔初出〕「オール読物」昭和五十年十月一日

発行、第三十巻十号。〔初収〕『浜辺先生町を行く』昭和五十二年四月三十日発行、文藝春秋。〔文庫〕『浜辺先生町を行く』〈文春文庫〉昭和五十六年四月二十五日発行、文藝春秋。
〔内容〕「浜辺先生シリーズ」の第四作目。「夫」と同居する際に改築をお願いした大工の爺さんや、同居後に雇った家政婦、さらには夫に「小説というもの文学というもの」について説明するものの上手くいかず、最終的には「そんなこと、知ってる人には言わなくて判るし、知らぬ人にはいってもわからない」という境地に至ったという話が書かれている。昭和四十二年、田辺聖子は川野純夫とその家族と同居することになった。この時、義母や義弟、義妹、川野と前妻の間の息子、娘を含め家族は総勢十一人だった。また、作品内で描かれた大工の爺さん（棟梁）とのやり取りに関しては自伝『楽天少女　通ります』でも紹介されている。そこでは、夫の診療所の裏手の家に住むことになった「私」が、夫の家に長年出入りしている棟梁に天井までの造りつけの本棚を作ってもらおうとしたところ、そんな大きな本棚は「フツーの家に要るはずない」と叱られたという話や、町内のガラス屋さんには泊りこみ看護婦と間違われたというエピソードが書かれている。なお、田辺は、この大家族に入った時のことを、「私は、生家のくらしで、大家族には懲りたはずなのに、またもや、大家族の中へはいってしまった」（「嫁の居心地」『男はころり女はごろり』と述べ、しかし「権力が、我々夫婦にあった」ので、「されば、こういう所にいる嫁は、大家族は大家族でも、たいそう、居心地よく、何とかやっていけるわけだ」と書いている。ちなみに作品内で「のんき者で、酒好きの遊び好き」として登場する「舅」に関しても「愉快なナマケモノで遊び人」と評している。

（西川貴子）

浜辺先生もどき《はまべせんせいもどき》　短編小説

〔初出〕「オール讀物」昭和五十一年二月一日発行、第三十一巻二号。〔初収〕『浜辺先生町を行く』昭和五十二年四月三十日発行、文藝春秋。〔文庫〕『浜辺先生町を行く』〈文春文庫〉昭和五十六年四月二十五日発行、文藝春秋。
〔内容〕「浜辺先生シリーズ」の第五作目。「私」が近所のおでん屋で浜辺先生に似ていると言われたことから、自分は周囲には「浜辺先生もどき」と思われているらしいという話や兵庫県の奥の渓谷に別荘を買ったものの、ガーデンパラソルの「花物語」ふう食事は実際にはできず「食事もどき」となってしまったという話が書かれている。作品内で登場する新開地の映画館「聚楽館」の前にあるおでん屋は、田辺聖子が夫・川野とよく訪れた店で、田辺はこのおでん屋のことを「わが街の歳月」（『歳月切符』）で次のように述べている。「このおでん屋は私の嗜好に適い、私は〝浜辺先生もどき〟やら「書き屋一代」という短篇を書いた。カウンターの中の、銅の大鍋になみなみとおつゆが張られてあって、ぎっしりと浮んでいる大根や棒天や厚揚げ、卵、ひろうず、などは見るからに食欲をそそり、熱燗がずらりと漬けられていて、「お酒！」と呼ばれると、「あいよ！」とすぐ、湯から引っこぬかれる。その手際の早さも実にいい」。また、田辺は昭和四十九年に兵庫県宍粟《しそう》郡一宮町の福知渓谷（揖保川上流の山間部）に山荘を買っており、「浜辺先生シリーズ」でもこの村落の話や村のリーダ的存在・秋月サンの話がしばしば出てくる。「浜辺先生シリーズ」以外でも、小説『すべってころんで』などでこの村落は描かれ、現在、福知渓谷には『すべってころんで』中の一文（「このあたり、福知渓谷といって、清い流れが岩をかんで、しぶきを散らし、両側の緑が濃く、風もまっ青に感じられる、眺望絶佳の場所である。」）が刻まれた石碑が立てられている。

（西川貴子）

隼別王子の叛乱《はやぶさわけおおじのはんらん》

長編小説

〔初出〕「歴史と人物」昭和五十年七月一日～五十一年九月一日発行、第四十七号～六十一号。〔初版〕『隼別王子の叛乱』昭和五十二年一月十日発行、中央公論社。〔文庫〕『隼別王子の叛乱』〈中公文庫〉昭和五十三年四月十日、中央公論社。〔全集〕『田辺聖子全集第四巻』平成十七年六月十日発行、集英社。

〔内容〕著者の愛読書である『古事記』『日本書紀』から材を得て、二十年もの構想、習作を経て執筆された、恋と陰謀と幻想の物語である。第一章は、倭《やまと》の大王大鷦鷯《おおさざき》の思われびと女鳥《めどり》姫と、大王の弟の隼別王子との恋と破滅が描かれる。権力の座にある大鷦鷯は、八人の妃を持ちながら、一族の若く美しい女鳥姫を所望し、それを伝える使者として異母弟の隼別王子をさしむけた。隼別は一目で恋に落ち、女鳥も大王の求愛を拒んで隼別王子を選ぶ。大王の怒りも恐れず、若者二人は恋の勝利を神神や天地に声高く宣言する。これを知った大鷦鷯は、失われた若さへの焦りを感じて愛執の炎に責めさいなまれるのであった。隼別王子は女鳥を奪還するため、難波の大王の宮殿を襲う。大王に叛いて乱を起こした隼別と女鳥は追われて逃げる。倉橋山の夜の闇から闇へと逃げ回り、宇陀の曽爾まで来た時、二人は力及ばず誅殺された。隼別と女鳥は二羽の白鳥となり、常世の国へ赴いていった。第二章は、その十六・七年後、大王大鷦鷯と大后磐之媛《いわのひめ》との軋轢が描かれる。大鷦鷯は、強大な経済力を誇る葛城氏から妻をめとり、兄や弟と権力の座を争い、策略と陰謀で一族を抹殺した。磐之媛はその大王の野望のための共犯者だった。強い自我と鋼鉄の意志をもつ磐之媛は、毒薬に精通し、残虐な殺人者として恐れられていた。かつて愛し合った二人だったが、共犯者としての罪の記憶が残っており、それぞれ相手を疑い、お互いの心をさぐる。大王の愛を求めて得られず、子の住之江王子を愛して裏切られた。磐之媛は、満たされない恋の妄執の中で死んでゆき、大鷦鷯は深い孤独におちいるのであった。本作の原型として「隼別王子の叛乱」（同人雑誌「のおと」昭和三十六年六月発行、第七号）、「風わたる高楼《たかどの》」（「小説サンデー毎日」昭和四十六年三月一日発行、第三巻三号）などの短編が書かれている。

（檀原みすず）

薔薇の雨《ばらのあめ》

短編小説

〔初出〕「別冊婦人公論」平成元年七月二十日発行、第十巻三号。〔初収〕『薔薇の雨』平成元年九月二十日発行、中央公論社。〔文庫〕〈中公文庫〉平成四年六月十日発行、中央公論新社。〔全集〕『田辺聖子全集第十六巻』平成十七年十一月十日発行、集英社。

〔内容〕大阪の古めかしいバーで、留禰はマンハッタンを飲みながら、守屋を待っている。今度こそ別れようと決心しているのに、彼からの誘いの電話に応えてしまったのだ。留禰（五十歳）はファッション関係のライターで、守屋は機械メーカーに勤めるサラリーマンである。喫茶店で知り合ってからもう五年が過ぎたのだが、別れようとしても「天稟の怜悧さ」を持ち世間の常識にとらわれず伸びやかに生きている、三十四歳の守屋の「男盛りの花やぎ」を、留禰は貪りたくなってしまう。去年お別れの記念にと旅行した沖縄の南の小島のリゾートホテルでの一週間を思い出しながら、二人は御堂筋を南へ歩いてレストランで食事をした後、シティホテルで共寝する。その際、留禰は、重なった二人の音―「男の鼓動と息づかい」と「自分の脈拍」―を雨音のように聞いたのである。「すべての恋人たちが今まで聞いてきたやさしい雨音」である。それが魅惑的なタイトル『薔薇の雨』で、久保より江の俳句「宴果ててまかる一人に薔薇の雨」からとられた。「宴」は五年間の二人の恋のときめきを暗示し、見合いをしたという守屋の話を聞いて、今度こそは本当に別れねばならないと覚悟する留禰のはめている指輪の「クンツァイト」のライラックピンクに染められた雨の音なのだ。千日前や御堂筋の地名が関西人には親密感を持たせ、「弄う」「いたぶる」「…へん」「いこけ」「エグい」など大阪弁の飛び交う、十六もの年齢差のある男女の、きれいな恋物語である。

（西村好子）

巴里の泣き黒子《ぱりのなきぼくろ》

短編小説

〔初出〕「小説現代」昭和四十四年三月一日発行、第七巻三号。〔初収〕『ここだけの女の話』昭和四十五年二月二十八日発行、新潮社。〔文庫〕『ここだけの女の話』〈新潮文庫〉昭和五十年四月二十五日発行、新潮社。

〔内容〕四十五歳の木島は機械製作所の経理事務員、妻のキヨ子が営む化粧品店の店主を対象にした組合主催のヨーロッパ旅行に参加している。「無口でおとなしい」木島とは対照的に、「金棒引き」の妻は、「町内のバス旅行で、白浜や城崎の温泉へいくのと同じ調子」で「大阪弁をむき出し」に「井戸端会議」をつづけるので、「一行の中の名物オバハン」になっていた。旅に出たときぐらい「次元のちがう話題」を求める木島がやりきれないのは、妻の「無趣味と物知らず」で、妻は「旅行の唯一の目的のように」写真をとりまくり、「土産物を買うのに狂奔」する。冒頭、木島はライン川沿いのローレライの岩を仰ぎながら、ハイネの訳詞「ローレライ」の一節〈うるわし乙女の　岩に立ちて　黄金の櫛とり　髪の乱れを〉を思い起こし感慨に耽っていると、外人の男と赤い車に乗った日本人の女性と出逢う。ローレライ伝説の舞台設定は、木島が女性に魅惑される伏線ともなっている。パリで自由行動の日、木島はその女性と再会する。女は「人を引きこむような快い微笑」を浮かべながら、木島を誘った。女は知性的で、美しい日本語は耳に快かった。女は、パリで最古のステンドグラスの色の美しさで有名なサン・シャペル教会へ案内した。古い教会の思い出は、「いつまでも残る旅の記憶」にちがいない。女の眉の上には黒子があった。ホテルに帰った木島は、夕食の席での土建屋夫婦との会話の中で、パリに眉の上に泣き黒子のある日本人相手の商売女がいることを知る。呆然とする木島の耳には快い日本語がひびき、目のうらにはサン・シャペル教会のステンドグラスの光彩が飛び交った。

（屋木瑞穂）

晴着《はれぎ》

短編小説

〔初出〕「専売」昭和四十二年十二月二十日発行、第十二号。〔初収〕『愛の風見鳥』昭和五十年十一月五日発行、大和出版。

〔内容〕教え子の姉が、結婚相手になったという〈ユーモア〉小説である。植田あき子の弟・正夫は中学三年生である。正夫は、二十一のあき子より背が高く、薄汚れた雰囲気だ。正夫はカエルの悪戯で先生を気絶させ、悪童を煽動して「蛍の光」をジャズで歌わせるなど、クラス切っての問題児だ。その度に母とあき子が交替で学校へ出頭し、平身低頭で謝っている。職員室へ向かったあき子は、担任の横山先生から、弟が英語の青谷先生に「暴力」を振るったこと、「ヘリクツ」が多くて注意されたことを聞かされ、青谷先生とも体面させられた。「筋骨隆々」の青谷先生は、植田君は「ヘリクツ」や「遅刻」が多く、「口答え」するので「ヘリクツの天才です」と言い、「大口」で笑う。弟の「ヘリクツ」話を一杯するが、怒るどころか「ニヤニヤ」しているだけである。二、三日後、スーパーで会った青谷先生から喫茶店に誘われたあき子は、また、正夫の「ヘリクツ」の話を聞かされる。「あたたか」い眼差しの青谷は、「鋳型」にはめない教育法を説き、「教訓」を与えるために、正夫の家へ行き、「補導」しようと言う。「鋳型」にはめないのに「教訓」で、「指導」ではなく「補導」なのだ。青谷は、日曜の午後、正夫の家に来て「遊び相手」をし、その後も、「観察補導」と称して「父と将棋盤を観察」し、「大掃除やスス払いを補導」し、「柔道」を「補導」する。お正月も国へ帰省しないで、正夫宅に行くことにし、それを、「一種の精神反応の自然性だ」と、「ヘリクツ」を述べる。全て出鱈目の教育法だ。三日目の朝、横山先生と青谷先生が正夫宅にやって来て、「正夫くんの身近」にいて、「正夫くんの補導をしたい」と言い、あき子に結婚を申し込んだ。あき子は「昂奮」のためか、「クスクス笑い」のためか、手が震えて〈おかしく〉思うのだった。（青木京子）

ハレムに入れる女《はれむにいれるおんな》

掌編小説

〔初出〕「小説新潮」昭和四十八年五月一日発行、第二十七巻五号。

〔内容〕連載小説「一期《いちご》のいろ夢」の第五話。題字とカットは灘本唯人。本連載開始の昭和四十八年一月に起きた玉本事件（タイ・チェンマイで少女妻十三人を囲っていた日本人、玉本俊雄が逮捕された事件）を受け、男性とハレムについての話題を展開していく「私」。男性は老いも若きも、皆、この玉本のようなハレムを理想にしているようだ、と「私」は綴る。次に、「「しかし、いまのニッポンの女あつめて、ハレム作ろう、いう気はおきまへん」というのは、熊八中年である」という一文から、話題は男性にとってのハレムに入れる気になる女、なれない女へと移る。さらに「いまのニッポンの女」、特に日本人中年女性の（男性から見た）問題点へと転じる。へりくつを言う女、「男のケツを叩く奴」、かしこすぎる女などが列挙され、こういう女たちは、自分の作る「ハレムに入れたらへん」と、「熊さん」は昂然とする。そんな「熊さん」に対し、「私」は、ではそうして満ち足りた時、男性は何を考えるのかを尋ねる。彼は、「今ごろどないしとるやろ、と本妻のこと考えてるかもしれへん、生命保険の受取り人、男のケツ叩いて、新聞の社説よんで、子供の教育に目の色かえてるコワーい女房《よめはん》を」と回答する。きれいにオチのついた掌編。（日野由希）

【ひ】

日毎の美女《ひごとのびじょ》

短編小説

〔初出〕「小説現代」昭和五十二年七月一日発行、第十五巻七号。〔初収〕『日毎の美女　新・醜女の日記』昭和五十四年十月二十二日発行、講談社。〔文庫〕『日毎の美女』〈講談社文庫〉昭和五十八年九月十五日発行、講談社。

〔内容〕台所用品の卸問屋に勤める「私」は、マメちゃんと呼ばれる、野口ヨシ子。醜女であると自認している「私」から見た、美人の木原梢を中心とする社内の人間模様を描いたもので、「新・醜女の日記」という副題を添えた連作小説七編の二作目。木原梢は社内のマドンナ、男性社員も出入りの得意先の男も梢に夢中。仕事の能力があまりなくても責められるどころか、皆に安らぎと力を与える存在として大切にされていて、美貌を自負している女子社員の敵愾心を煽っている。だが梢自身は自らの天与の武器にまったく無頓着で、男たちの賛美の目や声によって日毎に美女となっていく。運動会と称されている春の社員旅行が近づき、社内中の男性がみんな梢と行くのを楽しみに浮きたっている。梢が風邪をひき、旅行に行けないかもしれないとなると、社内中の男性が心配して梢のところへやってくるが、「私」が歯痛で頬を腫らしていても誰も同情せず、「匍うてでも出てこい！」と桜井課長はいう。美女でないゆえに誰にも関心を持たれない。以前は鏡を見るのも嫌だったが、最近では鏡を見ていると、それほどの醜女にも思えない。女心の自動制御装置が働き、長年つきあっている顔なので違和感をもたなくなっている。「私」は取り立てて美しくもなく、人に衝撃を与えるほどの醜女でもないから助かっているのである。運動会の会場、山奥の寺までの車中でも、隣の「私」を無視して男どもは梢に話しかける。そんな中、経理課の出口だけはいつものように梢に全く関心を示さない。ほかの男が「私」のことを地味なブスと思って気にも留めないので、安心して男の阿呆さかげんをじっと観察できたのに、出口はそういう私をきちんと観察していたのであり、「いつもジロジロ」と「男の顔見る野口サン。オタク、わりに男に興味あるのん、ちゃいますか」という。こんな皮肉な観察屋に看破されたことに腹を立てた「私」は、その仕返しに梢が出口に気があるようだとほのめかした。急にその気になった出口は梢に相手にされず真っ青になったという。生意気な出口の鼻をへし折ってやった。これはブスの深恨みである。初出誌の目次に「ムヒ、ムヒ、ムヒ…。ブスだけがもつ才覚で美女に群がる男たちを愚弄するこの歓びよ！」とある。


（松井幸子）

美女恍惚《びじょこうこつ》　短編小説

〔初出〕「小説現代」昭和五十三年九月一日発行、第十六巻九号。〔初収〕『日毎の美女　新・醜女の日記』昭和五十四年十月二十二日発行、講談社。〔文庫〕『日毎の美女』〈講談社文庫〉昭和五十八年九月十五日発行、講談社。

〔内容〕台所用品の卸問屋に勤める「私」は、「マメちゃん」と呼ばれる、野口ヨシ子。醜女だと自認している「私」から見た、美人の木原梢を中心とする社内の人間模様を描いたもので、「新・醜女の日記」という副題を添えた連作小説七編の六作目。信太のキツネに似ていると囃された女子社員の赤木さんはハヤリ目で眼帯をかけている。赤木は男の注目を集めるためなら何でもしかねないのに、なぜか眼帯について触れられることは避けているのを「私」は不思議に思う。とびきりの美女梢は男に世話を焼かれるのを当然と思っていて鷹揚だが、赤木は企画演出、小細工を弄して男の気を引くところがあり「美の成り上がり者」といってよく、「成り金」ではなく「成り美人」である。梢のように、男に囲まれて平気でふふ、ふと笑っていられるのは成り上がり美人ではない。「美のそだちのよさ」をもっていて、どんなに大事にされても「ありがとう」とおっとりいう。そして梢はいよいよ美しくなる。赤木の眼帯は美容整形らしいとの噂がひろまる。社内の男たちは女の整形は見分けがつくと大声でいう。男どもはあげつらいに正直で無神経、無頓着、無知無能だ。それなのに「私」がよう働くということは一発でわかるとは言わない。志智アケミは美容整形は自分に自信がないものがすることで、女の美醜にとらわれるのは男性社会の偏見と差別、女を私有財産視する傲慢だという。たいそうな御託を並べなくても美しくなりたいのは女心の常。化粧から美容整形に進むのは当然だが、「私」は化粧まではよいが、整形はカンニングで卑怯みれんだと思う。暫く休んでいた赤木にデパートで会うと、縁談がまとまるとかで幸福そうで恍惚とした表情をしていた。梢と同じように女の障子を貼り換えたと私は思った。（松井幸子）

美女《びじょ》ちくわ　短編小説

〔**初出**〕「小説現代」昭和五十二年十一月一日発行、第十五巻十一号。〔**初収**〕『日毎の美女　新・醜女の日記』昭和五十四年十月二十二日発行、講談社。〔**文庫**〕『日毎の美女』〈講談社文庫〉昭和五十八年九月十五日発行、講談社。

〔**内容**〕台所用品の卸問屋に勤める「私」は、野口ヨシ子。醜女だと自認している「私」から見た、美人の木原梢を中心とする社内の人間模様を描いたもので、「新・醜女の日記」という副題を添えた連作小説七編の三作目。新しく営業課に入ってきた志智アケミは偉そうでおよそ色気のない女。とびぬけての醜女ではないが、化粧をせず物腰ががさつで乱暴で実際より醜女に見え、「私」の方が優雅だと思う。同じく他課から来た新藤クンは美男で、女たちは皆新藤クンの言うことを聞く。彼は自分の美貌を自覚し、女はみな陥落するものと思っており、どことなく傲慢の匂いがするところが「私」は嫌いである。会社代表として無理に行かされた家庭用品組合主催のソロバン大会で、顔見知りのエビス商会の荒巻サンに出会う。優勝した荒巻サンは仕事は有能、よく気が付き、頭がよい。しかし、男たちは一目見てうなされるとか女フランケンシュタインなどと悪口を言う、醜女なのである。三十四、五歳でバージンだと思われているその荒巻サンが新藤クンに夢中で、梢はミナミで二人が腕を組んで歩いているのを見たという。「私」は二人の仲がうまくいっていると思っていたが、荒巻サンはもう飽きた、大阪ガラスにええ子がいると言う。荒巻サンは会社に勤めながら喫茶店やスナックを経営し、アパートを持つ実業家であった。そして、気の向いたときに、気に入った男の子を手に入れるのが生き甲斐だと言い、別嬪はおもろい人生は送れない、中身はスカでちくわみたいな人生だ。ブスは金を握り、男の子をとっかえひっかえして遊べる、ハイミスの人生は楽しいと言う。「私」は、美人の梢も理想主義の志智アケミもちくわの人生というのは納得したが、醜女の人生は充実しているという荒巻サンの言葉にはウンと素直には言えないのである。（松井幸子）

美女《びじょ》づくし　短編小説

〔**初出**〕「小説現代」昭和五十四年一月一日発行、第十七巻一号。〔**初収**〕『日毎の美女　新・醜女の日記』昭和五十四年十月二十二日発行、講談社。〔**文庫**〕『日毎の美女』〈講談社文庫〉昭和五十八年九月十五日発行、講談社。

〔**内容**〕台所用品の卸問屋に勤める「私」は、「マメちゃん」と呼ばれる、野口ヨシ

ひ

子。醜女であると自認している「私」から見た、美人の木原梢を中心とする社内の人間模様を描いたもので、「新・醜女の日記」という副題を添えた連作小説七編の七作目。外回りの男性社員は外で嫌な目にあい憔悴して帰ってくる。「私」は手の空いてる限りお茶を出してやるが、男たちは美女の梢の顔を見ることで疲労がほぐされるのである。新入りの村山君は梢に対しても他の女性社員に対するのと全く変わらない。ほかの男は美女と醜女の二色の分類だけであるが、村山君は違う。村山君は三田の出身で三田の松茸入りのすき焼きに「私」を招待してくれるという。「私」は村山君が本当は梢を誘いたいのだと思い梢を誘うと、梢は「私」の見合いの相手だった布袋青年（権田、ゴンちゃん）とその時の付添いの美青年（畑新太郎、ハタシン）の二人と一緒に行きたいという。観光農園をやっているという実家で見ると、村山君の社内で三人以内にはいるといわれる短足、胴長、垂れ目は、この山奥の村の風景に似つかわしい。村山君は人間を見るとき、自然の中の一つの種類として何の偏見も先入観もなく見る。女を見るときも、美人とブスの二種類に分けないで五人居れば五通りの自然と思う田舎育ちの自然人間である。腹いっぱい松茸とすき焼きを食べた「私」は帰るときになって腹痛におそわれ、急性盲腸炎で急きょ手術をした。付き添ってくれた村山君は観光農園を一緒にやらないかと言って「私」に求婚した。梢は布袋君と婚約し、来年秋に、観光農園で二組そろって農園結婚式を挙げることになった。やっと「私」にも遅い春が訪れたのである。

（松井幸子）

美女と竹の皮《びじょとたけのかわ》　短編小説

〔**初出**〕「小説現代」昭和五十三年五月一日発行、第十六巻五号。〔**初収**〕『日毎の美女　新・醜女の日記』昭和五十四年十月二十二日発行、講談社。〔**文庫**〕『日毎の美女』〈講談社文庫〉昭和五十八年九月十五日発行、講談社。

〔**内容**〕台所用品の卸問屋に勤める「私」は、「マメちゃん」と呼ばれる、野口ヨシ子。醜女だと自認している「私」から見た、美人の木原梢を中心とする社内の人間模様を描いたもので、「新・醜女の日記」という副題を添えた連作小説七編の五作目。「私」は自分が「美人やブスやと、考えたこともない」という顔をして自分のブス度について無関心を装っていたが、二十二歳の今は、「美人の理想」なんてない、あるのはただアホとカシコの差であると思う。そしてだれにでも「いうにいえんええところが一点ある」（内心では二点も三点もあると思っている）が、今日びの男は時間をかけて発見する努力も熱意もたりない。女の美について認識のたりぬ男性社会なんか崩壊してしまえと思う。すぐわかるような美しかみとめない社会は文化社会とはいえない。梢が見合いのため早退すると、社内の女子はざわめき、外回りから帰社した男性社員はハチの巣をつつく騒ぎとなった。社内では「私」の縁談など全く関心をもたれない。家では兄貴が「別嬪で学歴があって、金持ちの娘で、気立てのええノン」と不相応な要求をして、母に嫁候補を探せと脅している。兄貴の縁談に一生懸命な母は、珍しく「私」に来た縁談には全く関心を持たない。本人同士だけで会うことになり、「私」は梢についてきてもらう。相手の布袋みたいな男も美青年を連れてきた。布袋青年は梢に目を奪われている。「私」は「一点ええ所」を布袋青年にさがしたが発見できず、相手も「私」を同じように思っているに違いない。やはり「私」

はお見合い向きの人間ではないのだ。　（松井幸子）

美女見本帳《びじょみほんちょう》　短編小説

〔初出〕「小説現代」昭和五十三年二月一日発行、第十六巻二号。〔初収〕『日毎の美女　新・醜女の日記』昭和五十四年十月二十二日発行、講談社。〔文庫〕『日毎の美女』〈講談社文庫〉昭和五十八年九月十五日発行、講談社。

〔内容〕台所用品の卸問屋に勤める「私」は、「マメちゃん」と呼ばれる、野口ヨシ子。醜女だと自認している「私」から見た、美人の木原梢を中心とする社内の人間模様を描いたもので、「新・醜女の日記」という副題を添えた連作小説七編の四作目。美女の木原梢に対してはろくな仕事をしていなくても皆が労をねぎらうのに、美女ではない「私」に対しては全く正反対の態度をとる。梢がそばにいると、「私」にとって男性研究に資するところが多くある。フランスの偉人の言葉に「美しくない女は、人生の半分しか知らない」とあるそうだが、ブスの方がずっとよく人生を考え、知るのだと思う。社員の広瀬ヤスシが自殺未遂をした。「僕の好きなのは会社の」という書置きと、うわごとで「ブスはいやや、ベッピンでないとあかん!」と叫んだため社内で様々な憶測をよんだ。「私」には梢に失恋したのが原因だろうと思われたが、女性社員は自分が対象だと考えたがり、梢だとは考えたくない社内の男たちは梢以外の対象を詮索する。あげく、しばらくして出社してきた広瀬は「マメちゃんかも」とそらとぼけ、課長は社の女性は美人の見本みたいなンばっかり居るからマメちゃんが美人に見えるという。「私」は「なんなというとけ」と思い、知らん顔して仕事をする。　（松井幸子）

美女山盛《びじょやまもり》　短編小説

〔初出〕「小説現代」昭和五十二年三月一日発行、第十五巻三号。〔初収〕『日毎の美女　新・醜女の日記』昭和五十四年十月二十二日発行、講談社。〔文庫〕『日毎の美女』〈講談社文庫〉昭和五十八年九月十五日発行、講談社。

〔内容〕台所用品の卸問屋に勤める「私」は、マメちゃんと呼ばれる、野口ヨシ子。金時人形を女にして愛嬌を抜いたような、ヒネた感じの醜女であると自認している。その「私」から見た、美人の木原梢を中心とする社内の人間模様を描いたもので、「新・醜女の日記」という副題を添えた連作小説七編の一作目。木原梢は美人だが無能な社員である。桃色の「もわもわーん」とした雰囲気が砂糖にたかる蟻のように男の関心を誘い、男は皆、梢には親切で優先的に便宜を図り、助けてくれる。「私」はそうした男たちの生態を興味津々面白がってみており、別嬪を発見した時の男の反応は教養人格によらず、同じだと思う。梢が風邪で二、三日休んだだけで、会社の雰囲気は殺伐とし、雑用がみんな「私」の肩にかかってくる。桜井課長はさびしくてたまらないようで、課長命令で梢を見舞いに行くと、処女だと男たちに信じられている梢は、高校の同級生との子供を堕したための欠勤だと言う。梢は会社の男たちは皆、とっぽいから好きと言い、二人で外出してとっぽい会社の男たちのためにぜんざいで乾杯した。　（松井幸子）

苦味を少々―399のアフォリズム―《びたーをしょうしょう―さんびゃくきゅうじゅうきゅうのあふぉりずむ―》　箴言集

〔初版〕『苦味《ビター》を少々―399のアフォリズム―』昭和五十七年十月十七日発行、文化出版局。〔文庫〕『苦味《ビター》を少々―399のアフォリズム―』〈集英社文庫〉平成二年六月二十五日発行、集英社。〔目次〕Ⅰこの人生へ、ようこそ（人生をおいしく／魅力ある人たち／人間てもんは／独りのとき／やさしさの匙かげん／おつきあい読本／世間ルール・ブック）／Ⅱ男と女の交差点（女性学原論／男の輪郭／女の胸のうち／男のいる風景）／Ⅲ恋愛について（恋の誕生／愛のあじわい／愛の現在形／愛のかたち／恋のテクニック／そして、さよならを／女の生理学―女性学講義①）／Ⅳホームスイートホーム（結婚経由夫婦行き／家庭劇場／家庭運営仮免許／夫のつぶやき女房のささやき／女の言語学―女性学講義②）／Ⅴもう一つの人生論（私たちの人生／青春のとき／ハイ・ミスざかり／中年の椅子／オトナの季節／苦味を少々／女の行動学―女性学講義③）／Ⅵまじめな顔で（現代について／文化について）／あとがきにかえて―399番目のアフォリズム／田辺聖子著作一覧

〔内容〕田辺聖子の数十年にわたる小説『休暇は終った』『言い寄る』『猫も杓子も』『魚は水に女は家に』『愛の幻滅』『夕ごはんたべた?』『私本・源氏物語』『求婚旅行』『お目にかかれて満足です』等々のなかからとり出して集めた三百九十九のアフォリズム集である。「人を責めることが大好きな人があるね、正義の味方の中には」、「お世辞は最高の文化である。ことに女へのお世辞は」、「相手が返事に困るような質問をするのは、男と女のツキアイの中ではルール違反なのである」、「女は、やさしい男が好きなくせに、男がやさしいと見くびるものである」、「女には、ゆるすことはあっても忘れることはないのですねえ。ゆるすという言葉はあっても、忘れるという言葉を持たないのが女ですね」等々の魅力的な言葉が集められている。こうした人間の本質を端的に抉るようなアフォリズムが小説のいろんな場面に豊富に出てくるところに、田辺文学の面白さや魅力があるといってよい。田辺聖子は「恋をテーマにしたとき、なんといっても人が興味をもつのは、恋におけるアフォリズムである。私はアフォリズムのない恋愛小説には興味を感じない。何らかのアフォリズムのおみやげなしに、私は、恋愛小説を出発させることはない」という。

（浦西和彦）

びっくりハウス《びっくりはうす》　短編小説

〔初出〕「小説セブン」昭和四十四年九月一日発行、第十二号。〔初収〕『ここだけの女の話』昭和四十五年二月二十八日発行、新潮社。〔文庫〕『ここだけの女の話』〈新潮文庫〉昭和五十年四月二十五日発行、新潮社。

〔内容〕新聞の悩み相談への手紙形式の作品。二十九歳のタクシー運転手の「私」は、仕事中「恋女房」のハルミの浮気現場に遭遇する。しかし、「私」の悩みは、「浮気の悩みでも、その相談でもない」と語り始める。浮気が発覚しても、「あっけらかんとした態度」の妻に対して、生来「弱気でお人よし」、「大阪弁でいわゆる『あかんたれ』」の「私」は、「ふくれっつら」をするのが関の山で、「胸中悶々」としている。しかし、「人がふくれる、というのは見てほしいから」であり、「一すじの愛情がきれぎれにつづいているからである」という。腹が納まらない「私」は、親友の本間に相談し、妻の浮気相手のバス運転手に賠償金を求めることにする。タクシー会社の事務員で「事故係」を担当する本間は、「交通事故の示談書」の書式を手本に「『間男』の示談書」を書いてくれた。車の接触事故と、妻とバス運転手の「接触」が与えた「精神的打撃」とのアナロジーが滑稽である。しかし、結局妻の浮気相手の稲田青

年に会うと、「オドオドして気の弱そう」な男で、どうも憎めない。青年の介添えに来た親代りの伯父さんは、「昔かたぎのりちぎさで、甥の所業を恥じている」様子である。何かと話すうち、「時ならぬ大宴会」になる始末。以来、稲田青年は「私」と意気投合し、本間の親戚の娘と見合いをし、その婚約者と遊びに来るようになる。伯父さんも「私」の碁がたきとなりやってくる。今では妻とも仲直りしている。本間は、「まるで人がみたらびっくりハウスやで。何やしらん、気ィがおかしゅうなる」というが、「どうおかしいのか自分でも分らんから不安」なので、「分るようにして頂きたい」というのが、「私」の悩み相談である。

（屋木瑞穂）

人妻ぎらい《ひとづまぎらい》　短編小説

〔**初出**〕「小説宝石」昭和六十三年一月一日発行、第二十一巻一号。原題「人妻嫌い」。〔**初収**〕『結婚ぎらい』平成元年九月二十日発行、光文社。〔**文庫**〕『結婚ぎらい』〈光文社文庫〉平成五年十月二十日発行、光文社。

〔**内容**〕三崎は三十一歳、三流私大卒で中小機械メーカー勤務、もてない独身男である。友人の松井と男と女のどちらがロマンチックかと話したとき、松井は女だと主張した。その根拠は、彼の人妻との不倫体験にあり、女はロマンチックな恋という夢を抱いて不倫をするというのである。また、人妻は経済観念もあり、女らしい情味や可愛げがあるという。打算的な若い女に痛い目に合わされている三崎は、松井の話に聞き入った。それから間もなく、三崎はたまたま参加した宴会がきっかけで大野モエ子という人妻と知り合う。彼女は、子持ちの肉づきのよい三十四歳の中年主婦で、振る舞いも庶民的で飾らず、食事の後、飲みに行くのも阪神電車で移動、カラオケで長年連れ添った夫婦愛を詠嘆した歌を熱唱し、ロマンの気振りも見えない。三崎は、松井の話を思い出し、ロマンチックなムードを盛り上げようとするが、モエ子は単刀直入にホテルに誘い、全てモエ子のペースで押しまくられる。その後モエ子は三崎のアパートを度々訪れるようになり、掃除や料理などもしてくれるが、ホテル代がもったいないと、アパートで寝るのである。情事の後に夕飯の献立に悩んだり、三崎のアパートの冷蔵庫から食べ残しの蒲鉾を持ち帰るなど、モエ子の存在によって、三崎の生活には人妻臭という生活臭がみちみちてくる。三崎はモエ子愛唱の「苦労かけたねえお前」のリズムとメロディーで「人妻きらいや、オバンはきらい」と歌いたくなるのである。「夫婦酒」（昭和五十五年六月、作詞：はぞのなな　作曲：岡千秋）に似た夫婦愛の歌を愛唱しつつ、日常の延長のように不倫をするモエ子と、「中年主婦」という言葉に「汗ばめる我を迎えて山荘の知性に明るき夫人の笑顔」という短歌の「知性に明るき夫人」を連想して憧れを覚えていた三崎。男のほうがよほどロマンチックな生物である。人妻にロマンを見る、男のロマンが壊されるのを描いた作品。

（吉川仁子）

美男と野獣《びなんとやじゅう》　短編小説

〔**初出**〕「週刊小説」昭和四十八年八月十七日発行、第二巻三十一号。〔**初収**〕『ほとけの心は妻ごころ』昭和四十九年十月二十五日発行、実業之日本社。〔**文庫**〕『ほとけの心は妻ごころ』〈角川文庫〉昭和五十五年四月三十日発行、角川書店。

〔**内容**〕私の夫は若い頃「水も滴る」美男であった。時代の好尚にかなった美男ぶりにすっかり心を奪われた私は、彼好みの女になりきり、無事結婚に至る。男と張り合おうとする女より、いっしょに居て気安くくつろげる女がよいと夫は言い、「ちょいとお多福」なだけの「私」を見て、「美男と野獣」と笑う。それを愛情ゆえと考えていた私は、中年を迎える頃、その言葉が彼の本心であることに気付きはじめる。中年になった夫は、かつての美貌ももはや衰え、かたや「私」の方は、お多福顔が幸いして、年齢よりずっと若く見える。しかし夫は相変わらず自らの美貌を疑わず、毎日のように「聞きなさい、今日は会社の女の子が……」と自慢する。こんな話に「私」が死ぬほど退屈していることに、夫は少しも気付かないのだ。美貌とは見飽きやすく、それを上回る人間味の面白さがないとつまらない。そう考えていた頃、「ジャガ芋を石で叩きつぶした」ような顔をした近所の青年に、「私」は心がときめくようになる。縁談の世話という名目で、いそいそと青年に会いに行く私は、「浮気は顔でするのとちがう」と思い、夫の人となりや過去の言動について、「いっぺんに、悟るような」感じを持つ。夫の美貌にひかれて結婚したものの、中年を迎えて、その薄っぺらさに醒めた妻の姿が描かれている。（北川扶生子）

ひねくれ一茶《ひねくれいっさ》　評伝長編小説

〔初出〕「小説現代」平成二年二月一日～四年二月一日発行、第二十八巻二号～第三十巻二号。〔初版〕『ひねくれ一茶』平成四年九月八日発行、講談社。〔文庫〕『ひねくれ一茶』〈講談社文庫〉平成七年九月十五日発行、講談社。〔全集〕『田辺聖子全集第十八巻』平成十七年十月十日発行、集英社。

〔内容〕一茶は十五歳の時、信濃の柏原村から江戸へ奉公に出て、川柳の万句合わせに投稿してから俳諧の世界へ入った。その一茶の四十一歳から死にいたるまでを描いた評伝小説である。夏目成美、鈴木道彦、建部巣兆、川原一瓢や、信州の桜井蕉雨らとの交わりを通して、一茶の生活を具体的に描くと共に、文化文政期の俳壇の状況をも克明に描いている。俳句を職業とする一茶の生活は、パトロンに恵まれず、不安定なものであった。旅に出て、各地で句会を開き、何がしかの謝礼をもらって次の地に向かうものだった。俳諧に打ち込むことができる経済的な安心感を得ようと、父の遺産相続をめぐって、実家のかまどの灰に至るまで二分せよと、継母や異母弟に迫り、長年にわたって、執拗に争った。田畑と家の半分を手に入れた一茶は柏原に終の栖を構えて、五十二歳で二十八歳のお菊を迎え、子をもうけて平安を得たものの、三児を次々と亡くし、お菊にも先立たれた。さびしさに耐えかねて、お雪と再婚するが、このお雪は短期間で去った。六十四歳で三十二歳のおやを迎えるが、大火にあって家が焼かれる。文政十年に六十五歳で、一茶は生まれる子の顔を見ることもなく死んでしまう。多くの句と共に、俳人としての一茶の句境と生涯が描かれる。この作品は、平成五年四月九日に第二十七回吉川英治文学賞を受賞した。田辺聖子は、その「受賞の言葉」で、一茶に挑戦したのは「一茶の句が好きだったからだ。こんな句をつくる人の、心の底をのぞいてみたい、その人生を再現してみたいという誘惑にかてなかったからだった」と述べている。（浦西和彦）

比翼《ひよく》　短編小説

〔初出〕「オール関西」昭和四十一年二月一日発行、創刊号。〔初収〕『世間知らず』昭和五十二年十月十四日発行、講談社。〔文庫〕『世間知らず』〈講談社文庫〉昭和五十七年五月十五日発行、講談社。

〔内容〕橿原神宮駅で下りてバスに乗り換え、下りると濛々とした砂埃に見舞われた。私（山村キミ子）は三十五歳の独身会社員。元同僚の妹で十歳以上年下のミイ子と同居しているが、ミイ子の母が上阪するというので一泊旅行に出てくれと頼まれた。ミイ子は恋人に失恋したところなので、母親に慰めてもらうのもよいと思い、またミイ子が用意した旅行の宣伝文句「みどり滴るやまと路の旅」に魅かれて承知した。暑さと砂埃で「こんな筈ではなかった」と思いながらも剣ノ池にたどりつき、孝元天皇の嶋上陵を前に『日本書紀』や『万葉集』に思いをめぐらせる。私は歴史好きなのだ。向原寺を経て、飛鳥寺では話好きの住職と歴史や仏教について語った。酒船石を見て下りると夕刻に近く、私が見たかった大和路の景色に出会えたことに満足した。ミイ子がひなびた田舎宿だと勧めてとってくれたコトブキ旅館は、実は何の風情もない古宿だった。宿の婆さんとの会話が少しかみ合わなかったが、深くは考えなかった。宿には職業団の野球チームが合宿していて、落ち着くこともできない。暑い部屋で食事を済ませると、婆さんが「おつれさん」だと青年を案内してきた。青年が私を見て違うと言うと婆さんは驚き、後で私に勘違いを詫びに来た。青年は十五歳年上の人妻と駆落ちするため、宿で落ち合うのだという。私はその人妻と間違われたのだ。十時頃、私は婆さんに起こされて、その人妻が来たが四帖半の部屋しかないので部屋を変ってくれと頼まれ、従う。私は憤懣をぶちまけようとミイ子に電話した。受話器をとったのは男の寝ぼけ声。ミイ子が失恋したはずの恋人だ。翌朝、部屋を出るとき、ふと見ると「比翼」という名札がついていた。全ての部屋におめでたい名前がついていたのだった。『世間知らず』はハイ・ミスを主人公とする作品を集めた小説集。その「あとがき」（文庫版あとがきも同じ）で著者はハイ・ミスの魅力について「あらゆる可能性をまだ手のうちに捉えつつ、夕焼けの空の色の変るような人生をいとおしみ、年を重ねるほど、むしろみずみずしくなってゆく」と語る。それは本作の「私」が歴史散策の帰りに見る美しい夕景と重なる。（奥野久美子）

ひよこのひとりごと　残るたのしみ《ひよこのひとりごと のこるたのしみ》

エッセイ集

〔初出〕「婦人公論」平成十五年三月七日〜十七年十二月七日発行、第八十八巻六号〜第九十一巻一号。〔初版〕『ひよこのひとりごと　残るたのしみ』平成十八年六月七日発行、中央公論新社。〔文庫〕『ひよこのひとりごと　残るたのしみ』〈中公文庫〉平成二十一年七月二十五日発行、中央公論社。〔目次〕オトナ／私ってヘン？／白寿の春／眉化粧／まいりました／春のご開帳／オトナの観るもの、ゆく店／つづりもの／フランス俳句／いちごの風合／新潟の海風／ほっちっち／プチ整形／オトナの資格／目ざわり／うしわか／めおと・さまざま／富士へ／エレガンスな夢・中原淳一／夜の一ぱい／深い思し召し／神事と男／ホテル癖／お・こ・し／二つの舞台／タクシーの中で／春寒の旅／宝塚九十周年／吉野山／古くとも……／可愛げ／人さまざま／ちゃぶ台／楽しい夏の午後／キカイ／鷺部隊／乙女ごころ／お目見得／長寿時代／あんじょう……／度胆を抜かれて／エレベーターにて／男はんは……／正月の星／百一歳の正月行事／お汁粉ばなし／水仙の旅／テムジン青年／女浪人―私と直木賞―／誰やあっ／お猿のおしっこ／姥彼岸／受けつぎ、伝えつぐということ／楽天家／いろんな発見／昔びとの人生／うす味の女／ホテルの特攻隊／現代の〈夕占〉／そのひとこと／メモ歌／笑いは百薬の長／定命／百歳

媼／後世畏るべし～あとがきにかえて～
〔内容〕サブタイトルの「残るたのしみ」とは、生別・死別ともに、此岸《しがん》にふみとどまった者を指す。夫《おっちゃん》（川野純夫）を葬《おく》ったあとも繁忙な著者は、彼が死んだ実感がなく〈彼がそこにいる〉感覚で話しかけたりする、「私ってヘン?」。夫の発病、入院、死、葬儀、あと始末まで書き納めた『残花亭日歴』の「深い思し召し」。老母・田辺勝代の百歳の長寿祝いと、静かな旅立ち。仕事のあとの「夜の一ぱい」など、笑いに包んで供される。「他人もエライが自分もエライ」、「人生はその日その日の出来心」など、老いて分かってくる人生の知恵が詰めこまれている。喜寿を過ぎて、ますます朗らかな「人生の達人」が、年を重ねる愉しさ、味わい深さを綴ったエッセイ集である。

（檀原みすず）

開き直り《ひらきなおり》　短編小説

〔初出〕「別冊文藝春秋」昭和六十一年十月一日発行、第百七十七号。〔初収〕『ブス愚痴録』平成元年四月二十日発行、文藝春秋。〔文庫〕『ブス愚痴録』〈文春文庫〉平成四年三月十日発行、文藝春秋。
〔内容〕田代は四十三歳、どんな仕事も、このところ苦にはならない。ずっと以前の部長の影響で、やーさんの演歌が鼻歌で出る。最近では、驚いたことに、家庭の中でも鼻歌が出そうになる。結婚して二十年近くになる幸子は、すらりとした美女で家事も抜かりないが、人を責めるのが大好きで、そのくせ、自分からは話題を提供しない。別にケンカするでもないのに、家の中は冷え冷えしている。世間の夫婦は、みなこんなものであろうかと、田代は納得しがたいものを感じている。妻と高校生の長女ひさ子、次女のふさ子にしぶしぶついて行った、夏の沖縄の海で、マリンロディオに一緒に乗ったことがきっかけでリイ子に出会う。むっちりした肩や四肢が肉感的で、手足をぶらんぶらんと振るような歩き方をする女の子だった。そのリイ子にミナミの千年町のスナックで再会する。リイ子は女子大生だが、スナックのアルバイトが本業のようになっている。妻とは正反対の、リイ子のべちゃべちゃした下品な声、大根足に何とも心を惹かれ、ついにリイ子のためにワンルームマンションを借り、そこに通うようになった。田代はリイ子に入れあげ、かなりの金を使った。ある日そのアパートに、リイ子の母親と名乗る女から電話があり、リイ子はまだ高校二年生だが、年上の人に憧れるクセがあり、以前にも三十八の男と同棲し、別れさせるのに難儀したことを聞かされた。未成年と分かった以上、これ以上関係を続ける訳にもいかず、リイ子への思いは冷めてしまった。年がかわり、一月の三日、田代が年始の挨拶に出かけ、妻も外出した時、リイ子がお正月の晴れ着を着て訪ねてきたらしい。家にいたひさ子とふさ子に聞くと、同年代らしく、リイ子とお節の残りを食べたり、音楽テープをかけたりして楽しんだとのこと。父との関係をひさ子が尋ねると、「ご想像に任せます」と答えたそうだ。三人で話し合って、母親にはないしょにすることにしたから、そのかわりお年玉を足してほしいと、ひさ子にねだられた。田代は二階へ上がりビールを飲み始めた。帰っていた幸子の視線も気にせず鼻歌を歌う。わけのわからぬ連中にこてんぱんに翻弄された気分で、開き直りでもしなければやってられない。

（宮薗美佳）

ひ

【ふ】

フィフティ・フィフティして《ふぃふてぃ・ふぃふてぃして》　短編小説

〔初出〕「小説新潮」平成元年八月一日発行、第四十三巻九号。〔初収〕『夢のように日は過ぎて』平成二年二月二十日発行、新潮社。〔文庫〕『夢のように日は過ぎて』〈新潮文庫〉平成四年十一月二十五日発行、新潮社。〔全集〕『田辺聖子全集第十一巻』平成十七年三月十日発行、集英社。

〔内容〕芦村タヨリをヒロインとする連作短編の六作目。タヨリは三十五歳にして独身、関西在住の美人ニットデザイナーである。本編のタヨリは、周囲で流行中のエスニックテイストの欠点や、モードの中心パリでの腹立たしい旅の思い出を振り返りつつ、「日本のド田舎。ド地方都市」の魅力を再評価する。日本の「ド田舎」旅行と、特性美顔液「タヨリ水」、そして「人生フレーズ」の「アラヨッ」が、タヨリの活力剤だ。その日もタヨリは、岡山発のローカル線に乗り、島根県側に向かっていた。一人旅の気楽さは好もしい。電車を降りたタヨリは、バスの待合所で、旅慣れたセールスマン風の四十過ぎとおぼしき男、今田源太郎に声をかけられる。旅程を変更してタヨリは、秋祭りが催される鶴富に、今田とともに向かった。そこで二人は、ちょっとしたアクシデントに見舞われる。花火の爆発に驚いた人々が、一斉に参道の石段に押し寄せ、居合わせたタヨリが落下しかけたのだ。今田は必死にタヨリを庇い、タヨリは彼女を守った今田に「（ズキッ）とくる感動」を覚えた。だがそこには意外な筋書きがあった。田舎町では女性の都会への流出が激しい。三十八歳の今田は、四十五と偽って女性を安心させ、「嫁飢饉」にあえぐ鶴富の青年たちのために「ギャル」を町まで連れて来る。その今田に青年たちはお酒を御馳走する、こういう約束が成立していたのだ。しかし、嘘をついた「今田のおっさん」と、宿帳に「25歳」としたため「ブリッ子していた」タヨリは、「フィフティ・フィフティ」に相違ない。かくしてタヨリは、「日本のド田舎」鶴富町への一人旅を終えた。「タヨリが人生で出会った男たちの一覧表、みたいな小説」（〔解説〕『田辺聖子全集第十一巻』）と、田辺が述べるように、『夢のように日は過ぎて』は、タヨリの恋愛遍歴を一話完結で描き出すオムニバス形式の短編集である。その中にあって、タヨリの恋を中心に置かない本編は、少なからず異色と言えよう。とはいえこの旅には後日談がある。タヨリの同僚、三十一歳の「日本風美人」藤村ゆみと、鶴富の独身最高齢、四十五歳の牧畜業者が婚約したのだ。刺激のない「ド田舎」旅行をばかにしていたゆみが、「牛を愛し、鶴富町を愛する」ようになるのだろうか。我が身を省みて、「自己中心に世界が廻っていると思う人間である」と述べるタヨリだが、つまるところ彼女は、独身美人ニットデザイナーとしての自分とその生活を愛しているのだ。「ヒトのために何かするというのは、もう少しアトにしよう」「もしかして、自分より、この人のほうが大切、と思ったとき」「それが、ほんとに人を愛したときかもしれない」。「仕事や遊びや男をひっくるめた」タヨリの「人間商売」、彼女の出会いと別れの物語に、終わりが訪れる気配はない。

（渡部麻実）

深追いして《ふかおいして》　短編小説

〔初出〕「小説新潮」昭和六十三年四月一日発行、第四十二巻四号。原題「深追い」。〔初収〕『夢のように日は過ぎて』平成二年二月二十日発行、新潮社。〔文庫〕『夢のように日は過ぎて』〈新潮文庫〉平成四年十一月二十五日発行、新潮社。〔全集〕『田辺聖子全集第十一巻』平成十七年三月十日発行、集英社。

〔内容〕大手ニットメーカーのデザイナーで三十五歳の独身独居女性、芦村タヨリをヒロインとする七編からなる連作短編の一作目。田辺は「解説」(『田辺聖子全集第十一巻』)で本連作短編について、『愛してよろしいですか?』とともに「ハイ・ミスライフそのものがテーマ」「人生時間の中でハイ・ミスという時間を課せられ、それを消化しなければ過程が終わらない女たちのたたずまいに焦点を」あてた小説と述べている。結婚退職する同僚に電報を打つというちょっとした面倒事を抱えた日曜の朝を、炊きたてご飯、味噌汁、焼き魚でゆったりと始めたタヨリは、年下のボーイフレンドたちからの誘いを大人の女性らしくすっきりとかわし、休日をのんびり楽しんでいる。自立した独身女性芦村タヨリの休日は、誰かにふりまわされることなく、それでいて世間とも人間ともほどよくつながっており孤独ではない。そしてそれは、特製美容液「タヨリ水」で美貌を養いつつ、「来しかた行く末を考える日」でもある。肩に余計な荷を負わないシンプルライフ、面倒に巻き込まれない身軽な生き方。タヨリは、人生を軽やかに乗り切るための〈こだわりフレーズ〉「アラヨッ」を掲げ、自由な大人の女性の、ほどよくコンパクトで必要十分に華やかなシングルライフを築いてきた。その日もタヨリは、新聞の家庭欄で展開される、既婚女性の「じとじとの世界」を傍目で見つつ、「結婚なんてことは、するこっちゃない」との実感を新たにした。「肌が綺麗でちょっとファニーフェイスで、縮れた髪がわんわんとひろがって、ハタチから三十五まで幅広く年齢のサバ」がよめるタヨリは、地に足のついた大人のゆとりと魅力を持ち、自分の力で人生を楽しむことのできる女性である。しかしタヨリにもまた、「辛い結婚さえ甘美に見えるという一瞬が全くない」わけではない。そんなタヨリの休日に、訪問者があった。〈結婚〉の方を選んだ友人の伴子が、夫と一悶着あって訪ねてきたのだ。伴子の夫は、タヨリの元恋人である。一人暮らしののんびりした休日を羨んだ伴子は、しかしタヨリの小さな雛人形に目をやると、実家の母が孫娘のために工面して送ってくれた雛人形を思い起こし、「お雛様出すわ」と言って帰って行った。ふたたび一人になったタヨリは、「どんないやな人間も悪い奴も、気に入らん人も、眠っているときは無邪気な顔やわねえ」という伴子の言葉を反芻しつつ、既婚女性も独身女性も、それぞれに〈こだわりフレーズ〉を見つけ、それを駆使しながら自分の人生を生きているのかもしれない、と考える。ベストフレーズ「アラヨッ」を武器に、自分の人生をますます深追いしてみようと思う芦村タヨリの物語は、第二編「夢のように日は過ぎて」に引き継がれる。なお、単行本収録にあたり、原題「深追い」を「深追いして」に改めたことで、『夢のように日は過ぎて』に収録された短編のタイトルはすべて、「〜て」形に統一された。タヨリのシングルライフは、この、無限に連続可能な日本語独特の形式とともに、どこまでも続いてゆくのであろう。

(渡部麻実)

不機嫌な恋人《ふきげんなこいびと》　長編小説

〔初出〕「月刊カドカワ」昭和六十二年一月一日〜昭和六十三年三月一日発行、第五巻一号〜第六巻三号。〔初版〕『不機嫌な恋人』昭和六十三年五月三十日発行、角川書店。〔文庫〕『不機嫌な恋人』〈角川文庫〉平成元年九月二十五日発行、角川書店。〔全集〕『田辺聖子全集第四巻』平成十七年六月十日発行、集英社。

〔内容〕三条油小路に住む小侍従《こじじゅう》は、宮廷一の美女で才長けた、恋の手練れと評判の二十七歳。遊びのつもりでつき合った年下の貴公子二条の少将と恋に落ち、彼にのめり込んでいく。しかし少将は、難攻不落といわれる年上の小侍従を手に入れたいという功名心があっただけで、それは愛情とは別物だった。小侍従はその機微を見抜きながら、自らの虚栄心のために少将を甘やかしていく。少将の真の愛がほしい、もっと夢中にさせたいと思いながら、いつかはこの恋も終わることを予感しつつ、冷静さと狂躁が彼女を苦しませる。そんな中、少将は清水の観音さまに参詣した折、七条に住む故閑院大納言《かんいんだいなごん》の北の方を見て一目惚れしてしまう。子供を持つ七条の未亡人にさまざまな手を使って愛を打ちあけるが、夫人は受け入れない。少将が恋い慕う七条の未亡人は予想もしない人物と密かに心を交わしていた。未亡人はその男との叶わぬ愛ゆえに命を閉じることになる。少将は小侍従との恋に驕った自分に気づき、彼女との間に本当の愛を発見するが、この時、小侍従はすでに少将との別れを決めていた。一人の女が男にプライドを壊されながら恋を失っていく心理が克明に描かれる。小侍従は、帝になられた東の洞院の宮の申し出を拒み、院になられた先帝に従って堀川御所へ参内した。少将は二条家の政敵、堀川家の姫君と結婚した。少将と小侍従は、昔愛を語り合った土御門《つちみかど》の邸で最後の密会をする。「幻じゃなかった。そうよ、終わったとたんに、恋は実在するんだわ」と言って小侍従は去っていく。堀川邸の新居で、少将は不機嫌をまぎらわせようとしていた。恋も青春も失い、「かつて生きていた人」のように、無明の俗世で彷徨をつづけなければならないのである。田辺聖子が二十代の頃に書いた小説「若き円の少将の悲しみ」と「若き二条少将の悲しみ」が原型となり、六十歳にして深みを増した人生認識をもって書かれた王朝のハーレクイン・ロマンスである。

（檀原みすず）

文車日記　私の古典散歩《ふぐるまにっき　わたしのこてんさんぽ》　エッセイ集

〔初版〕『文車日記　私の古典散歩』昭和四十九年十一月十五日発行、新潮社。〔文庫〕『文車日記　私の古典散歩』〈新潮文庫〉昭和五十三年七月二十五日発行、新潮社。〔全集〕『田辺聖子全集第二十二巻』平成十七年十二月十日発行、集英社。〔目次〕額田女王の恋（万葉集）／むかしはものを（小倉百人一首）／あつもり（平家物語）／北浜の米市（日本永代蔵）／少女と物語（更級日記）／男の友情（木曽義仲と巴御前）／心あひの風（催馬楽）／あね・おとうと（大津皇子と大伯皇女）／皇太后のおん靴（昭憲皇太后）／十二単（栄花物語）／年上の女（和泉式部）／わが愛の磐之媛（万葉集）／舟と琴（古事記）／女の児（土左日記）／舟唄（土左日記）／ロマンのページ（今昔物語）／恋の奴（但馬皇女）／庭たづみ（記紀）／さくらの歌（新古今集他）／魅惑の男（蜻蛉日記）／うまずめ（清少納言）／あけぼの・くれなゐ（主人公の名前）／赤珠は……（記紀の神話）／玉手の恋（摂州合邦辻）／ころもがへ（与謝蕪村）／ありがひもなき世間（沙石集）／薄幸の皇后（定子皇后）／老いゆく君（万葉集）／恋のあはれ（徒然草）／お夕顔（源氏物語）／朝光の恋（大鏡）／おちくぼ（落窪物語）／やさしいサムライ（偐紫田舎源氏）／大君のみ楯（日本書紀）

／あやゐがさ（梁塵秘抄）／男の出発（阿倍継麿）／白き鳥の歌（ヤマトタケルノミコト）／虫めづる姫君（堤中納言物語）／ませの白菊（古今著聞集）／あーら　わが君（落語）／浅茅が宿（雨月物語）／浮きあぶらの国（古事記）／おさん（心中天網島）／誇りたかき男（道長と隆家）／黄泉比良坂（古事記）／さめやらぬ夢（建礼門院右京大夫集）／幾山河（若山牧水）／忍ぶ恋（式子内親王）／浮世風呂（式亭三馬）／ひとつ松（市原王）／知盛最期（平家物語）／雪ちるや（小林一茶）／黄葉夕陽村塾（漢詩）／峯のあらし（小督局）／世間胸算用（井原西鶴）／国庁の雪（大伴家持）／ふれふれこゆき（讃岐典侍日記）／失われた夢（滝沢馬琴）／恋の見本帳（伊勢物語）／きつね妻（日本霊異記）／ゆく河の流れ（方丈記）／シャロンの野の花（聖書）／これ小判（川柳）／永遠の少女（紫の上）／黄表紙の色男（山東京伝）／ただ狂へ（閑吟集）／野ざらしの人（松尾芭蕉）／あとがき

〔**内容**〕書評ほか書誌的事項は、『田辺聖子全集第二十二巻』「解題」が詳しい。単行本と文庫本には「文車《ふぐるま》日記」とルビがある。全集にはルビなし。「あとがき」冒頭に「私はこの本でとりあげた古典作品を年代順にならべませんでした。それは、古典への入門とか手引きとか啓蒙書を作る意図で書いたのではなく、文字通り、気ままな古典散歩をしてみたかったからです」とある。記紀の神話から若山牧水まで、日本の古典を幅広い範囲にわたって言及されており、田辺聖子の古典文学に対する愛着の深さがにじみでている。（目野由希）

ふしぎなひきだし《ふしぎなひきだし》　児童文学

〔**初版**〕『ふしぎなひきだし』〈小学館の創作童話シリーズ43〉昭和五十三年十月十五日発行、小学館。書き下ろし。

〔**内容**〕文／田辺聖子、絵／岡田嘉夫。お兄ちゃんが、引き出しを開けようとするが、何かがひっ掛かって開かないのを、妹のゆみちゃんが見ている。お兄ちゃんは怒って机を蹴飛ばすと、外へ出て行ってしまう。ゆみちゃんが、開いた三センチの隙間から手を入れると、誰かが握手をする。気がつくと体が小さくなって、ゆみちゃんは引き出しの中に入っている。巨大なペンシル型ライトで照らすと、色んな物の奥に、かなぶんぶんがいた。記念切手を入れた箱が引っ掛かって、外に出られなくなったのだ。協力して箱を動かしたお礼にかなぶんぶんは、ゆみちゃんを家に招待してくれる。かなぶんぶんの背中に乗ったゆみちゃんは、空から友だちのえっちゃんが、折り紙の赤いつるを引き出しに入れて、開かなくなったのを見て笑う。かなぶん屋敷でおやつをご馳走になり、宝物の記念切手を見せてもらっていると、いじめっ子のくわがたがやってきて、記念切手を取り上げ、もっと出さないとゆみちゃんを挟むと脅す。かなぶんぶんは、引き出しの中の切手帳をあげると言うが、引き出しが開かない。くわがたが怒るので、開けようとして手を入れたゆみちゃんは、誰かに握手され、一層小さくなって引き出しの中に引き込まれる。そこにいたのは折り紙の赤いつるだった。切手帳が引っかかっていたのを動かして引き出しを開けると、つるはゆみちゃんを背中に乗せ、足にくわがたを摑んで飛び立つ。吊り下げられたくわがたが泣き出し謝ったので地面に下ろすと、つるはゆみちゃんを家に送ってくれる。最後は、「さて、みなさんの　ひきだしは　あきますか？　あかない　ひきだしの　おくには、なにかが　あるのでしょうね」で終る。田辺聖子は本書の「作者よりママへ」において、

「子供はなぜか小さいところへもぐりこみたがり、ほそいすき間をのぞきたがったり、します。現実の世界とは全くちがう不思議な次元へ心をそそられるからでしょう。そのあこがれを現実に引き戻すのは、悪役のくわがたです。くわがたのコトバは、いま住んでいらっしゃるそれぞれの土地の、方言におきかえてよんであげて下さい」と述べている。なお、本書のくわがたは、大阪のらんぼうな男コトバを使っている。（畠山兆子）

ブス愚痴録《ぶすぐちろく》　短編小説

〔初出〕「別冊文藝春秋」昭和六十一年七月一日発行、第百七十六号。〔初収〕『ブス愚痴録』平成元年四月二十日発行、文藝春秋。〔文庫〕『ブス愚痴録』〈文春文庫〉平成四年三月十日発行、文藝春秋。

〔内容〕吉見は、部下の長身のスポーツマンで社内でももてていた赤木の結婚式に出席した。驚いたことに新婦がユニークな容貌の持ち主、はっきり言えば「激ブス」であった。吉見の妻千津子はいまも美人といえるが、吉見の母も姉もいかつい醜女である。姉はベテラン教師で独身である。五十の声を聞く頃になって、人生の年輪が醜貌を隠し、若い頃より数等見やすくなった。七十七、八の叔父はわりに洒脱な人で、「オナゴの顔を問題にするのは男も四十代までじゃ」、五十になると鏡見ておのれを知り、おのれのヘチャ（ブス）を知る「知ヘチャ」である、という。赤木の結婚式から一年半が経ち、赤木は既婚者として課の女性に相手にされなくなり、老けてきた一方、仕事上ではいい中堅になろうとしている。吉見が赤木と酒を飲むと、赤木は、結婚までの身持ちの堅さ以外は、金の亡者で家事はしない昼寝はする、ブスと結婚して何一つよいことはなかった、ブスは強い！　と悔やんでいた。赤木の酒くせは悪くなっている。叔父のところへふらりと遊びに行き、赤木の話をすると、叔父は、身持ちとブスは別もん、と言い、叔父から、醜女の母が、わりにもてたと聞かされた。叔父が言うのには、オトナの男は、自分もヘチャと知っているから、オナゴのヘチャも気にしない、美人やヘチャや騒ぐのは、若いからだ、とのことだ。突然、姉が結婚すると電話してきた。夫になる男は五十四だというが、なかなかの好紳士であった。控え室で姉から、昔から男に不自由したことはなかったと聞かされた。この分では、赤木の妻の、たった一つの取り柄も、どういうことになってるやら、ともかく、ブスは強いのだ。（宮薗美佳）

復古調亭主《ふっこちょうていしゅ》　短編小説

〔初出〕「週刊小説」昭和四十九年五月十日発行、第三巻十六号。〔初収〕『ほとけの心は妻ごころ』昭和四十九年十月二十五日発行、実業之日本社。〔文庫〕『ほとけの心は妻ごころ』〈角川文庫〉昭和五十五年四月三十日発行、角川書店。

〔内容〕私の夫は、中年になってから、言うことなすことが「右へかたむいてきた」ようである。女学校の同窓会に行くと、友人の旦那たちも、不思議なことに、同じ傾向を示し始めたらしい。いわく、教育勅語は教育の一大根本である、徴兵制度を復活せよ、女は婦道を守れ。女学校の友人たちと私は、夫の右傾化を食い止めようと、意気投合する。しかし夫が、長髪に赤いパンタロンをはき、ロックにうつつを抜かす息子や、わがまま勝手なこのごろの若い者に、昔の軍隊教育で活を入れたいと言うのを聞いて、私は夫の復古調の理由が読めたような気がした。私自身は、料理や編み物にも興味を示す、やさしい今の若者の方が、ガスのスイッチも入れられない夫よりよいのではないかと思う。夫は、かつての日本軍の緊張感あふれる行進の様子を懐かしがるが、彼らだって、戦地ではしどろもどろ、死の行軍だったのである。性根がないと言われようが、息子を戦争にとられるのはいやだ。寝室に飾られたピカソの絵画を「天皇陛下のお写真」ととりかえた夫に私は閉口するが、気がつくと「欲しがりません、勝つまでは」という標語を、ふたりで懐かしく思い出していた。しょせん、われわれの世代は「戦時調」らしいと思いながら、神々しい写真を仰いだ。戦中世代夫婦の、戦後の世相への違和感を、共感をこめながらもユーモラスに描いている。

（北川扶生子）

武門の意気地《ぶもんのいきじ》　短編小説

〔初出〕「オール讀物」昭和四十五年十二月一日発行、第二十五巻十二号。〔初収〕『貞女の日記』昭和四十六年四月二十日発行、中央公論社。〔文庫〕『貞女の日記』〈中公文庫〉昭和四十九年八月十日発行、中央公論社。

〔内容〕神戸郊外のマンモス団地を中心に繰り広げられる人間模様を描く夢野団地シリーズの一編。団地が当たって野瀬周三が一番嬉しかったのは、妻の正子の家族から離れられることだった。正子の母親は女手一つで正子たち四人の子どもを育ててきた剛毅な気性の持ち主である。周三は義母をみるとすぐ「刀自」という、いかめしい言葉が頭に浮かぶ。周三たちの結婚式に始まり、夫婦の一切合切を「刀自」が仕切っている。新居のアパートが正子の実家に近かったため、新婚旅行から帰ったその日から、妻の実家で食事をし、風呂をもらうような生活が続いた。新婚の周三は夫婦二人で水入らずの生活を望んだが、妻は居心地のよい実家で母親や弟妹と過ごす方がいいらしい。正子に子供ができた時も「刀自」が周三に内緒で堕ろさせた。これにはさすがに周三も腹が立った。妻の家族と距離を置くため、団地を申し込んで当たったのはその明くる年である。夫婦二人だけの新しい生活を夢見た周三だが、正子が寂しがり、引っ越した翌日にはもう「刀自」がいた。「刀自」はてきぱきと部屋を片づけ、購入しなければならないものを挙げて、周三の給料の使い道まで決めてしまう。しかも「刀自」の指示で、周三の知らないうちに正子は仕事をやめていた。「刀自」が団地に腰を据えると、正子の弟妹も入り浸るようになって、周三は居心地が悪いことこの上ない。そんな折、周三の東京転勤が決まった。始めは東京行きを嫌がった正子だが、そのうち一緒に行くと言い出した。「刀自」があとで来てくれるのだという。いよいよ我慢も限界という周三だが、それでも怒らなかったのは「武門の意気地」というプライドからだった。

（荒井真理亜）

冬の音匣《ふゆのおるごおる》　短編小説

〔初出〕「小説中公」平成五年一月一日発行、創刊号（第一巻一号）。〔初収〕『週末の鬱金香《チューリップ》』平成六年十月七日発行、中央公論社。〔文庫〕『週末の鬱金香』〈中公文庫〉平成八年十一月十八日発行、中央公論社。

〔内容〕浦井は二十八歳、会社の人事部で管理業務に携わる「OL」である。世の中には「どかん」好みと「じわじわ」好みがあると考えている。二十八歳は「あやふやでやりにくい」年齢だと思い、二十九〜三十二歳の「年長組」の女性社員たちと「リッチなホテルでランチ」をし、その「優雅」に共感しつつ、彼女たちは参加しない炉端焼の店にも同行する、「試行錯誤」中なのである。そしてその炉端焼店で同僚男性の高校時代のクラスメートである二十七歳の森中喬《たかし》と出会う。森中は電気工事の仕事をしており、「手ェに職あります」と言い、その場で浦井に付き合ってくれと申し込む。「優雅」と「大阪弁」は両立しないと考え「どかん」より「じわじわ」が好みだと思っていた浦井だが、森中に対しては気取らずに接することができ「小どかん」だと思い始めていた。三度目の炉端焼店でプロポーズされ、ニューヨークのクリスマスに憧れる浦井は理想の展開と違うことに戸惑いつつ、晩秋の京都にドライブに行く。そして森中に「ホワイトクリスマス」の曲が流れるオルゴールを贈られる。その夜訪れた森中の家の前で中年女性が森中を待っていた。「どかん」であり「えぐ」と思ったが、森中の口から彼女は不遇時代を支えてくれた遠縁であり今は何もないと聞き、そうした率直さを含めて「頼もしい」と思い返す浦井は、森中と「住んでもええよ」と思うのだった。

（花﨑育代）

フランス人の青年《ふらんすじんのせいねん》

短編小説

〔初出〕「週刊平凡」昭和四十一年六月九日発行、第八巻二十三号。〔初収〕『愛の風見鳥』昭和五十年十一月五日発行、大和出版。

〔内容〕フランス人の青年のお世辞に期待してしまった持てない女性の話。『マロニエ洋裁店』の縫い子をしている友子は、型紙と糸屑の間で暮らしている。ハイカラな名前とは裏腹に、大阪の場末では実質的な仕事ばかりである。友子は先生の顔色を見てお得意さんの希望を計らい、その息抜きにやす代とお好み焼屋へ行く、ぱっとしない生活だ。友子の楽しみは、神戸へお使いに行くことである。神戸は、建物も人間も垢ぬけ、白人、東南アジア人など、外人がとても多い。商店街を歩いていた時、友子は高校時代の親友・麻里に会い、麻里は友達のミシェルを紹介した。彼は、二十一、二位の白人で、健康そうな白い肌、栗色の髪、緑色の眼をして、興味深そうに友子を見ていた。友子は麻里から誕生日のパーティーに誘われたが、来なければよかったと立ちすくんでいた。麻里の大邸宅は贅を尽くし、麻里の部屋では男女が飲んだり食べたり、ダンスをしたりしていた。麻里が友子の近くに来たので、自分が刺繍したハンカチをプレゼントした。しかし、福引きの空くじ商品にされただけだった。麻里が友子を招待したのは友情ではなく、口から出まかせだったことがわかり、友子は屈辱でいたたまれなくなった。友子はベランダで、黄昏の美しい港の風景を見て感嘆の声をあげた。「きれいでしょう」と言って、そばへ寄って来たのはミシェルだった。友子は日本人の誰よりも、ミシェルのそばにいると落ちつくのが不思議だった。ミシェルは、貿易会社に勤務しているが、やがてフランス本国へ帰らねばならないこと、大好きな日本の女の人から離れるのが嫌なこと、友子のような無口の女性が好きだということを話した。友子は、帰宅してから「僕は、友子さんのような人が好きなのです」という言葉を反芻し、ミシェルからの連絡を心待ちにしていた。ミシェルの澄んだ緑色の眼を思うと、友子は身内がぞくぞくし、ある種の期待をしていた。一カ月後、麻里からの葉書で、ミシェルがフランスへ帰ったこと、青眼の男はお世辞がうまく油断ならないこと、ミシェルに泣かされた女の子が多いことを知らされた。ミシェルのことは、一時の夢に過ぎなかったのだ。

（青木京子）

フリンは家庭の常備薬《ふりんはかていのじょうびやく》　短編小説

〔初出〕「小説現代」昭和六十二年十月一日発行、第二十五巻十二号。〔初収〕『不倫は家庭の常備薬』平成元年七月二十日発行、講談社。〔文庫〕『不倫は家庭の常備薬』〈講談社文庫〉平成四年四月十五日発行、講談社。

〔内容〕「私は美しい」と誇る四十歳目前の「私（安西）」には、四十三歳の夫と中二の一人息子がいる。「私」は常日ごろ、「三十すぎたら女はオバンじゃ」「男は於女乎こそ、心じゃ」と露骨な発言をする夫を「古い」と批判していた。一方「浪花史跡めぐりの会」で知り合った神戸の真珠会社重役で六十一歳の「志賀サン」は、夫とは対照的に風趣を解する紳士である。三十九歳最後の夜に志賀から京都ホテルでの食事に誘われた「私」は、「フリン」の「成就」を期待し、「不自由で古い」日本にあって、中年のオトナの男女が双方声を合わせて笑い合う「正しい中年男女交際」の現場にあると意識する。志賀と男女観についての洒落た会話を楽しむ中で、「私」は、志賀に温かく促され、「明るくいえば、『於明乎』、くらーくいうと、『於冥乎』」「於女乎一つ引っ提げてれば、一生食いっぱぐれないなんて、女とは何て、いいもんだろう」と、生まれて初めてその言葉を口にする。「封印された真理をあばき、口にしたこともないコトバを、はじめて発音した」ことこそ「不倫以外の何ものでもない」と感激した「私」は、志賀から「オトナ」は真理を「韜晦」するもので、真理は「肝胆相照らす仲の人間にだけ」明かせばよいと教えられる。「私」はそのまま一夜を共にすることを期待するが、志賀は、人目を避けてビクビクするのは疲れると言う。「フリンなんて、今どき、アリナミンなんてのと同じ、ご家庭の常備薬みたいなもん、今さらそんなん、ほんまに服用する阿呆《あほ》、いてまっか。六十男は新しいよってに、コトバでフリンしまんねん」という志賀の言葉に笑い、翌日四十歳を迎えた「私」は、「主婦韜晦して、あけぼのは美し。いろいろとまだ人生は面白いことがありそうである」と思う。成熟した異性への信頼と温かい大人のユーモアに包まれつつ、初めての言葉を発することで自身を解放する女性と、精神的遊びにとどめる男性の現実的な知恵と打算の応酬に、家庭の「常備薬」たる「フリン」の味わいを描いている。志賀の妻は単行本所収の「不倫をすくすくと育てる方法」の主人公、まつ子である。（渡邊ルリ）

「不倫はパス」の巻〈おもしろやな男と女の〝新フレンド事情〟〉《「ふりんはぱす」のまき〈おもしろやなおとことおんなの〝しんふれんどじじょう〟〉》　短編小説

〔初出〕「週刊小説」昭和六十二年十一月二十七日発行、第十六巻二十四号。〔初収〕『どこふく風―男と女の新フレンド事情―』平成元年十一月十日発行、実業之日本社。〔文庫〕『どこふく風』〈集英社文庫〉平成四年十一月二十五日発行、集英社。

〔内容〕紺野は会社の記念パーティで、娘あゆみの同級生である牧村美恵と出会った。美恵は礼儀正しく、連れて行った店はどこもみな喜んでくれ、仕事にも打ち込んでいる。いつも不機嫌で可愛いげがなく、サカリのついた猫のように結婚相手を射止めようとしている娘とは大違いである。紺野は美恵に対する欲情を苦心して自制していたが、半月前には結婚しませんと言っていた美恵が、結婚相手をみて意見を聞かせてほしいという。娘は娘で結婚が決まると、急に「親孝行できなくてゴメン」と素直に言うので目頭があつくなった。娘を可愛いと思った途端、他の男にくれてやらねばならない。傷つきやすい中年男から娘も「不倫」も逃げていくのであった。

（岩田陽子）

不倫《ふりん》をすくすくと育《そだ》てる方法《ほうほう》　短編小説

〔初出〕「小説現代」平成元年一月十五日発行、第二十七巻二号。〔初収〕『不倫は家庭の常備薬』平成元年七月一日発行、講談社。〔文庫〕『不倫は家庭の常備薬』〈講談社文庫〉平成四年四月十五日発行、講談社。

〔内容〕神戸生まれの志賀まつ子は、三人の子どもが巣立った後、五十七歳で俳句結社「梔子《くちなし》」に入会した。神戸の真珠会社の役員である六十一歳の夫は、「浪花史跡めぐりの会」に入っており、二人は互いの趣味には無関心である。常々、夫からの心づかいがないことに失望していたまつ子は、「梔子」の高齢の俳句仲間、医者で七十歳の「堀之内サン」、元小学校校長で七十五歳の「雨虹サン」、会計士で六十八歳の「内山サン」などが、好奇心旺盛で熱心にまつ子にアプローチしてくるのが楽しかった。ある日まつ子は、「梔子」の会食の際、別の女性グループにいた「安西さん」のお喋りを偶然に聞く。まつ子は、「安西さん」が「浪花史跡めぐりの会」で出逢った六十一歳の魅力あるインテリ男性が、「フリン」は「ご家庭の常備薬」で今どき誰も服用しない、新しい自分は「コトバでフリン」すると言ったと聞き、自分の夫の一面を知らされる。男というものが外で女性と「肝胆相照らす」会話をし、家では無口で不機嫌なのだと知ったまつ子には、「梔子」の男性陣も色褪せて見える。その日から咳に悩まされるようになったまつ子は、不安と孤独の中、独身で二十四、五歳の呉服屋のセールスマン「相川君」に肺ガン検査に付き添ってもらい、自宅で一度だけ関係をもつ。相川君は、その後受け持ちが代わり、会うことはない。ガンの疑いが晴れたまつ子は、これまで不満だった夫に共感を覚えはじめる。病院で、互いに支え合う老夫婦を見た時、自分と夫はそのようにはなれないと思ったまつ子だったが、今はまだ夫も自分も欲やたのしみ・虚栄・色気を外に発射したい時期であり、それまで蓄積したものを超越者に全て奪われた時、互いに支え合うようになるのだと理解するのである。フリンは家庭の常備薬ではなく、そのたびたびに育て、実を服用するものだと、まつ子は知る。まつ子が食べた実は、「意外にさわやかでおいしく、あと味よく、世界が広くなる」ものであった。おおらかに夫婦互いの欲求や過ちを認め、人生を学ぼうとする妻を描く。まつ子の夫と「安西さん」は、単行本所収の「フリンは家庭の常備薬」の主人公二人である。

（渡邊ルリ）

プレハブ・パーティ《ぷれはぶ・ぱーてぃ》　短編小説

〔初出〕「小説宝石」昭和四十二年十一月一日発行、第一巻一号。〔初収〕『あかん男』昭和四十六年九月十日発行、読売新聞社。〔文庫〕『あかん男』〈角川文庫〉昭和五十年十月十日発行、角川書店。

〔内容〕三十七歳の広末は、妻と二人の子供もいるのだが、日々の生活に、漠然とした物足りなさを感じながら過ごしていた。そのようなある日、バーで飲んでいると、常連の間で、一つの話題に盛り上がった。それは、放送作家の浅山が体験した「乱交パーティ」の話である。浅山の話に、新聞記者の木崎、医者の野原も興味を示し、最終的には、広末も含めて、その「パーティ」を開催することを企てるが、女性を連れてくることを始め、段取り等の主導権を浅山が握ることになった。「パーティ」当日、場所も食事も、浅山以外の三人で全て手配し、後は、浅山の連れてくる女性たちを待つのみとなったが、なかなか到着しない。まさに、「プレハブの家」でたとえれば、材料は持ち寄ったが、肝心の釘がない状態である。三人が待ちわびた末に、女性たちは到着するが、彼女たちは、浅山から、その場所に来た本来の意味を聞かされておらず、「乱交パーティ」が始まるような気配は全くない。浅山自身、計算違いだったようで、結局、その夜は、ひもじさと寒さの中、男四人が身を寄せ合うのであった。最後に、広末は「あしたは子供にみやげでも買うて帰ったらんならん」とつぶやくが、男たちは、その言葉が身にしみるようであった。男性の下心なるものを、ユーモアとペーソスの見事な均衡の中で描いた作品と言えよう。

（足立直子）

【へ】

ペーパードール《ぺーぱーどーる》　絵本

〔初版〕『ペーパードール』〈現代作家ファンタジー1〉昭和五十四年九月二十五日発行、TBSブリタニカ。

〔内容〕田辺聖子文、宇野亜喜良絵による孤独な青年の夢想を描いた絵本。金髪碧眼の紙人形の少女と猫が、窓からこちらを見つめている扉絵の前の頁で、田辺は次のように述べている。「私の小説の主人公は、印刷された絵や写真からさがしあてることが多い。……ようく眺めていると、背後の景色までいつか見た、よく知っている場所のように思われる。女の子は薄暗い廊下にたたずんでいる。その奥はどうなっているのだろうかとつい裏向けるが、そこにはヘアクリームの広告などがあって女の子は消え失せているのだ」。物語は、貧しくて一人ぼっちの青年が、港町の町はずれの灯《あ》かりの暗い古本屋で、後半が千切れた古い絵本を見つけることから始まる。絵本を開くと赤ん坊の絵があり、ページを繰るごとに成長して、十七、八の少女となり青年に微笑みかける。絵本をもらって帰った青年は、絵の中の少女と一緒に、朝食を食べたいなと思って眠る。朝、目が覚めると絵本の中の少女が「白いカップを二つ持って家出してきたわ」と言って立っていた。絵本には少女の形の穴が開いていて、「少女はうすっぺらの紙のままで背中には、まえのペエジの、夜の港が貼り合わせになっていました」と描かれている。青年は嬉しくて少女を栞のように手帳に挟んで仕事場に出かける。少女に恋した青年は、失くしたら大変だと仕事場の機械で少女のコピーを大量に作成するが、突然風が舞い立ち、全てが大空に吹き飛ばされてしまう。青年は、絵本の後半を求めて古本屋を探すが、見つけることは出来ない。こちらをじっと見つめているのに何も見ていない紙の少女の絵は、物語の世界にマッチして独特の雰囲気を醸し出している。

（畠山兆子）

ベッドと家霊《べっどとかれい》　短編小説

〔初出〕「小説宝石」平成六年六月一日発行、第二十七巻六号。〔初収〕『ずぼら』平成七年三月三十日発行、光文社。〔文庫〕『ずぼら』〈光文社文庫〉平成十年十月二十日発行、光文社。

〔内容〕六十七歳の浦井は、六十四歳の妻マス子と二人で古いマンションに暮らす。子供二人が結婚した後、マス子の「シャベリン」ぶり、「はしゃぎん」ぶりが激しくなったように感じている。趣味の教室を転転とし、今は現代詩のコースに通う妻。浦井は自分の晩年を「薄氷をふむ」ように――人生に甘えたり高慢になったりせず――静謐に生きようと決意していた。しかし、そんな浦井に相反して、妻は布団からダブルベッドの生活にしたいと言う。「発想の転換」等と言う妻が、浦井には、「ドッ派手」に聞こえ「手おくれ」だと感じるのである。「日本にそぐわぬ」、自分の生活感覚にそぐわない、あさましいものに思われる。ダブルベッドに二人で寝ると窮屈で、ボートピープルのようにしか感じられない浦井。しかし、「大草原の小さな家」の子供のようなナイトキャップをかぶったマス子は、夫に寄り添って寝るのがさも楽しそうで、人間的で温かいと言ってはしゃぐ。浦井は、畳に二組の蒲団を敷き、闇の中で返事があるかなきか、そっと気配が近づいてくる、といったような慎ましい佇まい、優しい女の仕草に憧れ、理想としているにも関わらず。八十七歳のマス子の母が数日泊まりにやってきたが、これも言いたい放題、自信満々の婆さんで、浦井には耐えがたい。マス子の母は「この家は、家霊のにおい、薄いなあ」などと言う。「家霊」とは、仲の良い家に住みつく守護神のことで、美人の「棚女」や汚い婆さんの「灰婆」といった「家霊」が存在するとのこと。ほかにも、天窓や床の下に張り付いて、人の不幸を待っている妖怪「せうけら」や、「枕小僧」「磯姫」「吹きつけ婆」「負われ婆」など、妖怪の話を次々とする婆さん。その夜、マス子は、おしゃべり好きで精神活発な母が欲求不満なのではないか、ボーイフレンドが必要なのではないかと言いだす。マス子自身にも通底する問題に、浦井は何もいえない。翌朝、見も知らぬ爺さんとベランダで清々しく語っているマス子の母の声で目が覚めた浦井であった。

（堀まどか）

ベッドの思惑《べっどのおもわく》

長編小説

〔**初出**〕「週刊小説」昭和五十九年五月十八日～十二月十四日発行、第十三巻十号～二十七号。〔**初版**〕『ベッドの思惑』昭和六十年三月三十日発行、実業之日本社。〔**文庫**〕『ベッドの思惑』〈集英社文庫〉平成元年五月二十五日発行、集英社。

〔**内容**〕大阪の小さな貿易会社に勤める三十一歳の独身女性、和田あかりの日常を綴ったもの。五階建てマンションの角部屋を「私の夢のお城」として引っ越す。何より嬉しいのは「彫刻はないが、オーク材でがっしり」したベッドを入れたこと。「こういうベッドへ、あまり粗末な男も招待できない」。とは言うものの、周囲の男性たちはあかりの理想に適わない。数年前につきあいがあり、転勤で大阪に戻って来た年下の山村文夫は、可愛がって食事の作法から教え込むのが面白かっただけであり、旧交を復するつもりはない。会社の一年後輩の梅本は話し相手として不足はないが、なぜか「ソノ気」にならない。部屋に招いてもくつろいでしゃべり続ける梅本に、「劣情を起されると拒絶する心組みでいるのに、また、全然起されないと、ハラがたって」くる。一時は親密だった取引先の角谷は妻子ある中年の口マメ男。「こういうオッサンでも」「耳もとへそめそめと、くどき言葉を流しこんでくれてるのが、キモチイイ」。ハイ・ミス仲間の与志子、雅子、マドカとともに、文夫と梅本を誘って一泊旅行に出かける。行く先は雅子の恋人である道昭の父が住持をつとめる丹波笹原の寺であった。招待への返礼として色紙に歌をかく仕儀になり、あかり以外はそれぞれ男女で組んで気が合う様子。帰宅後、「快晴の秋晴れの休日、昼風呂に入り、バラの匂い入り石鹸を」使うのも「人生のたのしみ」で、こういう時間には「男は要らん」と思うあかりだが、文夫からの電話で与志子の彼へのアプローチを知り、自分の関心外の男であるのに、「気になるのは矛盾した女心」である。「山寺の精進料理以来、ヨソの女たちがそれぞれの相手と仲よくなってるのに、私ひとり宙ぶらりんでは処置なしではないか」。意気消沈した様子を気遣っていたのは隣のビルで学習塾の講師をする吉崎久太。当初は吉崎の口説き方は自分には向かないと思っていたが、「あのベッドの思惑としては、どうやら、二人で使ってもらいたがっているような気がされるのであった」。

（辻本千鶴）

薄荷草の恋《ぺぱーみんと・らぶ》

短編小説

〔初出〕「小説現代」平成六年七月一日発行、第三十二巻九号。〔初収〕『薄荷草の恋』平成七年三月十七日発行、講談社。〔文庫〕『薄荷草の恋』〈講談社文庫〉平成十年四月十五日発行、講談社。

〔内容〕私は田口に長期休暇が四日間とれたと電話をした。私は三十一、田口は三十三だ。私は大阪女であるが二年半まえに東京支社に配属された。兄一家は最近、京都近郊の長岡京に家を建てて、母と住んでいる。田口は、おれトコ、来いやという。田口とは情報交換会で知りあった。東京行きを相談したとき、言下に「あかん」去るものの日々に疎し、おれは淋しいといった。不慣れな東京で働いてるうちに、だんだん田口の存在がおおきくなる。彼に会ったときの第一声が「ともかく眠い。寝かせて」であった。私は安心して、ぐっすり眠った。田口が誰かと話している。どうやら相手の男も、妻か愛人かが、東京へ単身赴任しているらしい。大阪に抛っとかれた男同士二人で、やけ酒を飲んでいたのである。その夜、夜っぴて田口の介抱をさせられた。翌日は、完全に二日酔であるが会社へ出て行った。田口の好きな焼肉を用意してると、田口は帰ってきて、そんなんあとまわし、おれの食いたいもん別じゃ、という。その時、夕べの男、小山が女性を連れてくるではないか。四人で宴会になってしまう。男を抛っておいて女は自分勝手なんだ、と結局、男性対女性の大げんかになってしまい、田口はのびてしまった。その夜も、田口の宿酔の世話をさせられた。翌朝、田口は蹌踉と会社へでてゆく。午後、田口が帰ってきた。田口は顔を洗い、歯を磨いた。男の日常生活に関心をもったことがなかったので、はじめて「一緒に暮す」という感覚が生まれた。田口に抱き寄せられたとき、ペパーミントのかぐわしい匂いがたちのぼった。

（浦西和彦）

へらへら《へらへら》

短編小説

〔初出〕「小説新潮」昭和四十六年六月一日発行、第二十五巻六号。〔初収〕『あかん男』昭和四十六年九月十日発行、読売新聞社。〔文庫〕『あかん男』〈角川文庫〉昭和五十年十月十日発行、角川書店。

〔内容〕私の夫、浩三がある日、突然、蒸発した。また、向かいに住んでいる奥さんも居なくなったことを知り、二人が駆け落ちしたことに気付くのである。私の方は、それを知って、怒りを抑えるのに必死であるが、対照的に、向かいの奥さんの夫である川添さんは、涙を流しながら悲嘆に暮れている。以前から、家族ぐるみでの交流はあったものの、夫と奥さんとの関係は、残された二人にとって意外であり、それぞれ困惑する。そこで、川添さんが、私に、大阪の繁華街へ、それぞれの蒸発した伴侶を探しに行くことを提案する。当初は乗り気でなかった私も、川添さんと過ごすうちに、少しずつ気が晴れていく。最終的には、二人とも本来の伴侶よりも、残されたそれぞれの存在の方が大事になり、私は、川添さんの「へらへら」した部分を頼りな

へ

く思いつつも、「人間てええ加減、へらへらなものです」と思うようになる。そして、今度は、残された二人が駆け落ちすることを予感させつつ、話は幕を閉じる。本来ならば、修羅場ともなりかねない状況を、人間の不思議な情愛の様相をもって、所詮、人間はいい加減で「へらへら」したものだと肯定的に描いて見せるところに、作者の手腕が際立っている。（足立直子）

返事はあした《へんじはあした》　長編小説

〔初出〕「JUNON」昭和五十七年三月一日～五十八年二月一日発行、第十巻三号～第十一巻二号。〔初版〕『返事はあした』昭和五十八年五月二十五日発行、集英社。〔文庫〕『返事はあした』〈集英社文庫〉昭和六十年九月二十五日発行、集英社。

〔内容〕江本留々は短大を出て大阪の「かなり名の通った」会社に勤める二十四歳のOL。「キャリアウーマンになるほど、専門技術があるわけじゃなし。／ひとりだちするほど自活能力もなし。／恋人はあるが、イマイチというか、モヒトツというか、煮えきらず」という状況である。その恋人は寄席で知り合った蒲原孝夫。留々は孝夫を最もときめく相手としているが、会社の同僚の村山クンは「しゃべりやすい男友達」、本が好きで、食べることを大事にしているところも趣味があう。他にも声をかけてきたり、興味を表したりする男もいれば、それぞれの恋模様に悩む同窓生や社の先輩もいる。これらの恋や友情をとおして、留々は男女の機微への思いを深めていく。「愛するということこそ、人生の主役なのではないか」、「主役というのは苦しいけど、また、深い喜びでもある」。あるいは「恋は、期末決算とちがうので、チャンと整理すればいいってもんじゃない。うやむや、ナアナアのうちに折りたたんで、かくしへ入れてしまったほうがいいことが多い」というように。村山クンに関西風のうどんだしを作れると出任せを言ったことがきっかけで、料理を始め、「働く女の子には、たいそう気休めになるような」「たのしい雰囲気」の店をもちたいと思う。「夢をみるのは、男のことだけでなく、ほかのことで、いくらも夢みられるのだわ」と「がくぜんとする」。一方で、孝夫の魅力は「私が勝手につくりあげた幻影かもしれない」と気づきもする。別れを切り出し、「なんでそんなこと、急にいうねん」、「おい、返事せえや」と孝夫に言われ、「返事はあしたするわ」、「これ、婉曲な拒絶、というの、わかるかしら」。そして、田舎へ帰って温泉宿を継ぎ、村おこしをはかるつもりだと言う村山クンの話を聞き、「そういう面白そうな、よさげな人生を、ホカの女に奪られてたまるかという独占欲」にかられる。「温泉宿のおかみさんになってくれるかなあ」、「返事はあした、でええ」と言う村山クンに、「いいえ。いま、するわ」と快諾する。（辻本千鶴）

変態《へんたい》　掌編小説

〔初出〕「小説新潮」昭和四十八年九月一日発行、第二十七巻九号。

〔内容〕連載小説「一期《いちご》のいろ夢」の第九話。題字とカットは灘本唯人。「エッチ」という言葉は、「変態性欲」の略語の「変態」から来たものだ、と「私」は女学生時代の経験を想起する。次に、変態の定義について思い巡らす。与太郎青年が、ひとに「致すところ」を見られたがる変態について発言する。そこから、議論は「致すところ」を見られたケースにうつり、本編の大半はその話題になる。子供に見られて誤魔化す場合、大人に見られて動転した場合、見た側が高齢でボケているのではないかと思しき場合など。最後は、熊八中年の「四次元、念力、これでむつみあう」という発言の具体的な内容を聞いた「私」と与太郎青年が、「これが変態の極北ちゃうか」と顔を見合わせる。前八月号の「朝帰り」では、「朝帰り天高けれどせぐくまり」と、バレ句が紹介された。本号でも、「江戸の川柳に、／「するうちに、あやめ刀で二度切られ」とあるのは、大方、その間の消息を伝えたものであろう。乳母が致してるときに子供がはいってくる。いたいけな子供は、子供心に乳母がとっくみ合いに負けたと思うから、あやめの葉の刀で、上になったオジサンに斬りかかる。「坊や、まいった、まいった」なんてオジサンはいっている図である」という紹介がある。そして「私」は、「こういう場合に関するバレ句は、じつにたくさんあるのだ」と、ちらりと書き添えている。本連載は毎回四頁のみで、月刊誌の軽い読み物でもあり、灘本唯人のカット部分も大きい。そのためか、田辺がバレ句や古川柳、上方の俳句結社について、本格的に言及することはない。田辺は、本編執筆の二十五年後、『道頓堀の雨に別れて以来なり――川柳作家・岸本水府とその時代――』で第二十六回泉鏡花賞を受賞することになる。そんな彼女の、川柳への愛情と興味の片鱗が、ここでみてとれるといってよいかもしれない。（目野由希）

ほ

【ほ】

帽子と求婚《ぼうしときゅうこん》　短編小説

〔初出〕「新婦人」昭和四十年一月一日発行、第二十巻一号。〔初収〕『ここだけの女の話』昭和四十五年二月二十八日発行、新潮社。〔文庫〕『ここだけの女の話』〈新潮文庫〉昭和五十年四月二十五日発行、新潮社。

〔内容〕根々子は、鶴巻との縁談を「仲人マニア」の村野夫人からすすめられている。「家柄財産、教養容姿とも理想的なカップル」と周囲もみとめるが、二人の間はいっこう進捗しない。冒頭、根々子は、日本舞踊の初舞会の席上で、村野夫人に明戸の縁談相手だと引き合わされたとみ枝に心が騒ぐ。明戸は貧乏な考古学者の卵、彼も鶴巻も死んだ兄の友人だった。根々子の「ほっそりした姿態」や「鋭敏な雰囲気」に対して、とみ枝は「体ぜんたいにぼんやりと鷹揚」で、「のんびりしたさま」がある。根々子は、自分とは対照的な印象の彼女に対して平静でいられない気持ちになる。根々子は、「鶴巻との結婚はいやではないが、一方、明戸をとみ枝にわたすのが不満」である。現実に会うと、鶴巻の「膚の美しさや、凝った身だしなみ」とは対照的な、明戸の「日やけして薄汚れた顔や埃だらけの服装」、素っ気ない態度に違和感が残る。結納の話が出て追いつめられた根々子は、発掘調査中の明戸を訪ね、遺跡の中に立つ彼を見て、「明戸をえらぶ」のではないかと予感する。鶴巻にも明戸にも、「愛している」と意識したことはない。しかし「手放すのに未練がある」という感情は、「愛の一変形」にちがいなかった。根々子は、「ほかの女に渡せないという感情でしか現代では愛というものをあらわせなくなっているのかも分らない」と思う。しかし一方で、また鶴巻の美貌を見たら彼に傾くかもしれないと、自分の心が自分で不安になる。根々子は、「帽子を買うためにすら、人は遠方まで出かけ、幾百の中から一個を選ぶ苦労をかける、そのくせ、より重大な結婚についてはついひょっとした拍子に選択するのだ」という萩原朔太郎のアフォリズムの一節を想起し、「明戸と鶴巻に引き裂かれた自分の心」が、「第三の男を、ふと選択する」のではないかと恐れた。対照的な二人の男性の間で揺れ動く感情の襞を細やかに描き出している。

（屋木瑞穂）

ボケの花《ぼけのはな》　短編小説

〔**初出**〕「小説宝石」昭和五十九年四月一日発行、第十七巻四号。〔**初収**〕『嫌妻権』昭和六十一年九月三十日発行、光文社。〔**文庫**〕『嫌妻権』〈光文社文庫〉平成元年十一月二十日発行、光文社。

〔**内容**〕市の外郭団体の編集部に勤める五十五歳の岩間は、昨年ごろから、几帳面な性格からは考えられないようなミスをしでかすようになった。「徐々にボケているのではないか」と恐れていた矢先、但馬の伯母への毎月の送金を封筒に入れ忘れ、手紙だけ送ったことが発覚し、岩間はショックを受ける。「家庭医学大全科」の「老人痴呆」の項目を立ち読みすると症状があてはまり、目の前が暗くなったが、自戒のため岩間はそれを買った。この憂悶を妻に話して慰めてもらえたらどんなによいかと思うが、十歳年下の多枝子は理解するどころか、老いを軽蔑し憎んでいる。今まで以上に岩間に「ボケたボケた」と言いそうである。娘のままでが岩間を「じじむさい」と思っているらしい。岩間の家では老いは労わられるのではなく、忌むべきことなのである。岩間は小学校の同級生の広子がママを務めるミナミのバー「みちる」へ行った。八十二になる義理の母の面倒を見ているというママは「ボケは怒るとあきませんわね」と優しい。そして岩間を慰め、一緒にボケようと言ってくれる。岩間と広子は二人だけの時間を持つようになった。このごろ岩間は物忘れもせず生き生きしてきたが、家でもママのことを考えてぼんやりし、多枝子に叱咤されることがある。多枝子は本気でボケを疑っているようだが、岩間は訂正しない。ボケは花ざかりなのである。

（蔀際子）

欲しがりません勝つまでは―私の終戦まで―《ほしがりませんかつまでは―わたしのしゅうせんまで―》　自伝長編小説

〔**初版**〕『欲しがりません勝つまでは―私の終戦まで―』〈のびのび人生論2〉昭和五十二年四月発行、ポプラ社。〔**文庫**〕『欲しがりません勝つまでは―私の終戦まで―』〈新潮文庫〉昭和五十六年七月二十五日発行、新潮社。

〔**内容**〕私は十三歳、女学校二年生である。昭和十六年、日本は戦争のまっ只なかにあった。私は天皇陛下と祖国・日本のために命をすてるのだと、かたく決心している。満州事変からつづいて日中戦争がはじまり、戦争が拡大されて行った時代である。『欲しがりません勝つまでは』は、田辺聖子が十三歳の昭和十六年から十七歳の日本が敗戦を迎える昭和二十年までを描いた自叙伝である。「欲しがりません勝つまでは」「『少女草《をとめぐさ》』とわたし」「人生二十五年」「トミちゃーん」「生けるしるしあり」の五つの章で構成されている。私は中原淳一の絵にあこがれ、女学生になってから「少女の友」を購読し、『更級日記』の主人公と同じ年齢になった十三歳から小説を書きだした。『欲しがりません勝つまでは』には、田辺聖子がその年齢の時に書いた「伸びゆく者」「或る少女の遺書」「海賊島」「春愁蒙古史」「ドイツ物語」「炎の曲」「フェニキアの少年」「北京の秋の物語」「光りと共に」「花蘭物語」「最後の一人まで」「エスガイの子」の未刊の長編小説が抄出され、紹介されている。それらは吉屋信子の小説や、山中峯太郎の冒険小説、林芙美子の『風琴と魚の町』、吉川英治の『三国志』

『宮本武蔵』、大川周明の『日本二千六百年史』などの読書に熱中しながら書かれたのである。私は女学校で級友らと回覧同人雑誌「少女草《をとめぐさ》」を表紙絵やイラストをつけて出す。田辺聖子は「あとがき」で、「あの酷烈な戦争を生きのびるのに、私は、詩や小説や絵や、美しいコトバなどが手もとになければ、ひからびてゆく気がしていた。／それらの文学作品は、子供の私には、美味なたべものであった」と述べている。私は空襲で自宅が焼失し、敗戦を迎える。戦火をくぐりぬけて私はいまはじめて「生きたい」と思った。私は十七歳、なんの力もないから、よけい「生きたい！」と思ったのかもしれなかった。戦争下の疾風怒濤時代のなかで生きる夢多き少女を描いている。（浦西和彦）

慕情きつねうどん《ぼじょうきつねうどん》　短編小説

〔初出〕「小説現代」昭和五十九年五月一日発行、第二十二巻六号。〔初収〕『春情蛸の足』昭和六十二年七月十日発行、講談社。〔文庫〕『春情蛸の足』〈講談社文庫〉平成二年四月十五日発行、講談社。

〔内容〕根っからのうどん好きの浦井は、毎日昼食にきつねうどんを食べ、おつゆを最後の一滴まで飲み干すことを神聖な行事としていた。前妻の咲子は、食べるものへの関心がなく、偏食も多くて何よりうどんをキモチワルイといっていたため、浦井は、味覚の一致する男女関係に見果てぬ夢を抱いていたのだ。浦井が最近通うようになったうどん屋「みよし」の客に、いつもきつねうどんを注文する女がいた。風情のいい女で、質素で清潔な彼女が、指でほつれ毛をかきあげながら、いとおしむごとくうどんを食べるさまはなまめかしくさえあった。ある日、相席になったのを切っ掛けに、二人は食べ物の話を介して急接近していく。浦井は、自分と同じ味覚を持つこの女、民江にいろいろな味を教えたくて、ミナミの「たこ梅」や「だるま」に連れていく。うちとけてきた民江が、力をこめて「ぱしーん」と浦井を叩いても、かえって心弾みのタネになっていた。しかし、簡単な式をあげて籍を入れ、民江と所帯をもつに至って様子が変わってしまった。民江は浦井に貯金がないことを知り、憤怒と腹立ちまぎれに「ぱしーん」とアザができるほどの力で浦井を叩いたのである。再婚である民江の離婚原因が民江の暴力行為にあったことを知った浦井は、「勿体ない」からと弁当を持たせてうどん屋に行かせてくれない民江に文句をいうこともできない。離婚後も前妻の咲子の勧めるスナックに時々顔を出していた浦井は、民江のヤキモチを恐れながらも、今はここを唯一のなぐさめとする他はない。自分の人生を自分で選択してきたつもりであった浦井が知ったのは、意外にも「他人《ひと》まかせ」の自分の運命であった。作中に登場する「たこ梅」は、開高健や織田作之助の作品にも登場し、田辺聖子も好んで自作に登場させるおでん屋である。平成十九年に道頓堀の営業を再開したおりに、田辺は、「店に行くとほっとする」「老舗はすぐにできるものじゃなく、5年前の閉店は残念だったけど、再びたこ梅が『歌の続き』を歌ってくれるのはうれしい」（「『道頓堀で』たこ梅再び」「朝日新聞」夕刊、平成十九年十月二十日発行）と取材に答えた。（箕野聡子）

星を撒く《ほしをまく》　エッセイ集

〔初版〕『星を撒く』昭和六十一年四月十日発行、角川書店。〔文庫〕『星を撒く』〈角川文庫〉昭和六十二年十月十日発行、角川書店。〔目次〕とりあえずお昼／マンガに

ほ

なる顔／名残りはつきませんが……／言葉美人／レッスンＩ／食卓の光景／みんなが愛してくれていた／告白衝動について／余生について／「私、まちがったこと、いってますか」／椅子取り遊び／老醜ニンゲン／虫の居どころ／主婦は家庭のパッキング／おいしいと思うことについて／お酒を苛めないで／主婦のバカンス／子どもの幸福／あとがき

〔内容〕「家庭は社会の細胞であるが、その家庭は、主婦の匙かげん一つでどうにでもなる」と考えている著者が、主婦が「『いい気分』でいられるための処方」を記したもの。例えば、生活上の難題にぶつかったときには「とりあえずお昼」と、「一夜あければ」を唱えて「気をとり直す」ことが肝要だと説く。また、欠点をカバーする化粧法で画一的美女を目指すことなく、「ユニークな特徴ある顔なら、それを目立つようにして、魅力の一つにとりこむ、そういう積極的な『人生のお化粧』」をはやらせたいものだと言う。しかし著者は励ますばかりではなく、主婦という存在を客観的に捉えて批判もしている。結婚しても、「男」と「夫」の両面を持ち続ける男に対して、「『妻』の要素ばかりになる」女は「支配欲、指図欲と結びつきやすい」、「『私、まちがったこと、いってますか』という燃ゆるが如き信念の前には、男は手も足も出ない」。そのような「ひけめがない人間」に、「どういう顔をして向かえばよいか分らない」のが「妻に対する夫」の位置であると言う。また、老若男女を分かたぬ人間評もある。「無惨なお行儀わるさ」を見せる「若者」や、飲食店に幼児を伴い粗相があっても平気でいる若夫婦などは、年齢に関わらず「老醜的人間」ではないか。「老醜というのは、背がかがまったり、皺がふえたり、という外貌的老残のことではなく、周囲を顧慮する柔軟性や、自分の現在位置を測定する能力のなさをいうのではないか」と記している。このようにバランスのとれた批判精神を発揮しつつも、著者は生活者としての人間にあたたかいまなざしを注いでいる。（辻本千鶴）

ぼちぼち草子《ぼちぼちそうし》　エッセイ集

〔初出〕「世界」昭和六十年十二月一日～昭和六十三年五月一日発行、第四百八十二号～第五百十四号。〔初版〕『ぼちぼち草子』昭和六十三年十月二十七日発行、岩波書店。〔文庫〕『ぼちぼち草子』〈講談社文庫〉平成四年八月十五日発行、講談社。〔目次〕女の定説／いま女は何を考えているか／理想の夫／アッと驚くショッピング／男親の教えた歌／子連れ男と継母の関係／子供の遍歴修行／「とんだりはねたり」と老いの花／子供地獄／何するのよ／老いのトバ口《ぐち》／男と女の違い／からむ／この頃世間のいやらしいもの／タマゴと私／社墓について／ホッとする……／別荘の持ちかたは／女にしてほしくない仕事／あとがき

〔内容〕「ぼちぼち」というのは、作者の一種の処世方針であるという。このエッセイ集では女、男、親子、老いなどについての話題が多い。作者は「女に友情はない」「女は子供を産み、母性本能をもつ」「女は裏切った男より相手の女性を憎む」「女は待つのが本性」という女についての定説は、みんな嘘だと述べる。社会で働き、女性同士協力し合って、一つの仕事をする、その中で友情が生まれる。男女それぞれ同数の人間が存在する社会では、これまでの男性の女性への認識や考察がひっくり返り始めた。それに気付かないのは、男性だけである。男は仕事場では人間関係に過剰な位配慮する。しかし私的人生では、とくに妻に対しては、その配慮を放棄する。つま

り仕事をさせると一人前、私的部分は半人前、という男が多く、そのことに女性が屈辱感を覚えると、わからずやのチグハグな人間に従属してはいられない、となる。そして男性は、女は何を考えているのか?という驚きの熟年離婚などを迫られたりする。やっとマスコミの人たちがその現象に気付き始めたが、対等になるのはまだ二、三世代後であろうか。年末年始にニューヨークに夫と友人の女性たちと行く。夫は「ショッピング」ばかりして、と不満げだが、作者は見るたびにニューヨークを思い出せる「アッと驚く」ものが欲しいのである。それが何かは分からないがセンスのいいもの、アイデアのあるものに違いない。結局、それは見つからなかったが、ステッキを売っていた老婦人が、毅然としていて親切で一朝一夕には生み出せない珍重すべきものとして今も心に残っている。その他子供のこと、身近なものや生活、人生について、時には辛口に、時にはユーモアたっぷりに描いた楽しめるエッセイ集である。

（増田周子）

ほ

ほっこりぽくぽく上方さんぽ《ほっこりぽくぽくかみがたさんぽ》　エッセイ集

〔**初出**〕「オール読物」平成七年十二月一日〜十一年三月一日発行、第五十巻十二号〜第五十四巻三号（平成九年十二月は休載）。〔**初版**〕『ほっこりぽくぽく上方さんぽ』平成十一年七月三十日発行、文藝春秋。〔**目次**〕一、始まりはミナミ／二、大阪ベイエリア／三、キタを味わう／四、ちょっとそこまで…／五、南へ、神の国へ／六、京都慕わし／七、上方モザイク／大阪はよいところなり／あとがき／参考資料／索引

〔**内容**〕まずはミナミ、ここは最も大阪らしいところである。大阪は殆ど坂がないが、上町台地に上がると、こんもりと緑が多く神域、霊域の感じがする、お寺さんばかりである。武田麟太郎の「釜ヶ崎」あたりを歩き、織田作之助「木の都」の口縄坂や碑を見、オダサクの「自由軒カレー」を食べ、大阪の山手・帝塚山へ進む。車道から一筋入ると、静かな住宅街である。庄野潤三の「プールサイド風景」の帝塚山学院プールを経て、堺へ進む。与謝野晶子の出身校や生家趾を訪ね、利休好みの茶室で一服する。次はベイエリアである。昔大阪は海であり、砂が堆積して出来た町である。江戸時代には舟便で一大経済都市に発展した。しかし安治川、木津川の河床が土砂に埋もれ、幕府は町民の寄付まで募り浚渫工事をする。その川浚えの砂で出来たのが天保山である。そこの海遊館でジンベイザメを見る。まるで水中を歩く感じで、大いに楽しんだ。コスモタワーから大阪港を一望し、広さに圧倒される。ひょんなことで「飛鳥」のクリスマス・ハウステンボスクルーズに参加することになる。船は大きなホテルさながら、エレベーター四基、中心にカウンター、作者のキャビンは十デッキでバルコニー付きである。銅鑼がじゃんじゃんなり、五時に大阪港を出港する。洋上大温泉に朝から入ったり、どの教室に参加しようか、それとも……といろいろ楽しむ。佐世保では半日、弓張の丘ホテルや佐世保東山旧海軍墓地を訪れた。関門大橋と下関の灯を眺めつつ、クリスマスディナー、誠に快適な船旅だ。次に浪花の学塾、北浜の適塾に行く。大阪で最も古い町家で、緒方洪庵がここで育成した塾生が明治維新と日本の近代化に大いに貢献したのである。ブラブラと歩いて明治十三年開校、木造の大阪市立愛珠幼稚園に行く。木のぬくもりに心安らぐ。その他尼崎、和歌山、

京都、奈良など大阪近辺を楽しく散策する。これを片手にほっこり、ぽくぽく歩いて見たくなる、そんな本である。

（増田周子）

火筒のひびき遠ざかる《ほづつのひびきとおざかる》

短編小説

〔初出〕「週刊小説」平成三年三月十五日発行、第二十巻六号。〔初収〕『よかった、会えて』平成四年六月十日発行、実業之日本社。〔文庫〕『よかった、会えて』〈集英社文庫〉平成七年十月二十五日発行、集英社。

〔内容〕松永は定年後、知り合いの会社で働いている。妻は多趣味で、パートの合間に、コーラスやらテニスやらを楽しむが、最大の趣味は結婚した三人の娘の家庭管理であろう。松永は「おばんは諸悪の根源じゃっ」と、子供にも執着しない。無趣味で、あえていうならば、反撥することと、ミナミの炉ばた焼きにおもむくことが趣味である。松永はそこで、中年の川越昭子と出会った。昭子は小学校入学が昭和九年で、松永とは同学年である。二人は畳屋町の古ぼけたバーで、『なつかしの軍歌全集』の中から「火筒のひびき……」「婦人従軍歌」や「爆弾三勇士の歌」を歌い会話を楽しむようになった。そして、三度目に出会った時、二人は旅行の約束をし、抱きあって接吻した。趣味は生きる希望と夢とうるおいを与える、と松永は思った。しかし、その後昭子からの連絡はなく、初夏、思い切って昭子の会社に連絡を入れると、三月頃に昭子は亡くなったと伝えられた。畳屋町の古いあなぐらバーはいくら探してもみつからず、茫然と歩いていると、「火筒のひびき遠ざかる……」という歌が、口をついて出てきて、胸イッパイになるのである。古川薫は文庫版の「解説」で「おばんは諸悪の根源じゃっ」という松永の独白や「山歌村笛譜《さんがそんてきふ》」の小見山のお婆ンらに対する毒舌をあげ、「あたかもぼくらの声を代弁するかのように、傍若無人なこの世代への憎悪は極めつけとなる」と述べている。

（岩田陽子）

ぼてれん《ぼてれん》

短編小説

〔初出〕「オール読物」昭和四十八年六月一日発行、第二十八巻六号。〔初収〕『男の城』昭和五十四年二月十六日発行、講談社。〔文庫〕『男の城』〈講談社文庫〉昭和五十九年二月十五日発行、講談社。

〔内容〕主人公沢田は、妻の実家の一部に新家庭を持った。「ぼてれん」とは「大阪弁で妊婦のオナカが大きいこと」を言い、沢田の妻・友子と、妻の妹・純子がその状態にある。義母と義母の姉も、大柄で太った女性であり、沢田は「ぼてれんが四人も集まっているわが家」を、「女くさく、なまぐさく、いぶせく」感じていた。沢田は、友子の甘ったれで可愛がられて育ったような様子を気に入り見合結婚したが、ずっと実家にいるため、友子はかいがいしく夫の面倒を見ることもない。さらに妊娠してからは、「そこのけ、そこのけ、ぼてれん様が通る」というような態度をとる。予定日を五日過ぎても生まれる兆しはなく、沢田は苦しそうな友子を早く解放してやりたい、と願うがどうしようもない。しかしその夜、隣で寝ているのは、「起きているとき」の「キイキイ声の、ヘンなおばけ」のような友子ではなく、「自分でもよく知らないうちに、こんな目にあってしまった「という途方にくれたような、あわれさ、いじらしさがあ」る友子だった。沢田はその様子に欲情を感じ、「はじめて、暖かいぼてれんを、可愛く思って撫でた」。単行本『男の城』発行の際、「読売新聞」

掲載の「よみもの」（昭和五十四年四月二十三日）では、本作と表題作を「おかしな亭主たちの生態を漫画的に描く傑作短編集」とまとめている。「ぼてれん」になった友子や彼女の家族は、まさに沢田の感じるごとく身勝手で、沢田に肩身の狭い思いばかりさせている。男性や妊娠の経験がない女性の中には、沢田の不満に共感するだけではなく、同情を禁じ得ない読者も少なくないだろう。一方、「ぼてれん」を経験した女性は、その心情や状況を理解して友子の母のような理解者に感謝し、沢田に不満を抱くであろう。つまりあらゆる読者が、心情を仮託できる登場人物が存在していると言える。しかしこれら双方の〈不満〉も、最後の場面で、沢田が友子を抱き締めた瞬間に解消される。やはり沢田は友子が愛しいのだ、と知って、読者も沢田同様に「ぼてれん」の「暖かさ」を、感じるのである。

（木谷真紀子）

ほとけの心は妻ごころ《ほとけのこころはつまごころ》　短編小説

〔初出〕「週刊小説」昭和四十八年十二月十四日発行、第二巻四十八号。〔初収〕『ほとけの心は妻ごころ』昭和四十九年十月二十五日発行、実業之日本社。〔文庫〕『ほとけの心は妻ごころ』〈角川文庫〉昭和五十五年四月三十日発行、角川書店。

〔内容〕私の夫は、思ったとおりに事が運ばないとたいへん機嫌が悪くなる。自営業の夫の生活を、私はすべて見ている。仕事の上でも、折り合いの悪い自身の家族との間でも、夫は思い通りにならない鬱屈を抱えている。それがすべて私に向かうのだ。それがわかっているので、私はがみがみと怒鳴られても、腹が立つより、哀れみを感じてしまう。あるとき、久しぶりに母と食事をし、夫の夕食の準備が遅れてしまった。老母と久しぶりに会った喜びや、夫の心情を思いやって大急ぎで帰宅したことなど、一切配慮してくれない夫に、さすがに私は腹が立つ。しかし、相手にとどめを刺すようなことを、どうしても私は言えない。舅の命日にやってくる坊さんは言う。「そら、ホトケゴコロいうもんだす」。夫に怒鳴られながら私は、男を甘やかすホトケ心を、危険なもののように思いはじめる。物欲しげで、私に色目を使う坊さんが哀れで、ホトケゴコロを感じたからである。夫の苦労や鬱屈をよく知るがゆえに、彼の甘えを受け入れてしまう妻の姿を、大阪郊外にある商店街の、文房具店を舞台に描く。

（北川扶生子）

卯月鳥のゆくえ《ほととぎすのゆくえ》　短編小説

〔初出〕「小説中公」平成六年七月一日発行、第一巻七号。〔初収〕『週末の鬱金香《チューリップ》』平成六年十月七日発行、中央公論社。〔文庫〕『週末の鬱金香』〈中公文庫〉平成八年十一月十八日発行、中央公論社。

〔内容〕辰野卯女子《うめこ》は「大阪近郊の田舎まちの市場」大師町市場で、荒物店をひとりで経営している。結婚離婚を経て、店を開いた両親を亡くした今、一人暮らしの長い卯女子は酉年の六十歳。人ぎらいも高じて「気しんどう」になっている。死にたくはないが死への志向を思ったりもする。ある梅雨時の雨の中、この市場には稀なスーツ姿の男が店に現れる。卯女子の二歳年上で、市場の近所に住んでいたことがあり、学生時代にはこの市場内でアルバイトをしていたと言う。夜、市場の大衆食堂で昼間の男に出会う。上垣寛二と名のったその男は、卯女子を覚えていると言い、山田惣菜店のおから（卯の花）の味などを懐かしげに話す。卯女子を「きれい」だという上垣。帰り際、卯女子も昔の上垣を思い出す。その後同じ食堂で二週連続で上垣と会った卯女子は、三度目の小料理屋で、妻子ある上垣から陰暦四月卯月に鳴くからとも卯の花の咲くころに鳴くからともいうほととぎす（卯月鳥）の鳴く京都の宿に泊まろうと誘われて応じる。だが、車で迎えに来ると言った上垣は来なかった。心臓疾患で急死したのだった。ほととぎすのゆくえを失い、涙した卯女子だが、もう死の方向は考えない。上垣が気力をプレゼントしてくれたのだと思う。「卯」の連なりのなかで展開する小説。（花﨑育代）

ほととぎすを待ちながら―好きな本とのめぐりあい《ほととぎすをまちながら―すきなほんとのめぐりあい》

エッセイ集

〔**初出**〕「中央公論文芸特集」平成二年九月二十五日〜四年六月二十五日発行、第七巻三号〜第九巻二号。〔**初版**〕『ほととぎすを待ちながら―好きな本とのめぐりあい』平成四年十月二十日発行、中央公論社。〔**文庫**〕『ほととぎすを待ちながら―好きな本とのめぐりあい』〈中公文庫〉平成七年九月十八日発行、中央公論社。〔**全集**〕『田辺聖子全集第二十三巻』平成十八年一月十日発行、集英社。〔**目次**〕自分史という文学―手記と文学の違い／ルンルンの歯―笑いのつらだましい／春風と死神野郎―老人文学／いけない小説のたのしい美味―美の乱酔／漂流する神々―宗教と小説／この道はわれのゆく道―芸の奥儀／サル屋と虫屋とヒト屋―幼き日の愛と冒険

〔**内容**〕「「ほととぎすほととぎすとて明けにけり」という句ではないが、面白いと思った本にめぐりあうことが（中略）こよないたのしみである」という著者が、「私にとってのほととぎすともいうべき、めざましい書物を思いつくままに取り上げてみたというエッセイ集。「自分史という文学」では、〈手記〉の最たるものである〈自分史〉が〈文学〉たり得るか、ローレン・バコールの自伝『私一人』などを例に挙げて考察、「自分だけに興味を発動するのが〈手記〉で、周囲の人間に飽くなき関心と分析力をもつのが〈小説〉であると述べる。「ルンルンの歯」では、「〈自分を笑う〉という志」を「つらだましい」と定義し、「女が自分も笑い、人を笑わせる」ことは「社会の開明度」の証と主張、林真理子の諸作やミヤコ蝶々の自伝『女ひとり』を挙げ、彼女らの「現実把握力」を評価する。「老いに向うときに、その人のすべてが出る」と言う著者が老人文学の佳編を紹介する「春風と死神野郎」、『わが闘争』など堤玲子の諸作を、「卑猥語と怒罵のとび交う世界に、いたるところ、濃密な詩情がしたた」る「美しき異端文学」と評価する「いけない小説のたのしい美味」、現実の事件が「作者のうちに小さい種子《たね》をおろし」「妖美な花を咲かせた」宗教小説として、曾野綾子『天上の青』、大原富枝『アブラハムの幕舎』を取り上げる「漂流する神々」。「この道はわれのゆく道」は、芸人マルセ太郎、文楽の三味線方鶴沢道八ら「この道ひとすじ」の人々の芸談を紹介、引用される含蓄に富んだ警句の数々が興味深い。「サル屋と虫屋とヒト屋」では、昆虫や動物に耽溺する人々がものした、こども時代の遊び場＝「広っぱ」の感覚を永遠に持ち続けているような「愛と冒険」に満ちた本を取り上げる。（峯村至津子）

ほどらいの恋《ほどらいのこい》

短編小説

〔**初出**〕「野性時代」平成五年十一月一日発行、第二十巻十一号。原題「ほどらい」。〔**初収**〕『お聖さんの短篇　男と女』平成九年四月三十日発行、角川書店。〔**文庫**〕『ほどらいの恋　お聖さんの短篇』〈角川文庫〉

ほ

平成十二年七月二十五日発行、角川書店。〔全集〕『田辺聖子全集第五巻』平成十六年五月二十日発行、集英社。

〔内容〕文具メーカーに勤務する三十四歳の「私」は、新製品開発プロジェクトチームの責任者として仕事を任されるまでになっていた。キャリアのせいで結婚の経験はなく、上司に見合いをすすめられて悩んでいた。というのも私には、離婚経験のある四十一歳の内田という「ほどらいの仲」の相手がいたからだ。京都の山奥へ落鮎を食べに行こうと誘われ同行するが、浮気旅行を告げられ、「いつもホントのことをいっている、という匂いがぷんぷんする」「可愛げのある男」である内田に、「私」も見合いの件を打ち明けたところ、結婚をめぐって口論となる。「別々に暮らしてるよって面白いねん」、「やっぱし、笑い合える仲で、最高ちゃうか、一緒に住む、住まへんは関係ないやん」といわれる。「私」のキャリアが何年かはわからないが、仮に大学卒だとして十二年、高卒だと十五年、社会で働き、キャリアを積んだ女性であると想像できる。一九九一（平成三）年のバブル崩壊を挟み、女性として社会的地位を保ち続けて、それなりに社会の辛酸を舐めてもいるだろう。田辺はこうした女性を、三十四歳という年齢で「ほどらい」の関係を踏み出して、結婚を意識する人物として描いている。見合い相手として上司が選んだのは四十五歳商社マン、海外赴任が多く、結婚のチャンスに恵まれなかった男性という設定であり、結婚を意識する年齢は「私」より一回り近く上である。結婚するならここが人生の分岐点、という年齢設定が、田辺にとっては男性四十五歳、女性三十四歳なのかもしれない。ちなみに、同作が発表された一九九三（平成五）年の、日本国内での全婚姻の平均結婚年齢は、男性が二十九・七歳、女性は二十七・一歳である。初出「野性時代」の目次には、「私と内田の気ままな関係。けれど私はそれに魅かれる。」とある。　（杉田智美）

ほのかに白粉の匂い　新・女が愛に生きるとき《ほのかにおしろいのにおい　しん・おんながあいにいきるとき》

エッセイ集

〔初版〕『ほのかに白粉《おしろい》の匂い　新・女が愛に生きるとき』昭和六十一年十二月十五日発行、講談社。〔文庫〕『ほのかに白粉《おしろい》の匂い　新・女が愛に生きるとき』〈講談社文庫〉平成二年九月十五日発行、講談社。

〔目次〕1女の風景（おしゃべり美人／ひとりあそび／気のつく女の子／女ゲリラのすすめ／気をとり直す才能／マネするたのしみ）2愛の風景（私の二十四歳のとき／可愛い女はハイミスに多い／別れのあと、女の掌にはいくつかの結晶が残る／中絶せざるをえない女たちの生きにくさ／チマチマ日本／結婚しない女たち）3結婚の風景（結婚願望オデキ説／同級生ふう結婚／叱られるということ／結婚のおつきあい／おすすめ三十代結婚／女が年下の男を愛するとき）4私の風景（子供の正月衣裳／西の文化の現在―ファッション／来山《らいざん》の女人形《をやま》／男の気持・女の気持／女の寝顔／熟年と出家）5男の風景―私の好きな男たち（重き鎧《よろい》―『平家物語』の今井四郎兼平《かねひら》／冷酷な男の色気―林芙美子『浮雲』の富岡／女の夢見る男―『風と共に去りぬ』のレット・バトラー／実直男《まめびと》の好もしさ―『源氏物語』の夕霧／男の献身と支配―池田理代子『ベルサイユのばら』のアンドレ／年下男の可愛いさ―サガン『ブラームスはお好き』のシモン／中年男の明晰な恋―『ある微笑』のリュック／瓢箪鯰《ひょうたんなまず》の男の面白さ―谷崎潤一郎『猫と庄造と二人のをんな』の庄造／ハードボイルド男の慕わしさ

―ロス・マクドナルド作の私立探偵「リュー・アーチャー」／単純男の美しさ―シェークスピア『オセロー』／突っぱらぬ男のいとおしさ―近松門左衛門『心中天の網島』の紙屋治兵衛／男の率直に惹かれて―太宰治『人間失格』の葉蔵）／あとがき

〔**内容**〕収録されたエッセイの多くは女性誌に連載されたもので、女性の「人生の充実」や「幸福」について考えさせられる。タイトル『ほのかに白粉《おしろい》の匂い』は、「母の体からは白粉の匂いがほのかにただよって」（「子供の正月衣裳」）に拠るのであろう。著者は「私自身の歴史にもなり、感慨深い本」（「あとがき」）という。（太田路枝）

本来さん《ほんらいさん》　短編小説

〔**初出**〕「野性時代」平成五年五月一日発行、第二十巻五号。〔**初収**〕『お聖さんの短篇　男と女』平成九年四月三十日発行、角川書店。〔**文庫**〕『ほどらいの恋　お聖さんの短篇』〈角川文庫〉平成十二年七月二十五日発行、角川書店。

〔**内容**〕ある夜、「私」の夫山村為吉が泥酔して帰宅し、十年間続いた会社の同僚の梅垣あつ子という女から別れを告げられた、という。舅を送り、姑は二度目の発作から寝たきりになって三年がたつ。介護に追われていた間に、夫が不倫を楽しんでいたことを知って、吉本新喜劇好きの「私」は逆上し、おむつや介護用品を買う得意客なので薬局からもらったテレホンカードであつ子の家に電話をかける。あつ子は、夫との関係が終わったこと、結婚すること、そして自分のことを「山村さん」と二人で「本来さん」と呼んでいたと言う。嫉妬を感じた「私」が、「本来のキモチ」をとりもどせるかどうかは分からないものの、はやくも（ゆるしてもいい……）という思いが萌し始めているのだった。翌朝、シーツを汚してしまった姑に、怒りのあまり夫の不倫の事実をぶつけるのだが、そのときのやりとりも、「吉本新喜劇」のようだ。夫からの不倫の告白というシビアな現実を、舞台で演じられる滑稽な一幕のように語るのであるが、「私」のいう通り、夫の両親の介護は、対価労働としてではなく、「嫁」の義務として扱われる、「アンペイドワーク」（非対価労働）の典型的な家庭のありようが見える物語である。（杉田智美）

【ま】

舞え舞え《まえまえ》蝸牛《かたつぶり》―新・落窪物語《しん・おちくぼものがたり》―　翻案小説

〔**初出**〕「秋田魁新報」夕刊他学芸通信社配信、昭和五十年十二月十三日～五十一年六月一日発行。〔**初版**〕『舞え舞え蝸牛―新・落窪物語―』昭和五十一年九月十五日発行、文藝春秋。〔**文庫**〕『舞え舞え蝸牛―新・落窪物語―』〈文春文庫〉昭和五十四年十月二十五日発行、文藝春秋。

〔**内容**〕王朝前期、九歳で宮腹の母を亡くした姫が、父の中納言の邸に引き取られた。北の方には四人の姫と三人の若君があった。引き取られた姫を土間の様な低い部屋に住まわせ、「落窪」の姫と仇名で呼んだ。継母は、聡明で美しい姫を人前に出さず、侍女より汚い格好で、下女の様に縫物をさせていじめた。落窪には母の存命中から阿漕という侍女がいた。阿漕は三の姫の婿、蔵人の少将に仕える帯刀の惟成《これなり》とねんごろで、彼を使い落窪に立派な婿を見つけようと策をこらす。そして惟成の乳兄弟、当代きっての貴公子・右近の少将を選び、中納言家が殆ど全員で石山寺へ参詣に出かけた間に手引きし、二人は契を交す。少将は惟成に姫への文を託しては愛を誓い合っていた。その頃少将には、中納言邸の四の姫の婿にという話があり、断るつもりだったが、少将の従弟、兵部の少輔《しょう》が四の姫に恋して申し込んだが断られ、相談に来た。兵部の少輔は滑稽な馬面だが純真なよい男なので、少将になり変わるよう企てた。ある時、惟成が少将の文を落とし、落窪姫は惟成との中を疑われて物置に幽閉された。賀茂の臨時祭に一家総出で見物に出かけた留守中に、多数の若侍を率いた少将が、網代車で姫を二条邸に連れ去る。一方、少将になり変わり四の姫を訪れた兵部の少輔は、熱愛を打ち明け、四の姫を説き伏せた。露顕《ところあらわし》の式で、少輔は皆に笑われるが、四の姫を背にして駆け落ちをした。蔵人の少将も次第に寄り付かなくなり、女房どもも少しずつ二条邸に引き抜かれ、中納言邸は火が消えたようになった。右近の少将は、中将に昇進、三位になり出世街道まっしぐら、右大臣の姫との縁談も断り、落窪姫一筋の愛を貫き通す。仕返しをされ、どん底の苦しみを味わった北の方は、家相が悪いからと中納言を促し、落窪の母所有の屋敷を大改装した。中将は中納言に昇進し、北の方となった落窪は男君を安産、その屋敷に入り、越してきた中納言一家を迎える。新・中納言一家の出迎えに加えて、四の姫と資親、その男君までが現れ、長い間娘のことが気がかりであった中納言は嬉し涙を流し、皆で幸せに暮らすというハッピイ・エンドで物語は終わる。（増田周子）

枕草子 日々の〝をかし〟を描く 清少納言の世界《まくらのそうし ひびの〝おかし〟をえがくせいしょうなごんのせかい》

翻案小説

〔初版〕『枕草子 日々の〝をかし〟を描く 清少納言の世界』〈ビジュアル版日本の古典に親しむ⑤〉平成十八年三月一日発行、世界文化社。

〔内容〕「第一部 日々の暮らしの『をかしき』こと」、「第二部 『いみじき』こと、『おもしろき』もの」、「第三部 ものの『あはれ』、心に思うこと」というテーマのもとに、枕草子の章段を現代語訳風にまとめている。原文は載せていないが、簡単な語釈を付している。田辺聖子が執筆しているのはこの枕草子の内容に関する箇所のみである。その他には、「ビジュアル版」と銘打っているだけあって、ほぼ全ページカラー写真を背景として用い、写真に合わせて荒井和生の「ことばの風景」というコラムが二ページに一つほどの割合で置かれている。また、第一部の前に「枕草子をめぐる清少納言ゆかりの人間関係」として関係系図を載せる。第一部と第二部の間には、「襲《かさね》 移ろう四季を先取りする平安の雅《みやび》」〔撮影・取材協力 吉岡幸雄〕として襲の色目に関するコーナーが置かれている。第三部の後には、西村亨「枕草子【王朝人の生活事典】」と、「『平安朝ゆかりの地』アクセスデータ」が白黒ページで置かれている。（中葉芳子）

まごつき一家《まごつきいっか》

長編小説

〔初出〕「高校家庭クラブ」昭和四十二年四月一日～四十三年三月一日発行、第十五巻四号～第十六巻三号。原題「わが家の楽園」。〔文庫〕『まごつき一家』〈ポプラ社文庫〉昭和五十二年十一月発行、ポプラ社。

〔内容〕私は市立高校の二年生で、父と弟と三人で団地に住んでいる。母は五年前に亡くなり、その寂しさが少しはあるものの、別に不足のない、それどころか、楽園のようなわが家である。ところが、「どうや、道子に健、明日の朝、ひとつ散歩にいってみるか」という父の言葉が端緒となっ

ま

て、一家に新しい風が吹き込んでくることになる。それは、茨木家との出会いであり、コロおばさん、吉雄、チー子との交流の始まりである。私の父とコロおばさんとは既に、山の上に共同で家を購入しており、父としては、子供たちのためにも、コロおばさんと再婚することを考えていた。しかし、私は思春期の少女であり、亡くなった母への思いや、父がとられてしまうような寂しさなど、様々な思いが交錯し、父の再婚を簡単に受け入れることはできない。私はコロおばさんの人柄に少しずつ惹かれていき、人間としては好意を抱くようになる。しかし、家族の在り方が、壊れてしまうようで戸惑っているのである。そのような中、級友たちの家庭にもそれぞれ様々な家族の形があることを知り、私の気持ちも少しずつ変化していく。決定的な出来事としては、私の住む町の近くで山火事が起こり、それ以来、山の上にある父とおばさんが共同購入した家のことが心配になり、結局、両家共に、その家に住むことになった。父の再婚に戸惑っていた私も、今はとても幸福な気持ちであり、わが家の楽園をつくるもこわすも、自分ひとりの責任のような気さえするようになるのである。思春期の少女が父の再婚話を受け入れるまでの心の動きと、家族というものの様々な在り方を提示した、温かく、ほのぼのとした作品である。

（足立直子）

窓を開けますか？《まどをあけますか？》

長編小説

〔初出〕「サンデー毎日」昭和四十七年一月二日～九月三日発行、第二七八〇号～第二八一八号。〔初版〕『窓を開けますか？』昭和四十七年十二月五日発行、新潮社。〔文庫〕『窓を開けますか？』〈新潮文庫〉昭和五十一年五月三十日発行、新潮社。〔全集〕『田辺聖子全集第二巻』平成十六年十月十日発行、集英社。

〔内容〕岸森亜希子は三十二歳、独身のOL。兄、姉、妹は結婚して独立し、母親と二人暮らしである。彼女は、西神戸で機械工場を経営する四十一歳の桐生保之と交際していた。桐生は妻と三年ほど別居状態にあり、離婚を決意してはいるものの交渉は難航していた。桐生には妻との間に中学生の娘がいる。亜希子は桐生との関係を「何か現実ばなれした、お娯しみの共犯者のよう」と捉え、桐生の離婚や娘の存在など「現実の胸の痛むようなこと」は「故意に押しやってしまう」。結婚し「指定席へ定着すること」を「堕落」であるかのように思う亜希子だったが、そんな二人の関係も徐々に変質を見せ始め、彼女は桐生の離婚問題に対する対処の「緩慢」さに不安や猜疑心を覚え、苛立ちを隠しきれなくなってゆく。そんな時、亜希子は桐生の子を妊娠するが、「不器用な」彼女は、堕胎の話を進める桐生を阻止するほど取り乱すこともできない。桐生の娘ゆめ子が事故死し、「悲しみを共有できないこと」に苦しむ亜希子は彼への愛に気付くが、離婚は遅々として進まない。逢えないことを「弁解」するような桐生の態度に「恋の終りの暗示」を見た亜希子は、桐生にはない「独身者の青年だけがもつ、すがすがしい粗放さ」を感じさせる医師端田《はしだ》と旅に出る。その旅で、桐生のお膳立てで「おいしそうな部分をつまみ食いしていただけ」の自分に思い至った亜希子は、端田から共に暮らすことを提案されるも、再び一人旅に出る。旅先で宿に戻ると部屋には煙草をふかす桐生の姿があった。亜希子がその時言った象徴的な言葉「窓を開けますか？」――亜希子は彼の心を自分に向けさせ、自ら結婚を申し込み、一生手放さないことを決意していた。「自分で運命を選択」することを避けてきた亜希子は、運命の扉を自ら開く女へと変貌していたのだった。亜希子が会社の同僚や友人との交友の中で感じる独身女性の「陰影ふかい人生」や、母親との間の絆と反撥なども織り交ぜて描かれている。

（峯村至津子）

まぶたの姑《まぶたのしゅうとめ》　短編小説

〔初出〕「週刊小説」昭和四十九年七月十九日発行、第三巻二十六号。〔初収〕『ほとけの心は妻ごころ』昭和四十九年十月二十五日発行、実業之日本社。〔文庫〕『ほとけの心は妻ごころ』〈角川文庫〉昭和五十五年四月三十日発行、角川書店。

〔内容〕私の夫と姑は、けんかが絶えない。泣くことも笑い飛ばすことも、おたがいに決してせず、闘志をみなぎらせて争う様は、私には、似たもの同士の親子、仲の良い証拠にしか見えない。そんな安心もどこかにあって、けんかが始まると、仲裁に入りつつも、内心では、「赤かて白かて」「オーエス」とおもしろがっていた。しかし、夫がかわいがっていた文鳥を、動物嫌いの姑がわざと逃がしたことから、ふたりの間には、笑ってすませることのできない諍いが始まってしまった。幼い頃、自分を連れ出して、ごちそうをふるまい、おもちゃを与えた美しい女。まぶたに残るその女こそが、自分の実の母親ではないのかと夫は言い出す。これほど仲が悪いのに、本当の親子だとはとても思えないというのだ。それに対して、姑は……。似たもの同士の母と息子の姿を、妻の「私」の、どこかクールな、しかし公平で温かいまなざしから、生き生きと、そしてユーモアたっぷりに描き出す。浪曲、演歌、映画など、様々なジャンルで繰り返し取り上げられた原作長谷川伸の「瞼の母」をもじったタイトルも効いている。

（北川扶生子）

麻美子の出発《まみこのしゅっぱつ》　短編小説

〔初出〕「週刊平凡」昭和四十一年十一月二十四日発行、第八巻四十七号。〔初収〕『愛の風見鳥』昭和五十年十一月五日発行、大和出版。

〔内容〕妻子ある男を愛してしまった女性をかばい続けた男の話。麻美子の両親は、麻美子と従弟の昇を結婚させ、家業を継がせようとしていた。麻美子は会社で知り合った伊坂に惹かれたが、興信所での調査の結果、伊坂には妻子がいることが判明した。麻美子は、「正直で一本気」な昇よりも、伊坂に心を奪われていたので、打撃を受けて部屋に引き籠もった。翌日、伊坂と会うと、麻美子は涙が溢れた。彼は、妻子の話は過去のことで、女房は高慢で我慢出来なかったから別れたと弁解した。両親は麻美子に会社を辞めろと叱り、麻美子も会社に居辛くなって、辞表を提出した。伊坂は名古屋支店への転勤が決まったが、落ち着いたら結婚しようと約束していた。昇は、麻美子を伊坂から引き離そうと、文句を言いにアパートへ行った。伊坂と別れたくなかった麻美子は、息を潜めていた。その後、伊坂に巧妙に誘われ、夢中にさせられたことを思い出して歩いていると、昇に会った。あんな奴が麻美子の男やなんて趣味悪いぞ！　俺が嫌いでも構わんが、叔父さんたちに心配かけるな。今夜は、俺と映画を見に行ったことにしておく、と昇は言った。麻美子は昇の心遣いに感謝しながらも、威圧的ないい方に腹が立ったが、昇と一緒に帰った。伊坂から音信がないので、麻美子は伊坂を追うことにした。昇は黙って駅まで送り、自分で確かめてみないと分からんこともある。辛いことがあっても受けとめるんや、と言う。彼のいかつい顔には素朴な悲しみが溢れていた。麻美子は急に昇と別れるのが辛くなり、すぐ引き返したくなるような気がした。しかし、麻美子は自分の運命を見極めようと、席から立たなかった。麻美子は本物の愛を知ったのだ。

（青木京子）

【み】

三日月《みかづき》　短編小説

〔初出〕「小説新潮」平成八年一月一日発行、第五十巻一号。〔初収〕日本文藝家協会編『現代の小説１９９７』平成九年五月三十一日発行、徳間書店。

〔内容〕初出は、長尾みのるの挿画とともに「新潮社創立100年記念　小説100篇大全集」の一編として掲載。一月十七日の大地震の日以来、「私」は「夫を以前《まえ》みたいに〈お父さん〉と呼べ」ず、「〈向う〉」（二人のときは「〈そっち〉」）と呼びたくなる。その理由は、「未明の激震に」驚いて目覚めた夫は「動転したのか、短い奇声を発してむくっと飛び起きざま、青ネルのパジャマの脚で私を蒲団ごと跨いで逃げていった」からである。「町内では気さくでええ人、といわれ、評価が高い」夫であるが、「私」にとっては「エゴ男」。「京都へ嫁《かた》づいている娘が、交通事情の悪いのに乗り継ぎ乗り継ぎして」食材を持ってきてくれた。それで作ったうどんすきをつつきながら、二人で一杯やる。「私」は、「〈そっち〉」に「静かな口調で」、震災の朝のことを問い正した。「思い当たるのか〈向う〉は猪口《ちょこ》をおき、箸をとめ」たものの、言い訳した。「いやな、あのときはただ怖《こお》うて」。「先に女を逃がしてやる」のが「男・夫、いろもんの、あるべき姿」ではないかと激昂する「私」だが、夫は話を別の方向にもっていった。女は「股ひろげてメシたくだけ」で、「男の一生、持っていってまいよる。泥棒じゃ」「こういうことといいあえるのが夫婦いうもん」だと言う。「私」より酒に弱い夫は、酔いつぶれてしまう。「私」は「いま地震がきたら、私が跨いでにげたるわ、と思い」つつ、眠っている夫に「かるい小蒲団《こぶとん》をかけて枕をあてがってや」る。「一月十七日の夜は濁った血の色の満月」だったが、「今夜は綺麗な三日月」である。夫に腹を立てながらも思いやらずにはいられない妻の優しさが感じられる。新聞に掲載された「夫がひとりで逃げて心が冷え、それ以来離婚を考えているという妻の話」や「手をつないで死んでいた老夫婦」、「妻と子の上に掩《おお》いかぶさっていた夫」などの実話にもふれ、夫婦のありようを描いた作品である。

（太田路枝）

見さかいもなく《みさかいもなく》　短編小説

〔初出〕「小説すばる」平成元年十二月一日発行、第三巻五号。〔初収〕『金魚のうろこ』平成四年六月二十五日発行、集英社。〔文庫〕『金魚のうろこ』〈集英社文庫〉平成八年七月二十五日発行、集英社。〔全集〕『田辺聖子全集第十六巻』平成十七年十一月十日発行、集英社。

〔内容〕主人公の安西凪は、結婚しようとくどいてくる中島に、鼻が顔のまん中にぴろぴろと拡がっていることから「中島ぴろぴろ」というアダナをつけ、からかってばかりいる。勤務先の軽金属メーカーの先輩戸倉が彼に関心を持ったことから三人で道頓堀で飲んだ夜、彼と仲良くなってしまう。凪はそれ以前には、奈良県の素封家の息子である会社の後輩児玉と交際していた。児玉は父親の死後、退社して帰郷していたのだが、田舎に行くのは気が進まないものの、ボーダーラインに置いておきたいという打算もあり「児玉ボーダーライン」

と呼んでいる。凪は、婦人服の製造卸に勤めるナイスミドルでオトナの教養を教えてくれる結構な人、「柳田結構人」と知り合い、並行してスイミングクラブで知り合った谷ともつき合い始める。谷は阪大の理科を出て研究所に勤めるはにかみやの人嫌いだったが、大阪の老舗饅頭屋の息子でもあり、凪は玉の輿願望から「谷たま」とアダナをつける。縁談が具体化して、「谷たま」願望にとりつかれた凪は、中島が別の女性と結婚すると言って去り、柳田が広島支社行きで去ってもうわの空で、会社も辞める。しかし、結婚式が近付くにつれ、谷は浮世離れした変わり者に戻り、結婚も破談になる。退職金と慰謝料を抱いて世の中へ放り出された凪は、次第に昔の男達が懐かしくなり彼等に会いに行ったものの、奈良では児玉から妻の目をごまかして持ってきたというスカートをプレゼントされ、広島では柳田から家庭の愚痴を聞かされて幻滅し、博多での中島との再会にも期待を持てなくなってしまう。しかし三年ぶりに再会した中島は凪同様に婚約破棄された身の上で、以前と変わらない会話も楽しく、彼に肩を抱かれて中洲の灯の海の中へ入りながら、凪は「見さかいもなく生きてきた」こ十何年を思い、人が生きるのは「見さかいもなく生きるため」と思う。三十代前後の仕事を持つ独身女性達の恋愛を描く短編集『金魚のうろこ』に収録され、のちに鴨居まさねによって漫画化された（『金魚のうろこ』平成九年発行、集英社）。

（鈴木暁世）

水に溶ける鬼《みずにとけるおに》　短編小説

〔初出〕「野性時代」昭和五十一年十月一日発行、第三巻十号。〔初収〕『鬼の女房』昭和五十二年六月三十日発行、角川書店。〔文庫〕『鬼の女房』〈角川文庫〉昭和五十七年五月三十日発行、角川書店。

〔内容〕『今昔物語』などの古物語を読んでいて、何となくぞっとするのは、板のバケモノや老婆の人喰い鬼ではなく、形も姿もわからぬが、何となく圧迫感のある怪異のものである。慈岳の川人が地神に追われる説話が紹介される。地神の悪意だけ感じられ、実体のイメージのないところが、より不気味である。皮膚感覚に感じられる恐怖である。未知のおそろしいものといえば、地神と共に幽霊である。『今昔物語』の幽霊は近世の幽霊とちがい、恨みをのんで死んだ人が化けてくるというものではなく、やさしい愛情が凝って幽霊となるのだ。小野篁という人がいた。実在の男で、公的記録も残っている。一度は失脚したが、順調に出世して参議から左大弁になった。篁は、地獄の役人、閻魔庁の冥官であるという奇っ怪な噂がある。篁の妻はもと右大臣だった人の三の姫である。篁には結婚する前に恋をした女がいた。篁が二十歳のとき異母妹のところへ、漢籍を教えにゆくことになった。その妹は十六、七で美しく怜悧な娘で、篁はだんだん恋しくなってきた。篁からは不思議な磁気が発散しており、妹も兄にひき入れられるようになり、妹は妊娠したのである。母親は怒って娘を閉じこめ、篁を追い出した。妹は一緒に住めないのなら死んだ方がまし、死んだら幽霊になって、人目につかず、どこへでもご一緒できると死んでしまった。妹が幽霊となって現れ、篁は夜な夜なやってくる妹と濃密な愛を交した。ある夜、妹が早く結婚なさい、男は結婚してこそ一人前であるという。そうして、篁は三の君と結婚した。ある夜、三の君が何かの気配を感じた。わかい美しい女である。三の君の前に姿を現してしまったのは、嫉妬からである。篁は枕もとの銀の鋺をとりあげた。自分の涙がはいっている透明な水を幻の女に見せた。妹は、その水を見ていたが、銀の鋺の中に吸われ、熔けていった。篁はそれを一気に飲んだ。いつのころからか、篁は幽霊の妻をもっている、この世の妻と、あの世の妻をもっているという噂が流れはじめた。

（浦西和彦）

味噌と同情《みそとどうじょう》　短編小説

〔**初出**〕「小説現代」昭和六十二年四月一日発行、第二十五巻四号。〔**初収**〕『春情蛸の足』昭和六十二年七月十日発行、講談社。〔**文庫**〕『春情蛸の足』〈講談社文庫〉平成二年四月十五日発行、講談社。

〔**内容**〕「お常」は、昔ながらの浪花のおかずを食べさせてくれるスタンド割烹である。中垣は週に一度は「お常」に行く。妻の邦子は神戸の貿易会社に勤めている「英語遣い」で、バタくさい風味の西洋料理が好きだ。食事は土曜日に一週間分をまとめて買い出しにいき、作って冷凍している。中垣が「醤油味」「味噌味」の日本料理を食べたいといっても、「それでは」といってつくるような女ではない。中垣もそれは心得ている。邦子は仕事柄、よくパーティに出席する。夫婦同伴ということで中垣がよんどころなく引っぱっていかれた先で出会ったのが、常子であった。「英語遣い」が多い場で、常子が「英語遣わず」であったことが、中垣に好意を抱かせた。常子の夫の須賀は、アメリカの大学を出た「英語遣い」であったが、まもなく、常子と離婚して二十も年下の若い女と結婚する。料理が好きで、知人の割烹の手伝いの経験もあった常子は、「英語遣わず」の連帯感から中垣に相談し、旬のお惣菜を食べさせる店を出すことにした。一、二年の修業の後にキタに開店した「お常」は順調で、客足もよく、繁盛していた。春は土筆の油いためや独活の酢のもの、夏は胡瓜もみに蛸、そしてはもきゅうが楽しめる。秋はけんちん汁を食べ、鴨なすの田楽で飲む日本酒がおいしい。冬の牡蠣の土手鍋も中垣は「お常」で食べさせてもらった。今日も常子は、餅があると言って、春先でも白味噌雑煮を作ってくれる。中垣は、先日逢った須賀に、若々しくみえるわりにうしろ姿に老いを感じたことを話そうと思っていたが、やめる。そしてただ、色恋でも友情でもなく、常子を愛していると思うのだ。慰謝料も要求せず、早くから独立準備をし、手間暇かかる料理を作りつづけることを選んだ常子の人生は、目の前に供された「お見つくろい」の人生を否応なく受け入れてきた中垣にとって、新鮮な驚きでもあったのである。〈ちくま文庫〉（『春情蛸の足』平成十三年六月六日発行）の解説でわかぎゑふは、中垣の常子への思いを「ほろ恋」であると指摘し、「めちゃ恋の出来ないことを」「ごまかして」いる「男の気持ちを親身に」描いた作品であると解説した。

（箕野聡子）

ミミズの心《みみずのこころ》　短編小説

〔**初出**〕「オール読物」昭和五十年六月一日発行、第三十巻十号。〔**初収**〕『浜辺先生町を行く』昭和五十二年四月三十日発行、文藝春秋。〔**文庫**〕『浜辺先生町を行く』〈文春文庫〉昭和五十六年四月二十五日発行、文藝春秋。

〔**内容**〕「浜辺先生シリーズ」の第二作目。浜辺先生（「私」）が、尼崎市西大島稲葉荘に居住し、神戸の異人館に別宅を持っていた時分の話で、別宅に入った泥棒騒動で世話になった青年に頼まれて引き受けた文化大講演会でのエピソードが書かれている。田辺聖子が川野純夫と結婚した直後の住居は神戸市生田区諏訪山の異人館にあったが、仕事場は尼崎にあり、半ば別居婚であった。この異人館での生活について、「わが街の歳月」(『歳月切符』)で田辺は次のように述べている。「私は結婚生活のはじめ、諏訪山の異人館に住んでいた。夫は異人館で私を釣ったといってもよい。(略)こういう美しいながめはむしろもう、人を頽廃させる。(略)こういう幸福は、働きざかりの人間が味わうものではなかった。(略)そこに住みつかなかったのは、しかし、その美しさのせいではなく、実生活では不便だからである。(略)私は生活の便利さの方をとって、下町に住み、気苦労の多い大家族の中に暮らして、海の見える洋館のムードを恋しがりながら、せっせとラブロマンスを書いていた。もし私があのまま異人館に住んでいたら、もうペンを折っていたにちがいない」。また、作品内では大講演会で『女の長風呂』を『女の長鼻』と間違えて紹介された話が語られているが、その際、かつて「浜辺汀子サンは、センチメンタル・チャリティという小説で芥川賞をとった」と紹介されたことにも触れている。この「センチメンタル・チャリティ」と間違えられたという講演会のエピソードは、田辺の実体験が基になっていると思われる。エッセイ集『イブのおくれ毛』に「館長は新品らしく性能のよいマイクで紹介し、「田辺サンは『センチメンタル・チャリティ』という小説を書いた人である」とのべた」(「単なる浮気」)とある。

(西川貴子)

宮本武蔵をくどく法《みやもとむさしをくどくほう》 短編小説

〔初出〕「小説現代」昭和五十七年十二月一日発行、第二十巻十三号。〔初収〕『宮本武蔵をくどく法』昭和六十年一月十四日発行、講談社。〔文庫〕『宮本武蔵をくどく法』〈講談社文庫〉昭和六十三年四月十五日発行、講談社。

〔内容〕青年ムサシと彼の友達の母親オスギとが旅を通して徐々に心を通わせていく話。山深い美作の宮本村に住む又八とその友達ムサシは、関ヶ原の合戦で一旗あげるといって村を出奔した。そこで又八をみつけ、その許嫁のお通を連れ出したムサシを討てという、親族一同の命令で故郷を出てきたオスギだが、災難を避けるチエが足りない「オタリン」のムサシを討つ気などない上に、何となくムサシを見捨てておけなくなる。オスギは健康な四十女で、十五年前にツレアイは死んだが、人生でいまが花ざかり、女ざかりの季節だと思っている。一方、ムサシと共に出奔したお通は二十二、三になる純情で律儀で美人だが、マジメすぎるのがどうも苦手で、ムサシはお通から逃げている。素直で子供っぽいムサシにオスギは好意をよせ、お通ではなく、ワタエがついてないとこの子はどないもならへんのやないかとも思う。追いかけ回すお通から上手く逃げたムサシと再会したオスギは、共に大坂へ出て舟で淀川から京へ入る。むさくるしい山奥の片田舎をはなれ、のびのびとあちこち足を向けて、このなぜか心ひかれる若者と、つかず離れず旅している楽しさはオスギには極楽だった。うさんくさくオスギを見ていたムサシだが、いつのまにかオスギのそばに来て話しかけてくる。「おれは名もない郷士のせがれやし、の。誰のヒキとてあるわけやない」「なんぼ技が上でも、ヒキや血筋にはかてんもんな」。このムサシの言葉に、二十歳過ぎの派手な風躰の佐々木小次郎と名のる若侍が、「門地門閥も所詮は力次第。血筋やヒキをつくるのは、おのれの実力よ」「その実力のない奴が、門地門閥をうらやむ」とあてつけがましくつぶやき、自慢げに語る。けんかを売られたムサシはオスギに買うか買うまいかと尋ねるが、ムサシの反応にまるでコドモやとオスギは笑いながらなだめる。冬晴れの翌日、二人は師走の四条河原の見世物や芝居をひやかしに行く。そこでオスギは息子又八を発見する。阿呆の又八だが、四条河原で茶店を出して夫婦仲良く働く姿に、「脳タリン」のほうが世の中へ出るとしっかりしとると、オスギは満足そうに笑う。一方、美しい女舞の幕の前にへたり込んでいるムサシをどやしつけて、先に行くオスギ。「待ってくれやあ。抛っていってくれるな」「おばばにいかれたら、おれ、心ぼそいんや」「ありゃ絵にかいた餅じゃ、やっぱりおばばのほうがええ」と後を追うムサシ。オスギは足を止めないが、心の中でニタニタ笑い、「オタリン」のムサシと旅する楽しみをかみしめるのである。（二木晴美）

ミルクと包丁《みるくとほうちょう》

短編小説

〔初出〕「オール読物」昭和四十八年四月一日発行、第十巻四号。〔初収〕『男の城』昭和五十四年二月十六日発行、講談社。〔文庫〕『男の城』〈講談社文庫〉昭和五十九年二月十五日発行、講談社。

〔内容〕吉村吉平は、食料品スーパー「山金」の住込み店員である。窃盗の前科がある上に、奇病に侵された亡妻の治療費でかさんだ借金もそのままである。今はケチな主人のもと「マジメに」働いており、正月、主人に誘われて小料理屋で飲むことになった。久しぶりに飲んで心地よくなった吉平は、帰宅するのが嫌になり、不用心そうな家の網戸を「ためしにひっぱ」ってみると、すぐ開いた。吉平は「自分を守るため」に包丁を畳に突き刺し、子ども二人と休んでいた女を起こす。女から、病死した夫の療養費で貧しいこと、一人で子どもを育てていることを聞くと、吉平は金を差し出して女を励ます。働きながら一人で家事育児をこなし、きれい好きで美人の女を吉平は次第に好きになってしまい、「これが自分の家」なら「どんなにいいだろう」と「泣きたいような、切ない心持」になる。自分でラーメンを作り、たばこを吸い、寝てしまった吉平は、翌朝、朝食前の習慣にしているミルクを飲んだ。すっかり幸せな気持ちになり、「数年間の疲労」が押し寄せてきたかのように再び「ぐっすり眠」る。起きると、女は吉平を引き留めるかのような口ぶりである。吉平が幸せを嚙みしめていると、警官が家に入ってきた。女が隣家の主婦に頼み、通報してもらったのである。「ずるずるに朝の八時まで寝こんでる阿呆」の吉平と、「しっかりして」「子供にも怪我一つさせ」ない「立派なかた」である女が対比される形で終わる。ケチな主人のもと、亡妻の奇病による借金を抱えながらまじめに働き、貧しく孤独に生きている吉平は、同情を買う存在である。吉平の人間性は、窃盗の前科や、真夜中に「忍び」をする〈悪人〉そのものの行為とは全く結びつかない。盗みに入った家の女を好きになり、妄想を膨らませる過程では、読者も吉平と同じく畳に突き刺した包丁を忘れ、一人の不運で貧しい小心者が幸せになることができるように、思わず願ってしまうのではないか。不運な〈悪人〉が、切ない「阿呆」として描かれた作品と言えるだろう。（木谷真紀子）

【む】

むかし・あけぼの—小説枕草子—《むかし・あけぼの—しょうせつまくらのそうし—》

長編小説

〔初出〕「野性時代」昭和五十四年四月一日〜五十七年八月一日発行、第六巻四号〜第九巻八号。〔初版〕『むかし・あけぼの 小

む

説枕草子』昭和五十八年六月三十日発行、角川書店。〔文庫〕『むかし・あけぼの上　小説枕草子』『むかし・あけぼの下　小説枕草子』〈角川文庫〉昭和六十一年六月二十五日発行、角川書店。

〔内容〕田辺聖子自身が初版の「あとがき」で、「この『むかし・あけぼの』は、「私は『枕草子』をこうよんだ」ということのあかしにほかならない」と述べるように、清少納言が著した『枕草子』の記述を中心として清少納言の一生を描いた小説である。この小説では、清少納言が定子に出仕するに至ったいきさつとして、「春はあけぼの草子」を藤原道隆家と藤原道長家に知人を介して贈ったところ、道長家は興味を抱かなかったようだが、道隆家、特に入内前の定子が興味を抱き、入内の際の調度品にも加えられた。定子側からの催促もあり、続編となる二冊目の「春はあけぼの草子」も献上した。このことが縁で、正暦四年冬に定子中宮に出仕した、とする。出仕後は、『枕草子』の記述を中心に、歴史的資料や『清少納言集』なども参考にしつつ、宮廷生活が描かれている。道隆の死に始まる中関白家の没落の悲哀も描かれ、その間に「春はあけぼの草子」を新たに書き始めている。その後、定子の脩子内親王出産に伴って道隆生前のような宮廷生活が戻ってきたかに見えるが、道長の娘である彰子の入内、紫式部が「若紫」という小説を書いたという噂をはさみ、彰子の立后、定子の三度目の出産と死へと続いていく。定子死後の葬送や皆の嘆きを描いた後、棟世の招きで摂津に向かい、棟世の妻としてその死を看取る。最後は、六十歳の清少納言が、定子の鳥辺野の陵のそばに住み、その後の宮中の出来事を「春はあけぼの草子」のうしろに書き加える気になったという記述とともに、自分自身の後日談も描き、定子を思い出しうれし涙に暮れる、と結ぶ。この間には、定子に出仕するまで清少納言は橘則光の三人の息子を引き取って十年育てていたとしたり、出仕後も則光と密会を重ねていたり、則光の遠江守就任に伴って別れて棟世と恋人関係になったり、というようなエピソードも交えている。（中葉芳子）

無芸大食《むげいたいしょく》

短編小説

〔初出〕「小説新潮」昭和五十三年十月一日発行、第三十二巻十号。〔初収〕『はじめに慈悲ありき』昭和五十九年十二月十日発行、文藝春秋。〔文庫〕『はじめに慈悲ありき』〈文春文庫〉昭和六十二年十一月十日発行、文藝春秋。

〔内容〕秋江と辰三は結婚して三年、再婚同士の夫婦である。辰三は子どもができないことを苦にしている。一方秋江は、できなければできないでも構わないと思っている。秋江は食べることが好きで何を食べてもおいしく思えて、常にたくさん食べる。それも下品な食べ物が好きである。出来合いのコロッケや店で買ってきた油でギトギトした天ぷら、市場で売っている着色料やふくらし粉の入った卵焼きなどである。その点で姑のスエと趣味が合い、二人で競うように食べる。一方、きれいな料理も好きで、とにかく食卓ににぎやかに皿を並べるのが好きである。きれいになった皿を見るのも好きで、残り物を自分の口に入れてさらえてしまう。食べるのも好きだが、秋江は後かたづけも大好きである。夫の辰三は小食で、秋江の大食に辟易している。そして子どもができないことを、秋江が太っているからだとか、食べ過ぎるからだなどと言って日頃から責めている。ある日、秋江が好きな食器の後かたづけをしている最中、無芸大食とはおまえのことだ、それだけ食べて子どもでも生むならともかく、出るのはうんこだけだろう、となじる。いつもは笑ってすましている秋江も、その日は夫の言葉に意地の悪さを感じる。思わず指で眼頭を押さえた秋江を見て、辰三は言葉を飲み込む。秋江は先ほどの、いかにもおいしそうに並べられ、満足して食べられた食べ物たちを思い出す。食べ物たちは悲しんでいるだろう、と意地悪く非難された自分と重ね合わせてかわいそうに思う。心配して台所をのぞいたスエは辰三をたしなめる。秋江は泣くふりをしながらおかしくなってこっそり笑う。しっかり食べてすっと出る。そんな健やかな生活のリズムがあれば上等だ、決して無芸大食ではないと秋江は心の中で思う。

（中村美子）

ムジナ《むじな》鍋《なべ》　短編小説

〔**初出**〕「別冊小説新潮」昭和四十八年一月十五日発行、第二十五巻一号。原題「にがい盃」。〔**初収**〕『人間ぎらい』昭和五十三年二月二十日発行、新潮社。〔**文庫**〕『人間ぎらい』〈新潮文庫〉昭和五十八年五月二十五日発行、新潮社。〔**全集**〕『田辺聖子全集第三巻』平成十六年十一月十日発行、集英社。

〔**内容**〕妻の多加子が家出をした。電気セールスの仕事をしていた若造の車で、猪岩を出ていったという。房吉は呆然としながらも、「人間の住むトコちゃう」といわれる谷間の村である猪岩に、にぎやか好きの多加子が、子供もいないのにいられなかったのも無理はないと思いはじめる。そして、多加子のいなくなった淋しさを、自然のめぐみによってまぎらせるようになっていた。そうした中、大阪にいるという多加子から手紙が届く。多加子は、やはり電気セールスマンと一緒におり、冬服を送ってくれといってきたのだ。求めに応じて、房吉は、衣類とともに山家の幸を詰めて送る。その後も、求められるままに山家の幸や少額の金を送ってやっていた。一年以上経過した晩秋、多加子は突然帰ってきた。あの若造と一緒だった。都会の生活のせいでぜんそくにかかったという二人を、房吉は迎え入れるばかりか、もらってきたムジナで鍋を作ってもてなす。そして、村の良さをしみじみとかみしめる多加子の「病気が治るまで居らして」という言葉を「心の底のうれしさを押しかくして」受け入れるのだ。二人が眠ってしまったあと、ひとりで酒を飲んでいた房吉は、ムジナ鍋のうまさを感じながらも、酒にはにがさを覚えるのであった。作者は、兵庫県の山奥にある一宮町の、美しい渓谷のそばに小屋を構えていた頃に、「いろんなものに触発され」て書いた作品の一つに数えている。その頃の生活について、「山里も町なかも、人間関係の煩雑や浮世の苦労は変わらぬものの、また別の面白みもある」と述べている（『田辺聖子全集第三巻』）。初出誌の目次には「山家暮らしの無聊にたえかね、町のセールスマンと駆落ちした人妻の意外な落着」とある。

（笹尾佳代）

無常《むじょう》ソング《そんぐ》　短編小説

〔**初出**〕「別冊小説現代」昭和四十八年五月十五日発行、第八巻三号。〔**初収**〕『無常ソング―小説・冠婚葬祭―』昭和四十九年十月十二日発行、講談社。〔**文庫**〕『無常ソング』〈講談社文庫〉昭和五十二年六月十五日発行、講談社。

〔**内容**〕桐村は死んだ姉の家へはいっても、とむらいの家という感じがしなかった。姉は長い病床生活で、まる三年と八カ月ばかりを送った。義兄に、守と宏の息子二人がいる。二十二歳の大学生、守が出てきて、意外にあっけらかんとした顔で、チューインガムを噛んでいる。姉は桐村とは七つ違いの五十二だった。義兄は安もんの食べ物についてはうるさく、通夜のすしは魚熊で穴子をとって、魚亀で巻きを注文してという。守と宏のガールフレンドがかんだかい声をあげている。やっと坊さんが来た。三十四、五歳で、口も八丁手も八丁という感じである。軽佻浮薄は若者だけではなく、坊さんまで、何となく浮かれぶしの如き経をよむ。ギターが小さくかきならされた。桐村は宏に注意したが、坊さんは「まあ、ええでしょう、若い人たちやからその方がうたいやすいのとちゃいまッか」という。姉の話をしている人はいない。みな陽気にさわいでいる。最後にギターのご詠歌、無常ソングを合唱する。桐村は、宏や守のとっぴなすすりなきを、とっぴとも思わなくなっている。性根のない年代の若者には、自然で純粋なことかもしれなかった。

（浦西和彦）

武玉川・とくとく清水《むたまがわ・とくとくしみず》—古川柳の世界—《—こせんりゅうのせかい—》 評論集

〔初出〕「図書」平成十二年六月二十日～十四年五月一日発行、第六一四号～第六三七号。〔初版〕『武玉川・とくとく清水』平成十四年六月二十日発行、岩波書店。〔全集〕『田辺聖子全集第十八巻』平成十七年十月十日発行、集英社。〔目次〕『誹諧　武玉川』の世界／「武玉川研究」のはなし／『私の好きな川柳』の珍解釈／娘の魅力、年増の風情／これぞ江戸っ子／市井の人間模様／お武家さまとて…／動物の情景／男と女　その一／旅路のこころ／男と女　その二／狐と狸／浮世のこまごま　その一／浮世のこまごま　その二／老いにけらしな／女にまつわる佳句／男の句　その一／お年頃が女房になって…／男の句　その二／日常あれこれ／お江戸の女房／庶民のドラマ／参考資料／あとがき

〔内容〕『誹諧　武玉川』は寛延三年（一七五〇）十月、慶紀逸が編纂した松葉軒発行の江戸座誹諧の付句集である。紀逸は、点取の俳諧から付句の秀作を集めて（十五編まで）、歌枕の六玉川に掛けて、武蔵の玉川という意味を含む「武玉川」という書名を付けた。後に二世紀逸が残り三編を編集し、十八編でこの句集は完成する。紀逸は若くして俳諧の道に入り、連句の指導者として活躍したが、連句には煩瑣なきまり（式目）があり難しいので、門弟には付句を作らせるようになった。この付句だけが自由闊達に動き出したのにいち早く注目し、付句集『誹諧　武玉川』を編纂したのである。柄井川柳が『柳多留』を出したのはその十五年後であった。『柳多留』の句は、『誹諧　武玉川』と類句もあり、成立事情にも親縁性があるものの、きびきびとして果断で、人々の笑いをさそうようなものであり、他方『誹諧　武玉川』の方は、文学的香気が漂い、人生の佳きエッセンス、美しい漿液のようなものだと著者は述べる。『誹諧　武玉川』の現代に至るまでの研究史についても詳しく調べ、やさしく丁寧に紹介している。江戸時代の風俗人情や常識、歴史的エピソードや謡曲、口碑伝説などを知らねば、ともすると間違った解釈をしかねない古川柳を『誹諧　武玉川』の中から読み解いて、あたかもその時代へタイムスリップしたかのような錯覚を読者に起こさせる。独特の雅趣ある、品のよい笑いを誘う作品で、楽しめる。

（増田周子）

夢笛《むてき》 短編小説

〔初出〕「小説すばる」平成四年十二月一日発行、第六巻十二号。〔初収〕『夢渦巻』平成六年十一月三十日発行、集英社。〔文庫〕『夢渦巻』〈集英社文庫〉平成九年十月十七日発行、集英社。

む

〔内容〕私は三十四歳の女性で、不倫を精算したつもりでいたが、まだどこかで引きずっている。独り者にとって、年末年始をどう過ごすかは大問題であり、以前、同じ会社に勤めていた一歳年下の吉村を呼び出すことにした。それで、私と吉村は五、六年ぶりに再会し、二人は「せえへん仲」の飲み友達となった。「せえへん仲」というのは男女の深い仲ではないという意味である。吉村も離婚しており、現在は独り者であるが、二人の会話は恋や愛など抜きの冗談が中心で、なごやかな雰囲気の中、共に時間を過ごす。しかし、ある時、私は、昔の不倫相手のことを思い出し、吉村の前で泣いてしまう。吉村はそれ以降、そのことについて深く追求することはなかったが、とうとう、共に過ごす年末年始になった日、二人は、私の不倫の話題をきっかけに口論になってしまう。怒った吉村は部屋を出て行ったが、再び戻り、私を初詣に誘うのであった。仲直りした二人は、良い雰囲気になり、吉村は、さり気なく「『せえへん仲』に飽いたら、すぐいうてや。するさかい」と愛の告白をする。私は思わず泣いてしまい、「霧のなかをゆく船が霧笛を鳴らすみたいに、いま、二人は夢を鳴らしながら手さぐりで近寄り合ってる」そんな気がするのであった。「夢を鳴らしながら」という表現が印象的で、ロマンティックな結末の男女の恋の話である。（足立直子）

【め】

めぐりあい《めぐりあい》　短編小説

〔初出〕「週刊女性」昭和四十年二月二十四日発行、第九巻八号。〔初収〕『愛の風見鳥』昭和五十年十一月五日発行、大和出版。〔内容〕「淋しさ」に負けた男女のめぐり合いを描いた作品。二週間前、トモ子は出勤途中の電車の中で手を握られた。二度目に会った時は話しかけられ、三度目には、何となく笑い返してしまったのだ。二十六歳のトモ子は、婚期で焦りを感じていた。「引込思案」で「醜い」と思い込んでいたトモ子は、今まで男に誘われたことがなかった。家族の犠牲で身を飾る余裕もなく、良家の息子には相手にされず、勤めて八年が経過している。夕方、トモ子は改札口で男を待ち、名刺を貰った。彼は、安原良一と言い、名の通った会社に勤めていた。安原に電話をしたことで、二人は秘密を共有し、体の中に灯がともったように感じた。安原はベンチでいつの間にかトモ子の肩を抱き、突然キスをしてきた。安原がトモ子を誘ったのは、「淋しい」からだと言い、二人には、「淋しい」連帯感があった。トモ子は身なりを気にする男を見飽きていたので、気取らない安原を結婚相手として空想していた。頼りないが、笑顔は憎めない。二週間経過したこの頃では、毎朝車輛を示し合わせて乗車している。トモ子は、淡白な安原が好きになればなるほど、「淋しい」という言葉が引っかかり、自分の軽率な行為が堪えられないでいる。安原の誘いで彼の家に入り、安原に妻がいたことを知ったトモ子は怒りを覚えたが、謎解きが出来たようで安心もした。そこは殺風景で、華やいだところがなく、どこか一部分が死んだようであった。相棒は心臓が弱く、実家に帰っているという。トモ子は、改めて、安原の食べる動作に嫌悪感を抱き、泣き言を言う安原となぜウマが合うのか不思議に思い、二人は美しい「めぐり合い」ではなかったと思った。朝、トモ子は電車で「風と共に去りぬ」を読んでいた。安原は、「今日もいつものところで」と誘う。トモ子は断って、電車から飛び降りた。帰りの改札口に、また、彼が立っていた。「淋しさ」に負けているのは五分五分の罪だ。大都市に埋もれてしまった「淋しさ」に、「めぐり合い」を求めているのは誰もが同じだと思った。

（青木京子）

【も】

もう長《なご》うない　短編小説

〔初出〕「週刊小説」昭和四十八年十月二十六日発行、第二巻四十一号。〔初収〕『ほとけの心は妻ごころ』昭和四十九年十月二十五日発行、実業之日本社。〔文庫〕『ほとけの心は妻ごころ』〈角川文庫〉昭和五十五年四月三十日発行、角川書店。

〔内容〕夫の口癖は、「もう長うない」と「オマエは強いなあ……」だ。男ざかり、働きざかりの夫は、まだ四十二歳で大病ひとつしたことがないというのに、少し具合が悪くなると「もう長うない」を繰り返す。新婚当初は、夫のその言葉に動転したが、十二、三年間も繰り返し聞いていると、すっかり鍛えられてしまった。今や、「ご用とおいそぎの方は、どうぞお先へ！」という心境である。私の方は、少々具合が悪くても、がまんして飛び起きる。私は、精神で肉体の病いを克服しようとしているのだ。あるとき、めずらしく私は風邪をひいてしまった。夫は、私の寝床の周囲をぐるぐる歩きまわり、「寝てる方はええけど、寝られる方はたまらんぞ、ユーウツでうっとうしいて」と、ありたけの文句を並べる。私はようやく夫の気持ちがわかった。彼は、「病気のような高尚な事態は、夫のように生まれつき虚弱の栄誉に包まれた、恵まれた人々だけの特権」だ、と思っていたのだ。医者の往診でインフルエンザとわかり、夫に向かって私は言ってみた。「パパ――あたし、もう長うないわ……」。夫は飛び上がって、私にとりすがった。そのとき私には、夫の快感がわかったのである。健康さを野蛮と感じ、繊細で虚弱な自分を大切に扱ってほしいと思う夫に対して、少々それに疲れてきた妻が、小さな逆襲をする。妻に甘えたい夫と、あきれながらも夫を愛する妻の姿を、ユーモラスに描く。

（北川扶生子）

もと夫婦《ふうふ》　短編小説

〔初出〕「小説セブン」昭和四十五年四月一日発行、第三巻四号。原題「こがれ死に」。〔初収〕『もと夫婦』昭和四十六年八月十六日発行、講談社。〔文庫〕『もと夫婦』〈講談社文庫〉昭和五十年五月十五日発行、講談社。

〔内容〕離婚した夫婦が妻の家に泥棒が入ったという災難をきっかけに元の鞘に収まる物語。四月の第一水曜日の夕方、会社にいた僕に離婚した妻の鳥谷桂子から空き巣にあったと電話がある。僕は警察に電話するよう促し、彼女のマンションに向かう。桂子は元新聞社勤務で、現在は家事・女性に関する人気評論家で三十四歳。彼女にケンちゃんと呼ばれる三歳年下の僕はアパレル系会社の経理部勤務。結婚生活五年ほどの後、半年前に彼女の方から離婚を要求。やり手の彼女は芦屋、西宮間の高台の高級マンションを購入。僕は今も結婚当時と同じ淀川河川敷のアパートに住んでいるが、マンション購入の際には相談や引越しの手伝いなど、離婚後も何かにつけて呼び出されこき使われている。部屋に駆けつけてみると老警官が捜査中で、宝石等の金品が盗まれたという。警官が帰った後、しょげる彼女を慰め、泥棒が汚したトイレの後始末など忙しく働く。その挙句、次の日曜日にマンションの後片付と留守番兼用心棒をしてほしいと依頼されたが、逆に桂子に早く再婚相手を見つけるよう促して帰宅。そして日曜は桂子を無視して、かねてから気になっている二十二、三歳の事務員由起モモ子を目当てに休日出勤、彼女と映画を見る約束をする。しかし当日、隣の書店で桂子がサイン会をしていた。更にその後、桂子から金が足りないと梅田地下街のビフテキ屋に呼び出され、サイン会の時、二人連れの僕を見たと詰問される。その後も戻った盗品の引き取りや記者との応対、桂子の急病など次々と呼び出され、いい加減うんざりにしていると、桂子の結婚相手候補と面談してほしいとの依頼。従弟と紹介された僕は、自宅で相手の大学教師の紳士とのデートをエプロンがけで給仕兼裏方としてサポートする。やっとアパートに戻ると恋人連れのモモ子が結婚資金を無心しに来る。翌日、僕は電話で桂子から結婚しない事を聞き、初めてのこれといって用事のない桂子の呼び出しに自然と応じる。原題の「こがれ死に」は大学教師のくどき文句。昭和四十五年五月の東芝日曜劇場と昭和六十年五月のTBSで二度テレビドラマ化される。物語は夫の側から描く僕小説。桂子は評論家であるが、映画『女性№1』のキャサリン・ヘップバーン演じる女性主人公や放送作家時代の田辺聖子を髣髴させる。

（岩見幸恵）

【や】

やさしくしないで《やさしくしないで》　短編小説

〔**初出**〕「小説すばる」平成三年五月一日発行、第五巻五号。〔**初収**〕『金魚のうろこ』平成四年六月二十五日発行、集英社。〔**文庫**〕『金魚のうろこ』〈集英社文庫〉平成八年七月二十五日発行、集英社。

〔**内容**〕「とか」が口癖の大手機械メーカー営業一課の「私」（玉井ユリ）は、独身のまま二十八歳になっているが、ここ一年半、営業二課係長で既婚者の浜中サンと、誰にも内緒で交際している。「私」と彼は、二人の仲について、「一緒に花火を揚げる仲」というシンボルフレーズを考えつき、「楽しい間だけ交際《つき》あおな」と言い交わしている。「私」が薬局で肩凝りに効くドリンク剤「コリシラ」（コリシラーズ）を立ち飲みしている時に声をかけられたことから、二人は会話に好んで略し言葉を使用していた。しかし、ある日、開発部の独身で三十一、二歳の秋吉サンと「私」との関係が社内で噂になる。秋吉サンは、「私」が実家の酒屋の手伝いでバイクで集金に回っていた時、雨に降られたのを偶然見つけ、黒いブルゾンを押しつけて去っていったのだが、それを会社の噂好きの女性に見られていたのである。近頃「玉井さん」ではなく「ユリ」と呼ぶようになった浜中サンに、自分が彼の独占物であるかのように感じて嫌気がさしていた上に、噂を聞きつけた彼の理不尽な怒りやヤキモチや哀願に晒され、「私」は「打ち上げ花火は、終ったのだ」と思う。浜中サンとの関係が終わり、噂も消えた春の夕方、御堂筋を歩いていた「私」に秋吉サンが追いついてきた。秋吉サンと話しているうちに、「私」と同じく「とか」を愛用し、一歩さがって物事をおかしがる性質を持つ面白い男であることがわかる。中之島に着き、ベンチにハンカチを敷いて座る時に手を添えてくれた秋吉サンに、「私」は「そんなにやさしくしないで……」と呟いてしまう。この道は、浜中サンと歩いた道で、彼がオッサンのヒットラー、略して「オットラー」に変質してしまうまで、彼のことを本当に好きだったことを思い出したのである。「私」は、過ぎた恋は、「とか、いっちゃって……」と茶化して見送るのがいい、それを見送る間、「秋吉サンが、私にあんまりやさしく

せず、いてくれれば、よかった」と思う。（鈴木暁世）

野茶坊《やちゃぼう》 短編小説

〔**初出**〕「小説新潮」昭和五十二年五月一日発行、第三十一巻五号。〔**初収**〕『おんな商売』昭和五十六年五月二十五日発行、講談社。〔**文庫**〕『おんな商売』〈講談社文庫〉昭和五十九年十二月十五日発行、講談社。

〔**内容**〕私は雑誌の旅行欄に書くため、夫の遠い親戚を頼り、奄美大島の果てにある小さい町を訪れた。独身で気さくな雑誌編集者の小崎君と、初老のカメラマンを同行して向かう。さらに奥の小村に夫の母方の在所があり、村中の人が夫の親戚で、以前訪れた際大歓迎を受けた。その村を紹介したかったが、一般旅行者は入れないので諦めた。夫の親類の家「ヒカリ電気」を訪れると、色白知性美人の奥さんの浅子と子供たちが出迎えてくれた。長女と長男はおっとりしているが、六歳のリカだけが「キーッ！」と昂奮して跳ねまわり、お土産のぬいぐるみに「うれしいッ。キーッ！」と吠えて周囲を驚かせる。近所の人たちから「リカちゃん、ヤチャボウ」と言われると余計に跳ねるのであった。野茶坊とは奄美の伝説の野人で、いたずらや盗みをするが敏捷で捕まらず、どこかにくめない存在らしい。私は「やんちゃ」の語源が野茶坊から来たのではないかと思う。暇を持て余した小崎君の誘いで外出し、「バー・夜」に入り、店の女の子から野茶坊の伝説を聞く。手伝いを頼まれた野茶坊が漁師の目をかすめ、一番大きなヤチャ（カワハギ）を取って行っても、漁師は怒らず、村人にいたずらを許される存在だったという。店内で小崎君は、グラマーのホステスと話し込み、帰り道で姿を消した。翌朝、小崎君は「バー・夜」のホステスの家に泊まり朝食を食べて来たというが、私は不快には感じず、野茶坊とはこの手の人間かと思う。船で村を引き揚げる私たちを、リカは「キーッ」という声で見送り、小崎君は「野茶坊、さよならアー」と叫ぶのであった。（永井敦子）

山抜けて山河あり《やまぬけてさんがあり》 短編小説

〔**初出**〕「オール讀物」昭和五十二年二月一日発行、第三十二巻二号。〔**初収**〕『浜辺先生町を行く』昭和五十二年四月三十日発行、文藝春秋。〔**文庫**〕『浜辺先生町を行く』〈文春文庫〉昭和五十六年四月二十五日発行、文藝春秋。

〔**内容**〕「浜辺先生シリーズ」の第十作目。田辺聖子が実際に別荘を構えていた兵庫県宍粟《しそう》郡一宮町の福知渓谷をモデルとする村落が、昭和五十一年九月十三日の台風十七号が齎した山津波に襲われた出来事が語られ、浜辺先生（「私」）の「運命」に対する考え方が書かれている。村落の話は、「浜辺先生もどき」「なま栗をたべる」と繋がっている。村のリーダ的存在で上記二作品にも登場する秋月サンは、「カモカ・シリーズ」で「福知部落の区長の山本サン」として登場している。なお、この災害のことは、「非常時」（『ああカモカのおっちゃんⅡ』）というエッセイでも取り上げられている。同エッセイ内では、九月十四日付「神戸新聞」の記事（「抜山はまるで真っ二つに割れるかのように、土砂は火山が噴き上げた溶岩のようにドロドロと流れた。樹齢五十年以上の杉、ヒノキの大木もマッチ軸のように山すそに折れ、重なった。映画『日本沈没』を地でいくような悪夢の三十分だった」）が引用され、さらに「それにしても、人間の一生とはどうしてこうもたびたび、非常時というのを味わわねばならぬのだろう。（略）ほんとうに昭和五十年、化転のうちにくらぶれば非常時の連続、何が在位五十周年記念祝典だ」との感慨が述べられている。また、本作では、「運命の悪意」として、終戦二カ月前、「私」の十七歳の時に、空襲で家が焼けたことが挙げられているが、これも実際の経験に基づくものである（田辺聖子の家は昭和二十年六月、空襲により焼失）。（西川貴子）

【ゆ】

夕ごはんたべた？《ゆうごはんたべた？》　長編小説

〔**初出**〕「毎日新聞」夕刊、昭和四十九年五月七日〜五十年五月二十九日発行。〔**初版**〕『夕ごはんたべた？上・下』昭和五十年九月二十日発行、新潮社。〔**文庫**〕『夕ごはんたべた？』〈新潮文庫〉昭和五十四年三月二十六日発行、新潮社。

〔**内容**〕「ああ往診」「ああちゃらんぽらん」「ああ定職」「ああ半仙」「ああいじまけ」「ああ蒸発」「ああ結婚」「ああ浮気」「ああ夕ごはん」「ああ持ち合い」の章からなる長編小説。吉水三太郎は皮膚科・内科の医者である。尼崎の猥雑な下町でもう二十年も開業している。三太郎は四十八歳を半ばすぎている。まだ壮健であるが、狂奔してまで仕事をふやそうという気はない。何を考えているかわからぬところがあり、家族の者には「半仙」とアダナされている。妻の玉子はすぐ意見のかわる、むら気なところがあるが、わりに愛想のいい世間話の好きな女である。長男の長太も次男の大吉も三太郎の異母弟である六平の影響を受けて、学園紛争のゲバくずれである。長太はヘルメットをかぶってゲバごっこにうき身をやつしていた。入管法反対のハンストをしたり反戦ビラをまいたり、そのたびに三太郎は学校へ呼び出されていた。高校の配慮で泣く泣く卒業させてもらったが、二十歳にもなるのに無職で、家を出ていまだにへんな政治運動に首をつっこんでいる。次男の大吉は高校中退で、十九歳にもなって家でぶらぶらしている。官僚風な校長は一切の譲歩も斟酌もせず、徹底的な屈服を要求し、大吉の復学を認めなかった。私立への編入学も学生運動のせいで不合格になる。その上にシンナー遊び、家出、よその別荘に何週間も住んで、その家のものを持ち出して売り払うといったトラブルを次から次へと起こす。長女丸子の結婚問題などもある。三太郎は「子供のゴタゴタなんかに負けたらあかんなあ。生きな、あかん」と、いいかげんな半仙だからこそ、生きる決意が湧いてくるのである。学園紛争なんかなかったように、テレビに大学の卒業式のニュースが流れている。玉子は長太を見ているといつまでも遊び呆けている子供のような気がする。今日の卒業式の大学生たちは、「日が暮れて、親に夕ごはんですよ、と呼ばれると、われに返って家へ戻ってくるような子供たちなのね」という。すんでしまえば、学園紛争も、一時期の風俗になって忘れられているが、その後遺症にいまだに癒されない親たちを描く。（浦西和彦）

雪の降るまで《ゆきのふるまで》　短編小説

〔**初出**〕「月刊カドカワ」昭和五十九年十一月一日発行、第二巻十一号。〔**初収**〕『ジョゼと虎と魚たち』昭和六十年三月二十七日発行、角川書店。〔**文庫**〕『ジョゼと虎と魚たち』〈角川文庫〉昭和六十二年一月十日発行、角川書店。〔**全集**〕『田辺聖子全集第五巻』平成十六年五月二十日発行、集英社。

〔**内容**〕以和子は服地問屋の経理事務をもう十何年もやっている。地味でつつましやかにみえる以和子は、もっさりした平凡な事務員と思われている。しかし「手だれの男」がみれば、どこかしら何かが発散するというか、自然ににじみ出てくるものが身辺に漂っているようで、以和子はそれを見破って近づいてくる男を選り好みしてつきあっていた。四十六歳の以和子は今更結婚する気もないので、男との遊びにも張りがあって充実していた。現在は、嵯峨御流の教室で知り合った、大庭にどっぷり漬かっている。大庭は京都九条の材木業者で、妻もいる。大庭が結婚していることなど、以和子にとっては何でもない。以和子は、老いても恋に命を燃やせると思うと満足だった。大庭との逢瀬を思うたびに、以和子はもの悲しいような愉悦の波に溺れそうになる。閉経が早かった以和子にとって、それは「子宮の在りどこを知る」ような交わりだった。以和子の姉は以和子のつましい暮らしぶりを見て、その将来を案じている。しかし、以和子は父親の遺産の取り分を金の運用で倍にしていた。ことお金に関する限り、以和子は大庭にさえ、心を許せなくて、資産については打ち明けたことがない。それと大庭が好きなのは別である。以和子は「みな、死んだらばらばらや」と思っている。だから大庭とも「いつ別れてもええように」と思いながら会っている。大庭と過ごす時間は片端から前世のように遠い過去になるので、大庭とはいつも「初めて」という感じがする。京都の料理屋で大庭に浴衣を脱がされながら、以和子はいつまでも慣れない恥ずかしさに咽喉が渇いてしまう。雪の降る音が聞こえてきそうな気がした。　（荒井真理亜）

雪のめぐりあい《ゆきのめぐりあい》　短編小説

〔初出〕「九重華」昭和四十六年一月一日発行。〔初収〕『浮舟寺』昭和四十六年十二月七日発行、毎日新聞社。〔文庫〕『浮舟寺』〈角川文庫〉昭和五十一年三月十日発行、角川書店。

〔内容〕商家に嫁ぎ、夫の身内と同居している千佳子に、突然昔の恋人である圭吾から電話がかかってくる。千佳子は会社で圭吾と知り合った。圭吾は大学生で、アルバイトに来ていたのである。千佳子は会社でも目立つほど美しい娘だったが、十歳も年上の妻子ある男との恋愛のせいで、二十八、九歳まで独身でいた。そんな不幸な恋愛の後で、圭吾と出会ったのである。圭吾は過去の辛い恋を忘れさせてくれた。しかし、圭吾が大学を卒業し、アルバイトを辞めて、二人の仲は終わった。圭吾は故郷で教師になり、同僚の女教師と結婚した。千佳子は、今の夫と見合い結婚をし、一家の家事を全部引き受けさせられた。かつては夫の身内の身勝手さや計算高さに憤慨したが、今はそれにも慣れ、言われるままに義妹の下着まで洗っている。だが、心の底には充たされない、投げやりな空虚感を抱えている。だから、会いたいという圭吾の誘いにも応ずる気になった。千佳子は夫や家族に嘘をつき、圭吾に会うため城崎温泉に向かった。温泉に浸かりながら、千佳子は男を待つ女心のときめきを感じる。久しぶりに圭吾と語らううちに、圭吾の淋しさと自分の淋しさが寄り添い、千佳子の眼には涙が溢れた。食事が終わると、「田舎町は口うるそうてね」と言って圭吾は帰って行った。翌日、一人で城崎の町を眺めながら、心をしめつけられるような感慨で、千佳子はまた泣いてしまう。それは過ぎし日のはかなさに対しての涙だった。千佳子は圭吾にはもう会わぬつもりだった。作者は、『田辺聖子珠玉短篇集1』（平成五年三月二十日発行、角川書店）の「あとがき」で、「『雪のめぐりあい』であるが、これは城崎という温泉まちに愛着があって書いた。まちが主人公のようなもので、私はこ

ゆ

のまちを好み、このまちにふさわしいお話を作った記憶がある」と述べている。

（荒井真理亜）

夢《ゆめ》渦巻《うずまき》 短編小説

〔初出〕「小説すばる」平成五年十月一日発行、第七巻十号。〔初収〕『夢渦巻』平成六年十一月三十日発行、集英社。〔文庫〕『夢渦巻』〈集英社文庫〉平成九年十月十七日発行、集英社。

〔内容〕私は、晴之と結婚して五年目になるが、子供はまだいない。二人の間には、もはや「ときめき」はなく、あるのは、「いたわり」や「情」といったものである。そこへ、同じマンションに、かつての友人安寿香と、その夫森本が引っ越してきた。私は専業主婦であるが、安寿香は仕事を続けているという。こうして、二組の夫婦が出会い、交流が始まるが、晴之と安寿香、私と森本には、それぞれ共通点が多く、価値観が近いことから、晴之は安寿香と急速に親しくなり、また一方で、私も森本に少しずつ惹かれ始める。ある日、私は、安寿香夫婦を自宅に招くことを提案し、二組の夫婦は共に時間を過ごす。その時、私は偶然にも、晴之と安寿香が特別な仲であることを感じさせる二人の会話を聞いてしまう。静かにもとの席へ戻り、森本とお酒を飲みながら会話を楽しむが、森本の大阪弁は私にとって心地よく、心を和ませるものであった。私は森本のことを好きになる一方で、晴之の安寿香への想いが「ホンモノの恋だったらどうしよう」と不安にも思う。森本も、全てを察知しているかのようであるが、「ややこしい渦巻つくって、どない、しまンねン」と言う如く、あくまでも、気が付いていない様子を貫いている。私は、森本の横で缶ビールを飲みながら、「これでいいのかもしれない」と至福の心境で涙がうすくにじんでくるのであった。単行本の表題作ともなっているように、男女間の危うくて微妙な関係を描いた代表的な作品である。最後の私の有り様は、既婚女性ならではの心境を、女性の目線で見事に描いていると言えよう。

（足立直子）

夢《ゆめ》雁《かり》 短編小説

〔初出〕「小説すばる」平成六年四月一日発行、第八巻四号。〔初収〕『夢渦巻』平成六年十一月三十日発行、集英社。〔文庫〕『夢渦巻』〈集英社文庫〉平成九年十月十七日発行、集英社。

〔内容〕ファッション雑誌の編集にたずさわる三十代半ばの私は、結婚、離婚を経て、現在は、もとの独り暮らしである。夜は、仕事の打ち合わせや記事原稿が入ることが多いので、家に帰るとすぐに電話をFAXに切り替えるのを習慣にしている。そんなある日、浮気で大喧嘩の末に別れた、夫の良からFAXが送られてくる。内容は、たわいないものであったが、何となく返事を送った。良は私と離婚した後、浮気相手の女性と一緒になったが、半年ほどで別れて、それからは、彼もずっと独り暮らしであることを私は風の便りで知っていた。その後、繰り返し送られてくる良のFAXの中には、これは、伝書鳩ではなくて、伝書雁だという内容が綴られていた。酒を飲んだら、私に電話をしたくなるという良が、電話の代わりにFAXを送っていたというのだが、ある日、いつもより早い時間に、今日は「シラフ」だという良から、真面目な調子のFAXが送られてくる。ドライブへの誘いである。私は敢えて返事を送らなかったが、当日、指定された場所に向かった。良は、一年半のうちに痩せて老けていた。私は「ゆうべのFAXは、雁が落した哀れな囚われびとのたより

ゆ

だったのだ」と思い、大声で良に声をかけた。男女間の理屈では解決できない、相手への想いの有り様が、二人の描写を通して伝わってくる。

（足立直子）

夢吟醸《ゆめぎんじょう》

短編小説

〔初出〕「小説すばる」平成五年三月一日発行、第七巻三号。〔初収〕『夢渦巻』平成六年十一月三十日発行、集英社。〔文庫〕『夢渦巻』〈集英社文庫〉平成九年十月十七日発行、集英社。

〔内容〕私と小松チャンは、共に結婚を控えた同僚である。私は川本クンと、小松チャンは浅田百合枝と婚約をしている。その私と小松チャンが、お酒を飲みに行き、それぞれ思い思いに自身の結婚について語り始める。その中で、小松チャンが結婚に全くときめいていないことを知り、私も川本クンとの結婚にときめきを抱いていないことに気付かされる。吟醸酒というのは、口を軽くするものらしく、酔いがまわった二人は、最終的には「結婚なんて、たいしたこっちゃない」「お芝居ごっこ」「ただ流されるままに、こうなってしまった」「どうでもええねん」など、二人の秘密の認識を打ち明け合った。帰り際、私は平気であったが、小松チャンは飲みすぎで気分が悪くなり、家まで送るべくタクシーに乗せた。だが、今にも嘔吐しそうになり、結局タクシーを降ろされてしまう。案の定、小松チャンは嘔吐し、その上、モーテルで休んでいくと言い始めた。私は小松チャンを支えて、何とかモーテルまで連れていき、ベッドに寝かした。私は、長椅子で寝ることにし、そこで一晩を過ごした。二人の間には何も起こらなかったが、偶然にも、朝、モーテルから出るところを、小松チャンの婚約者の浅田百合枝に目撃されてしまう。百合枝は、そのことを川本クンにも伝え、結局、私も小松チャンも婚約破棄ということになる。しかし、小松チャンは、最後に私に対して、「さびしくなったら、ぼく、いつもスタンバってるからね」と言い、新たな恋の始まりを予感させるのであった。吟醸酒を飲みながら交わす二人の会話は、ユーモアに溢れつつも、結婚とは何かを考えさせられる深刻なテーマをも内包している。

（足立直子）

夢すみれ《ゆめすみれ》

短編小説

〔初出〕「小説すばる」平成六年一月一日発行、第八巻一号。〔初収〕『夢渦巻』平成六年十一月三十日発行、集英社。〔文庫〕『夢渦巻』〈集英社文庫〉平成九年十月十七日発行、集英社。

〔内容〕行村は、六十歳で定年を迎え、その後、半官半民の仕事場に勤めて五年になる。そろそろ仕事を辞めたいと思っているが、妻の秋子は「辞めて何するんです？」と問い掛け、彼自身、その問いに答えを持ち合わせていない状況で、返事に困る。行村は人生を大過なく過ごしてきたつもりではあるが、「何か物足らん」という「宇宙の意志」が感じられるのである。ある日、行村は松倉温泉に出かけ、湯船につかった後、五階の大広間へと向かう。そこにはカラオケ設備があり、入湯客たちが歌を歌いながら気晴らしをしていた。行村は、テーブルに一人座って食事をしていたが、その時、ステージへ三人の婆さんが立った。彼女たちは、声はやや嗄れているが音階が正しく、のびやかに歌い、また、息のあった踊りまで披露する。その様子はプロさながらである。行村は、すっかり感情移入してしまい、瞼を熱くしたのであった。彼女たちは最後に、小学唱歌の「紅葉」を美しく歌い上げ、会場は喜びに湧いた。歌い終わると三人の中の一人が、自分たちのことを

「老女歌劇」「ババラヅカ」「シワクチャガールズ」と紹介し、それを聞いた行村は、彼女たちが宝塚歌劇の出身者かもしれないと思うようになる。その後、偶然にも、「ポオ」というバーで、その時の三人と出会い、やはり彼女たちが宝塚歌劇の出身者であることを知った。行村は、「ポオ」へ行くのが楽しみになり、ようやく自分の居場所を見つけたような気がしたのである。そんな矢先、「ポオ」が閉店することを知り、行村は落胆するが、閉店の日、店を覗いてみると超満員で、十一時の閉店時間には、誰からともなく「すみれの花咲くころ」が歌われ始めた。行村は帰り道、「人生物足らん、という欠乏感はなく、どこかほのぼのした思い」を抱くのであった。退職後、人生をどのように過ごすかという問題は、現代でも重要なテーマであり、その答えの一つを呈示した作品であると言えよう。（足立直子）

夢煙突《ゆめちむにー》　短編小説

〔**初出**〕「小説すばる」平成五年六月一日発行、第七巻六号。〔**初収**〕『夢渦巻』平成六年十一月三十日発行、集英社。〔**文庫**〕『夢渦巻』〈集英社文庫〉平成九年十月十七日発行、集英社。

〔**内容**〕私と新治は今から教会で式をあげようとしているカップルである。私と新治は既に慣れ合いの関係となっており、結婚に向けて、あまり感激を覚えることもなく、式当日を迎えることになった。式の途中、私の心に〈松本くん〉という名前が、にわかに浮かび上がってきた。松本くんとは、大学のゼミの仲間で、親しくはしていたが、恋仲であるというわけでもなかった。ただ、仲間と共に、松本くんの家を訪ねた時、そのお父さんなる人を見て、中学時代に父を亡くした私は、すぐに好意をもってしまった。それからは、松本くんのお父さんに会いに行くことを私は楽しみにするようになる。ある晩、彼のお父さんと夜空を眺めていると流れ星が見えた。私は「さっきの流れ星のかけらやら星屑が、夢の煙突から、さかんに夜空に吹きたてられている気がし」て、「煙突の下の火もとは私の胸であった」と感じる。つまり、私は、松本くんのお父さんに完全に恋をしてしまったのである。しかし、その後、松本くんは交通事故に遭い、亡くなってしまう。葬式の日、私は涙が止まらなかったが、それは、もう松本くんのお父さんとは会えなくなるという涙であった。お父さんは、松本くんのことを思って涙を流していると思い、私にお礼を言う。その時の、打ち明けられなかった恋の記憶は、私の中にまだ残っていたが、私は、心の中で、松本くんのお父さんに密かに結婚を報告し、お礼を述べるのであった。結婚式の途中で、昔、好きだった人のことを思い出すという、一見、不謹慎な設定であるかに思われるが、結婚をする女性の心理が如何に複雑かを本作品は良く表している。（足立直子）

夢とぼとぼ《ゆめとぼとぼ》　短編小説

〔**初出**〕「オール読物」昭和五十九年四月一日発行、第三十九巻四号。〔**初収**〕『はじめに慈悲ありき』昭和五十九年十二月十日発行、文藝春秋。〔**文庫**〕『はじめに慈悲ありき』〈文春文庫〉昭和六十二年十一月十日発行、文藝春秋。〔**全集**〕『田辺聖子全集第五巻』平成十六年五月二十日発行、集英社。

〔**内容**〕四十歳の大沢は、プラスチック成型の工場に勤めている。広告会社に勤める妻のマスミと二人暮らしである。子どもはいないが仲のいい共働き夫婦として、気が向けば外食やカラオケを楽しむ。会社でも若い者の指導に当たり、大沢は人生に満足しきっていた。そんな時、マスミが転勤で東京勤務になる。妻の単身赴任という状況による淋しさに、大沢は耐えられず、ある時は電話口で怒り、ある時は酔っぱらって泣きじゃくり、自分を保つことができない。そんな生活にも少しずつ慣れていき、大沢は新しい店を開拓したり、友人を訪ねたりする。そうこうしながら二年が経ち、週末に帰ってきたマスミが本を出したと告げる。それは『夫のわすれかた』という本である。大沢は怒りに我を忘れる。売り言葉に買い言葉で二人の仲が取り返しのつかぬ事態に発展するのを避けるため、大沢はその晩会社の仮眠室に泊まろうとする。明かりがついている事務所に行ってみると、中から専務と「ハイ・ミス」の女子社員の声が聞こえる。深い関係らしい二人はいさかいの後、抱き合う。大沢は（……渡世やなあ。これも）と感じながら事務所を離れる。大沢は、自分はマスミを放したくないだけだと気づき、とぼとぼとした足取りで歩き出す。思うようにはならずとも、それでもとぼとぼと自分の道を歩いて行かねばならない中年男性の、あきらめを含んだ渡世を描き出す。（中村美子）

夢の櫂こぎ　どんぶらこ《ゆめのかいこぎどんぶらこ》

エッセイ集

〔初出〕「マフィン」平成十一年一月七日〜十二年八月七日発行、小学館。〔初版〕『夢の櫂こぎ　どんぶらこ』平成十四年二月十日発行、集英社。〔文庫〕『夢の櫂こぎ　どんぶらこ』〈集英社文庫〉平成十八年三月十七日発行、集英社。〔目次〕平成和を以て貴しとなす／あの世この世／ハッピーかい？／風邪の一日／人生の借り／オジンいってしまう／すぎしことみな佳し／オトナの本音／イッちゃんのワルクチ／ヨイショについて／空くじ／人生、好きなことする／年の始めのためしとて／一日の幸福／毛皮のマリー／笑うか、泣くか／スヌー、品について思いをいたすこと／エピフライ騒動／しっくりした教養の日／もろびとはみな愛すべく／あとがき

〔内容〕筆者が子供として同居している、ぬいぐるみ達との日々が描かれた、ファンタジックなエッセイ集。ぬいぐるみと会話するという、この設定に慣れるまでは違和感を覚えるかもしれないが、それぞれのぬいぐるみの個性が明らかになっていくにつれて、独特な世界に引き込まれていくことになる。それは、私たちに、日々、慌ただしく送る日常生活の中で、失っていた物を改めて思いおこさせる、何とも言えない優しい世界である。ぬいぐるみの中の、アマとデコが家出をして、みんなが心配したあげく彼らが帰ってきた際には、「幸福って毎日、顔が違うけど、とりあえず〈みんな揃う〉っていうのが条件なんだと思わせられた」というくだりなど、実にほのぼのとした中にも、納得させられる指摘であり、本書は、そのような観点でも楽しめる。ぬいぐるみの中での中心的存在である、スヌーが繰り返し述べる「和を以て貴しとなす」という言葉は、本書を読み終えた後も、読者の心にしっかりと刻まれていることであろう。（足立直子）

夢の菓子をたべて—わが愛の宝塚《ゆめのかしをたべて—わがあいのたからづか》

エッセイ集

〔初版〕『夢の菓子をたべて—わが愛の宝塚』昭和五十八年十月二十八日発行、講談社。書き下ろし。〔文庫〕『夢の菓子をたべて—わが愛の宝塚』〈講談社文庫〉昭和六十二年十二月十五日発行、講談社。〔全集〕『田辺聖子全集第二十三巻』平成十八年一月十日発行、集英社。〔目次〕幼き日の夢の国／宝塚をめぐるカルチャーショック／

ゆ

「隼別王子《はやぶさわけおうじ》の叛乱」の思い出／イチゾはん／春らんまんのフィナーレ／宝塚男役の陶酔／永遠のタカラジェンヌ／ファンかたぎ／忘れられぬ夢のかずかず

〔内容〕娘時代から宝塚歌劇に耽溺していたという、著者の宝塚賛歌である。タカラヅカの楽しみ方、人生での活かしかた、この宝物を貴ぶわけ、などが書かれていて、多くの舞台写真と共に宝塚への道しるべとなっている。自らの作品『隼別王子の叛乱』『舞え舞え蝸牛』『新源氏物語』が次々に舞台化され、幾度となく劇場に足をはこび、舞台に酔いしれた思い出などが綴られている。宝塚を紹介することで、女性の仕事への情熱や友情にも触れている。実物の舞台を観るとほんとうに「夢の菓子をたべた」という気持ちになるのである。

（檀原みすず）

夢野町はるあき《ゆめのちょうはるあき》　短編小説

〔初出〕「小説宝石」昭和五十一年三月一日発行、第九巻三号。〔初収〕『人間ぎらい』昭和五十三年二月二十日発行、新潮社。〔文庫〕『人間ぎらい』〈新潮文庫〉昭和五十八年五月二十五日発行、新潮社。

〔内容〕貧農の息子であった浅田彦一は、今やスーパー三軒を持つ社長である。しかし、「パンツ一丁からはじめたんやから、身上すっても元々じゃ」と、成功を笠に着て説教することもない。彦一には、働き者で美人の恋女房、多代子がいるのだが、矯め直す欠点をもたない、文句のつけようのない女房だからこそ、「手持ちぶさたのあまり、浮気するのだ」と思ったりしながら、浮気を重ねていた。忙しいときに浮気をすると生きている充実感を覚えるという彦一は、忙しいときほど女の子に会いたくなるという厄介なタチである。女の子を抱いた後は、女房子どもが気になって猛烈に帰りたいと思い、帰った後には、「やっぱり、女房はええなあ」と「一生けんめい」に思う。何に対しても「一生けんめい精神」の持ち主であった。そんな彦一が人生の先輩と仰ぐのは、ふとん屋の春川サンであった。目鼻立ちの立派な女好きのする美男子の春川サンが、五十代でありながら男やもめを通しているのは、「後家サンの慰問」のためである。「せっかく男と生まれたからには、できるったけ、たくさんの数の婦人と親密になりたい」と思う彦一は、村内の「後家サン慰問」を行いながら誰にも恨まれていない春川サンに傾倒していく。そして、「女とすぐに仲よくなる法」を教わりたいと助手になることを願い出た。だが、春川さんは「脂気」の抜けた、「もうあかんようになる、ぎりぎりくらいのところ」というような年頃にならなければ「後家さん慰問はむつかしい」と諭し、「浮気ざかり」の彦一の様子に嘆息する。春川サンの滑脱とした生活ぶりを、村の人々は「浄福というものだ」と言い合うのであった。初出誌では「報復！　お笑い招待席」という特集の中に置かれ、目次には「ひたぶるなり浮気心」、「生きているかぎりたくさんのおなごはんと仲よししたい――去《い》にいそぎ彦一の奮闘記」とある。

（笹尾佳代）

夢の素《ゆめのもと》　短編小説

〔初出〕「問題小説」昭和五十年十一月一日発行、第九巻十二号。〔初収〕『お聖どん・アドベンチャー』昭和五十二年三月十日発行、徳間書店。〔文庫〕『お聖どん・アドベンチャー』〈集英社文庫〉昭和五十五年二月二十五日発行、集英社。

〔内容〕私と小松左京サンと筒井康隆サンの失業トリオはイーデス・ハンソンさんの営む「ハンソン派出夫（婦）会」にころが

りこむ。会員は主に元文士である。不景気で求人が減り、青カビの生えたビスケット一枚を取り合う食糧難であっても、元文士たちは仕事内容への注文が多い。かつ、不器用でこなせる仕事も限られていた。夜に留守番をしていた私のところへ派出夫会に疑念を持っているコロンボ刑事がやってくる。屋根裏から漏れる光を調べさせろと言う。そこには、家庭教師と電気修理に行ったはずの筒井サンと小松サンがいた。やっと得た仕事を首になってバツが悪くて戻れず、天井裏に潜み、二三日は食べ物不要の丸薬夕ベモノの素を作っているのだという。成功すれば画期的な大発明に、四人は浮かれる。だが、それはハンソンさんが開発中の夢の素を吸ったために描いた、絵空事であった。（高橋博美）

夢のように日は過ぎて《ゆめのようにひはすぎて》

短編小説

〔**初出**〕「小説新潮」昭和六十三年七月一日発行、第四十二巻七号。〔**初収**〕『夢のように日は過ぎて』平成二年二月二十日発行、新潮社。〔**文庫**〕『夢のように日は過ぎて』〈新潮文庫〉平成四年十一月二十五日発行、新潮社。〔**全集**〕『田辺聖子全集第十一巻』平成十七年三月十日発行、集英社。

〔**内容**〕大手ニットメーカーのデザイナー、芦村タヨリをヒロインとする七編からなる連作短編の二作目で、単行本の表題作。初出誌の目次に「御堂筋に青葉が茂る。ファニーフェイスの35歳OL芦村タヨリが独身を謳歌する〝悪女シリーズ〟」とあるように、舞台は大阪である。月曜の夜、「寿ビユーハイツ」に帰宅したタヨリは、メールボックスに「昔の男」山田健三こと「ヤマケン」の手紙を見出だす。ミナミのスナックで知り合ったヤマケンは、吝嗇で無神経だが、憎めない大男である。つねづね、「実のある会話は女同士で交す」ものだと感じているタヨリだが、ことにヤマケンの言葉は、女子との間に意味を結ばない。シャワーを浴びた体を部屋着がわりの真紅のシルクスリップに包んだタヨリは、ブルーチーズとハイネッケンを味わいつつ、ヤマケンの手紙を開く。平仮名を多用し大阪弁で書かれた、どことなく「グリコ脅迫犯人風」のそれは、格調のない文章で、さびしいから会いたいというメッセージを伝えていた。人ごとのように「おうたれや」としたためてある文面に、ヤマケンの照れを見て取ったタヨリは、再会の場にいそいそと向かう。しかし旧交を温める間もなく移動したホテルで、彼が一月後に結婚を控えていることを聞く。相手は、美人で若い「ええウチのお嬢さん」だという。彼の「憎めなさ」は浅はかさや無神経と表裏をなしており、タヨリの冷えた心にヤマケンは、「向うお嬢さんや、ホテルいこ、なんてこと、いわれへん」「頼りにしてまっせ、おばはん」と許容を超えた無遠慮な言葉を重ねて浴びせかけた。そのときタヨリは、復讐を誓う。「ワルクチの噂」を女子のネットワークにのせて伝播させ、ヤマケンの結婚を破談に導いたタヨリは、再び真紅のシルクスリップをまとい、冷えたハイネッケンをしみじみ美味しく味わった。別の日、ディスコで知り合った「可愛い」男子大学生と回転鮨屋に入ったタヨリは、「夢のように日は過ぎて」を人生のこだわりフレーズにしても良いかもしれないなどと思いつつ、夏の宵をうっとりと過ごした。「家庭に入って老け込むなんてまっぴら、恋をしてこそ女と考える元気印キャリアウーマンの〝夢のように過ぎてゆく〟日常とホロ苦い恋の顚末をユーモアたっぷりに描いた」「著者の真骨頂」（「週刊小説」平成二年四月二十七日発行、第十九巻九号）とされる本連作小説の特徴が躍然とする一編である。なお、本編を再録した『田辺聖子珠玉短篇集第一巻』（平成五年三月二十日発行、角川書店）の後書きで田辺は、「正確な意味では独立した短篇とはいえないが、ヒロインに愛着がある（略）風俗とともに、女性像も男性像も時代につれ、かわってゆく。私はそれを書きたいと思う。と同時に移り変わる人の世のさまざまの底をつらぬく、変わらざる真実をも、捉えなければいけないと思っている」と述べている。

（渡部麻実）

ゆめはるか吉屋信子《ゆめはるかよしやのぶこ》　秋灯机の上の幾山河《あきともしつくえのうえのいくさんが》

評伝長編小説

〔初出〕「月刊Ａｓａｈｉ」平成五年十月一日～六年三月一日発行、第五巻八号～第六巻三号（六回まで）。「アサヒグラフ」平成六年四月八日～十年十二月十八日発行、通巻三七五二号（六回分一挙再掲載）～四〇〇六号。原題「秋灯机の上の幾山河　ゆめはるか吉屋信子」。〔初版〕『ゆめはるか吉屋信子　秋灯机の上の幾山河（上）（下）』平成十一年九月二十日発行、朝日新聞社。〔文庫〕『ゆめはるか吉屋信子　秋灯机の上の幾山河（上）（下）』〈朝日文庫〉平成十四年五月一日発行、朝日新聞社。

〔内容〕著者は少女時代から吉屋信子の熱烈なファンで、吉屋信子のような小説家になることを夢みていた。大正・昭和期に活躍し、少女小説『花物語』から晩年の歴史小説『女人平家』まで多くの読者を得ながら、文壇からは不当な評価をうけ、時代と社会の偏見に曝された吉屋信子の生涯をあたたかく肯定的に描きだしている。吉屋信子は明治二十九年一月、新潟県に生まれ、男兄弟の中で育つ。父は足尾銅山鉱毒事件で廃村に追い込まれた栃木県谷中村の郡長だった。官憲側として父が事件の渦中にあったころ、信子は十二歳で栃木高等女学校に入学。読書、「少女世界」への投稿、友情、学校行事など、いきいきとした女学校生活を送る。大正四年、竹久夢二に促されて上京。岡本かの子と出会い、小説家を決意する。大正五年、『花物語』連載。ＹＷＣＡ寄宿舎に移り、菊池ゆきえと恋に落ちる。そんな信子の姿は『屋根裏の二処女』に描かれている。以後の文学経歴は、生涯の伴侶として五十年間共に暮らす門馬千代との出会い、パリ遊学、文壇ペン部隊での戦地体験、宇野千代・林芙美子ら女性作家との交流と別れなど波乱に満ちたものであった。半世紀以上を執筆にあけくれ、昭和四十八年七月十一日、永眠。最後は病床の信子を看病する千代の日記で閉じられている。吉屋信子の多才な魅力と、作品の面白さなどを伝える個人史であるとともに、同時代を生きた女性作家たち（与謝野晶子・平塚らいてう・平林たい子等）を活写した女性文学史でもある。またその時代の歴史的事件（足尾銅山鉱毒事件・関東大震災・大逆事件など）に照明をあて、近代史の証言にもなっている。構想から十年、吉屋信子へのオマージュを込めて綴られた、著者のライフワーク二千三百枚の大作である。

（檀原みすず）

百合と腹巻《ゆりとはらまき》

短編小説

〔初出〕「小説現代」平成五年五月一日発行、第三十一巻五号。〔初収〕『薄荷草の恋』平成七年三月十七日発行、講談社。〔文庫〕『薄荷草の恋』〈講談社文庫〉平成十年四月十五日発行、講談社。

〔内容〕浅丘牡丹は二十九である。恋人の三杉は三十二で、母が働いていたのでおばあちゃんに育てられ、腹巻き哲学をたたき込まれたらしく、何かにつけて腹巻せいと

ゆ

いう。三杉とは学生時代からの古い知り合いで、卒業後は交流が絶えていたが、三年前に偶然、町で出会ったのだ。でも三杉はいつまでたっても愛のコトバも聞かせてくれないし、結婚しようともいわない。同じ会社の瀬川は浅丘より五歳下の二十四で、「美女や才女は、男が守ってあげな」という、ロマンチックできる青年であった。デートには、白い百合ばかり十本のしゃれた花束をさし出すではないか。ポートピアランドの大観覧車を降りて、三宮で何軒めかのバーを出たところで、若い女連れの三杉と出会った。一日おいて、三杉から会わないかと電話があった。さりげなく別れを告げてもいいと、お好み焼きやで会った。三杉は「おれ、はじめてヤキモチ、やいた」一緒に暮らそうという。浅丘も女連れの三杉を見て嫉妬を感じたとはいえなかった。いそいで食べた葱やきはおいしかった。三杉といて、「安定を感じ、自由を感じるのは守られてるってことじゃないか」と浅丘はフト思った。

（浦西和彦）

【よ】

夜あけのさよなら《よあけのさよなら》　中編小説

〔初出〕「ＣＯＯＫ」昭和四十七年一月一日～四十八年十二月一日発行、第十五巻一号～第十六巻十二号。〔初版〕『夜あけのさよなら』昭和四十九年四月十五日発行、新潮社。〔文庫〕『夜あけのさよなら』〈新潮文庫〉昭和五十二年五月三十日発行、新潮社。

〔内容〕大阪の会社員・庄田レイ子は、同い年の大学生・北村優《まさる》とつきあっている。京都の古ぼけた茶室に下宿する優は、実家の破産で経済的に困窮し、レイ子と会えば「泣きごと」ばかりならべる。そんな優にレイ子は「どんなことでもしてやりたい」と思いつつ、職場では同僚たちとの恋の駆け引きにも興じている。夜あけを迎えては「こんなことして生きてていいのか」と「自殺したくなっちゃう」気分になり、すぐに「いつもの調子」に戻って「世間がバラ色にみえて」くるレイ子。「バラの花を彫刻した」ペンダントを買いに行く同僚のお供をして、レイ子は中年紳士の篠崎と知り合う。会社社長の篠崎は、庭園にバラが咲き誇る須磨の別宅にレイ子らを招待する。その異人館風の屋敷を管理する小林夫妻とその息子の夏雄の話によれば、未婚の篠崎は「お客さまが大好き」で、客が来て家が華やぐのを楽しんでいるという。それでも、バラの花を浮かべた風呂のもてなしは、レイ子にとって「感動的な体験」だった。レイ子は自分も客のひとりにすぎないと思いつつ、篠崎に惹かれてゆく。喘息が昂じた優は就職の希望も断たれ、すさむばかりだった。レイ子は、気持ちが通いあわない「さびしい」優と距離をおき、「やさしいオトナ」の篠崎へ心を向けた。しかし、篠崎のレイ子に対するふるまいは、オトナが気まぐれに近所の子供をかまうのと同質のものだった。「とても寒い日曜日」、レイ子は篠崎が結婚したことを、突然夏雄から聞かされる。オトナのやさしさを思い知って「凍ってゆくような感じ」におそわれたレイ子は、折しもかかってきた優からの電話に初めて居留守をつかう。それは優からの最後の電話だった。優は行きつけの飲み屋の不遇な女店員と、白浜で飛び降り心中したのだ。レイ子の夢の中で、優は花に埋もれて死んでいるように横たわっている。夜あけ、目覚めたレイ子は「娘の、フワフワした夢やろまん」、がすべりおち、

「手ごたえのしっかりした、オトナの女の肌」があらわれた自分を鏡の中に見出だす。兵庫の山奥で本格的にバラ栽培を始めた夏雄をレイ子が訪ねたのは、翌年の夏だった。作者である田辺聖子は、本作を「お子さまバースデイケーキ」（『小説を読む楽しみ』『ラーメン煮えたもご存じない』）に喩えている。

（野田直恵）

容色《ようしょく》 短編小説

〔**初出**〕「大阪人」（大阪都市協会発行）昭和三十六年三月一日発行、第十五巻三号。〔**初収**〕『鬼たちの声』昭和四十三年十一月一日発行、文藝春秋。〔**文庫**〕『感傷《センチメンタル・》旅行《ジャーニイ》』〈角川文庫〉昭和四十七年一月二十五日発行、角川書店。

〔**内容**〕息子・謙造一家と暮らすウメノは、体が大きくて動作が鈍く「巨大な泥人形のよう」な謙造の妻、喜栄が気に入らない。何よりその容姿の美しくないことが不満である。ウメノは両親も姉妹も美貌で、自分ひとり子ども時代から「おっ母さんに似ていない」といわれるのが苦痛であった。夫に容姿の良い男を選び五人の子をもうけるが、夫の死後に三人の子を失う。戦争を潜り抜けて生き残った二人の子どもも、姿かたちの美しいことが彼女の自慢であった。「あっというまにすぎてきた五十なん年の歳月を、ただ味気ないいらちもないものに思うけれども、うんだ子供たちがみな美しかったのを思い出すのが好きだった」。それが戦後の辛酸をなめてきたウメノの心のよりどころであるのに、男ぶりよく育った息子が醜い女と暮らしていることが我慢ならないのである。昼間喜栄と二人きりの時、「貧しい家の中に醜い老婆と女がいる」「鏡にむかいあっているようでたまらない気持がされた」とウメノは感じる。さらには息子がその妻を深く愛し、大切にしていることも許しがたい。だがある時、妻が子どもを連れて実家に帰った間謙造はむっつり不機嫌そうに過ごすが、数日後に妻が戻った途端、家の中が「色彩と騒がしさに溢れ」る。「謙造に似合わしいのは喜栄」であり、自分でないことを悟ったウメノは寂しさから娘安子の家にしばらく泊まると言い出す。娘の安子も美しく育ったが性格がきつく、せっかくウメノが持参した御馳走を食事時には出さず、ウメノが寝室に引っ込んだ後で子どもたちと分け合うような女になっている。風邪をひいたウメノが蜜柑を買ってこさせたときの描写に田辺聖子の面目が現れる。買ってきた子どもは大きいものから父親、母親、身長順に兄弟に、そして一番小さいのをウメノに手渡す。ウメノは「謙造の家では、五つの子供がウメノにいちばん大きな蜜柑を、いいつけられなくても持ってくるように躾けられているのにきづいた」。結局迎えに来た喜栄は「もちまえの大力で、かるがるとウメノをせお」い、「おばあちゃんもうどこへもいきなはんな」と話しかける。ウメノの視線で描かれながら、読者は読み進むうちに喜栄の人間としての得難さに気付き、自らの容姿に劣等感を負い続け、それでも懸命に生きてきた老女の最後の安息に小説がたどりついたことに深く共感を覚える。展開、描写共にまさに田辺聖子の人間観察の生きた作品であろう。

（小川直美）

ヨーロッパ横丁《よーろっぱよこちょう》たべあるき《たべあるき》 エッセイ集

〔**初版**〕『ヨーロッパ横丁たべあるき』昭和五十四年五月二十日発行、日本交通公社。〔**文庫**〕『ヨーロッパ横丁たべあるき』〈文春文庫〉昭和六十一年十月十日発行、文藝春秋。〔**目次**〕行ってきましたヨーロッパ—おせいさんVSカモカのおっちゃん／ロー

マ／ヴェニス／マドリッド／バルセロナ／パリ／あとがき／文庫本のためのあとがき
〔内容〕「ヨーロッパの赤提燈をたずね歩くという思いつきが、「旅」の編集部のおかげで実現したわけであるが、これは思ったよりむつかしいことだとわかった」（あとがき）とあるとおり、「赤提燈の小店にしろ、屋台にしろ、下町の生活と人生に密着しているので、とてものことに旅行者では短時日にさぐりあてられない」（同）という。そのなかでいちばん印象に残ったものが、「マドリッドの、小エビの鉄板いため」（同）。その理由は「おいしいものを安く、どっさり食べられるというのが、人間の文化の基本」（同）であり、「食べものを愛し、いつくしみ、好奇心をもち、大切にし、喜びにし、尊重しないところに、真の人間の生活、文化なんかは育たない」（同）からだというのである。また、旅のガイド本には不向きかもしれないが、「五十歳すぎてはじめて外国体験をしたオトナの、カルチャーショックの報告書として楽しんでいただければ幸いである」（文庫版あとがき）と述べる。食通おせいさんとカモカのおっちゃんが、ローマ、ヴェニス、マドリッド、バルセロナ、パリの五都市で赤提燈や屋台を求めて食べ歩き、ヨーロッパの食文化について語りあうグルメ紀行である。（荻原桂子）

よかった、会えて《よかった、あえて》　短編小説

〔初出〕「週刊小説」平成三年一月十八日発行、第二十巻二号。原題は「きちんとしなさい」。〔初収〕『よかった、会えて』平成四年六月十日発行、実業之日本社。〔文庫〕『よかった、会えて』〈集英社文庫〉平成七年十月二十五日発行、集英社。〔全集〕『田辺聖子全集第五巻』平成十六年五月二十日発行、集英社。

〔内容〕結婚式に花嫁の麻美が来ない。四十一歳の佐賀はあたまの前半分がうすくなった「おっさん」で、小さな機械設計会社をやっている。その佐賀と結婚したいとせがんだのは二十八歳の麻美のほうだった。女はひらがなでしゃべれというのが佐賀の持論だが、理論好き・漢語好きの麻美は、つきあっていくうちに、ひらがな女を通りこし、ファッションホテルで「アッ。ソコ違ウ！」という、ベッドのカタカナ文化を佐賀に示して驚かせた。結婚式の前日、麻美から電話があった。佐賀の自宅の見えないところにGood Luckと、口紅で無数に書いてあるというのである。佐賀には四十三歳の木村美晴という、オトコ同士としてつきあえるような女がいた。美晴は非婚論者だといい、理屈はこねず「よかった、会えて。またね」という、ひらがな情緒のある女である。佐賀が結婚を選ぶと、不倫の意志はないと、さっと身を引いたのだ。ひとまず結婚式はおひらきにしようとしたところ、麻美と美晴がもつれこんできた。美晴が朝から麻美のアパートを訪れ、結婚させないと押しとどめていたのである。美晴の変貌ぶりに、非婚主義、ひらがな発想といっても女は女だと思う佐賀であった。古川薫は文庫版の「解説」で佐賀のような登場人物について「彼らはどうしようもなくシュクメイ的に衰えていくのだが、なお女性への関心は持ちつづけ、たまにはファッションホテルにも同伴するくらいの気力はそなえている」と分析している。（岩田陽子）

予期せぬトラブルの巻《よきせぬとらぶるのまき》〈いとおしやな男と女の〝新フレンド事情〟〉《いとおしやなおとことおんなの〝しんふれんどじじょう〟》　短編小説

〔初出〕「週刊小説」昭和六十三年十一月二十五日発行、第十七巻二十四号。〔初収〕『どこふく風―男と女の新フレンド事情―』

平成元年十一月十日発行、実業之日本社。〔文庫〕『どこふく風』〈集英社文庫〉平成四年十一月二十五日発行、集英社。

〔内容〕四十四歳の斎田からみて、部下の児玉ゆきえはあらまほしい女子社員像といっていい。ゆきえは三十八歳、亭主持ちだが、子どもはいないという。斎田は、残業の後で、ゆきえを誘い飲みに行った。斎田の妻は洋酒、洋楽愛好家であるが、ゆきえは日本酒も演歌も好きだといい、斎田とは気があった。二人は、演歌をうたいにカラオケに行ったり、日本酒を飲みに行ったりする仲となり、一泊旅行に行く約束をした。新語をつくることが好きな二人は、愛人のことを「やましい」と「可愛い」をとって「やまかわいい」と名付けた。裏六甲のリゾートホテルで、新語を作り、慕わしい動作に夢中になる、はずであった。しかし、ロープーウェーが動かなくなり、高所恐怖症のゆきえはそのまま家に帰ることとなった。二度目は谷底の温泉で過ごす、はずであった。しかし、山崩れで、二人は避難者として地元の中学校で過ごすこととなった。お互いの家族に連絡が入り、不倫のチャンスが失われることとなった。しかし、またもや予期せぬことが起こった。斎田の妻とゆきえの夫が、クラッシックが縁で意気投合したのである。結局、斎田とゆきえは「やまかわいい」関係になれそうにもない。


（岩田陽子）

よごれ猫《よごれねこ》 短編小説

〔初出〕「別冊文藝春秋」昭和六十三年四月一日発行、第百八十三号。〔初収〕『ブス愚痴録』平成元年四月二十日発行、文藝春秋。〔文庫〕『ブス愚痴録』〈文春文庫〉平成四年三月十日発行、文藝春秋。

〔内容〕私鉄系会社にいる野口は四十二歳、独身で結婚歴はない。ちょっと前まで結婚していない野口のことは変人のように言いなされていたが、最近は、究極の自由人のように言われる。野口は自分のことを、全く、女運がないと思っている。世間の噂とは正反対である。三十を過ぎたころに持ち込まれた縁談は、何度かデートはしたものの、桜宮のホテルへ行った際に見せた「宿の妻」というたたずまいがイヤで断ってしまった。近所のスーパーにいたよね子は笑顔がいい女だったが、「玄米食道場自然健康会」という健康修養サークルの熱烈な信者であった。よね子との関係は人魂のシッポのように自然消滅させた。それが野口の流儀である。商事会社のOLだった美保とはテニスコートで知り合った。美保は自分で編んだベストや室内穿き、高野豆腐の煮付を押しつけてくる。決めつけて世話を焼かれることが気になった。美保が誘ってくれた鮨屋で、野口は、べったり一緒にいるのではなく、時々会って一緒の時間を過ごす関係を提案した。美保もサルトルとボーボワールの関係みたいねと言って悪くない反応だった。しかし、落ちたハンドバッグからこぼれ出た免許証で、美保が五十四歳だと分かると、野口は急に覚めてしまった。美保とは自然消滅を図るつもりであったが、ある日美保がやってきて、つきあいを断るのならプレゼントを返してほしいと、野口へのプレゼントをみな持ち帰ってしまった。美保と別れた後、ほんとにタレントの牧ジュン子とボーボワールごっこをやることになった。野口は満足していたが、ジュン子が売れっ子になって仕事が忙しくなり、来ると連絡のあった日も二時間半ぐらい待たされるようになった。連絡ぐらいくれればと、野口がひとことというと、ジュン子は十こと返してくる。野口はエレベーターに乗り、下へ降りる。マンションを出たところで、道路を薄汚れた猫が二

よ

匹、もつれるように渡っていった。究極の自由人も、よごれ猫めいて来よるなあ、というのが野口の感慨である。

（宮薗美佳）

四人め《よにんめ》　短編小説

〔**初出**〕「小説宝石」平成五年十一月一日発行、二十六巻十一号。〔**初収**〕『ずぼら』平成七年三月三十日発行、光文社。〔**文庫**〕『ずぼら』〈光文社文庫〉平成十年十月二十日発行、光文社。

〔**内容**〕地下鉄の満員電車の中で葬儀社の広告をみて、幾つかの「死」に関する俳句を思い出しているうちに、ふと「清やん」が旅行から帰国している頃なのに、連絡していなかったことに気付く「私」。「清やん」こと島谷清太郎は、「物すごい、なんてもんでなく、その上に超がつく口の荒さ」の河内弁の四十三歳、男やもめである。「私」と彼との出会いは、電車の中でヤクザみたいな恫喝で乗客を脅していた五、六人のガラの悪い男子高校生を、彼が「骨も凍らせるような凄味のある声」で、河内弁の強烈に荒っぽい弁説を「かま」して退散させた日であった。その日「私」は、今は亡き「父と似たしゃべりかた、息のつぎかた、発声に、何ともいえぬなつかしさ、慕わしさをおぼえ」て興奮し、男に声をかけた。言葉は汚いが正直で、淋しがり屋で「可愛げに満ち」た、丸顔童顔の清やんに、「私」はそれまでに付き合った大阪の粋な男たちにはなかったものを感じていた。その清やんが、初めてのバンコク旅行でブラック・マッシュルームを食べて急性中毒になり、帰国後一週間も入院していることを知る。幻覚に悩まされながらも自分のことを待っているのではないか、あるいは記憶喪失になって自分のことを忘れてしまったのではないか、と心配でたまらなくなった「私」。慌てて「いとこ」を名乗って見舞いに行くと、「四人めのいとこ来た」と清やん。幻覚作用の後遺症で躁状態の清やんは、「俺《わい》のキャパ四人じゃ」と、ふぐ屋の仲居、スナックのママ、オートバイ好きの若い女など、他に女が三人いることをぺらぺらしゃべる。「ほかの三人はな、金目当てのド女郎《めろ》や、汝《われ》はちがう、男の真心じゃ」と言った清やんに、「私」の怒りは頂点に達し、河内弁の壮絶な啖呵が自然と口からほとばしった……。半月たって、おそるおそる電話をしてきた男は、電話口で河内音頭を歌いだす。つい合の手を電話口へ入れてしまう「私」。こうやって母も河内男に惚れたのかなと、父と母が懐かしくなる。この作品の河内弁、そこに織り込まれた男と女の絆は、じつに見事である。

（堀まどか）

夜の一ぱい《よるのいっぱい》　エッセイ集

〔**初版**〕『夜の一ぱい』〈中公文庫〉平成二十六年一月二十五日発行、中央公論新社。

〔**目次**〕乾杯　私とお酒／夏の酒／女同士の酒／四段階／しょげ酒のオトコはん／三十一文字酒／歌い魔の酒／直言酒／色けのある酒／ジュース酒／お供酒／若者の酒困／りちぎ酒／異人種／ぬすみ酒／酒の上酒／ほろ酔い　酒徒とのつき合い／酒色／酒と肴のこと／お茶とお酒／更年期の酒／ツチノコ酒場／お酒と私／酒徒番付／私の酒と肴／酒の酌／辛い酒／夏休みの酒／お酒のアテ／私と日本酒／夜の母子草／酒の店について／きさらぎ酒場／飲み場所／酩酊酒どころ伊丹／春愁カモカ酒／元禄の酒／酒・幾山河／嫌酒権／ブゼン酒／オトナ酒／〈川柳をよむ〉飲んでほし、止めてもほしい酒をつぎ／〈川柳をよむ〉出世せぬ男と添う玉子酒／そろそろお開き　逃げ切り酒／魚どころ・酒どころ／さくら酒／酩酊酒肴／大吟醸／酔生夢死／コップとグラ

よ

ス／お酒の店／酒の肴／献酬／夜の一ぱい／書誌一覧／解説（浦西和彦）

〈内容〉昭和四十一年から平成二十年まで、四十二年間にわたって発表された酒に関するエッセイを集めたもの。酒の好み、酒の上での出来事や酒肴のことなど、開業医師の川野純夫と結婚し、夫との夜ごとの晩酌で酒量を上げた田辺聖子の酒談義集である。「酒というものは、つまり酩酊ということは、夢まぼろしの世界をつくることである」という。（浦西和彦）

夜の香雪蘭《よるのふりーじあ》　短編小説

〈**初出**〉「小説中公」平成五年五月一日発行、第一巻五号。〈**初収**〉『週末の鬱金香《チューリップ》』平成六年十月七日発行、中央公論社。〈**文庫**〉『週末の鬱金香』〈中公文庫〉平成八年十一月十八日発行、中央公論社。

〈**内容**〉「私」左以子《さいこ》（五十八歳）は友人の山上那智と共同経営のアパレル会社で営業を担当している。何かに「倦んでいる」。一九五〇年代の洋楽レコードは聴くが、自身の昔の日記は破棄した。両親が早逝したため父親の弟夫婦に引き取られて「二つ上の従姉」の美加子とともに育てられた。叔父夫婦の死後、美加子が分与してくれた遺産をアパレル会社創設に当たり投資したのであった。若いころ「色っぽい美女」だった美加子は、結婚離婚の後、左以子が好ましく思っていた石田修と再婚した。左以子を「ぶさいくで、取り得のない女と思ってい」たらしい美加子は、やがて「無残に美しさを失って」いき、一方、左以子が「どんどん綺麗にな」ることを認めたくない風のまま亡くなって二年、石田（六十歳）が左以子ひとりの自宅に赴く。活けてあるフリージアのすずやかな芳香にさそわれるかのように石田への感情を語りだしそうになった左以子は、しかしそれを止める。石田を愛しつつ愛していると言えない約四十年ほどの自身の「過去に「倦んで」いた」と左以子は知る。「誰にもあかさぬ秘密」の保持が「人間の仕事」ではないかと思う。（花﨑育代）

【ら】

ラーメン煮えたもご存じない《らーめんにえたもごぞんじない》　エッセイ集

〈**初出**〉「夕刊フジ」昭和五十一年四月十三日〜九月五日発行。原題「それゆけおせいさん」。〈**初版**〉『ラーメン煮えたもご存じない』昭和五十二年二月十五日発行、新潮社。〈**文庫**〉『ラーメン煮えたもご存じない』〈新潮文庫〉昭和五十五年四月二十五日発行、新潮社。〈**目次**〉皇后陛下万歳／もう毒／おせいの方／早とちり／屋号・店名／おかしな人／小者／揉み手／小説を読む楽しみ／明日は東京へ／食事について／本質／ガキ鍋／ラーメン煮えたもご存じない／男のおしゃれ／精神病院／四畳半裁判／子宝／くそ親爺／西洋俊寛／お天道《てんと》サン／ねばならぬ／役人と美女／あいぼう／戦争ごっこ／血は水より薄い／電話について／駅弁／犬について／日本のキャピトル／私のアラン・ドロン／コドモにはコドモで／女性の地位／新聞について／講演について／ウサギチャン／女の子について／日曜にちょいと／あの世について／おすすめ品／異次元／お医者について／節操と食欲／仕事場について／若きとて／インドネシア風／深なさけ／凸凹刑事と狼人間／大人のたのしみ／家出妻／孟母／監獄筋／身内について／小説について／刻舟／恋愛小説のすすめ／おふくろ／善意・悪意／気付けグスリ／遅筆について／キスマーク考現学／女流文学について／特攻型／腹立ち日記／手料理／悪夫／女学生／トランプ／文壇三美男／丸まげ／追悼句／かわいげ／おせっかい焼き／よみ人しらず／ジャンヌ・モロー・女の悪の華／一〇五／すかたん電話／初恋の味／夏の大掃除／立ち読み／姉婿の味／ワンドア／編集者について／頸すじ／はしご／男と政治／遠慮ツツシミ／天神祭／話術／たかい米／言葉とくどき／オトコ公害／チャンバラ／幻のヘビ／いい目／小説と人生／男と馬／末世／新イソップ物語／じゅんさい／屠《と》／改名／やりて／赤い靴／待ってるよ／クスリ／禁ガキ車／お座敷うた／銭湯そだち／人、サムライたらんと欲せば／女の三悪／酒乱／作家志望／即位五十周年祝賀式／男の死／女学生とソプラノ／散歩／オトナ／ランチとスピーチ／ドライフラワー／女ひとりの夕食／あほで頑固／中国式朝食／視聴率

〔内容〕人生にかかわる問題を身近の諸事にからめて扱い、ユーモラスだが辛口の筆致で断じている。ことに、本作の挿絵を担当した漫画家・高橋孟（「もうさん」）とのぴったり息のあったやりとりには、かけあい漫才のような軽妙さがある。（野田直恵）

楽天《らくてん》少女通ります《しょうじょとおります》　私の履歴書《わたしのりれきしょ》　自伝小説

〔初出〕「日本経済新聞」平成九年五月一日～三十一日発行。原題「私の履歴書」。**〔初版〕**『楽天少女通ります　私の履歴書』平成十年四月十日発行、日本経済新聞社。**〔文庫〕**『楽天少女通ります　私の履歴書』〈ハルキ文庫〉平成十三年五月十八日発行、角川春樹事務所。**〔目次〕**第一章　楽天人生のはじまり―夕焼け小焼けの下町育ち（浪花はるあき／昔のしつけ）第二章　戦争・戦後―戦火を生きのびて（戦う女学生／みたみわれ）第三章　大阪弁でサガンを―夢を紡いで…突然、受賞（生々溌剌たる商人たち／遅い青春）第四章　夢の場所　神戸・奄美―私のお城は三畳間（ま、こんなトコやな／結婚は面白い）第五章　楽天的人生―思えば遠くへ来たもんだ（歌枕の土地に住んで／〈愛とユーモア〉を書きつづけて）

〔内容〕七十歳を目前に書かれた田辺聖子の半生記。大阪福島の写真館に生まれ、幼少期からの人生を振り返って、家族のこと、戦争中のこと、念願の作家になったこと、結婚生活、作品の数々、出合った人々、住んだ街、などについて綴っている。著者は夢見る少女で、淀之水高等女学校時代に物語を書きはじめ、級友に回覧して得意だった。戦時下のさまざまな制約の下、軍国少女だった著者は、中原淳一の美しい絵や吉屋信子の少女小説に憧れつつ、回覧雑誌「少女草《おとめぐさ》」を作成して夢をつないだ。樟蔭女子専門学校国文科に入学したのは太平洋戦争まっただ中の昭和十九年、学徒動員のため学ぶこともままならなかった。大阪空襲の折は鶴橋から福島まで徒歩で帰宅した。やがて終戦。昭和二十二年、卒業して金物問屋に就職。空襲で写真館が全焼し、父を亡くしたため、家族を養わなければならなかった。傍ら小説を書き始める。昭和三十年に大阪文学学校に入り、『虹』が入賞。『花狩』が「婦人生活」に連載される。才能ある女流が多く擡頭した時代だった。毎日放送のラジオドラマを担当。その経験を生かした『感傷旅行《センチメンタル・ジャーニィ》』で芥川賞受賞。プロ作家デビューしてからは多忙に次ぐ多忙。次々に舞い込む執筆依頼に応えて多くの作品を生み出した。田辺聖子自身の私的文学史としてだけではなく、昭和の庶民文化がうかがえて興味深い。戦前の日常写真など貴重な資料を多数掲載している。（檀原みすず）

ら

楽老抄Ⅲ　ふわふわ玉人生《らくろうしょうさん　ふわふわだまじんせい》

エッセイ集

〔初版〕『楽老抄Ⅲ　ふわふわ玉人生』平成二十年十二月十日発行、集英社。〔文庫〕『ふわふわ玉人生　楽老抄Ⅲ』〈集英社文庫〉平成二十三年十一月二十五日発行、集英社。〔目次〕日本文学の豊かさ—永遠の五・七・五（愛の義務／わが人生の書／〝男〟を勉強する『源氏物語』／ときめくGENJIの世界へ／魅惑の女・清少納言／日本文学の豊かさ／民族の芳香　お伊勢さんの香り／いなかの風流／永遠に新しい一茶／「一期は夢よ、ただ狂へ」／秋桜子の嗜好／女人でないと詠めない句／一行小説の作家／水府川柳と大阪／文楽と川柳）／小さな蕾—読む喜び（折口信夫先生に手を曳かれて／『猫』と私／情ということ／〈石川先生〉と〈足立センセ〉／「二階から一日降りず詩人とか」（栞）／人生の新しい展望／男好み・女好みの小説／小芋人間への信頼感にみちた小説／ゆきとどいた洞察が生む愛／〈男手〉のエッセー／大人と子供、女と男のあやうい間にいる妖精／『溺レる』を読む／書きたいことを面白がって／新人の挑戦に期待します／たのしかりし直木賞選考／小さな蕾／ふわふわ玉人生／かるくて重い小説群）

〔内容〕平成四年から二十年の間に、雑誌「新潮」や「青春と読書」、「中日新聞」「産経新聞」「読売新聞」「毎日新聞」など各紙誌に掲載されたエッセイを収録している。表題は「楽老抄Ⅲ」となっているが、「楽老抄Ⅰ・Ⅱ」の続編というわけではない。構成は「日本文学の豊かさ—永遠の五・七・五」「小さな蕾—読む喜び」の二つの章から成り、軽妙な文芸エッセイが中心である。第一章では、著者が戦時中、女学生の頃に読んだ『万葉集』の魅力、『源氏物語』の素晴らしさ、小林一茶とその俳句への感動、などが綴られている。第二章では、若いころから愛読していた『古事記』と、著者が『隼別王子の叛乱』を書く道標となった折口信夫の『死者の書』、夏目漱石の『吾輩は猫である』の面白さなど、歳を重ねてなお発見と示唆に富む古典の奥深さを説いている。昔、文学修業に通った〈大阪文学学校〉の思い出なども描かれている。幼いころから親しみ愛した物語や書物を賞讃し、読むことの喜びを伝えるエッセイ集である。

（檀原みすず）

楽老抄Ⅳ　そのときはそのとき《らくろうしょうし　そのときはそのとき》

エッセイ集

〔初版〕『楽老抄Ⅳ　そのときはそのとき』平成二十一年六月十日発行、集英社。〔文庫〕『そのときはそのとき　楽老抄Ⅳ』〈集英社文庫〉平成二十五年三月二十五日発行、集英社。〔目次〕往時茫々—老来、いよいよ懐かしかりけり（まゝねやわ／熊本にて／男のイイ顔／護身術／『源氏』とキャラコ／島唄／トシのとりかた／豪傑／練習時代／山あり　川あり／美犬薄命／「天はみづから……」／今年の桜／知らん間ァに……／父の掌／往時茫々／そのときはそのとき／ソコもあるなあ／いざ　いきめやも／祖父、父、写真／女の老いかた／日記の奇蹟／大杉とたんぽぽ／人の一生）／そのときはそのときなれど……（啄木と浪花ニンゲン／おっちゃん語録／うちの〝頬垂れ〟たち／「浪花の夜の奔騰」続いて／コップとグラス／弱音／商は笑に通ず／ソコソコ、その他／字好き少女／恋の原型の小説／宝塚、この好もしいもの／女性文化の理解者〈イチゾはん〉／〈女性通〉の視線／当世のますらおぶり／少女・浄土／「死」を「思」う書／自分の分は減らしても……／マルグリット）／古典・女のよもやま咄〈京の巻／芦屋の巻／宇治の巻〉〔内容〕平成十三年から二十一年までの間に雑誌「オール読物」「小説新潮」「文藝春秋」「歴史街道」などの各誌に発表したエッセイを収録している。構成は「往時茫々―老来、いよいよ懐かしかりけり」「そのときはそのときなれど……」「古典・女のよもやま咄」の三章から成る。一章目では、著者の子供時代の大阪、飲み友達と語る昔の思い出、現代の老人問題などが、二章目では、啄木への愛、大阪弁の話、著者の宝塚狂いなどのエッセイが軽妙洒脱に語られている。三章目は、「関西文学」代表の河内厚郎を聞き手とした対談が三編収められ、著者が現代語に訳した『新源氏物語』への思いについて語っている。田辺源氏は関西弁を使ったユーモラスな表現がその特徴の一つに挙げられている。老いて益々輝く田辺聖子の真骨頂をみせた痛快なエッセイ集である。（檀原みすず）

楽老抄Ⅱ　あめんぼに夕立《らくろうしょうに あめんぼにゆうだち》　エッセイ集

〔初出〕「東京新聞」・「中日新聞」平成十四年十月五日～十七年十月二十三日発行。原題は「あめんぼに夕立」。〔初版〕『楽老抄Ⅱ―あめんぼに夕立』平成十九年二月二十八日発行、集英社。〔文庫〕『あめんぼに夕立　楽老抄Ⅱ』〈集英社文庫〉平成二十二年二月二十五日発行、集英社。〔目次〕輝かしき言葉（未亡人／女のおっさん／作家の品位／ことわざ文化／怪っ体な若者／酒の肴／和式／年のはじめの半々／貞女／早春のおすし／菜の花忌／梅と羊／夫をえらばば／桜とマルちゃん／輝かしき言葉／お手手で書き写す／花のタイガース／ジョゼと虎と魚たち／一揆／日本語論）／生きすれる（息切れする旅／手くせ／老いぬれば／女男の泣きかた／生きすれる／朝顔／性差／ミルク／オバサンに捧ぐ／心して／献酬／プティ整形／エエ顔／おでん・燗酒／ことわざ／起つ人は起つ／かんそう／裁判／春寒のみぎり／春寒の牛しゃぶ鍋）／乙女のときめき（長浜の子ども芝居／学者／旧制高校なるものがあった／アメリカ／乙女のときめき／華と力／人、老いては／オレオレ詐欺／アタシアタシ詐欺／ヨン様／敬老の日／続け字／松茸／忠臣蔵／山野、哭く／ママひとりの店／可愛げ／無礼／あめんぼかるた／若者対熟年）／大阪もん（四文字熟語／コップ酒／古ぅ／社会的体臭／焼かな、なおらん／ワシが神様／親父とお袋／町のうわさ／私の靖国／私の靖国Ⅱ／せつない話／浪花の花火／標語／ふたりの〈少女手〉／漢字とひらかな／格言／大阪もん／新聞大好き少女／ローレライ）／楽しみきわまりなし―あとがきにかえて〔内容〕『楽老抄　ゆめのしずく』の続編となるエッセイ集で、著者が七十八歳の時に刊行された。構成は「輝かしき言葉」「生きすれる」「乙女のときめき」「大阪もん」の四章からなり、前作同様に身辺の俗事や世間のうわさ、とりとめなき感慨などを発表順に収録している。著者は七十歳代にはいり、老いとのつき合い方も更に上達し、「ただしく」より「たのしく」生きる、老いの楽しみかたを描き、人生の味わいを深くしている。最近の若者について、高齢者の犯罪、オレオレ詐欺など、現代にも見られる当時の社会現象についても触れられていて、著者の興味の方向は縦横無尽である。（檀原みすず）

楽老抄　ゆめのしずく《らくろうしょう ゆめのしずく》　エッセイ集

〔初版〕『楽老抄　ゆめのしずく』平成十一年二月二十八日発行、集英社。〔文庫〕『楽老抄　ゆめのしずく』〈集英社文庫〉平成

ら

十四年二月二十五日発行、集英社。〔目次〕私、中年アリスです―まいにち薔薇色（鼠の草子／神様《カミサン》／じっくり年《どし》／あ、はいはい／細身／キッ／トドメの一撃／万能／かむけえ／なんぼのもんじゃ／イロをつける／弱み／ヤットコ／気品／力《りき》／お祭／ちゃうん、ちゃう？／デワのカミ／文明開化／神サン問答／犬と尊敬／杉作《すぎさく》／空襲と桜餅／残る歌・残らぬ小説／のこりもの／男の自立／ちょっといい味／悟り／ナニ悪かろう／人生は神サンから借りたもの）／酔生夢死―日々雑感（酔生夢死／酩酊酒肴／永遠の市松人形《いちまサン》／松竹座の思い出／南京虫《なんきんむし》と天《てん》瓜粉《かふん》／新春断想／はんなり／吉年・凶年／美女礼讃／私の好きな女たち／アンティークドールハウスの楽しみ／パトロンとパパアン／大吟醸／執著／楽老抄／老年／ハント婆さん／力強い現場報告／阪神大震災のこと）／ひらかな文化―読書のたのしみ（句の余韻／さわやかにもおかしい〈母〉／読む落語の可能性と魅力／テレビと小説／夢ふたつ／教養はまわりくどいもんだ／ひらかな文化推進／読書のたのしみ）／露ちるや―思い出あれこれ（藤沢周平さんのユーモア／人蕩《た》らし／司馬サンあれこれ／露ちるや／素石さんの座談／かわってるやん／吉行さんの思い出）

〔内容〕著者が一九九〇年代に雑誌「小説現代」や「毎日新聞」などに発表したエッセイを収録している。構成は「私、中年アリスです―まいにち薔薇色」「ひらかな文化―読書のたのしみ」「酔生夢死―日々雑感」「露ちるや―思い出あれこれ」の四章から成る。最初の章と二番目の章は、副題のごとく日常の多岐にわたるテーマについて語られる。その中には人形遊びや松竹座通いなど、著者を育んだ幼い頃の思い出や阪神大震災の経験なども綴られている。三番目の章は、主に読書論、文化論が集められており、著者が若いころ読んだ本のことなどが書かれている。最後の章には、著者と親交のあった作家、藤沢周平・司馬遼太郎・吉行淳之介などの思い出が語られている。著者が六十歳代に入り、老いとどのように向き合うか、老いに対する深い洞察がちりばめられた芳醇なエッセイ集である。

（檀原みすず）

ラストオーダー《らすとおーだー》　短編小説

〔初出〕「オール讀物」平成五年七月一日発行、第四十八巻七号。〔初収〕『愛のレンタル』平成五年十月一日発行、文藝春秋。〔文庫〕『愛のレンタル』〈文春文庫〉平成八年九月十日発行、文藝春秋。

〔内容〕斉田《さいだ》は、八年ぶりに大和田保《たもつ》と再会する。彼は、斉田が二十五歳の時、初めて見合いをした相手だった。「お見合いの席へくるなり」、「いま、めちゃめちゃ忙しィて、結婚どころやない」と言われたことに腹を立てた斉田が断り、その話は不首尾に終わったのだった。斉田はその後二十代の間に二十回くらい見合いを繰り返し、三十を過ぎた今となっては一向に声もかからなくなったが、いつしか「やっぱ、第一号がよかったかナー」という思いが頭をもたげてきて、「大和田にこだわっていた」のだった。そんな忘れ難く心に残っていた相手と再会し、行きがかりで一緒に飲むことになる。大和田はその後二、三回見合いをしたが、いつも何故か斉田と比べてしまったということを屈託なく話す。それを聞きながら、斉田は自分の方も同様であったことは口に出さずに、最近週刊誌で目にした「見合いをしこたまやった人は、なぜか一番最初の人に戻り結婚する」という「輪廻婚」の記事を思い出したりしていた。二人の会話は「ちっとも違和感がなく、大いに弾ん」で、若かった頃よりも「円滑」であった。斉田が自分の第一印象を尋ねると、「物凄う、わがまま」という「意外」な答えが返ってくる。これを契機として展開する会話の中で、斉田が殆ど忘れていた、八年前の見合いの日の出来事が鮮明に蘇ってくるところが眼目。保の話を聞き、斉田は八年前に自分が発した言葉と、それによって引き起こされた保の感情を改めて知ることになる。想い出の中の他愛のない出来事をめぐって言い合いになり、結局喧嘩別れしてしまうが、斉田は保との会話で掘り起こされた八年前の自分の言動を思い、素直に反省したい気持ちも湧いてくる。そんな時保から誘いの電話がきた。保の方も八年前の斉田の言動の意味が、先日の会話で見えてきたと話す。素直になったり、ふとしたことから会話が縺れて喧嘩になったりを繰り返す二人だが、「そろそろ、人生のラストオーダーの時間とちゃうかなあ」という保の言葉に、斉田は口では憎まれ口を叩きながらも「輪廻婚」という言葉を思い起こすのだった。（峯村至津子）

【り】

略式結婚《りゃくしきけっこん》　短編小説

〔初出〕「小説現代」昭和四十八年三月一日発行、第十一巻三号。〔初収〕『無常ソング―小説・冠婚葬祭―』昭和四十九年十月十二日発行、講談社。〔文庫〕『無常ソング』〈講談社文庫〉昭和五十二年六月十五日発行、講談社。

〔内容〕倉野は兄の良造から息子の宏夫の仲人をやってくれといわれ、おどろいた。宏夫はまだ大学生である。倉野の妻の郁代は、わりに世話好きで、四十の声を聞く頃から見合い写真や釣書をあずかるようになった。兄の良造は自動車の整備工場をやっていて顔が広いから春本真佐子の写真を持って行った。真佐子は歯科医の娘で、まだ女子大在学中とある。こんないいお嬢さんはウチへほしいと、嫂がいい、兄から話をすすめてくれるよう電話してきた。倉野は、終戦後のどさくさに、両親が相次いで亡くなり、食うや食わずで大学を出た。終戦後十年たっていたが、毎日、腹を空かしていた。会社の女事務員が、ひとりぐらしの倉野に同情して、弁当のオカズを持ってきてくれたりした。その事務員が郁代で、何となくずるずるべったりにデキあがり、荷物が倉野の部屋へおさまりこんで、郁代が妊娠したから、あわてて籍を入れた。両親に死にわかれ、そのあとは自己流で生きてきたから、教養のあるべきかたち、世間なみなしきたりや躾には自信がない。見合いはホテルのロビーで行われた。宏夫は、叔父さんは何も知らんなあ、仲人の役目として本格的に向こうの意見を聞いたり、身もと調査をしてくれと云う。それからひと月ほどあとで、兄夫婦から呼ばれた。聞き合わせに行く暇がなくてと詫びると、真佐子ちゃんは三カ月だから、結婚式を早めてくれという。三カ月というと、見合いをしてスグということになる。本格も本式もあるかい、やってることは二、三十年前の若い者と同じではないかいと、倉野はムカムカする。結納をもっていってほしいと兄はいう。買ってきた結納飾りをどうするねんと倉野が聞くと、宏夫は叔父さんはほんまに何も知らんね、と呆れる。式場の申し込み、披露宴の客のリストづくり、招待状、予算の折衝など倉野は気がとおくなる。宏夫は略式やけど、こんなとこやという。妻の郁代は結納の口上いうとき、感激して涙

り

がでたわ、という。倉野はそんな感慨はわいてこない。彼がいつまでも覚えているのは、ピンクのソックスと花模様のハンカチである。郁代は、あの前の晩にパパのところへいく決心で買った、あれが、あたしの花嫁衣装だったという。略式はどっちで、本式はどっちの結婚か、倉野は今までにない視線で妻を見やった。

（浦西和彦）

良妻の害について《りょうさいのがいについて》　短編小説

〔初出〕「婦人公論」昭和六十三年八月八日発行、第七十三巻九号。〔初収〕『薔薇の雨』平成元年九月二十日発行、中央公論社。〔文庫〕『薔薇の雨』〈中公文庫〉平成四年六月十日発行、中央公論新社。

〔内容〕四十九歳の専業主婦・登利子の独白で始まる。登利子は好物の最中を探し廻り、姑が義姉の手土産に持って行ったと気付き、今まで抑えていた忍耐の緒が切れる。登利子は、家庭を維持する良妻として様々なことに耐えてきた。意地悪で倹約家の姑の理不尽、家計のやりくり、夫の浮気、巣立った子供たちへの不満など、家庭問題のゴミ箱になって来た主婦の怒りが爆発する。深夜、大声で「意地悪《いけず》」「最中、かえせーっ」「死ねーっ」などと叫ぶのだ。大声を出してから、「夫や子供に絞りつくされて、搾り滓にはなりたくない」と登利子は決心した。変身しようと自分にお金をかける。美容院で髪をショートに切って染め、エステティックサロンに行き、デパートでドレス、靴、ハンドバックを買って帰ってきた。夫は登利子の変身を更年期障害かと危ぶみ、急遽、帰宅した姑は新興宗教の先生にみてもらうことを勧める。翌朝、夫の浮気相手であった未亡人の女が保険の勧誘に来る。夫が支払った三十万円の手切れ金を巡って二人は言い合いとなるが、女が手切れ金の二割を返し、登利子が保険に一口入るということで折り合いが付いた。日本の男の身勝手さを小気味よく指摘し、専業主婦の持って行きようのない不満を掬いあげている。

（西村好子）

旅行者はみな駅へ行く《りょこうしゃはみなえきへいく》　短編小説

〔初出〕「婦人公論」昭和四十年四月一日発行、第五十巻四号。〔初収〕『ここだけの女の話』昭和四十五年二月二十八日発行、新潮社。〔文庫〕『ここだけの女の話』〈新潮文庫〉昭和五十年四月二十五日発行、新潮社。

〔内容〕真知子は、三年前に夫の菊男を亡くした。真知子は、菊男の正直さ、朴訥さが好きだった。彼をいまでも愛している。しかし、「『未亡人』の黒紗《くろしや》のベールの下に、『女』の黄金のヨロイがちらちらし」始めている。菊男に見せることのなかった「むき出しの表情」を、折々訪問する義弟の澄男には見せている。菊男と澄男は、「兄弟でありながら正反対」で、実直な性格で地味な印象の菊男に対し、二十六歳の澄男は「なまめいた青年の色気」を持つ。真知子は、菊男の知人の水野氏に求婚されている。彼女は、文房具関係のPR誌の編集をしているが、それもその方面の製造会社をもつ水野氏の紹介で入れてもらった。五十歳手前の水野氏は、妻を亡くし、家族は大学生の息子一人である。真知子は、水野氏と上品なレストランで「単調で物憂い会話」を交わしながら、死んだ菊男に対するときと同じ表情をつくっている自分に気づき、（あたしはまた、菊男をみつけたわ）と思う。真知子は、「美しくはない」が「落ちつきと聡明さのあらわれている女」を水野氏の前で演じながら、一方で義弟には別の表情を見せて恋情を掻き立てるという「技倆」を隠し持っている。水野氏との結婚について、「周到な計画だったのなら、もう引っ返せないかな」とうなだれる澄男に、「旅行者がみんな駅へいくとはかぎらないわ」と真知子は意味深長な言葉を吐き、青年の唇に自分の唇をよせながら、自分を「美しい女」だと「自信にみちて考え」た。（屋木瑞穂）

りんりん《りんりん》　短編小説

〔**初出**〕「小説宝石」平成六年十月一日発行、第二十七巻十号。〔**初収**〕『ずぼら』平成七年三月三十日発行、光文社。〔**文庫**〕『ずぼら』〈光文社文庫〉平成十年十月二十日発行、光文社。
〔**内容**〕こじんまりと落ち着いたある町に暮らす個性的な住人たちの、とある季節。「私」こと浅原りかは、化学会社の営業部で鍛えられた「テキパキ女」、独身三十一歳。初めて親元を離れて、短大時代の友人・紺野美木の住むワンルームマンションに引っ越した。美木は、男のような低い声の持ち主で、スポーツ用品会社に勤務するオカルト好き。下着屋でパートをする五十三、四の「田舎ベティ」は、シルバーグレイのおじさんと十年も不倫を続けており、その事実を知らぬは七十に近い夫のみ。性的魅力満載の漫画ベティ・ブープにそっくりだから「田舎ベティ」。町の住人は夫に同情するものと、ベティの不倫を応援するものの二手に分かれている。町の情報源は「電通」と呼ばれる岡村米穀店の六十代半ばのおばさんである。そして、その町で有名な成金が「青井の婆さん」で、「私」の住むマンションも下着屋もその婆さんの物件。しかも、「私」の付き合っている青井純明の母親である。青井純明は、「私」と同じ会社の総務課に勤める無口な三十七歳で、町では「ビンボ坊ん坊ん」と侮蔑のニュアンスを込めて呼ばれていた。青井は、「ちゃう」（違う）とはいえず、「ちゃうん、ちゃう？」といった婉曲表現しかできない気弱な、いたいたしい男。「私」は可愛いところを見つけたような気がして付き合い始めたのだった。しかし、財産もちの母親には隠れた交際。母親が健在のあいだは、結婚は出来そうにない。ある夜、その母親が脳血管障害で倒れて病院に運ばれた。動揺する青井は、「私」に「どっこもいかんと、ぼくと結婚してや。たのむで。ええな……」と言った。だが、母親が持ち直すと結婚話などすっかり忘れたかのようで、しかも婉曲さや気弱さがなくなって強引になってきた。美木がくれたコオロギを強い言葉で拒絶し、傲慢さをみせた。「田舎ベティ」はといえば、夫は死んだが、不倫相手も奥さんのもとに戻ったとのこと。「私」には、ためらいが出てくる。みんな変わっていく、秋の哀愁を漂わせて。りんりんという鋭く美しい音色がクライマックスになる。（堀まどか）

【る】

るみ子の部屋《るみこのへや》　短編小説

〔**初出**〕「週刊小説」昭和五十年五月十六日発行、第四巻十九号。〔**初収**〕『三十すぎのぼたん雪』昭和五十三年三月二十五日発行、実業之日本社。〔**文庫**〕『三十すぎのぼたん雪』〈新潮文庫〉昭和五十七年二月二十五日発行、新潮社。
〔**内容**〕アパートのルームメイトるみ子はぐうたらで生活もだらしなく散らかし放題、汚れ物の片づけもしないので、同居する私はいつも腹の立て通し。だが、人の悪口をいやがり、おおらかな性格はるみ子の長所でもある。あるとき私は、るみ子の蒲団に特大のサルマタを発見し、さらに洗濯物の中にやはり巨大なステテコも見つけて

る

しまう。それまでのるみ子の相手であった若い青年達の時とは違ってナマナマしさを感じ、私は何やら心打たれてしまう。私はるみ子とは対照的で、乱雑さや汚れが許せず、以前つきあっていた年下の男とも、持ち前の潔癖から世話を焼きすぎたせいかうまくいかなくなってしまっていた。るみ子から、「真ッ白に」輝くその特大パンツの持ち主がやさしく、ゴリラのような顔で、笑うと五十男なのに坊やのようになる、と聞かされると、男への私の想像はどんどん自分の好ましい理想の姿にふくらんでいった。部屋にパンツを取りに来るというので、私ははりきって部屋中を掃除し、いよいよ男とご対面である。が、現実の彼はただの「平凡な中年男」でしかなく、きれいな部屋をがっかりしたように眺めている。彼にとってるみ子の部屋は汚く乱雑でなくてはいけないのだ。と同時に、私が夢見た「白パンツの君」もパンツからの連想にすぎず、現実のこの男とは何の関係もない、と思うのだった。

（木村小夜）

ルンルン離婚《るんるんりこん》　短編小説

〔**初出**〕「小説宝石」昭和六十年八月一日発行、第十八巻八号。〔**初収**〕『嫌妻権』昭和六十一年九月三十日発行、光文社。〔**文庫**〕『嫌妻権』〈光文社文庫〉平成元年十一月二十日発行、光文社。

〔**内容**〕繊維問屋で働く三十七歳の生田は、三年暮らした桂子と別れることにした。桂子も異存はないと言うが、例によってニヤニヤしていてどこまで本気かわからない。健康で働き者の桂子に、これといった欠点があるのではない。会社にアルバイトで入ってきた桂子は、小太りの美人で三十二歳とは思えぬほど初々しい。正直で控えめ、微笑を絶やさないところも魅力的だったのである。しかし結婚してみると、正直は「アホのうち」であり、思いこんだら頑固で、微笑は無意味なニヤニヤ笑いなのであった。桂子は「主体性のない」「とらまえどころのない」女で、生田が話しかけないと平気でいつまでも黙っている。そんな神経の太さに、生田はもうついていけなくなった。別れを言い出したのには、親しくなったミツ子の影響もある。ミツ子は「合せモンは離れモン」のことわざを地でいく、話すと楽しいさばさばした相手で、離婚後は一緒に住んでみることも決まった。てきぱきしたミツ子の助けも借りて家財道具の仕分けも済み、両者納得のルンルン離婚が成立するかにみえたが、その日のうちに桂子が生田のアパートにやってくる。ニヤニヤ笑いながら関係を続けようとする桂子を、生田は追い返すこともできないのである。

（蔀際子）

【れ】

霊難《れいなん》　短編小説

〔**初出**〕「オール読物」昭和五十七年三月一日発行、第三十七巻三号。〔**初収**〕『はじめに慈悲ありき』昭和五十九年十二月十日発行、文藝春秋。〔**文庫**〕『はじめに慈悲ありき』〈文春文庫〉昭和六十二年十一月十日発行、文藝春秋。

〔**内容**〕五十歳になる柚木は、女性向けの雑誌で読んだ「おじさま」と「おじさん」の違いにこだわっている。記事の内容は、例えば、「おじさま」はフランス語のメニューが読め、「おじさん」は読めないから指でさす。「おじさま」はワインやウィスキーの銘柄に通じており、「おじさん」は巷で流行の庶民的な銘柄一辺倒である。さらに「おじさま」は「ウーマンリブ」に理解を示し、「おじさん」は男女差別を肯定していたりする。柚木は野暮な「おじさん」を自認しているけれども、若い女にこびる気もなく、「おじさま」になりたいとは思わない。柚木としては、営業畑で苦労をして大企業と渡り合ってきた自分にプライドも持っている。柚木はある時、亡くなった大伯母から郊外の住宅地にある庭付きの一軒家を相続することになる。昔ながらの公団住宅に長年住んでいた夫婦は、修繕して引っ越そうと、有頂天になる。嬉しさの余り二人で掃除をして布団や炊事道具を運び込む。二、三日泊まることにしたが、妻はその初めの晩から奇妙な物音に脅かされる。怖くなった妻は、柚木をおいて公団住宅に帰る。柚木は酒を飲んで寝ようと近くの盛り場に行き、おでんやに入る。そこで偶然隣り合わせた、ハチのような細腰の女に、独り言を聞かれ、問われるままに幽霊が出る家の話をする。一緒にその家に行こうということになり、女と二人で毛布にくるまってウィスキーの水割りを飲みながら話す。怖いから、と言う彼女に誘われ、柚木はその家で彼女と関係を持つ。怖いもの見たさの好奇心から柚木について来たかに見えた彼女は、会社勤めの傍ら不動産業を営んでいたことが後で判る。柚木はごく安い値段で彼女に家を売ることになり、そこには新しいマンションが建った。柚木は、彼女の若い恋人にやきもちをやきながら、その後も時々つきあうという生活を続けている。

（中村美子）

【ろ】

老嬢日記《ろうじょうにっき》　短編小説

〔初出〕「小説現代」昭和四十二年二月一日発行、第五巻二号。〔初収〕『世間知らず』昭和五十二年十月十四日発行、講談社。〔文庫〕『世間知らず』〈講談社文庫〉昭和五十七年五月十五日発行、講談社。

〔内容〕ある冬の夕方、市立高校で日直だった古賀梅子先生が、交代に宿直に来た細田先生と話しこんでいると、校務員の海野さんが、二人連れの泥棒が入ったと駆け込んできた。泥棒らしき二人は、三人が駆け付けると逃げ出した。一人は男で、二メートルほどの崖から飛び降り、ぎゃっと叫んだので海野さんが遠回りして下りていった。もう一人が崖の上で立ちすくんでいたのを古賀先生と細田先生が学校へ連れ帰った。堅気らしい若い娘だった。娘は傍若無人で、若いつもりでいる古賀先生をおばさんと呼んでお茶を要求する。連れの男とは無関係で、通りすがりに学校へ無理矢理引き込まれた、自分は被害者だという。海野さんが崖下から気絶した男を運んできた。先生たちや海野さんは、よく学校にもぐり込んでくるアベックかと思ったが、娘はあくまで気絶した男が痴漢なのだと言って、自分の名前も言わずに礼を言って帰った。やがて男が目を覚ました。二十五、六の商売人らしい青年に、古賀先生は好感をもった。青年は、相手の娘、フクチャンが自分の恋人なのに出まかせを言って自分を置いて帰ったことに呆れていた。お詫びに皆にうどんを取っておごり、名刺を配った。電気屋のセールスマンだという。その場でフクチャンに電話をかけ、恨み言を言って明日の約束をしている。普段は市立体育館の裏で逢引をしているのだという。古賀先生は青年に駅まで送ってもらうが、道々、青年は先生に「思い切って時には冒険せな」「先生は見たところ特別です。豊かな感じやさかい」「先生はマダでっしゃろ」などとかきくどく。先生が心の浮き立つ思いでいると、青年はなおも「色ということも捨てがたい」「悪いようにせえしまへん」などと言い募る。やはり痴漢なのかしら、と思いながらも憎くは思えず艶な流し目で見つめていると、青年はかくしからカラーテレビのカタログを取り出したのだった。ハイ・ミスを主人公とする小説群の一つで、口説き文句がセールストークだったというオチは秀逸。初出誌の巻末「デスク通信」では「人生哀歓の新・ユーモア小説」に分類されている。初出誌の挿画は宮田武彦。

（奥野久美子）

ろばと夢のなかの海《ろばとゆめのなかのうみ》　短編小説

〔初出〕「航路」昭和四十年二月十日発行、第十号。〔初収〕『ここだけの女の話』昭和四十五年二月二十八日発行、新潮社。〔文庫〕『ここだけの女の話』〈新潮文庫〉昭和五十年四月二十五日発行、新潮社。

〔内容〕小学二年生のテル子を取り巻く大人たちの暗部が、少女の目線で描かれる。テル子の母は再婚、入り婿の「父ちゃん」と妹、祖母、叔母と暮らしている。母は二歳半の妹に掛りきり、淋しいテル子は空想の世界に居場所を求め、〈コビト〉を飼いたいなと思う。空想好きのテル子は、「おやゆび姫」の童話を読んで、〈コビト〉と仲良しになり、好きな男の子の偵察をしてもらう空想をしている。ある時、「父ちゃん」はテル子を連れて、旧友の画伯の邸宅を訪問した。画伯の奥さんはテル子を可愛がってくれた。酒に酔って深夜に帰宅した「父ちゃん」に、母はかつて恋人を奪った旧友に借金を頼めなかったことを責めた。翌晩、母のすぐ下の妹の叔母が、同居している義父母と喧嘩して実家に戻ってくる。「この家、追い立てくってるのよ」と母に聞いた叔母が、二番目の叔母との会話の中で、「つまらん男、つかんだもんやな、なんぼ再婚とはいえ」と甲斐性のない義兄の悪口を言うのを、テル子は耳にする。「父ちゃん」は本当の父ではないのかと疑念を抱き、身の置き場のないテル子は、「マッチ売りの少女」の主人公に自分をはめこんで泣いた。翌日テル子は家出をするが、恐い目にあった挙句、探しにきた母に叱られる。その後、「父ちゃん」と画伯夫人との海辺の遊園地での淡い逢瀬が、少女の眼を通して夢と現実の境目の曖昧な童話のような筆致で描かれる。良人に内緒で自分個人のお金を用立ててくれたかつての恋人の好意をどう受けとめたのか、「父ちゃん」の複雑な胸中は余白のままである。ずっと後になって、テル子は「海のある遊園地へいったね」と言うと、「父ちゃん」は「テンちゃんは夢みたんだ」と答える。その遊園地へ行ってみたが、大きな工場があるきりで、海さえもなかった。大人の世界へ近づていくテル子は〈コビト〉を信じなくなり、好きな男の子も変わる。「夢みたんだ」は、「父ちゃん」の感慨のようにも響く。

（屋木瑞穂）

輪舞《ろんど》　短編小説

〔初出〕「文芸大阪」昭和三十二年十月発行、第三集。〔初収〕『感傷旅行《センチメンタル・ジャーニイ》』昭和三十九年三月十日発行、文藝春秋新社。

〔内容〕守が下宿している剣持夫人は、ほどけた帯を垂らしたまま歩いている。よくこういうぶざまな失態を演ずる人で、始終だれかが傍についていないと心許ない感じがする。錦花鳥の一トつがいを千七百円で買って、ガス代金怠納の催促を受ける。剣持夫人は錦花鳥のほか、十姉妹だの、片目のセキセイだの、安物の雑鳥を十数羽飼っているが、結局世話をするのは守である。剣持夫人は手芸教室と日本基督教の集会を開いている。守は高畑氏からこの下宿を紹介されたのである。夫人は四十一、二だという。彼女の信仰は多分に一人よがりで、話は拙劣でまどろっこしい。だが夫人は敬

ろ

虔に祈っている。どうして高畑氏のような男が夫人を手に入れたのだろうか。高畑氏は四十すぎで、病妻と二児がいる。妻は子宮ガンでまず助からない。高畑氏がもしお母ちゃんが死んだら、いまにもっとええお母ちゃん貰ったるというと、子供らは大喜びで、お母ちゃんいつ死ぬねん、と病人にききよる。夫人は妻子のある高畑氏を愛しているのであろうか、神さまと反世間的なモラルを抵抗なく同居させているのを守はふしぎがりながらみている。高畑氏は死ぬ者は死ぬのでもう大分前からサヨナラしてあるという。夫人は誰が死のうと、知ったことではない、高畑氏が時々来てくれて、守さんが鳥の世話してくれて、私が手芸で食べていけて、いまのこの暮らしが好きなのだという。高畑氏にいわせると、愛することも生きることも贅沢な徒労だというのである。田辺聖子は初収の『感傷《センチメンタル・》旅行《ジャーニィ》』の「あとがき」で「三十二、三年に書いた『大阪無宿』と『輪舞《ロンド》』は、かつての長い戦争の生き残り……というより、『死におくれ』たちの顔々のようです」という。

（浦西和彦）

【わ】

わが敵《みぃ》（マイ・エネミイ）《わがてき（まいえね》　短編小説

〔初出〕「タウン」昭和四十二年一月発行、三号。〔初収〕『わが敵　MY ENEMY』昭和四十二年十月十五日発行、徳間書店。

〔内容〕「にがみ歩いてる男のこと」では、「にがみ走っているとまではいかないが、にがみ歩いているぐらいの色男」が、「かなり、いい感じのする女」に「闊達な大阪弁」でしゃべりかける。パーティーで出合った二人は、「彼がウソばっかり言っているのを知っていて、彼女の方も、ウソばかりならべていた」という。／「涸れた泉」では、青年は、絵かきである黒松のぶ子から、パーティーの女が「「羽鳥まち子」という名であり、洋裁のデザイナーであり、ということを思い出したり、はじめての知識として仕込んだりした」うえ、二人は再会する。ラジオから流れる〝涸れた泉〟の曲をまち子は口ずさんでいる。（あんたが正直になれば、あたしはいつでも、正直になったげるわ）と彼女は思う。／「スッキリ石鹸」では、まち子は、学者である水木氏から〝かばねたづぬる宮〟という古い時代の小説の題について聞かれ、その小説の筋が「かなわぬ恋の苦しみ」「身分もちがうし、年もちがう片思いの恋の話」であることを知る。／「コックリさん」では、青年（壇正晴）は、夫が蒸発したと訴える、かつての恋人に「「夫の失踪」というのは、現代の一つの社会問題」であると考えながらも、「コックリさんに見てもろたらどないやろなあ」とつぶやく。／「ホッチキス」では、壇正晴と水木氏を比較して、「一点くもりもない、何という美しい心であろうかと、まち子は、水木氏の手をにぎった。そして顔を、氏の薄い肩（それは秋らしい毛糸セーターであるが、袖口がほつれているので、またホッチキスで綴じてあった）にあてて、父親にたわむれている娘みたいな、しなを作った」のである。／「記憶」では、黒松のぶ子の遺作展に行こうと話し合う羽鳥まち子と壇正晴が夫婦となっている。二人の「会話はもはや、武装解除して、しまらない」ものであった。

（荻原桂子）

わ

わがひそかなる楽しみ《わがひそかなるたのしみ》

短編小説・エッセイ集

〔**初版**〕田辺聖子編『わがひそかなる楽しみ』〈「光る話」の花束8〉平成二年一月三十日発行、光文社。〔**目次**〕木山捷平「好敵手」／谷崎潤一郎「富美子の足」／V・ラルボー（池田公麿訳）「ローズ・ルールダン」／森茉莉「貧乏サヴァラン（抄）」／田辺聖子「嫌妻権ついて」／アポリネール（須賀慣訳）「お風呂の楽しみ」／江戸川乱歩「人間椅子」／A・パラッツェスキ（竹山博英訳）「禁じられた音楽」／城夏子「美しいもの愉しいもの（抄）」／久生十蘭「骨仏」／色川武大「ひとり博打」／立松和平「鳩の血」／ホフマンスタール（池内紀訳）「バッソンピエール公綺譚」／加賀乙彦「くさびら譚」／田辺聖子「オトナの持つ闇」／筆者紹介・収録作品出典一覧

〔**内容**〕編者である田辺聖子の短編小説「嫌妻権について」を含む、短編小説およびその作についてのエッセイ、合わせて全十四編のアンソロジー。別に編者の言葉として巻末に収められたエッセイ「オトナの持つ闇」によれば、「人間のたのしみ」とは、「本来、人にいいえない隠微な性質のもの」であり、その「人生のひそかなるたのしみの、ある種のもの」は「つきつめてゆけば、人間性の奥処《が》の深い闇にいたる」という。そして、「犯罪者のようなムササビが飛び交い、異常者のような毒蛇が音もなくすべる」その闇を、自らの「傷手《きず》のようにかくし持ちつつ、舌頭と鼻腔の奥でひそかに、秘密の悦楽のにがさと甘美を味わいつつ、生きているのがオトナというもの」だという。『幸福』と『面白いこと』とはちがう」という定見を持つ田辺聖子は、「人の人たるあかし、人間性の核」としての「人生における「わがひそかなる楽しみ」」を、読者の「個人的な、輝や《ママ》ける惑溺」にすべく、この集を編んでいる。

（野田直恵）

わかれ《わかれ》

短編小説

〔**初出**〕「女性セブン」昭和四十二年二月十五日発行、第五巻七号。〔**初収**〕『愛の風見鳥』昭和五十年十一月五日発行、大和出版。

〔**内容**〕母性本能をくすぐられる頼りない男の話。交際していた楠田渡が転勤で広島へ立つので、今夜が最後の別れとなる。紅子が楠田と初めてデートしたのは、結婚パーティーの後だった。彼は手伝いをした紅子を、お好み焼屋とバーへ連れて行ってくれた。紅子は穏和で要領の悪い楠田を愛しく思い、彼の愚痴に、「ソウダソウダト言イマシタ、マル」と、意気投合したのだ。家が近所だった二人は、夜店を散歩し、母にも紹介した。母から「ボウとしてはるなあ」と言われたが、発熱した紅子を見舞った楠田に、好きだと告白した。ほの暖かい春の日、空腹を覚えた紅子はお好み焼屋「春のや」へ行き、そこを出てから、地下街の喫茶店で楠田と会った。中華料理屋へ入った時、楠田がしっかりしていたら浦本と結婚はしないのに、と紅子は思った。浦本は紅子の遠縁で、手堅く鉄工所を経営し、紅子を貰いに来たのだ。母や兄は出世頭の浦本を良縁だと思い、紅子も厭ではなかった。浦本は楠田とは対照的で、自信に満ち、サラリーマンを軽蔑していた。最後の日に楠田とパチンコをし、盛り場に行った。紅子は、自分の意志で浦本を選んだので後悔はないが、別れるとなると淋しい。紅子は今でも彼が好きで、お互い、そう思っている。しかし、楠田が煮えきらないのでどうにもならないのだ。「さびしい」と言って、紅子は楠田と唇をあわせた。「僕かて、や」と、楠田はコートの下へ手を入

れた。紅子は、楠田と切れてしまうのが悔しく、彼が男らしく自分を奪ってくれればと思う。これからホテルへ行きたいと言った紅子に対し、楠田もきっぱり同意した。それは、紅子がはじめて聞く、男の言葉だった。ところが、腕時計が止まっていることに気付いた二人は、急いでホームへ上がり、紅子は楠田と共に汽車に飛び乗ってしまった。「あんたみたいな頼りない人、ほっとかれへん」と、紅子は咄嗟にそう思ったのである。女性主導型の二人である。

（青木京子）

わすれ貝《わすれがい》　短編小説

〔初出〕「小説宝石」昭和五十四年一月一日発行、第十二巻一号。〔初収〕『オムライスはお好き?』昭和五十五年六月二十五日発行、光文社。〔文庫〕『オムライスはお好《す》き?』〈集英社文庫〉昭和五十八年五月二十五日発行、集英社。

〔内容〕昭和十年代の大阪の正月と天神サンの夏祭こそ人間の伝承すべき良風美俗であると信ずる四十七歳の浦上は、いつか浮気をして、その女が着物姿に割烹着を着けて朝早く台所に立っているという予感を持つ。浦上には、割烹着姿の母たちにあった「けだかさ」がなつかしい。浦上は、会社倒産後に独立して、浦上エンジニアリングを経営している。すべて人生は「運《まん》」次第、この世は板子一枚下は地獄、と自分に言い聞かせ、せっせと働いてきた。妻の兼子は中学生と高校生の息子にかかりきりで「お誕生日のお祝い」を続ける。テレビを見ながら「若いうちは修業し、勉強するもんや」と言う浦上に、ナマケモノの息子たちは白ける。浦上は、三年前に死んだ友人の姪で、同窓会の司会をしてもらった、久須美ルルがお気に入りのタレントで、こんな子と浮気したいな、と「予兆」を感じる。キタの新地で得意先と飲んだ冬の晩、偶然ルルと出会って声を掛け、酔っぱらったルルを送った浦上は、翌朝目をさまして、ルルが着物姿で割烹着をつけて台所に立っているのを見たのである。その日一日仕事で走り廻った浦上は、ルルとの浮気を忘れていた。拾うと過去のことをわすれるという「わすれ貝を拾ってはこぼし、拾ってはこぼししているのではあるまいか」と浦上は思うのであった。

（永渕朋枝）

私の愛したマリリン・モンロウ《わたしのあいしたまりりん・もんろう》　短編小説

〔初出〕「小説現代」昭和四十年七月一日発行、第三巻七号。〔初収〕『うたかた』昭和五十年十二月二十日発行、講談社。〔文庫〕『うたかた』〈講談社文庫〉昭和五十五年一月十五日発行、講談社。

〔内容〕あたしは二十二歳のテレビタレントだ。混血の美しい映画俳優、志門と恋人関係にある。以前会社勤めをしていた頃に彼に待ち合わせの場所で追い払われるという屈辱的な扱いを受けた。志門は忘れているが、きれいになった今のあたしに夢中の彼には相応のお返しとして愛したくなる。が、親しくなると彼のいやな面が見えてくる。嫉妬深く陰湿で酒癖が悪い。どなったり手を出すやくざのような振る舞いが心からきらいになった。会社の旧友、みき子には「しばらく別れてみては」とアドバイスされるのだが、志門の熱情にほだされる繰り返しだった。大学生で小説を書く礼二は作品が当たってドラマ化されあたしが主演した縁で知り合った。礼二の年末に友達と東南アジア旅行に行くという計画を聞いて即座に便乗する。礼二にはまっすぐ前方のものしか見ないおおらかさがある。志門のねばりつくような意識のとぎすまされた気分に比べて、礼二の淡白で無造作な感じが好ましい。十二月のタイは暑い。礼二と高校教師の八木ちゃん、みき子とあたしの四人連れで、男女別の部屋割りだ。ガイドの高さんの案内で観光や買い物をする。バンコクの水上マーケットの見物は二人が寝坊したのであたしと礼二の二人、顔が赤くなるほどうれしい。二人で見る異国の風物は身にしむ。「君は僕の好きな女優に似てるよ」「だれ」「マリリン・モンロウ」。それぞれの部屋にもどる前にキスをした。部屋で迎えたみき子が同情の口調で告げる「志門が追いかけてきたよ、ここまで」。志門はあいかわらず美しい男だ。ホンコンでのロケのついでだという。酒をのんだら陰惨なゴロツキになることを他人は知らない。クリスマス・イブ、バンドが入って賑やかだ。あたしは礼二と二人きりになりたくて部屋に誘う。礼二への気持ちと同じものを志門はあたしにもっていたのだろうと理解できる。最中、ドアノブが鳴った気がした。翌朝、志門は予定を早めて立っていき、そしてその飛行機が落ちた。志門が死んで蜃気楼は消えた。彼が何もかも美しく見せてくれたのかもしれない。礼二は小説に書くかしら「私の愛したマリリン・モンロウ」なんて？

（大川育子）

私の大阪八景《わたしのおおさかはっけい》　自伝小説

〔初出〕「のおと」昭和三十六年十二月一日発行、第八号。原題「民のカマド　私の大阪八景その一　福島界隈」。「大阪文学」（「のおと」を誌名改題）昭和三十七年九月二十日発行、№9。原題「陛下と豆の木　私の大阪八景その二　淀川」。「大阪文学」昭和三十八年七月一日発行、№10。原題「神々のしっぽ　私の大阪八景その三　番場町・教育塔」。「文学界」昭和四十年九月一日発行、第十九巻九号。原題「われら御楯」〈鶴橋の闇市〉。最終章「その五　文明開化」〈梅田新道〉は初版のときの書き下ろし。〔初版〕『私の大阪八景』昭和四十年十一月一日発行、文藝春秋新社。〔文庫〕『私の大阪八景』〈角川文庫〉昭和四十九年十一月二十日発行、角川書店。〔全集〕『田辺聖子全集第一巻』平成十六年九月十日発行、集英社。

〔内容〕トキコは大阪福島の写真館の娘で、小学六年生である。乱歩全集を愛読し、授業中に小説を書いて叱られたりもする、お茶目な女の子だった。軍国主義者のトキコは、女学校では、国や陛下のために女性が死ぬ愛国小説を書き、読んで聞かせるが、皆は吉屋信子や川端康成に夢中であった。英語も禁止、先生も帰省、大好きな大学生の従兄も出陣し、虚しかったが、教会で牧師さんと一緒に聖書を読むと心が澄んだ。昭和十九年、繰り上げ卒業でトキコは女子専門学校に入学。翌年から学徒動員で寮住まいになり、必勝の信念で頑張る。六月、大阪大空襲で、あわてて下校すると、家は焼けていた。焼死体が並び、未収容の死体は悪臭を放った。広島に新型爆弾が落とされ、八月十五日、日本は無条件降伏をした。トキコは日記に文語調で様々な思いを書いた。怒りに震え、心はがらんどう。戦後父を亡くしたトキコは武庫川のそばに住む。学校も始まったが、通学電車は闇屋や担ぎ屋で溢れていた。学校や町でデモクラシイの話を聞き、トキコは驚いた。そんな思想なんて知らなかった。「関西学生の会」主催の「アルトハイデルベルグ」を友人と見て、忘れていた未来や青春を思い出し、抑えきれない昂揚感を覚えた。まさに文明開化だ。自分にも何か出来そうな気がして来た。卒業後は、梅田新道の金物問屋に勤めた。ある時陛下が来阪され、車中に御顔が見えた。「バンザイ、バンザイ」。涙を流している人もいた。トキコも感激したが、どこか遠いところでトキコにだけ聞こえる声があった。「陛下、陛下、置いて行かないで下さい」。無数の死者が叫んでいる、目に見えない集団の声だろうか。戦中、戦後の大阪の様子や、その時代を生きたトキコという女性の生き様を描いた力作である。（増田周子）

渡り鳥おやじ《わたりどりおやじ》　短編小説

〔**初出**〕「別冊文藝春秋」昭和五十四年十二月五日発行、第百五十号。〔**初収**〕『オムライスはお好き?』昭和五十五年六月二十五日発行、光文社。〔**文庫**〕『オムライスはお好《す》き?』〈集英社文庫〉昭和五十八年五月二十五日発行、集英社。

〔**内容**〕吉永は、マイホーム新築後間もなく東京支社へ単身赴任して三年。単身用の寮に住み四十半ばで自炊する羽目になる。おまけにふんわり華やいだ大阪本社の女の子と違って、東京の女の子ときたら、たいていハイミスで、煙草を吹き散らし、じろりと首だけ曲げて吉永を見やり、「は?なんスか?」と「スジ張」って言う。朝から洗濯をとりこみ七時に家を出て、毎日多忙に押し流される吉永にとって、週末に家へ帰る新幹線の三時間あまりが最も甘美な時間であった。しかし、玄関は散らかり、息子は二階でロックを響かせ、吉永がくつろぐ居間は冷え冷えとし、残された夕食は晩酌の肴にはならないものである。愛する家族と畢生の大作たるマイホームを大事に思えばこそ文句が出るが、妻は「ガミガミ親爺」だから子供も寄りつかないと言い返す。吉永が寝たとみると、息子と娘は階下の台所に集まり、夜食など作って妻としゃべっている。日曜の朝には、妻に手をはたかれた。北海道に単身赴任している野口は吉永に、女房子供から僕はノケモン、とこぼす。「これやったら股旅もんですわ。渡り鳥ですな、時々家でワラジぬがして貰う」。「渡り鳥おやじか」。落ちつく場所なく旅稼ぎをし続ける親爺の哀感を描く。（永渕朋枝）

ワラビとツチノコ《わらびとつちのこ》　短編小説

〔**初出**〕「週刊朝日」昭和四十八年七月十三日発行、第七十八巻三十号。〔**初収**〕『言うたらなんやけど』昭和四十八年十一月二十日発行、筑摩書房。〔**文庫**〕『言うたらなんやけど』〈角川文庫〉昭和五十五年五月十五日発行、角川書店。

〔**内容**〕初の新聞連載小説「すべってころんで」の後日談。斎藤真成の挿絵とともに掲載された掌編小説。アンソロジー『現代の小説1973年度後期代表作』（日本文芸家協会編、昭和四十九年五月十五日発行、三一書房）と『現代小説ベスト10　独白の翳《かげ》り1973年版』（駒田信二・菊村到・尾崎秀樹編、昭和五十二年九月三十日、角川文庫）に併録された「作者のことば」によると、これは田辺にとって二度目のツチノコ狩りの記録である。「私」は素石《そせき》氏率いるツチノコ探検隊とともにツチノコ狩りに行く。隊員は、職業年齢ともにバラエティに富むが、皆釣《ちょう》号を持つ一流の釣り師である。素石氏はギックリ腰をおしての参加である。魔性の神蛇ツチノコを捕まえようとしているのだから、素石隊長のギックリ腰はツチノコのタタリかもしれない……。そんな中、ひとり半信半疑の「カモカのおっちゃん」も一緒に「揖斐《いび》川の源流」を目指して出発する。翌日、味噌、スルメ、毛髪を焼くという怪しげなツチノコオビキだし作戦が実行される。編集者はその様子をカメラにおさめつつも「私」に小声でホントに信じているのか、本音はどうなのか、と尋ねる。「私」は「います。ゼッタイ。います！」と叫びながら、見るのは自分でなくてもいい、と思う。「まっとうで純朴な人たち」の目撃話だけで、充分に幸せな気持ちになる「私」であった。若葉薫る季節、明るい生の喜びと幻の生物に対する憧れがあふれた作品である。初収本『言うたらなんやけど』には、エッセイとして収録されている。（太田路枝）

ワラワラ様《わらわらさま》

短編小説

〈**初出**〉「オール讀物」昭和五十一年六月一日発行、第三十一巻六号。〈**初収**〉『浜辺先生町を行く』昭和五十二年四月三十日発行、文藝春秋。〈**文庫**〉『浜辺先生町を行く』〈文春文庫〉昭和五十六年四月二十五日発行、文藝春秋。

〈**内容**〉「浜辺先生シリーズ」の第七作目。「食いしん坊『台湾食べある考』の旅」として、「私」が夫と友人の友野サンと共に三十数名の団体で台湾に一週間ほど旅行した時の話が書かれている。この友野サンは、毎日放送に勤めていた北野栄三がモデルとなっており、「カモカ・シリーズ」でも、中年男性の一人としてしばしば登場している。昭和五十一年三月、田辺聖子と夫・川野純夫は北野の誘いで台湾旅行に参加した。作品内の、旅行中に夫の血圧が高くなり具合が悪くなるというエピソードや占い師に占ってもらったところ、「私」は「福運が強い」と言われたが（タイトルの「ワラワラ様」は、この占いの結果が「ワラワラとお金がはいってくる」ということだったところから取られている）、夫は煩悩を捨てなければ早死にすると言われたというエピソードは、事実とも重なる部分がある。実際、川野はこの旅行中に軽い脳梗塞を起こしており、また占いでも田辺は「あなたは、これからどんどん輝く」と言われたのに対し、川野は「あなたはダメだ。あなたは、この女性についていないとダメです」と言われたという（島崎今日子「夢みる勇気」『田辺聖子全集別巻一』平成十八年八月十日発行、集英社）。なお、作品内では、台湾の美味しい食べ物がたくさん紹介されているが、ここで登場する朝粥は、エッセイ集『男はころり女はごろり』で次のように取り上げられている。「イロイロ味わったが、中で感心したものの一つに、朝食の粥があった。朝ごはんに、オカユをたべることである。台湾では、ごくふつうの朝食であるらしくホテルでも白粥が出る。これは、おなかにもたれず、軽くておいしく、とてもいい朝食だと思った」（「それが夫を蒸発させる……」）。（西川貴子）

われにやさしき人多かりき―わたしの文学人生―《われにやさしきひとおおかりき―わたしのぶんがくじんせい―》

エッセイ集

〈**初版**〉『われにやさしき人多かりき―わたしの文学人生―』平成二十三年三月三十日発行、集英社。〈**目次**〉作家になりし頃　浪花で夢みた恋と諧謔の物語／わが感傷的文学修業の日々／歳重ねること、また愉し　嵐の中の戦友／桔梗は　わが叛逆の　旗印／夕陽、限りなく好し／夢の旅　酒、唄、女、時雨の男、浪花はそのまま小説だった／〈夢見小説〉を夢みて／本然の自分とめぐりあう旅／陰影ふかきハイ・ミスと中年男性／われは夢見児／ただごとの恋はやさし／花、発いて風雨多し／愛しき古典　かなしい恋の花ふぶき／恋の曼陀羅／倭し美し／この世を彩る〈夢の口紅〉／少女のこころ弾／わが愛の詩人たち　いとしき二才女／わが裡なる一茶／庶民われらの精華ならずや／川柳、愛すべく、貴むべし／過ぎし日々「昭和」への鎮魂曲／私の小

さな夢のコーナーへようこそ／過ぎしこと〈まあ〉よし／〈ただごと〉こそ文学の真髄（菅聡子）

〔内容〕『田辺聖子全集』全二十四巻別巻一（集英社）の巻末に書き下ろされた自作解説を並べ直し再編集されたもの。「私にとっては純文学と中間小説（と、当時いわれた）の区別などは、全くなかった」「私はただ、〈私の夢〉を書き綴りたいばかり、夢の尖鋭は〈恋ごころ〉である。人間の生態は恋するときと、自己弁明にあらわれる（というのが私の所信だが）。自己弁明は、〈こんな私ですが、どうかして生きたいんです〉という訴えである。男性を描くと、自己弁明になり、女性を主人公にすると、恋のいきさつ（女はこれを、しゃべりたくてたまらない）になる。という按配」という。本書は、四十年間にわたって執筆してきた自作のうち、同人雑誌「大阪文学」に発表した「私の大阪八景」や芥川賞を受賞した「感傷旅行」をはじめ、『道頓堀の雨に別れて以来なり―川柳作家・岸本水府とその時代―』に到るまで、数多い代表的な作品の、その執筆の背景や意図や秘話を語る文学的自叙伝エッセイであるとともに、その生きた時代や社会の批評ともなっている。

（浦西和彦）

わ

田辺聖子年譜

一九二八年（昭和三年）
三月二十七日、大阪市此花区（現・福島区）上福島南三丁目四十一番地で生まれる。田辺貫一・勝世の長女。生家は写真館を経営。田辺写真館はモルタル塗りの洋館で、スタジオは二階にあった。

一九三三年（昭和八年）　五歳
四月、大阪市立中之島幼稚園に入園。

一九三四年（昭和九年）　六歳
四月、大阪市上福島尋常高等小学校に入学。

一九四〇年（昭和十五年）　十二歳
三月、大阪市上福島尋常高等小学校を卒業。
四月、淀之水高等女学校（現・淀之水高等学校）に入学。絵画部に入部。中原淳一の絵が表紙になっている「少女の友」を購読。

一九四二年（昭和十七年）　十四歳
一月九日、祖父・美男が死去。父・貫一が家督を相続。
二月二十六日、曽祖母・コトが死去。
この頃、吉屋信子、佐藤紅緑、吉川英治らの少年少女小説を愛読。死とトラピスト修道院と吉屋信子の小説に出てくるような美しい若い女の先生にあこがれて、小説「伸びゆく者」を書く。クラス回覧雑誌「少女草《おとめぐさ》」を出す。

一九四四年（昭和十九年）　十六歳
三月八日、樟蔭女子専門学校（現・樟蔭女子大学）国文科に入学。短歌クラブに入部。

一九四五年（昭和二十年）　十七歳
一月、動員令により、伊丹近くの航空機製作所の工場で働く。動員解除後は、学校工場で働き、ボタンホールかがりをする。
六月一日、学校にいる時、空襲警報が発令され、桜宮・築港・中之島方面が被爆し、鶴橋から歩いて帰ったが、自宅は焼失していた。一家は、父の知人宅の二階を借りて住んだ。
六月二十六日、一家が身をよせた知人の家も空襲にあい、尼崎市西大島稲葉荘二丁目百七十番地へ移った。
八月十五日　敗戦。
十二月二十三日、父・貫一が死去。

一九四七年（昭和二十二年）　十九歳
三月八日、樟蔭女子専門学校国文科を卒業。卒業時の席次は二十三人中二番。
四月、大阪の金物問屋ＫＫ大同商店に入社。

一九四九年（昭和二十四年）　二十一歳
この頃より、小説の習作をはじめ、懸賞小説に応募する。

一九五一年（昭和二十六年）　二十三歳

一月、保高徳蔵主宰の「文芸首都」に参加。「梅太郎おぼえ書き」「スト風景」「風塵」などの習作を書く。

一九五二年（昭和二十七年）　二十四歳

一月一日、「診療室にて」（筆名・相馬八郎）が加藤武雄・木村毅選の読者文芸小説入選第一席として「文章倶楽部」第四巻一・二号に掲載される。

一九五四年（昭和二十九年）　二十六歳

三月、金物問屋KK大同商店を退社。『日本書紀』『古事記』を読むことに没頭する。

一九五五年（昭和三十年）　二十七歳

十一月、大阪文学学校（於・大阪教員会館）へ通う。足立巻一の指導で生活記録「私の生い立ち」などを書く。

一九五六年（昭和三十一年）　二十八歳

大阪文学学校で、「枯色」「その日の梅谷という男と私」「虹」を書く。また「花狩」百二十枚を書いてクラス担任の足立巻一に提出。

一九五七年（昭和三十二年）　二十九歳

一月一日、「虹」（筆名・木下桃子）が大阪市民文化祭協賛の第二回新人創作文芸懸賞〝小説・戯曲・放送劇の部〟第一席に入選し、「大阪人」第十一巻一号に掲載される。賞金は五万円。

一月、「花狩」が「婦人生活」の懸賞小説に佳作入選。賞金は一万円。

二月、大阪市民文芸賞の賞金で、弟妹と共に初めて東京へ旅行。

六月二十五日、「大阪無宿」（筆名・木下桃子。「枯色」を改題）を「文学雑誌」第二十五号に発表。

八月、「墨刑」（「隼別王子の叛乱」の原型）を「サンデー毎日」の懸賞小説に応募したが、第三次予選で落選。

十一月、大阪文学学校研究科を卒業。卒業制作作品は「下界の花火」。

一九五八年（昭和三十三年）　三十歳

三月一日より、「花狩」を「婦人生活」に十二月一日まで連載（第十二巻三〜十二号）。

十一月三十日、最初の単行本『花狩』を東都書房より刊行。

十二月、『花狩』の出版記念会が大阪市北区のレストラン「シルバー」で開かれた。

一九五九年（昭和三十四年）　三十一歳

二月、白浜へ旅行。

六月、大和へ旅行。

七月、ラジオドラマ「初恋」がNHK第一で放送される。ほかに「誇りと傲慢」などを書く。

一九六〇年（昭和三十五年）　三十二歳

八月二十日、「航路」を創刊。同人は、青木みはる、浅丘邦夫、石上吉英、沖野加世子、兼重一、久野信緒、小谷竜一郎、桜井彦成、田辺聖子、橋本哲二、平井清裕、松代達生の十二名。この年、ラジオドラマ「一センチの幸福」「金色の海」などが毎日放送で放送される。

一九六一年（昭和三十六年）　三十三歳

二月九日、ラジオドラマ「めぐりあい」が毎日放送で放送される。土佐林道子、山村弘三ら出演。

三月、松原真理子らの同人雑誌「のおと」に加入。

六月、「隼別王子の叛乱」を「のおと」第七号に発表。

十二月一日、「民のカマド〈私の大阪八景その一　福島界隈〉」を

「のおと」第八号に発表。

一九六二年（昭和三十七年）　三十四歳

九月二十日「陛下と豆の木〈私の大阪八景その二　淀川〉」を「大阪文学」（「のおと」を誌名改題）第九号に発表。

十一月二十日、「玉島」を「航路」第六号に発表。

一九六三年（昭和三十八年）　三十五歳

七月一日、「神々のしっぽ〈私の大阪八景その三　馬場町・教育塔〉」を「大阪文学」第十号に発表。

八月一日、「感傷旅行《センチメンタル・ジャーニイ》」を「航路」第七号に発表。

一九六四年（昭和三十九年）　三十六歳

一月二十一日、「感傷旅行《センチメンタル・ジャーニイ》」で第五十回（昭和三十八年度下半期）芥川賞の受賞が決定する。

二月五日、東京新橋の第一ホテルで芥川賞授賞式。正賞の時計と副賞十万円が贈られる。

二月二十四日、ラジオドラマ「みどりの手帳」が毎日放送で放送される。

三月一日、「おらんだ遠眼鏡《とおめがね》」〈芥川賞受賞第一作〉を「文学界」第十八巻三号に発表。

三月十日、『感傷旅行《センチメンタル・ジャーニイ》』を文藝春秋新社より刊行。

六月一日、「うたかた」を「小説現代」第二巻六号に発表。

年末、東南アジアへ旅行（～翌年一月）。

一九六五年（昭和四十年）　三十七歳

十一月一日、『私の大阪八景』を文藝春秋新社より刊行。

この年、「求婚」がテレビドラマ化される。

一九六六年（昭和四十一年）　三十八歳

二月、神戸市兵庫区に開業する医学博士川野純夫と結婚。生田区諏訪山の異人館に住むが、仕事場を尼崎に持っていたので、なかば別居結婚であった。

一九六七年（昭和四十二年）　三十九歳

五月、義父死去を機に、神戸市兵庫区荒田町に移り、夫の家族と同居。家族は総勢十一人、家事と仕事に多忙をきわめる。

十一月十五日、『わが敵』を徳間書店より刊行。「わが敵」がテレビドラマ化される。

一九六八年（昭和四十三年）　四十歳

五月二十五日、『甘い関係』を三一書房より刊行。

十一月一日、『鬼たちの声』を文藝春秋より刊行。

十二月九日より、「猫も杓子も」を「週刊文春」に連載開始（～翌年七月七日、三十回）。

一九六九年（昭和四十四年）　四十一歳

一月、ラジオドラマ「離婚届」がNHK第一で放送される。

六月九日より、「極楽夫婦」がNHKテレビで連続十回放映。出演は、南田洋子、金田竜之介、万代峰子、長谷川澄子ら。

八月七日、寄席ばやし（三味線）の無形文化財、林家トミの引退興行（於・三越劇場）に、笑福亭松鶴、露の五郎らと出演。

九月二十五日、『猫も杓子も』を文藝春秋より刊行。

一九七〇年（昭和四十五年）　四十二歳

二月、イレブンPM第二回女流酒徒番付で前頭二枚目に選ばれ、行司の津高和一からトロフィーを受ける。

二月二十八日、『ここだけの女の話』を新潮社より刊行。

九月六日、「ぎっちょんちょん」が朝日系テレビ〝東芝日曜劇場〟で放映される。山田五十鈴、中村玉緒ら出演。

十二月十五日、『女の日時計』を読売新聞社より刊行。

一九七一年（昭和四十六年）　四十三歳

三月、「女の日時計」が関西テレビでドラマ化される。主演は佐久間良子。

四月二十日、『貞女の日記』を中央公論社より刊行。

五月十六日、「もと夫婦」（「こがれ死」を脚色）が朝日系テレビ〝東芝日曜劇場〟で放映され、出演する。

八月十六日、『もと夫婦』を講談社より刊行。

九月十日、『あかん男』を読売新聞社より刊行。

十二月七日、『浮舟寺』を毎日新聞社より刊行。

一九七二年（昭和四十七年）　四十四歳

一月二日より、「窓を開けますか」を「サンデー毎日」に連載開始（～九月三日、三十六回）。

一月二十五日、「上方お笑い大賞」（読売テレビ）の審査員に、秋田実、富士正晴、小松左京らとともになる。

二月十五日、『千すじの黒髪―わが愛の与謝野晶子―』を文藝春秋より刊行。

五月十日、『女の目くじら』を実業之日本社より刊行。

五月二十九日より、「すべってころんで」を「朝日新聞」夕刊に連載開始（～十二月九日、百六十三回）

十二月五日、『窓を開けますか？』を新潮社より刊行。

この年、やや健康を害する。

一九七三年（昭和四十八年）　四十五歳

一月七日より、「文車日記―わたしの古典散歩―」を「朝日新聞」（毎週日曜日）に連載開始（～翌年三月三十一日、六十五回）。

一月二十五日、『すべってころんで』を朝日新聞社より刊行。

二月十五日、『女の長風呂』を文藝春秋より刊行。

五月十四日、「すべってころんで」がＮＨＫでテレビドラマ化。

五月、ツチノコ探険に岐阜県揖斐郡徳山村へ行く。

七月三十日、『求婚旅行㊤』をサンケイ新聞社出版局より刊行。

九月二十日、『女が愛に生きるとき』を講談社より刊行。

九月、奄美大島に旅行。

十一月二十日、『言うたらなんやけど』を筑摩書房より刊行。

十一月三十日、『求婚旅行㊥』をサンケイ新聞社出版局より刊行。

一九七四年（昭和四十九年）　四十六歳

一月三十日、『女の長風呂続』を文藝春秋より刊行。

四月三日、『求婚旅行㊦』をサンケイ新聞社出版局より刊行。

四月十五日、『夜あけのさよなら』を新潮社より刊行。

五月七日より、「夕ごはんたべた」を「毎日新聞」夕刊に連載開始（～翌年五月二十九日、三百十七回）。

五月十八日、『女の長風呂続』が第二回日本腰巻文学大賞を受賞。

五月二十日、「言うたらなんやけど」がＮＨＫでテレビドラマ化。

五月三十一日、『花婿読本』を番町書房より刊行。

六月一日、『中年の眼にも涙』を文藝春秋より刊行。

六月九日、東北地方文藝春秋文化講演会に三浦朱門、笹沢左保らと参加（～十二日）。

六月、長崎、平戸などへ取材旅行。

七月一日より、「古川柳おちぼひろい」を「小説現代」に連載開始（～翌年四月、十五回）。

十月十二日、『無常ソング―小説・冠婚葬祭―』を講談社より刊行。

十月二十五日、『ほとけの心は妻ごころ』を実業之日本社より刊行。

十一月八日より、「新・源氏物語」を「週刊朝日」に連載開始（～

昭和五十三年一月二十七日、百六十九回）。

十一月十五日、『文車日記―私の古典散歩―』を新潮社より刊行。

十一月二十日、『おせいさんの落語』を筑摩書房より刊行。

十一月三十日、『言い寄る』を文藝春秋より刊行。

十二月二十一日、劇団神戸が「びっくりハウス（三幕）」を県民小劇場で上演。

この年、兵庫県宍粟郡一宮町福知渓谷の上流川岸に山荘を購入。

一九七五年（昭和五十年）　四十七歳

三月十五日、「月刊面白半分」三月臨時増刊号で「佐藤愛子と田辺聖子」全特集を掲載。

五月十六日、『女の食卓』を講談社より刊行。

五月三十日、『小町盛衰抄―歴史散歩私記―』を文藝春秋より刊行。

六月三十日、「女の日時計」がＴＢＳテレビでドラマ化される。

八月一日、『篭にりんご、テーブルにお茶……』を主婦の友社より刊行。

九月二十日、『夕ごはんたべた？（上）（下）』を新潮社より刊行。

十月より、ＮＨＫテレビが朝の連続テレビ小説「おはようさん」（原作「甘い関係」）を放映開始（翌年三月まで）。出演は秋野暢子、中田喜子、三田和代ら。

十月、過労で約一カ月間入院生活を送る。

十一月五日、『愛の風見鳥』を大和出版販売より刊行。

十二月二十日、『うたかた』を講談社より刊行。

十二月二十日、『イブのおくれ毛』を文藝春秋より刊行。

一九七六年（昭和五十一年）　四十八歳

一月二十五日、『イブのおくれ毛（続）』を文藝春秋より刊行。

三月二十五日、『休暇は終った』を新潮社より刊行。

三月、台湾へ友人たちと旅行。

四月二十日、『妾宅・本宅―小説・人生相談―』を講談社より刊行。

五月三十一日、林与一・藤間佐幸舞踊特別公演（於・大阪の毎日ホール）で「女夫橋天の網島」（作・田辺聖子）が上演される（～六月一日）。

六月二十五日、『続言うたらなんやけど』を筑摩書房より刊行。

八月三十日、京阪神在住の文化人の歓談会〝８の会〟が開かれ（於・小原流家元会館）、その発起人に、朝比奈隆らとなる。

九月、伊丹市西台三丁目の伊丹グリーンハイツに転居。

九月三十日、『古川柳おちぼひろい』を講談社より刊行。『朝ごはんぬき？』を実業之日本社より刊行。

十一月三日、大阪芸術賞を受賞（於・大阪の中之島フェスティバルホール）。

十一月二十日、『私的生活』を講談社より刊行。

十一月、ビクターレコードより「田辺聖子が訪ねた上方座敷唄」（三枚一組）を発売。

一九七七年（昭和五十二年）　四十九歳

一月一日、「月刊面白半分」編集長に就任（～六月一日）。

一月十日、『隼別王子の叛乱』を中央公論社より刊行。

二月九日より、「中年ちゃらんぽらん」を「日本経済新聞」夕刊に連載開始（～十二月十四日、二百五十五回）。

二月十五日、『ラーメン煮えたもご存じない』を新潮社より刊行。

二月二十日、『ああカモカのおっちゃん』を文藝春秋より刊行。

二月三十日、『お聖どん・アドベンチャー』を徳間書店より刊行。

四月三十日、『浜辺先生町を行く』を文藝春秋より刊行。

四月〈日付ナシ〉、『欲しがりませんか勝つまでは―私の終戦まで―』をポプラ社より刊行。

六月初旬、「中年ちゃらんぽらん」取材旅行で信州松本へ。

六月三十日、『鬼の女房』を角川書店より刊行。

八月、「カモカ連」を結成して阿波踊りに参加。

九月十五日、『舞え舞え蝸牛―新・落窪物語―』を文藝春秋より刊行。

九月三十日、『男はころり女はごろり』を青春出版社より刊行。

九月、「蜻蛉日記」を集中八回講義（於・千里の読売文化センター）。

十月一日、朝日テレビ「おはようワイド」に、川野純夫と出演。

十月十四日、『世間知らず』を講談社より刊行。

十月〈日付ナシ〉、『秋のわかれ』・『まごつき一家』をポプラ社より刊行。

十一月二十五日、『ああカモカのおっちゃんⅡ』を文藝春秋より刊行。

この年、犬のヌイグルミ「スヌー」と「オジン」を養子にする。

一九七八年（昭和五十三年）　五十歳

二月二十日、『人間ぎらい』を新潮社より刊行。

二月二十八日、『愛の幻滅』を光文社より刊行。

二月、女流作家たちと香港へ旅行（〜三月）。

三月十三日より、「魚は水に女は家に」を「朝日新聞」夕刊に連載開始（〜十一月十一日、二百二回）。

三月二十五日、『三十すぎのぼたん雪』を実業之日本社より刊行。

三月、ヨーロッパへ旅行（〜四月）。

六月二十日、『大阪弁ちゃらんぽらん』を筑摩書房より刊行。『中年ちゃらんぽらん』を講談社より刊行。

八月十日より、宝塚大劇場で月組が「隼別王子の叛乱」を上演（〜九月二十六日）。榛名由梨、小松美保ら出演。

八月、「カモカ連」とともに阿波踊りに参加。

九月、「中年ちゃらんぽらん」がＮＨＫでテレビドラマ化。

十月十五日、『孤独な夜のココア』を新潮社より刊行。童話『ふしぎなひきだし』を小学館より刊行。

十一月二十日、『カモカのおっちゃん興味しんしんⅠ』を文藝春秋より刊行。

十二月三日より、東京宝塚劇場で、月組が「隼別王子の叛乱」を上演（〜二十七日）。

十二月三十日、『新源氏物語㈠』を新潮社より刊行。

年末から新年にかけて、ハワイへ旅行。

一九七九年（昭和五十四年）　五十一歳

一月五日、『新源氏物語㈡』を新潮社より刊行。

一月三十日、『新源氏物語㈢』を新潮社より刊行。

二月十六日、『男の城』を講談社より刊行。

三月五日、『新源氏物語㈣』を新潮社より刊行。

四月五日、『新源氏物語㈤』を新潮社より刊行。

四月二十五日、『愛してよろしいですか?』を集英社より刊行。

四月二十七日、新潮社文化講演会（於・紀伊国屋ホール）で「私の源氏物語」を講演。

四月、「朝ごはんぬき?」がテレビドラマ化され、夫とともに出演。

五月二十日、『ヨーロッパ横丁たべあるき』を日本交通公社より刊行。

五月二十五日、『魚は水に女は家に』を新潮社より刊行。

七月十五日、『スヌー物語—浜辺先生ぶーらぶら—』を文藝春秋より刊行。

八月、「カモカ連」とともに阿波踊りに参加。

九月二十四日より、「欲しがりません勝つまでは」がNHK銀河テレビ小説で二十回連続放映。

九月二十五日、絵本『ペーパードール』をTBSブリタニカより刊行。

九月、「吉屋信子」を集中四回講義（於・千里の読売文化センター）。

十月四日、アメリカへ川野純夫・田辺勝世・高橋孟らと旅行。ニューヨークの日本クラブで「田辺聖子を囲む会」が開催され、「やさしさは想像力のひきだしから」を講演。

十月二十二日、『日毎の美女』を講談社より刊行。

十月三十日、『絵草紙源氏物語』を角川書店より刊行。

十一月九日より、宝塚大劇場で花組が「舞え舞え蝸牛」を上演（～十二月十八日）。

十一月十日、『カモカのおっちゃん興味しんしんⅡ』を文藝春秋より刊行。

十一月二十日、『おちくぼ姫—落窪物語—』を平凡社より刊行。

十二月十日、絵本『かぐや姫』を講談社より刊行。

この年、犬のヌイグルミ「アマエタ」「チビスヌ」を養子に加える。

一九八〇年（昭和五十五年）　五十二歳

一月二十五日、『私本・源氏物語』を実業之日本社より刊行。

三月四日より、東京宝塚劇場で花組が「舞え舞え蝸牛」を上演（三十日）。

四月二十五日、『蝶花嬉遊図』を講談社より刊行。

六月二十五日、『オムライスはお好き？』を光文社より刊行。

八月、「カモカ連」とともに阿波踊りに参加。

九月、「杉田久女」と「樋口一葉」について集中講義（於・千里の読売文化センター）。

十一月二十日、『芋たこ長電話』を文藝春秋より刊行。

一九八一年（昭和五十六年）　五十三歳

一月一日より、宝塚大劇場で月組が「新源氏物語」を上演（～二月十一日）。榛名由梨、上原まり、大地真央ら出演。

二月十五日、MBSラジオが愛のシリーズ「夜あけのさよなら」を放送。

四月三日より、東京宝塚劇場で月組が「新源氏物語」を上演（二十九日）。

四月六日、NHK教育テレビが文化シリーズ文学への招待「田辺聖子の源氏物語」を六回連続放映。

五月二十五日、『おんな商売』を講談社より刊行。

六月、九州へ杉田久女の取材旅行。

七月一日、『田辺聖子長篇全集』全十八巻を文藝春秋より刊行開始（～翌年十二月一日）。

七月十二日、藤沢桓夫喜寿を祝う会（於・帝塚山「本みやけ」）に出席。

八月、「カモカ連」とともに阿波踊りに参加。

八月十五日、『姥ざかり』を新潮社より刊行。

九月七日より、千里文化サロン（於・読売文化センター）で、「私の好きな女流作家〈堤千代〉〈森茉莉〉」を集中講義（～二十八日、全四回）。

九月二十六日、全日本吹奏楽コンクールに出場する伊丹市立東中学校吹奏楽部へ百万円寄付。

十月十五日、『源氏紙風船』を新潮社より刊行。

十月十六日、「末次攝子の〝眼〟を肴にする会」（於・大阪のロイヤルホテル）で川野純夫とともに司会を務める。

十一月八日、伊丹市民文化賞を受賞。

十一月二十五日、『女の居酒屋』を文藝春秋より刊行。

十一月、九州へ杉田久女の取材旅行。

年末、ハワイへ旅行。

一九八二年（昭和五十七年）　五十四歳

一月二十日、『お目にかかれて満足です』を中央公論社より刊行。

三月二十四日より、劇団神戸が「鬼の歌よみ物語」（於・神戸凮月堂ホール）を上演（〜二十八日）。

四月二十六日、『苺をつぶしながら』を講談社より刊行。

七月十二日、朝日テレビ「徹子の部屋」に出演。

八月二十八日、今岡頌子舞踊団が「無明源氏」（於・国立劇場小劇場）を上演。田辺聖子監修。タイトルも名付ける。

十月、沢田研二の歌「ブリリアントなクリスタルカクテル」を作詞。

十月二十五日、『風をください』を集英社より刊行。

十月二十九日、兵庫県文化賞を受賞。

十一月三日、関西芸術座スタジオ公演で「姥ざかり」（於・関芸スタジオ）を上演。

十一月二十二日、『田辺聖子長篇全集』全十八巻完結を祝う「長篇全集を肴に飲む会」（於・神戸のポートピアホテル）開催。

十一月三十日、『歳月切符』を筑摩書房より刊行。

十二月八日、『田辺聖子のたなばた物語—お伽草子—』を集英社より刊行。

年末、台湾へ旅行する。

一九八三年（昭和五十八年）　五十五歳

一月十日、『いっしょにお茶を』を角川書店より刊行。

二月二十二日、第一回サントリーミステリー大賞の公開選考会（於・東京の帝国ホテル）に出席。

五月二十五日、『新・私本源氏春のめざめは紫の巻』を実業之日本社より刊行。『返事はあした』を集英社より刊行。

六月三十日、『むかし・あけぼの—小説枕草子—』を角川書店より刊行。

八月十日、『女の口髭』を文藝春秋より刊行。

八月、「カモカ連」とともに阿波踊りに参加。

九月五日、十二日、「千里文化サロン」（於・読売文化センター）で、〝おせいさんのユーモアの世界〟古川柳を講義。

十月二十八日、『夢の菓子をたべて—わが愛の宝塚—』を講談社より刊行。

十一月十日、『田辺聖子が語る落窪物語』を平凡社より刊行。

十一月十七日、参議院議員に立候補した野坂昭如の応援に新潟へ行く。

十二月十日、『ダンスと空想』を文藝春秋より刊行。

十二月二十六日、伊丹市梅ノ木五—六—十二へ転居。

一九八四年（昭和五十九年）　五十六歳

二月十五日、『夢の菓子をたべて—わが愛の宝塚—』出版記念パーティー（於・宝塚ホテル）開催。発起人は春日野八千代ら。

二月二十八日、『おせいさんの団子鼻』を講談社より刊行。

三月二十一日、第二回サントリーミステリー大賞公開選考会（於・東京会館）に出席。

四月三十日、『しんこ細工の猿や雉』を文藝春秋より刊行。

五月五日、『姥ときめき』を新潮社より刊行。

五月七日より、「愛してよろしいですか」をNHKテレビでドラマ化（～六月一日）。

五月、神戸まつりに参加。白雪姫に扮してオープンカーでパレードする。

七月一日、毎日テレビが「嫁の心得姑の心得」（原作「容色」）を放映。

七月二日より、NHK教育テレビが「訪問インタビュー（田辺聖子・おもしろの世や）」を放映（～五日）。

七月十八日、神戸凮月堂・劇団神戸提携コメディ・ド・フウゲツ22が「びっくりハウス」（於・神戸凮月堂ホール）を上演。

九月一日、『女の幕ノ内弁当』を文藝春秋より刊行。

十月五日、『恋にあっぷあっぷ』を光文社より刊行。

十二月十日、『はじめに慈悲ありき』を文藝春秋より刊行。

一九八五年（昭和六十年）　五十七歳

一月十四日、『宮本武蔵をくどく法』を講談社より刊行。

三月二十七日、『ジョゼと虎と魚たち』を角川書店より刊行。

三月二十七日、第三回サントリーミステリー大賞公開選考会（於・東京のホテルオークラ）に出席。

三月三十日、『ベッドの思惑』を実業之日本社より刊行。

四月二十五日、関西芸術座公演「姥ときめき」（於・吹田市文化会館メイシアター）を上演（～二十六日）。

五月、神戸まつりに参加。

六月六日、関西芸術座が「姥ときめき」（於・大阪の毎日ホール）を上演（～七日）。

七月二十日、『女の中年かるた』を文藝春秋より刊行。

八月十日、関西芸術座が「姥ときめき」（於・大阪の高島屋ホール）を上演。

九月二十日、『大阪弁おもしろ草子』を講談社より刊行。

九月二十一日、奄美大島へ旅行。夫の川野純夫の生まれ故郷名瀬市や母親の出身地瀬戸内町蘇刈を訪ねた。

九月二十八日、関西芸術座が「姥ときめき」（於・松原市民会館）を上演。

十月二十一日、『川柳でんでん太鼓』を講談社より刊行。

十一月二日より、芸術座で「姥ざかり」を上演（～十二月二十七日）。演出・三木のり平。出演・森光子ら。

十二月十五日、『死なないで』を筑摩書房より刊行。

年末、ニューヨークへ旅行する。

一九八六年（昭和六十一年）　五十八歳

一月二十二日、『田辺聖子の古事記』を集英社より刊行。

三月六日、『どんぐりのリボン』を講談社より刊行。

三月四日、第四回サントリーミステリー大賞公開選考会（於・東京紀尾井町のホテルニューオータニ）に出席。

四月十日、『星を撒く』角川書店より刊行。

五月四日、関西テレビが花王名人劇場で「姥ざかり」を放映。

五月十日、『女の華やぎ―田辺聖子の世界―』が文藝春秋より刊行された。『田辺聖子長篇全集』の各解説・月報を収録したもの。

五月二十四日、神戸新聞平和賞を受賞。

九月三十日、『嫌妻権』を光文社より刊行。

十月三十日、『浪花ままごと』を文藝春秋より刊行。『田辺聖子の小倉百人一首』を角川書店より刊行。

十二月十五日、『ほのかに白粉の匂い―新・女が愛に生きるとき―』を講談社より刊行。

一九八七年（昭和六十二年）　五十九歳

一月二日より、芸術座で東宝現代劇新春特別公演として「一葉の恋」を上演（～二月二十八日）。

二月十日、『花衣ぬぐやまつわる……―わが愛の杉田久女―』を集英社より刊行。

二月二十五日、第五回サントリーミステリー大賞公開選考会（於・東京の帝国ホテル）に出席。

三月二十七日、小倉で杉田久女の会主催『花衣ぬぐやまつわる……―わが愛の杉田久女―』出版記念会（於・小倉ステーションホテル）に出席。

四月二十五日、『恋のからたち垣の巻―異本・源氏物語―』を実業之日本社より刊行。

五月十五日より、第四回上方花舞台「花の西鶴浪花風流」（脚本・田辺聖子）を上演（於・大阪の国立文楽劇場。～十九日）。

五月二十五日、女性初の直木賞選考委員になる（平成十六年下半期まで）。

五月三十日、『田辺聖子の小倉百人一首続』を角川書店より刊行。

六月五日、関西芸術座が「中年ちゃらんぽらん」（於・吹田市文化会館メイシアター）を上演。七月七日は神戸国際会議場メインホールで上演。

七月十日、『春情蛸の足』を講談社より刊行。

七月十六日、直木賞選考会（於・東京築地の新喜楽）に出席。

九月二十五日、『猫なで日記―私の創作ノート―』を集英社より刊行。

九月、山本周五郎賞、小説すばる新人賞の選考委員になる（山本周五郎賞は平成三年、小説すばる新人賞は平成十二年まで）。

十月十四日、『花衣ぬぐやまつわる……―わが愛の杉田久女―』で第二十六回女流文学賞を受賞。

十月十五日、『女のとおせんぼ』を文藝春秋より刊行。

十一月二十九日、毎日系テレビが日曜劇場で「休暇は終った」を放映。

十二月十五日、『姥うかれ』を新潮社より刊行。

一九八八年（昭和六十三年）　六十歳

一月二十日、『私本・イソップ物語―おせいさんのイソップ咄―』を講談社より刊行。

一月二十五日、『九時まで待って』を集英社より刊行。

二月二十三日、第六回サントリーミステリー大賞公開選考会（於・東京のホテルオークラ）に出席。

二月二十五日、関西テレビが「窓を開けますか?」を放映。

三月十九日、NHKテレビが「台所の聖女」（原作「花衣ぬぐやまつわる……―わが愛の杉田久女―」）を放映。

三月二十六日、還暦を祝う「すみれパーティー」（於・東京の山の上ホテル）開催。

五月六日、還暦を祝う「あやめパーティ」（於・伊丹第一ホテル）開催。筒井康隆ら約百八十人が出席。

五月三十日、『不機嫌な恋人』を角川書店より刊行。

六月一日、『田辺聖子と読む蜻蛉日記』を創元社より刊行。

七月十三日、直木賞選考会（於・東京築地の新喜楽）に出席。

十月十四日、第一回小説すばる新人賞選考会（於・東京の帝国ホテル）に出席。

十月二十七日、『ぽちぽち草子』を岩波書店より刊行。

十二月十日、文春カセットライブラリー「オナゴ定年」（ナレーター・末広真季子）を文藝春秋より発売。

一九八九年（昭和六十四年・平成元年）　六十一歳

一月十二日、直木賞選考会（於・東京築地の新喜楽）に出席。

二月十四日、フェミナ賞（学研）選行会に出席。

三月十四日、第七回サントリーミステリー大賞公開選考会（於・東京の赤坂プリンスホテル）に出席。

四月十五日、関西芸術座が「すべってころんで」（於・吹田市文化会館メイシアター）を上演。

四月二十日、『ブス愚痴録』を文藝春秋より刊行。

五月十日、「季刊フェミナ」創刊。大庭みな子、瀬戸内寂聴とともに編集委員になる。

五月十二日より、宝塚大劇場で宝塚歌劇七十五周年記念公演として、月組が「新源氏物語」を上演（～六月二十七日）。

五月十八日、山本周五郎賞選考会（於・東京のホテルオークラ）に出席。

五月三十日、ミュージカル・レビュー「新源氏物語」（於・宝塚大劇場）を上演。

六月一日、関西芸術座が「すべってころんで」（於・大阪の毎日ホール）を上演。十日は枚方市民会館、二十二日は奈良県文化会館、二十四日は箕面市立メイプルホール、七月三日は伊丹市立文化会館で上演。

六月三十日、『うつつを抜かして―オトナの関係―』を文藝春秋より刊行。

七月十三日、直木賞選考会（於・東京築地の新喜楽）に出席。

七月十七日、自由都市文学賞第一回選考会（堺市文化振興会主催）に出席。

七月二十日、『不倫は家庭の常備薬』を講談社より刊行。

八月三日より、東京宝塚劇場で月組が「新源氏物語」を上演（～二十九日）。

九月十四日、『おくのほそ道』を講談社より刊行。

九月二十日、『性分でんねん』を筑摩書房より刊行。『結婚ぎらい』を光文社より刊行。『薔薇の雨』を中央公論社より刊行。

十月五日、第二回小説すばる新人賞選考会に出席。

十一月一日、読売テレビが「九時まで待って」を放映。

十一月十日、『どこ吹く風―男と女の新フレンド事情―』を実業之日本社より刊行。

十一月二十一日、第一回朝日新人文学賞選考会に出席。

十一月二十七日、第一回アサヒグラフ「川柳新子座」大賞選考会に出席。

一九九〇年（平成二年）　六十二歳

一月三日、日本テレビが「千すじの黒髪―わが愛の与謝野晶子―」を放映。

一月十六日、直木賞選考会（於・東京築地の新喜楽）に出席。

一月十七日、フェミナ賞選考会（於・東京赤坂の福田屋）に出席。

一月二十六日、『「源氏物語」の男たち―ミスター・ゲンジの生活と意見―』を岩波書店より刊行。

二月二十日、『夢のように日は過ぎて』を新潮社より刊行。

三月七日、第八回サントリーミステリー大賞公開選考会（於・東京の帝国ホテル）に出席。

三月二十九日、第十回日本文芸大賞を受賞。受賞対象は『田辺聖子長篇全集』をはじめとする全作品。

五月十日、『新源氏物語霧ふかき宇治の恋』(上)(下)を新潮社より刊行。

五月十七日、山本周五郎賞選考会に出席。

六月二十日、『天窓に雀のあしあと』を中央公論社より刊行。

七月五日、自由都市文学賞第二回選考会に出席。

七月十六日、直木賞選考委員会（於・東京築地の新喜楽）に出席。

九月十日、『今昔物語絵双紙』を角川書店より刊行。

九月十四日、第二回朝日新人文学賞選考会に出席。

九月二十日、『東海道中膝栗毛』を講談社より刊行。

九月、女流文学賞の選考委員になる（〜平成十二年）。

十月三日、第三回小説すばる新人賞選考会に出席。

十一月二十八日、第二回アサヒグラフ「川柳新子座」大賞選考会に出席。

十二月六日より、東宝・名鉄提携十二月特別公演で「ぎっちょんちょん」（於・名鉄ホール）を上演（〜十九日）。

一九九一年（平成三年）　六十三歳

一月十六日、直木賞選考会（於・東京築地の新喜楽）に出席。

一月十七日、フェミナ賞選考会（於・東京赤坂の福田屋）に出席。

一月二十五日、『お気に入りの孤独』を集英社より刊行。

二月二十三日、銀婚式を祝う「二人三脚パーティー」（於・伊丹第一ホテル）開催。

二月二十日、限定版豆本『ジョゼと虎と魚たち』を未来工房（滋賀県）より刊行。

三月十二日、第九回サントリーミステリー大賞公開選考会に出席。

五月十六日、山本周五郎賞選考会に出席。

六月十九日、『「源氏物語」男の世界』を岩波書店より刊行。

七月七日、「季刊フェミナ」第三巻二号が「特集・田辺聖子（こだけの話）」を掲載。

七月八日、自由都市文学賞第三回選考会に出席。

七月十五日、直木賞選考会（於・東京築地の新喜楽）に出席。

八月二十四日、『源氏たまゆら』を講談社より刊行。

八月三十日、第三回朝日新人文学賞選考会（於・東京紀尾井町の福田屋）に出席。

九月四日、第一回日生の都絵本大賞（兵庫県佐用町主催）選考会（於・パレス神戸）に出席。

九月九日、女流文学賞選考会（於・東京赤坂の福田屋）に出席。

十月五、六日、劇団神戸が文化庁主催「地域劇団東京演劇祭」で「源氏狂想曲・カプリチオ」（原作「私本・源氏物語」）を三百人劇場で上演。

十月八日、第四回小説すばる新人賞選考会（於・藍亭）に出席。

十一月二十七日、第三回アサヒグラフ「川柳新子座」大賞選考会（於・伊丹第一ホテル）に出席。

一九九二年（平成四年）　六十四歳

一月十日、『乗り換えの多い旅』を暮しの手帖社より刊行。

一月十六日、直木賞選考会（於・東京築地の新喜楽）に出席。

六月十日、『よかった、会えて』を実業之日本社より刊行。

六月二十五日、『金魚のうろこ』を集英社より刊行。

七月二日より、名鉄ホールで「魚は水に女は家に」を上演（〜二十七日）。演出・水谷幹夫。

七月八日、自由都市文学賞第四回選考会に出席。

七月十一日、「女の碑（戦争独身女性たちの碑）の会」に百万円寄付。

九月八日、『ひねくれ一茶』を講談社より刊行。

九月八日、第五回小説すばる新人賞選考会（於・東京の帝国ホテル）に出席。

十月二十日、『ほとゝぎすを待ちながら―好きな本とのめぐりあい―』を中央公論社より刊行。

十月二十五日、源氏物語アカデミー（於・武生市文化センター）で「紫式部の理想の女性」を講演。

十一月二十八日、毎日系テレビが日曜劇場で「愛のそば」を放映。

十二月十八日、第四回アサヒグラフ「川柳新子座」大賞選考会（於・伊丹第一ホテル）に出席。

一九九三年（平成五年）　六十五歳

一月十三日、直木賞選考会（於・東京築地の新喜楽）に出席。

一月二十日、『おかあさん疲れたよ㊤㊦』を講談社より刊行。

一月二十日、『花はらはら人ちりぢり―私の古典摘み草―』を角川書店より刊行。

一月二十四日、『うたかた絵双紙―古典まんだら―』を文化出版局より刊行。

三月二十七日、作家生活三十年を祝うパーティ（於・東京の山の上ホテル）を開催。

四月九日、『ひねくれ一茶』で第二十七回吉川英治文学賞を受賞（於・東京の帝国ホテル）。

四月十日、作家生活三十年と出版作品二百冊を祝う会「夢200パーティーありがとうみなさん」（於・伊丹第一ホテル）開催。

五月二十二日より、第九回上方花舞台「浪花繁昌西鶴草紙」（脚本・田辺聖子）を上演（於・大阪の国立文楽劇場。～二十六日）。

六月三十日、自由都市文学賞第五回選考会に出席。

七月十五日、直木賞選考会（於・東京築地の新喜楽）に出席。

七月二十七日、『とりかえばや物語』を講談社より刊行。

八月二十日、『新源氏物語』（全一巻）を新潮社より刊行。

八月二十五日、第五回朝日新人文学賞選考会（於・東京紀尾井町の福田屋）に出席。

八月二十六日、女流文学賞選考会（於・東京赤坂の福田屋）に出席。

九月二十日、『姥勝手』を新潮社より刊行。

九月二十七日、第六回小説すばる新人賞選考会（於・東京の帝国ホテル）に出席。

十月一日、『愛のレンタル』を文藝春秋より刊行。

十月二十九日より、関西芸術座が「姥ざかり」を上演（～三十一日）。

十一月二十三日より、東宝現代劇特別公演として「もと夫婦」を上演（於・神戸国際会館。～二十七日）。

十一月二十九日、第五回アサヒグラフ「川柳新子座」大賞選考会（於・伊丹第一ホテル）に出席。

一九九四年（平成六年）　六十六歳

一月十三日、直木賞選考会（於・東京築地の新喜楽）に出席。

三月、自筆原稿、色紙、初版本などを関西大学総合図書館に寄贈。

六月二十九日、自由都市文学賞第六回選考会（於・堺市内雪陵庵）に出席。

八月二十六日、女流文学賞選考会（於・東京赤坂の福田屋）に出席。

九月二十八日、第七回小説すばる新人賞選考会（於・東京の帝国ホテル）に出席。

十月七日、『週末の鬱金香《チューリップ》』を中央公論社より刊行。

十一月三十日、『夢渦巻』を集英社より刊行。

十二月二日、第四十二回菊池寛賞を受賞（於・東京のホテルオークラ）。

十二月二十五日、『ウキウキした気分』を大和書房より刊行。

一九九五年（平成七年）　六十七歳

一月十七日、阪神・淡路大震災。自宅の家じゅう、棚の戸は開き、ガラス類陶器類は壊れ、書庫の本は散乱。

一月十五日、『王朝懶夢譚』を文藝春秋より刊行。

三月十七日、『薄荷草の恋《ペパーミント・ラブ》』を講談社より刊行。

三月三十日、『ずぼら』を光文社より刊行。

四月十九日、阪神大震災チャリティー講演会（朝日新聞社主催。於・東京有楽町の朝日ホール）で「ナンギやけれど……」を講演。収益金を寄託。

四月、紫綬褒章を受章。

四月二十日、『かるく一杯』を筑摩書房より刊行。

十一月三十日、『田辺聖子書誌』が和泉書院より発行される。

一九九六年（平成八年）　六十八歳

一月十七日、『ナンギやけれど……―わたしの震災記―』を集英社より刊行。

三月三十一日、『手のなかの虹―私の身辺愛玩―』を文化出版局より刊行。

八月二十九日、『鏡をみてはいけません』を集英社より刊行。

十月、田辺聖子文学碑が兵庫県宍粟郡一宮町（『すべってころんで』の舞台の一つ）に建つ。

一九九七年（平成九年）　六十九歳

四月より、連続講座「『源氏物語』をご一緒に」（於・大阪のリーガロイヤルホテル）開始。（～十二年三月）。

四月三十日、『お聖さんの短編―男と女―』を角川書店より刊行。

六月十九日、『乾杯！女と男―聖子・新子の幸福論―』をＰＨＰ研究所より刊行。

八月、関西芸術座が「おかあさん疲れたよ」を上演。

十一月、大阪府女性基金プリムラ大賞を受賞。

一九九八年（平成十年）　七十歳

一月二十日、『源氏・拾花春秋　源氏物語をいける』を文英堂より刊行。

三月七日、『道頓堀の雨に別れて以来なり―川柳作家・岸本水府とその時代―（上）（下）』を中央公論社より刊行。

三月、古希を祝う「桃花パーティ」（於・伊丹第一ホテル）開催。

四月十日、『楽天少女通ります』を日本経済新聞社より刊行。

八月、紫式部文学賞の選考委員になる（～平成十四年）。

九月、エイボン女性大賞を受賞。

十月、第三回井原西鶴賞特別賞を受賞。

十一月、『道頓堀の雨に別れて以来なり―川柳作家・岸本水府とその時代―』で第二十六回泉鏡花文学賞を受賞。

十一月、兵庫県宍粟郡一宮町の福知渓谷休養センターに「Welcome to 田辺聖子ワールド」が完成。著書、自筆原稿、自作のしおりなどを寄贈。

一九九九年（平成十一年）　七十一歳

二月、『道頓堀の雨に別れて以来なり―川柳作家・岸本水府とその時代―』で第五十回読売文学賞「評論・伝記賞」を受賞。

二月二十八日、『楽老抄—ゆめのしずく—』を集英社より刊行。

三月二十八日、『セピア色の映画館』を文化出版局より刊行。

六月一日、『古典の文箱』を世界文化社より刊行。

七月三十日、『ほっこりぽくぽく上方さんぽ』を文藝春秋より刊行。

九月二十日、『ゆめはるか吉屋信子—秋灯机の上の幾山河—（上）（下）』を朝日新聞社より刊行。

二〇〇〇年（平成十二年）　七十二歳

三月二十五日、『小町・中町浮世をゆく』を実業之日本社より刊行。

四月十日、『田辺聖子の源氏がたり（一）桐壺から松風まで』を新潮社より刊行。

五月二十五日、『田辺聖子の源氏がたり（二）薄雲から幻まで』を新潮社より刊行。

六月、関西歌劇五十周年記念創作オペラ「源氏物語」（脚本・田辺聖子）を上演。

六月二十二日、『恋する罪びと』をＰＨＰ研究所より刊行。

六月二十五日、『田辺聖子の源氏がたり（三）宇治十帖』を新潮社より刊行。

十月、平成十二年度文化功労者に選ばれる。

二〇〇一年（平成十三年）　七十三歳

二月、陳舜臣・藤本義一とともに講演会「作家たちの大震災」を開催。

三月、ロサンゼルスで「源氏物語の魅力」（於・日米劇場）を講演。

四月、『小倉百人一首』〈21世紀によむ日本の古典10〉をポプラ社より刊行。

六月十日、『姥ざかり花の旅笠—小田宅子の「東路日記」—』を集英社より刊行。

二〇〇二年（平成十四年）　七十四歳

一月十四日、夫・川野純夫が死去。

二月十日、『夢の櫂こぎどんぶらこ』を集英社より刊行。

六月、第五回キワニス大阪賞を受賞。

六月二十日、『武玉川・とくとく清水—古川柳の世界—』〈岩波新書〉を岩波書店より刊行。

六月二十五日、『人生の甘美なしたたり』〈角川文庫〉を角川書店より刊行。

十月三十日、『i《あい》めぇ～る』を世界文化社より刊行。

二〇〇三年（平成十五年）　七十五歳

一月三十日、『なにわの夕なぎ』を朝日新聞社より刊行。

三月十日、『人生は、だましだまし』を角川書店より刊行。

三月、母・勝世の白寿パーティを開催。

四月、善光寺に参詣。

四月二日、『女のおっさん箴言集』をＰＨＰ研究所より刊行。

十一月、『姥ざかり花の旅笠—小田宅子の「東路日記」—』で第八回蓮如賞を受賞。

十二月、「ジョゼと虎と魚たち」が映画化される。監督は犬童一心。妻夫木聡、池脇千鶴ら出演。

二〇〇四年（平成十六年）　七十六歳

一月三十日、『残花亭日暦』を角川書店より刊行。

四月、宝塚歌劇九十周年記念式典で祝歌「百年への道　虹のカレンダー」（作詞・田辺聖子）が歌われる。

五月二十日、『田辺聖子全集』（全二十四巻・別巻一）を集英社より刊行開始（〜平成十八年八月十日）。

六月十日、『一葉の恋』を世界文化社より刊行。

二〇〇五年（平成十七年）　七十七歳

一月、直木賞選考会（於・東京築地の新喜楽）に選考委員として最後の出席。

五月十五日、『田辺写真館が見た〝昭和〟』を文藝春秋より刊行。

七月七日、伊丹で喜寿を祝う。

十月、母・勝世が死去。

二〇〇六年（平成十八年）　七十八歳

八月三十一日、『田辺聖子のえんぴつ書きとり百人一首』を角川書店より刊行。

十月より、NHKテレビが朝の連続テレビ小説「芋たこなんきん」を放映（〜平成十九年三月）。出演は藤山直美ら。

十月二十日、『おせい&カモカの昭和愛惜』〈文春新書〉を文藝春秋より刊行。

十二月三十一日、『まいにち薔薇いろA to Z』（『田辺聖子全集』編集室編集）を集英社より刊行。

二〇〇七年（平成十九年）　七十九歳

二月二十八日、『楽老抄Ⅱ―あめんぼに夕立―』を集英社より刊行。

六月、田辺聖子文学館が大阪樟蔭女子大学図書館内に開館。

二〇〇八年（平成二十年）　八十歳

十一月、文化勲章を受章。

十二月十日、『楽老抄Ⅲ―ふわふわ玉人生―』を集英社より刊行。

十二月二十一日、『田辺聖子の人生あまから川柳』〈集英社新書〉を集英社より刊行。

二〇〇九年（平成二十一年）　八十一歳

二月、伊丹市名誉市民となる。

三月、田辺聖子文学館ジュニア文学賞を創設。

四月二十二日、『上機嫌な言葉366日』を海竜社より刊行。

六月十日、『楽老抄Ⅳ―そのときはそのとき―』を集英社より刊行。

七月三十日、『ほっこりぽくぽく上方さんぽ』を文藝春秋より刊行。

二〇一〇年（平成二十二年）　八十二歳

一月二十九日、『老いてこそ上機嫌』を海竜社より刊行。

二〇一一年（平成二十三年）　八十三歳

三月三十日、『われにやさしき人多かりき―わたしの文学人生―』を集英社より刊行。

五月二十六日、『一生、女の子』を講談社より刊行。

九月二十九日、『上機嫌の才能』を海竜社より刊行。

二〇一三年（平成二十五年）

六月五日、『歳月がくれるもの』を世界文化社から刊行。

二〇一四年（平成二十六年）　八十六歳

一月二十五日、『夜の一ぱい』〈中公文庫〉（浦西和彦編）を中央公論新社より刊行。

（浦西和彦）

■**編著者紹介**

浦 西 和 彦（うらにし・かずひこ）

1941年９月、大阪市に生まれる。関西大学文学部国文学科卒業。1971年、関西大学文学部専任講師、同助教授、教授を経て、2012年退職。関西大学名誉教授。2014年、大阪市民表彰文化功労賞。主要著書・編著に『浦西和彦著述と書誌』全４巻（和泉書院、2008〜９年）、『文化運動年表』全２巻（三人社、2015〜６年）、『日本プロレタリア文学史年表事典』（日外アソシエーツ、2016年）、『温泉文学事典』（和泉書院、2017年）等々多数。

檀原みすず（だんばら・みすず）

1953年11月、大阪府に生まれる。大阪樟蔭女子大学国文学科卒業。大阪大学大学院文学研究科博士後期課程単位取得満期退学。1987年、樟蔭女子短期大学日本文学科専任講師。2001年、大阪樟蔭女子大学国文学科助教授、2013年、同准教授、現在に至る。主要著書・編著に、『森鷗外集　独逸三部作』（共編著、和泉書院、1985年）、『森鷗外「舞姫」諸本研究と校本』（共著、桜楓社、1988年）、『小林天眠と関西文壇の形成』（共著、和泉書院、2003年）その他、学術論文多数。

増 田 周 子（ますだ・ちかこ）

1968年９月、北九州市に生まれる。関西大学大学院博士後期課程退後、1997年徳島大学専任講師、2001年関西大学助教授、2008年同教授、現在に至る。博士（文学）。主な編著書に、『宇野浩二文学の書誌的研究』『宇野浩二書簡集』（和泉書院、2000年）、『大阪文藝雑誌総覧』（同、2013年）、『織田作之助と大阪』（関西大学大阪都市遺産センター、2013年）、『戦争の記録と表象－日本・アジア・ヨーロッパ』（関西大学出版部、2013年）、『1955年「アジア諸国会議」とその周辺－火野葦平インド紀行』（同、2014年）などがある。

田辺聖子文学事典　ゆめいろ万華鏡
和泉事典シリーズ　33

二〇一七年一〇月三一日　初版第一刷発行

編著者　浦西和彦
　　　　檀原みすず
　　　　増田周子
発行者　廣橋研三
発行所　和泉書院
〒543-0037　大阪市天王寺区上之宮町七-六
電話　〇六-六七七一-一四六七
振替　〇〇九七〇-八-一五〇四三

印刷　亜細亜印刷／製本　渋谷文泉閣
装訂　仁井谷伴子／定価はカバーに表示

ISBN978-4-7576-0850-4　C1590